NICOLE DEESE



# Herzens MAKEOVER

Francke

**Über die Autorin:**
Nicole Deese schreibt humor- und gefühlvolle zeitgenössische Romane und ist selbst eine Vielleserin. Oft trifft man sie lesend am Fenster mit Blick auf den wunderschönen Pazifischen Nordwesten an. Mit ihrem Mann, zwei Söhnen und einer Tochter lebt sie in einer Kleinstadt in Idaho.
www.nicoledeese.com
nicoledeeseauthor
Nicole Deese, Author

MIX
Papier aus verantwortungsvollen Quellen
FSC® C014138

Bibliografische Information der Deutschen Nationalbibliothek
Die Deutsche Nationalbibliothek verzeichnet diese Publikation in der Deutschen Nationalbibliografie; detaillierte bibliografische Daten sind im Internet über http://dnb.dnb.de abrufbar.

ISBN 978-3-96362-313-4

Originally published in English under the title
*All That Really Matters*
by Bethany House Publishers, a division of Baker Publishing Group, Grand Rapids, Michigan, 49516, U.S.A.

35037 Marburg an der Lahn
Deutsch von Julian Müller
Umschlagbild: © iStockphoto.com / xijian
Umschlaggestaltung: Francke-Buch GmbH / Marion Schramm
Satz: Francke-Buch GmbH
Printed in Czech Republic

www.francke-buch.de

*Für Mandy*

*Dein unerschrockenes Ja zu allem Schönen inspiriert mich genauso wie deine unerschütterliche Unterstützung der Menschen, die du liebst. Ich schätze mich glücklich dazuzugehören. Du bist mein großes Vorbild.*

Handelt nicht aus egoistischem Ehrgeiz
und strebt nicht nur danach, Anerkennung zu bekommen.
Achtet vielmehr in Bescheidenheit
andere höher als euch selbst.
Denkt nicht nur an eure eigenen Interessen,
sondern habt die Bedürfnisse der anderen im Blick.
(Philipper 2,3f.)

# Kapitel 1

## Molly

Früher konnte ich mich nicht daran sattsehen, wie meine Großmutter Mimi mit ihren von Arthritis geplagten Fingern den perfekten Lidstrich in Midnight Black zog. Ein paar Farbstriche hier, ein paar Tupfer dort, und die müde, fast durchsichtige Haut erstrahlte in neuem Glanz. Für eine Elfjährige, deren Mutter noch nicht einmal Mascara besaß, war es absolut faszinierend.

Ich saß damals mit aufgestützten Ellbogen an ihrem Schminktisch mit den goldfarbenen Blattornamenten, meine Augenbrauen hinter dem schlecht geschnittenen Pony verborgen, den Mund zu einem opernträchtigen *O* geformt, während sie ihr Meisterwerk vollbrachte. Das Schönste an ihren Zügen hob sie hervor, kleine Makel wurden kaschiert.

Und in den letzten Sekunden, bevor sie die Schminkschublade schloss und ihre rubinroten Lippen abtupfte, gab sie mir ihren Rougepinsel und sagte mit einem Augenzwinkern: »Molly, wer sich in seiner Haut wohlfühlt, dem fällt es viel leichter, jemandem zu helfen, dem es nicht so geht.«

Ich tupfte das restliche Rouge auf meine blassen Wangen und grinste das Mädchen mit den strähnigen Haaren im Spiegel an. Dabei nahm ich mir fest vor, eines Tages genau das zu tun: Ich wollte, dass sich wegen mir jemand so fühlte wie ich mich bei meiner Oma. Und heute, sechzehn Jahre und 606.000 Instagram-Follower später, setzte ich den Schwur dieses oft missverstandenen Mädchens in die Tat um, ein Cat-Eye- und Sheer-Lip-Tutorial nach dem anderen.

*Piep! Piep! Piep!*

Ich klappte das Döschen meines Transparentpuders zu, zu dem ich erst vor Kurzem eine Review gemacht hatte – vier von fünf Kussmündern, weil es kürzer hielt als beworben – und warf meine Haare noch ein letztes Mal vor dem Spiegel in Position, bevor ich mich zu meinem Backofen begab.

»Siehst du, Ethan? Ich habe dir gesagt, dass ich schneller fertig bin, als der Ofen vorgeheizt ist. Wie lang war das jetzt, fünf Minuten? Hey, daraus könnte man doch einen Serienpost machen. ›In maximal fünf Minuten fertig fürs Date‹! Oder warte ... ›In maximal fünf Minuten mit maximal fünf Produkten fertig fürs Date‹ ist noch besser. Dann kann ich die neue Kollektion von *Hollywood Nights* vorstellen, die gerade gekommen ist. Val soll das gleich mal in den Kalender eintragen.« Ich ging um die Ecke in die Küche und erwartete, meinen Freund auf dem Liegesessel im Wohnzimmer zu sehen. Aber er war nicht dort.

»Ethan?« Ich schob die gläserne Auflaufform mit Chicken Marsala in den Ofen und nahm das Brett mit Antipasti, in das ich eine geschlagene Stunde investiert hatte. Irgendwie hatte es etwas Meditatives, Käse, Fleisch, Nüsse, Feigen und Oliven zu arrangieren.

»Das Hühnchen braucht ungefähr vierzig Minuten, aber unsere Vorspeise passt hervorragend zu dem Wein, den du letzten Monat gekauft hast. Ich habe ihn extra aufgehoben.« Ich lief um die Kücheninsel, holte die beiden Gläser und balancierte das Brett dabei auf meiner Hand wie eine professionelle Kellnerin. Wenn mein Zwillingsbruder hier gewesen wäre, hätte er das sofort zum Anlass genommen, mich an mein Talent zu erinnern, Teller mit Essen herunterfallen zu lassen, obwohl das nur *ein* einziges Mal passiert war. Zugegeben, es war an Thanksgiving gewesen, und ja, ich hatte gerade den elf Kilo schweren gefüllten Truthahn getragen, aber trotzdem sollte man schlechte Familienwitze nicht unbegrenzt oft aufwärmen dürfen.

Ich setzte meinen Balanceakt ins Wohnzimmer fort. »Dein Appetit ist bestimmt noch auf East-Coast-Zeit eingestellt, aber ...«

Ich blieb beim Anblick meines Freunds, der mit geschlossenen Augen auf dem Sofa lag, wie angewurzelt stehen.

»Ethan?« Ich stellte die Vorspeise samt der Gläser auf den Couchtisch und schlich auf Zehenspitzen zu ihm hinüber – kein leichtes Unterfangen auf zehn Zentimeter hohen Korkabsätzen. Vorsichtig näherte ich mich ihm, als wäre er ein aufgezogenes Spielzeug, das jeden Augenblick losrattern konnte, was für Ethan Carrington vielleicht die passendste Beschreibung überhaupt war.

Aber nichts ratterte.

Also hatte ich die kleine Ewigkeit, die es dauerte, um die perfekten Cat Eyes nach meiner eigenen Anleitung zu schminken, für einen schlafenden Mann investiert. Ich hockte mich hin und winkte vor seinem Gesicht herum, als er ein Schnarchen von sich gab, bei dem ich mir die Hand vor den Mund schlagen musste, um nicht loszulachen. Das war ja ein ziemlich enttäuschender Start in unser Date!

Ich breitete eine Decke aus veganer Wolle über ihn, die ich letzten Herbst für eine Boutique in Kanada beworben hatte. Dann beschloss ich, aus diesem seltenen Moment Kapital zu schlagen. Immerhin war Ethans Marketing-Motto: *Verpass nie eine Chance, den Kontakt mit deinem Publikum zu pflegen.*

Ich holte mein Handy heraus und filmte einen zehnsekündigen Clip: meinen hübschen, schlafenden Freund, das unberührte Brett mit Antipasti, mich mit Schmollmund. Dazu schrieb ich: *Jetlag – der ultimative Liebestöter.*

Keine acht Sekunden später kündigte mein Handy vibrierend die ersten Reaktionen an. Likes, Kommentare, Emojis – ein sofortiger Endorphinboost. Die Verlockung, sie mir anzuschauen, war zu groß. Mein Erst-Manager-dann-Freund machte schließlich keine Anstalten aufzuwachen, und selbst wenn, hätte er mich gebeten, wenigstens einigen direkt zu antworten, den ersten zwanzig vielleicht. Mehr Interaktion gleich mehr Reichweite und so weiter …

So süß, Molly! Und dein Hottie von Freund erst! Sabber ...

Oh, du Arme!!! Aber wenigstens sieht das Maxikleid so was von göttlich an dir aus! Link?

Die ganze Arbeit umsonst? Bloß nicht. Weck ihn auf!

Ich likte ein paar Dutzend Kommentare, reagierte mit eigenen Emoji-Paraden und kreativen Hashtags und scrollte dann die Beiträge auf meiner Startseite durch. Hängen blieb ich beim neusten Post von *Felicity Fashion Fix*. Felicity war eine Ex-Kundin von Ethan und hatte einmal eine Vlog-Idee von mir geklaut, zwei Tage, bevor mein eigenes erstes Video dazu online ging.

Ich atmete durch die Nase, wie Val es mir gezeigt hatte, und versuchte, die negative Spannung in meinem Brustkorb loszulassen ... aber nicht bevor ich Felicitys neuste Followerzahl gecheckt hatte. 415.687. *Was?* Wie um alles in der Welt hatte diese Diva so einen Sprung hingelegt? *Was tut sie?* Abgesehen davon, die Ideen anderer zu stehlen …

Als Ethan sich endlich regte, kostete es mich all meine Willenskraft, mein Handy hinter das Sesselpolster zu schieben. Trotzdem tat ich es mit einem Lächeln, denn das sollte in einer Partnerschaft selbstverständlich sein. Zumindest hatte ich das bei jemandem gelesen, dem ich folgte: »*Gesunde Paare ignorieren den Druck der sozialen Medien und sind in ihrer Beziehung sozial präsent.*« Ich hatte mir die hübsche Grafik gerade vor zwei Tagen gespeichert. Ethan und ich hatten wenig Zeit füreinander, weil er gut drei Wochen pro Monat geschäftlich unterwegs war, aber vielleicht würde es unserer Fernbeziehung ja helfen, wenn wir bei unseren Treffen *sozial präsenter* waren.

»Hey, Schlafmütze«, säuselte ich vom Sessel aus. Ich hatte meine Schuhe ausgezogen und meine eiskalten Füße unter dem Rock meines Kleids verschwinden lassen. Der Frühling im nordöstlichen Washington war meistens nur eine weniger verschneite Version des Winters. »Willkommen zurück.«

Beim Klang meiner Stimme war Ethan zusammengezuckt. Er blinzelte mich an. »Molly?«

»Happy Date Night.«

Ethan rieb sich die Augen. »Wie spät ist es?«

Ich warf einen Blick auf die Wanduhr und war überrascht, wie viel Zeit vergangen war, während ich meinen Feed durchscrollt hatte. »Kurz nach sechs.«

Er richtete sich auf. »Du hättest mich wecken sollen. Ich hatte nicht vor, einfach einzuschlafen.«

»Auf keinen Fall. Du sahst so friedlich aus.« Und es war schön, ihn einmal ohne Tablet auf dem Schoß oder Handy in der Hand zu sehen. Ethan war nicht besonders gut darin, die Arbeit auch mal ruhen zu lassen. Aber ich schließlich auch nicht. »Außerdem bist du seit zwei Uhr morgens wach, also nach Pacific Time. Ein paar Minuten einzunicken ist da wohl völlig normal – sogar für jemanden, der dagegen eigentlich immun ist.«

Er fuhr mit der Hand durch seine buttertoffeefarbenen Locken und der Anblick ließ mir fast den Atem stocken. Er sah überhaupt nicht wie ein Mann aus, der den ganzen Tag im Flugzeug gesessen hatte. Lächelnd blickte er mich aus seinen schönen blauen Augen an, die ihm schon oft geholfen hatten, neue Klientinnen zu gewinnen – mich eingeschlossen.

»Dann hoffe ich mal, du nimmst mir das nicht übel, denn ich habe mich auf heute Abend gefreut. Auf dich.« Er wirkte nun plötzlich viel wacher. »Es gibt etwas Großes, worüber wir reden müssen. Ich wollte es dir persönlich sagen.«

Sein professioneller Ton ließ meine Hände feucht werden. »Ist was mit der Agentur?« Es hatte in letzter Zeit viele Veränderungen in der Cobalt Group gegeben. Die meisten davon waren gut – es waren einige größere Kooperationspartner für die Influencer, die bei ihnen unter Vertrag standen, dazugekommen, was natürlich mehr Geld, mehr Referral-Marketing, also Aufträge für mich, der potenziellen neuen Kundschaft Produkte zu empfehlen, und unterm Strich mehr Gewinn bedeutete. Aber niemand war gegen die wechselhafte Natur unserer Branche gefeit. Es gab immer jemanden, der nur darauf wartete, es bis nach ganz oben zu schaffen. Jemanden, der bereit war, noch eins draufzusetzen, koste es, was es wolle.

»Warte!«, sagte ich, als mir das Hühnchen einfiel. »Bevor du antwortest, muss ich kurz nach dem Essen sehen.«

Als hätte der Ofen es gehört, piepte der Timer in dem Augenblick, als ich aufsprang. Doch Ethans Hand griff nach meiner, zog mich näher und betrachtete mich. »Du siehst toll aus! Das Kleid steht dir wirklich. Haben deine Fans das ausgesucht?«

»Du wüsstest das, wenn du öfter als nur alle paar Wochen auf meinen Accounts vorbeischauen würdest«, neckte ich ihn und schwenkte die Hüfte, dass der Rocksaum über meine nackten Zehen flog. Wieder einmal hatte meine Onlineumfrage sich als zielführend erwiesen. Dieses Maxikleid hatte sich in der Kategorie »Best Home Date Dress« mit über siebentausend Stimmen gegen drei andere Optionen durchgesetzt.

Ich gab Ethan ein Küsschen auf die Wange und löste meine Hand aus seiner. »Ich muss das Hühnchen rausholen, sonst können wir Kohle essen.« Auf dem Weg zur Küche fügte ich hinzu: »Ach, und glaub ja nicht, dass ich vergessen habe, dass du auf der Fashion Week Fotos für mich machen wolltest.«

Er holte mit einem Schmunzeln sein Handy aus der Gesäßtasche. »Ich habe ein paar gemacht, aber ich glaube nicht, dass sie deinen königlichen Standards entsprechen. Es kann nicht jeder von uns Top-Trending-Influencerin sein.«

Ethans typisches Megatempo ließ selten Zeit, um gute Fotos von irgendwas zu machen. In den vergangenen neun Monaten unserer Beziehung hatte ich lauter verwackelte Selfies bekommen. Ethan vor der Golden Gate Bridge beim Triathlon, Ethan mit Taucherausrüstung auf den Fidschi-Inseln, Ethan kurz vorm Fallschirmsprung. Kontext zu seinen Fotos gab es fast nie, aber immer konnte man ihm diesen inneren Antrieb, dem Leben alles abzutrotzen, was es zu bieten hatte, ansehen.

Ethan mit seiner Vollgaspersönlichkeit hatte mich genau zum richtigen Zeitpunkt entdeckt.

Nach so vielen Jahren als Außenseiterin in einer Familie, in der alle anderen nach Dingen strebten, die nicht greifbar waren, hatte mich endlich jemand verstanden, ja, sogar an mich geglaubt.

Ich stellte die Auflaufform zum Abkühlen auf den Herd und belegte Ethans Teller mit geräuchertem Gouda und getrockneter Salami von der Antipastiplatte, garnierte ihn mit Kräckern und füllte ein Glas mit Rotwein. Beides stellte ich auf den Tisch und setzte mich neben Ethan.

Er machte keine Anstalten zuzugreifen. Stattdessen rutschte er auf die Sofakante, als wolle er gleich lossprinten. »Babe, ich hatte gestern ein Gespräch mit Mr Greggorio. Über dich.«

*Über mich?*

Mr Greggorio war Ethans Partner bei Cobalt, hatte ihm aber ungefähr dreißig Jahre Erfahrung voraus, was das Führen einer Marketingagentur betraf. Sein Name sorgte bei mir immer für ein Nervengewitter. Vielleicht deswegen, weil Ethan den Mann noch nie anders als *Mr Greggorio* genannt hatte. Aber vermutlich hatten reiche italienische Jachtbesitzer, die alle möglichen Entertainment-Talente und Geschäftsleute vertraten, keine Vornamen.

»Meine Zahlen steigen doch! Ich habe gerade die Sechshunderttausendermarke geknackt.«

»Oh, das weiß er«, sagte Ethan bedeutungsvoll. »Er hat deine Accounts immer im Blick. Und nicht nur das.«

Das verschlug mir jetzt komplett die Sprache. Mr Greggorio hielt sich nicht mit Influencer-Gesindel wie mir auf. Er kümmerte sich um die VIP-Klienten von Cobalt, holte Produktlinien von Sponsoren und Firmen an Bord, die für weltweite Top-Marken standen. Ich hätte bis zu diesem Moment nicht einmal sagen können, ob er sich überhaupt an mich erinnerte, nachdem wir uns vergangenes Jahr zum ersten Mal gesehen hatten. Damals hatte

Cobalt meine Vertretung übernommen – als kleine Influencerin, wohlbemerkt, mit gerade einmal 100.000 Abonennten und mangelndem Fokus, was meinen Content anging. Aber Ethan hatte an mein Talent geglaubt, daran, was ich in der Fashion- und Beauty-Industrie insgesamt erreichen konnte, und hatte mich vom Fleck weg unter Vertrag genommen.

Zwei Monate später hatten wir unser erstes Date. Er war mit mir zum Abendessen in die Space Needle geflogen – eine knappe Flugstunde von Spokane in Washington entfernt.

Jetzt stand er auf und lief im Wohnzimmer hin und her. Seine neuen Flat-Front-Chinos dehnten sich bei jedem Schritt ohne jede Falte – ein Modewunder, wenn man seinen eben beendeten Tiefschlaf-auf-der-Couch-Zustand bedachte. Plötzlich blieb er stehen und fuhr auf dem Absatz seiner Slipper herum. »Er sagt, du hättest das gewisse Etwas. Diesen It-Faktor, der die Spreu vom Weizen trennt.« Sein Grinsen legte seine gebleachten Zähne frei. »Hast du eine Ahnung, mit wie vielen Klienten Mr Greggorio schon gearbeitet hat?«

Wenn ich eben schon fassungslos gewesen war, war ich jetzt praktisch in Schockstarre. Ich brachte nur noch ein winzig kleines Kopfschütteln zustande.

»Tausende.« Er lachte. »*Tausende*, Molly!« Seine Augen funkelten wild. »Und ich bin nicht der Einzige, dem er das gesagt hat. Er hat dich bei den Medienmogulen von Netflix angepriesen. Sie suchen frische Gesichter für eine neue Feel-good-Serie, die nächstes Jahr kommen soll. Und weißt du, was sie gesagt haben? ›Molly McKenzie haben wir schon auf dem Radar.‹«

»*Was?*« Ich sprang vom Sofa auf und konnte nur blöd glotzen und mit den Armen flattern wie ein flugunfähiger Vogel. »Nein. Auf keinen Fall. Du lügst mich an. Das kann nicht sein. Sag mir, dass du das gerade erfunden hast.« Ein unkenntliches Krächzen kam aus meiner Kehle. »Ist das echt wahr?«

Er lachte. »Noch nicht einmal ich könnte so gut lügen.«

Ich warf mich ihm in die Arme und er wirbelte mich herum.

»Ich werd verrückt! Ich weiß, du hast immer gesagt, dass das eines Tages passieren würde – dass du meine Marke in Sphären bringst, die ich mir nicht einmal erträumt habe, aber ... ich glaub's nicht, das ist ja der Wahnsinn!«

Ethan ließ mich wieder herunter und nahm mein Gesicht in seine Hände. »Solange du dich auf die Ziele konzentrierst, die vor dir liegen, werde ich dafür sorgen, dass deine wildesten Träume wahr werden.« Er lächelte, als wolle er seinen Worten die Gelegenheit geben, ihre volle Wirkung zu entfalten. »Aber bevor ich im Sommer den Produzenten deine offizielle Bewerbung geben kann, müssen wir alle potenziellen Schwachpunkte in deinem Lebenslauf eliminieren, damit deine Konkurrentinnen erst gar keine Chance haben.«

»Klar, natürlich.« Die wolkenhafte Euphorie, die mein ganzes Wesen aufgeplustert hatte, bekam ein kleines Loch.

Ethan griff nach seiner Aktenmappe und schon war er von der Rolle meines Freunds zurück in die meines Managers geschlüpft.

»Ich habe dir auf dem Flug ein paar Key Targets aufgeschrieben. Du hast doch deine Ziele immer gern visualisiert.«

»Ja. Danke.« Ich sah zu, wie er die Mappe aufklappte. »Was auch immer ich tun soll, ich mach's.«

Einer seiner Mundwinkel hob sich. »Ich meinte zu Mr Greggorio, dass du genau das sagen würdest.«

Er stellte den Antipasti-Teller und die Weingläser auf einen anderen Beistelltisch.

»Das heißt, du willst das alles jetzt gleich durchgehen?«, fragte ich und warf einen Blick auf unser sich abkühlendes Essen.

»Wartezeit ist verschwendete Zeit.« Wenn er einen Lieblingsspruch hatte, dann diesen. Ethan hielt Geduld jedenfalls nicht für eine Tugend.

»Also schön.« Ich nahm die Liste entgegen. Gleich beim ersten Stichpunkt blieb ich hängen. »Eine Million Follower? Bis Ende August?«

»Es war noch nie einfach, ganz vorn dabei zu sein.«

Ich zog fragend eine Augenbraue hoch. »Aber das ist …« Aus Prinzip verwendete ich das Wort *unmöglich* nicht, aber Himmel, wenn es je angebracht war, dann jetzt. »Das sind fast vierhunderttausend Abonnenten in drei Monaten.«

»Ja, richtig. Und ich habe eine Strategie, wie wir das schaffen.«

»Ist Um-ein-Wunder-Beten Teil davon?« Mein Witz verpuffte, als Ethan den Kopf schüttelte.

»Du weißt, dass ich nicht an Wunder glaube. Ich glaube an harte Arbeit, Einsatz und jede Menge Biss. Und von allem hast du mehr als genug. Und deswegen sind wir auch so gute Partner.« Er holte ein weiteres Dokument aus seiner Mappe und legte es mir hin. Tortendiagramme und Algorithmus-Reports, die mir überhaupt nichts sagten, starrten mich an. »Wenn man das Fotoshooting für deine Kampagne mit *Hollywood Nights Cosmetics* nächste Woche und die Werbezitate, die die vom *Fashion Emporium* in ihren Stores aushängen, zusammennimmt, schätze ich deinen Abonnentenschub auf zwölf, dreizehn Prozent.« Er fuhr eine Linie mit dem Finger nach, die das Wachstum beschrieb, das er bereits durchgeplant hatte. »Es bleibt aber eine große Lücke, die wir noch füllen müssen, während ich versuche, größere Kampagnen mit mehr Reichweite für dich an Land zu ziehen. Wir brauchen auch eine Kooperation mit einem passenden Promi, jemandem, der dich an die Hand nimmt und auf sein Level hievt. Ich habe da schon ein paar Eisen im Feuer. Aber da ist noch etwas.« Als er mich ansah, hatte ich dieses leichte Schwindelgefühl wie jedes Mal, wenn ich in einem Glasfahrstuhl nach unten sah.

»Was denn?«

»Wir müssen der Öffentlichkeit auch noch eine ganz andere Seite von dir präsentieren. Die Reichweite der Frau hinter *Molly's Make-up Matters* vergrößern. Und deswegen ist Punkt zwei so wichtig.«

Ich ließ den Blick auf der Seite nach unten wandern, bis mich besagter zweiter Punkt auf ganz neue Art und Weise in Panik versetzte. Ein Brennen fraß sich durch meine Bauchgegend, eine

Vorahnung, die ich nur zu gut kannte. »Was meinst du mit *sozialem Engagement*?«

»Es muss ein ganz spezielles Projekt sein.« Ethan beugte sich vor, als wäre das, was er jetzt sagen würde, zu geheim für mein Wohnzimmer. »Ich habe eine ganze Menge Gefallen eingefordert und mir Infos aus diversen inoffiziellen Gesprächen zusammengereimt. Und jetzt weiß ich, worum es in der Show gehen soll, die du vielleicht machen sollst.« Er hielt ganze drei Sekunden die Luft an. »Sie heißt *Project New You* und rückt Amerikas unterprivilegierte Jugend ins Rampenlicht. Es soll eine Art ganzheitliche Herangehensweise an die üblichen Makeover-Shows sein und sich eben nicht nur um das Äußerliche drehen. Die Kandidatinnen und Kandidaten sind fast erwachsen und werden durch ein Nominierungssystem ausgewählt, durch Lehrer, Mentoren, Pflegeeltern und so weiter. Also die Art Sendung, bei der man am Ende mit einem Taschentuch und einer Packung Eis dasitzt.«

Die Boje, die meine Hoffnung über Wasser hielt, sank Zentimeter um Zentimeter.

Ich machte den Mund auf, um etwas – irgendetwas – zu sagen, aber es kam nichts. So viele Gedanken schossen mir gleichzeitig durch den Kopf und weckten Erinnerungen, die ich lieber ruhen lassen wollte. Klar, ich »half und unterstützte« Frauen auf der anderen Seite des Bildschirms mehrmals pro Woche mit Make-up-Tutorials, Produktvergleichen und »So ehrlich, wie ich sein darf«-Reviews, aber Menschen in der echten Welt zu helfen, war eine ganz andere Geschichte. Das wusste ich nur zu gut, immerhin hatten sich sowohl meine Eltern als auch mein Bruder mit ganzer Seele dem geistlichen Dienst verschrieben.

Manchmal fragte ich mich, wie viele Gebetsteams im ganzen Land – oder sogar rund um die Welt – es zu ihrem Anliegen gemacht hatten, für die verlorene Tochter der McKenzies zu beten, das schwarze Schaf, das sein Geld mit einer der sieben Todsünden verdiente: Eitelkeit.

Ethan und ich redeten nicht viel über unsere Vergangenheit

und so ahnte ich, dass er mein Schweigen nicht als die Angst interpretierte, die es war – die Angst, dass ein Schritt zu nah an die Grenze sozialen Engagements in meinem Fall nur in einer Katastrophe und Enttäuschung für alle Beteiligten enden konnte. Es gab nur eine Person in meinem Leben, die mir da widersprochen hätte, aber Mimi war vor fast vier Jahren gestorben. Bevor ich gerade einmal fünftausend Abonnenten auf meinem Kanal hatte, zu dem sie mich ermutigt hatte. Hatte sie gewusst, dass dieser Tag kommen würde? Hätte sie mich als Moderatorin einer On-Demand-Sendung gesehen? Fast konnte ich ihre Finger spüren, die mir durchs Haar fuhren, während sie sagte: *»Du hast der Welt etwas zu geben, Molly. Teile deinen Funken mit ihr. Hör auf zu verstecken, was Gott dir gegeben hat.«*

War das hier der große Durchbruch, den sie mir gewünscht hatte?

»Die Produzenten müssen mehr von deiner empathischen Seite kennenlernen. Lass sie mehr Herz sehen. Mehr Mitgefühl. Mehr Freigiebigkeit und Selbstlosigkeit. Dein Charme und dein Esprit haben sie beeindruckt. Niemand würde deine Präsenz vor der Kamera infrage stellen, aber damit daraus etwas wird, muss Make-up-Molly sich die Hände am richtigen Leben schmutzig machen. Denn bis jetzt bist du nur ein hübsches Gesicht, das eine anziehende Persönlichkeit verspricht.«

Seine Worte stachen hinten im Rachen und ich schluckte gegen den Schmerz an. Ich hatte noch nie vor Ethan geweint und wollte jetzt bestimmt nicht damit anfangen. »Ich bin mehr als das.«

Er sah von den Dokumenten auf, die Stirn gerunzelt. »Wie bitte?«

»Ich bin mehr als nur ein hübsches Gesicht.«

»Oh, Baby. Das weiß ich doch. Natürlich weiß ich das.« Er drückte mir das Knie und lächelte. »Aber es ist meine Aufgabe herauszufinden, wie du von der Öffentlichkeit wahrgenommen wirst, selbst wenn mir klar ist, dass du viel mehr Potenzial hast.«

Das Wort *Potenzial* schaffte es leider nicht, den Stachel der Beleidigung zu ziehen.

»Jetzt guck nicht so besorgt! Wir kriegen das schon hin. Ist ja nicht so, als würde ich dir vorschlagen, einen Monat im Obdachlosenheim zu wohnen und als Küchenfrau Reis und Bohnen zu servieren.« Er schmunzelte. »Wir finden schon etwas Passendes für dich. Irgendwas mit älteren Kindern, wo es reicht, wenn du einmal pro Woche vorbeischaust. Dir ein paar Schicksale anhörst, die du wiedergeben kannst, ein paar herzerweichende Fotos machst. Das war's. Kein Drama.«

Er schwieg kurz und ich konnte fast spüren, wie er die Spannungen im Raum umlenkte. »Meine Assistentin stellt schon eine Liste von lokalen Hilfsorganisationen und gemeinnützigen Vereinen zusammen. Je näher das Ganze der Prämisse dieser Sendung kommt, desto besser. Außerdem müssen wir darauf achten, dass wir keine der anderen Influencerinnen in deiner Nische kopieren. Felicity ist ...«

»Felicity?« Schon bei ihrem Namen stellten sich mir die Nackenhaare auf. »Was hat die denn damit zu tun?«

»Hast du mal ihre Zahlen gesehen?«, fragte er, als hätte ich die Präsidentschaftswahl verpasst.

»Vielleicht habe ich ab und zu mal reingeschaut.«

»Seit sie die Tierheime unterstützt, sind ihre Zahlen geradezu explodiert. Und das ist auch kein Wunder. Die Leute interessieren sich mehr für erfolgreiche Menschen, die sich engagieren. Wenn du dir ein soziales Projekt suchst, wird deine Reichweite steigen und außerdem hast du für deine Bewerbung einen riesigen Vorsprung.«

Ich seufzte genervt. »Ich kann mir nicht vorstellen, dass irgendein Tier freiwillig im selben Raum wie Felicity sein will. Sie ist quasi die platinblonde Version von Cruella e Vil.«

»Mag sein«, entgegnete Ethan ganz managerhaft, »aber ihre Zahlen sprechen für sich. Sie hat auf allen ihren Plattformen in den vergangenen vier Monaten fast achtzehn Prozent zugelegt.«

»Achtzehn Prozent?« Ich sackte auf einen der Stühle. »Krass.«

»Jep.« Er tätschelte mir das Knie. »Und ich zweifle kein bisschen daran, dass du das noch toppen kannst. Du hast mehr Persönlichkeit und Charisma in deinem linken Ohrläppchen als Felicity Fakes It.«

»Felicity Fashion Fix«, korrigierte ich ihn grinsend. Meine Laune hob sich allmählich wieder.

Er drehte eine meiner Haarsträhnen um seinen Finger und zog sanft daran. »Es ist mir egal, wie ihr Kanal heißt. Sie ist nicht mehr meine Klientin, sondern du.« Er rutschte näher an mich heran, nahm meine Hände und streichelte mit seinen Daumen über meine Handgelenke. »Du hast bewiesen, dass deine Zuschauer loyal sind und dass sie bleiben, wenn du sie einmal am Haken hast. Und jetzt musst du ihr Herz an den Haken nehmen. Wenn du das schaffst, kann ich dir eine Makeover-Show mit Millionenpublikum besorgen, die alles, was du für deine Marke bisher getan hast, wie Kinderkram aussehen lässt.«

*Ihr Herz an den Haken nehmen* – ich stellte mir vor, wie mein Zwillingsbruder auf so eine Aussage reagieren würde.

»Oh!« Ich richtete mich auf. »Ich hab's!«

»Was? Eine Idee für eine gemeinnützige Organisation?«

Ich schüttelte den Kopf. »Nicht ganz, aber ich kenne genau die richtige Person, die uns zu einer führen kann. Miles. Mein Bruder kennt in der Hinsicht alles im Umkreis von hundert Meilen.« Und darüber hinaus.

»Ah. Der Pastor«, sagte Ethan und griff endlich zu seinem Weinglas. Dann lehnte er sich auf dem Sofa zurück. »Solltet ihr beide nicht ein Interview zusammen auf deinem Kanal machen? Ich dachte, das hätte ich schon vor ein paar Monaten vorgeschlagen – den Zuschauern diese besondere Zwillingsverbindung zwischen euch zu zeigen. Hat Val vergessen, das einzuplanen?«

Ich versuchte seinen abwertenden Unterton zu ignorieren, den er immer an den Tag legte, wenn er über meinen Bruder sprach. Auch wenn er und Miles erst zwei Mal miteinander zu tun gehabt hatten, war offensichtlich, dass keiner der beiden den anderen in nächster Zeit als Freund bezeichnen würde. Um ehrlich zu sein, fühlte ich mich oft wie eine Torhüterin zwischen ihnen, die alle potenziellen Beleidigungen und Sticheleien abblockte.

Ich stand auf, schlüpfte an ihm vorbei und ging zurück in die Küche. »Er hat kein Interesse daran, bei *Molly's Make-up Matters* interviewt zu werden, und das ist völlig in Ordnung für mich. Das ist eben nicht sein Ding.«

Ethan lachte. »Wieso nicht? Sind Pastoren aus den sozialen Medien verbannt? Ist das eins der zwölf Gebote?«

»Zehn.«

»Zehn was?«

»Es gibt nur zehn Gebote, nicht zwölf.«

Er zog sein Telefon heraus und tippte darauf herum. Entweder hatte er mich nicht gehört oder wollte nicht darauf antworten. »Du solltest ihn wirklich umstimmen. Das ist eine verpasste Gelegenheit.«

Das war es wohl tatsächlich, aber ich kannte meinen Bruder. Genau, wie ich meine Eltern kannte. Obwohl Miles zumindest nachvollziehen konnte, welche Vorteile die sozialen Medien boten und was mein Beruf als Influencerin tatsächlich bedeutete. Meine Eltern dagegen teilten sich ein Klapphandy, ohne Apps und Internet – alles im Namen von Sparsamkeit und Haushalterschaft.

Ich holte zwei Teller aus dem Schrank und sagte nichts mehr zu dem Thema. Es war eine der klaren Linien, die ich in unserer Beziehung gleich von Anfang an gezogen hatte. Ethan hatte mich nicht schon als Kind oder als einsame Jugendliche gekannt, die ihren Platz in einer Familie suchte, in der sie irgendwie nie gut genug war. Und das war auch gut so. Wir kamen aus zwei völlig verschiedenen Lebenswelten, aus völlig verschiedenen Elternhäusern und Hintergründen, und vielleicht gefiel mir diese Andersartigkeit am besten an ihm. Unsere Vergangenheit fiel nicht ins Gewicht, weil wir uns nur auf die Zukunft und unsere Träume konzentrierten. Und in dieser Hinsicht waren wir uns sehr ähnlich. Ethan und ich waren eine Zielsetzungs- und Zielverwirklichungsmaschine. Und bei seiner Agentur zu unterschreiben, war eine der besten Entscheidungen, die ich je getroffen hatte.

Er glaubte an mich. Und das war womöglich der einzige Antrieb, den ich brauchte, um die nächsten Ziele zu verfolgen.

»Hey.« Ethan trat von hinten an mich heran und legte mir die Hände auf die Schultern, während ich nach einem Servierlöffel griff. »Wieso lassen wir das Hühnchen nicht Hühnchen sein und gehen essen? Ich hätte total Lust auf diesen kleinen Italiener, den mit den panierten Artischocken und dem frischen Caprese-Salat.« Er schob meine Haare beiseite und küsste mich auf den Hals. »Wir können diese Unterhaltung doch bei einem schönen Teller Kalbfleischcarpaccio mit Parmesan fortführen. Und außerdem gibt es dann hinterher keinen Abwasch.«

Ich sah auf das Hühnchen. Den ganzen Tag hatte ich es mariniert. Das Rezept hatte ich schon vor einer Woche ausgesucht, als Ethans Flug gebucht gewesen war. »Ich liebe das Restaurant, aber ich habe mich schon die ganze Woche darauf gefreut, dieses Rezept auszuprobieren, und ...«

Er drehte mich herum und strich mir übers Kinn. »Schätzchen, wenn dieser Deal unter Dach und Fach ist, dann wirst du nur noch von Sterneköchen probieren wollen. Los, komm, ich lade dich ein. Ich bin stolz auf dich.« Er ging zur Tür und schlüpfte in seine Jacke, bevor er meine rote Strickjacke vom rustikalen Wandhaken nahm und mir hinhielt. »Ich kann schließlich nicht alle Tage die Errungenschaften meiner besten Klientin feiern, die außerdem noch meine wunderschöne Freundin ist.«

# Kapitel 2

## Molly

»Ich brauche ein soziales Projekt.« Die Worte hallten von den Wänden der Turnhalle wider, als hätte ich in ein Megafon gesprochen.

Mein Bruder wischte sich mit dem T-Shirt den Schweiß von der Stirn – *wieso müssen Männer so widerlich sein?* –, drehte sich um und entdeckte mich in meinen graubraunen Stiefeletten, deren dunkle Sohlen auf dem polierten Boden garantiert nicht erlaubt waren. Obwohl Miles sich Mühe gab, sich seine Überraschung darüber nicht anmerken zu lassen, mich ausgerechnet hier zu sehen, hätte ich das belustigte Zucken seiner Lippen selbst von der anderen Seite des Pazifiks aus bemerkt. Er war ein furchtbarer Schauspieler – vielleicht der schlechteste von allen. Einmal war er drei Tage vor der Aufführung aus dem Krippenspiel geworfen worden, weil er es nie schaffte, sein nervöses Kichern zu unterdrücken, wenn Marias Esel auf die Bühne getrampelt kam und eine mit einem Kissen schwangere Jungfrau auf die Bühne hievte. Die genervte Mrs Martin sagte ihm, er solle sich auf die Wange beißen, weil kein Weiser aus dem Morgenland an der Krippe einen Lachflash gehabt habe – woraufhin Miles altklug antwortete: *»Da waren überhaupt keine Weisen an der Krippe. Die kamen erst später.«*

»Morgen, Schwesterchen! Ich freue mich auch, dich zu sehen. Meine Reise nach Guatemala war übrigens toll. Danke der Nachfrage.« Er warf den Ball gegen die Wand und fing ihn wieder auf. »Bist du hier, weil du ein Doppel mit mir spielen willst?« Jetzt grinste er. Bevor Miles angefangen hatte, dienstagsvormittags zum Wall Ball in die kircheneigene Turnhalle zu gehen, war ich immer davon überzeugt gewesen, das sei so eine Erfindung wie die Spiele, die man sich für unsportliche Kinder ausdachte, damit sie sich in der Pause bewegten. Wie Himmel und Hölle. Oder Schweinchen in der Mitte. Aber nein, aus irgendeinem Grund liebte mein siebenundzwanzigjähriger Bruder Wall Ball.

Ich wiederholte mein Anliegen: »Ich. Brauche. Ein. Soziales. Projekt.«

Er ließ den roten Gummiball zweimal auf den Boden prallen. »Ich habe dich beim ersten Mal schon gehört und trotzdem keine Ahnung, wovon du sprichst.«

Nachdem ich die halbe Nacht wachgelegen hatte und irgendwelche unsinnigen Anweisungen für Val ausgearbeitet hatte, die sie am Morgen in ihrem Posteingang vorgefunden hatte, war ich zu dem Ergebnis gekommen, dass Miles doch meine beste Option war, um ein soziales Engagement zu finden. Eins, bei dem ich die gewünschten Erfahrungen sammeln konnte – für die Netflix-Produzenten – und das angesichts meiner Sechzig-Stunden-Woche einen minimalen Zeitaufwand bedeuten würde. Die Sache war nur, Miles durfte nichts von der Makeover-Show erfahren. Denn mein Bruder war ... nun, er war eine Art Heiliger für viele Leute. Wenn ich ihn auf seinem Spezialgebiet um Hilfe bat, dann erwartete er ehrenhafte Motive von mir. Wobei ... die hatte ich ja auch. Jedenfalls etwas in der Richtung.

Er sah mich nur fragend an und ich versuchte, mir meine kleine vorbereitete Ansprache über die Notwendigkeit, den Menschen zu dienen, in Erinnerung zu rufen. Hoffentlich würde sie ehrlich genug rüberkommen und nicht, als würde ich meine Empathie bloß vorheucheln. »Mir ist aufgegangen, dass ich meine Plattform nicht ohne Grund habe. Es geht nicht nur darum, eine erfolgreiche Firma in der Beautyindustrie aufzuziehen, sondern um eine viel größere Vision.«

Sein Gesichtsausdruck war eine Mischung aus Interesse und Skepsis. Ich hatte ihn schon unzählige Male gesehen und konnte ihn ohne Weiteres nachahmen. Wir waren zwar zweieiige Zwillinge, aber unsere Gesichter waren beide ziemlich ausdrucksstark. Früher war ich immer neidisch auf Miles' einzigartige Augenfarbe gewesen – wie Bernstein mit grünen Sprenkeln. Aber seine Haarfarbe konnte er behalten. Mein helleres Blond gefiel mir deutlich besser.

»Was für eine größere Vision?«, fragte er.

»Der Gesellschaft vor Ort etwas Gutes zu tun.« Ich legte eine angemessene Pause für etwas Selbstreflexion ein. »Um es genau zu sagen, zieht es mich besonders zu benachteiligten jungen Erwachsenen aus schwierigen Verhältnissen.« Ich verkniff mir den Kommentar, dass es am besten wäre, wenn diese jungen Erwachsenen innerhalb eines Fünfundzwanzig-Kilometer-Radius leben könnten und ungefähr einmal pro Woche verfügbar wären.

Miles blinzelte, als wäre er sich nicht sicher, wie er diese seltsame Ankündigung interpretieren sollte. »Und was genau hat deiner Meinung nach diese Erkenntnis ausgelöst? Ich erinnere mich nämlich, dass ich dich vorletztes Wochenende angerufen habe, als mir drei Freiwillige für die Jobmesse fehlten. Das wäre eine großartige Gelegenheit gewesen, *der Gesellschaft vor Ort etwas Gutes zu tun.*«

»Ich war mitten beim Filmen für den Zweiteiler über Bügeleisen! Val hat auf das Videomaterial gewartet, um mit dem Schneiden anzufangen.«

Er blinzelte. »Aha.«

»Nur, weil ich von zu Hause arbeite, heißt das nicht, dass ich keine täglichen Pflichten oder Termine und Deadlines habe. Außerdem: Ist das nicht eins der Wohltätigkeitsprojekte, für das ich jeden Monat spende?«

Er seufzte. »Ja, ist es. Aber wir nennen sie nicht mehr so, das ist veraltet. Sie heißen Hilfsprojekte.«

»Ja, von mir aus. Aber du kannst nicht sagen, ich würde dir oder deinen *Hilfs*projekten nicht helfen.«

»Du hast recht«, sagte er auf diese langsame, pastorale Art.

»Deine Freigiebigkeit hat der Gemeinde in den vergangenen Jahren sehr weitergeholfen. Danke.«

Ich hatte das Gefühl, dass er zu diesem Thema noch mehr zu sagen hatte. »Aber?«

»Ich versuche noch immer zu verstehen, woher das jetzt auf einmal kommt. Vor allem das mit den *benachteiligten jungen Erwachsenen*, wie du sie genannt hast.«

»Das ist eine prägende Lebensphase. Diese jungen Leute lagen mir schon immer am Herzen!«

»Ach ja? Wie letzten Frühling, als du für die Minibusreparatur gezahlt hast, damit ich den Missionseinsatz mit der Jugendgruppe in Mexiko nicht absagen musste ...« Er zog eine Augenbraue hoch.

»Ja, genau. Siehst du?« Der Punkt ging wohl an mich. Die Sache hatte ich gar nicht mehr auf dem Schirm gehabt.

»Molly, du hast den Betrag erst beglichen, nachdem ich dir hoch und heilig versprochen hatte, dich niemals zu bitten, als Begleitperson auf so einen Einsatz mitzukommen. Du meintest, dein Lebenspensum an müffelnden Achseln und schrecklichen Sangesarien im Auto sei seit deinem fünfzehnten Lebensjahr voll.«

»Du weißt, wie sehr wir auf dem Rücksitz unseres alten Corolla unter Dads schiefen Gaither-Hymnen gelitten haben. Außerdem warst du damals allem Anschein nach noch nicht so überzeugt von Deo.« Ich sah ihn finster an. »Solltest du mich in der Sache nicht vielmehr ermutigen? Sind Pastoren nicht dazu da, Menschen zu helfen?«

»Ich bin nicht dein Pastor, sondern dein Bruder.«

Ich stieß den Ball unter seinem Arm weg. »Ach, jetzt nehmen wir es plötzlich ganz genau, ja?«

Er seufzte. »Wieso sparst du dir nicht das ganze Drama und sagst mir einfach die Wahrheit?« Er verschränkte die Arme und sah mich ernst an. »Hat es mit Mom und Dad zu tun? Sehnst du dich immer noch nach ihrer Anerkennung? Denn wenn dem so ist, dann sollten wir lieber darüber reden, wie ...«

»*Reverend.*« Es war unser Codewort für einen Waffenstillstand und absolute Ehrlichkeit. »Das hier hat nichts mit unseren Eltern zu tun.«

Reverend Carmichael war der tiefgläubigste Mensch, den wir je gekannt hatten. Er konnte Bibelverse zitieren wie mein Bruder die Lyrics aller christlichen Rockbands der frühen Nullerjahre. Er war ein Schwarzer mit silbergrauem Bart gewesen, der seine Worte immer mit lebhaften Gesten unterstrichen hatte. Miles und ich waren beide von ihm im Spokane River getauft worden, zwei Tage, nachdem die Sommerferien vor der achten Klasse begonnen hatten, und weder mein Zwillingsbruder noch ich hätten es gewagt, ihn anzulügen, aus Angst, sofort tot umzufallen.

»Okay«, sagte Miles und seufzte tief. »Ich glaube dir.«

»Gut.« Zufrieden darüber, dass ich endlich seine ganze Aufmerksamkeit hatte, fügte ich hinzu: »Ich möchte nämlich wirklich etwas in meiner Branche bewegen. Etwas daraus machen, dass ich so viele Menschen erreiche.« Eine Erklärung, die sich genauso richtig anhörte, wie sie sich anfühlte.

»Wie wäre es, wenn du mit unserem Missionsteam nächsten Monat in die Mongolei fliegst? Du könntest lauter Videos darüber machen.«

Ich dachte kurz an die vielen Bilder, die ich mit Miles hatte anschauen müssen: Hütten mit Lehmfußboden, strohgedeckte Dächer, abgetragene Kleider und Suppe aus allen möglichen Essensresten. Sofort fing meine Haut überall an zu kribbeln und zu kratzen.

Miles brach in Gelächter aus. »Das war ein Witz, Molly. Ganz ruhig. Das würde ich dir nicht antun.«

Meine Wangen wurden heiß. »Oh, ach so. Haha.«

Ich suchte nach einer positiven Ablenkung, irgendetwas, was Miles von der Fährte eines Hintergedankens abbringen würde. Und dann wusste ich plötzlich genau, womit ich ihn kriegen würde. »Aber sagst du nicht immer, wir sind alle Missionare? Auf der Arbeit und zu Hause?«

»Ja.« Kurz sah er mich fragend an und ich ahnte, wohin ihn sein Gedankengang geführt hatte. Ja, ich lebte allein, aber hey, selbst in der Bibel waren nicht alle verheiratet. Und ja, meine Arbeit fand fast nur im Internet statt, aber ich interagierte mehrmals pro Tag in Videochats mit meiner Assistentin. Oh, und letzte Woche hatte ich Val einen Tag freigegeben, damit sie einen Ausflug mit ihrem Sohn machen konnte. Das zählte doch immerhin, aber ... *hmm.* Ich runzelte die Stirn und kramte in meiner Erinnerung danach, wann ich zuletzt etwas Gutes für andere getan hatte im letzten ... egal wann.

»Wieso guckst du so, als würdest du Bruchrechnung ohne Schmierpapier machen?«

»Mache ich nicht, ich versuche nur ...«

»Du versuchst was?«

»Hältst du mich für egoistisch?«, platzte ich heraus.

»Was? Äh ...« Er schluckte und sah plötzlich verlegen aus. »Woher kommt das denn jetzt?«

Ich schüttelte den Kopf. »Ich frage dich als meinen Bruder. Hältst du mich für egoistisch? Das ist eine einfache Frage.«

Er lachte. »Bei dir ist nie irgendetwas einfach.«

Ich verschränkte die Arme und weigerte mich, ihn vom Haken zu lassen.

Er rieb sich den Nacken. »Wir alle stehen in der Gefahr, selbstsüchtig zu handeln. Das liegt in unserer Natur.«

Ich winkte ab. »Spar dir das, *Pastor Miles.* Spuck's schon aus!«

Er atmete länger aus, als eine menschliche Lunge Luft haben konnte. »Hin und wieder hast du die Tendenz, etwas ... ich-zentriert zu sein.«

*Ich-zentriert.* Ich schlüpfte testweise in das Wort wie in eine maßgeschneiderte Jacke und war sofort davon genervt, wie eng sie anlag. *Selfmade* – das wäre ein Adjektiv, das ich mit Stolz tragen würde. Aber ich-zentriert? So wollte ich auf keinen Fall von den Menschen charakterisiert werden, die mich außerhalb von *Molly's Make-up Matters* kannten.

»Es ist doch völlig verständlich, dass du damit zu kämpfen hast«, fuhr Miles fort. »Das gibt doch dein Beruf schon vor. Du hast eine Million Follower, die den ganzen Tag um deine Aufmerksamkeit und deine Bestätigung wetteifern. Du hast hart dafür gearbeitet, eine Marke aus dir zu machen, und du warst immer großzügig mit deinen ...«

»Sechshunderttausend.«

»Was?«

»Ich habe keine Million Follower.« Aber ich brauchte sie bis zum Ende des Sommers, zumindest laut Ethan.

Miles schmunzelte. »Sechshunderttausend innerhalb weniger Jahre ist trotzdem eine erstaunliche Zahl.«

»Aber nicht genug«, sagte ich, zuerst mehr zu mir selbst, wiederholte es aber noch einmal lauter für ihn, als es in meinem Bauch unangenehm zu ziehen begann: »Aber nicht genug, Miles. Ich will mehr sein als nur ein hübsches Gesicht! Ich möchte der Weizen sein, nicht die Spreu. Eine Frau, die ihren Einfluss dafür nutzt, um Gutes zu tun. Um etwas zu bewegen.«

»Augenblick mal, ich habe nie gesagt, dass du nur ein hübsches Gesicht ...«

»Ich weiß. Und das ist auch nicht wichtig. Wichtig ist, dass ich ein Projekt in der Umgebung finde, wo ich mich einbringen kann.« Schließlich hatte ich eine Firma mit fast siebenstelligem Umsatz aus dem Boden gestampft. Was sollte mich da noch aufhalten? Ich musste nicht Theologie studieren oder Vollzeit-Gemeindegründerin werden wie meine Eltern, um etwas Gutes in der Welt zu bewirken.

»Ein Projekt«, wiederholte er. Seine Augen wurden schon wieder zu Schlitzen.

»Ja, ein Projekt.« Wieso konnte er das nicht verstehen? »Du arbeitest in der Kirche. Da hast du doch sicher Kontakt mit Tausenden von Bedürftigen. Ich möchte einfach nur wissen, was dir zur Kategorie ›Unterprivilegierte Jugend‹ einfällt.«

»Was mir zur Kategorie ›Unterprivilegierte Jugend‹ einfällt«, wiederholte er langsam und wenig hilfreich. »Du möchtest am liebsten eine Liste von mir.«

»Das wäre toll, ja.« Ich hielt ihm meine Hand hin, als hätte er eine Art Bedürftigenwunschzettel in der Hosentasche dabei.

»So läuft das leider nicht.«

»Wieso nicht?«

»Weil es Vorschriften dafür gibt. Ich hab keinen Wunschzettel mit Namen oder so was.« Er lachte über mein langes Gesicht. »Genau das hast du gedacht, oder? Oh, wow. Alles klar.«

»Und wennschon.« Ich verdrehte die Augen.

»Normalerweise läuft das so: Wenn in unserer Umgebung irgendwo Bedarf besteht, dann kontaktiert eine Organisation oder eine Privatperson die Gemeinde und Susan notiert sich alle Informationen. Dann rufe ich zurück und mache einen Termin, um Näheres zu erfahren ...«

»Wenn du noch länger über deine Vorschriften referierst, gehe ich hier raus und bin zwanzig Jahre älter.«

Sein Blick schnellte zu mir. »Silas Whittaker.«

»*Wer?*«

»Ich habe ihn vor ein paar Jahren während eines Einsatzes in der Innenstadt kennengelernt. Er ist ein guter Kerl. Leitet ein Haus für junge Erwachsene, die als Pflegekinder aufgewachsen sind und lernen, auf eigenen Beinen zu stehen. Sie suchen Freiwillige für ihr Sommerprogramm, die den jungen Leuten Verschiedenes näherbringen: Finanzen, Kochen, Putzen, Bewerbungstraining – solche Sachen. Aber er erwartet wirklich vollen Einsatz ...«

»Sommertutorin?« Ich lächelte und stellte mir bereits Picknicks und Ausflüge an den See vor, wo ich über Ziele und Träume sprach. »Das ist so was von mein Ding! Ist quasi schon erledigt.« Ich sah schon den Clickbait-Artikel vor mir. Die Überschrift mit der ich die Leute zum Anklicken verlocken würde, wäre: *Molly von* Molly's Make-up Matters *wird Mentorin für ehemalige Pflegekinder und rettet sie vor einem Leben in Kriminalität und Traurigkeit.*

Ich hätte es nicht besser planen können.

Miles sah mich prüfend an, als würde er sein Angebot überdenken. »Vielleicht rufe ich dich lieber noch mal an, wenn ich im Büro bin und schauen konnte, was ich noch so finde. Vielleicht etwas, was weniger ... Aufwand bedeutet.«

Ich stemmte die Hände in die Hüfte. »Weniger Aufwand? Wieso? Das hört sich doch perfekt an! Val hat die meisten meiner Videos fertig und auf den Juli verteilt, also habe ich gerade etwas mehr Luft und bin flexibel. Außerdem sind Life Skills doch genau mein Thema.«

Miles schien sich da nicht so sicher zu sein, aber er war eben Miles.

»Silas Whittaker.« Ich speicherte den Namen gedanklich ab. »Schick mir seine Kontaktdaten und ich rufe ihn heute Nachmittag an, ja?«

»Molly, hör zu. Die jungen Leute dort ... viele von ihnen haben so einiges hinter sich. Manche hat es härter getroffen als andere. Wenn du den Sommer über mithelfen willst, dann tu es bitte nur, wenn du das Gefühl hast, dass du dort gebraucht wirst. Und nicht aus irgendeinem anderen Grund.«

»Logisch.« Ich wich seinem Blick nicht aus und wartete, ob er es noch einmal wagen würde, mir vorzuwerfen, ich wolle nur unsere Eltern zufriedenstellen, die ich seit fast zwei Jahren nicht mehr besucht hatte. Sie waren in Panama. Oder vielleicht auf den Philippinen. Seit sie ihre Gemeindegründungsarbeit nach Übersee verlegt hatten, war es immer schwieriger geworden, den Überblick über ihre Aufenthaltsorte zu behalten.

Ohne zu zögern, zog Miles mich in eine Umarmung. Dabei drückte er meine Wange gegen sein schweißnasses Shirt. »Ich bin stolz auf dich, Schwesterchen!«

Ich entwand mich ihm, ging einige Schritte zurück und kämpfte gegen die Gewissensbisse, die seine Worte ausgelöst hatten. »Danke. Und vergiss nicht, mir die Kontaktinfos zu schicken, ja?«

»Als würdest du das jemals zulassen.«

Da hatte er ausnahmsweise einmal recht. Ich verließ die Halle mit einem letzten Winken, drückte die Eingangstür auf und atmete die frische Mailuft ein. Ich konnte das schaffen. Ich würde Ethans Vorschlag in die Tat umsetzen und die beste ehrenamtliche Helferin werden, die Miles und seine Kirche je in die Welt geschickt hatten ... und vielleicht würde ich meine sechshunderttausendplus Follower dazu inspirieren, etwas ähnlich Großartiges zu tun.

# Kapitel 3

## Molly

Ich rollte langsam in eine Parklücke und griff nach meinem Notizbuch, um noch einmal die Adresse zu überprüfen. Die Empfangsdame von Silas Whittaker hatte sie so schnell heruntergerattert, dass ich mir nicht sicher war, ob ich sie richtig notiert hatte. Aber das war nicht das Einzige am Bridge Youth Home, worüber ich mir unsicher war.

Nachdem ich ihren vierzehnseitigen Online-Antrag *Werde Mentor:in!* ausgefüllt hatte, fragte ich mich nicht mehr, wieso die ehrenamtlichen Helfer nicht in Scharen zu diesem Projekt strömten. Der Auswahlprozess bestand aus fünfundneunzig Prozent Verhör und fünf Prozent Betteln um unbezahlte Mithilfe. Ich nahm mir vor, diesen katastrophalen Marketingfehler mit Mr Whittaker zu besprechen, sobald ich das erste Bewerbungsgespräch um elf Uhr hinter mir hatte.

Miles hatte ich bereits gewarnt: Falls irgendjemand mit einer Spritze oder einem Urinbecher zu mir kam, würde ich sofort auf dem Absatz kehrtmachen und mich nach einem anderen gemeinnützigen Projekt umsehen.

Alles, was er darauf geantwortet hatte, war: *#dramaqueen.*

Ich schob die COACH-Sonnenbrille auf der Nase nach unten und betrachtete den überdimensionalen Briefkasten, der am Straßenrand stand. Die schablonierte Adresse stimmte mit der, die ich aufgeschrieben hatte, überein: 589 Fir Crest Lane. Wie bislang so ziemlich alles an meinem ersten Eindruck war auch das Gebäude anders als erwartet. Das ganze Gelände war so märchenhaft, wie es in diesem Teil der Stadt nur sein konnte, mit sanften Hügeln und Farm-Vibes. Niemand würde vermuten, dass die Gewerbegebiete von Spokane nur wenige Meilen entfernt waren. Am verblüffendsten war jedoch das kolossale Haus im Craftsman-Stil, das da vor mir stand. Das hier war jedenfalls nicht der typische heftpflasterbeige Behördenbau mit vergitterten Fenstern und einer Betonplatte als Hof. Nein, das *Bridge Youth Home* war ein prächtiger Anblick aus karminroten und buttercremefarbenen Ziegeln zwischen kegelförmigen Säulen, geschwungenen Balkonen und verzierten Sparrenköpfen, eingerahmt von Türmchen, die auch ins Disneyland gepasst hätten.

Ich kannte die Arbeit des Architekten gut. Mimi hatte mir die Villen hier in der Gegend gezeigt, als ich siebzehn war. Alle hatte derselbe Mann entworfen. Diese hier jedoch hatte ich noch nie gesehen, dessen war ich mir sicher.

Ich schloss das Auto ab und lief in meinen Peeptoes über den knirschenden Kies, als das Handy in meiner Hand brummend einen Anruf vermeldete. *Ethan*. Ich schrieb ihm eine kurze Nachricht, dass ich ihn zurückrufen würde, wenn ich zu Hause im Büro war. Jetzt hatte ich eine Mission.

Die Sonne wärmte mir den Rücken. Ein Windstoß erfasste den Rock meines Midi-Chambray-Wickelkleids. Ich hielt den leichten Leinenstoff zusammen und stieg die Stufen zur Veranda hinauf. Dann ließ ich die feierliche Ernsthaftigkeit meiner Umgebung kurz auf mich wirken, bevor ich den Finger auf die Klingel neben der Tür legte. Dabei fiel mein Blick auf die goldenen Buchstaben über dem Türrahmen: Fir Crest Manor. Ein winziges, rechteckiges Schild ließ mich kurz zögern: *Kein Betteln und Hausieren*!

Ich drückte den glänzenden Klingelknopf. Einen Augenblick später ertönte knisternd eine Frauenstimme aus einem Lautsprecher, den ich nicht entdecken konnte.

»Ja, bitte?«

»Äh, hallo. Molly McKenzie. Ich habe einen Termin um elf bei Mr Whit…«

Eine angenehme Doppelglocke ertönte über mir, zusammen

mit dem Türsummer. »Kommen Sie rein, Ms McKenzie. Ich komme gleich zu Ihnen in die Lobby.«

»Oh, okay. Danke.«

Der Absatz meiner Sandalette verfing sich im dichten Gewebe der Fußmatte und ich musste drei Mal fest daran ziehen, bevor ich mich befreit hatte und die Tür aufdrücken konnte. Ich konnte nur hoffen, dass die Person auf der anderen Seite der Überwachungskamera meinen kleinen Fauxpas verpasst hatte.

Kaum hatte ich die Lobby betreten, blieb mir fast die Luft weg. Zu einem erhabenen Eingangsbereich wie diesem sollte ein Butler gehören, der mir den Mantel und die Handtasche abnahm und mich schnell zur vornehmen Teegesellschaft in den Salon führte. Ein Wohnsitz wie dieser konnte einen in Stimmung zum Cluedo-Spielen bringen. *War es Oberst Günther von Gatow in der Bibliothek mit dem Kerzenleuchter?*

Die Halle war groß, aber spärlich eingerichtet. Mein Blick wurde zuerst von einem kunstvollen Kronleuchter unter einem verzierten Oberlicht aus Buntglas angezogen, dann von der geschwungenen Mahagonitreppe, die zu einer ganzen Reihe von Türen und Fenstern führte, die ich vom Erdgeschoss nur erahnen konnte. Ich drehte mich langsam um die eigene Achse und bestaunte die architektonischen Details.

»Willkommen bei *The Bridge*.«

Mein Blick schnellte von der minimalistisch ausgestatteten Lobby zur Eigentümerin der Stimme, die ich aus der Gegensprechanlage gehört hatte. Eine Frau mittleren Alters mit langen, teils ergrauten Haaren in einem lockeren Knoten trat zu mir. Ihre Gesichtshaut war von der Sonne so in Mitleidenschaft gezogen, dass ich am liebsten in meiner Handtasche wühlen und ihr eine Probe Feuchtigkeitscreme mit hohem Lichtschutzfaktor anbieten wollte. Schwarze Birkenstocksandalen schlappten übers Parkett und ihr offen getragenes Flanellhemd offenbarte ein verblichenes Ripp-Tanktop und abgetragene Mid-Rise-Jeans.

»Ich bin Gloria Harvey, die Hausleitung.« Sie hielt mir die

Hand hin und ich folgte schnell ihrer Aufforderung. »Die meisten nennen mich aber einfach Glo.«

»Freut mich sehr«, sagte ich. »Das Haus ist wirklich schön.«

Kurzes Schweigen entstand, als Glo mich von Kopf bis Fuß in Augenschein nahm. »Tragen Sie öfter solche Schuhe?«

Ich sah verwirrt auf meine Füße. »Was meinen Sie? Sandalen?«

»Das nennen Sie Sandalen?« Sie kicherte und deutete auf ihre eigenen Schuhe. »Ich besitze jede Menge Sandalen, aber keine davon haben einen Absatz, der mich zu Boden schickt, wenn ich das Gleichgewicht verliere.«

Mein kleines Missgeschick an der Tür war also nicht unbemerkt geblieben. »Ob Sie es glauben oder nicht, für mich sind Schuhe mit Absatz sogar bequemer als welche ohne.« Ich hob lächelnd die Achseln und Glos Augenbrauen hoben sich. »Abgesehen von einer gelegentlichen Konfrontation mit einer Türmatte«, fügte ich hinzu.

»Wissen Sie«, sagte Glo mit geschürzten Lippen, »ich wüsste nicht, dass ich schon jemals hochhackige Schuhe getragen hätte und ich werde im September achtundfünfzig.« Ein warmes, kratzendes Geräusch entfuhr ihr, gefolgt von einem trockenen Husten, das sie in ihrer Armbeuge zu dämpfen versuchte. »Gab eben noch nicht viele Anlässe, sich so schick zu machen, schätze ich.«

»Oh«, sagte ich und merkte, wie mein Kreativmodus ansprang. »Aber nicht für alle Absatzschuhe braucht man einen extravaganten Anlass. Nehmen wir zum Beispiel Kitten-Heels. Sie passen doch wunderbar zu einer lässigen Jeans oder Strickhosen.« Ich zeigte ihr mit Daumen und Zeigefinger, welche Absatzmaße ich meinte. »Die meisten sind nur anderthalb Zentimeter hoch, aber sie verleihen fast jedem Outfit das gewisse Etwas.« Die Worte »*wie dem, was Sie heute tragen*« verkniff ich mir, da mir ihre Miene verriet, dass sie keineswegs regelmäßig über Fashiontrends diskutierte.

»Kitten-Heels, ja?«

Ich nickte ermutigend. Wieder grinste sie so breit, dass die

Haut um ihre Augen sich furchte. Die meisten Frauen in ihrem Alter, die ich kannte, hätten diese Fältchen sofort mit Botox geglättet – ausgenommen meine Mutter, die viel zu pragmatisch war, um sich um Alterserscheinungen zu kümmern. Und vielleicht war es dieselbe vernünftige Einstellung, die mir Glo so sympathisch machte.

Sie legte den Kopf schief. »Wie viel wissen Sie über Ihre Arbeit hier, Ms McKenzie?«

»Ziemlich viel«, erwiderte ich selbstsicher und schob meine Handtasche höher auf der Schulter. »Ich habe alle Online-Materialien gelesen und Mr Whittaker und ich haben einen gemeinsamen Bekannten.« Ich wusste nicht, wie gut Miles und Mr Whittaker sich kannten, aber alles, was ich über *The Bridge* in Erfahrung gebracht hatte, war nichts gegen das, was sie inzwischen über mich wussten.

»Ah, ich verstehe.« Sie nickte und ich hatte das Gefühl, dass ihre Neugier wuchs. »Wir suchen schon seit einer ganzen Weile nach ein paar neuen Gesichtern.«

»Wie viele Tutorinnen gibt es denn?«

»Wir versuchen, im Rotationsprinzip immer drei bis fünf zu haben, weil nicht jedes Mädchen sich mit jeder Tutorin gleich gut versteht. Aber aus verschiedenen Gründen haben wir diesen Sommer nur zwei Frauen. Und eine hat bald ihren Entbindungstermin.«

»Oh ... Das stellt natürlich ein Problem dar.« Ich wollte gerade fragen, wie viele junge Erwachsene *The Bridge* ihr Zuhause nannten, als ihre Uhr piepte.

»Das ist mein Alarm für das Meeting. Es kommt gleich eine neue Vertreterin vom Community College vorbei, die den jungen Leuten die Optionen für die Sommerkurse und ihre Credits erläutern soll. Ich muss noch ein paar Dinge dafür vorbereiten.« Sie setzte sich in Richtung eines Flurs in Bewegung, dessen Ende ich nicht sehen konnte. »Sie haben noch etwa eine Viertelstunde bis zu Ihrem Gespräch. Silas wird Sie in sein Büro rufen, sobald die Morgensitzung vorbei ist. Bedienen Sie sich gern am Wasserspender dort drüben und in der Ecke steht noch Filterkaffee ... aber unter uns: Halten Sie sich lieber an das Wasser.«

»Danke für den Tipp«, sagte ich. »Und ich kann gern hier auf ihn warten, während Sie sich wieder Ihren Aufgaben widmen. Hat mich gefreut.«

»Mich auch.« Und dann blieb Glo stehen und drehte sich noch einmal um. Auf ihrem Gesicht stand wieder dieses Grinsen. »Kitten-Heels, ja?«

»Sie sollten es einmal versuchen! Wer weiß, vielleicht finden Sie sie besser, als Sie denken.«

Ihr kratzendes Lachen hallte den Flur entlang. Dann wurde es still. Nur noch mein Atmen war zu hören. Ich presste die Lippen aufeinander. Fünfzehn Minuten bis zum Bewerbungsgespräch – das perfekte Zeitfenster, um diesen Ort ein wenig zu erforschen und mich mit ihm und seinen Bewohnern bekannt zu machen. Obwohl ich für gewöhnlich eigentlich jede freie Minute nutzte, um mich mit Val abzustimmen oder meine letzten Statistiken mit anderen, aktuell gefragten Fashion-Videos auf Instagram und YouTube zu vergleichen, war dieses gigantische Haus viel zu faszinierend, um einfach herumzustehen.

Auf einmal vermisste ich Mimi sehr. Ihr hätte dieser Ort wahnsinnig gut gefallen.

Leise ging ich an einer Sitzgruppe mit durchgesessenen Stoffsofas und zwei identischen eingebauten Bücherregalen vorbei. Abgesehen von einer Handvoll Schildern von Firmen und Organisationen in der Stadt waren die meisten Regalbretter leer. Eigentlich eine Schande. Sie flehten geradezu nach Büchern.

Von ihrem Stil her war die Villa wirklich herrschaftlich, aber die Einrichtung war das komplette Gegenteil. Wie konnte sich *The Bridge* so ein Juwel leisten?

An einer Korkwand an einer der hinteren Wände entdeckte ich einen an einer Reißzwecke befestigten aufgeklappten Flyer mit Fotos. Irgendwie wurde ich wehmütig, als ich die Gesichter überflog, die ich teilweise schon im Internet gesehen hatte. Gerade so volljährige Menschen unterschiedlicher Hautfarben, kleinere und größere, dünnere und stämmigere. Ein älterer Mann mit Weihnachtsmannbart im karierten Hemd posierte in der linken unteren Ecke. Er hatte einem jungen Schwarzen den Arm über die Schulter gelegt. Seltsamerweise hatte ich mir Mr Whittaker genauso vorgestellt: als fröhlichen Holzfäller. Eine sanfte Seele mit freundlichen Augen und entspanntem Auftreten, als gäbe es kein Problem auf dieser Welt, das man mit ein paar blöden Witzen nicht lösen konnte. Kein Wunder, dass Miles den Mann so mochte. Jeder mochte den Charaktertyp Weihnachtsmann.

Ich sah mir kurz die anderen Gesichter an und stellte mir vor, welche Geschichten dahintersteckten. Im Mission Statement auf der Website hieß es: »*Unser Auftrag ist es, jungen Erwachsenen im Alter von 18–21 Jahren dabei zu helfen, erfolgreich auf eigenen Beinen stehen zu lernen. Dies tun wir durch praktische Lebenskurse, Mentoring und geistliche Führung.*«

Hatten diese jungen Leute noch Familien? Nach dem, was ich online gelesen und aus den kurzen Gesprächen mit Miles mitgenommen hatte, kamen viele aus schwierigen Verhältnissen, waren in Pflegefamilien aufgewachsen oder in Heimen.

Irgendetwas Kleines prallte gegen das Fenster neben mir und riss mich aus meinen Gedanken. Ich schob die Vorhänge beiseite und erhaschte einen Blick auf eine Gruppe von Leuten in Sweatshirts mit Schutzbrillen und bunten Mützen, die irgendwo außerhalb meiner Sichtweite im Wald verschwanden und teilweise wieder herausgestürmt kamen. Ich ging den Flur entlang von einem Fenster zum anderen, bis ich an einer Glastür angekommen war. Dort trat ich auf eine Veranda hinaus, die auf einen gepflasterten Weg führte. Mit schnellen Schritten lief ich auf die grüne Wiese zu und dann weiter bis zum Rand des dichten Kiefernwalds.

Ich versuchte, irgendetwas zu hören, nahm aber nur den Wind in den Bäumen und hin und wieder einen Vogelruf wahr. Sonst war da nichts. Kein Geräusch und keine Leute, die wild herumliefen. Enttäuscht wandte ich mich wieder der Cluedo-Villa zu.

»Da sind sie! Los! Los! Los! Angriff!«

Die Stimmen schienen von überhallher zu kommen und zwei Gruppen junger Menschen kamen wie aus dem Nichts auf die Wiese gerannt. In dem Augenblick, als die ersten Neondarts auf meinem Rücken niederprasselten, wusste ich, dass ich zur falschen Zeit am falschen Ort war. Ich warf meine Handtasche zu Boden und kauerte mich zusammen, schützte meinen Kopf mit dem Arm und jaulte jedes Mal auf, wenn der nächste Gummipfeil mir gegen Rumpf, Rücken oder Bein knallte. Du lieber Himmel, seit wann konnten Pfeile aus Schaumstoff so wehtun? War solcher nicht auch in Kissen, Matratzen und anderen Komfortprodukten enthalten? Diese Sorte sicher nicht. *Au!* Ich zuckte zusammen. Ein Geschoss nach dem anderen prallte an meinem Körper ab.

»Feuer einstellen! Feuer einstellen!« Eine männliche Stimme durchbrach das Chaos, gefolgt von schnellen Schritten.

Ich hatte das seltsame Bedürfnis, die Hände zu heben und um Gnade zu flehen. Stattdessen blieb ich zusammengekauert hocken und spähte durch meinen Vorhang aus blonden Beach Waves. Ein Mann hatte sich über mir aufgebaut und die Arme wie einen Schild weit ausgebreitet.

In der Stille, die dem Kommando folgte, begutachtete ich den Haufen von orangefarbenen Geschossen, die um meine Schuhe und meine Handtasche herum verteilt lagen. Als ich den Kopf hob, rutschte mir ein letzter Pfeil aus den Locken wie ein verunglücktes Haaraccessoire.

»Ma'am? Alles in Ordnung? Sie sind leider mitten ins Kreuzfeuer unserer Abschlussschlacht geraten. Es tut mir leid, dass wir Sie nicht früher als Zivilistin erkannt haben – die dunklen Brillen sind Teil der heutigen Challenge, eine Lektion in Sachen Teambuilding und Kommunikation.«

Er reichte mir eine Hand.

Halb blind vor Haaren im Gesicht nahm ich nun wohl unfreiwillig an derselben Challenge wie die Bewohner teil. Mein Blick lag zuerst auf einer braun gebrannten Hand, wanderte über einen vernarbten Unterarm und landete dann auf einem sehnigen Bizeps im Ärmel eines schiefergrauen T-Shirts. Und dann sah ich endlich ihn. Meinen Retter.

»Ähm ...« Ich schluckte, blinzelte und starrte einer viel jüngeren, viel heißeren Version von Antonio Banderas direkt in die Augen. Er war Zorro, aber ohne Maske. Wenn dieser Kerl als Influencer auf Instagram unterwegs wäre, könnten seine dunklen Augen allein jedes Produkt an den Mann bringen. Ethan nannte dieses seltene Merkmal *marketable presence*. Zorros natürlich bronzefarbene Haut und sein rabenschwarzes Haar glänzten auf eine Art, die jeden Fotofilter bei Weitem übertrafen.

»Ma'am?« Er runzelte besorgt die Stirn. »Sind Sie ... verletzt?«

Ich atmete ein und aus und rief meine Gehirnzellen zur Ordnung. »Nein, nein, alles gut.«

Schnell zog ich mein Kleid an der Hüfte glatt. Sein Blick folgte meinen Bewegungen.

»Ich weiß nicht, ob Ihre Knie das auch sagen würden.«

Ich sah auf die Kruste aus Dreck und Gras auf besagten Knien und wischte sie, so gut es ging, fort. Dabei spürte ich die vielen Blicke auf mir. »Beim nächsten Mal, wenn ich aus dem Haus gehe, lege ich lieber die schusssichere Weste an.«

»Keine schlechte Idee.« Sein Blick ruhte noch ein paar Herzschläge lang auf mir, bevor ein gedämpfter Pfiff und Hustengeräusche dafür sorgten, dass wir unsere Aufmerksamkeit voneinander lösten und der wachsenden Menschenmenge um uns herum widmeten. Ich war mir unsicher, welche Rolle ich einnehmen sollte, und versuchte es mit einem Winken und einem fröhlichen »Hallo, schön, euch alle kennenzulernen!«.

Mit gesenkten Waffen und hochgeschobenen Brillen reagierten die jungen Frauen und Männer mit gemurmelten Hallos und perplexen Blicken auf meine Begrüßung. Wie gleichmütig diese gerade so erwachsen gewordenen Jugendlichen mich ansahen, sagte mir, dass diese Gruppe nichts mit der fröhlichen, scherzenden, Kumbaya ums Lagerfeuer singenden Jugend zu tun hatte, die an der Korkwand in der Lobby vorgestellt wurde. Unmöglich. Obwohl *The Bridge* sich als seriöses Programm präsentierte, das junge Erwachsene auf dem Weg ins nächste Lebenskapitel begleiten wollte, sahen einige dieser Leute aus, als wären sie näher am Gefängnis als an der Freiheit.

»Noch einmal«, sagte Zorro und räusperte sich, als wolle er ihren offensichtlichen Mangel an Mitgefühl und Freundlichkeit überspielen, »die Verwechslung tut uns leid. Während der Gruppenzeit sind eigentlich nie Gäste da.« Er hob meine neunhundert Dollar teure Handtasche aus dem feuchten Gras und reichte sie mir. »Ich vermute, Sie sind die Vertreterin vom SCC? Unsere Hausleitung Glo veranstaltet die Beratungsgespräche eigentlich immer im gemeinsamen Büro hinter dem Speisesaal. Ich kann Sie dort hinbringen lassen, wenn ...«

»Oh, nein. Ich komme nicht vom Community College. Ich habe gleich ein Mentorengespräch mit Mr Whittaker. Um elf. Ich war nur ein bisschen früh dran.« Ich lächelte und zuckte mit den Schultern. »Deswegen der kleine Umweg nach draußen.«

»Sie sind ... Miles McKenzies Schwester?«

»Ja. Ich bin Molly. Sie kennen meinen Bruder?«

»Ja.« Er sah ein wenig verwirrt auf seine Uhr. »Sie entschuldigen mich einen Augenblick?«

»Natürlich.«

Er drehte sich zu seiner Gruppe um. »Okay, fünf Minuten Pause, Leute. Diego, du leitest die Auswertung im Karozimmer. Und Wren, bringst du Ms McKenzie bitte zurück in die Lobby?«

»Oh, das muss nicht sein. Es ist überhaupt nicht weit ...«

Aber bevor ich fertig war, hatte er mich wieder ins Visier genommen, oder besser gesagt meine Haare, aus denen er vorsichtig ein weiteres Neongeschoss entfernte. »So wollen es unsere Sicherheitsregeln.«

»Oh, natürlich. Alles klar.« Dabei gab es an jeder Tür und in jedem Flur Sicherheitskameras.

Die Bewohner schwärmten wie Bienen auf der Wiese aus, abgesehen von einer jungen Frau mit hüftlangen kupferroten Haaren, die sie sorgfältig zu holländischen Zöpfen geflochten hatte. Sie löste sich aus der Menge und sah beim Laufen nur auf den Boden. »Hier entlang«, flüsterte sie im Vorbeigehen so leise, dass ich es kaum hörte.

Ich fühlte mich sofort verpflichtet, dem Mädchen zu folgen.

»Wir sehen uns gleich in der Lobby, Ms McKenzie. Zum vereinbarten Zeitpunkt«, sagte der Mann an meiner Seite und in dem Augenblick begriff ich es: Mr Whittaker war kein bärtiger Weihnachtsmann mit freundlichem Lächeln und dickem Bauch. Mr Whittaker war Zorro.

»*Sie* sind der Direktor?«, fragte ich fast entgeistert.

»Das bin ich.«

Wenn ich diesen Job annahm, würde dieser Mann mein Vorgesetzter werden. Was natürlich völlig in Ordnung war, nur eben ganz anders, als ich es erwartet hatte. Ein wiederkehrendes Thema dieses Ortes, wie es schien.

»Miles spricht in den höchsten Tönen von Ihnen«, sagte ich.

»Ihr Bruder ist ein guter Mann.«

»Das ist er. Danke, dass Sie sich heute Zeit für mich nehmen.«

Er nickte nur.

Wenn Mr Whittaker die weibliche Version von Pastor Miles erwartete, würde er schwer enttäuscht werden.

Als wir die Schiebetür erreicht hatten, ließ Wren mir den Vortritt. Sie war vielleicht menschenscheu, aber ihre Manieren waren in Ordnung.

»Deine Haarfarbe ist wunderschön. Das ist Natur, oder?«, fragte ich, als sie mir ins Haus folgte.

Sie sah mich flüchtig an und ihre blassen Wangen röteten sich innerhalb weniger Schläge ihrer leicht getuschten Wimpern. »Ja.« Sie berührte die Zwillingsenden ihrer Zöpfe.

Anders als der Großteil der Mädchen auf der Wiese war Wren fast nicht geschminkt. Ein wenig Rouge im Ton Korallenrot, ein kastanienbrauner Augenbrauenstift und etwas farbiger Lipgloss würden ihre besten Züge betonen, aber auch so war sie auf einzigartige Weise hübsch. Ihr Körper war kurvenlos; keine Hüftrundungen oder Oberweite weit und breit, aber sie hatte diesen gertenschlanken Körperbau, den die meisten Frauen nur mit Photoshop erreichten.

»Wenn ich solche Haare hätte, würde ich sie niemals färben«, sagte ich.

»Das hat meine Mutter auch immer gesagt«, erwiderte Wren, erneut so leise, dass ich es fast nicht verstand.

»Ach echt?«

Sie nickte. »Sie war Irin, aber ihre Haare waren eher ... karottenfarbig. Und mehr gekräuselt. Sie fand sie immer schrecklich. Viel lieber wollte sie blond sein – wie Sie.«

Die Vergangenheitsform ließ mich frösteln. War ihre Mutter gestorben?

»Verrate es niemandem, aber ich bin eigentlich gar nicht blond. Ich bin brünett.« Ich lächelte. »Na ja, das klingt schöner, als es in Wirklichkeit ist. Eigentlich ist meine Haarfarbe eher ... hm.« Wie konnte man so ein langweiliges Braun beschreiben? »Wie eingetrockneter Schlamm unten am Gummistiefel.«

Wrens Mundwinkel gingen nach oben und sie hob die Schultern. Es wäre fast als Kichern durchgegangen, wenn es irgendein Geräusch gegeben hätte. »Kann ich mir nicht vorstellen.«

»Gut. Denn ich habe einer Haarfee namens Charise viel zu viel Geld gezahlt, damit niemand sich das vorstellen kann.«

Jetzt zuckte Wren nicht nur mit den Achseln. Sie lachte. Es war nur ein winziges, piepsiges Geräusch, aber definitiv ein Lachen. Genauso schnell, wie der Humor ihre Augen zum Leuchten gebracht hatte, wechselte sie zu einer Miene, die aussah, als wollte sie eins mit dem Putz an den Wänden werden. »Silas kommt dann gleich.«

»So nennt ihr ihn?«

»Was?«, fragte sie nervös.

»Silas.«

»Ja ...« Sie zog das Wort in die Länge, als würde sie nach der versteckten Bedeutung meiner Frage suchen. »Alle hier nennen ihn Silas. Nur Gäste sagen Mr Whittaker.«

Interessant, dass ein Mann mit solcher Autorität nichts dagegen hatte, von allen geduzt zu werden.

Ich lächelte extra freundlich, um Wren die Angst zu nehmen. »Danke, dass du mich zur Lobby gebracht hast. Sehr nett. Vielleicht können wir uns beim nächsten Mal etwas länger unterhalten.«

»Werden Sie hier einen Kurs geben?« Sie klang tatsächlich interessiert.

»Ich denke schon, ja.«

»Und was für einen?«

Um ehrlich zu sein, hatte ich mir noch kein konkretes Thema ausgedacht. Ich hatte immer mehr Ideen als Zeit, um sie durchzuplanen. »Ich habe da schon ein paar erste Gedanken, aber vielleicht könntest du mir sagen, was du gern lernen würdest.«

Sie rieb ihre Lippen aufeinander. In ihren Augen flammte eine Hoffnung auf, die ich nur zu gut kannte. »Keine Ahnung ... vielleicht, wie man mit Leuten spricht oder so.«

»Okay«, sagte ich und versuchte so zu klingen, als wäre ihr Vorschlag vollkommen normal. »Ich werde versuchen, das in meinen Plan einzubauen.«

Wieder ein schwaches Lächeln. »Cool.« Sie sah über die Schulter. »Ich muss los. Hab noch Aufgaben zu erledigen ...«

»Oh, natürlich. Ich halte dich nicht länger auf.«

Langsam ging sie einige Schritte zurück. Ihr Blick blieb auf Handhöhe hängen. »Die sollten Sie lieber nicht abstellen, solange Sie hier sind.«

Ich hob meinen linken Arm an. »Du meinst meine Handtasche?«

Sie nickte. »Nicht, wenn Ihnen gefällt, was drin ist.«

»*Wren!* Kommst du? Die Aufgaben warten!«, rief eine weibliche Stimme von irgendwoher.

»Scheint, als würde deine Freundin dich brauchen.«

Sie warf mir einen kurzen Blick zu, der Bände sprach. »Sie ist nicht meine Freundin.« Mit einem kurzen Winken joggte sie den Flur entlang.

Sicher kannte Wren eine Menge Geheimnisse über *The Bridge* und die Bewohner dieses vornehmen Hauses …

Ich holte mein Handy heraus, um in den wenigen Augenblicken vor dem Bewerbungsgespräch noch schnell eine Live-vor-Ort-Story zu posten. Gerade, als ich meine sich entwickelnde Kooperation mit dieser wundervollen Einrichtung durch eine Schwenkaufnahme von der Lobby anteasern wollte, hörte ich ein Räuspern hinter mir.

# Kapitel 4

## Molly

Ich folgte Silas eine Wendeltreppe hinauf und durch mindestens drei Flure, bis ich den Überblick verloren hatte, wie oft wir abgebogen waren. Ich hoffte, dass es am Ende des Bewerbungsgesprächs eine Survival-Goodie-Bag geben würde – gefüllt mit einem Kompass, einer Karte, einem Walkie-Talkie und einer Menge Essen, falls man eine Notfallübernachtung in einem der schummrigen Korridore einlegen musste.

»Ich glaube, ich muss mir einen Lageplan besorgen, damit ich hier nicht verloren gehe«, staunte ich, als er die große Mahagonitür zu seinem Büro öffnete. »Ich vermute, das Haus wurde Ende des neunzehnten Jahrhunderts gebaut?«

»Ihre Vermutung ist korrekt«, sagte er und überließ damit mir die Führung – zumindest im Augenblick. Silas wirkte nicht wie jemand, der häufig das Steuer aus der Hand gab. »Das Haupthaus wurde 1897 gebaut, ist seitdem aber mehrfach saniert worden.«

»Und die Hütten?« Vom Hof aus hatte ich die beiden schlichten Häuser nicht gesehen, sondern erst beim Blick durch die Flurfenster. »Wurden die nachträglich hinzugefügt?«

»Vor fünf Jahren, als wir das Haus gekauft haben. Dort sind die Zimmer der Bewohner.«

Ich hätte ihm am liebsten Löcher in den Bauch gefragt. Als Kind hatte ich Mimis historische Liebesromane gelesen, die meistens genau solche Schauplätze hatten. Aber es wurde immer deutlicher, dass Silas nicht auf Small Talk aus war. Die Atmosphäre hatte sich, seitdem er mich aus der Lobby abgeholt hatte, merklich abgekühlt, und obwohl ich nicht die leiseste Ahnung hatte, wieso, wollte ich mich erst setzen, wenn ich wusste, wie der Hase lief.

Ich schlenderte am Schreibtisch vorbei, auf dem eine einzelne Faltmappe wartete, und zeigte auf die opulenten Bücherregale auf der anderen Seite des makellosen Büros. »Darf ich?«

Nach einem kurzen Zögern nickte er. Ich fuhr mit den Fingern über die Verzierungen im Holz. Anders als die Regale in der Lobby waren diese bis zum letzten Zentimeter gefüllt. Ich studierte Silas' perfekte Ordnung. Kein einziges Buch stand schief oder lag auf anderen drauf. Jedes hatte seinen eigenen, perfekten Platz. Ich war oft stolz darauf, ein Ordnungsfreak zu sein ... aber das hier war ein ganz anderes Level. Ich überflog die Namen der Autoren – nicht alphabetisch und auch nicht nach Genre sortiert. Zu seiner bunten Sammlung gehörten Biografien weltberühmter Personen, Lehrbücher und Werke über soziale Gerechtigkeit, dazu diverse How-to-Guides. Ich war noch nicht bereit aufzugeben, trat zurück und betrachtete noch einmal das ganze Bild.

Und dann erkannte ich das System: Der Mann hatte seine Bibliothek nach Höhe und Dicke der Bücher sortiert. Interessant.

»Das ist ein ordentlicher Handapparat, den Sie da haben«, sagte ich und warf ihm ein Lächeln zu, mit dem ich den Eisberg zum Schmelzen zu bringen hoffte, zu dem Mr Whittaker irgendwo zwischen Hof und Büro gefroren war. Der charmante Zorro, der mich vor der unbeabsichtigten Erschießung geschützt und ein Geschoss aus meinen Haaren gepflückt hatte, war fort. Dieser Mann hier, der mich wie ein billiges Handtaschen-Imitat behandelte, hatte nur noch das Geschäftliche im Sinn.

Gut, dass ich genau wusste, wie man Menschen für sich gewann.

»Ich habe als Kind viele Sommer im Haus meiner Großmutter verbracht, keine zwanzig Minuten von hier, aber ich wusste nicht, dass diese Straße – oder diese Villa – existiert.« Von ihm kam kein Zeichen weiterzureden, aber ich tat es trotzdem: »Um ehrlich zu sein, hatte ich etwas ganz anderes erwartet.«

»Und was?«, fragte er ruhig.

»Ich denke, vielleicht ein tristes graues Haus mit vergitterten Fenstern.«

»*The Bridge* ist kein Jugendarrest, Ms McKenzie. Unser Ziel ist es nicht, unsere Bewohner einzusperren, sondern sie zu begleiten, damit aus ihnen erwachsene, mitwirkende Mitglieder der Gesellschaft werden.«

Ah ... also ab jetzt alles ganz förmlich.

Mr Whittaker zog seinen Schreibtischstuhl zurück, ein klares Signal, dass er mit dem Bewerbungsgespräch beginnen wollte, schließlich war es mittlerweile bestimmt schon drei nach elf. Ich ging zum Stuhl ihm gegenüber und ließ mich auf dem weichen Polster nieder, überkreuzte die Beine und faltete die Hände im Schoß. Wenn er es auf die Tour wollte, von mir aus. Er ahnte ja nicht, in wie vielen Meetings ich mich schon gegen machtgetriebene Männer behauptet hatte. Ich ließ mich nicht so leicht einschüchtern.

»Ja, ich verstehe, dass das Ihre Aufgabe ist, aber die anderen regierungsgeförderten Programme für junge Erwachsene, über die ich mich im Internet informiert habe, sahen ganz anders aus als dieses.«

»Es ist nicht unser Bestreben, wie der Großteil der Programme zu sein, die es schon gibt.« Er beugte sich vor und legte eine Hand auf die Aktenmappe. Mein Blick fiel erneut auf die große Narbe, die sich über seinen ganzen Unterarm schlängelte. »Wir wollen ein Zuhause sein.«

Ich konnte nicht anders, als zu lachen, was angesichts seiner hochgezogenen Augenbraue offensichtlich die falsche Reaktion war. »Es tut mir leid, ich kenne einfach nur nicht viele Menschen, die in einem Haus dieser Größe aufgewachsen sind.« Manche Promipartys, zu denen ich eingeladen worden war, hatten auf Inseln stattgefunden, die deutlich kleiner waren.

»Das Privatleben, das wir hier vorleben, hat weniger mit der Art der Unterbringung auf Fir Crest Manor zu tun, sondern mit der glaubenszentrierten Atmosphäre, die wir hier schaffen. Im Kern geht es um vier Dinge: Miteinander, Mitgefühl, Mitarbeiten, Mitdenken.« Er zog die Mappe zu sich und klappte sie auf. Ich erkannte den Inhalt sofort: meine vierzehnseitige Bewerbung. Die handgeschriebenen Kommentare am Rand verrieten mir, dass er sie nicht zum ersten Mal sah.

»Ein großer Teil dieser Atmosphäre«, fuhr er fort, »hängt von der Expertise und der Professionalität der Leute ab, die hier arbeiten. *The Bridge* erhält jährlich einen kleinen Prozentsatz an Bundesmitteln, aber unsere Einrichtung ist vollkommen in privater Hand. Unser ausgezeichneter Ruf, junge Erwachsene mit den wichtigsten Fertigkeiten auszustatten – der Fähigkeit zu zwischenmenschlichen Beziehungen, zu Konfliktlösung und Stressbewältigung –, ist in der Umgebung und weit darüber hinaus bekannt.«

»Das ist beeindruckend. Wie lange sitzen die Bewohner hier ein?« Ich bereute meinen kleinen Scherz sofort.

»Der Großteil ist schon fast ein Jahr bei uns. Unser Programm lehnt sich an das traditionelle Schuljahr von Herbst bis Sommer an, aber manche bleiben auch ein zweites Jahr und eine junge Dame ist erst seit letztem Winter hier.« Er sah auf meine Bewerbung. »Sie haben ziemlich viele Referenzen.«

Ich strahlte ihn an. »Das Einzige, was mir noch mehr Spaß macht, als mir Ziele zu stecken, ist, sie zu übertreffen.«

Er blinzelte und räusperte sich. »Ms McKenzie ...«

»Bitte, sagen Sie doch Molly zu mir.«

»Molly, es gibt einige Standardfragen, die wir allen unseren Freiwilligen stellen, aber ich möchte erst über ein paar Ihrer Antworten sprechen – nur, um mir ganz sicher zu sein.«

Gab es noch irgendwelche offene Fragen abgesehen von meiner Blutgruppe und der Farbe meines Lieblingspyjamas? »Natürlich. Ich beantworte gern all Ihre Fragen.«

»Bei Frage Numero sieben, unter ›Bitte beschreiben Sie Ihr Verhältnis zu Alkohol‹, schreiben Sie: ›Ich genieße gelegentlich ein Glas Rotwein, halte mich aber von Cocktails fern‹ – in Klammern: ›Ausnahme: Silvester‹. Ende des Zitats.« Er sah mich an. Ich konnte seinen Gesichtsausdruck nicht deuten.

»Ja, das stimmt. Ich bin der Rotweintyp. Andere alkoholische Getränke sind nicht so mein Ding.«

»Außer zu Silvester«, wiederholte er trocken.

Ich lächelte, weil mir mein Gefühl sagte, dass er lustig sein wollte, obwohl ich den Witz nicht verstand. »Glauben Sie mir, ich habe seit dem College nichts Härteres mehr getrunken und für Geld auf Tischen getanzt habe ich noch nie.«

»Das klingt zwar beruhigend« – er räusperte sich noch einmal –, »aber alle, die auf dem Gelände wohnen, müssen in ihrem Vertrag eine strikte Alkoholabstinenzerklärung unterschreiben. Es gibt zehn solcher Regeln, die wir forcieren, und in Sachen Alkoholkonsum während des Programms gilt die Null-Toleranz-Regel. Die Statistik für stoffliche Abhängigkeiten ist bei unseren Bewohnern schlecht – jeder zweite junge Erwachsene hier ist betroffen – und deswegen ist es wichtig, dass alle Mitarbeitenden dieselben Anforderungen erfüllen, die wir an die Bewohner stellen.«

»Das bedeutet also, dass ich ebenfalls so eine Abstinenzerklärung unterzeichnen müsste? Damit ich als Freiwillige mitarbeiten kann?« Dieses Detail hatte Miles gestern Abend am Telefon ausgelassen.

»Wäre das ein Problem?«

War das eine Fangfrage? Wenn ich *Nein* sagte, hieß das dann tatsächlich keinen Tropfen Wein, einen ganzen Sommer lang? Ich drückte den Rücken durch. Er sollte nichts davon merken, dass ich ins Rudern kam. »Natürlich nicht. Auch wenn ich natürlich für gewöhnlich jeden Abend vor dem Zubettgehen eine Flasche Wein leere.«

Er starrte mich an.

»Das war ein Scherz.«

»Entschuldigen Sie, wenn ich Alkoholmissbrauch nicht für ein witziges Thema halte.«

Allmählich hatte ich das Gefühl, mir sein ansteckendes Lächeln bei der Teamaktion draußen nur eingebildet zu haben. »Sie haben recht. Mea culpa.«

Er las sekundenlang in meiner Bewerbung, fuhr mit dem Finger die Seite hinunter, blätterte um und scannte die nächste. »Ah, ja. Ich wollte wegen Ihres Häkchens bei Fremdsprachen nachfragen. Wir stehen bei *The Bridge* für viele Kulturen und Sprachen, aber Sie haben nicht näher ausgeführt, welche Sprachen Sie sprechen.«

Hatte ich da wirklich ein Kreuzchen gemacht? Von dem vielen Lesen und dem Schreiben von Antworten in Romanlänge hatte ich wahrscheinlich geschielt. Irgendetwas sagte mir aber, dass ich, wenn ich jetzt so einen Fehler eingestand, mein Glück bei Mr Witzlos aufgebraucht hatte. Ich zermarterte mir das Hirn und suchte nach irgendeiner Halbwahrheit, die ich ihm präsentieren konnte. Wenigstens ein Krümelchen. Und dann hatte ich es: »Ja, das stimmt. Ich bin zweisprachig.« So oft, wie ich meiner Zimmergenossin auf dem College hatte zuhören müssen – Hauptfach Musik mit Nebenfach Italienische Oper –, wie sie *La Bohème* und *Tosca* in unserer Sardinenbüchse von einem Zimmer übte, hätte ich ihre Zweitbesetzung sein können. »Ich habe auf dem College Italienisch gelernt.«

»Italienisch?« Er sah von meiner Bewerbung auf, zum ersten Mal ein wenig beeindruckt.

*Endlich!*

»Ja.«

»Das ist selten. Die meisten Freiwilligen, die bei *bilingual* ein Häkchen setzen, hatten zwei oder drei Semester Spanisch oder Französisch. Aber jemand mit Italienisch war noch nie dabei. Haben Sie in Italien gelebt?«

»Leider noch nicht, aber das ist einer meiner Träume.« Das war nun wirklich die Wahrheit. »Ich wollte schon immer mal den italienischen W…« – ich verschluckte das verbotene Wort gerade noch – »… Mozzarella mit frischem Ciabatta probieren. Die italienische Küche ist einfach fantastisch.«

»Auf Reisen mit Muttersprachlern zu sprechen, bringt einem Fortschritte wie kaum etwas anderes. Ich kann es Ihnen nur empfehlen.«

Ich lächelte, sagte aber nichts. Obwohl dieses Aufflackern von Leidenschaft in seiner Stimme, in seinen Augen mit der Farbe von braunem Zucker mich neugierig machte. Wohin war er wohl gereist? Welche Sprachen beherrschte er?

Er klappte die Aktenmappe zu und lehnte sich zurück. Sein Auftreten war mindestens um einen halben Grad wärmer geworden.

»Wieso wollen Sie bei *The Bridge* helfen, Molly?«

Für einen Mann, der derart von einem Bewerbungsformular fasziniert war, das er garantiert selbst entworfen hatte, war dies so ziemlich die enttäuschendste Frage, die ich mir vorstellen konnte. Ich hatte sie mindestens sechs Mal auf unterschiedliche Art schriftlich beantwortet. Ich gab mir Mühe, meinen Ärger zu unterdrücken, und erinnerte mich daran, dass ich eine Geschäftsfrau mit einem Ziel war. »Weil mir die Gesellschaft am Herzen liegt, gerade in meiner Umgebung, und die jungen Leute, die dazugehören.« Da. Einfach, allerliebst und auf den Punkt.

»Und welchen Beitrag genau können Sie Ihrer Meinung nach liefern?«

*Genau?* »Nun.« Ich lächelte. »Fest steht schon mal, dass ich notfalls als menschliches Ziel herhalten kann.« Ich kicherte, er nicht. Na schön. »Mr Whittaker, ich habe mein Unternehmen von Grund auf selbst aufgebaut – zuerst, indem ich herausgefunden habe, wie ich in der Speisekammer meiner ersten Wohnung gefilmte Tutorials über Make-up, Haare und Modetipps auf YouTube hochladen konnte. Niemand kannte meinen Namen oder mein Gesicht und kaum jemand interessierte sich für meinen Content. Meine ersten Videos haben nur meine Freunde und Familienmitglieder gesehen. Aber nach und nach wuchs meine Followergemeinde, weil meine Tutorials geteilt wurden und ich in Kommentaren dazu ermutigt wurde weiterzumachen. Meinen ersten Werbeauftrag – zu einem Proteinriegel für Frauen – bekam ich nach zehn Monaten und einhundertfünfzehn Videos. Durch die Zusammenarbeit mit dieser Firma konnte ich mir besseres Equipment leisten und beginnen, das Ganze zum Beruf zu machen. Stand heute sind bereits einhundertvierundzwanzig Firmen eine Kooperation mit mir eingegangen, um eine ganz neue Ehrlichkeit in der weltweiten Beautyindustrie zu etablieren, und ich habe über eine halbe Million Follower, die an meinen wöchentlichen Videos und Livestreams teilhaben. Diese Zahl wächst täglich, genau wie die Anzahl der Produkte und Händler, die ich unterstütze. Also ... was ich Ihren Bewohnern zu bieten habe, ist eine Lektion in Sachen Durchhaltevermögen und Entschlossenheit.«

Wenn Mr Whittaker davon in irgendeiner Weise angetan war, versteckte er es sehr gut. Er atmete geräuschvoll aus und ich verspürte den Drang, mein Handy zu zücken und ihm zum Beweis meine Accounts mit all den Followern zu zeigen. Aber etwas sagte mir, dass ihm die Zahlen egal waren.

»Sie wollen den jungen Leuten also ... *Durchhaltevermögen* beibringen?«

»Ja, genau, und ...«

Er brachte mich mit einem fast unmerklichen Kopfschütteln und einem Seufzen zum Verstummen. »Ms McKenzie – Molly. Ich freue mich über Ihren Ehrgeiz und Ihre Marketingfähigkeiten, aber *Durchhaltevermögen* fehlt unseren Bewohnern keineswegs. Es ist das, was sie überhaupt ihre Kindheit hat überleben lassen. Durchhaltevermögen ist der gemeinsame Nenner aller Kinder, die Traumata erlebt haben. Es lässt sie weiterkämpfen, wo sich die meisten anderen Menschen schon den Tod herbeiwünschen würden. Was die jungen Leute in unserem Programm brauchen, sind Annahme und Liebe. Viele von ihnen haben Schwierigkeiten, anderen Menschen zu vertrauen. Gleichzeitig sind sie voll Sehnsucht, gesehen, gehört und gekannt zu werden.«

Auf einmal fiel mir das Schlucken schwer und umso mehr das Sprechen. In seiner Aussage steckte so viel ...

»Ich danke Ihnen für Ihre Zeit, Molly. Bitte grüßen Sie Ihren Bruder von mir, und falls wir in Zukunft Ihre Hilfe brauchen können, wird sich Glo bei Ihnen melden.«

Er rollte mit dem Stuhl zurück und erhob sich. »Augenblick ... heißt das, dass Sie meine Bewerbung ablehnen? Sie wollen mich nicht als Freiwillige?« Der Gedanke war absurd. Wer bitte wies jemand Freiwilligen ab?

»Ich glaube, Sie passen leider nicht in unser Programm.«

»Ich *passe* nicht?« Perplex schüttelte ich den Kopf. »Ich bin kein Schuh, Mr Whittaker! Ich bin ein Mensch, der Ihre ganze vierzehnseitige Bewerbung ausgefüllt und alle Fragen ausführlich beantwortet hat. Ich bin bereit, einen ganzen Sommer *unbezahlt* in Ihrer Einrichtung zu helfen. Habe ich irgendwas verpasst? Mein Bruder schien ziemlich überzeugt davon, dass Sie mich brauchen.«

Ich war nun auch aufgesprungen und so standen wir einander gegenüber wie Rivalen, nur der Schreibtisch trennte unsere Egos voneinander.

»Wie ich bereits erwähnte, haben wir einen Professionalitätsstandard, von dem wir nicht abweichen ...«

»Professionalität oder Perfektionismus?« Ich wusste nicht, woher diese Worte kamen, aber da waren sie, wie eine Ohrfeige.

Er kniff die Lippen zusammen.

»Hören Sie«, fuhr ich fort, »egal, wie Sie persönlich zu meinem Gebrauch des Wortes *Durchhaltevermögen* stehen, ich habe bewiesen, dass ich über meinen Horizont hinausblicken kann und nicht auf meine Herkunft beschränkt bin. Ist es nicht das, was Sie sich für alle Bewohner hier wünschen?«

»Ich lasse nicht zu, dass unsere jungen Frauen zu irgendeiner Social-Media-Cinderella-Fantasie verleitet werden, die völlig außerhalb ihrer Reichweite liegt.«

»Ich spreche nicht von Fantasien, mir geht es um erreichbare Träume.«

»Erreichbare Träume?« Er musterte mich und lachte. »Vielleicht haben Sie vor lauter Gummigeschossen die Frauen in unserem Programm vorhin nicht richtig gesehen. Keine von ihnen besitzt High Heels oder ein großes Schminkköfferchen. Ihr Eigentum besteht zum größten Teil aus Dingen, die andere abgelegt haben, die ertauscht, geklaut oder weniger wert sind als die Münzen in Ihrem Portemonnaie.« Er stützte die Hände auf dem Tisch ab und beugte sich vor. »Also nein. Ich kann mir nicht vorstellen, dass irgendeine unserer jungen Frauen sich mit Ihnen oder Ihrer Beautymarke auch nur im Geringsten identifizieren kann.«

»*Jede* junge Frau möchte schön sein. Sich schön *fühlen.*«

Er schwieg, als wisse er nicht, wie er auf so eine Aussage reagieren sollte. »Siebzig Prozent und drei Prozent.«

»Wie bitte?«

»Das sind nur zwei Zahlen aus der Statistik, gegen die wir jeden Tag kämpfen: Sieben von zehn erwachsen gewordenen weiblichen Pflegekindern werden noch vor ihrem einundzwanzigsten Geburtstag schwanger und trotz der Förderung durch die Regierung schaffen nur drei Prozent der dreiundzwanzigtausend Teenager, die dem Pflegesystem entwachsen, einen Collegeabschluss. Das sind nur zwei der Fakten, nach denen wir unser Programm ausrichten.« Bei seinen folgenden Worten zählte er die Punkte an seinen Fingern ab: »Wie man mit seinem Geld haushaltet, wie man für eine Prüfung lernt, wie man Bewerbungsunterlagen vorbereitet und ein Vorstellungsgespräch absolviert, wie man eine Mahlzeit mit mehr als drei Zutaten zubereitet, wie man einem anderen Menschen vertraut und Vertrauen erntet. Das mal als Beispiele für die lebensnotwendigen Fähigkeiten, die wir vermitteln.«

»Sich in seiner Haut wohlzufühlen, ist auch eine lebensnotwendige Fähigkeit!«, hielt ich leidenschaftlich dagegen und dachte an meinen Lieblingsspruch von Mimi, den ich schnell in den Kontext dieses hitzigen Schlagabtauschs rückte: »Denn dann fällt es viel leichter, jemandem zu helfen, dem es nicht so geht.«

»Das sehe ich anders.«

»Ich glaube kaum, dass Wren mir nicht zustimmen würde.«

Sein stechender Blick lag auf mir. »Sie wissen nichts über ihre Geschichte.«

»Da haben Sie recht. Aber ich weiß, wie es sich anfühlt, in den eigenen Lebensumständen gefangen zu sein. Und, wie es ist, nur nach dem Äußeren beurteilt zu werden und nicht nach seinem Wert.« Ich ließ extra eine kurze Pause. »Wren will etwas vom Leben ... und sie weiß vermutlich noch nicht einmal, wie sie herausfinden soll, was dieses Etwas ist. Ich mag keinen Uniabschluss haben, aber ich habe Erfahrung darin, wie man als unsichere junge Frau Selbstvertrauen entwickelt, wie man trotz Gegenwind und Ablehnung etwas aus seinem Leben macht. Das sind Kompetenzen, die ich auf die harte Tour gelernt habe. Ich hoffe, dass Wren und alle anderen hier sie durch Ihr Programm mit auf den Weg bekommen.« Ich nahm meine Handtasche vom Boden und hängte sie mir um. »Den Weg nach draußen finde ich allein.«

Den letzten Satz hatte ich mir leider nicht verkneifen können. Die Wahrheit war, dass ich Glück hatte, wenn ich vor nächsten Donnerstag hier rausfand. Trotzdem stolzierte ich hocherhobenen Hauptes aus dem Büro in den Flur, der bis ins letzte Detail aussah wie all die anderen, die ich heute schon durchquert hatte.

# Kapitel 5

## Silas

Sie bog falsch ab.

Ms McKenzie – *Molly* – hätte nach rechts gehen sollen, aber sie stapfte nach links. Ich hielt sie nicht auf.

Irgendwann würde die Frau vor den verschlossenen Türen des Kinoraums stehen und keine andere Wahl haben, als umzudrehen und auf der Suche nach der Treppe wieder an meinem Büro vorbeizulaufen. Fir Crest Manor war für unsere Organisation ein Segen und ein Geschenk gewesen, aber der Grundriss des Gebäudes hatte es in sich.

Und trotzdem bezweifelte ich, dass ihr dramatischer Abgang zu einer Kehrtwende führte.

Ich lauschte dem Klackern ihrer unpraktischen hohen Schuhe auf dem Parkett und beförderte mit einem Wisch ihre Bewerbungsakte in den Papierkorb. Sie war längst nicht die erste Bewerberin, die ich in den vergangenen fünf Jahren abgelehnt hatte, aber durchaus die forscheste. Und vermutlich sogar die enttäuschendste. Ich hatte Miles' Empfehlung vertraut, seinem Urteilsvermögen als Freund und Akteur in der Gesellschaft. Aber Familienbande konnten selbst die besten Leute blind machen, eine Schwäche, die mir nicht ganz unbekannt war.

Ich drückte die Handflächen auf die kühle Glasschicht auf meinem Schreibtisch und dachte noch einmal an Mollys künstlich aufgesetztes Lächeln, als sie für eigene Werbezwecke ein Video in der Lobby unserer privaten Einrichtung aufnahm. Und das ohne jeden Skrupel. Ihre selbst gewählte Berufsbezeichnung als *Influencerin* hatte mich schon auf ihrer Bewerbung misstrauisch gemacht und diese Aktion hatte mein Misstrauen nur noch verstärkt. Von Menschen, die den Großteil ihrer Zeit in ihrem Online-Königreich verbrachten, konnte man nicht viel Authentizität erwarten, vor allem nicht von solchen, die derartige Summen an Geld damit verdienten, wie sie es zu tun schien.

Hätte ich nicht so viel von ihrem Bruder und den Kooperationspartnern gehalten, die er im Lauf der Jahre zu uns geschickt hatte, hätte ich ihr gleich unten abgesagt.

Mein Überprüfungssystem war vielleicht rigoros und manchmal sogar extrem, aber ich würde mich niemals dafür entschuldigen, die Bewohner in meiner Einrichtung zu schützen.

Ein Crescendo aus Schritten erklang vor meinem Büro und ich umrundete meinen Schreibtisch, lehnte mich mit der Hüfte an den Türrahmen und machte mich bereit für Molly McKenzie, Runde Nummer zwei. Aus meiner Erfahrung bedeutete bei Leuten, die sich gern selbst reden hörten, mehr Zeit zum Denken mehr Stoff zum Reden. Und Ms McKenzie, mit all ihren schillernden Errungenschaften, mangelte es gewiss nicht an Worten für ihre Showeinlagen.

Obwohl sie mich aus ihrem Blickwinkel nicht sehen konnte, wurden ihre Schritte deutlich langsamer, als sie näher kam. Vielleicht spürte sie meine Gegenwart genauso wie ich ihre. Ein Hauch blumigen Parfüms wehte in meine Richtung und für einen kurzen Moment musste ich mich gegen den Drang wehren, tiefer einzuatmen.

Worauf wartete sie da draußen?

Ich war kurz davor, aus dem Büro zu treten und ihr die Richtung zur Lobby zu weisen, da setzte das Absatzklackern wieder ein. Doch dieses Mal ging Molly mit ihrer Handtasche auf der rechten Schulter an meiner Tür vorbei ... als wäre sie ... als wäre sie eine Rapperin aus den 80ern mit einem Gettoblaster. Ich konnte mir nur mit Mühe ein Lachen verkneifen und rechnete schon halb damit, dass sie im Moonwalk zur Treppe gehen würde.

Als Jugendfürsprecher und -referent hatte ich in den vergangenen Jahren so manch dramatischen Auftritt erlebt, aber diese Aktion gehörte zu den amüsantesten – eine erwachsene Frau, die ihre reisetaschengroße Handtasche als Tarnumhang benutzte.

Ich trat aus meinem Versteck hervor. »Ohne Rundumsicht würde ich die Wendeltreppe lieber nicht runtergehen.«

Molly ließ die Handtasche sinken und schien sich extra lange Zeit zu nehmen, um ihre Lungen mit dem Drachenfeuer zu füllen, das sie mir gleich entgegenspucken würde. Aber in dem Augenblick, als sie sich mir zuwandte, bekam meine harte Schale genau auf Herzhöhe einen Knacks. Ohne ihren künstlichen Charme und die einstudierte Show war sie einfach ... atemberaubend.

»Ich lag falsch«, sagte sie und stach mit glitzernd rosafarben verzierter Fingernagelspitze in meine Richtung. »Ich weiß sehr wohl, was Wren braucht.«

»Das bezweifle ich stark.« Es gab nur wenig, was ich weniger tolerieren konnte als eine Fremde, die mir etwas über die jungen Leute weismachen wollte, mit denen ich seit Jahren zusammenarbeitete. Vor allem eine, die der zweidimensionalen Scheinwelt der Social-Media-Fans so viel näher war als dem Netzwerk, das ich mit so großem Einsatz bei *The Bridge* erschaffen hatte.

»Sie ist klug – viel klüger, als man auf den ersten Eindruck vermuten würde. Wissen Sie, was sie zu mir gesagt hat? Dass sie lernen möchte, wie man sich mit Menschen unterhält.« Molly schüttelte den Kopf. »Zuerst habe ich es nicht verstanden und dachte, es gehe um Rhetorik. Aber ich glaube, ihr Wunsch hat gar nichts damit zu tun, sondern vielmehr mit dem Mut, die Stimme für sich selbst zu erheben. Sich zu wehren, wenn sie das Gefühl hat, schlechtgemacht und in den Schatten gestellt zu werden.« Sie kniff die Augen zusammen. »Und erzählen Sie mir bloß nicht, das wäre keine lebenswichtige Fertigkeit! Wenn Sie mich fragen, ist das vielleicht der wichtigste Skill, den sie als Frau in der heutigen Welt haben kann.«

In mir brodelte es. Für wen hielt sich diese Frau, mir etwas über Wrens *wahre Bedürfnisse* erzählen zu wollen? Ich war derjenige, der sie zu *The Bridge* geholt hatte, als sie letzten Winter zu alt für das Pflegesystem geworden war. Ich hatte dafür gesorgt, dass ihr jüngerer Bruder im selben Bundesstaat bei einer Pflegefamilie unterkam, die ich ausgesucht hatte. Und ich hatte dafür gesorgt, dass sie nach der Schule eine Mitfahrgelegenheit zu ihrer wöchentlichen Trauertherapie bekam.

»Und wer, glauben Sie, macht sie schlecht? Wenn Sie schon mit Anschuldigungen um sich werfen, die Sie aus einem vielleicht vierminütigen Gespräch mit ihr gezogen haben, hoffe ich, dass Sie Ihre Vermutungen auch belegen können.«

Ihr Lachen war vielmehr ein erzürntes Gegacker. »Vermutungen? Sie sind doch derjenige, der hier *Vermutungen* anstellt. Obwohl Ihre Website groß hervorkehrt, dass dieses Programm eine« – sie machte Gänsefüßchen in die Luft – »›vorurteilsfreie Zone‹ sein soll, haben Sie mich von dem Augenblick an, als ich meinen Namen sagte, verurteilt. Ich wette, Sie hatten schon Ihre Meinung über mich, bevor ich überhaupt das Gelände betreten hatte. Aus irgendeinem absurden Grund haben Sie beschlossen, unser beider Zeit mit einem Bewerbungsgespräch zu vergeuden, bei dem ich sowieso durchfallen würde.« Sie streckte den Arm aus, an dem ihre Handtasche nun wieder baumelte. »Wieso verraten Sie mir nicht den wahren Grund, Mr Whittaker? Und bitte, nehmen Sie nur kein Blatt vor den Mund. Schlimmer als die täglichen Hasskommentare im Netz kann es kaum werden. Also, was ist es? Bin ich zu blond? Zu vorlaut? Habe ich einen zu starken Willen für eine Frau?«

»Wollen Sie mich beleidigen?«, stieß ich mit zusammengebissenen Zähnen hervor.

»Sie beleidigen *mich*, indem Sie sagen, dass ich nicht zu Ihren jungen Frauen passe, und mir dann nicht einmal im Ansatz eine Begründung dafür liefern.«

»Ich vertraue Ihnen nicht.«

Ihre Lippen teilten sich, sie schnappte nach Luft. Ein weiteres

Mal erhaschte ich einen Blick hinter ihre sorgfältig konstruierte Fassade und hatte ein seltsames Gefühl – als würden Fäuste gegen meinen Brustkorb donnern.

Ich trat einen Schritt näher an sie heran, nur einen, aber schon das fühlte sich zu nah an.

»Ich habe sehr wenig übrig für Social Media oder für die Leute, die aus der falschen Realität der sozialen Medien auch noch Profit schlagen. Aber ich hätte um unserer Bewohner willen darüber hinweggesehen, wenn ich Sie nicht in unserer Lobby schon dabei erwischt hätte, wie Sie unsere Datenschutzrichtlinie brechen, ohne mit der Wimper zu zucken.«

»Ich ... *was?*« Ihre Gesichtszüge entgleisten. »Aber das war nur eine Instagram-Story, keine acht Sekunden lang! Und man hat fast nur mein Gesicht gesehen.«

»Sie haben Videoaufnahmen in einer privaten Einrichtung gemacht. *The Bridge* ist ein sicherer Hafen, der denen Sicherheit und Verschwiegenheit bietet, die nicht möchten, dass ihr Aufenthaltsort bekannt wird.«

Mollys Blick ging zu Boden und ich fragte mich, ob sie an ihrem Gegenschlag oder an ihrem nächsten dramatischen Abgang feilte. Aber dann griff sie in ihre Tasche, holte ihr Handy heraus und tippte und wischte mehrmals darauf herum. »Okay, es ist weg.«

»Was ist weg?«

»Das Video. Ich habe es gelöscht.« Sie setzte eine Miene auf, die ich nicht deuten konnte, und es gelang mir einfach nicht wegzusehen. »Ich wusste nichts von der Datenschutzrichtlinie oder den Regeln in Sachen Social Media. Es tut mir leid, wenn meine Aktion ein Risiko bedeutet hat. Das war ganz bestimmt nicht meine Absicht. Entschuldigung.« Einen kurzen Augenblick lang klang ihre Stimme so aufrichtig, wie ich es während des Bewerbungsgesprächs nicht für möglich gehalten hätte.

Sie schluckte, sammelte sich und setzte sich dann in Bewegung. »Danke, dass Sie es mir direkt gesagt haben«, sagte sie über die Schulter. »Ich bin dankbar, wenn ich aus meinen Fehlern lernen darf.« Sie hielt inne und studierte die Kreuzung am Ende des Flurs. »Können Sie mir sagen, wie ich aus diesem Labyrinth herausfinde? Bevor mich mein Bruder am Ende noch als vermisst meldet.«

»Zweimal links und dann rechts. Über die Treppe kommen Sie in die Lobby. Glo lässt sie raus oder ... Ich habe gerade auch Zeit.«

Molly schüttelte den Kopf und winkte ab. »Geht schon. Ich finde den Weg.« Ihr Lächeln räumte jeden Zweifel aus, wie sie es auf eine halbe Million Follower gebracht hatte. »Ich werde Miles von Ihnen grüßen.«

»Danke«, gab ich zurück, weil ich nicht wusste, was ich sagen sollte, obwohl mir klar war, dass mehr gefragt war als das. Ich hatte mich auf einen defensiven Zornesausbruch gefasst gemacht, ein heftiges Sich-Luft-Machen. Aber sicher nicht auf eine Entschuldigung.

Ein vertrautes Bauchgefühl kam an die Oberfläche, als sie wegging, eins, das keine Daseinsberechtigung hatte. Nicht jetzt, wo ich ihren Namen als Mentoring-Kandidatin schon durchgestrichen hatte.

Aber dieses Unbehagen blieb.

Kaum war ich zurück im Büro, klappte ich den Laptop auf und überflog meine neuen E-Mails, ohne ein Wort davon zu lesen. Dann nahm ich den Telefonhörer und wählte Glos Durchwahl.

Glo ging ohne jedes Hallo ran. »Ms McKenzie ist gerade gegangen.«

»Ja, ich weiß.«

»Und ...?«

Mein Kiefer mahlte. »Sie ist nicht die Richtige für uns.«

»Hm. Schade. Ich mochte sie.«

»Es geht nicht darum, sie zu mögen. Sehr viele Leute mögen sie.« Über eine halbe Million, um genau zu sein.

»Soll ich das dann noch in den Bewerbungsbogen schreiben? *Muss unbeliebt sein*?«

»Glo.« Ich rieb mir die Schläfe. »Es müsste ständig jemand ein Auge auf sie haben. Das würde uns Dauerkopfschmerzen bereiten.«

»Dann mache ich das eben.«

Nicht dass sie, wie der Großteil unserer Belegschaft, längst an der Belastungsgrenze arbeitete.

»Ich würde mich lieber auf die Kandidatinnen konzentrieren, die wir bereits in unseren Akten haben. Ruf ein paar davon an und vereinbare Gespräche für Anfang nächster Woche, ja?«

»Na schön.«

Ich legte auf und klappte mit einem tiefen Seufzer den Laptop zu. Als ich mit dem Stuhl zurückrollte, traf meine Fußspitze den Papierkorb mit Mollys Akte darin und er fiel um. Und dann, bevor ich mir selbst Einhalt gebieten konnte, hatte ich sie aus dem Papierkorb geholt und in die unterste Schublade meines Aktenschranks gelegt.

# Kapitel 6

## Molly

Der seidige Stoff des Jumpsuits umspielte schimmernd meine Taille. Ich griff nach dem Knoten des Bindebands, verharrte aber einen Moment in der Bewegung und mein Kopf fügte eine weitere Unterrichtsidee zu einem Lehrplan hinzu, den ich nie aufstellen, geschweige denn je lehren würde: *Multifunctional Fashion – wie man mit wenig Geld tolle Outfits zaubert.*

Den meisten Leuten fiel es schwer, ein einfaches Kleidungsstück zu nehmen und es entweder für ein lässiges Outfit zu verwenden oder es mit ein paar passenden Accessoires eleganter wirken zu lassen. Dabei eignete sich wirklich vieles für mehrere Zwecke. Nicht mal Silas Whittaker konnte etwas gegen so ein budgetfreundliches Wissen sagen. Sich einzukleiden konnte man ohne Weiteres als lebensnotwendiges Bedürfnis und nützliche Fertigkeit verstehen, je nach Anlass.

»Molly? Bist du noch dran? Hörst du mich? Oder ist der Ton wieder mal weg?«

Ich wühlte unter dem letzten Outfit, das ich in der winzigen Umkleide anprobiert hatte, nach meinem Handy. Als ich es ausgegraben hatte, strahlte mich das lächelnde Gesicht meiner Assistentin an. So machten wir es meistens: Val stand früh auf, um einen Videoanruf bei mir zu machen, während ich hier Kleidungsoptionen durchprobierte, an einem Ort, der eher für Polly Pocket geeignet wäre.

»Sorry. Ja, bin noch hier.« Zumindest körperlich. Geistig war ich wieder in der riesigen Villa und wünschte mir, ich könnte mich davon abhalten, dort für meine Story zu filmen. Ich zeigte

Val im Spiegel den Jumpsuit. Er war Teil der Kollektion, um die es beim heutigen Fotoshooting ging. »Was hältst du von dem hier?«

»Hmm.« Sie legte den Kopf schief und beugte sich näher zum Display. »Hübsch und mal was ganz anderes – das Hellgrün ist frisch. Aber der rosafarbene passt besser zu deinem Teint.«

Einer der größten Mythen in der Beautyindustrie war, Fotoshootings seien der Gipfel einer Modekarriere. Schwachsinn. Klar, ich freute mich über jede Gelegenheit, die Reichweite meiner Marke zu erhöhen, aber dieses ständige Zwicken, Optimieren, Waxing, Zupfen und die Situationen, in denen man für die Kamera eine völlig unnatürliche Pose hält und dabei versucht, nicht auszusehen, als würde man unter Verstopfung leiden ... Nun, das war alles andere als glamourös. Genauso wenig wie der Weckruf um vier Uhr morgens, damit ich den Flug nach Seattle noch schaffte, nachdem ich die halbe Nacht wach gelegen und ein gewisses Gespräch mit einem gewissen ach so hochintellektuellen Direktor wiedergekäut hatte.

»Prima. Dann ist die Entscheidung gefallen. Ich nehme den rosafarbenen.« Ich klemmte mir das Handy unters Kinn und zog den Reißverschluss an der Seite des Jumpsuits nach unten.

»Wirklich?« Val lachte. »Das war vielleicht die schnellste Entscheidung für ein Outfit, die du je getroffen hast. Da ist doch noch ein ganzer Haufen von Optionen vom Stylisten. Bist du dir sicher, dass du nicht noch ein paar andere probieren willst? Nur um sicher zu sein?«

»Nein. Ich vertraue dir.« Kaum hatte ich diese drei kleinen Wörter gesagt, war ich wieder im Flur vor Silas Whittakers Büro, als er mir direkt in die Augen sah und sagte: »*Ich vertraue Ihnen nicht.*«

Dieser Satz hatte mich wach gehalten und war mir immer wieder durch den Kopf gegangen, seit ich von Fir Crest Manor weggefahren war. Verdiente ich nicht meinen Lebensunterhalt damit, mir das Vertrauen von wildfremden Leuten überall auf der Welt zu erarbeiten? War ich nicht Expertin darin, Beziehungen zu Menschen zu knüpfen? Mein Wort war in meiner Branche zu einem Glaubwürdigkeitssiegel geworden, und doch gab es jemanden, der persönlich mit mir gesprochen, dem gegenüber ich mich ein gutes Stück geöffnet hatte und der mich trotzdem wegen eines Acht-Sekunden-Fehlers als nicht vertrauenswürdig einstufte. Sein schnelles und unverblümtes Urteil hatte mich weit mehr verletzt als die schlimmsten Hasskommentare von Trollen im Internet – aber so sehr ich es auch versuchte, ich hatte noch keine Löschfunktion für real erlebte Ablehnung gefunden. Und ich suchte jetzt schon seit siebenundzwanzig Jahren.

»Okay, Molly, was ist heute los mit dir? Warte, bevor du antwortest … Vielleicht positionierst du erst die Kamera anders, es sei denn, du willst die Fragen eines Neunjährigen zur weiblichen Anatomie beantworten. Tucker kann jeden Augenblick wach werden.«

Schnell sorgte ich dafür, dass die Kamera nicht länger auf meine Silikon-Pasties zeigte, und beeilte mich dann, in den anderen Jumpsuit zu schlüpfen. »Danke.«

»Also. Was ist los? Du wirkst so ... ich weiß nicht … so abgelenkt.«

»Ich bin nur müde.« Ich hatte Val nicht erzählt, wie es bei *The Bridge* gelaufen war. Noch nicht mal Miles. Wie sollte ich auch, durcheinander, wie ich war? Molly McKenzie setzte keine Bewerbungsgespräche in den Sand; sie setzte überhaupt nichts in den Sand. »Nichts, was ein bisschen Koffein nicht wieder hinbekommt.« Ich lächelte extra breit und hoffte, dass der Schatten, der in mir lauerte, von außen nicht so deutlich zu erahnen war. Die Visagistin hatte zwar ganze Arbeit geleistet, meine Augenringe verdeckt und genau die richtige Menge Farbe aufgetragen, um meine Wangenknochen hervorzuheben, aber zaubern konnte sie auch nicht.

»Tut mir leid, dass das mit der Lieferung heute früh schiefgegangen ist«, entschuldigte sich Val. »Ich habe extra alles doppelt geprüft, bevor ich die Adresse eingegeben habe. Wie ein Triple

Shot Coconut Milk Latte mit einem Schuss Vanille zu einem extra heißen Americano werden konnte, ist mir immer noch ein Rätsel. Wenn ich dir deinen Latte selbst liefern könnte, würde ich es tun.«

»Das war doch nicht dein Fehler. Außerdem darf ich eigentlich wegen der Fastenkur bis nach dem Fotoshooting gerade sowieso nur heißes Wasser oder grünen Tee trinken. Aber wenn du mir je persönlich ein Getränk bringen willst, dann nehme ich es, was immer es ist. Versprochen.«

Sie lachte darüber, aber mittlerweile musste sie wissen, dass das mein völliger Ernst war. Ich machte immer wieder Andeutungen, dass Val einmal die »südlichen Achtundvierzig«, wie sie sie nannte, besuchen sollte, und das, seitdem sie vor fast drei Jahren meine Assistentin geworden war. Aber wenn man seit vier Generationen in Skagway in Alaska wohnte, alleinerziehende Mutter des einzigen Enkels seiner Eltern war und schreckliche Flugangst hatte, fehlte es wohl an Motivation für solche Reisen. Weswegen ich ihr versprochen hatte, stattdessen mal zu ihr nach Alaska zu kommen, und zwar schon vor ... ziemlich langer Zeit. Das musste endlich fix in meinen Kalender.

Zum Glück verging wenigstens kaum ein Tag, an dem wir nicht videotelefonierten.

»Weißt du, woran ich gestern denken musste?«, fragte sie. »An deine erste Anfrage – die Kooperation zu diesem getönten Lippenbalsam. Erinnerst du dich? Wir waren völlig aus dem Häuschen bei der Vorstellung, dass deine Lippen in der Werbung sein könnten.«

Ich lachte und merkte, wie etwas von meiner Anspannung von mir abfiel. Dieser Anruf fühlte sich an, als würde er sich in einer vergangenen Zeit abspielen, damals, als ich Val Stundensätze bezahlt hatte, die ich mir kaum leisten konnte. »Tagelang habe ich Schmollmünder geübt. Ich wusste gar nicht, wie sehr Lippen weh tun können. Aber wenigstens brauchte ich dafür keine Fastenkur zu machen.« Mein Magen knurrte schon bei dem Gedanken an den Burrito, den Ethan mir später mitbringen wollte.

»Ja, aber sieh nur, wo du mittlerweile bist. Allein die Möglichkeiten, die du vergangenes Jahr hattest, seit du bei der Cobalt Group unter Vertrag stehst, sind der Wahnsinn! Und ich freue mich auf all das, was noch kommt.« In ihrer Stimme schwang echte Ehrfurcht mit.

»Die Möglichkeiten, die *wir* hatten, meinst du.« Dass Val mit dabei war, war eine meiner Bedingungen für den Vertrag mit Ethan gewesen. Sie war noch immer meine Assistentin, aber stand mittlerweile bei Cobalt auf der Gehaltsliste, weil die ihr die Firmenleistungen bieten konnten, die sie als Alleinerziehende brauchte.

»Ja«, sagte sie. »Stimmt.« Ihre Stimme war jedoch dünn – so dünn, dass mein Blick zu ihrem Gesicht schnellte.

»Was ist?«, fragte ich und musterte ihre besorgte Miene auf meinem Display genau.

So, wie sich ihr Seufzen anhörte, wusste ich, dass es keine Lappalie war, und Val war keine Drama-Queen. Sogar ganz im Gegenteil.

»Ich diskutiere schon den ganzen Morgen mit mir selbst, ob ich dir etwas sagen soll, aber ich wollte es auf keinen Fall vor deinem Fotoshooting anschneiden. Das hat Zeit.«

»Du weißt schon, dass du es mir nach *der* Ankündigung jetzt sofort erzählen musst?« Ich beugte mich vor, um die Knöchelriemen meiner Pumps zu schließen, und fing an, die Kleiderbügel einzusammeln.

»Ich habe etwas gesehen, was nicht für meine Augen bestimmt war, glaube ich ... Einen Mail-Austausch zwischen Ethan, seiner Assistentin und ein paar anderen Teammitgliedern von Cobalt. Ich bin sicher aus Versehen in den Verteiler gerutscht.«

Ich hielt inne. »Was für Mails waren das?«

»Es ging hauptsächlich darum, deine Marke zu pushen, mit bekannteren Leuten zu netzwerken und um die Überlegung, einen Ghostwriter für deinen Kanal einzustellen.«

»Niemals! Ich brauche keinen Ghostwriter.« Dieses Thema

hatten Ethan und ich schon mehrfach diskutiert. Obwohl es eine große Zeitersparnis bedeuten würde, wenn jemand anderes für mich postete, brauchte ich niemanden, der sich für mich ausgab, solange ich die Aufgaben und Pflichten meiner Marke gut selbst schultern konnte.

Man brauchte nur eine Molly für *Molly's Make-up Matters*. Und das war ich.

»Ich kenne deinen Standpunkt dazu, aber das war noch nicht alles. Ethan erwähnte auch, dass er für dein Marketingteam bekanntere Branchengrößen in Betracht zieht. Er meinte, die aktuellen Mitglieder würden dich nur ausbremsen.«

»Was? So ein Quatsch! Das ist doch verrückt. Dem würde ich nie zustimmen. Ethan weiß genau, wie wichtig du mir bist. Das kann er unmöglich gemeint haben.«

»Es ist nur …«, fuhr Val fort, offensichtlich wenig beruhigt. »Dieser Job bedeutet für mich und Tucker alles. Ihn zu verlieren, wäre …«

»Val, hör zu. *Bitte.* Was auch immer du liest, welches seltsame Brainstorming das auch war, du wirst *nicht* ersetzt. Never ever. Ethan ist nur so überdreht wegen dieser großen Chance mit der Makeover-Show. Da steht viel auf dem Spiel …«

»Für dich doch auch.« Sie musterte mich durch die Kamera. »Ich weiß, dass deine Karriere über alles hinausgeschossen ist, was wir uns jemals erhofft hatten. Ich möchte das ganz realistisch betrachten. Und du sollst das bitte auch tun. Ich werde niemals eine große Nummer in dieser Branche sein. Als alleinerziehende Mutter, die immer noch in ihrem Elternhaus wohnt, in einer Stadt mit weniger als tausendfünfhundert Einwohnern … Ich mache total gern Recherche und Fotobearbeitung und entwerfe Strategien und ich arbeite liebend gern mit dir zusammen, aber wenn du jemals das Gefühl hast, dass ich dich aufhalte, dann …«

Ich riss mir das Handy direkt vors Gesicht und schlug den Ton an, mit dem Mimi immer auf meine Selbstzweifel reagiert hatte.

»Das ist Blödsinn! Du hast mich noch nie aufgehalten, auch nicht für eine Minute. Aber wenn ich weiter so mit dir reden muss, dann wird meine Foundation von Zornesfalten gesprengt, die wieder von der Visagistin überschminkt werden müssten, was wiederum das Shooting verzögern würde, also ...« Ich hielt die Kamera vor meine hochgezogene Augenbraue und war erleichtert, dass Val lachte.

»… also hör bloß auf, diese Grimasse zu ziehen«, sagte sie und klang wieder ganz wie die Alte.

»Na schön. Aber dieses Thema ist durch, ein für alle Mal. Es gibt dem nichts mehr hinzuzufügen. Kapiert?«

Sie nickte und vollführte dann mit ihrem Zeigefinger Kreisbewegungen. »So, und jetzt bitte einmal das ganze Outfit. Mit Schuhen.«

Ich hielt das Handy so weit weg von mir, wie ich konnte, um ihr das Outfit zu zeigen, das sie mit ausgewählt hatte. Ich verdrehte mir fast den Hals vor dem Spiegel, betrachtete den exquisiten Stoff, der ein tiefes V auf meinem Rücken bildete und meine Kurven ohne jede Falte umschmeichelte.

»Perfekt. Du wirst sie umhauen!«

Es klopfte zweimal an der Tür, gefolgt von der Ansage, dass der Fotograf bereit sei und im Studio auf mich warte.

»Danke, ich komme sofort!«, antwortete ich in der muntersten Stimme, die ich ohne Koffein zustande brachte.

»Wünsch mir Glück«, flüsterte ich Val noch zu.

Sie lachte. »Du bist Molly McKenzie. Du hast noch nie Glück gebraucht.«

Ich warf ihr einen Luftkuss zu und legte auf.

»Das Shooting lief gut, nehme ich an?«, fragte Ethan und streckte die Hand aus, um mir den Einstieg in die Limousine zu erleichtern. Wie sich herausgestellt hatte, flog er fast zur selben Zeit nach New York wie ich von Seattle nach Hause. Also hatten wir wie üblich beschlossen, ein »Travel Date« zu machen – ein anderes Wort für die gemeinsame Autofahrt zum Flughafen, bevor wir wieder getrennte Wege gingen. Manchmal beneidete ich andere Paare um ihre typischen Beziehungsmuster. Andererseits war der Grund, wieso wir einander gefunden hatten, der, dass wir alles andere als typisch waren.

»Ja, war super«, sagte ich, schnallte mich an und suchte nach der Tüte mit mexikanischem Essen, deren Inhalt ich unbedingt sofort verschlingen musste. Die Achtundvierzig-Stunden-Fastenkuren waren das Schlimmste an diesen großen Endorsement-Shootings. »Obwohl es im Studio eiskalt war und ich ein Strandtuch, das ich in einem Requisitenschrank gefunden habe, quasi als biblischen Umhang benutzen musste, aber irgendwie war das auch wieder witzig ...«

Ethan tippte schon wieder auf seinem Handy herum. »Also, du wirst dich freuen zu hören, dass ich deine Promi-Kooperation fast in der Tasche habe. Wir haben diese Woche wirklich Fortschritte gemacht, was unsere Ziele betrifft.«

»Cool. Aber, äh, sag mal ... hast du hier irgendwo meinen Burrito? Ich verhungere gleich.« Womöglich hatte ich meinen Geruchssinn verloren und nahm deswegen nicht den Duft von überbackenem Käse und grüner Sauce wahr. Aber auch mein Blick suchte das Innere der Mietlimousine vergeblich nach einer To-go-Box ab.

»Oh, ja. Sorry, Babe.« Ethan öffnete den Kühlschrank neben sich und holte eine Plastikverpackung mit drei Street Tacos heraus. Nicht überbacken. Keine grüne Sauce. Nur geschwärztes Hühnchen mit Pico de Gallo, eingewickelt in Enttäuschung.

Ethan stellte mir den Plastikbehälter auf den Schoß und ich atmete geräuschvoll aus. »Hast du meine Nachricht gelesen, als du meintest, du würdest mir etwas zu essen mitbringen?«

»Was? Ja, natürlich. Du meintest ...« Er wechselte die App und scrollte zu unserem Chat, um mir zu beweisen, dass ich falschlag. Nur konnte er es nicht. »Oh. Da hab ich mich wohl vertan. Sorry.« Oder er hatte es überhaupt nicht gelesen, weil er siebzehn Sachen gleichzeitig jonglieren musste, als er meine Bestellung aufgab. »Ich habe aber an etwas gearbeitet, was dich bestimmt davon überzeugt, mich nicht umzubringen.«

Ich öffnete den Behälter voller durchgesuppter Traurigkeit und schlaffem Koriander. »Das wage ich zu bezweifeln.«

»Ich hatte ein Telefonat mit einem der Produzenten von der Show. Ich glaube, ich habe dir ein vorgezogenes Casting verschafft.«

Ich stutzte. »Was heißt *vorgezogen*?«

»Ende Juli. Sie wollen eine Zusammenstellung deiner beliebtesten Videos haben. Irgendetwas, was wir zeitnah den Produzenten vorlegen können.« Er tippte sich mit dem Finger auf die Wange. »Da habe ich doch sicher ein Küsschen verdient.«

Ich hatte ihm noch nicht wirklich verziehen, aber ich tat ihm den Gefallen und küsste ihn auf die Wange, weil er Lippenstift am Mund hasste.

Da ich Gelegenheiten grundsätzlich nicht verstreichen lasse, nutzte ich den Augenblick: »Das kann doch Val übernehmen. Sie ist echt extrem gut in so was.«

Ethan wechselte wieder zu seinem Posteingang. »Hmm.«

»Ehrlich, ich kann dir gar nicht sagen, wie oft sie mein ungeschnittenes Gelaber genommen und daraus ein professionelles Video gemacht hat …«

»Was du lieferst, ist kein *ungeschnittenes Gelaber*«, schalt er mich. »Das sind erste Takes. Merkst du den Unterschied? Erfolg ist ein Mindset, Molly. Wie du etwas formulierst, ist oft wichtiger als der Inhalt deiner Worte selbst.«

»Also schön. Val nimmt meine *ersten Takes* und zaubert damit. Und wir können von Glück reden, jemanden mit ihrem Talent bei Cobalt zu haben. Ich würde nie mit jemand anderem arbeiten wollen.« Bäm – war das gut genug formuliert?

Er sah von seinem Handy auf. »Ich habe ihr Talent nie bezweifelt. Aber ich dachte, sie sollte die ganzen Videos bearbeiten, die du für diese Teenageranstalt machst?«

Nun ... ich hatte Ethan auch noch nichts von der Blamage bei Silas Whittaker erzählt. Und jetzt war ganz und gar nicht der richtige Zeitpunkt dafür. Wie man diese Zurückweisung in ein »Erfolgsmindset« ummünzen sollte, war mir schleierhaft. Silas hatte nicht nur meine Bewerbung abgelehnt, sondern mich – und das sogar noch, bevor ich überhaupt die Gelegenheit gehabt hatte, mir eine Liste von Life Skills auszudenken, die er mit Sicherheit gut fände. Moment … Vielleicht war das die Lösung!

»Molly?« Ethan hatte den Kopf schief gelegt und sah verwirrt aus. »Gibt es ein Problem?«

»Nein, nein. Es ist nur … *The Bridge* ist keine Teenageranstalt. Es ist ein Wohnprojekt für junge Erwachsene, die einfach eine helfende Hand brauchen, um den nächsten Schritt im Leben zu gehen.«

»Perfekter O-Ton. Den solltest du genau so verwenden«, sagte Ethan anerkennend. »Wann kommt der erste Beitrag?«

»Ich, ähm ... ich muss nur erst noch ein paar organisatorische Dinge klären.« Um genau zu sein, musste ich Silas Whittaker aus dem Team *Bloß nicht Molly!* ins Team *Definitiv Molly!* holen. »Aber ja, Val soll unbedingt bei diesem Projekt dabei sein.«

Sobald ich Silas Whittaker dazu bringen konnte, mir einen zweiten Termin zu geben. Was mir gelingen würde. Also, *das* hörte sich doch schon nach einem Erfolgsmindset an.

Ich holte mein Smartphone heraus und fing an, in meinen Notizen einen Lehrplan anzulegen.

# Kapitel 7

## Silas

Menschen, die behaupteten, Jungs seien unordentlicher als Mädchen, hatten noch nie die dunklen Ecken einer Damentoilette gesehen.

Obwohl die Unterbringungsmöglichkeiten im Lavender Cottage bei drei großen Bädern in einem Haus für zwölf Frauen mehr als ausreichend waren, fand man sie eigentlich nie in einwandfreiem Zustand vor. Meistens machte der ein oder andere Abfluss Ärger. Irgendwo lief Wasser aus. Oder staute sich. Oder beides gleichzeitig.

Auf Knien arbeitete ich mich durch eine Wand aus Verpackungen von Kosmetik- und Hygieneprodukten unter dem Waschbecken mit dem Rohr, das diesmal defekt war. Vorsichtig schob ich alles in eine Ecke, nur um dort einen apokalyptischen Vorrat an Lotions und fruchtigen Shower-Gels zu entdecken.

Es gab so viel, was ich in dieser chaotischen und komplizierten Welt der erwachsen werdenden jungen Menschen nicht kontrollieren konnte – aber ein leckes Abflussrohr mit Dichtband reparieren, das konnte ich. Wenn doch nur jedes Problem so schnell behoben werden könnte!

»Das nächste Mal, wenn ich mich frage, ob ich genug für das Allgemeinwohl tue, werde ich einfach an diesen Moment denken: mein Bruder, der praktisch in einem See aus Tampons schwimmt.«

Ich fuhr ruckartig hoch und donnerte mit dem Kopf gegen das Waschbecken. »*Aua*. Was machst du denn hier?«

Schnell rutschte ich ein Stück zurück, damit ich nicht am Ende wirklich noch in der Pfütze unter dem Becken landete, die ganze zwei Tampons aufzusaugen versuchten. Ich rieb mir den schmerzenden Hinterkopf. Jake lachte. Manche Menschen reagierten fürsorglich, wenn sie jemand sahen, der Schmerzen hatte. Jake gehörte nicht dazu.

Er hob eine Tüte mit Sandwiches hoch. »Ich habe unser Mittagessen dabei.«

Ich hockte da und beäugte ihn argwöhnisch. »Wieso? Ich dachte, du bist noch auf der Baustelle für das Fourplex im Norden?«

»Die Baugenehmigung verzögert sich.« Er zuckte die Achseln. »So ist das Leben als Vorarbeiter.« Jake griff in die Tüte und holte eins der Sandwiches heraus.

»Denk nicht mal dran, das hier drin zu essen.« Allein bei dem Gedanken kräuselten sich mir die Nackenhaare. Ich erhob mich, nahm extra viel Seife und wusch mir die Hände. Aber Jake kümmerte meine Warnung nicht, wie üblich. Es war ein Wunder, dass ich beruflich vierundzwanzig Menschen betreuen konnte, wenn ich nicht einmal Jake Whittaker beeinflussen konnte.

Da ich mir nicht sicher war, wer das rosafarbene Handtuch wofür benutzte, schüttelte ich die Hände überm Waschbecken und versuchte, nicht so sehr herumzuspritzen.

Jake zog eine Serviette mit rotem Logo heraus. »Hier, nimm die. Ich habe auch noch nicht reingerotzt, versprochen.«

Ich sah den vierundzwanzigjährigen Mann vor mir an, der andauernd so tat, als wäre er vierzehn. »Wer hat dich nur großgezogen?«

Jake grinste. »Dieselben Leute, die so verrückt waren, es mit dir aufzunehmen, Brüderchen.«

Ich scheuchte ihn mit einer Handbewegung aus dem Bad. »Los, komm, wir gehen raus!«

Ich folgte ihm durch einen Flur, der gewiss nicht für jemanden mit seiner Größe gebaut worden war und einen an Studentenwohnheime denken ließ. Seit Jake während der Pubertät die zwei Meter erreicht und damit mich sowie alle anderen in unserer siebenköpfigen Familie überholt hatte, fiel er überall schnell auf.

Als Hispanoamerikaner, der als Teenager mit seiner weißen Adoptivfamilie ins nordöstliche Washington gezogen war, kannte ich das Gefühl. Ich war fast zwei Jahre lang das einzige nichtweiße Gesicht an der ganzen Schule gewesen, bis dort ein Austauschprogramm gestartet worden war. Mittlerweile gab es in unserer Gegend Menschen ganz unterschiedlicher Herkunft, aber trotzdem passierte es nach wie vor häufig, dass ich in einem Raum der Einzige war, der einer Minderheit angehörte.

Als wir in den offenen Wohnbereich kamen, sprach ich den jungen Damen in Gedanken ein Lob aus. Sie gingen offensichtlich sorgsamer mit den Möbeln um als die Jungs, auch wenn hier und da Krümel verrieten, dass sie sich nicht immer an das Essverbot in diesem Raum hielten.

Das war eins der Dinge, bei denen ich ein Auge zudrückte. Um meinetwillen genauso wie um ihretwillen. In den neun Jahren, die ich nun schon mit jungen Menschen aus schwierigen Verhältnissen zusammenarbeitete, hatte ich einiges über Nachsichtigkeit gelernt.

Draußen setzte sich Jake auf einen der Holztische unter der Überdachung und stellte seine großen Füße auf die Bank. Ich setzte mich an den Nebentisch und sah zu, wie er einen Krokodilsbissen von seinem Sandwich nahm. Jake war nationaler Schwimmathlet gewesen, der Michael Phelps mit seinen achtundzwanzig olympischen Medaillen eines Tages noch den Rang hätte ablaufen können. Heute, sechs Jahre später, hatte er einen festen Job als Zimmermann und eine Verlobte, von der ich unheimlich viel hielt – Clara war ein Engel.

Kaum wickelte ich mein Sandwich aus, knurrte mein Magen hörbar. Ich hatte seit dem Morgenlauf nichts mehr gegessen. »Danke.«

Ich biss ab und kaute. Was ich nicht vermisst hatte, war, wie er mich von der Seite beäugte.

»Und, was gibt's? Wieso bist du so genervt – also, mehr als sonst?«

»Wer sagt, dass ich genervt bin?«

»Oh, keine Ahnung, vielleicht dieser Handwerker, den du raushängen lässt, wenn du a) schlechte Nachrichten gekriegt hast, b) etwas Unkontrollierbares kontrollieren willst oder c) beides der Fall ist. Was ist es diesmal?«

*Definitiv C.* Ich schluckte und legte das Sandwich beiseite. »Sharon vom County hat heute Morgen angerufen.«

»Ja? Und?«

»Zwei Jungs auf unserer Warteliste sind gestern in einer Wohnung voller Drogen gestorben. Überdosis.«

Ich musste ihm nicht alles haarklein erklären. Er hatte genug Zeit in meiner Welt verbracht, um zu wissen, was das bedeutete. Nicht nur hatte unser System versagt, sondern wir. Ich.

Ihre Gesichter mochte ich nicht kennen, aber ich kannte genug Geschichten, die endeten wie ihre. Ich wusste alles über junge Menschen, die dem Staat mit nichts außer falscher Hoffnungen und leerer Versprechungen übergeben wurden.

»Tut mir leid, Mann.«

Ich nickte und starrte auf die Hügel hinter dem Männerwohnheim. »Ich kann nicht ständig Menschen wegschicken, die uns brauchen.«

»Du bist doch gar nicht der, der sie wegschickt.«

»Doch, irgendwie schon.«

»Du darfst dich nicht auf die Liste derer konzentrieren, für die du nicht da sein kannst. Was ist mit den vierundzwanzig, die hier sind? Was tust du nicht alles für die? Ganz zu schweigen von all denen, die du schon ins Leben begleitet hast. Vergiss die mal nicht.«

Ich schnaubte. Es fühlte sich nicht so an, als würde ich genug tun. Das tat es nie. Und würde es wohl auch nie. Nicht bei Hunderten von jungen Erwachsenen jedes Jahr, die allein in unserem Bundesstaat dem Pflegesystem entwuchsen und weder ein

Zuhause noch jemanden hatten, an den sie sich wenden konnten.

»Ich überlege, den Erweiterungsantrag nächste Woche dem Verwaltungsrat vorzustellen. Es ist höchste Zeit. Wir haben so ein riesiges Haus und doch sind uns wegen der mangelnden Finanzierung die Hände gebunden.«

»Ich bin dabei, das weißt du. Ich habe schon Pläne gezeichnet. Sobald die Verwalter grünes Licht geben, baue ich dir alles, was du willst.«

»Ich weiß. Danke.« Wenn nur der Verwaltungsrat seinen Enthusiasmus teilen würde. Aber ich wusste, mit wem wir es zu tun hatten. Auch wenn fünf Mitglieder unserer Gemeinde dazugehörten, war es doch eine Runde von Realisten. Ich konnte sie verstehen. Aber egal, wie viele Statistiken ich auch zitierte oder wie viele persönliche Statements ich brachte, es ging letzten Endes immer nur um Bezahlbarkeit und Zukunftsfähigkeit. Mehr Überweisungen anzunehmen, erforderte mehr Mitarbeitende, mehr Zimmer, mehr Vorräte, mehr von allem, und ohne die entsprechenden finanziellen Mittel war das nun mal nicht möglich.

Fir Crest Manor war ein Traumobjekt ohne Traumbudget.

Das Hauptgebäude wurde für den Unterricht und Gemeinschaftsaktivitäten genutzt, kam aber für Schlafräume nicht infrage. Ich wusste, was früher oder später passieren würde, wenn wir unsere jungen Frauen und Männer räumlich näher zusammenrücken ließen, und hatte nicht unbedingt die Nerven für Babys, auf deren Geburtsurkunde Fir Crest Manor stand. Zum Glück hatten Glo und Jerry das Lavender Cottage und das Haus der Jungs gut im Griff, und was ihnen entging, fingen unsere Überwachungskameras ein.

»Weißt du, was dir helfen würde? Jemand wie *Black Widow*«, spuckte Jake aus, als wären Vergleiche aus dem Marvel-Universum eine Art Insider zwischen uns.

»Wie bitte?«

»Es wird Zeit für ein Fundraising-Kraftpaket. Da muss jemand ran, der sich nicht scheut, anderen in den Hintern zu treten. So eine Spendenparty mit reichen Leuten wär doch mal was, dann fließt die Kohle schneller, als Glo die Bowle nachfüllen kann.« Er zuckte die Achseln. »Wenn du mich fragst.«

Sofort hatte ich eine Person vor Augen. Aber es war nicht Scarlett Johannsson in schwarzem Leder, sondern eine Frau mit blonden Locken und Absätzen, für die man einen Waffenschein haben sollte.

»Ich halte nichts von diesem Fundraising-Zeug. Gott wird uns versorgen, wie immer – so, wie er es für richtig hält.«

»Du hältst auch nichts von Putzschwämmen in der Küche. Das heißt nicht, dass man sie nicht ab und zu braucht.«

»Ein Schwamm ist nichts weiter als ein Nährboden für Bakterien. Er hat nur einen Sinn: K...«

»*Keime verbreiten*. Heb dir das für deine Schützlinge auf. Ich habe es schon öfter gehört als Tante Barbs Münzen, die in Moms und Dads Schimpfwortkasse fallen. Und das will schon was heißen.«

Ich musste lachen. Jake auch. Aber als wir wieder ernst wurden, war mir dank seines wippenden Knies sofort klar, dass er nicht nur *Black Widow* und Schimpfwortkassen im Sinn hatte.

»Du bist zu leicht zu durchschauen, Jake.«

Er sah auf sein Knie und versuchte, es mit einem Lachen abzutun, aber wir beide wussten, dass er etwas fragen wollte. Das, was er bei unseren letzten drei Treffen nicht über die Lippen gebracht hatte.

»Es ist nur … Ich habe aufgepasst. Ich weiß, dass Carlos vor ein paar Wochen auf Bewährung freigekommen ist.«

»Du hast recht«, erwiderte ich. »Fast einen Monat ist das her.«

Jake sah mich an und aller Humor war aus seinem Gesicht gewichen. »Hat er dich kontaktiert?«

»Nein.« Und doch wusste ich, dass er einen Weg finden würde. Carlos machte mich immer ausfindig, wenn er etwas wollte.

Jake beugte sich näher, die Ellbogen auf die Knie gestützt, und betrachtete die Narbe auf meinem rechten Unterarm, als würde er an all die schrecklichen Details denken, die ich mit aller Macht aus meinem Gedächtnis löschen wollte. »Aber du würdest es mir sagen, wenn er es tut?«

Die Luft war augenblicklich aufgeladen. Jake war zwar sechs Jahre jünger als ich, aber sein Gerechtigkeitssinn war schon immer extrem ausgeprägt gewesen. Er war für jeden Spaß zu haben, bis jemand einem Menschen wehtat, der ihm wichtig war. Ich wollte auf keinen Fall, dass er meinetwegen je irgendeine Dummheit beging. So sehr Jake auf einen Kampf aus war – es stand mehr auf dem Spiel, als nur eine Vergangenheit wiedergutzumachen, die nicht wiedergutzumachen war. Es war nicht seine Aufgabe, auf mich aufzupassen. Es war *meine* Aufgabe, auf *ihn* aufzupassen, auf ihn und alle anderen in meinem Leben, die unter den Lügen eines Suchtkranken leiden mussten.

»Er hat jetzt drei Jahre gesessen, länger als je zuvor. Vielleicht will Carlos seine Freiheit nicht noch einmal riskieren.« Eine Möglichkeit, die ziemlich unwahrscheinlich schien, wenn man die vielen Male bedachte, die er behauptet hatte, »clean« zu sein. Und ich würde es wohl nie erfahren. Schließlich hatte ich nach seinem Urteil jeden Kontakt zu ihm abgebrochen.

»Es ist mir sowas von egal, ob er frei ist und ob er etwas im Knast gelernt hat oder nicht«, sagte Jake grimmig. »Er verdient es nicht, dich seinen Bruder zu nennen.«

Und zugleich fragte ich mich, wie oft Carlos wohl umgekehrt das Gleiche über mich gedacht hatte.

# Kapitel 8

## Molly

»Hallo, Glo. Ich habe Ihnen etwas mitgebracht«, sagte ich, als sie in der Lobby auf mich zukam, ganz in Schwarz mit Birkenstocks. Ich schraubte mein Lächeln ein paar Stufen hoch und reichte ihr die Schuhschachtel. »Ich wusste natürlich nicht Ihre Schuhgröße, aber ich habe auf neununddreißig getippt. Nur, um sicherzugehen, habe ich auch mal achtunddreißig und vierzig gekauft. Sie liegen im Auto.«

Glo sah mich entgeistert an. »Sie haben mir Schuhe gekauft?«

Genau gesagt drei Paar. »Ich war gestern in Seattle und da gab es einen Frühsommersale. Ich konnte nicht widerstehen ...«

Das Ganze schien sie deutlich mehr zu irritieren als mein unangekündigtes Auftauchen.

»Was bin ich Ihnen schuldig?«

»Ach, nichts.« Ich schüttelte den Kopf. »Überhaupt nichts. Es ist ein Geschenk.« Ich bedeutete ihr mit einem Wink, die Schachtel zu öffnen.

Erst ihr völlig benommener Blick machte mir klar, wie fremd ihr so eine Geste sein musste. In meinem Leben waren Geschenkpakete von großen und kleinen Firmen, die hofften, auf meinen Accounts Erwähnung zu finden, so normal geworden wie der monatliche Kreditkartenauszug. Ob nun für eine Review oder für ein Product Placement, es gab kaum einen Tag, an dem nicht ein oder zwei Pakete eintrudelten.

Glo starrte die Schuhe nur an, als würden sie verschwinden, wenn sie zu schnell blinzelte.

»Es ist völlig in Ordnung, wenn sie Ihnen nicht gefallen«, sagte ich ein wenig verunsichert. »Sie sind absolut nicht verpflichtet, sie zu mögen ...«

Glo schüttelte langsam den Kopf, aber es folgte keine Erwiderung. Stattdessen ging sie zur abgewetzten Couch in der riesigen Eingangshalle und setzte sich. Die Schuhschachtel stellte sie mit einer solchen Ehrfurcht neben sich ab, dass mir die Kehle eng wurde.

Sie schlüpfte aus den abgetretenen Sandalen, hob die Schuhe aus der Schachtel und ich hielt die Luft an. So hatte ich mir diesen Augenblick sicher nicht ausgemalt ... aber ich hatte auch nicht damit gerechnet, dass Glo mich ansehen würde, als hätte ich ihr einen All-inclusive-Inselurlaub geschenkt.

Zuerst schob sie den linken, dann den rechten Fuß in die mattschwarzen Kitten-Heel-Pumps. Sie stand auf, machte einen unsicheren Schritt, balancierte sich aus und stolzierte zur gegenüberliegenden Wand. Und wieder zurück. Zum Schluss machte sie eine Drehung auf dem Absatz. »Sie haben tatsächlich recht. Die sind bequem!«

Ich faltete die Hände und drückte sie mir gegen die Brust. »Also gefallen sie Ihnen?«

»Ich *liebe* sie. Und sie sind vielleicht die schönste Bestechung, die ich je bekommen habe ... und das will was heißen.«

Ich grinste sie schuldbewusst an. »Um ehrlich zu sein, ich hätte sie auch so für Sie gekauft, einfach aus Prinzip. Weil ich glaube, dass jede Frau ein Paar Absatzschuhe besitzen sollte, auf das sie zurückgreifen kann, wenn sie einmal ein Outfit aufpeppen will – aber ja, ich hoffe, dass Sie mir helfen können.«

Glo lachte. »Sind Sie für Ihre nächste Runde hier?«

»Nächste Runde?«

»So nennen wir hier im Haus einen zweiten Versuch. Die zweite Chance. Alles von vorn.«

Ich nickte. »Dann ja. Ich habe ...« Dabei griff ich in meine Schultertasche und zog meine roségoldfarbene Mappe heraus, in der der Lehrplan steckte, an dem ich bis zwei Uhr morgens herumgetüftelt hatte. Einer, von dem ich hoffte, dass Mr Whittaker ihn nicht ablehnen konnte.

»Ah, sehr gut. Silas kann manchmal ...« Glo schürzte die Lippen. »Er kann manchmal ziemlich unnachgiebig sein.«

Ich biss mir auf die Innenseiten meiner Wange, um mir die ungefähr eintausendfünfhundert passenderen Adjektive zu verkneifen, die mir im Kopf herumschwirrten.

»Aber niemand, den ich kenne«, fuhr Glo fort, »hat so viel Integrität wie dieser Mann. Wir können von Glück reden, ihn zu haben – nicht nur wegen allem, was er für *The Bridge* tut, sondern auch, weil er an das Gute in der Welt glaubt.« Sie sah auf einmal traurig aus. »Er ist ein besonderer Mensch, der sehen kann, was er gesehen hat, der erleben kann, was er erlebt hat, und trotzdem noch an eine bessere Zukunft glaubt.«

Ihre Lobesrede auf Silas Whittaker rührte eine Saite in meinem Unterbewusstsein an, die seit Langem nicht mehr zum Klingen gekommen war. Ich schüttelte die Erinnerung an die Gefühle meines jüngeren Ichs ab, das sich so nach einem Lob gesehnt hatte, wie meine Familienmitglieder es für ihre guten Taten und selbstlosen Einsätze ständig bekamen.

»Glauben Sie, Sie könnten mir ein paar Minuten mit ihm verschaffen? Ich möchte ihm etwas persönlich übergeben, wenn das geht.«

Glo lächelte. »Sie haben Glück. Unsere Bewohner sind um diese Uhrzeit alle auf der Arbeit oder in der Schule, also ist Silas draußen unterwegs und kümmert sich um ein paar Dinge.«

»Oh ...« Ich drehte mich unsicher um und versuchte, durch die Fenster einen Blick auf ihn zu erhaschen.

»Soweit ich weiß, macht er gerade Reparaturen im Frauenwohnheim. Ich kann das gern kurz überprüfen.«

Sie nahm ihr Telefon zur Hand, aber ich gebot ihr mit einer Handbewegung Einhalt. »Wissen Sie, wenn es Ihnen nichts ausmacht, würde ich gern einfach kurz bei ihm vorbeischauen. Ich werde ihn nicht lange aufhalten. Versprochen.« Außerdem war ich mir zu neunundneunzig Prozent sicher, dass er mich, ohne mit der Wimper zu zucken, vor die Tür setzen würde, wenn sie ihn anrief, um ihn auf meine Anwesenheit aufmerksam zu machen.

Glo zögerte nur kurz. »Ich zeige Ihnen, wo es zum Wohnheim geht. Jake, Silas' kleiner Bruder, ist heute da.« Sie öffnete mit einem leichten Grinsen die Eingangstür und bedeutete mir mitzukommen. »Sie werden ihn mögen. Geht allen Leuten so.«

Glo führte mich nach draußen und zu einem Weg, der zu einem Häuschen in Weiß und Fliederfarbe führte, neben dem sich ein Pavillon und ein Picknickbereich befanden.

»Falls Sie noch etwas brauchen, sagen Sie Bescheid, Kitten Heels. Viel Glück. Und dieses Mal akzeptieren Sie einfach kein Nein.« Sie zwinkerte mir zu.

Ich regulierte meine Atmung auf ein selbstbewusstes Level und ging noch einmal den Pitch durch, den ich gestern Abend ausgearbeitet hatte. Der Typ wäre verrückt, dieses Mal nicht einzuwilligen, oder? Er konnte kostenlose Hilfe nicht verweigern, und wenn er nicht bald eine neue Mentorin fand, würde sein Sommerprogramm zu den Life Skills wahrscheinlich kein großer Erfolg.

Lavender Cottage – so stand es auf dem hübschen Schild – war beim besten Willen nicht groß, aber von außen sah es zauberhaft aus. Wohnten alle jungen Frauen in diesem Haus? Falls ja, wo war dann wohl Wrens Zimmer?

Ich klopfte an die Tür. Keine Reaktion.

»Hallo?«, rief ich, aber wieder antwortete niemand.

Beim dritten Klopfen drehte ich am Knauf. Die Tür war unverschlossen. Mit der Zeigefingerspitze drückte ich gerade fest genug, um sie aufzuschieben. Sofort sagte mir der Duft von Vanillearoma und billigem Haarspray, dass ich am richtigen Ort war.

»Mr Whittaker? Silas?« Ich wusste nicht, auf welchen Namen er heute besser reagieren würde. Vielleicht auf keinen von beiden, weil ich diejenige war, die ihn rief. »Ich bin's, Molly McKenzie!

Sind Sie hier drin? Ich habe gehofft, dass wir kurz reden können. Ich brauche höchstens fünf Minuten.« Zehn, mehr nicht.

Ich ging langsam durch den stillen, extrem spärlich eingerichteten Wohnbereich. Nirgendwo hingen Bilder an den weißgrauen Wänden. Es war nicht so, als hätte niemand versucht, diesen Ort einzurichten – derjenige hatte nur kein Auge für Gestaltung gehabt.

Als ich mich um die eigene Achse drehte, entdeckte ich einen von glatten Flusssteinen eingefassten Gaskamin. Okay, zumindest der sah elegant und stilvoll aus – eine totale Niete war der Raum also doch nicht. Auf dem Kaminsims stand eine einzelne rote Glitterkerze, hoffentlich kein Überbleibsel von Weihnachten.

Ich schlenderte weiter und dann sah ich ... *Ach du volles Schminkregal!* Was war denn mit dem Kühlschrank los? Die Edelstahltür musste unter anderem als Essensplan, Aufgabenliste und Schwarzes Brett für verlorene Gegenstände herhalten. Sie war von oben bis unten mit schwarzer Schrift beschrieben.

***Verloren:***

- *rote flache Schuhe, Größe 38 – Jasmine*
- *Kette mit goldenem Herz – Wren*
- *Bluetooth-Ohrstecker – Amy*
- *iPad für die Schule!!! – Felicia*

Ich verschmierte die Ecke von einem von Felicias Buchstaben mit der Fingerspitze und seufzte erleichtert. Wenigstens kein Edding.

*Aber Mädels, mal ehrlich. Ihr habt genug Wandfläche, um eine Kinoleinwand aufzubauen. Wieso nicht ein hübsches Essensbrett und einen Aufgabenchart, die diesem zauberhaften Ort etwas Charme verleihen?*

Ich nahm mir vor, zu Hause gleich verschiedene Möglichkeiten zu recherchieren.

Ganz wie bei meinem ersten Besuch bei *The Bridge* erregte draußen etwas meine Aufmerksamkeit. Ich blickte durch die

Glasschiebetür bei der Küche. Ein Mann. Nein, zwei Männer. Die sich etwas zuwarfen.

Ich ging näher an die Scheibe und mein Mund öffnete sich einen Spalt, als ich sah, wie Silas einen Tannenzapfen nach dem anderen auf den Kerl warf, der über zwei Meter groß sein musste. War das Jake? Er hatte eine Harke in der Hand und sah aus, als würde er das Bombardement begrüßen, ja noch herausfordern. Vier von fünf Tannenzapfen erwischte er.

Und diese beiden waren Brüder? Hatte Glo gemeint, dass sie *wie* Brüder waren? Oder hatten sie vielleicht nur ein Elternteil gemeinsam? Denn im Gegensatz zu Silas mit seinem dunkleren Teint und Haar sah Jake aus wie ein Wikinger.

So leise wie möglich schob ich die Glastür auf und trat auf die Terrasse. Dann sah ich zu, wie Silas die nächsten Tannenzapfen aufsammelte.

»Komm, nicht nachlassen, alter Mann!«, witzelte Jake. »Noch mal fünf. Das ist gleich dein Workout für heute.«

»Ich bin schon zehn Kilometer gelaufen, da hatte noch nicht mal dein Wecker geklingelt.«

»Na schön. Dann eben deine Stresstherapie. Ich bin viel billiger als ein Seelenklempner.«

»Und woher willst du das wissen?«, erwiderte Silas. »Du hast den Termin sausen lassen, den ich dir mit Denise gemacht hatte.«

»Stimmt. Aber wofür brauche ich eure Haustherapeutin, wenn ich doch dich habe, ganz kostenlos?« Der Wikinger lachte mit einer Leichtfertigkeit, die mir ein Lächeln ins Gesicht trieb.

Silas warf die nächsten Zapfen.

»Achtung, Konzentration! Wenn ich den letzten nicht erwische, muss ich den Müllmann im Haupthaus machen.«

»Die Wette gilt.« Silas ließ die Schultern kreisen und machte sich bereit für den Wurf von seinem provisorischen Wurfhügel. Offensichtlich hatte er irgendwann mal Baseball gespielt. Und da hatte ich eine seltsame Offenbarung: Silas war früher selbst ein Kind gewesen. Und nicht nur das, sondern dann auch ein

Jugendlicher, der sich höchstwahrscheinlich mit Schwärmereien und Pickeln und einer peinlichen Stimmbruch-Stimme herumschlagen musste. Was für ein unmöglicher Gedanke, gemessen daran, dass er der wohl erwachsenste Erwachsene war, den ich je getroffen hatte.

Er warf den letzten Zapfen und ein Grinsen hellte sein ganzes Gesicht auf, als der Wikinger ausholte ... und das Geschoss verfehlte.

»Viel Spaß beim Saubermachen, du Profi!« Silas klatschte sich den Staub von den Händen, immer noch dieses verschmitzte Grinsen im Gesicht, das unbestreitbar sexy war. »Wir sehen uns dann im Jungswohnheim, wenn du die ganzen Tannenzapfen zusammengeharkt hast und ...« Er brach mitten im Satz ab, als er mich im Maxidress in knapp zehn Metern Entfernung stehen sah wie eine Fremde, die sich verlaufen hatte. »Ms McKenzie?«

Alles, was ich nach Mitternacht einstudiert hatte, war so plötzlich wenig greifbar wie die Parfümwolke, in die ich mich nach dem Duschen gehüllt hatte.

»Hi«, sagte ich zuerst zu Silas und dann zu dem Mann, der entweder sein Bruder war oder eben nicht. »Ich habe keinen Termin.« Nicht der cleverste Einstieg.

»Haben Sie nicht.«

»Aber ich wusste nicht, ob Sie mich empfangen würden, wenn ich zuerst angerufen hätte.«

»Also haben Sie beschlossen, persönlich vorbeizukommen.« Sein neutraler Tonfall lieferte mir nichts, womit ich hätte arbeiten können.

Ich holte tief Luft, straffte die Schultern und glitt mit neunzig Prozent mehr Selbstbewusstsein auf ihn zu, als ich gerade fühlte. Wieso brachte mich dieser Typ so durcheinander? Ich hatte der Agentur Dutzende von Ideen gepitcht, hatte Treffen mit Geschäftsführern gehabt, deren Produkte ich bewerben sollte, und eine Dankesrede vor einer Menge Menschen gehalten, als mir die Cobalt Group den 500.000-Abonennten-Club-Award verliehen hatte. Aber dieser Mann gab mir das Gefühl, in einem Tetrisspiel gefangen zu sein: Nie wusste ich, wie ich rutschen, mich bewegen oder drehen musste, damit es passte.

»Es tut mir leid, wenn ich störe.« Obwohl Tannenzapfen-Baseball wohl kaum die effektivste Beschäftigung für jemanden sein konnte, der so viel Wert auf Effizienz legte wie er. »Ich brauche nur fünf Minuten Ihrer Zeit. Ich habe nachgedacht – über Durchhaltevermögen –, und auch wenn ich weiterhin sehr dafür bin, ist mir klar geworden, dass es vermutlich noch praktischere, wichtigere Themen für die *The-Bridge*-Bewohner gibt, vor allem die jungen Frauen. Ich habe einen Lehrplan für Life Skills aufgestellt, die ich dienstagabends unterrichten könnte, und sogar einen Entwurf für mögliche Gesprächsthemen, die ich freitagnachmittags während des Mentoring-Gesprächs moderieren könnte.« Ich holte die Mappe aus meiner Tasche und reichte sie ihm. »Außerdem habe ich mir die Datenschutzregeln noch einmal durchgelesen und bin gern bereit, jede vertragliche Vereinbarung zu den Hausregeln und so weiter zu unterzeichnen.«

Im Augenwinkel sah ich Jake zu uns herüberkommen, aber ich konnte jetzt nicht das Heft aus der Hand geben. Er konnte jeden Augenblick dazwischenfunken und meine Hoffnung auf das soziale Engagement vor meinem Casting zunichtemachen. »Ich weiß, dass Ihnen Leute fehlen und das Sommerprogramm nächste Woche losgehen soll. Die Bewohner hier verdienen ein ordentliches Programm und ich möchte Sie bitten, mir zu gestatten, ein Teil davon zu werden. Ich bitte Sie um eine nächste Runde.« Ich wartete einen kurzen Augenblick und hoffte, dass die Verwendung des Begriffs aus dem Hausvokabular die Schranke mit meinem Namen darauf öffnen würde.

Sein rechter Mundwinkel zuckte leicht. Der Ansatz eines Lächelns? Oder vielleicht ein Tick, der mir eine Warnung sein sollte, mich und meine Mappe von diesem Gelände zu retten, bevor er mir wegen Hausfriedensbruch die Polizei auf den Hals hetzte? Ich war mir nicht sicher. Vorsichtshalber legte ich noch einmal nach: »Wenn Sie mir die Chance bieten, in Ihr Team zu kommen, dann können Sie davon ausgehen, dass ich mich mehr reinhängen werde als jede andere Freiwillige, die Sie je hatten. Ich werde diese jungen Frauen zu meiner obersten Priorität machen.«

Silas starrte mich fast fünf Sekunden lang schweigend an, bevor er meine Mappe aufklappte und den ausgedruckten Lehrplan studierte, als hätte ich ihm den Ablauf für einen Juwelenraub in Vegas gegeben. »Das alles haben Sie sich in zwei Tagen ausgedacht?«

»Ich war gestern unterwegs, aber ich konnte mir Handynotizen machen und sie abends übertragen.« Ich hatte jede Seite drei Mal Korrektur gelesen, bevor ich sie ausgedruckt hatte. Hoffentlich hatte er keinen Tippfehler entdeckt.

Silas nickte noch einmal. Seine Miene verriet nichts. »Woche eins – *Dress for Success: bürotaugliche Kleidung für wenig Geld.*« Silas sah mich wieder an, als würde er auf eine Erklärung warten.

»Ich kenne im Umkreis von fünfzig Meilen jedes Sale-Regal und jeden Secondhandshop. Was ich am ersten Dienstag vermitteln will, ist, was Arbeitskleidung ist und wie man aus der Stellenanzeige das richtige Outfit ableitet. Dazu kann ich vielleicht eine Auswahl an Kleidungsstücken mitbringen, damit die Teilnehmerinnen auch ganz praktisch üben können, günstige Kombis zusammenzustellen, und zugleich lernen, dass fast alles mit ein wenig Aufwand und Aufmerksamkeit fürs Detail multifunktionell sein kann. Diese Idee lässt sich wunderbar an Ihr Programm anpassen.«

Der Wikinger legte Silas einen Arm um die Schulter, was den klein aussehen ließ, obwohl schon er mich um bestimmt fast fünfzehn Zentimeter überragte. »Wow, hört sich doch super an! Ich bin Jake Whittaker. Molly, richtig?« Jake reichte mir seine Bärenpranke und ich schüttelte sie mit einem Nicken.

Jake überflog den Lehrplan in Silas Händen. »Das hier gefällt mir auch.« Er zeigte aufs Papier. »*Talk Like a Pro: Tausche Äh und Ähm gegen selbstbewusstes Reden.*« Jake sah mich an. »Ich finde die Themen sehr kreativ. Normalerweise heißen die Stunden am Dienstagabend ›Backen mit Gene‹ oder so.« Er lachte, Silas nicht. Jake ließ sich nicht beeindrucken und las weiter. »*Food Flair: Wie kocht man für einen, zwei oder gleich ein Dutzend?*« Jake grinste. »Sind Sie Köchin?«

Ich schüttelte den Kopf und wusste, dass Silas genau zuhörte, obwohl sein Blick weiter auf den Lehrplan gerichtet war. »Ich koche gern, aber noch viel lieber stelle ich Menüs zusammen. Das ist eine vergessene Kunst, finde ich – wie man aus Essen ein Erlebnis macht und nicht nur ein fünfminütiges In-sich-Hineinschaufeln.«

»In-sich-Hineinschaufeln?« Jake schmunzelte. »So würde meine Verlobte wohl mein Essverhalten charakterisieren. Vielleicht sollte ich ja Ihren Unterricht besuchen. Clara würde das bestimmt begrüßen.«

Ich freute mich über sein Interesse und die Komplimente, aber der Abgrund zwischen Silas und mir schien immer tiefer zu werden.

»Es gibt auch das *Einmaleins des Einrichtens*«, sagte ich und sprang auf den Zug, den Jake zum Fahren gebracht hatte. »Da geht es weniger ums Dekorieren, sondern mehr darum, wie man einen Raum gemütlich machen kann, sowohl funktional als auch ästhetisch gesehen.« Ich sah zum Wohnheim. »Mir sind ein paar kleine Änderungsvorschläge eingefallen, die man sozusagen als praktische Übungen einbauen könnte.«

Jake sah Silas an, dann wieder mich. »Ganz ehrlich, das hört sich an, als wäre es ganz Silas' Ding. Er ist ein Organisationsfreak und …«

Silas brachte ihn mit einem scharfen Seitenblick zum Schweigen. »Was soll das Sternchen unten am Lehrplan bedeuten?«, fragte er.

»Also, ich wusste nicht, wie *The Bridge* finanziell und personell aufgestellt ist, aber da Sie sich vermutlich hauptsächlich über Sponsoren und Spenden finanzieren, könnte man zum Ende aller

Unterrichtsstunden im Spätsommer eine Spendensammelaktion veranstalten, die ich gern organisieren würde. Ich habe das schon oft für die Missionseinsätze meines Bruders gemacht, für ihn und sein Team, und ich bin in einem Haushalt aufgewachsen, wo das Spendensammeln ein notwendiges Übel war, um Essen auf den Tisch zu bringen.« Dabei beließ ich es. Mehr wollte ich über meine Kindheit und unsere Familie nicht verraten. »Dasselbe könnte ich hier machen. Für *The Bridge*. Und die Bewohner würden alle über ganz spezifische Aufgaben eingebunden werden.«

Jakes Augen waren größer und größer geworden und sogar Silas' Schweigen schien mehr und mehr mit Staunen zu tun zu haben.

Und dann flüsterte Jake etwas, mit dem ich so gar nichts anfangen konnte: »Äh, Silas, bin ich jetzt ein Prophet, oder was?«

# Kapitel 9

## Silas

Molly war mit einem ausgedruckten Lehrplan nach Fir Crest Manor zurückgekehrt. Das musste ich erst einmal verarbeiten. Die Mühe, die sie in die Formatierung, die Schriftart und die stichpunktartige Aufzählung hinter jedem fett gedruckten Thema investiert hatte, zeigte, dass sie das Ganze nicht nur so zusammengebastelt hatte. Sie hatte sicher stundenlang über mein Feedback nachgedacht und daraus fünf spezielle Unterrichtsthemen gebaut, die genau ihren eigenen Talenten entsprachen.

Es war beeindruckend – und das war fast noch untertrieben.

Was ich natürlich nicht sagen konnte, weil Jake jede noch so kleine Pause mit Small Talk füllte.

»Ich weiß nicht, was Silas Ihnen über die anderen im Team erzählt hat«, setzte Jake zum nächsten Thema an. »Aber sie sind alle großartig. Clara und ich haben uns sogar vor ein paar Jahren an einem Dienstagabend hier kennengelernt. Ich sollte eine Wand im Kaminzimmer herausnehmen und Clara hat gerade den jungen Leuten beigebracht, wie man ein Konto eröffnet. Sie arbeitet in einer Bank und ist das totale Mathegenie.« Er musterte Molly. »Was machen Sie beruflich?«

Molly warf mir einen Blick zu, als würde sie erwarten, dass ich meinen Senf dazugab. Wollte ich aber nicht.

»Ich bin Beauty- und Fashion-Influencerin.«

»Wow, so auf YouTube und so? Ich habe noch nie jemanden getroffen, der das beruflich macht. Obwohl ich glaube, dass es ziemlich viele von euch gibt.«

Molly blieb still und ich las aus ihrer verschlossenen Miene, dass sie so einen Kommentar über ihren Beruf nicht zum ersten Mal hörte. Ganz sicher nicht. Aber gerade, als ich Jake an seine Müllentsorgungspflicht erinnern wollte, ergriff sie doch noch das Wort: »Ich kann nicht für die ganze Vlogosphäre sprechen, aber meistens sind die Leute, die Videos hochladen, weil sie das schnelle Geld wittern, fast nie diejenigen, die letzten Endes durchhalten und dabeibleiben. Es braucht strategisches Marketing. Wie mein Manager immer sagt: ›Wenn deine Zahlen nicht wachsen, wachsen die von jemand anderem.‹«

»Sie haben einen Manager?«, fragte Jake. »Ist das eine Voraussetzung? Und was bitte ist eine Vlogos... Vlogosphäre?«

»Die Gesamtheit aller Videobloggenden. Und nein. Ein gutes Management zu finden kann in meiner Branche schwer sein, aber eine Agentur gibt mir als Klientin den Freiraum, mich auf das zu konzentrieren, was ich am besten kann. Für mich war es bisher eine positive Erfahrung«, erklärte sie. »Anders als bei Ihrer Verlobten sind die Zahlen hinter allem nicht gerade mein Lieblingsbereich, aber sie sind nun mal notwendig. Ich bin froh, dass ich mich damit nicht mehr herumschlagen muss.« Obwohl Jake eine Grenze überschritten hatte, war Mollys Lächeln echt.

»Ich wette, sie würde Sie gern mal kennenlernen. Clara, meine ich. Sie guckt andauernd Videos, wie man ein Tuch bindet oder wie man sich für bestimmte Anlässe anzieht oder ... oh, wie heißt dieses mit dem ...« Jake imitierte ruckhafte Pinselstriche auf der Wange. Ich machte große Augen.

»Contouring«, entgegnete Molly und lachte.

Jake schnippte mit den Fingern. »Ja, genau. Contouring. Ich weiß gar nicht, wie viele Tutorials ich mir angucken musste, seit unser Hochzeitsdatum steht.« Er schüttelte schmunzelnd den Kopf. »Jedenfalls ist sie am Dienstag hier. Es wäre echt schön, wenn Sie dann auch da wären.«

Molly runzelte leicht die Stirn. Ihr Blick flog kurz zu mir. »Oh? Sie gibt auch Sommerunterricht?«

»Eigentlich wollte sie den Sommer freinehmen – die Hochzeit

ist im September –, aber Clara wollte Silas auch nicht im Stich lassen. Sie steht sehr hinter dem, was hier getan wird, und sie mag die Bewohner einfach.«

»Ah, okay«, sagte Molly langsam, als würde sie ihre Vermutungen innerlich gerade in verdauliche Stücke zerlegen.

Ich schlug Jake kräftig auf den Rücken, eine kleine Erinnerung daran, dass er eigentlich längst woanders sein sollte. »Die jungen Leute sind bald da und Glo muss in die Küche.«

»Was heißt, dass es Küchenabfall gibt, der nach mir ruft«, seufzte Jake. »Sehen Sie, was für Drecksarbeit ich aufgehalst bekomme, wenn ich aus reiner Herzensgüte meinem Bruder einen Nachmittag helfen will?«

»Sehr witzig. Du hast eine Wette verloren«, erinnerte ich ihn. »Eine, die du dir selbst ausgedacht hast. Vielleicht überlegst du dir beim nächsten Mal genau, ob du mich herausfordern willst.«

Jake verdrehte nur die Augen. »Schön, Sie kennenzulernen, Molly. Ich werde Clara sagen, dass sie nach Ihnen Ausschau halten soll«, sagte er im Rückwärtsgehen. »Und machen Sie sich nicht allzu viele Gedanken wegen dem hier.« Er zeigte auf mich. »Er beißt nicht. Oder jedenfalls nur selten.«

»Danke für die Beruhigung.« Molly sah gerade mich an und Jake nutzte die Gelegenheit, um mit einer Begeisterung auf ihren Rücken zu zeigen, die kein Mann mit Selbstachtung besitzen sollte, und formte dazu lautlos mit den Lippen: »Black Widow!«

»Also«, sagte Molly und beäugte ihre Mappe in meiner Hand. »Es hört sich so an, als hätten Sie die Stelle bereits mit der Verlobten Ihres Bruders besetzt?«

Sie wollte mir jetzt doch wohl keine Vetternwirtschaft vorwerfen?

Molly hielt ihr Kinn nach oben gereckt und ließ es keinen Millimeter sinken, als könnte nichts, was ich sagte, ihrer neuen Entschlossenheit etwas anhaben. Noch nicht einmal eine erneute Ablehnung. Ich respektierte das mehr, als sie ahnen konnte.

»Wir wollten von Anfang an, dass Clara eine weitere Mentorin anlernt, solange sie noch da ist«, sagte ich. »Aber bis heute war ich mir nicht sicher, ob wir eine geeignete Kandidatin haben würden, die ich ihr empfehlen könnte.«

Der Grund dafür zu sein, dass ihre Augen zu funkeln begannen, war nicht das schlechteste Gefühl.

»Und das heißt?«

»Das heißt, wenn Sie weiterhin Interesse haben, kann ich mir die Zusammenarbeit gut vorstellen.«

»Ehrlich?« Sie presste die Handflächen aneinander, als würde sie beten, und führte die Fingerspitzen zu ihren schimmernden Lippen.

Ich sah schnell woandershin. »Der Großteil Ihrer Unterrichtsideen gefällt mir. Wie Jake schon gesagt hat: Sie sind originell, kreativ und sie passen in unser Programm. Unsere Dauerbewohner werden sich über die neuen Themen freuen. Und wenn Sie bereit sind, die Zuhörerschaft zu erweitern, werden sicher auch einige unserer männlichen Bewohner von dem einen oder anderen Thema profitieren.«

»Natürlich. Ich mag Männer. Äh, ich meine ...« Sie schüttelte den Kopf. »Männliche Leute sind genauso willkommen.«

»Männliche Leute? Ist das ein Fachterminus aus Ihrer Einheit *Talk Like a Pro*?«

Sie sah mich aus zusammengekniffenen Augen an. »Ist das ein Witz?«

Ich versuchte, keine Miene zu verziehen, und tippte auf die zweite Einheit auf ihrer zehnwöchigen Liste, die sie und Jake noch nicht erwähnt hatten: »Ich würde gern auch mehr über das hier hören.«

»*Kinderspiel Bewerbungsgespräch: Fünf einfache Schritte zu deinem Traumjob.*« Ihre Wangen färbten sich rosa. »Wissen Sie, das Bewerbungsgespräch bei Ihnen war nun wirklich nicht der Normalfall und ...«

»Ich mache nur Spaß.«

Sie hielt inne. »Echt?«

»Ihr Entwurf ist großartig. Gute Arbeit.« Ich hielt ihre Mappe hoch und ihr erleichtertes Ausatmen ließ etwas in mir weich werden. »Aber ich glaube, bevor wir Sie offiziell für den Sommer mit an Bord nehmen, sollten wir den Unterricht am Dienstag als Testballon sehen. Sichergehen, dass es passt – von beiden Seiten. Wenn unsere Bewohner gut auf Sie reagieren, setzen wir alles Nötige in meinem Büro auf. Und dann, am Freitagnachmittag, können Sie und Clara sich mit einer Kleingruppe von sechs jungen Frauen abwechseln. Das gibt Ihnen noch mehr Erfahrung und Clara etwas Flexibilität, um sich um andere Dinge zu kümmern.«

»Das klingt gut. Danke.« Molly nickte und streckte mir so unerwartet die Hand hin, dass das Grinsen, das ich niederzukämpfen versuchte, seit sie hier aufgetaucht war, als wäre sie bereit, das Oval Office zu übernehmen, schließlich doch durchbrach.

»Silas?«, rief Glo vom Weg aus. »Cecilia vom Verwaltungsrat hat angerufen und möchte ein paar Dinge auf der Tagesordnung abklären. Ich habe sie auf deinen Anrufbeantworter verwiesen.«

Wir drehten uns gleichzeitig zu ihr um. Molly winkte ihr begeistert zu und zeigte Daumen hoch, während ich ... *Was machen diese Schuhe an Glos Füßen?* So sehr ich auch versuchte, den Blick abzuwenden, ich musste hinstarren. In fast sieben Jahren der Zusammenarbeit mit Glo hatte ich sie noch nie in etwas anderem gesehen als ihren Birkenstocks oder Winterstiefeln.

Ich blinzelte. »Äh ... danke. Ich rufe sie dann gleich zurück.«

»Oh, und Jake hat Alex und Diego in der Küche und sie sind mit Elektrowerkzeugen zugange. Sie sind beide früher von der Ausbildung zurückgekommen. Da drin steppt der Bär. Hoffe, wir sehen uns bald wieder, Molly!« Glo winkte noch und ging dann klackernd auf ihren schwarzen Miniabsätzen davon.

Dann fiel bei mir der Groschen. Langsam drehte ich mich zu der Frau um, die insgesamt bisher keine drei Stunden auf dem Gelände verbracht und es trotzdem geschafft hatte, den Schuhschrank meiner wertvollsten Mitarbeiterin zu infiltrieren. »Diese albernen Schuhe gehen auf Ihr Konto, richtig?«

»Da müssen Sie schon genauer werden«, erwiderte Molly mit einem Volle-Kraft-voraus-Lächeln. »Ganz ehrlich: Ich habe heute noch kein einziges Paar alberne Schuhe gesehen.«

Ich seufzte und fuhr mir mit der Hand durch die Haare. »Wie auch immer. Wir sehen uns Dienstagnachmittag um fünf.«

»Ich werde da sein.«

# Kapitel 10

## Molly

Genau in dem Augenblick, als ich Val das neuste Video zuschicken wollte – ein Vergleich der fünf beliebtesten, kostengünstigsten Jeansmarken auf dem Markt –, rief mich Ethan an. Ich speicherte schnell ab, trank einen Schluck Mineralwasser und ging dran.

»Molly, Darling? Hab ich dich gestört?«

»Nein, entschuldige, ich musste kurz noch was trinken. War ein langer Tag.«

»Oh, echt? Bist du endlich an den Postings für *The Path* dran?«

Ich schmunzelte und ignorierte die Geringschätzung, die aus seinem *endlich* gesprochen hatte. Ich war seit dem Morgengrauen dabei, meine sonstigen Aufgaben zu erledigen, damit ich meinen neuen, unbezahlten Job auf Fir Crest Manor aufnehmen konnte. »Du meinst *The Bridge*?«

»Äh, genau. *The Bridge*.«

»Noch nicht, nein. Ich arbeite noch daran herauszufinden, was ich von ihnen brauche.« Dinge wie Social-Media-Freigaben von einem gewissen Direktor. »Du, ich habe nicht viel Zeit.« Ich warf einen Blick auf die Zeitanzeige am Laptop und ging in Richtung Schlafzimmer durch den Flur. Es blieben mir weniger als fünfzig Minuten, um das beste Lehrerinnen-Outfit für mein Debüt zusammenzustellen. »Heute Abend gebe ich zum ersten Mal Unterricht.«

»Pass auf, diese News werden dir deine Wohltätigkeitsarbeit versüßen: Ich habe dir gerade eine Mordskampagne gesichert!

Und wenn alles nach Plan läuft, wird es nicht nur der größte Scheck sein, den *Molly's Make-up Matters* je bekommen hat, sondern auch deine Reichweite und Sichtbarkeit massiv erhöhen.«

»Oh?« Ich zog die Tür zu meinem begehbaren Kleiderschrank auf und schaltete das Licht ein. Ein Endorphinstoß wärmte mir die Wangen, als ich all die Optionen vor mir betrachtete. »Mit wem denn?«

»*The Fit Glam Kit.*«

Ich unterbrach meine Durchsicht passender Blusen. »Du meinst die Abo-Box mit dieser bekannten Personal Trainerin? Die ihre Workouts an den unterschiedlichsten Orten in den USA macht – auf Parkplätzen, Brücken, am Strand, im Park?«

»Genau. Sophia Richards. Sie hat ein unglaubliches Branding-Team.«

»Also, das ist … Wow. Das ist ... überraschend.« Vor allem wenn man bedachte, dass ich keine Personal Trainerin war und auch kein Interesse daran hatte, bei Workouts durchzupowern, bis mir speiübel war. »Und was genau soll ich für ihre Firma machen?«

Sein Lachen klang, als hätte ich die dümmste Frage der Welt gestellt. Vielleicht hatte ich das ja auch; andererseits wusste er, was ich davon hielt, Fotoshootings mit Sportkleidung zu machen, also hoffte ich inständig, seine Antwort würde anders ausfallen als ...

»Du wirst ihre Sommerkollektion vorführen. Trainingsklamotten. Sie suchen ein neues Gesicht mit einer loyalen, aber auch trendigen Followerbase. Ich stimme gerade alles noch mit ihrer Marketingabteilung ab, aber im Grunde werden sie mir Anweisungen schicken, wie du die Produkte promoten sollst – ganz bestimmte Posen in ihren Klamotten und was weiß ich noch. Sie wollen deinen Zuschauern einen riesengroßen Rabatt auf die Abo-Box geben. Aber du sollst auf jeden Fall total natürlich rüberkommen. Sie wissen ja, dass dein Gesicht und deine Persönlichkeit letzten Endes ausschlaggebend für den Verkaufserfolg sind.«

Ich lehnte mich zurück und dehnte den Hals nach links und rechts. Dabei fragte ich mich, welche Details er mir wohl verschwieg. Er redete nur wie ein Wasserfall, wenn es etwas Unschönes gab, was er mir nicht sagen wollte. Ich hatte als Beifahrerin schon diverse einseitige Gespräche mit anderen Leuten mitgehört, die er vertrat, und wusste daher, was dieses Rekordsprechtempo zu bedeuten hatte.

Bevor ich nachhaken konnte, sagte er: »Molly, hörst du? Dieser Deal könnte gewaltig werden. Gewaltiger als gewaltig. So in der Kauf-deinen-Eltern-ein-Hausboot-für-die-Rente-Kategorie. Stell dir das mal vor: dein Gesicht auf der Box, dein Zitat auf einer Wasserflasche, dein Körper auf einem Step-by-Step-Guide, wie man sich fit hält und in der Sommerhitze cool aussieht. Das könnte eine dauerhafte Zusammenarbeit werden, wenn wir es richtig angehen. Ich habe ihnen gerade ihr Anfangsgebot zurückgeschickt. Wetten, dass sie meinen neuen Preisvorschlag akzeptieren?«

Bevor ich über die Vorstellung lachen konnte, dass meine Eltern vom Vollzeitdienst als Missionare in Rente auf ein luxuriöses Hausboot gingen, blieb meine Aufmerksamkeit an seinem letzten Satz hängen. »Du bist schon in der Verhandlung? Aber ich weiß doch noch fast gar nichts darüber!«

»Wie? Ich habe dir doch gerade davon erzählt.«

»Nein, ich möchte wissen, was ich da tun soll, was genau ich tragen soll.« Ich wusste nämlich, wie sehr ich Fotoshootings hasste, bei denen ich in Sportleggins und einem Sport-BH auf der Stelle joggen sollte. Das war einfach nicht mein Ding. Und meine Zuschauer wussten das. Ich war ihre Anlaufstation für Make-up-Trends und Fashion-Alerts und How-to-Guides. Natürlich stand ich hinter einem gesunden Körperbild, gerade für junge, beeinflussbare Frauen, aber ich war auch genauso daran interessiert, meiner Marke treu zu bleiben. Und meinem eigenen Wohlbefinden, was meinen Körper betraf. »Ich finde nichts natürlich daran, vor der Kamera zu schwitzen und darüber zu reden, wie bequem die Sportklamotten sind, während ich schnaufe und keuche und an Stellen wackle, an denen ich nicht vor der ganzen Welt wackeln will. Ich bin einfach nicht die Richtige für Workoutklamotten, Ethan.« Ich griff nach einer klassischen schwarzen Hose und einer hauchdünnen cremefarbenen Bluse mit Schnürband an der Taille. Ich hielt die Letztere vor den Spiegel und legte sie dann aufs Bett, um nach den richtigen Schuhen zu suchen.

»Mach dir mal darüber keine Sorgen. Ich weiß, was du willst und was nicht. Vertrau mir. Ich habe dich noch nie auf Abwege gebracht, oder?«

Das stimmte. »Schick mir, was du hast, und ich werde versuchen, es mir heute Abend anzugucken, wenn ich wieder zu Hause bin.«

»Oder ich kümmere mich einfach darum und du dich um deine Wohltätigkeitsarbeit. Mit einem Pool hast du aber kein Problem, oder?«

»Wie bitte? Einem Pool?« Meine Gedanken preschten zu einer Pointe vor, die ich nicht hatte kommen sehen. Die Abo-Box war als Kit für den Frühsommer gedacht. Das bedeutete Handtücher, Sandalen, Sonnenbrillen, Sonnencreme. »Ethan, handelt es sich bei dieser *Sommerkollektion* an Sportklamotten zufälligerweise um ... Badebekleidung?«

»Ich glaube nicht, dass sie diesen Begriff benutzt haben.«

»Aber es war die Rede von einem Pool? Also, wenn ich nicht gerade einen Taucheranzug promoten soll, dann geht es garantiert um Badesachen und du weißt, was ich davon halte.« Wir hatten das schon tausendmal durch. »Ich möchte keine Bikinis und Badeanzüge vorführen. Niemals.«

»Hey, hey, das weiß ich. Kein Grund, hier aus der Haut zu fahren. Ich kümmere mich um alles. Versprochen.«

Seine beruhigenden Worte vertrieben das mulmige Gefühl in meiner Bauchgegend und ich atmete tief aus. Ethan kannte mich.

Und er kannte meine Marke – schließlich hatte er sie mit aufgebaut. Er hatte mich noch nie enttäuscht und ich hatte keinen Grund, es jetzt zu befürchten. »Danke, dass du das machst.«

»Gerne«, sagte er und klang dabei weniger wie mein Manager und mehr nach meinem Freund, den ich in letzter Zeit viel zu wenig zu sehen bekam.

»Hey ... ist das Shooting in Kalifornien?«

»In Malibu. Wieso?«

»Wie wäre es, wenn ...?« Ich überlegte, wie ich ihn am besten nach noch mehr Zeit fragen sollte, jetzt, wo er schon so viel Energie in meine Projekte und meine Karriere investierte. Aber es war schon Monate her, dass wir wirklich privat etwas Schönes zusammen gemacht hatten. Und noch länger, dass wir über etwas anderes als Content-Ideen, Werbedeals oder Metadaten gesprochen hatten. »Wie wäre es, wenn wir nach dem Shooting was gemeinsam unternehmen?«

»Woran hast du denn gedacht?«

Ich seufzte verträumt und schloss die Augen. »Wie wäre es mit einem Date am Strand? Es wäre so schön, über den Sand zu spazieren und Eis von einem dieser süßen Foodbikes zu essen. Einfach nur ... mal einen Tag raus aus dem Büro. Nur wir zwei.«

Als seine Antwort ausblieb, krampfte sich mein Magen auf ganz neue Art zusammen. »Aber es ist auch in Ordnung, wenn du nicht kannst. Ich weiß, du hast superviel zu tun und magst Eis eigentlich gar nicht so gern ...«

»Das ist doch eine schöne Idee.«

»Ehrlich?« Ich hasste dieses mädchenhafte Anschwellen meiner Stimme.

»Lass mich mal gucken, was sich machen lässt, ja?«

»Klar, super!«

Eine Tür öffnete sich im Hintergrund und ich hörte jemanden sprechen. »Ich muss, Schatz. Aber wir reden später weiter. Halt dir nächstes Wochenende frei für Travel Dates.«

»Mach ich. Ciao.«

Mit einem Lächeln, das ich schon länger nicht mehr gelächelt hatte, widmete ich mich wieder meinen Schuhregalen. Was passte am besten zum Anlass? Riemchen? Hohe Absätze? Peeptoes? Nein. Nein. Nein.

Und dann sah ich sie: meine All-Time-Favourites mit Keilabsätzen und Leopardenmuster.

Ich würde wie eine Lehrerin aussehen, absolut. Aber auch noch nach mir.

Von dem Augenblick an, als ich aus dem Auto stieg, spielten meine Nerven verrückt, als wäre heute nicht nur die erste Unterrichtsstunde bei *The Bridge*, sondern meine erste Begegnung mit der menschlichen Rasse überhaupt. Weder meine überzeugenden Reden noch mein spätabendlicher Lehrplanentwurf konnten mir heute einen Erfolg garantieren. Denn heute Abend, das war live. Ich, vor Zuhörern, vor einer Gruppe von echten Menschen mit echten Gesichtern und Namen, die ich nicht mit einem @-Zeichen versehen musste, um in Kontakt zu kommen.

»Alles in Ordnung, Kitten Heels?«, fragte Glo, als sie mich im ersten Stock durch einen langen Flur mit frisch renovierten Unterrichtsräumen auf beiden Seiten führte.

»Klar«, sagte ich mit trockenem Mund, während ich meine Notizen, die ich auf der Fahrt laut aufgesagt hatte, in Gedanken noch ein letztes Mal durchging.

Mein Gehirn geriet ins Stolpern, fiel in den Rückwärtsgang und stoppte über zehn Jahre in der Vergangenheit, an jenem ersten Tag meines letzten Schuljahres. Damals hatte die neue Umgebung mich eingeschüchtert. Würde ich mich hier angenommen fühlen? Gemocht werden und Bestätigung bekommen? Und wie damals im Schulflur kämpfte ich gegen den Drang, an meiner Bluse, meinen Haaren oder meinen Ohrringen herumzunesteln.

Nur war ich keine Siebzehnjährige mehr, die zum ersten Mal

in ihrem Leben ein richtiges Schulgebäude betrat – in geborgten Klamotten, mit Schminke, die ich ebenfalls von jemand anderem hatte, und vorgetäuschtem Selbstbewusstsein. Ich musste nicht die coolen Sprüche parat haben, die ich mir vor Mimis Fernseher bei *The Vampire Diaries* eingeprägt hatte.

Ich war siebenundzwanzig Jahre alt. Und ich wusste, wie man gemocht wurde.

Es war nur so viel einfacher von hinter einem Bildschirm aus.

Ich konzentrierte mich aufs Laufen, darauf, wie sich mein Fußgewölbe bei jedem Schritt dehnte, wie meine Zehen zusammengedrückt wurden, wenn ich das Gewicht verlagerte. Wie meine Knöchel sich wieder und wieder stabilisierten. Es war ein blöder Ablenkungstrick, den ich mir vor Jahren ausgedacht hatte, eine Bewältigungsstrategie, geboren auf Bühnen vor Dutzenden von Gemeinden, während meine Eltern ihre neusten Gemeindegründungsprojekte unter Gottes Segen stellten.

Gerade richtete ich meine Aufmerksamkeit auf die Tür, auf die Glo zeigte, da stürmte ein Mann aus dem Raum direkt zu meiner Linken und rannte mich um. Geistesgegenwärtig packte er mich an beiden Armen und der Schwung des Zusammenpralls ließ uns eine unfreiwillige gemeinsame Drehung vollführen.

»Molly!«, platzte Silas Whittaker heraus und ließ die Hände sofort sinken. »Ich habe Sie gar nicht gesehen. Entschuldigung!«

»Kein Problem«, sagte ich etwas außer Atem. »Wer hätte gedacht, dass ein Überraschungswalzer das perfekte Heilmittel gegen ...« Die Worte waren mir über die Lippen gekommen, bevor mir klar wurde, was ich da eigentlich sagte und zu wem. Silas durfte nicht wissen, wie nervös ich war. Ich war hier auf Probe. Heute ging es darum zu beweisen, dass ich hierher passte.

»Ein Heilmittel gegen was?«, fragte er.

Stress. Panik. Angst. Alles zusammen. »Nichts. Schon gut.«

Silas sah von mir zu Glo, als könnte sie ihm den Grund für meine zugeknöpfte Reaktion liefern. Stattdessen tätschelte sie mir die Schulter. »Sie schaffen das schon«, sagte sie und verabschiedete sich.

Moment – war Glo etwa meinetwegen auch nervös? Ich folgte ihr mit dem Blick und hoffte, dass sie sich noch einmal umdrehen und mir noch mal beruhigend zulächeln würde oder so. Aber nein, nichts.

»Alles in Ordnung bei Ihnen?«

Ich nickte unnatürlich energisch und riss mich zusammen. »Jep, alles gut. Ich bin nur neugierig, wo Sie so schnell hinrennen wollten.«

»In den Nachbarraum – Ihre Handouts vom Drucker holen.«

Dieser Notfall drehte sich um meine Handouts?

»Ich wollte nicht, dass Sie ohne sie anfangen müssen«, erklärte er auf meinen Blick hin.

»Danke, sehr nett.«

»Gern. Obwohl ich keinen Zweifel daran habe, dass Sie auch ohne Notizen klarkommen würden.«

*Da wäre ich mir nicht so sicher. Im Augenblick wäre ich froh, wenn ich nicht umkippe, bevor ich überhaupt anfangen kann.*

Ich lächelte ihn nur wortlos an.

Er deutete auf den Raum, aus dem er gestürmt gekommen war. »Clara baut gerade auf. Sie freut sich schon, Sie kennenzulernen.«

Als er einen Schritt in die entgegengesetzte Richtung machte, platzte ich heraus: »Ich komme mit Ihnen.« Im Augenblick war ich nicht in der Verfassung, ohne ihn in den Unterrichtsraum zu gehen. Verrückt, wie eine einfache Situationsveränderung aus einem Gegner ein Sicherheitsnetz machen konnte.

»Nicht nötig«, gab Silas über die Schulter zurück. »Ich bin gleich zurück.«

Ich atmete tief aus, machte aber keine Anstalten, durch die Tür zu gehen.

»Molly«, sagte er und senkte sein Kinn.

»Es ist nur, wäre es nicht besser, wenn …?«

Wieder zeigte er auf den Raum hinter mir, und als ich daraufhin zögerlich über die Schwelle trat, lächelte mir eine junge Frau entgegen. Wie es schien, war Clara keine Vertreterin aus *Girls*

*Club – Vorsicht bissig!*, sondern vielmehr eine zierliche asiatische Frau Mitte zwanzig mit einem süßen A-Line-Bob und einer wundervollen schwarz-weiß getupften Brille.

»Hi, Molly.« Sie reichte mir die Hand und strahlte mich an.

»Hi. Ihre Brille ist total hübsch!«

»Echt?« Sie schob sie mit dem Zeigefinger höher. »Ich habe sie ganz neu. Eigentlich hätte ich mir für mich nie eine so ausgefallene ausgesucht, aber ...« Sie klappte den Mund zu.

»Aber?«

Sie beugte sich näher. »Ich habe Ihr Video angeschaut, wie man trendige Brillengestelle findet, die zur eigenen Gesichtsform passen. Und dann habe ich mich an Ihre Tipps gehalten.«

Sie hätte mir auch erzählen können, dass sie die Brille irgendeiner fremden Person an der Bushaltestelle gestohlen hatte. Ich wäre nicht überraschter gewesen.

»Sie haben mein ...?« Ich schüttelte den Kopf. »Aber woher wussten Sie denn überhaupt, wo ...?«

»Jake.« Sie strahlte »Er hat mir Ihren Namen gesagt und dann war es nicht schwer, Sie online zu finden. Wir haben ein Video nach dem anderen geguckt beim Abendessen.« Wieder spitzte sie die Lippen. »Ich war total nervös wegen heute. Ich habe noch nie eine berühmte Person getroffen.«

»Ach Quatsch, ich bin doch nicht berühmt!« Ich lachte und war froh, dass sonst niemand im Raum war.

»Vielleicht nicht aus Ihrer Sicht, aber ich kenne niemanden, der allein auf YouTube sechshundertvierundneunzigtausend Abonnenten hat. Meiner Meinung nach ist das definitiv Promistatus.«

Wieder musste ich lachen. »Anscheinend stimmt es, dass sie es mit Zahlen haben.«

Sie zuckte die Achseln. »Ich kann mich irgendwie an jede erinnern, die ich sehe. Selbst, wenn es schon Jahre her ist. Sie bleiben einfach in meinem Kopf.«

Ich hörte Schritte auf dem Flur und drehte mich um.

»Das sind nur die Jungs, die die Stühle und Tische stellen. Wir haben noch zwanzig Minuten bis zum Unterrichtsbeginn. Brauchen Sie noch irgendetwas? Ein HDMI-Kabel für Ihren Laptop vielleicht?«

Ich nickte, weil ich mich nicht traute, den Mund aufzumachen, aus Angst, mein Herz würde dann herausspringen. *Was ist nur los mit mir?*

»Kein Problem. Ich habe eins hier.« Clara öffnete einen Schrank und reichte mir das Kabel. »Ich wische hier auch noch mal alles ab, damit Sie das ganze Whiteboard benutzen können.« Sie fing an, ein Dutzend oder mehr mathematische Gleichungen zu entfernen – Zahlen und Buchstaben, die mir nichts sagten. »Ich komme dienstags immer früher, um noch Nachhilfe anzubieten, bevor die Pflichtzeit anfängt.«

»Pflichtzeit?«

»So nennen die jungen Leute den Unterricht am Dienstag.«

»Wie, also werden sie gezwungen, daran teilzunehmen?«

Wieder schob Clara ihre Brille hoch und lächelte. »Sie werden nicht in Ketten hergeschleift, aber ja, sie müssen kommen. Es ist ein Teil der Verpflichtungsvereinbarung, die sie unterschreiben, wenn sie bei *The Bridge* wohnen wollen.«

Na wunderbar. Die Teststunde heute war also nicht einmal ein Wahlfach, sondern diese armen Menschen mussten daran teilnehmen, wenn sie ein Dach über dem Kopf haben wollten.

Als ob Clara spüren könnte, was in mir vorging, sagte sie: »Sie werden Sie lieben. Das weiß ich.«

»Da bin ich mir gerade nicht so sicher«, erwiderte ich ehrlicher, als ich normalerweise bei einem ersten Treffen wurde, aber es war zu schwer, meine Worte im Zaum zu halten, wenn ich kaum dazu kam, Luft zu holen.

»Ich schon. Weil Sie witzig sind und diese jungen Frauen und Männer hatten definitiv noch nicht genug zu lachen in ihrem Leben. Humor ist der beste Weg, zu ihnen durchzudringen. Tun Sie doch einfach so, als würden Sie eins Ihrer lustigen Tutorials machen, mit dem Unterschied, dass Sie nicht zu einer Kamera, sondern zu einer Gruppe Achtzehn- bis Einundzwanzigjähriger reden.«

*Tu einfach so, als würdest du eins deiner lustigen Tutorials machen.*

Das war es, was meinen Atem beruhigte, meine Gehirnströme glättete und mich daran erinnerte, was ich am besten konnte: improvisieren.

# Kapitel 11

## Molly

Wieso sich jemand freiwillig als Lehrkraft vor eine Horde junger Menschen stellte, die aussahen, als hätten sie alles außer Bildung im Sinn, war mir unbegreiflich.

Wren hatte mir eine winzige Kombination aus Winken und Lächeln geschenkt, als sie hereinkam, hatte sich dann aber schnell allein ganz nach hinten gesetzt, während vier kommunikationsfreudige Mädels die vordere Reihe für sich beansprucht hatten. Sie hatten sofort zwei Jungs eingeladen, sich zu ihnen zu gesellen. Ihre Platzwahl sah für mich nicht nach Nichtsverpassenwollen aus, sondern schrie eher nach Dramafaktor.

»Guten Abend zusammen«, sagte Silas, der vorne stand. »Zuerst etwas Geschäftliches: ein großes Dankeschön an Monica und Sasha, die gestern die Küchentruppe spontan angeleitet haben, damit Glo früher gehen konnte. Ihr dürft euch nach dem Unterricht gern etwas aus dem Snackschrank nehmen.«

Ein junger Mann vorn links, der seiner umgedrehten Kappe und dem *Haters Gonna Hate* auf seinem Shirt nach wohl so was wie der Klassenclown war, wandte sich auf seinem Stuhl zu den Mädchen um. »Nicht vergessen, ich habe bald Geburtstag, Ladys. Und nur, damit ihr es wisst: Ich liebe saure Gummibären.«

»Oder, Devon, du erarbeitest dir deine eigene Belohnung, indem du dieselbe Initiative zeigst. Es gibt genügend Betätigungsfelder hier im Haus.«

»Dann glauben Sie mal schön weiter an Wunder, Mr Whittaker.«

Er erntete Gelächter, sogar von Silas.

Silas schien in dieser Umgebung entspannter und zugleich voller Energie. Eine ungewöhnliche Mischung, die ich noch nicht so richtig verstanden hatte, aber die Veränderung faszinierte mich.

»Wie ihr vielleicht gemerkt habt, haben wir heute einen besonderen Gast.« Silas deutete in meine Richtung und ich winkte den Kursteilnehmern zu. »Das ist Molly McKenzie. Sie ist Direktvertrieb- und Marketingprofi und seit ein paar Jahren Influencerin in der Fashion- und Beautyindustrie.« Sein Blick wanderte zu mir und ich fragte mich, ob er den letzten Teil hatte üben müssen, um ihn sagen zu können, ohne dabei die Zähne zusammenzubeißen. Es war offensichtlich, dass ihn meine Arbeit kalt ließ, aber wie die meisten anderen kapierte er einfach nicht wirklich, was ich tat. Es rankten sich oft mehr Mythen als Wahrheiten um meinen Beruf. Und leider scherten sich manche Leute wenig um die Fakten. Sie waren eben weniger spektakulär.

»Sie möchte mit euch heute das Thema ›Kostengünstige Arbeitskleidung‹ anschauen und ich erwarte von euch, dass ihr sie genauso höflich und respektvoll behandelt wie Clara und die anderen. Also, Bühne frei für Ms McKenzie!«

Die Kursgruppe applaudierte und die jungen Frauen ganz vorn wurden etwas aufmerksamer und tuschelten kurz miteinander. Eine holte ihr Smartphone heraus und tippte unter dem Tisch darauf herum. Ich bezweifelte, dass das erlaubt war, aber ich war nur Gastdozentin auf Probe, keine Autoritätsperson, also würde ich das der kleinen Ms Google heute durchgehen lassen.

»Guten Tag«, sagte ich und stellte mich vor die Gruppe. Ich spürte die Blicke von zwei Dutzend Augenpaaren auf mir und Claras unterstützende Präsenz. Silas hatte ganz hinten im Raum Platz genommen und nickte mir zu, was mir wahrscheinlich so viel sagen sollte wie: *Noch eine nächste Runde wird es nicht geben, wenn Sie das hier vermasseln, Molly.*

Ich riss meine Gedanken von ihm los und beschloss, in der nächsten Stunde so zu tun, als wäre er überhaupt nicht da. Er war nichts weiter als ein grüblerischer Schatten im Augenwinkel.

Mit meiner klarsten, kameratauglichsten Stimme begann ich. »Wer kann mir sagen, wieso es wichtig ist, was wir anziehen? Und nein, das ist keine Fangfrage.«

Es gab einiges Kichern, bevor eine Hand nach oben schoss. Natürlich war es die des vorlauten Typen in der ersten Reihe. Bevor ich ihn aufrief, fügte ich hinzu: »Wenn ihr eine Frage beantwortet, sagt bitte auch euren Namen dazu, damit ich euch in meinem Kopf nicht *Typ mit rumgedrehter Kappe* bezeichnen muss, ja?«

Alle lachten, Devon stellte sich vor und vollführte eine gespielte Verbeugung. »Wir tragen Kleidung, damit wir nicht so nackt sind wie an unserem allerersten Geburtstag.«

»Hör auf, ständig über deinen Geburtstag zu reden«, sagte eins der Mädchen in seiner Reihe. Ihre krisseligen Haare sahen so ausgebleicht aus, als wären sie viel zu oft gefärbt worden, und sehnten sich nach einer Kur.

»Und wie heißt du?«

»Jasmine.«

»Was glaubst du denn? Wieso ist es wichtig, was du trägst?«

Sie dachte kurz nach. »Zur Selbstdarstellung.«

»Genau. Und unsere Selbstdarstellung ist wichtig, weil ...?« Ich wartete einen Moment. »Was denkst du, Wren?«, fragte ich dann.

Mehrere Mädchen drehten sich zu ihr um und sie sank förmlich in sich zusammen.

»Vielleicht, weil unser erster Eindruck daran hängt«, sagte sie leise.

»Ja, genau.« Ich wollte sie, so schnell es ging, wieder erlösen. »So, und jetzt brauche ich zwei Freiwillige.« Ich zeigte auf Devon, weil ich wusste, dass jemand wie er die Aufmerksamkeit genoss. »Wie wäre es mit dir und ...« Gerade wollte ich Clara als weiblichen Gegenpart wählen, als eine der Schülerinnen, die Silas gelobt hatte, aufstand. »Ich mach's.«

Ich lächelte. »Wunderbar. Du bist ... Monica, richtig?«

»Ja.« Die füllige junge Frau mit dem dicken Stirnband, das einen Wasserfall aus wunderschönen schwarzen Zöpfen bändigte, kam nach vorn. Sie trug eine tiefgrüne Bluse mit U-Boot-Ausschnitt zu dunklen Jeans. Das Outfit sprach definitiv für Stilgefühl.

»Toll. Macht es euch etwas aus, wenn ich euch fotografiere? Wir werden die Bilder nur in diesem Raum verwenden und nur für diese Übung.« Das sagte ich extra für Silas. Ein kurzer Blick in seine Richtung bestätigte mir glücklicherweise, dass er meinen Disclaimer gehört hatte und sich daran nicht zu stören schien. Er sah sogar ... neugierig aus?

Gut. Zurück dazu, ihn zu ignorieren.

Ich griff in meine Tasche und holte mein iPhone heraus.

»Stellt euch bitte beide direkt frontal zu mir hin … die Arme seitlich hängen lassen ... ja. Genau so.«

Irgendwo pfiff jemand und ein weiteres Mal brach der ganze Raum in Gelächter aus.

Ich machte von beiden einen Schnappschuss, holte ihr Einverständnis ein und projizierte die Bilder dann über meinen Laptop an die Leinwand über dem Whiteboard.

»Okay, dann sagt alle mal Hallo zu Monica und Devon, wie wir sie kennen«, forderte ich die Schüler auf.

Sie folgten meiner Aufforderung lautstark.

Ich tippte in *Try It On*, der Fashion-App, auf die ich vor ein paar Monaten mit der Bitte um eine positive Bewertung aufmerksam gemacht worden war, ein paar Daten ein. Nachdem ich die Blickwinkel und Farben etwas angepasst hatte, klickte ich auf *Teilen*.

Die Gruppe schnappte nach Luft und ich konnte nicht anders, als innerlich zu jubeln. Monica trug jetzt einen karmesinroten Hosenanzug, Devon ein körperbetontes Poloshirt und gerade geschnittene Jeans, dazu Segeltuchschuhe.

»Das Bild muss ich meiner Mutter schicken!«, rief Devon. »Die glaubt niemals, dass ich das bin!«

Wieder gab es viel Gelächter, diesmal sogar von ganz hinten.

»Also.« Ich gebot der Gruppe mit hochgehobener Hand Einhalt. »Regel Nummer eins: Wir wollen hier niemandes Kleidungsstil kritisieren und wir werden nicht über irgendwelche körperlichen Merkmale reden, verstanden?«

Alle nickten.

»Gut. So, und jetzt verratet mir mal euren ersten Eindruck, wenn ihr Devon in seinen neuen Klamotten seht.«

Niemand sagte etwas.

»Na kommt, keine falsche Scheu.«

»Verwöhnt.«

Die erste Reihe kicherte.

»Okay, und weiter?«

»Er sieht gepflegt aus.«

»Sehr gut«, lobte ich. »Was noch?«

»Wahrscheinlich hat er einen guten Job.«

»Verantwortungsbewusst«, sagte einer der Jungs. »Ein Collegeabsolvent.«

Devon vollführte wieder eine seiner Verbeugungen im Sitzen. »Danke sehr. Vielen Dank.«

Ich zeigte auf Monica. »Und was ist mit ihr?«

»Reich!«, rief Devon.

»Was noch?«

»Mächtig.«

»Karrierefrau.«

»Eine Führungskraft«, sagte eine süße, schüchterne Stimme von hinten.

*Ah.* Ich warf Wren ein kurzes Lächeln zu. »Ist das nicht interessant? All diese Gedanken kommen von einem schlichten Outfitwechsel bei zwei Menschen, die ihr bereits kennt. Das sagt mir, dass Kleidung, obwohl es so einfach ist, sich umzuziehen, sehr starke Urteile über uns auslösen kann. Was wir tragen, spricht für uns, ob wir wollen oder nicht. Es erzählt eine Geschichte darüber, wer wir sind und wohin wir wollen. Wenn wir der Welt ein Bild von uns vermitteln – nicht nur den Menschen, denen wir zufällig begegnen, sondern zum Beispiel auch unserer Lehrerin, unserem

Kollegen oder unseren zukünftigen Arbeitgebern –, füllt dieses Bild die Leerstellen zwischen dem aus, was sie über uns wissen, und dem, was sie nicht wissen. Das ist immer so, ob wir das wollen oder nicht.« Ich drehte mich auf dem Absatz um. »So. Glaubt ihr, Devon und Monica würden einen guten Eindruck hinterlassen, wenn sie sich in diesen Outfits bei einer Immobilienfirma für ein bezahltes Praktikum vorstellen?«

»Solange ihr Intellekt dann auch mithalten kann«, sagte Sasha, Monicas Sitznachbarin, mit frechem Unterton.

Aus der Gruppe kam murmelnde Zustimmung.

»Gut gesagt. Und wenn ich das richtig sehe, habt ihr alle auf diesem Gebiet schon viel investiert. Während ihr also mit Riesenschritten auf den Schulabschluss, die abgeschlossene Ausbildung oder erste Joberfahrung hinsteuert, ist es auch wichtig, das große Ganze im Blick zu behalten und die nächsten Schritte eurer Eigenständigkeit zu planen. Wie ihr euch der Welt präsentiert, spielt dabei keine unwichtige Rolle. Wenn ihr ernst genommen werden wollt, dann könnten die zehn Minuten, die ihr darüber nachdenkt, was ihr zu einem Bewerbungsgespräch anziehen sollt, das Potenzial haben zu verändern, was ihr über euch selbst denkt ... und womöglich auch, wie andere euch einschätzen.«

Eine junge Frau, die bisher still und aufmerksam zugehört hatte, hob die Hand. »Haben Sie noch mehr Beispiele? Können wir vielleicht alle mal so ein Foto-Styling machen? Silas hat auch vom finanziellen Aspekt gesprochen. Haben Sie Tipps für uns, wo wir mit wenig Geld einkaufen und trotzdem so gut aussehen können?«

Ich spürte, wie meine Lippen sich zu einem breiten Lächeln verzogen. Wenn es die perfekte Frage für mich gab, dann war es diese. Und ich würde den Rest meiner Unterrichtszeit dafür verwenden, ihnen jeden Tipp und Trick weiterzugeben, den ich kannte. Gleich, nachdem ich Bilder von allen gemacht und sie mit *Try It On* hatte herumspielen lassen.

Nach heute Abend würde ich definitiv eine funkelnde 5-Sterne-Bewertung für die App hinterlassen. Denn wenn die Zustimmung in Silas' Miene irgendein Indikator war, dann hatte ich wohl gerade einen Sommer-Lehrauftrag bei *The Bridge* gelandet. Und vermutlich einen Riesenbonus in meiner Vita für das Showcasting.

# Kapitel 12

## Silas

In den vergangenen Jahren hatten schon ganz unterschiedliche Gäste bei uns unterrichtet: Leute aus den Bereichen Mechanik, Haushalt und Finanzberatung hatten über Autos, das Kochen und Geld gesprochen. Und dann gab es Stunden über Konfliktmanagement, gesunde Grenzen und den Umgang mit negativen Einflüssen. Aber noch nie hatte ich jemanden erlebt, der diese jungen Erwachsenen zu so viel begeisterter Mitarbeit motivierte wie Molly. Sie war wie ein Magnet.

In weniger als dreißig Sekunden hatte sie die Aufmerksamkeit aller im Unterrichtsraum gehabt. Und es ging nicht bei allen in erster Linie um ihre Präsentation, so viel war klar. Gerade unter den jungen Männern hatte sie mit Sicherheit ihre Bewunderer gefunden. Ob ich es zugeben wollte oder nicht, Molly war nun mal alles andere als unattraktiv.

Auf dem Weg nach draußen klatschten die Schüler sie ab und fragten, wann sie wiederkommen und was sie als Nächstes im Unterricht behandeln würde. Ich beobachtete derweil, wie Wren sich ganz langsam nach vorn arbeitete. Sie wartete vermutlich darauf, dass die anderen weg waren.

Ich machte mir Sorgen um sie – noch mehr Sorgen als um den Rest. Molly hatte im Bewerbungsgespräch nicht unrecht gehabt. Wren war intelligent und schlauer als viele Gleichaltrige, aber sie war auch eine Einzelgängerin. Und während viele Introvertierte nun mal Energie schöpften, wenn sie allein waren, hatte Wrens Tendenz, sich von allen abzusondern, meiner Meinung nach weniger mit ihrer Persönlichkeit zu tun als vielmehr mit einer besonderen Form der Trauer, die sie nicht zu teilen wusste.

Ich konnte das gut verstehen. Was vielleicht der Grund war, wieso ich sie mitten im Schuljahr aufgenommen hatte, anstatt sie auf die Warteliste für kommenden Herbst zu setzen. Wir hatten überhaupt keinen Platz frei gehabt, als die Sozialarbeiterin im Dezember anrief. Aber als ich an jenem Abend auflegte, wusste ich, dass ich die Kosten zur Not aus eigener Tasche bezahlen würde, Hauptsache, Wren kam nach Fir Crest Manor. Ihre Hintergrundgeschichte gehörte nicht zu den dramatischsten, die ich bisher gehört hatte – kein Verbrechen, kein körperlicher Missbrauch, kein Drogenmissbrauch. Aber es hatte trotzdem Traumata gegeben, keine Frage. Ein Elternteil zu verlieren, war immer schwer, egal, unter welchen Umständen oder in welchem Alter. Aber irgendwie konnte ich eine trauernde Neunzehnjährige, die auch noch von ihrem viel jüngeren adoptionsgeeigneten Bruder getrennt worden war, nicht abweisen.

Einst war ich in der gleichen Situation gewesen. Nicht als der Teenager, der verzweifelt versuchte zusammenzuhalten, was noch zusammenzuhalten war, sondern als der kleine Bruder, der vergeblich gehofft hatte, bei dem einzigen Familienmitglied bleiben zu dürfen, das er noch hatte.

Kaum hatte Molly ihre Handouts mit dem Titel *Fünf Tipps für ein Gewinner-Outfit* verteilt, trat Wren auf sie zu.

»Hey.« Molly strahlte sie an. »Danke fürs Mitmachen heute! Das waren gute Antworten.«

Wrens ganze Haltung änderte sich. Sogar von hier ganz hinten entging es mir nicht.

»Ich fand die Stunde wirklich schön.«

»Und ich fand schön, dass du dabei warst. Obwohl ich weiß, dass ihr sozusagen keine Wahl habt«, sagte Molly mit verschwörerischem Unterton. Wrens Mundwinkel hoben sich. Es war der beste Versuch eines Lächelns, den ich bei ihr seit ... seit dem letzten Besuch ihres Bruders gesehen hatte.

Es war offensichtlich, wieso Molly so leicht Zugang zu ihr fand: Sie war eine Fürsprecherin, wie sie sich eine junge, noch leicht zu beeindruckende Frau nur wünschen konnte. Die beiden waren auf fast ironische Art Gegensätze. Wren war schüchtern und besaß fast nichts Wertvolles, Molly war aufgeschlossen und hatte alles. Und trotzdem fielen einem auch Gemeinsamkeiten zwischen ihnen auf, genau wie die Abwesenheit von Wrens üblicher Einsilbigkeit.

»Kommen Sie nächsten Dienstag wieder?«, fragte sie jetzt, woraufhin Mollys Blick kurz zu mir wanderte.

»Ich hoffe es«, antwortete sie.

Noch vor einer Woche hatte ich die größten Zweifel daran gehabt, dass Molly hierher passen könnte. Ich war davon überzeugt gewesen, dass unsere jungen Frauen sich von ihrem luxuriösen Lebensstil und den stylischen Klamotten zu sehr eingeschüchtert fühlen würden, um sich ihr zu öffnen. Ich war mir sogar unsicher gewesen, ob Molly in der Lage war, sich auf unsere jungen Leute einzulassen. Aber so, wie ich daran glaubte, dass die Menschen, die bei uns unterkamen, mehr waren als nur die Narben aus ihrer Vergangenheit, war ich allmählich davon überzeugt, dass hinter Molly mehr steckte als die glitzernde Märchenversion, die sie der Welt präsentierte. Trotzdem konnte ich meine Skepsis ihr gegenüber nicht ganz abschütteln.

Nachdem Wren sich verabschiedet hatte, ging Molly zu ihrem Laptop und fing an, ihre Sachen zusammenzupacken, als hätte sie vergessen, dass ich anwesend war.

»Ich bin neugierig«, sagte ich. »Wie oft benutzen Sie diese digitale Ankleide?«

Molly gab einen Summton von sich, als hätte ich sie aus einem tiefen Meditationszustand gerissen. »Das war das erste Mal.«

»Sie wollen mir sagen, dass Sie das vor heute Abend noch nie gemacht haben?«

Ihre Lippen verzogen sich zu einem leicht überheblichen Lächeln. Und ich hatte gerade angefangen, sie zu mögen. »Nein. Ich habe die App vor ein paar Monaten bekommen und dachte, dass ich wenig Verwendung dafür haben würde. Aber heute hat sie gute Dienste geleistet, finde ich. Alle hatten Spaß.«

Obwohl *Spaß* kein Hauptkriterium für unseren Life-Skills-Unterricht war, war er definitiv ein Bonus. Ich setzte mich auf eine Tischkante. »Sie hat den Unterricht definitiv optisch aufgepeppt.« Genau wie sie.

Sie sah auf, leichten Schalk in ihren Augen. »Heißt das, dass ich nicht mehr auf Bewährung bin?«

»Ich glaube nicht, dass ich das so formuliert hatte.«

Sie lachte. »Nein, vermutlich viel eleganter und mit einem Ausdruck, den nur intellektuell Begabte kennen.«

Ich kniff die Augen zusammen. »Ich bin mir nicht sicher, ob ich folgen kann.«

»Ach kommen Sie, Sie wissen, was ich meine.«

Ich hatte keine Ahnung.

»Sie sprechen, als wären Sie ... ich weiß nicht, als wären Sie so ein würdevoller Aristokrat aus dem neunzehnten Jahrhundert. Wie ein Herzog. Sie sprechen wie ein Herzog.«

»Und Sie haben schon viele Herzoge sprechen gehört?«

Sie hob das Kinn. »Nein, aber ich habe viele Herzogendialoge gelesen. Was im Grunde dasselbe ist.«

*Diese Frau ist doch* ... Ich schüttelte den Kopf. Wie setzte man so eine Nonsensdiskussion überhaupt fort? »Nein.«

»Nein?« Sie stemmte die Hände in die Hüften. »Was nein? Wollen Sie tatsächlich meine Kenntnisse aus historischen Romanen infrage stellen? Denn Bücher haben in meiner Teenagerzeit sozusagen mein gesamtes soziales Netzwerk dargestellt, von meinem dreizehnten Lebensjahr bis ...«

»Nein, Sie sind nicht auf Bewährung, und ja, wenn Sie zu unserem Team stoßen und diesen Sommer mit Clara und dem Rest der Belegschaft arbeiten wollen, dann ... dann ist uns Ihre Hilfe sehr willkommen.«

Ihr Lächeln wurde breiter. »Ich glaube, meine Hilfe war noch niemals *willkommen.*«

»Ist das ein Ja?«

»In der Tat«, sagte sie und senkte das Kinn. »Es hat mir Spaß gemacht. Die Schüler sind überraschend ...« – sie zögerte und suchte nach dem richtigen Ausdruck – »angepasst. Ich meine, wenn man ihre Lebensumstände bedenkt.«

»Was hatten Sie denn erwartet?«

»Äh ...«

»Eine widerspenstige Horde von vulgären, respektlosen Rowdys?«

»So weit würde ich nicht gehen.«

»Leider ist aber genau das oft das Vorurteil. Und um ehrlich zu sein, gibt es genügend Pflegeheime und weiterführende Einrichtungen voller junger Menschen, deren Traumata sich in unkontrolliertem Verhalten niederschlagen. Wutausbrüche, Gewalt, Vandalismus, Aggressionen, Diebstahl, Aufsässigkeit ...«

Molly nickte bedächtig. »Und nichts davon gibt es hier bei *The Bridge*?«

»Oh, doch. Nur äußert es sich meist anders. Es gibt angesichts der strengen Regeln, um hier auf dem Campus wohnen und im Programm bleiben zu dürfen, selten sichtbar unkontrolliertes Verhalten. Aber natürlich gibt es eine Unzahl versteckter Muster, die genauso gefährlich und schädlich sein können. Ein Trauma lässt sich nicht löschen, aber es lässt sich bewältigen, durch spezifische Techniken, die einem Psychologen und Betreuer beibringen.«

Ich bemerkte ihre überraschte Miene und spürte einen Stich von Neid, weil sie so wenig über diesen Teil unserer kaputten Welt zu wissen schien. »Die Bewohner wissen vielleicht nicht, wie man korrekt für ein Dinner eindeckt oder was man für ein Bewerbungsgespräch anzieht, aber ich würde darauf wetten, dass sie alle mit verbundenen Augen aus einem brennenden Haus herausfinden würden. Diese jungen Erwachsenen sind Überlebenskünstler. Und auch nach mehreren Monaten hier bei *The Bridge*, nach Einzelberatungen, wöchentlichen psychologischen Gesprächen, nach täglicher Unterstützung und Gemeinschaft, machen viele von ihnen immer noch nur das: überleben. Sie sagen und tun, was wir von ihnen verlangen, damit sie den nächsten Schritt machen dürfen.«

»Aber wie kriegen Sie das wieder hin? Wie verändert man eine Denkweise, die sich so eingeschliffen hat? Das ist doch ... unmöglich. Und ich benutze dieses Wort wirklich selten.«

Ich musste über ihren Scharfsinn lächeln. »Sie haben recht. Es erscheint wirklich unmöglich. Und doch habe ich diese Verwandlung schon Dutzende Male erlebt. Unser Ziel ist es nicht, ihre Instinkte umzuprogrammieren, sondern sie zu akzeptieren. Ihrem Bedürfnis nach Sicherheit und nach Unterstützung in jeder Unterrichtsstunde, jedem Gespräch und jeder Erfahrung direkt zu begegnen. Aber letzten Endes kann die Entscheidung, uns und unser Programm anzunehmen, nur von ihnen kommen.«

Molly hing einige Augenblicke lang ihren Gedanken nach. »Ich kann mir nicht vorstellen, wie sich das anfühlen muss, all das zu tun, was Sie tun, und dann doch zusehen zu müssen, wie einige ohne jede Veränderung hier rausspazieren.«

*Niederschmetternd* war noch untertrieben für diesen Schmerz, auch wenn das wohl kaum die professionellste Antwort auf ihre Frage war. »Ein Teil unseres Prozesses als Mitarbeitende ist es, mental und emotional auf solche ... Rückschläge vorbereitet zu sein.«

Sie sah mich an. »Mit anderen Worten: Es ist brutal.«

»Ja. Aber ich kann Ihnen versichern, so hart es auch sein mag, es ist nichts verglichen mit dem Schmerz, den diese jungen Menschen noch loslassen lernen müssen.« Ich hielt einen Moment inne, räusperte mich und griff nach dem Hefter, den ich vor dem Unterricht ins Regal gelegt hatte. »Wenn es noch in Ihren Zeitplan passt, würde ich Ihnen gern kurz das Haus zeigen, während die jungen Leute bei *D&D* sind – Dessert und Diskussion. Es sei denn, Sie möchten lieber, dass Glo oder Clara Sie beim nächsten Mal herumführt.«

»Nein, nein, gern heute. Dann bekomme ich ein besseres Gefühl dafür, wie die Abläufe sind und wo alles ist«, sagte sie und beäugte dabei den Hefter, den ich vor ihr auf den Tisch gelegt hatte. »Sind das die Unterlagen, die ich unterschreiben soll?«

»Lesen Sie alles in Ruhe zu Hause durch und bringen Sie es einfach am Freitag mit.«

»Danke, aber wenn es okay ist, mache ich das sofort.«

Und das tat sie auch. In den nächsten Minuten saß Molly am Tisch, sah Seite um Seite durch und setzte das Datum und ihren Namen darunter. Doch als sie das letzte Blatt erreichte, verharrte ihre Hand mit dem Stift über der Unterschriftslinie der Vertraulichkeitsvereinbarung.

»Gibt es ein Problem?«

»Nein«, sagte sie, aber ihr Gesichtsausdruck sagte mir, dass damit noch längst nicht alles gesagt war. Drei Mal tippte sie mit meinem Stift auf die Tischplatte, dann erwies sich mein Bauchgefühl als korrekt.

»Ich kann die Gründe, wieso Sie die Nutzung sozialer Medien auf dem Gelände untersagen, gut verstehen«, sagte sie, »vor allem aus Schutz der Privatsphäre, wie Sie ja bereits erwähnten. Auch dass Sie *The Bridge* nicht getaggt oder auf einer Karte markiert haben möchten, ist mir klar.« Sie zögerte und ich machte mich auf einiges gefasst. »Aber es ist nicht alles schlecht – an Social Media, meine ich. Ich glaube fest, bei einem verantwortungsvollen Umgang damit ließe sich eine Menge Gutes bewirken für eine Einrichtung wie diese. Es gibt Leute, die suchen Projekte im humanitären Bereich, mit dem sie eine Partnerschaft eingehen können.« Sie zog ihre Unterlippe ein und ich sah schnell wieder zur leeren Unterschriftszeile. Zu meiner Überraschung setzte sie ihren Namen unter das Dokument und machte bei jedem *M* noch dramatischere Bögen als auf den Seiten zuvor. »Ich werde mich an die Regeln halten, aber ich würde Ihnen gern auch einige positive Aspekte zeigen, die eine Präsenz in den sozialen Medien bedeutet.«

»Ist Ihnen bewusst, dass Sie noch nicht einmal Ihr erstes Mentoring-Gespräch hatten?«

»Ja.«

»Und dass Sie hier vorschlagen, eine Regel abzuschaffen, bei der ich noch nie eine Ausnahme gemacht habe, für keine Bewohnerin und keinen Bewohner, egal, aus welchen Gründen sie mich darum gebeten haben?«

»Noch einmal ja. Aber ich bitte Sie nicht darum, diese Regel komplett umzuwerfen, sondern nur um eine kleine Änderung.«

Ich bezweifelte, dass Mollys Vorstellung von einer *kleinen Änderung* sich mit meiner auch nur annäherungsweise deckte. Ich seufzte und rieb mir die Schläfen. Die Tinte war gerade erst getrocknet und schon jetzt spürte ich, dass die Stresskopfschmerzen im Anmarsch waren. »Ich werde bei meiner Meinung bleiben.«

»Okay«, sagte sie. Aber wieder wusste ich, dass dieses *okay* nur der Anfang von etwas war, nicht das Ende. Ich lernte langsam, die winzigen Nuancen und Zwischentöne in ihrer Stimme zu dechiffrieren. Vieles von dem, was Molly sagte, schien auf mehreren Ebenen Bedeutung zu haben.

Sie schob mir die Dokumente zu und stand auf. Ihre Absätze bohrten sich in den Teppichboden. »Was möchten Sie mir zuerst zeigen? Ich kann es kaum erwarten, alles zu sehen.«

Daran zweifelte ich nicht im Geringsten. Molly schien die Art Person zu sein, die jede Schublade und jeden Schrank in einem Gästebad aufziehen und den Gastgeber über ein abgelaufenes Produkt informieren würde.

»Zuerst würde ich gern diese Sachen in mein Büro bringen.«

»Perfekt.« Sie zögerte im Türrahmen und sah in beide Richtungen, als wäre der Flur eine viel befahrene Autobahn.

»Nach links«, sagte ich.

Sie lachte. Und irgendwie klang es so leicht und fröhlich, dass ich mitlachen musste.

# Kapitel 13

## Molly

Als ich *The Bridge* verließ, hatte ich ein solches Hochgefühl, dass ich nicht nach Hause fuhr, sondern zu dem einzigen anderen Ort, zu dem ich sonst noch einen Schlüssel hatte. Mein Bruder wohnte in einem Ranch-Haus in Idaho an der Grenze zu Washington State, das sehr charmant sein könnte, wenn er sich mehr darum kümmern würde. Als großes Plus hatte es eine getrennte Wohnung im ersten Stock, die Miles wie eine Anlageimmobilie nutzte, um seine diversen Überseereisen zu finanzieren. Die Kosten des Theologiestudiums und der Hauskredit ließen ihm mit seinem Pastorengehalt wenig Spielraum. Sein aktueller Mieter war ein Collegestudent, der auch den Sommer über hier wohnen wollte, um näher bei seiner Freundin zu sein – ein Wunsch, der meinem Bruder wohl fremd war, schließlich hatte er kein Date mehr gehabt seit ... nun, ich wusste es nicht mal.

Miles liebte es, die Welt zu bereisen und für ein paar Monate zum Superhelden zu werden, aber er kam immer wieder. Sein Zuhause war hier, ganz in der Nähe von meinem. Was der Grund dafür war, dass ich Ethans zahlreiche Einladungen, mir doch etwas in Seattle zu suchen, abgelehnt hatte. Ich konnte es einfach nicht.

Egal, wie frustrierend die Differenzen zwischen Miles und mir waren, ich konnte meinen Zwilling nicht im Stich lassen ... genauso wenig wie er mich.

Ich klopfte lautstark an die Tür und er öffnete, bevor ich Gebrauch von meinem Schlüssel machen musste. Vorfreudig hielt ich die Tüte mit meinen Einkäufen hoch und grinste.

»Ich habe was zum Futtern dabei!« Wahrscheinlich Miles' absoluter Lieblingssatz.

Er deutete auf das Handy, das er sich ans Ohr presste, und winkte mich herein. Ich ging in seine spärlich eingerichtete, aber immerhin saubere Küche. Wenn ich bei Miles kochen wollte, musste ich mehr als nur die Grundzutaten mitbringen – alle nötigen Gewürze, Soßen und teilweise sogar das passende Kochgeschirr. Grund genug, meistens bei mir zu essen.

Ich legte die Tüte mit den Schokorosinen auf den Tisch, die ich ihm mitgebracht hatte. Dann öffnete ich leise eine Tüte seiner geliebten *Flamin' Hot Crunchy Cheetos*, während ich mitzubekommen versuchte, mit wem er da so leise telefonierte. Hoffentlich nicht mit unseren Eltern. Es war kein Geheimnis, dass sie ihn fünf Mal so oft anriefen wie mich; andererseits hatte er auch mindestens fünf Mal so viel mit ihnen gemeinsam.

»... ja, klar. Okay, ich werde da sein. Bis dann. Danke, Tom.«

Ah, also nicht Mom und Dad. Tom war einer seiner Mitarbeiter in der Kirche. Oder verwechselte ich ihn gerade mit Jim? Oder Bob? Es schien ziemlich viele Männer mit drei Buchstaben in der *Salt and Light Community Church* zu geben.

»Hey, was ist eigentlich los? Gibt es was zu feiern?« Miles trat zu mir und griff nach der Tüte mit den Schokorosinen. Dann schien er seine Vermutung zu überdenken. »Warte mal. Das ist aber nicht einer von deinen komischen Fernsehshow-Abenden, oder? Ich habe keine Lust auf irgendeinen selbsterklärten Organisationsguru, der einer Gruppe von Messies erklärt, wie man das Glück im Sockensortieren findet«, sagte Miles im Tonfall von I-Aah von Winnie Puuh.

»So ist es überhaupt nicht, aber nein. Deswegen bin ich nicht da. Wieso hast du so schlechte Laune? Worum ging es denn in dem Telefonat?«

»Habe ich nicht. Und nicht so wichtig.«

»Hast du wohl. Und es *ist* wichtig.« Ich schnappte mir seine Rosinentüte. »Du kriegst erst was, wenn du es mir erzählst!«

Sein Blick sagte »Das ist nicht dein Ernst«, aber Miles konnte nie länger als sechs Sekunden wütend sein – eine erprobte Tatsache.

Er schüttelte den Kopf und seufzte. »Das wird schon. Es gibt nur eine gewisse Fluktuation auf der Arbeit.«

»Fluktuation? Wie meinst du das?« In meinem Kopf schrillten mehrere Alarmglocken los. Fluktuation in einer Kirche war selten positiv. »Betrifft dich das? Deinen Job?«

»Bis jetzt nicht.« Er riss mir die Tüte wieder aus der Hand. »Aber es hilft auch nichts, sich schon im Voraus Sorgen zu machen.«

*Mach dir nicht schon im Voraus Sorgen*. Eine Phrase, die unsere Eltern ständig zu gefühlt jedem Thema bemühten.

Miles schnappte sich auch die Cheetos vom Küchentisch, bevor er sich auf das Sofa plumpsen ließ. Dann wandte er sich mir zu und sah mich an. Es war einer dieser langen, prüfenden, brüderlichen Blicke. »Du siehst glücklich aus.«

Meine guten Neuigkeiten brachten mich fast zum Platzen. »Bin ich auch!«

»Hast du die Millionenmarke auf Instagram geknackt?«

»Seit vergangener Woche? Nein, Miles.« Ich verdrehte die Augen.

»Ein Covershooting für die Vogue ergattert?«

Ich lachte. »Ganz kalt.«

»Eine Einladung zu einem TV-Casting bekommen?«

Mich durchzuckte ein Blitz von Schuldbewusstsein. Ich hatte ihm noch immer nichts von der Sache mit Netflix erzählt, aber ich würde das nachholen. Später. Sobald die Dinge etwas sicherer waren und ich all die Erfahrung aufweisen konnte, die die Produzenten erwarteten, würde ich ihn einweihen.

»Da hoffe ich derzeit noch.« Ich durchstöberte seinen Besteckkasten nach einem Löffel.

»Und was ist es dann?«

Ich schlenderte zu ihm ins Wohnzimmer und ließ mich auf dem hässlichsten Sessel des Universums nieder, um meine Lieblingsspeise zu genießen – einen Becher Chunky Butter Pecan

Ice Cream. »Ich habe heute Abend Unterricht gegeben. Und es war richtig toll.« Ich tauchte den Löffel in die weiche Masse und kämpfte mich durch die langweilige Vanille zu den spannenderen karamelligen Tunneln.

Miles sah komplett verwirrt aus. »Was für Unterricht? Du meinst online?«

»Nein, Miles. Bei *The Bridge*. Macht es klick?«

»Wie soll es denn bitte schön klick machen, wenn du kein Sterbenswörtchen darüber verloren hast, seit du wegen des Bewerbungsgesprächs dort warst?«

Ich zuckte die Achseln und beschloss, ihm nichts von dem ganzen Hin und Her zu erzählen. »Es hat ein bisschen gedauert, bis alles in trockenen Tüchern war – du weißt ja, wie das ist, mit Hintergrundchecks und so. Jedenfalls«, sagte ich und unterbrach mich selbst, um einen weiteren Löffel Eis zu verschlingen, »fange ich am Freitag als Mentorin an. Ich habe sechs junge Frauen in meiner Gruppe für den Sommer.«

»Wow, echt? Nicht schlecht, Molly!«

Es war eine Ewigkeit her, seit Miles etwas in der Art zu mir gesagt hatte, ohne mich auf den Arm zu nehmen. »Danke. Ich fange an zu begreifen, wieso du das zum Beruf gemacht hast.«

»Das was?«

»Leute zu suchen, denen du helfen kannst. Es hat Suchtpotenzial.«

Er sah mich nur an, während ich die Leopardenpumps abwarf und die Knie anzog. Kurz hatte ich das Bedürfnis, ihm alles über die Bewohner zu erzählen, über das Programm, über Glo und den Direktor, der wohl der am schwersten zu durchschauende Mensch auf der ganzen Welt war. Vielleicht war Silas Whittaker in Wahrheit bei der CIA oder beim FBI und musste deshalb seine Gefühle verstecken und wie ein Herzog aus dem neunzehnten Jahrhundert reden.

Schnell lenkte ich meine Gedanken auf jemand anderen. »Da ist dieses Mädchen – Wren. Sie ist sehr still und lächelt nur selten.

Aber sie ist total nett. Ich wünschte, ich könnte sie mit nach Hause nehmen. Dann würde ich ihr ein Zimmer ganz neu renovieren und sie dürfte sich nach Belieben in meinem Kleiderschrank, der Vorratskammer und bei meinen besten Badesalzen bedienen.«

Wie viel Freude all das einer Person bringen würde, die bisher so wenig Gutes in ihrem Leben erfahren hatte. Und erst die zu sein, die sie ihr gab! Fühlte sich Silas so, wenn er jemand Neuen in der Einrichtung aufnahm?

Miles starrte mich an, eine Schokorosine vergessen zwischen Zeigefinger und Daumen. »Du weißt aber schon, dass Kidnapping strafbar ist?«

Ich ignorierte seinen Witz. »Hattest du je das Gefühl, du triffst jemanden und alles passt sofort? Als müsstest du diese Person kennen? Als würde es zu einem großen Plan gehören, dass ihr euch über den Weg gelaufen seid? So geht es mir mit Wren.«

»Ja, das kenne ich.«

Ich wusste, was er jetzt sagen würde.

»Und das ist meistens ein Indikator dafür, dass Gott etwas damit zu tun hat.«

»Klar, das ist eine Möglichkeit.« Aber ich schob Dinge, bei denen ich mir nicht vollkommen sicher war, nicht gern Gott zu. Und um ehrlich zu sein, war ich mir bei vielem nicht sicher. Nicht so wie Miles jedenfalls. Und ganz bestimmt nicht so sicher, wie unsere Eltern es stets bei allem gewesen waren. Ich glaubte an Gott und an die Geschichten aus der Bibel, mit denen ich aufgewachsen war. Aber mein Glaube war gar nicht das Problem. Das lag woanders. »Ich bin einfach froh, dass wir uns über den Weg gelaufen sind.«

»Es würde mich nicht überraschen, wenn es ihr ähnlich geht, aber das kann knifflig werden«, sagte er bedächtig, als würde er in einem Strauß von Aussagen nach der richtigen suchen. »Das richtige Gleichgewicht zu finden, meine ich.«

»Was für ein Gleichgewicht?« Ich versenkte den Löffel wieder im Eis.

»Zu helfen, ohne Grenzen zu überschreiten. Es ist nicht einfach, echte Bedürfnisse zu erkennen und den Heilungsprozess nicht beschleunigen zu wollen.«

»Ach, komm, Miles. Ich versuche hier überhaupt keinen Prozess zu beschleunigen.«

Er zuckte die Achseln und griff wieder in die Tüte. »Ich sage ja nur, dass es aus meiner Erfahrung immer ein größeres Ganzes gibt, mehr, als man auf den ersten Blick erfassen kann.«

»Ja, das mag sein, aber ich kann dir versichern, Fir Crest Manor hat mehr Sicherheitskameras und Checkpoints als ein Flughafen. Da übersehen die Teammitglieder garantiert nichts.« Ob ich als Mentorin jetzt zu ihnen gehörte?

Ich schwang die Beine über die Seitenlehne des Sessels, den Miles einfach nicht austauschen wollte. Er war aus Cord. Rindenbraunem Cord, um genau zu sein. Aber ich hatte es aufgegeben. Miles scherte sich null um Innenausstattung. Einmal hatte ich ihm angeboten, seine Möbel auf meine Kosten aufarbeiten zu lassen, aber er meinte nur, ich solle das Geld in etwas Wichtigeres stecken als den Ort, wohin er sich Essen liefern ließ. Sobald es mehr als zehn Dollar kostete oder nicht in einer einzigen Stunde verbraucht werden konnte, war Miles nicht gerade gut darin, Geschenke anzunehmen. »Hast du es mal gesehen? Fir Crest Manor? Silas Whittaker hat mich heute einmal komplett durchgeführt.«

»Nein, wir haben uns immer nur in Restaurants getroffen.«

Kurz versuchte ich mir vorzustellen, in was für welche Silas wohl ging – wohl in solche, wo man für das Dinner drei verschiedene Sorten Gabeln brauchte?

»Das Gebäude ist wirklich unglaublich. Es hat über eintausendeinhundert Quadratmeter und neun Räume, von denen die meisten zu Unterrichts- und Gemeinschaftsräumen umfunktioniert wurden, und dann gibt es natürlich auch große, offene Bereiche. Oh, und sogar einen Kinosaal mit der gesamten Elektrik ... nur noch keine Leinwand und keine Sitze.«

»Sie haben ein leinwandloses Kino?«

Ich lachte. »Ja. Es sind so einige Räume noch im ›Visionsstadium‹. Viele Möbel gibt es bisher auch nicht. Aber die Bewohner leben gar nicht im Haupthaus. Es gibt auf dem Gelände zwei Wohnheime. Ich denke mal, dass da der Großteil des Geldes hineingeflossen ist, nachdem sie das Grundstück gekauft hatten.«

»Sie haben das Grundstück nicht gekauft, es wurde ihnen zuerkannt.«

Ich richtete mich auf. »Was bedeutet das?« Wieso hatte Silas nichts davon erwähnt?

»Ich kenne die Details nicht. Ich weiß nur, dass Silas vor fünf oder sechs Jahren in einer Wohngruppe in Spokane gearbeitet hat. Da starb der extrem wohlhabende Besitzer von Fir Crest Manor und hinterließ das ganze Grundstück einem Treuhänder. Sie interviewten Hunderte von Leuten aus dem ganzen Land, weil es ziemlich genaue Vorgaben gab, wofür das Haus eingesetzt werden durfte und wofür nicht, und Silas war vorbereitet. Er hatte seinen Plan für *The Bridge* seit Jahren ausgearbeitet und sein Antrag wurde einstimmig angenommen. Er hat mir kurze Zeit später bei einem Gemeinschaftseinsatz davon erzählt.«

»Das ist ja unglaublich!«

Miles schmunzelte. »Ich habe es bestimmt viel einfacher geschildert, als es in Wirklichkeit war. Es hat sicher eine ganze Weile gedauert, bis er alle Genehmigungen beisammen und den ganzen Papierkram erledigt hatte.«

Ich lehnte mich zurück und stellte fest, dass ich die Geschichte gern aus Silas' Mund gehört hätte. Wie hätte er sie erzählt? Ich konnte mir irgendwie nicht vorstellen, dass er sich mit seinem Erfolg brüstete.

»Freut mich jedenfalls, dass du jetzt im Sommer ein Ehrenamt hast«, sagte Miles. »Ich glaube, das letzte Mal, dass ich dich so glücklich gesehen habe, war, als du die hunderttausend Follower geknackt hattest.«

Ich zog die Nase kraus. »Das ist Jahre her. Nur damit das klar ist: Ich bin oft glücklich! Ich mag mein Leben.«

Er nickte nur und machte einen auf stillen Grübler, was mich schon oft genug an den Rand der Verzweiflung gebracht hatte. »Und Ethan hat kein Problem damit, dass du so viel Zeit abseits deiner Pflichten investierst?«

»Meine *Pflichten* werden nach einem festgelegten Zeitplan organisiert. Val sorgt dafür, dass ich auf Kurs bleibe.«

Miles lachte leise. »Ach ja, die gute alte Video-Val.«

»Hör auf, sie so zu nennen. Sie ist ein echter Mensch.«

»Woher willst du das wissen? Du hast sie doch noch nie persönlich gesehen. Sie könnte auch ein sehr teures Hologramm sein oder eine KI. Ich habe gerade erst eine Doku darüber gesehen.«

»Du und deine Dokus.« Ich verdrehte die Augen. »Sie ist eine alleinerziehende Mutter, total fit in Sachen Bild- und Videobearbeitung und eine tolle Freundin. Siehst du? Sie ist sozusagen die Dreieinigkeit der virtuellen Assistentinnen.«

»Deine Witze zeigen, dass du schon lange den Kontakt zu den Menschen verloren hast.«

»*Jedenfalls*«, sagte ich betont langsam, »um deine Frage zu beantworten: Ethan ist begeistert wegen des Ehrenamts.«

Miles versuchte erst gar nicht, seine Zweifel zu verbergen. »Und was hat er davon?«

»Eine glücklichere Freundin natürlich.« Ich warf ihm ein Lächeln zu, aber Miles schüttelte bloß den Kopf und sagte nichts mehr zu dem Thema. Genauso wenig wie ich.

Die nächsten Minuten saßen wir nur da und hörten unseren eigenen Kaugeräuschen zu, bis Miles schließlich nach der Fernbedienung griff und sie mir zuwarf. »Also schön, dann gucken wir die Show mit deiner blöden Organisationstussi.«

»Ha! Ich wusste, dass du sie heimlich magst.«

»Sicher nicht – aber alles ist besser, als zuzuhören, wie du auf dem Boden dieses Eisbechers herumkratzt.«

Ich warf den karamellbeschmierten Löffel auf ihn.

# Kapitel 14

## Molly

**Ethan**
Gute Nachrichten: Der Vertrag für The Fit Glam Kit liegt zur Unterschrift bereit.

**Molly**
Hast du rausgekriegt, was ich genau machen soll? Was ich anziehen soll?

**Ethan**
Ja, sie haben mir geschickt, was in der Abobox ist. Es ist die zum fünfjährigen Jubiläum – alles besondere Sommer-Must-Haves. Perfekt für dich. Oh, und noch eine Bonus-Kreation von Sophia Richards höchstpersönlich. Sie freut sich schon, dass du sie vorstellen wirst.

**Molly**
Bonus-Kreation?

**Ethan**
Sophia ist ein großer Fan von dir. Hast du gesehen, dass sie dein Posting über Date Night Looks geteilt hat? Das hat dir mindestens fünftausend Follower gebracht.

**Molly**
Das war echt nett von ihr!

**Ethan**
Ich bringe dich eben nur mit den Besten zusammen.

**Molly**
☺ Dann schick alles an Val, okay?
Ich schau mir das heute Abend an.
Hast du deinen Kalender konsultiert, wegen des Wochenendes?

**Ethan**
?

**Molly**
👫☀🍨🏖⛵🌊🌴💑

**Ethan**
Ist das ein Rätsel? Ich gebe auf.

**Molly**
🙄 Unser Spaziergang am Strand! Mit Eis und Küssen bei Sonnenuntergang!

**Ethan**
Sorry, Babe. Dieses Mal wird nichts draus.

**Molly**
...

**Ethan**
Mr Greggorio braucht mich am nächsten Tag in New York. Ich muss gleich nach dem Shooting zurückfliegen.

**Molly**
...
Okay.

FaceTime-Anruf.
Abgebrochen.

**Ethan**
Wieso gehst du nicht ran?

**Molly**
Meine erste Mentoring-Sitzung fängt gleich an.

**Ethan**
Warst du nicht gerade erst da? Wie viele Stunden pro Woche musst du denn machen? Ich hoffe, du lässt dich nicht über ein schlechtes Gewissen dazu bringen, mehr zu tun als nötig!

**Molly**
Überlass das mal mir. Ich muss los.

**Ethan**
Ruf mich später an.

»Hi, Molly!« Clara winkte mich zu der Gruppe herüber, die draußen unter dem Pavillon wartete. Obwohl es noch etwas zu kühl war, um im Schatten zu sitzen, hatte es etwas Erfrischendes, draußen zu sein und den nahenden Sommer in der Luft zu spüren.

Ich hängte mir meine riesige Strandtasche über die Schulter und trottete über den Rasen. Glo oder Silas hatte ich heute noch nicht gesehen, dafür aber Jerry, den Hausmeister im Männerwohnheim. Wie sich herausgestellt hatte, war er der Weihnachtsmann aus der *The-Bridge*-Broschüre.

»Hallo, Ladys«, sagte ich, stellte mich zu der Gruppe junger Frauen und lächelte Wren an, die am Ende der Bank saß. »Wie war euer Tag?« Ich stellte meine Tasche auf dem Tisch ab und sah, wie sich die Blicke meiner Mentees veränderten, als ich eine der sechs Goodie-Bags herausangelte, die ich für sie zusammengestellt hatte. »Ich habe ein kleines Sommeranfangsgeschenk für jede von euch.«

Genau wie ich gehofft hatte, war die Freude groß. Drei der jungen Frauen erkannte ich sofort – es waren die Grazien aus der ersten Reihe, Jasmine und – den Namensschildern nach – Felicia und Amy. Die anderen zwei waren die beiden besten Freundinnen mit der Snackbelohnung: Sasha und Monica.

»Äh, ähm, Molly ... bevor Sie die austeilen … Können wir uns kurz unterhalten?«, fragte Clara.

»Gern«, sagte ich und wandte mich noch einmal an die Gruppe. »Bin gleich zurück. Den Lipgloss werdet ihr lieben – das ist mein absoluter Liebling für diesen Sommer! Hat einen natürlichen Sonnenschutzfaktor mit einem Hauch changierendem Schimmer darin.«

Ein paar der Frauen kicherten. Wrens Gesichtsausdruck passte zum verwirrten, sorgenvollen Blick von Clara. Hatte ich etwas falsch gemacht? Wie konnte das sein? Ich war doch erst zwanzig Sekunden auf dem Gelände.

Ich ging um den Picknicktisch und folgte Clara zu einer der großen Kiefern.

»Die Sache ist die, Molly. Es tut mir leid, dass ich Ihnen das jetzt sagen muss, aber es gibt die Regel, dass wir den Bewohnern keine Geschenke machen dürfen. Silas lässt die Ehrenamtlichen das eigentlich unterschreiben ... aber vielleicht haben Sie das einfach übersehen bei den ganzen Dokumenten.« Ihr Gesicht war so voller Hoffnung, dass es fast schon komisch wirkte.

Ich dachte an die Formulare, die ich vor ein paar Abenden unterschrieben hatte. Vage fiel mir eine Vereinbarung zu Geld und Besitztümern ein. »Oh, stimmt. Ich dachte, dabei geht es nur um Geld oder teure Gegenstände wie Schmuck oder elektronische Geräte«, sagte ich. »Aber nicht um so was wie kleine Geschenktüten für den Sommer?«

Clara schien die Situtation sehr unangenehm zu sein. »Nun, also, da haben Sie schon recht. Geld und Schmuck fallen natürlich raus, aber auch alles andere, was man nicht teilen kann. Wegen möglicher Spannungen und Neid.«

Die Vorstellung, dass eine Gruppe junger Erwachsener wegen getönter Feuchtigkeitscreme stritt, kam mir etwas seltsam vor. »Aber sie sind doch alle schon über achtzehn.«

»Das stimmt, aber Alter ist relativ bei Menschen, die unter traumatischen Verhältnissen aufgewachsen sind. Alles wird durch eine Linse der *Fairness* gefiltert. Es könnte als Bevorzugung ankommen, wenn nur Ihre Mentees ein besonderes Geschenk bekommen. Es tut mir leid, ich weiß, Sie wollen nur das Allerbeste mit diesen Goodie Bags, aber ich glaube, es ist besser, wenn wir sie nicht verteilen.«

Ich war wie vor den Kopf gestoßen. »Also keine Geschenke ... es sei denn, alle Frauen auf dem Campus bekommen welche?«

»Ich fürchte ja. Und ich nehme an, Sie haben nicht zufällig zwölf Geschenktüten dabei?«

»Leider nicht.« Ich hatte alle Sommerprodukte von aktuellen und ehemaligen Sponsoren sorgfältig ausgewählt. »Aber ich kann nächste Woche noch einen Schwung mitbringen.« Ich warf einen Blick zu Hannah und ihrer Gruppe in der Gartenlaube und fragte mich angesichts der Dicke von Hannahs Schwangerschaftbauch, ob sie überhaupt bis Ende August da sein würde.

»Es tut mir sehr leid. Sie haben es wirklich gut gemeint.«

»Macht doch nichts, jetzt weiß ich Bescheid. Alles in Ordnung.« Und wenn nicht, würde ich es mit Silas aufnehmen.

»Danke für Ihr Verständnis.« Sie nickte einmal und beäugte meine Strandtasche, die bei den Mädchen stand. »Da das Ihre erste Mentoring-Zeit ist, dachte ich, dass ich vielleicht den Anfang mache und Ihnen zeige, nach welcher Struktur wir diese Treffen gestalten. Aber Sie können sich gern jederzeit einklinken. Oh, vielleicht wollen Sie die Gebetszeit leiten? Es ist das letzte Element, bevor wir die jungen Frauen in eine stille Zeit zum Nachdenken und Tagebuchschreiben entlassen.«

Zwei Worte pochten gegen meinen Schädel: *Gebetszeit. Leiten.* »Wissen Sie, es ist sicher besser, wenn ich den Teil auch erst mal miterlebe«, redete ich mich heraus. »Ich übernehme dann beim nächsten Mal.«

»Okay, gern, mache ich.«

Auf dem Weg zurück zur Gruppe waren Claras Schritte viel beschwingter als meine. Ich überlegte, wie ich meine Geschenkankündigung jetzt zurückziehen sollte. Glücklicherweise nahm Clara mir auch das ab. Sie schob es auf ein Mengenmissverständnis, das beim nächsten Mal geklärt werden würde. Und das würde es auch. Beim nächsten Mal würde ich mit zwölf Tüten kommen.

Clara eröffnete unsere Mentoring-Zeit mit einer Reihe von Fragen zum Tag, die die jungen Frauen routiniert beantworteten. Sie erzählten das Neuste von sich, brachten Probleme wie Unstimmigkeiten auf der Arbeit, Schwierigkeiten mit Leuten aus ihrer Klasse oder Abgabetermine von Kursaufgaben zur Sprache. Wren setzte jedes Mal aus.

Ich fragte mich, wie oft sie diese persönlichen Fragen unbeantwortet ließ. Clara schien ihre mangelnde Beteiligung gewohnt zu sein.

»Okay«, beendete Clara die Runde schließlich. »Wie ihr wisst, werden Molly und ich diese Gruppe gemeinsam leiten, deswegen möchte ich euch allen die Gelegenheit geben, sie ein wenig besser kennenzulernen. Wenn ihr irgendwelche Fragen an sie habt, bevor wir euch in die stille Zeit entlassen, ist jetzt ein guter Zeitpunkt.«

Fünf Hände gingen nach oben – von allen außer Wren. Sie betrachtete mich einfach schweigend vom Ende der Picknickbank aus.

»Wie viele Follower haben Sie denn?«, wollte Monica wissen.

»Können Sie mit uns allen ein Umstyling machen?«, fragte Felicia.

»Ja! Und können wir ein Foto von Ihrem Kleiderschrank sehen?«, fragte Jasmine. »Sie haben bestimmt Berge von schönen Klamotten! Stimmt es, dass Ihnen die Firmen kostenlos Sachen zuschicken?«

»Wir haben am Dienstagabend nach Ihnen gesucht und haben gesehen, dass Ihnen sogar Selena Gomez folgt«, sagte Amy. »Haben Sie die schon mal in echt getroffen? Werden Sie zu Promipartys eingeladen?«

»Verdienen Sie damit wirklich Ihr Geld?«, wollte Sasha wissen. »Mit Videos, wie Sie über Make-Up und Fashion reden?«

*Autsch.* Okay, diese Frau hatte leichtes Kratzbürstenpotenzial.

»Oh, wow. Das sind eine Menge Fragen.« Ich warf Clara einen Blick zu und hoffte auf Rettung. Irgendwie bezweifelte ich, dass es Silas gefallen würde, wenn *Molly's Make-up Matters* das Studienhandbuch für Kleingruppen verdrängte, das wir eigentlich weiter durcharbeiten sollten. Doch Clara war mir keine Hilfe; sie sah genauso neugierig aus wie die anderen.

Und dann kam mir eine Idee …

»Was, wenn wir irgendwann mal eine Pyjamaparty machen? Einen ganzen Abend, wo es nur um Umstyling und Frisuren geht? Ich könnte ein paar leckere Snacks mitbringen und wir gucken eine Liebeskomödie oder so? Das könnte eine bessere Gelegenheit sein, um euch alles über meinen Job zu erzählen.«

Ich hoffte, dass ich damit nicht schon wieder eine Regel gebrochen hatte, und sah Clara an, aber sie nickte begeistert.

»Es gibt tatsächlich einmal pro Monate eine *Ladies Night* – ich glaube, der Termin für die nächste steht noch gar nicht. Moment.« Sie klappte ihren Ringbuchkalender auf dem Tisch auf und blätterte die Wochen durch, vorbei an mit Blau und Schwarz vollgeschriebenen Daten. Endlich verharrte ihr Finger auf einem leeren Wochenende im Juli. Sie schenkte mir ein hoffnungsvolles Lächeln. »Passt dieses Datum vielleicht für Sie? Ich muss natürlich noch Silas fragen, aber er wird damit sicher kein Problem haben.«

Kein Problem? Wirklich nicht? Offensichtlich kannten Clara und ich zwei unterschiedliche Silas Whittakers. Und aus irgendeinem Grund erwischte ich seine verärgerte Seite häufiger als jede andere Person, die ich hier bisher getroffen hatte. Aber vielleicht standen die Chancen besser, wenn Clara den Herzog von Fir Crest Manor nach einem Umstyling-Abend fragte und nicht ich.

Ich griff nach meinem Handy und sah die Benachrichtigungen für vierhundertsechsundvierzig Kommentare unter dem Foto, das ich vorm Losfahren bei Instagram gepostet hatte. Darauf waren eine cremefarbene Clutch mit goldenen Schnallen, ein Tagebuch mit Leineneinband und eine Kaffeetasse in Blassrosa neben einem passenden Überwurf mit dem Hashtag #Makeupmatters zu sehen. Auf alle Teile gab es zwanzig Prozent Rabatt, wenn man mit meinem Code bestellte. Und offensichtlich hatte ich den Nerv meiner Follower getroffen.

Das Muskelgedächtnis meiner Finger wollte sofort mein Lieblingsnetzwerk öffnen, aber stattdessen wischte ich zu meinem Kalender und tippte auf das Datum.

Abgesehen von einigen losen Notizen zu Videothemen und

Fotoshootings hatte ich generell nicht viele Eintragungen. Ich hatte genau null Verabredungen an allen Tagen im Juli. Genauso wie beim größten Teil der Abende und Wochenenden im gesamten Sommer ... und darüber hinaus.

Die Sache war, wenn Ethan nicht für ein spontanes Date aus Seattle herflog oder ich zu einem VIP-Meeting oder Fashion-Shooting musste, hatte ich wenig anderes zu tun, als in meinem Studio zu Hause zu arbeiten. Ich machte Fotos von Produkten, kochte und arrangierte Essen, das ich später Miles vorbeibrachte, schrieb mit Hunderten von Leuten im Internet und machte Videochats mit Val, während ich die neuste Haarkur probierte.

Ich schluckte und sah das leere Kästchen im Kalender mit zusammengekniffenen Augen an. »Hm, ich glaube, ich bekomme das hin an dem Wochenende. Ich werde ein paar Dinge verschieben müssen, aber das sollte kein Problem sein. Das ist das Schöne daran, seine eigene Chefin zu sein.« Mein Lachen erstarb, als mir bewusst wurde, mit wem ich hier redete. Die meisten dieser jungen Frauen wussten noch nicht mal, wie es war, einen bezahlten Job zu haben, geschweige denn ein erfolgreiches Unternehmen zu führen.

»Toll!«, sagte Clara. »Dann überlege ich mir etwas mit Silas und Glo.«

Das begeisterte Quieken von fünf der sechs Mentees war genauso elektrisierend wie ihre anschließende Diskussion darüber, welchen Look sie als Erstes probieren wollten. Ich beteiligte mich nur allzu gern daran, warf Marken und Tipps ein und zeigte ihnen schließlich den Ordner mit den Produkten auf meinem Smartphone, die ich zu Hause auf Lager hatte. Erneut gab es lauter kleine Entzückenslaute, während mein Telefon herumgereicht wurde.

»Und wie ist es bei dir, Wren?«, fragte ich. »Wünschst du dir irgendetwas Spezielles für unseren Abend?«

»Glaub nicht. Ich gucke einfach zu«, sagte sie leise.

»Kommt gar nicht infrage! Ich habe auch eine strenge Regel:

Macht eine von uns Glam-Time, machen wir alle Glam-Time«, sagte ich.

Ihre Lippen zuckten. »Sie wollen mit uns allen zwölf an einem Abend ein Glamour-Umstyling machen?«

Hm. Da war etwas dran. Das waren ziemlich viele Stylings für eine allein. »Natürlich nicht – ich brauche eine Assistentin. Und du bist hiermit ernannt.«

»Das ist doch die perfekte Aufgabe für dich, Wren!«, schaltete sich Clara ein. »Du hast echt Talent, was Haare angeht.«

»Stimmt, du bist eine Flechtkünstlerin!«, bestätigte ich. Auch Wrens heutige Frisur bewies das.

Clara stand vom Tisch auf und winkte Hannah und ihrer Gruppe zu. Sie waren schon auf dem Gelände unterwegs, ihre spiralgebundenen Tagebücher in den Händen. Offensichtlich waren wir spät dran. Was bedeutete, dass ich Claras Gebetszeit mit meinem Glamour-Talk gecrasht hatte.

*Eine schöne geistliche Mentorin bist du, Molly!*

Clara bat um Gebetsanliegen.

»Was sagst du?«, raunte ich derweil Wren zu. »Magst du meine Assistentin sein?«

Wrens Blick wanderte zu Sasha und Monica am anderen Ende des Picknicktischs, die uns beide anstarrten. Zu meinem großen Erstaunen nickte sie dann jedoch.

Ich verbrachte die nächsten Minuten zu Claras Gebet mit geschlossenen Augen und einem breiten Grinsen. Mein romantisches Strand-Date mit meinem Workoholic-Freund mochte ins Wasser gefallen sein, aber irgendwie hatte Wrens kleines Nicken das mehr als wettgemacht.

# Kapitel 15

## Molly

**Molly**
Hey, hast du unseren Call vergessen?

**Val**
Oh nein, tut mir echt leid! Tucker hat sich irgendwas mit dem Magen eingefangen. Ich kann heute Abend leider keinen Face-Mask-Friday mit dir machen 😔

**Molly**
Ach, der Arme! Sag ihm gute Besserung von mir!

Ich ließ mich wieder aufs Sofa plumpsen und legte die Füße in meinen Hausschuhen übereinander. Die Aktivkohle-Beautymaske fühlte sich auf der Haut jetzt schon wie ein zusammengeschrumpfter Luftballon an. Ich tat, als würde ich gähnen, um die Kruste, die sich über meinen Wangen formte, zu testen. Sie bewegte sich kein Stück. Woraus war dieses Zeug? Aus Gummizement? Ich schnappte mir die Tube, um die Inhaltsstoffe zu studieren, aber wozu das Ganze? Kein Mensch mit normaler Sehkraft konnte die winzige Schrift auf der Rückseite lesen.

Schnell nahm ich mein Handy und scrollte noch einmal meinen Feed durch, betrachtete die Statistik meines letzten Postings und versah jeden Kommentar mit einem Herzchen oder einer kurzen Antwort, als mein Blick auf die rechte obere Ecke der App fiel. In meinem Posteingang warteten über einhundert Direktnachrichten.

Ich wusste, was mich erwartete. Die Hälfte davon waren Trolle – manche wollten mir sagen, dass ich fett war, hässlich, eine Poserin oder ein furchtbarer Mensch, weil ich mit meinen Produktempfehlungen Geld verdiente. Andere baten mich um Nacktbilder. Ab und zu bekam ich sogar einen Heiratsantrag. Die einzige Antwort, die ich auf all diese Anfragen hatte, war: *Blockieren.* Es war eine der ersten Regeln, die man in diesem Geschäft lernte: Füttere nie die Trolle.

Aber eine Nachricht ziemlich weit oben ließ mich innehalten, von *Felicity Fashion Fix.*

Das war seltsam. Felicity hatte seit dem Debakel, bei dem unser beider Rechtsabteilungen intervenieren mussten, weil sie meine Idee für eine Videoreihe gestohlen und für die Produkte ihres Sponsors verwendet hatte, kein Wort mehr mit mir gewechselt.

Ihre Nachricht lautete: *Da hat wohl jemand die Siebenhunderttausend geknackt. Wie ist das so, mit seinem Agenten zusammen zu sein, der aus all deinem Content selbst Profit schlägt? Oh, warte, das habe ich selbst doch längst durch! Willst du einen Rat? Pass auf deine Seele auf, bevor er einen Weg findet, die auch noch zu verkaufen.*

Ich starrte auf die Worte. Mein Atem ging immer flacher. Sie war nie mit Ethan zusammen gewesen – ich hatte ihn direkt darauf angesprochen, bevor ich zum ersten Mal mit ihm ausgegangen war. Ich wollte nicht eine von vielen Erst-Klientinnen-dann-Freundinnen sein. Aber sie war nicht nur nicht seine Freundin gewesen, sie hatte auch nur so lange mit ihm zusammengearbeitet, bis Ethan herausgefunden hatte, was für eine absolute Katastrophe sie war. Den Geschichten nach, die er mir erzählt hatte, war Felicity eine echte Diva, die es nur durch ihre intrigante Art so weit gebracht hatte. Das hatte sich bestätigt, als sie mich bestohlen hatte, indem sie sich bei Cobalt in die aktiven Marketingkampagnen eingehackt hatte – ein Verstoß, der mit stärkeren internen Sicherheitsvorkehrungen und dem Ende ihres Vertrags wieder ausgebügelt worden war.

Kurz überlegte ich, ihr zu antworten, überlegte, ihr alle Gründe zu liefern, wieso ich ihre Arbeit für billigen Abklatsch hielt und nie im Leben irgendeinen Ratschlag von einer manipulativen Schlange wie ihr annehmen würde ... aber stattdessen atmete ich durch die Nase ein und den Mund aus.

Und dann löschte ich ihre giftige Nachricht.

Kaum war sie weg, leuchtete der Bildschirm mit einer Ortsnummer auf, die ich nicht wiedererkannte. Ich wischte nach links und schickte sie zu meinem Anrufbeantworter. Dreißig Sekunden später wurde mir eine Sprachnachricht gemeldet. Ich klickte, um sie mir anzuhören. Schon nach der ersten Silbe wusste ich, wer es war. Seine würdevolle und offiziell klingende Stimme aus meinem Lautsprecher zauberte mir ein Lächeln ins Gesicht. Sofort speicherte ich die Nummer unter *Der Herzog von Fir Crest Manor*.

»Hallo Molly, hier ist Silas Whittaker. Ich würde gern kurz mit Ihnen über die heutige Mentoring-Zeit sprechen. Verzeihen Sie, dass ich heute Nachmittag nicht auf dem Gelände war, um persönlich das Gespräch zu suchen. Bitte rufen Sie mich an, sobald es Ihnen genehm ist. Danke.«

Ich konnte das Lachen, das aus mir heraussprudelte, nicht aufhalten. Schnell rief ich zurück und er ging beim ersten Klingeln ran.

»Hallo, hier ist Silas.«

»Hier ist Molly McKenzie.« Ich versuchte, ernst zu bleiben. »Wie geht es Ihnen?«

»Gut, und Ihnen?«

Seine förmliche Höflichkeit ließ mich grinsen, aber dann bereute ich es sofort. Mein Gesicht fühlte sich auf einmal an, als würde es vom Staubsauger eingesaugt. »Autsch.« Die Maske um Mund, Nase, Kinn und Augen wurde immer enger. Was für ein Folterwerkzeug war das bitte?

»Alles in Ordnung?«

»Ja, Entschuldigung. Mir klebt nur etwas ... *autsch* ... im Gesicht.«

Ich konnte mir die Falten auf seiner Stirn vorstellen – wie er versuchte zu begreifen, was ich da sagte, weil ich plötzlich zu einer weiblichen Version des Blechmanns aus dem *Zauberer von Oz* geworden war, der verzweifelt nach seiner Ölkanne suchte.

»Soll heißen ... was genau?«, fragte er.

»Eine Maske.« Ich kratzte und zog an der getrockneten Schicht unter meinem Kinn. Sie war bombenfest. Offensichtlich war diese Maske etwas falsch kommuniziert worden. Das hier war kein Wellnessprodukt, es war eher was für einen richtig fiesen Prank, die Art Streich, die nur bei Schadenfroen Zusachauern gut ankam.

»Ist es nicht ein wenig spät dafür?«

»Wie?« Ich kniff meine tränenden Augen zusammen.

»Fürs Verkleiden. Fasching ist schon ’ne Weile her. Wir haben Juni.«

Ich ließ alle Versuche bleiben, die Maske abzuziehen, die sich nicht abziehen ließ, und brach in Gelächter aus. Der Gedanke daran, wie Silas sich mich an einem Freitag im Juni mit einer Faschingsmaske vorstellte, war einfach zu viel für mich. »Nein, nein. Doch kein ...« Ich bekam kaum Luft. »Kein ... Kostüm ...«

»Wie bitte? Molly, ich kann Sie kaum verstehen.«

»Es ist eine Beautymaske«, keuchte ich. Es knackte in meinem Gesicht und der Todesgriff um meine Haut ließ vielleicht zehn Prozent nach. »Sie ist schwarz wie Teer und wird aus irgendeinem toten Seeigel gewonnen, der in irgendeinem besonderen Meer lebt.«

»Ein toter Seeigel, der in irgendeinem besonderen Meer lebt? Das klingt komplex. Obwohl ich noch nicht genau begreife, wieso Sie sie überhaupt benutzt haben. Ist Ihr Gesicht nicht ein wichtiger Teil von dem, was Sie da im Internet machen?«

Das hier war wohl das Lustigste, was an diesem Tag auf der

Erde passiert war, einschließlich dem, was in den verbleibenden Stunden noch passieren würde.

»Wenn Sie nicht aufhören zu keuchen, muss ich die Polizei rufen.«

»Ich kann nicht ... ich weiß nicht, was ich sagen soll.« Die Lachtränen liefen mir über die Wangen.

»Dann sind wir schon zwei.«

Verrückterweise legte Silas nicht auf. Und noch verrückter: Ich hatte irgendwie das Gefühl, dass ihm das Spaß machte. Vielleicht genauso viel wie mir.

»Und wie genau nimmt man so etwas wieder ab?«, fragte er.

»Eigentlich sollte die Maske ganz leicht abzuziehen sein«, sagte ich und dachte an die Hinweise auf der Packung. »Aber eins kann ich Ihnen versichern: Das ist eine Werbelüge.«

»Vielleicht müssen Sie die Pflasterstrategie anwenden? Tief einatmen und dann abreißen.«

Er begriff offensichtlich den Ernst der Lage nicht.

»Wenn ich das tue, bin ich meine Nase los.«

»Und was ist Ihr Plan B?«

»Zu hoffen, dass sie sich bis morgen aufgelöst hat?«

Silas lachte und ich stimmte mit ein. Und obwohl mir schwarze Seeigelpampe im Gesicht klebte, konnte ich mich nicht daran erinnern, wann ich das letzte Mal so viel gelacht hatte. Vor Wochen? Monaten?

Ich seufzte. »Vielleicht versuche ich es mit einem warmen Waschlappen. Obwohl ich glaube, dass diese Mutation von Maske sich durch meine Poren mittlerweile mit meinen Knochen verbunden hat.«

»Ein Fall für die Berufshaftpflicht, wenn Sie mich fragen.«

»Sie hätten Anwalt werden sollen.«

»Wäre ich auch fast.«

Überrascht setzte ich mich auf. Nicht weil ich mir Silas nicht in einem gebügelten Dreiteiler mit Aktenmappe im Gerichtssaal vorstellen konnte. Ungefähr so sah ich ihn, selbst wenn er T-Shirt und Jeans trug. Aber die Tatsache, dass er mir so frei etwas von sich erzählte, war ... überraschend schön.

»Wirklich? Und wieso sind Sie es nicht geworden?«

»Mir wurde klar, dass ich mit dem Job, den ich jetzt mache, mehr für diese jungen Menschen tun kann. Obwohl ich die Anwaltsprüfung bestanden habe.«

»Sie haben die Anwaltsprüfung bestanden, aber nie als Anwalt praktiziert?«

»Exakt. Aber meine Kenntnis von gewissen Richtlinien und Verfahren hat mir natürlich auch bei *The Bridge* weitergeholfen.«

Ich tappte ins Bad, nahm einen frischen Waschlappen und hielt ihn unter warmes Wasser. Ich brannte darauf, mehr von Silas' Geschichte zu hören. Es war lange her, dass ich mit jemand anderem telefoniert hatte als Miles oder Val. Ethan und ich kommunizierten fast nur über Nachrichten.

»Mein Bruder hat mir erzählt, dass Sie der Grund waren, wieso *The Bridge* Fir Crest Manor zugesprochen bekommen hat?«

»Da war ein ganzes Team auf unserer Seite involviert. Es war ganz gewiss kein Alleingang.«

Und doch wusste ich, dass Silas mehr mit dem Erwerb des riesigen Hauses für das Programm zu tun hatte als jeder andere. So war er nun mal. Jeder, der ihn persönlich kennenlernte, merkte schnell, dass er keine halben Sachen machte. Silas war die Art Mensch, an dessen Seite man sein wollte, wenn die Welt Kopf stand.

»Jedenfalls könnte ich mir nichts anderes für diese wunderschöne Villa vorstellen.« Ich drückte mir das feuchte Tuch aufs Gesicht und spürte sofortige Erleichterung, als die Wärme meine dehydrierte Haut erreichte.

»Wir sind schon weit gekommen, aber wir haben auch noch einen weiten Weg vor uns.«

»Was ist denn Ihr seitensprengendes Ziel mit dem Programm?«

»Mein ... was?«

»Ja, ach so, sorry! Das haben Miles und ich uns vor Jahren ausgedacht. Wir treffen uns jedes Jahr im Januar bei mir, um unsere Ziele und Vorsätze zu sammeln. Ich glaube, insgeheim hält er vor allem an der Tradition fest, weil er meinem White Chicken Chili nicht widerstehen kann. Jedenfalls haben wir uns diesen Ausdruck ausgedacht für die Ziele, die so groß sind, dass sie nicht auf eine Seite passen. Ich bin neugierig: Was ist Ihrs für *The Bridge*?«

Sein schwerer Seufzer ließ meinen Brustkorb eng werden. Ich ging zurück zum Sofa, wischte vorsichtig unter einem Auge entlang und faltete den warmen Lappen zusammen, um das Gleiche dann auf der anderen Gesichtshälfte zu wiederholen. Silas war keineswegs verpflichtet, diese sehr persönliche Frage zu beantworten. Wir waren keine Freunde. Wir waren noch nicht einmal wirklich Kollegen. Wir waren nur ... zwei Menschen, die sich dienstags und freitags zur selben Zeit am selben Ort einfanden.

»Interessantes Timing«, murmelte er. »Ich bin gerade von einem Meeting des Verwaltungsrats zurück, wo man mir diverse Fragen über die Zukunft unseres Programms gestellt hat. Ich kann mit ziemlicher Sicherheit sagen, dass Ihr Ansatz reizvoller ist.«

Ich konnte mir dieses Meeting schwer vorstellen. Wie sollte jemand seine Autorität in einem Bereich infrage stellen, in dem er sich als Experte bewiesen hatte?

»Gibt es Probleme?« Ich schob die Füße unter mich und griff nach meinem inzwischen kalt gewordenen Ingwertee. Auf einmal war mein Magen nervös. »Ich meine, Sie dürfen bestimmt nicht über die Details reden, aber ist mit dem Programm alles in Ordnung? Mit den jungen Leuten?«

»Ja.« Aber es war nicht die Sorte *Ja*, der man die Erleichterung anhörte, sondern die, die von einer Liste von anderen Jas abhing. Ich kannte diese Art der Zustimmung gut. Damit hatte ich es häufig in meinen Meetings mit der Cobalt Group zu tun, in denen Ethan als mein Manager auftrat. Irgendwie wurde der Unterschied von dieser Rolle zu der als mein Freund immer kleiner.

»Dann ist es ja gut. Ich habe nämlich eine Schublade voller spitzer Haarnadeln, die man leicht als Waffen benutzen könnte, falls ich irgendwelchen alten weißen Männern die Meinung sagen soll.«

»Es sind mehrere Frauen im Verwaltungsrat.«

»Meine Schublade kennt keine Geschlechtergrenzen.«

Silas lachte leise und ich hörte Schlüsselklappern, das Öffnen und Schließen einer Tür und Schritte auf einem harten Untergrund – Parkett oder Fliesen? Wie mochte das Zuhause von Silas Whittaker aussehen? Organisierte er sein Gewürzregal und den Vorratsschrank genauso ordentlich wie seine Bücherregale im Büro?

»Ich werde darauf zurückkommen, Molly. Vielen Dank.«

»Immer gern.«

Im Hintergrund hörte ich Wasser aus einem Wasserhahn, das in ein Becken plätscherte, bevor es irgendwo hineingefüllt wurde. »Was machen Sie gerade?«

Er zögerte. »Ich gieß mir einen Tee auf.«

»Sie sind Teetrinker? Ich auch! Was trinken Sie gern?«

»Kamille.«

»Oh.«

»Ich vermute, Sie haben dazu eine Meinung?«

»Nicht wirklich. Obwohl es interessant ist, dass Sie sich für so eine geschmacksarme Option begeistern«, sagte ich.

Er lachte kurz auf und wechselte dann zu meiner großen Verblüffung das Thema. »Ich hätte gern, dass jede Person in dieser Einrichtung nicht nur ein Bett, sondern einen Heimatort hat, Menschen, die hinter ihr stehen, und die Überzeugung, dass sie mehr aus sich machen kann als das, was man ihr mitgegeben hat. Ich hätte gern, dass das Potenzial jedes Raums in Fir Crest Manor voll ausgeschöpft wird – sogar das unseres spärlich eingerichteten Eingangsbereichs. Ich hätte gern ein dreimal so großes Team und möchte Menschen zu uns holen, die ihre Arbeit im sozialen Bereich erschöpft hat – die eine Atempause brauchen, aber trotzdem daran mitwirken wollen, das System zu verbessern. Wir brauchen noch viel mehr Unterbringungsplätze und eines Tages würde ich gern denen, die über einundzwanzig sind, aber trotzdem noch Unterstützung und einen sicheren Landeplatz im Leben brauchen, anbieten können, das Programm in der eigenen Wohnung fortzusetzen.«

Im Hintergrund pfiff ein Wasserkessel und ich drückte das Handy gegen mein Ohr, um ihn besser zu verstehen.

»Letzten Endes möchte ich, dass Fir Crest Manor sich wie ein Zuhause anfühlt, vor allem für die, die nie eins hatten.« Er schwieg kurz. »Taugt das als seitensprengendes Ziel?«

»Ja«, flüsterte ich, obwohl ich kaum atmen konnte, weil in meinem Kopf bereits die Ideen nur so schwirrten. Die erste war, bei Mr Greggorio einen offiziellen Antrag zu stellen. Ich hatte schon Geschichten von Großspenden gehört, die besonderen Organisationen in Verbindung mit seinem Kundenkreis gewährt worden waren. Meiner Meinung nach war *The Bridge* eine der ehrenhaftesten gemeinnützigen Organisationen im ganzen Land.

Und dann traf mich ein neuer Gedanke: *Wie muss es sich anfühlen, jemand anderem zu helfen, sein seitensprengendes Ziel zu erreichen?*

»Gut.« Silas räusperte sich. »Es gab nämlich tatsächlich einen Grund für diesen Anruf und er hatte nichts mit Seeigeln, Anwaltsprüfungen oder meiner langweiligen Teewahl zu tun.«

Ich legte den Waschlappen auf den Couchtisch. »*Langweilig* haben aber jetzt Sie gesagt.«

»Ich habe mit Clara gesprochen und wollte jetzt auch von Ihnen selbst hören, wie Ihre erste Mentoring-Zeit gelaufen ist.«

»Super!«, sagte ich ein wenig zu überschwänglich und hoffte, dass Clara ein gewisses Geschenktütendebakel unerwähnt gelassen hatte. »Also, die Mädchen haben sich wohlgefühlt und Claras Fragen beantwortet – na ja, alle außer Wren. Sie war ziemlich still, aber wir haben uns da etwas überlegt, damit …« Ich kniff die Augen zu, weil mir buchstäblich in der letzten Sekunde eingefallen war, dass nicht ich dieses Etwas in Gang bringen sollte. Clara, die Person, der Silas vertraute, sollte das tun.

»Hat dieses Etwas mit einer Umstyling- und Filmnacht im Lavender Cottage zu tun?«

Ich hauchte *Danke, Clara!* in mein leeres Wohnzimmer. »Genau das, ja. Bräuchten wir dafür ...«, ich zögerte, suchte den richtigen Ansatz und wählte dann, auch wenn es mir schwerfiel, es auszusprechen, den direkten Weg, »... Ihre Erlaubnis?«

»Ja, durchaus.«

Ich holte tief Luft und machte mich schon auf einen Kampf gefasst, für den ich womöglich meine Haarnadeln aus der Schublade würde holen müssen, als Silas sagte: »Aber ich habe sie schon erteilt. Der Termin steht bereits im Kalender.«

Ich gab einen kleinen Freudenschrei von mir. »Das wird großartig! Die Mädchen waren so aufgeregt und Sie müssen sich um überhaupt nichts kümmern. Ich bereite alles vor. Ich habe schon das Snacktablett, das ich mitbringe, ans Party-Foods-Board auf Pinterest gepinnt. Es muss gar kein Essen mehr vor Ort vorbereitet werden. Ich bringe alles mit.«

»Sie können die Kassenzettel gern einreichen.«

»Alles klar, danke.« Obwohl ich nie im Leben eine wohltätige Organisation darum bitten würde, das Essen für eine Makeover-Party zu bezahlen. »Ich freue mich wirklich sehr, dass Sie einverstanden sind!«

»Gerne.«

Eine Mischung aus unerwarteter Dankbarkeit und Verletzlichkeit stieg in mir auf und drängte mich dazu, etwas klarzustellen. »Äh, Mr Whittaker?«

»Ja?«

»Mir ist schon bewusst, dass Sie ein gewisses Risiko eingegangen sind, als Sie Ja zu mir gesagt haben, obwohl Sie sich ja eigentlich schon gegen mich entschieden hatten ... Ich will nur, dass Sie wissen, wie sehr ich mich darauf freue, den Sommer mit den jungen Frauen zu verbringen.« Eine Tatsache, die mir immer mehr bewusst wurde. Ich genoss es, einen festen Termin in der Woche zu haben, mit echten Menschen, die von mir erwarteten, dass ich auch auftauchte. Mich hinsetzte. Zuhörte. Von mir erzählte. Und niemand anderes war als Molly McKenzie. Es war eine so andere Realität als die, in der ich den größten Teil der Woche lebte. Und das hatte etwas erstaunlich Erfrischendes. Es fühlte sich richtig an. War etwas, von dem ich nicht gewusst hatte, wie sehr ich es vermisste.

»Viele unserer jungen Frauen haben dasselbe über Sie gesagt. Wir sind froh, dass Sie an Bord sind.« Er schwieg einen Augenblick. »Und ich bin froh, dass Sie mein erstes Nein nicht als endgültig hingenommen haben.«

Die Anerkennung in seiner Stimme ließ meine Kehle eng werden. Es fiel mir schwer, nicht durchklingen zu lassen, wie gerührt ich war. »Schönen Abend noch. Vielen Dank für den Anruf.«

»Ihnen auch einen schönen Abend.«

»Bye.«

Ich starrte noch ewig auf das dunkle Handydisplay, wiederholte in Gedanken seine Worte und blinzelte die Tränen weg. Es war einfach, die Komplimente abzutun, die mir online gemacht wurden – ständig wollten alle mehr Videos, mehr unterhaltsame Reviews, mehr Schnäppchencodes und Produktvergleiche. Weil diese Art von Komplimenten konsumbasiert war, reichte die Befriedigung auch immer nur bis zu meinem nächsten Posting. Bis zur nächsten Kampagne. Dem nächsten VIP-Deal-Link.

Aber die Bestätigung, die ich gerade bekommen hatte, war anders. Persönlich. Ehrlich. Echt.

Und in mir wuchs die Sehnsucht nach mehr davon.

# Silas

Ich starrte noch ewig auf das dunkle Handydisplay. Dachte über Mollys Worte nach. Hörte ihre Stimme, als sie sich verabschiedete. Und fragte mich, ob tatsächlich Rührung darin gelegen hatte oder nicht.

Mit dem Daumen massierte ich meine rechte Schläfe. Wie so oft hatte ich den Teebeutel doppelt so lang wie empfohlen ziehen lassen. Der erste Schluck war immer der schlimmste. Der Geschmack war so fade, wie Molly gesagt hatte, aber ich trank den Tee nicht wegen des Geschmacks. Laut Internet wirkte er entspannend und half gegen Stresskopfschmerzen. Bisher hatte ich wenig Veränderung bemerkt und nach dem Treffen mit dem Verwaltungsrat heute Abend bezweifelte ich stark, dass eine Zweihundertfünfzig-Milliliter-Tasse daran etwas ändern würde.

Was mich beunruhigte, war nicht nur die Tatsache, dass der Verwaltungsrat meinen Antrag auf ein Hypothekendarlehen auf Fir Crest Manor ablehnte, mit dem wir expandieren und Hunderte von Leben retten könnten – es war die Zahl, die sie an das Projekt geheftet hatten. Eine Zahl, die so radikal war, dass man uns genauso gut hätte bitten können, einen Drachen zu töten oder uns auf die Jagd nach dem *Einen Ring* zu machen. Wir sollten eine Million Dollar aufbringen, bevor wir neue Wohnquartiere in Angriff nehmen und neue Teammitglieder einstellen durften. Und vor allem: bevor wir mehr junge Menschen retten durften, die der Meinung waren, ihre einzige Überlebenschance wäre Prostitution oder Drogenhandel. Ich verdrängte Carlos' Gesicht aus meinem Kopf. Ich hatte meinen Bruder nicht vor einem verpfuschten Leben retten können, und so sehr ich dafür kämpfte, andere wie ihn positiv zu beeinflussen ... Eine Million Dollar waren für eine gemeinnützige Organisation, die gerade so über die Runden kam, dasselbe wie *hundert* Millionen Dollar.

Mit der dampfenden Tasse in der Hand schnappte ich mir noch einmal mein Handy von der Küchentheke und tippte auf eine App, die ich so gut wie nie nutzte, es sei denn, ich musste im Zusammenhang mit *The Bridge* ein paar Nachforschungen über jemanden anstellen. Social Media war nicht völlig nutzlos. Obwohl ich die Menschen nie verstehen würde, die den Drang verspürten, ihr Leben mit aller Welt zu teilen, waren sie zumindest diejenigen, über die man am leichtesten etwas in Erfahrung bringen konnte.

Ich tippte *Molly McKenzie* in die Suchmaske. Sofort ploppten verschiedene Optionen auf, darunter eine mit kleinem Häkchen, das den offiziellen Account von Molly McKenzie von *Molly's Make-up Matters* kennzeichnete.

Mein Finger schwebte über ihrem Foto. Ich rang mit mir. Das hier hatte nichts mit Sicherheitsbedenken zu tun. Hier ging es zu einhundert Prozent um meine Neugier.

Ich klickte auf das erstbeste Video – Molly, die mit ihren wasserfallartigen blonden Haaren und ihren glasklaren Augen in die Kamera blickte und irgendwas von einem magischen Handtuch erzählte, das gegen Kräuseln half und praktisch den Föhn ersetzte. Ihre lebhafte Art war einladend und berauschend zugleich. Irgendwann warf sie das Handtuch weg und schüttelte elegant ihre Haare aus, während sie Mundbewegungen zum Refrain von *Natural Woman* machte.

Ich musste laut lachen und klickte auf das nächste Video, das den Titel *Yoga Pants oder Dress Pants – ihr entscheidet!* trug. Darin marschierte Molly einen Hotelflur entlang und befragte Unbeteiligte zu ihren Hosen. Waren sie eher geeignet fürs Fitnessstudio oder bürotauglich – oder beides? Natürlich gab es ein Paar, das für jedes Setting passte, und es gab zufälligerweise einen Rabattcode, der zwölf Stunden lang gültig war. Ein Kommentar mit gefühlt dreihundert traurigen Emojis verriet, dass die Hosen schon vor deren Ablauf ausverkauft gewesen waren.

Ich lehnte mich gegen die Theke und scrollte mich durch Posting um Posting. Manche waren Reel-Remixe, andere Produktreviews von Dingen, die sie live vor der Kamera zum ersten Mal testete. Sie packte sie aus und las die Hinweise, als wären es Auszüge aus Werken der Weltliteratur. Wieder andere waren Zeitraffer von Eindrücken nach Events. Aber der gemeinsame Nenner war immer derselbe: Molly in ihrem Element. Witzig, clever, selbstherrlich, stilvoll, pfiffig und immer, *jedes Mal* atemberaubend.

Ich sah mir ihre Umfragen an, in denen ihre Fans bestimmte Produkte oder Outfits bewerten sollten. Und das hatten sie weiß Gott getan. Tausende und Abertausende von ihnen. Molly reagierte auf das Endergebnis jedes Mal mit einem weiteren Foto und diese Postings bekamen noch viel mehr Aufmerksamkeit als der Rest.

Ich scrollte durch ihre Antworten. Sie blieb stets höflich. Egal, wie der Kommentar lautete, sie bedankte sich immer für das Feedback, ob negativ oder positiv.

Ich wusste nicht, wie lange ich bei ihren Videos und Reels unterwegs war, aber als ich zu ihrem Feed wechselte, war mein Tee kalt und mein Rücken fing an, sich zu beschweren.

Als das Gitter aus kleinen Vierecken auf meinem Handybildschirm lud, sprang mir eins davon sofort ins Auge. Und zwar das mit einem Mann, der hinter Mollys traurigem Selfiegesicht auf einem Sofa schlief. Es trug die Beschreibung: *Jetlag – der ultimative Liebestöter.*

Mir wurde heiß.

Ich brauchte das Bild nicht extra anzuklicken oder die Kommentare zu lesen, um meine böse Vorahnung bestätigt zu finden, aber ich tat es trotzdem. Und das war das Ende meines kurzzeitigen gefühlstechnischen Aussetzers.

Molly McKenzie hatte einen Freund.

# Kapitel 16

## Molly

Weil unsere Flugzeiten zu weit auseinanderlagen, hatte Ethan als mein Freund versprochen, mich an der Location fürs Fotoshooting in Malibu zu besuchen, während mein Manager Ethan versprochen hatte, sich um alle Vertragsdetails zu kümmern. Kaum hatte ich elektronisch unterzeichnet, da kam schon das Erste-Klasse-Ticket von *The Fit Glam Kit*. Eine seltene, aber sehr willkommene Bonusleistung.

Jetzt, wo das Fotoshooting am Pool immer näher rückte, war ich nach meiner zweiten Mentoring-Zeit bei *The Bridge* – die super gelaufen war, nachdem ich diesmal für alle zwölf Mädchen eine Geschenktüte mitgebracht hatte – nach Hause gerast. Dort hatte ich mich darangemacht, meine geheime Lieblingsbräune aus der Dose auf meinen geisterhaft weißen Körper aufzutragen. Dank meiner bewährten Methode war es einfach und schnell gegangen. Ich hatte sogar den ganzen Bräunungsprozess einmal dokumentiert und spezielle Techniken für bekannte Problemzonen gezeigt: Finger, Fersen und die Haut rund um die Ellbogen. *Die Zehn Gebote künstlicher Bräune* war eins meiner ersten Volltreffervideos gewesen. Ungefähr einhunderttausend Views innerhalb der ersten achtundvierzig Stunden.

»Du sollst keine Bräune ohne ordentliches Peeling auftragen« ist eins dieser Gebote, das man stets beachten sollte, es sei denn, man möchte aussehen, als wäre man durch einen Sturm von Rostwasser gelaufen. Es gab nur wenig, was unattraktiver war als schlecht gemachte künstliche Bräune.

Draußen vor dem getönten Fenster des schwarzen Escalade,

in dem ich am Flughafen gestiegen war, verschwammen Palmen, Felsen und kurze Aussichten auf den Pazifik. Ich fuhr das Fenster ein Stück herunter, atmete die salzige Luft ein und wünschte mir jemanden, mit dem ich den Augenblick genießen konnte. Wenigstens kam Ethan bald nach.

Ich war in den vergangenen Jahren berufsbedingt schon häufig in Kalifornien gewesen, aber noch nie zu einem Fotoshooting an einem Pool auf der Terrasse einer Berühmtheit, weil »es keinen besseren Ort für ein Shooting gibt«. Ethan hatte mir diesen Satz des Marketingteams von *The Fit Glam Kit* extra kopiert.

Als der Wagen vor dem Tor zu Sophia Richards' Haus hielt, blieb mir der Mund offen stehen. Die glamourösen Häuser Malibus waren einfach eine Klasse für sich.

In meiner Handtasche vibrierte mein Handy. Die Nachricht war von Val.

**Val**
Bist du da? Wie ist es? Ist Ethan dabei? Wieso fühle ich mich wie eine nervöse Mutter?

Ich lächelte.

**Molly**
Alles gut, Mom ☺ Bin gerade angekommen! Das Grundstück ist der Waaaahnsinn. Ethan ist noch nicht da, kommt aber sicher bald.

**Val**
Du packst das! Viel Spaß! Schreib mir danach, ja?

**Molly**
♥

Ich wollte das Handy gerade wieder einstecken, als es erneut vibrierte.

> **Der Herzog von Fir Crest Manor**
> Haben Sie eine Idee, wieso das hier heute ankam? Es gibt keinen Absender und keine Information dazu. Nur den Hinweis, es in den Eingangsbereich zu stellen und sich daran zu erfreuen.

Ich grinste, als das Bild einer sehr großen schwarzen Ledercouch mit passendem Sessel im neuen Chatverlauf auftauchte. Ich konnte vielleicht kein zusätzliches Wohnheim auf dem Gelände von Fir Crest Manor finanzieren, aber die Lobby ausstatten, das konnte ich. Und gestern hatte Mr Greggorio meine Spendenanfrage bei Cobalt akzeptiert. Seine Antwort hatte meine wildesten Träume weit überstiegen. Er war nicht nur bereit, etwas zur Weiterentwicklung des Programms beizutragen, sondern war noch einen Schritt weitergegangen und hatte ein einjähriges *Dream-Big*-Stipendium eingerichtet. Sobald er alle Fakten überprüft und dem Vorstand den Vorschlag präsentiert hatte, würde er den Scheck unterzeichnen und abschicken. Ich biss mir auf die Unterlippe und malte mir aus, wie ich Silas verkündete, dass er bald einen Scheck über einhunderttausend Dollar bekommen würde, um die Umsetzung seines seitensprengenden Ziels anzugehen.

»Molly!« Eine extrem gut aussehende Frau mit bronzefarbenem Schimmer auf der Haut in einem seidenen Wickelkleid mit floralem Muster stieg eine geschwungene Treppe herab, die zur Freiluftetage der Villa führte. »Live bist du ja noch umwerfender!« Sie begrüßte mich mit gehauchten Wangenküsschen. »Truella Agate. Willkommen auf Sophias Anwesen. Sie ist diese Woche leider für ein Projekt in ihrem Domizil in New York City, aber glaub mir, unser Team freut sich wahnsinnig darauf, mit dir zu arbeiten. Sophia ist ein Fan von dir, seit deinem Makeover-Video mit der Kosmetik aus dem Dollarladen.«

Ihr hohes, gezwungenes Lachen tat mir in den Ohren weh, aber ich schaffte es erstaunlicherweise, keine Miene zu verziehen.

»Das war ja so was von witzig!«, fuhr sie fort. »Als sie es herumgeschickt hat, lagen wir vor Lachen alle unter den Tischen. Den Teil, wo du versucht hast, mit diesem scheußlichen Lidschatten Smokey Eyes hinzubekommen … Dein Content ist immer so clever!«

»Oh, danke. Das hat auf jeden Fall Spaß gemacht«, sagte ich. »Ich freue mich sehr, dass ich hier sein darf.«

»Wir sind megafroh, dass dein Manager so schnell einen Termin gefunden hat! Als Victoria abgesagt hat, steckten wir ganz schön im Dilemma. Der ganze Papierkram kann Wochen dauern, manchmal sogar Monate. Umso großartiger, wenn die Sterne günstig stehen.«

Ich folgte ihr die weißen Marmorstufen nach oben auf einen Balkon mit wogenden, durchsichtigen weißen Vorhängen und Loungemöbeln mit ebenfalls weißem Leinen und ließ ihre Worte sacken. Hatte Ethan erwähnt, dass ich Plan B war, und ich hatte es nur irgendwie vergessen? Ich konnte fast seine Antwort hören, würde ich ihn jetzt fragen: *»Wenn du dich für Chancen bereit machst, werden dich die Chancen für den Erfolg bereit machen.«*

Zwei riesige Glasschiebetüren waren die einzigen Trennelemente zwischen Poolbereich und Haus und von dem, was ich sehen konnte, war der Innenbereich genauso sorgfältig durchgestylt wie der Außenbereich. Palmen schufen Schattenzonen auf dem Betonboden mit den Schablonenornamenten, sicher zwei Dutzend Loungesessel säumten den Infinity-Pool. Die große Bar in lackiertem Holz, in dem sich das Wasser spiegelte, hatte mehr Regale voller Flaschen, als ich in drei meiner Stammlokale zusammengerechnet gesehen hatte. Silastauglich war dieser Ort jedenfalls nicht.

Als ich Truella wieder ansah – war das wirklich ihr richtiger

Name? –, hatte ich auf einmal das seltsame und überwältigende Gefühl, nicht hierhin zu gehören. Ich war nicht zum ersten Mal in einem opulenten, prachtvollen Haus, aber das hier war etwas anderes. Ich wurde diesen Eindruck nicht wieder los. Nicht, als Truella mir das Tablett mit allen Fruchtsorten dieser Welt hinhielt, nicht, als sie mir das Team der Make-up-Artists in ihrem Zelt vorstellte, wo mir Champagner angeboten wurde, den ich aber dankend ablehnte.

Auf einmal wünschte ich mir, ganz woanders zu sein. In einem anderen großen Haus ohne Glitzer und Glamour. Und mit Menschen, die down-to-earth waren. Menschen, die vom Verkaufspreis dieses einen Anwesens wahrscheinlich zwanzig Fir Crest Manors bauen könnten.

»Und, wie findest du den *Tubee*? Genial, oder? Ich glaube, das wird unser erfolgreichstes Produkt diesen Sommer! Sophia hat ihn selbst entworfen. Sie meinte, der passt perfekt zu dir.«

*Tubee?* Ich durchforstete meine Erinnerung, bekam aber kein Ergebnis. Keine Ahnung. »Oh, ja. Absolut genial.«

Sie warf mir ein Lächeln über die Schulter zu und überließ mich Danny beim Make-up. Irgendwann zwischen Bronzer und Highlighter schrieb ich Ethan.

**Val**
Hast du dich verirrt?

**Ethan**
Sitze jetzt in der Limo. Alles ok bisher?

Ich machte einen Schnappschuss von der Seite, wie Danny noch ein paar Striche Bronzer auf mein Kinn auftrug, und schickte ihn Ethan.

**Ethan**
Perfekt.

Nachdem ich mit meinem Lieblingsfilter für Innenaufnahmen herumgespielt hatte, fragte ich Danny, ob es ihm etwas ausmache, wenn ich ein paar Fotos zu einer Instagram-Story zusammenstellte, und bot an, ihn zu markieren. Er lachte mich aus und sagte nur »Wie süß, dass du fragst – mach ruhig«. Ich tippte *Überraschung: Sommer-Shooting … dranbleiben!* Innerhalb von Minuten gingen Dutzende Reaktionen ein und das Gewicht auf meinen Schultern ließ nach.

*Siehst du?*, sagte ich dem seltsamen Gefühl. *Es ist alles in bester Ordnung.*

Wie sich herausstellte, waren Shootingvorbereitungen in Malibu ein intensiver Prozess. Ich war mir sicher, dass ich die Grundierung hinterher mit einem Spachtel würde abkratzen müssen. Den Highlighter, den Danny auf meinen Wangenknochen eingesetzt hatte, würde ich mir aber merken. Davon konnte ich ein paar für die Mädelsnacht im Lavender Cottage gebrauchen.

Gerade als ich in der Garderobe den Badeanzug und passenden Sarong angezogen hatte – *danke, Ethan!* – summte mein Handy wieder.

**Clara**
Hi, Molly! Wir haben heute Morgen beim Pancake-Frühstück für Sie gebetet (Jake lässt sich Glos Pancakes nie entgehen). Die Mädels haben gerade Ihre Instagram-Story gesehen und schreiben wie wild ihren Freundinnen, Ihre Seiten zu liken und nach Updates zu gucken. Sie haben einen ganz schönen Fanclub hier. Der Titel Mentorin des Jahres ist Ihnen sicher! Haha ☺ Viel Erfolg heute! PS: Sie sehen hinreißend aus!

Die Nachricht – von einer Frau, die mich erst seit zwei Wochen kannte – brachte meine Nase zum Kribbeln. Die Mädchen von *The Bridge* hatten mich gesehen? Sie teilten meine Story mit ihren Freundinnen? Irgendwie war die Vorstellung zugleich schmeichelhaft und beängstigend.

»Molly?«, rief Truella. »Wir bauen gerade am Pool auf. Die Produzenten haben gedacht, es wäre ganz witzig, wenn du das ganze Kit vor laufender Kamera auspackst – obwohl ich weiß, dass du die Teile schon gesehen hast. Versuch einfach, so zu tun, als wärst du total überrascht.« Sie lachte über sich selbst.

»Natürlich.« Ich steckte das Handy weg und folgte ihr. Dabei knotete ich den Sarong enger. Der Stoff juckte auf der Haut, es waren kratzige Metallfäden eingewoben, aber egal, ich war dankbar für die Bedeckung.

Die Crew positionierte mich direkt hinter einem Tisch. Mehrfach kommentierten sie meine »Malibu-Barbie-Haare«. Das Wasser im Pool schimmerte hinter mir, der Sarong wehte in der warmen Brise und ich konnte nicht anders, als diese Szenerie mit der von gestern zu vergleichen: ich am Picknicktisch mit meinen sechs Mentees, die Reißverschlüsse an ihren Sweatjacken hochgezogen, weil es im Norden so kühl war. Ich berührte die weißrosafarbene Box auf dem Tisch und dachte daran, wie sehr sie sich über so ein Sommerkit freuen würden und dass sie sich vermutlich keins der glitzernden Dinge darin leisten konnten. Vielleicht konnte ich nach dem Shooting erfragen, ob ich zwölf solcher Boxen verschenken durfte.

»Wir sind fast fertig«, gurrte Truella. »Noch ein paar kleine Veränderungen am Licht.«

Ich warf einen Blick auf den Spickzettel, den sie zwischen mich und die Box geklebt hatte, nur für den Fall, dass ich mehr brauchte, als worauf ich spontan kam. Es war eine nette, aber unnötige Geste. Ich hatte den Mailwechsel zwischen Ethan und der Marketingleitung gelesen und dabei einiges über die Jubiläumskampagne erfahren. Es war eine Ehre, dass sie mich als Influencerin für ihre Produkte und ihre Firma wollten, auch wenn ich nur die zweite Wahl war.

Truella richtete meine Haare und steckte das Ende des Sarongs nach hinten. »Wir versuchen das Video in zwei Takes zu machen, damit wir die authentischste Reaktion einfangen können, wenn du die Kollektion zum ersten Mal aufmachst. Der erste Take ist das Intro, wo du bitte deine Sympathie für Sophia und ihre Firma zur Sprache bringst und die Zuschauer an den Rabatt von zwanzig Dollar für den ersten Monat erinnerst, wenn sie jetzt ein Abo abschließen.«

»Alles klar.« War es nicht etwas seltsam, eine Lobeshyme auf eine Frau anzustimmen, mit der ich noch nie etwas zu tun gehabt hatte? Andererseits empfahl ich ihre Produkte schließlich auch Menschen, von denen ich, wenn ich ehrlich war, die allerwenigsten persönlich kannte.

Während der Kameramann noch die letzten Einstellungen vornahm, posierte ich mit meinem bewährtesten Lächeln. Ich nutzte es bei allen meinen Videointros. Es produzierte kein komisches Standbild, wenn der Ausschnitt auf dem Bildschirm minimiert wurde. Diese Aufnahme würde zu einem gesponserten Werbespot werden, der auf allen Social-Media-Kanälen laufen würde, per Mail an die sogenannten Leads – potenzielle Kunden – verschickt und in Werbepausen zwischen Fernsehserien mit Suchtcharakter platziert werden würde, die zu den Suchalgorithmen der Zuschauerschaft passten.

Truella sortierte meine verwuschelten Haare nach vorn über die Schulter. Der Produzent gab ein Signal und Truella nickte mir zu und bedeutete mir mit dem Finger: »Bereit, wenn du es bist«.

»Hallo zusammen! Ich bin Molly McKenzie von *Molly's Make-up Matters*. Heute darf ich in Sophia Richards' umwerfendem Haus in Malibu sein, um mit dem ganzen Fit-Glam-Team das fünfjährige Jubiläum zu feiern! So viele von euch lieben seit Jahren ihre unglaubliche Abo-Box und eins kann ich euch sagen: Das Beste vom Besten haben sie sich für diese Sommerkollektion aufgehoben.« Ich beugte mich vor, als wollte ich in die Kamera flüstern. »Und ein kleines Vögelchen hat mir gezwitschert, dass diese Julibox über zweihundert Dollar mehr wert ist als sonst!«

Truella zeigte mir Daumen hoch und machte mir deutlich, dass ich zum Ende kommen sollte, woraufhin ich noch den Promotionscode nannte.

»Und Schnitt! Wow!« Truella tauschte beeindruckte Blicke mit der Filmcrew. »Das war vielleicht unser bester erster Take, den wir je aufgenommen haben. Du bist echt ein Naturtalent!«

»Danke.« Ich ließ den Blick über das Gelände schweifen und fragte mich, wo Ethan blieb.

»Der nächste wird einfach. Du machst nur die Box auf und widmest dich ein paar Sekunden jedem Teil. Später machen wir ein paar Fotos von dir, wie du einige der Sachen, die wir in der E-Mail besprochen haben, benutzt, und dann fügen wir die für die Promo zusammen. In Ordnung?«

Ich nickte und sie gab mir das Startzeichen. Mein Finger war bereits unter dem Deckel eingehakt, unter dem sich ein Dutzend einzeln in weiß und rosa getupftes Geschenkpapier eingewickelter Dinge befand. Ich packte alle aus, be*ooh*te und be*aah*te den sommerlichen Nagellack, den Lipgloss, das kühlende After-Sun-Gel, ein Hibiskus-Bodyspray, beruhigende Augencreme und die Kulturtasche. Und ganz unten in der Schatzkiste aus Pappe lag ein schmales Stoffband. Ich rollte es lächelnd auseinander und fragte mich, wofür das Ding gut sein sollte.

Kurz warf ich einen Blick auf den Spickzettel und versuchte überzuleiten, bevor der Dreh unterbrochen werden musste. »Und dieses besondere Teil ist der *Tubee*: eine Alternative gegen Bräunungsstreifen, designt von Sophia Richards höchstpersönlich.«

Die Elastizität des Stoffs bestätigte meine Vermutung. Es war eine Art Stirnband, perfekt, um das Gesicht haarfrei zu halten, damit keine verirrten Strähnen die Sonne blockierten. Ich setzte es auf, sprach darüber, wie bequem und vielseitig kombinierbar es war, und dachte mir einzigartige Wörter für ein Stück Stoff aus, das laut des Zettels auf dem Tisch vor mir $ 49,99 kosten sollte.

Aber als ich Truella ansah, bebten ihre Schultern vor Lachen, während ihr die Tränen übers Gesicht liefen. Sie versuchte mir irgendetwas zuzuflüstern, aber schließlich waren es nicht ihre Worte, sondern ihr Fingerzeig, der bei mir den Groschen fallen ließ. Das hier war kein Stirnband, sondern ein ... Brustband?

Ich zog es mit einem unschuldigen Lachen aus meiner wilden Mähne, während sich mein Magen mit Lava füllte. »Diese Multifunktionsprodukte sind doch der Knaller, oder? Natürlich ist der Hauptzweck des *Tubees* ...« – ich las jetzt direkt von dem laminierten Infozettel ab – »… ›eine hauchzarte Barriere, um die sensibelsten Bereiche des weiblichen Körpers bräunen zu können‹.«

Eine Barriere, von der ich mit jedem Zentimeter *meines* gebräunten Körpers hoffte, dass ich sie nicht in der Videomontage tragen sollte, die Truella eben erwähnt hatte. Doch nicht mal mein optimistischstes Ich konnte sich einreden, dass Ethan mich vor diesem Schicksal bewahrt hatte. Nicht, wenn diese Zusammenarbeit eine *Chance auf Erfolg* war.

Und genau in diesem Moment, als ich den *Tubee* mit spitzen Fingern vor mich hielt, als wäre er gemeingefährlich, schlenderte mein Freund aufs Gelände.

»Cut! Zehn Minuten Pause!«, rief Truella und wischte sich das verschmierte Make-up unter den Augen weg. »Das war so was von brillant, Molly! Also, das muss man dir lassen: Du hast dem *Tubee* einen total witzigen Charakter gegeben. So sehr habe ich seit Monaten nicht mehr gelacht.«

Die Einzige, die nicht lachte, war ich. Weil das genau das war, wovor ich mich gefürchtet hatte. Das, was mein Manager-Freund unbedingt hätte verhindern sollen. Und seinem Gesichtsausdruck nach zu urteilen kam nichts davon überraschend für ihn.

»Dann zieh dich schon mal in der Garderobe um, und Danny checkt noch mal das Make-up.« Offensichtlich merkte Truella nichts von den Blitzen, die mir aus den Augen schossen. »Wir treffen uns drüben an den Liegestühlen bei der Bar. Travis baut schon mal alles für die Fotos auf.«

Während Truella und die Filmcrew die weitere Vorgehensweise besprachen, entschuldigte ich mich und packte Ethan am Ärmel seines blütenweißen Hemds. Ohne ein Wort zog ich ihn zum nächsten abgeschirmteren Ort, der in Sichtweite war: die Hüttensauna an der Bar. Kaum hatte ich die Tür hinter uns zugezogen, merkte ich, was für eine Fehlentscheidung ich da getroffen hatte: Hier drinnen herrschten fast vierzig Grad. Aber es half nichts; ich musste jetzt loswerden, was ich loswerden musste.

»Molly, komm schon.« Ethan löste sich aus meinem Griff und klopfte sich das Hemd ab. »Wo ist das Problem?«

Ich stemmte die Hände in die Hüften. Schweißperlen bildeten sich auf meiner Stirn. »Sag mir bitte, dass du nichts von diesem *Tubee* wusstest. Sag mir, dass du die Mail mit den Produkten nicht verändert hast, damit ich nicht merke, dass dieses Teil dabei ist.«

»Molly, Babe, beruhig dich doch mal ...«

Ich schüttelte heftig den Kopf. »Ich werde dieses Ding nicht anziehen.« Ich konnte es mir nicht einmal vorstellen. Wie sollte ich mich jemals wieder bei *The Bridge* blicken lassen? Das war nicht die Art Einfluss, die ich als Influencerin haben wollte: ich auf Fotos, die so knapp vor oben ohne waren, wie die Regeln auf Social-Media-Plattformen es noch erlaubten.

»Sie brauchen nur ein paar Fotos von dir damit, keine weiteren Aufnahmen. Dafür habe ich gesorgt.«

»Du ... dafür hast du gesorgt? Ethan, hast du das Teil überhaupt mal gesehen? Vielleicht hast du es ja *über*sehen, denn es ist quasi durchsichtig! Ganz zu schweigen davon, dass es null Unterstützung für meine ...« Ich sah auf meine üppige Oberweite hinab. »Ein hauchdünnes Stückchen Nylon ist *viel* zu freizügig!«

»Darling, hör auf.« Er legte mir die Hand auf die nackte Schulter. »Hör dir doch mal selbst zu. Was auch immer das für eine Angst ist – keine Ahnung, dass du als unanständig angesehen werden könntest oder so –, das ist doch lächerlich! Du bist keine prüde Jungfrau in irgendeiner religiösen Community. Du hast einen extrem schönen Körper und ein dazu passendes Gehalt. Bei jedem Deal, den wir machen, gibt es irgendeinen Kompromiss. Und das hier ist der Kompromiss für einen sechsstelligen Scheck.« Er wischte sich über die Stirn. »Und jetzt nichts wie raus hier! Du ruinierst noch dein Make-up und ich mein italienisches Hemd.« Er schob einen Finger in den Griff der hölzernen Tür, aber ich packte ihn am Arm und zog ihn zurück. Meine Fingernägel gruben sich etwas tiefer als nötig in seinen Arm. Das konnte unmöglich sein Ernst sein.

»Du hast mir das eingebrockt und du löffelst das jetzt auch aus. Ich ziehe das nicht an. Ich kann nicht.«

Er drehte sich um und sah deutlich verärgerter aus als eben noch. »Du *wirst* das anziehen. Der Vertrag ist unterschrieben.« Seine Augen wanderten kurz nach unten zu meinen Brüsten, bevor er mir die Finger unters Kinn legte. »Du musst dich für dein Aussehen auf keinen Fall schämen, aber wenn du dich mit ein bisschen Photoshop wohler fühlst, übernehmen die Retoucher das sicher gern. Das ist doch für Swimwear mittlerweile Standard.«

Ich wollte schreien und ihn in die umweltfreundlichen Kohlen stoßen, die hinter uns knisterten. »Swimwear gehört nicht zu meiner Marke! Das habe ich dir von Anfang an gesagt. Und selbst wenn, das *Teil* da ist noch nicht mal Swimwear! Es fällt eher in die Kategorie *Des Kaisers neue Kleider*!«

Ich machte mich auf eine Retourkutsche gefasst, weil Ethans rot angelaufenes Gesicht mir sagte, dass ich gerade eine unsichtbare Linie überschritten hatte. Diesen Ausdruck hatte ich zuvor nur gesehen, wenn er über andere Klienten gewettert hatte, aber mir hatte er noch nie gegolten.

»Deine *Marke* ist das Produkt, das am meisten Geld abwirft. Erinnerst du dich an die Molly, die ihre Videos in der Speisekammer gedreht hat?« Sein Unterton gefiel mir ganz und gar nicht. »Ich nämlich schon. Als ich dieses Mädchen unter Vertrag genommen habe, war sie dankbar für jeden Fünfzig-Dollar-Scheck, der sie aus dem Dispo holte.«

»Ja, ich erinnere mich, aber dieses Mädchen hat nur Videos über Produkte gemacht, an die sie auch glaubte – gesponsert oder nicht. Ich habe meine Followerschaft, weil ich hart für ihr Vertrauen gearbeitet habe.«

Er trat auf mich zu, die Stimme so leise, so kalt, dass ich sie über das Knistern der Heizung kaum hören konnte. »Du deine Followerschaft, weil ich mir ein Bein ausgerissen habe, um dir Deals und Kooperationen an Land zu ziehen, während du dein hübsches Gesicht in die Kamera gehalten hast. Cobalt hat deine Marke zu dem gemacht, was sie heute ist, nicht du.«

Obwohl er es noch nie so formuliert hatte, wurde mir auf einmal klar, dass seit einiger Zeit eine These im Raum stand, sobald ich nervös wurde oder mir unwohl dabei war, etwas zu repräsentieren, was sich nicht nach mir anfühlte. Ich hatte nicht mehr die Freiheit, Molly McKenzie zu sein. Ich musste Molly mit den Make-up Matters sein ... was, wie ich langsam begriff, nicht immer dieselbe Frau war.

Ethan funkelte mich an, der Schweiß lief ihm übers Gesicht. »Soll ich dir verraten, wieso wir heute hier sind? Wieso ich dich ausgerechnet mit Sophia Richards zusammengebracht habe? Weil sie zufälligerweise mit dem Mann verheiratet ist, der für das Casting für *Project New You* verantwortlich ist – Al Richards. Ich wollte dich eigentlich überraschen, aber dass du dich hier wie eine Diva aufführst, *das* war die Überraschung des Tages.« Verachtung lag in seinem Blick. »Reiß dich zusammen, Molly, und hör auf, dich wie ein Kind zu benehmen. Wir sehen uns draußen am Pool.«

Ein Schwung kalter Luft erreichte mich, als er die Tür aufschob und wieder nach draußen trat. Dieses Gefühl, das mein Inneres verkrampfen ließ und mich schon lange vor etwas gewarnt hatte, was ich jetzt erst verstand, legte sich um mich wie eine schwere Decke.

Wenn ich doch nur nachdenken *und* frische Luft atmen könnte! Ich war noch nicht bereit, wieder nach draußen zu gehen. Ich war nicht bereit, mich diesem entsetzlichen Witz von Kleidungsstück zu stellen, von dessen durchscheinendem Stoff meine Zukunft abhing.

Ich stützte mich an der Wand ab und konzentrierte mich aufs Atmen? Hatte Ethan recht? Machte ich aus einer Mücke einen Elefanten? Ich war siebenundzwanzig Jahre alt und in der Tat keine Jungfrau. Aber hieß das, dass ich freiwillig meinen Körper der Welt zeigen musste? Ohne meine persönlichen Werte in Betracht zu ziehen? Mein Leben war schon öfter vom geraden Weg abgewichen, das war mir bewusst, aber deswegen musste ich doch nicht gleich auf eine Autobahn biegen, die in die komplett andere Richtung führte.

Vor mir sah ich wieder die Gesichter von sechs beeinflussbaren jungen Frauen. Sechs jungen Frauen, die starke Vorbilder brauchten. Sechs jungen Frauen, die Silas und sein Team von allem fernzuhalten versuchten, was fake war, um sie stattdessen zu etwas Echtem zu leiten. Etwas Ehrenhaftem und Lebenspendendem. Etwas Wahrem und Sinnvollem.

Dieses Shooting gehörte nicht dazu.

Ich war viele Kompromisse eingegangen, um zu diesem Punkt in meiner Karriere zu kommen ... aber dieser sollte nicht dazu gehören. Nicht nachdem ich mit mehreren meiner Followerinnen zusammengesessen, gesprochen, ja sogar gebetet hatte. Sie sahen zu mir auf; für sie war ich eine Person, die ihnen helfen konnte. Jemand, der sie eines Tages ... vielleicht sogar führen konnte.

Es war eine Sache, mich selbst zu verraten, aber nicht zu dem Preis, den diese jungen Frauen würden bezahlen müssen. Ich konnte *The Bridge* keinen Schaden zufügen. Noch nicht einmal, wenn ich deswegen einen großen Scheck und eine potenzielle Netflix-Connection verlor. Oder meinen Freund, der mich gerade wie eine Problemklientin behandelt hatte.

Truella schnappte nach Luft, als sie mich aus der Sauna kommen sah. »Molly ... was ...?« Entsetzt betrachtete sie mein verschwitztes Gesicht, den Hals, die Arme und schließlich meine Beine. »Was ist denn mit dir passiert?«

Ohne an mir hinuntersehen zu müssen, wusste ich, dass ihre entsetzte Miene nicht in erster Linie meinem zerlaufenen Make-up und meinem zornigen Blick galt. Nein, worauf sie, die Crew und Ethan starrten, waren die stecknadelkopfgroßen orangebraun gesprenkelten Punkte, die sich an jeder Pore gebildet hatten. Denn wie eine absolute Selbstbräunungsanfängerin hatte ich gerade mein eigenes viertes Gebot verletzt: »Du sollst innerhalb der ersten achtundvierzig Stunden nach dem Auftragen keine Sauna besuchen.«

Doch gerade dieses perfekt getimte Vergehen war es, was mir jetzt den so dringend nötigen Ausweg eröffnete.

Ich sah Truella entschuldigend an. »Es gab da leider ein großes Missverständnis, das mein Agent gern erklärt. Ich werde das Shooting nicht beenden können. Bitte sagen Sie Sophia, wie aufrichtig es mir leidtut.«

Ohne mich noch einmal umzudrehen, schnappte ich mir meine Handtasche, schwang sie über die Schulter und floh vom Pool. Mit zitternden Händen wühlte ich in den Tiefen meiner Tasche nach meinem Handy. Als ich es gefunden hatte, scrollte ich zu *Uber*, um mir einen Fluchtwagen zu organisieren. Ich gab den Flughafen als Ziel an und die App bescherte mir schnell die Rettung – eine Maria in einem dunkelgelben Viertürer, die nur sechs Minuten entfernt war.

»Was soll das hier bitte werden?« Es war eher ein Zischen als eine Frage, aber ich weigerte mich, Ethan anzusehen.

»Ich gehe«, sagte ich mit einer Ruhe, die ich nicht fühlte.

Seine Hand packte mich am Oberarm und riss mich in meinen Flipflops auf dem glatten Beton herum. »Du wirst nicht gehen! Deine Bräune kann man wieder hinkriegen ...«

»Meine Bräune? Die ist mir so was von egal! Mir geht es um meinen Ruf, meinen Wert als Frau, als eine ...«

Er lachte, als wäre ich völlig übergeschnappt. »*Deinen Wert als Frau?* Hörst du dir eigentlich selber zu? Molly, du bewirbst Beautyprodukte! Niemand will von dir, dass du an der Stange tanzt oder deinen Körper verkaufst!«

»Lass mich los!«, verlangte ich.

Er ließ nicht los. »Du blamierst dich nur – und mich.«

»Ach ja?« Nun sah ich ihm doch direkt in die Augen. »Weil ich mich *wie eine Diva* aufführe? Ist das zu viel für dich?«

Einen langen Augenblick besaß er die Dreistigkeit, verwirrt auszusehen, als hätte er die Dutzenden Male vergessen, wo er diese Phrase im Gespräch über seine schwierige Ex-Klientin gebraucht hatte. »Du warst doch mit ihr zusammen, nicht wahr? Du und Felicity, ihr hattet was miteinander und dann hast du sie als Klientin abgesägt, als ich kam.«

»Ist das dein Ernst?« Er raufte sich die Haare und senkte seine Stimme noch weiter. »Du willst einen sechsstelligen Scheck wegwerfen wegen einer Ex-Freundin, die mir überhaupt nichts bedeutet? Nie etwas bedeutet hat?«

Mir wurde schlecht. Wie viele Lügen hatte er mir dieses Jahr bereits aufgetischt? Wie viele andere »Kompromisse« hatte er noch für mich in der Warteschlange? Wie oft war ich eine unwissende Komplizin gewesen für ... *nein.*

»Hast du etwa ...?« Die Worte blieben mir in der Kehle stecken. »Hast du Felicitys Idee für die Videoreihe geklaut und mir weitergegeben, als ich dann bei euch unter Vertrag war?« Hatte ich bei einer Hexenjagd mitgemacht?

»Diese Produkte waren von einer Firma gesponsert, die ich für sie aufgetrieben hatte. Eine Firma, die sie als Kooperationspartner verloren hat, als unsere Zusammenarbeit endete. Sie hatte kein Recht, diese Vlog-Serie zu posten.«

Ich schloss die Augen. Die Höhe des Täuschungsbergs, von dem ich gerade gestoßen worden war, ließ mir schwindlig werden.

»Es stand ihr nicht zu, Molly«, fuhr er fort und kam näher,

bis sein Atem mir am Hals brannte. »Ich habe ihr einen mehr als fairen Plan B angeboten und sie hat abgelehnt. Aber du bist zu clever, um in ihre Fußstapfen zu treten. Du und ich, Baby – wir sind aus demselben Holz geschnitzt. Der Grund, wieso wir so gut zusammenarbeiten, ist, dass wir wissen, wie man alles andere ausblendet und sich auf das konzentriert, was im Hier und Jetzt zählt. Und in diesem Augenblick ist das, dass du zurück in Sophia Richards' Villa spazierst, dein Millionen-Dollar-Lächeln aufsetzt und dieses Shooting zu Ende bringst. Ich sorge dafür, dass sich die Wogen glätten und dann können wir irgendwo hingehen, nur wir zwei, und ...«

Maria hielt vor dem Tor und winkte mir aus ihrem Wagen zu, den ich zehn Mal kaufen könnte mit dem Scheck, dem ich hier gerade den Rücken kehrte.

Ich löste Ethans Griff um meinen Arm und spürte, wie mir die Tränen kamen. »Du liegst falsch. Wir sind nicht aus demselben Holz geschnitzt.« Nicht mehr.

»Molly.« Die Warnung in seiner Stimme war nicht zu überhören. »Wenn du dieses Grundstück verlässt, wird Sophia Richards dich wegen Vertragsbruch verklagen und dabei wirst du sehr wahrscheinlich jeden Cent verlieren, den du je verdient hast.«

Und doch wusste ich, als ich Marias Auto ansah und meine zitternden Finger sich um den Türgriff schoben, welchen Rat ich meinen Mädels bei *The Bridge* in dieser verzwickten Situation geben würde.

»Dann ist es ja gut, dass ich bei einer Agentur unter Vertrag stehe, die nicht nur bei meinen Schecks mitverdient, sondern auch für mich haftet.«

# Kapitel 17

## Molly

Seit fast zweiunddreißig Stunden hatte ich keinen Kontakt mehr mit Ethan gehabt.

Ich hatte nicht auf seine Anrufe reagiert, auf seine Nachrichten, seine E-Mails und auch kein einziges Foto des riesigen Orchideenbouquets gepostet, das er heute Morgen zu mir hatte liefern lassen. Denn auch ein Blumenstrauß im Wert von dreihundert Dollar war nicht Grund genug, ihn anzurufen.

Das hier konnte man nicht reparieren. Nicht unsere Privatbeziehung und vermutlich auch die berufliche nicht, obwohl es schwieriger war, sie zu beenden, weil ich vertraglich noch an ihn gebunden war. Oder zumindest ich als die Frau bei *Molly's Make-up Matters.*

Welches Problem sich für Truella oder ihre Chefin aus meinem schnellen Verschwinden vom Set auch ergab, konnten sie mit der Cobalt Group klären. Oder genauer gesagt: mit Ethan. Schließlich war er derjenige, der mir gegenüber sowohl das tolle Shooting als auch meinen Wert als Influencerin falsch dargestellt hatte. Cobalt verdiente gut an mir. Daher die Blumen und Anrufe.

Ich vergrub das Gesicht in den Händen. Meine Augen waren ganz glasig von dem Versuch, zwei Verträge zu verstehen, die genauso gut auch in Hieroglyphen hätten verfasst sein können: den mit *The Fit Glam Kit* und meinen Agenturvertrag mit der Cobalt Group. Wenn ich tatsächlich ein Schlupfloch fand, um da rauszukommen – was würde das für mich bedeuten? Und ... *oh nein.* Was würde es für Mr Greggorios *Dream-Big*-Stipendium bedeuten? Mein Magen zog sich zusammen. Ich steckte mitten in einem schlechten TV-Drama mit dem Titel *Fang niemals etwas mit deinem Manager an.*

Bei diesen Verträgen konnte nur ein Anwalt durchsteigen. Ein … Anwalt. Ich atmete zittrig aus und scrollte durch meine Kontakte zum Herzog von Fir Crest Manor.

**Molly**
Heißt eine bestandene Anwaltsprüfung, dass Sie mir eventuell eine Rechtsberatung geben könnten?

Ich schickte die Nachricht ab und bereute es sofort. Was tat ich hier? Ich konnte Silas nicht da mit hineinziehen. Erstens hatte er mehr als genug bei *The Bridge* zu tun. Zweitens konnte ich ihm wohl kaum vom ganzen Girls-Gone-*Tubee*-Vorfall in Malibu erzählen. Und drittens war er Silas. *S-i-l-a-s Whittaker!*

Gerade überlegte ich, ihm ein *Kleiner Scherz!* mit einem lachenden Emoji hinterherzuschicken, da kam schon seine Antwort.

**Der Herzog von Fir Crest Manor**
Brauchen Sie Hilfe?

Seine Antwort ließ mich schlucken. Ich hatte ihm noch nicht einmal das Problem geschildert und sein erster Gedanke war, ob ich Hilfe brauchte? Der Unterschied zu Ethan hätte nicht größer sein können.

**Molly**
Und wenn ich Ihnen sage, dass ich gerade einen Supermarkt überfallen habe?

**Der Herzog von Fir Crest Manor**
Dann würde ich wissen wollen, ob Ihre Haarnadeln die Tatwaffe waren.

Ich musste lächeln, wurde angesichts der Realität jedoch schnell wieder ernst.

**Molly**
Könnte sein, dass ich einen Vertragsbruch begangen habe, und ich weiß nicht, was das alles nach sich zieht. Ich weiß, Sie haben viel zu tun und Sie müssen mir nicht helfen. Aber wenn Sie einen Augenblick haben, komme ich gern für Ihre Zeit auf.

Dieses Mal dauerte es länger, bis seine Antwort erschien.

**Der Herzog von Fir Crest Manor**
Kann ich Sie in zehn Minuten anrufen? Haben Sie den Vertrag vorliegen?

**Molly**
Ja und ja.

**Der Herzog von Fir Crest Manor**
Würden Sie ihn mir auch zuschicken?

Mir wurde heiß. Ich fühlte mich nicht wohl damit, etwas zu verschicken, was ich nicht verstand. Vor allem nicht, wenn es um meine Marke und meinen Körper ging.

**Der Herzog von Fir Crest Manor**
Wollen Sie sich lieber persönlich treffen?

*Ach du meine Güte.* Ich stand auf, lief einige Schritte vom Schreibtisch weg und kehrte dann wieder zurück. Wieso erschien mir ein persönliches Treffen mit Silas so ernst? *Weil das hier ernst ist. Es könnte sogar sehr, sehr ernst werden.*

Um ehrlich zu sein, wusste ich nicht, wie groß die Schwierigkeiten waren, in denen ich steckte, und in welchen Fällen die Agentur für mich haften musste. Meine letzten Worte an Ethan waren ein hoffnungsvoller Bluff gewesen.

**Molly**
Wir könnten uns treffen, aber ich wohne weiter von Fir Crest Manor weg.

**Der Herzog von Fir Crest Manor**
Ich bin gerade auf dem Weg zurück von meinen Eltern aus Harper.

Harper war nur zehn Minuten von mir entfernt.

**Molly**
Kennen Sie das alte Western Burger House an der Ecke 7th und Applewood? Ich könnte in einer Viertelstunde hinkommen.

**Der Herzog von Fir Crest Manor**
Ich werde dort sein.

**Molly**
Danke.

ʗ෴

Als ich das alte Restaurant im Ranch-Stil betrat, erkannte ich Silas schon von hinten an seinem nachtschwarzen Haar.

Obwohl er das lässigste Outfit trug, in dem ich ihn bisher gesehen hatte – armeegrüne Cargoshorts und ein schwarzes Baumwoll-Shirt –, hätte es genauso gut auch ein Armani-Anzug sein können. Seine Haltung entsprach der eines Mitglieds der königlichen Familie: Er strahlte unmissverständliche Autorität und Selbstsicherheit aus.

Ich winkte ihm kurz zu, als er sich zum hinteren Teil des Restaurants umdrehte, und in dem Augenblick, als er mich sah, explodierte etwas in meinem Magen. Verlegenheit ließ meine Körpertemperatur nach oben schnellen. Obwohl ich meine navyblaue Adidas-Sportjacke bis zum Kinn zugezogen und die Ärmel über die gesprenkelten Hände gezogen hatte, machte ich mir über mein grauenhaftes Erscheinungsbild keine Illusionen. Ich sah aus, als hätte ich einen schlimmen Fall von fleckiger Gelbsucht. Die zwei Striche Mascara, die ich auf meine Wimpern aufgetragen hatte, und die leichte Schicht Lipgloss auf meinen Lippen waren nicht annähernd genug, um von meinem radioaktiven Schimmern abzulenken. Aber wenn man nur ein Zeitfenster von wenigen Minuten hatte, um entweder eine Rechtsberatung wegen eines möglichen Vertragsbruchs zu bekommen oder ein komplettes Make-up aufzutragen ... hatte mein Kompaktpuder keine Chance zu gewinnen.

Silas zog einen Holzstuhl vom Tisch zurück und musterte mich. Ich rechnete damit, dass er etwas sagen würde wie: *Haben Sie sich mit einer tropischen Hautkrankheit angesteckt?*

Mit seinem leisen, nachdenklichen »Alles in Ordnung?« hatte ich nicht gerechnet.

Wieder gab es einen Aufruhr in meiner Bauchgegend. »Ich hab ein kleines Selbstbräunungsmissgeschick hinter mir.«

Er sagte nichts und sah mich nur weiter fragend an.

»Das Mittel reagiert gerade in den ersten vierundzwanzig Stunden stark auf Hitze und Schwitzen«, fuhr ich nervös fort. »Es war ein Anfängerfehler. Jedenfalls sehe ich deshalb so orange gesprenkelt aus, falls Sie das irritiert hat.«

Er nickte langsam. »Und deswegen brauchen Sie eine Rechtsberatung? Wegen ... Ihrer Hautfärbung?«

Ich lachte nervös. »Nein, nein. Ich wollte nur das Offensichtliche ansprechen. Es weniger peinlich machen.«

»Und hat es funktioniert?«

*Nicht im Geringsten.* »Ja.«

Seine Mundwinkel hoben sich. »Gut, dann haben wir das ja geklärt.«

»Also ...«, setzte ich an und suchte irgendeinen passenden Aufhänger für eine natürliche Überleitung. »Sie sind gerade von Ihren Eltern gekommen? Fahren Sie oft zu Ihnen? Waren auch Jake und Clara da? Es gibt sicher viel für die Hochzeit zu besprechen, wenn man bedenkt ...«

»Molly, was kann ich für Sie tun?«

Ich presste die Lippen zusammen. Meine Hände wurden feucht. Das hier war ein Fehler. Ich kannte Silas doch kaum. Ein längeres Telefonat machte ihn noch lange nicht zu meinem Lebenscoach. Er dachte wahrscheinlich, ich wäre eine mental instabile, total chaotische Frau. Und ich konnte ihm deswegen im Augenblick keinen Vorwurf machen. Alles hier war falsch. Was, wenn ich gerade meine gesamte Karriere an die Wand gefahren hatte? Oder noch schlimmer: wenn Sophia Richards mich wirklich verklagte? Ich stand finanziell nicht schlecht da und hatte auch mehrfach Geld angelegt, aber es war nichts gegen das, was Sophia Richards und ihr Mann verdienten.

»Das hier ist eine riesige Zeitverschwendung, glaube ich. Es tut mir leid, ich weiß nicht, was mich geritten hat, Sie hierherzubitten und da mit reinzuziehen.« Ich senkte beschämt den Kopf. Da spürte ich seine Hand auf meiner.

Ich starrte sie an. Mein Blick fiel auf die lange Narbe, die über seinen Unterarm verlief.

»Ich helfe Ihnen gern, wenn ich kann. Darf ich den Vertrag sehen? Haben Sie ihn auf dem Handy oder ausgedruckt?«

Ich beäugte ihn argwöhnisch. »Sind Sie sich sicher?«

»Ich mache nie ein Angebot, wenn ich nicht bereit bin, Taten folgen zu lassen.«

Meine Kehle schnürte sich zu. »Danke. Ich komme natürlich für Ihre Zeit auf.«

»Darum kümmern wir uns später, ja?«

Ich nahm den Vertrag, den ich zu Hause noch ausgedruckt hatte, aus meiner Handtasche und schob ihn über den Tisch. »Ich schätze, Sie müssen wissen, was für einen möglichen Vertragsbruch ich begangen habe, richtig?«

»Das wäre hilfreich, ja«, sagte er mit einem beruhigenden Lächeln und ich konnte nicht umhin, mich zu fragen, ob er genau diese Miene aufsetzte, wenn ihm eine neue Bewohnerin bei *The Bridge* gegenübersaß. Ob derjenigen derselbe freundliche Blick zuteilwurde, wenn Silas ihr sagte, dass sie in Sicherheit war, versorgt und willkommen in einem Haus, das sie so lange ihr Zuhause nennen durftete, wie sie es brauchte.

Anders, als ich es mir vorgenommen hatte – die ganzen peinlichen Details über meine Dummheit auszusparen und nur ganz vage anzudeuten, dass es um ein gewisses, unmöglich zu erwähnendes Bräunungskleidungsstück ging –, legte ich alle Karten auf den Tisch. Die ganze hässliche Geschichte. Mit einer winzigen Ausnahme: Ich erzählte Silas nichts von *Project New You*. Oder von Sophias Produzenten-Mann. Es gab einfach keinen Weg, das zu erwähnen, ohne dass Silas sich zusammenreimte, wieso ich überhaupt ehrenamtlich bei *The Bridge* arbeiten wollte, und ich konnte die Fortschritte, die ich in den vergangenen Wochen bei ihm gemacht hatte, nicht riskieren.

»Also, dieser *Tubee* ...« Silas gingen die Worte aus. Als hätte er den Satz angefangen und dann gemerkt, dass er nirgendwo hinführen konnte. Verständlich. Wieso eine erwachsene Frau im Sarong voller orangefarbenem Schweiß von einem Fotoshooting floh und sich auf der Auffahrt zu einer Villa in Malibu lautstark mit ihrem Manager stritt, war auch nicht so leicht zu begreifen.

»Sie machen sich also Sorgen, welche Folgen es haben könnte, dass Sie das vorgelegte Bräunungskleidungsstück nicht tragen wollten und vor Ende des Fotoshootings vom Set verschwunden sind.«

»Mein Ex meinte, ich würde wegen Vertragsbruch verklagt werden, wenn ich einfach abhaue«, sagte ich.

Kurz sah Silas mich verwirrt an. »Ich dachte, Ihr Manager hätte das gesagt?«

Dieses kleine Detail hatte ich ihm wohl auch verschwiegen. »Sie sind eigentlich zwei Personen in einer.«

»Wer?«

»Mein Manager ist mein Freund. Also, jetzt ist er mein Ex-Freund.«

Silas sagte nichts, aber mir entging das Zucken seiner Augenbrauen nicht, bevor er begann, die ersten beiden Vertragsseiten zu überfliegen.

»Und ja, ich weiß, wie sich das anhört«, fügte ich hinzu.

»Wie sich was anhört?«

»Dass ich mit meinem Manager zusammen war.«

»Sie müssen sich hier für nichts rechtfertigen.«

Aber genau das wollte ich. Ich wollte ihm erklären, dass Ethan mich zwar mehrere Monate lang als seine Freundin bezeichnet hatte, aber die vergangenen Stunden als Single mir mehr Klarheit gebracht hatten als die Zeit unserer gesamten Beziehung. Denn genau das war es ja: Wir hatten eigentlich gar keine Beziehung gehabt, jedenfalls nicht im romantischen Sinne. Es hatte immer etwas Dringenderes, Wichtigeres, Spannenderes gegeben als unsere Zweisamkeit. Und ich hatte mir eingeredet, dass das in Ordnung war. Dass es in Ordnung war, einfach immer nur die reizende Begleitung zu sein. Dass es in Ordnung war, den oberflächlichsten Small Talk mit dieser Kollegin und jenem Sponsoren zu halten, die mit mir sprachen, als wäre mein Kopf mit Helium gefüllt. Dass es in Ordnung war, ein fortschrittliches *Powerpaar* zu sein, ganz ohne tiefe Verbundenheit und viele gemeinsame Unternehmungen. Aber wie sich herausstellte, war ich überhaupt nicht so fortschrittlich, wie ich dachte.

Ich griff nach dem Salz- und dem Pfefferstreuer und ließ sie sich umeinanderdrehen wie Tanzpartner. Danach verbeugte sich erst der eine, dann der andere. Es war ein Spiel, das ich früher mit Miles gespielt hatte, als wir als Kinder nach den nie enden wollenden Versammlungen in der Kirche auf das Essen gewartet hatten. Wer sich den kreativsten Tanz für Braut und Bräutigam ausdachte, ohne einen einzigen Krümel auf dem Tisch zu hinterlassen, durfte ...

»Haben Sie Hunger?«, fragte Silas und holte mich aus meinen Erinnerungen zurück.

»Nein.« Ich beendete den Tanz der Braut. »Oh, Entschuldigung, Sie vielleicht? Ich hatte die Bedienung gebeten, noch einmal wiederzukommen, weil ich nicht wusste, was Sie wollen, aber wahrscheinlich hat er es vergessen. Ich gehe gern und suche ihn, wenn ...«

»Schon gut.« Ein verschlagenes Lächeln schlich sich auf Silas' Gesicht. »Ich habe mir nur Sorgen gemacht, dass Ihre Salz- und Pfeffertänzer hier randalieren, wenn nicht bald ein Teller kommt, den sie würzen können.«

Ich lächelte zurück. »Wissen Sie, manchmal können Sie sogar witzig sein.«

»Verraten Sie es niemandem.« Er blätterte auf die dritte Seite des Vertrags mit *The Fit Glam Kit* und fuhr mit dem Finger nach unten. »Aha. Hier: ›Die Markenbotschafterin hat das Recht, die Erstellung von Inhalten zu verweigern, die das Ansehen oder den Firmenwert von *Molly's Make-up Matters* oder das der vorhandenen Sponsoren beeinträchtigen würden.‹« Er sah mich an. »Da haben Sie Ihren Ausweg.«

»Das war's?« Ich betrachtete das Dokument.

»Das war's. Laut dieser Schutzklausel haben Sie das Recht, jede Aufnahme zu verweigern, die Ihrer Meinung nach Ihren Ruf schädigen würde. Es liegt kein Vertragsbruch vor.«

Erleichterung durchströmte mich. »Danke, Mr Whittaker. Danke.«

Er nickte. »Silas. Wir können auch ruhig Du sagen. Und Gern geschehen.«

»Okay, gern. Molly.« Dass es dazu mal kommen würde, hätte ich bei unserer ersten Begegnung niemals geglaubt.

»Gut ... Ich kann auch ein offizielles Statement verfassen, wenn du möchtest. Um es deinem ... Manager zu schicken oder dem Sponsor direkt. Ich bin natürlich kein praktizierender Rechtsanwalt, aber ich kann ziemlich überzeugend formulieren.«

»Das würdest du für mich tun?« Die Anrede fühlte sich noch ungewohnt, aber irgendwie auch richtig an.

»Es wäre angebracht nach so einem unglücklichen Vorfall.«

Ich seufzte beschämt. »Ich hätte vorher alles gründlich lesen sollen.«

»Nein, dein Freund hätte dich erst gar nicht in so eine schwierige Lage bringen dürfen. Es tut mir leid, dass dir das passiert ist.«

Unsere Blicke trafen sich.

»Du hast recht«, sagte ich mit neuer Entschlossenheit. »Er hätte das nicht zulassen dürfen. Und er wird in der Sache keine zweite Chance bekommen.« Das stand fest. »Würdest du noch einen Blick in einen anderen Vertrag werfen? Ich glaube, diesen verstehe ich etwas besser, weil ich mit einem Anwalt bei der Unterzeichnung war, aber ich möchte lieber sichergehen.«

»Natürlich.«

Ich legte ihm den Vertrag mit der Cobalt Group auf den Tisch und fragte ihn, welche Konsequenzen ein vorzeitiger Ausstieg haben könnte. Aber anders als beim ersten Vertrag ließ Silas seinen Finger nirgendwo auf dem Text stoppen. Auch der *Aha*-Blick, als hätte er gerade einen Speerfisch an Land gezogen, obwohl er mit einem Seewolf gerechnet hatte, blieb aus. Stattdessen bestätigte er, was ich bereits wusste: Mein Vertrag mit Cobalt war hieb- und stichfest, bis er sich am Ende des Kalenderjahres verlängerte. Wenn ich ihn brach, wenn ich zu früh davon zurücktrat, würde ich nicht nur alle Gewinne durch Werbedeals und Kampagnen verlieren, die sie mir während unserer Geschäftsbeziehung eingebracht hatten, sondern auch das *Dream-Big*-Stipendium über einhunderttausend Dollar, das ich für *The Bridge* ergattert hatte.

Egal, wie wenig ich Ethan je wiedersehen wollte, ich konnte ihn sechs weitere Monate als Manager ertragen. Ich musste einfach.

»Es tut mir leid«, sagte Silas. »Ich hätte dir gern etwas anderes gesagt.«

Ich seufzte mit einem Kopfschütteln. »Ist schon gut.« Dann musste es eben sein.

Ich griff nach meinem Handy, um ihn per Paypal zu bezahlen. »Was bin ich dir schuldig?«

»Das ist nicht nötig.«

»Doch, ist es, denn sollte ich noch mehr brauchen, ein offizielles Dokument zum Beispiel, möchte ich dich fragen können, ohne das Gefühl zu haben, deine Freundlichkeit auszunutzen.«

»Das respektiere ich«, sagte er und musterte mich dabei. »Aber ich möchte dein Geld nicht.«

Sein veränderter Tonfall machte irgendetwas mit meinem Magen.

»Allerdings könnte ich auch deine Hilfe gebrauchen«, fuhr er fort. »Wenn du dazu bereit bist.«

»Natürlich gern, was denn?« Ich legte das Handy auf den Tisch und widmete ihm meine ungeteilte Aufmerksamkeit. Silas war nicht die Art Mann, die einen um Gefallen bat. Was auch immer jetzt kam, es war ihm sicher nicht leichtgefallen, das Thema anzuschneiden.

»Diese Spendenaktion, von der du gesprochen hattest … Ist das eine Sache, die du wirklich angehen würdest? Ich weiß, dass das noch mehr ehrenamtliche Stunden und weniger Zeit für deine Arbeit bedeutet, aber ich bin heute Nachmittag von der Vorsitzenden des Verwaltungsrats angerufen worden. Deswegen war ich auch bei meinen Eltern. Ich habe mich mit meinem Vater beraten.«

»Was hat diese Vorsitzende denn gesagt?«

»Ihr Name ist Cecilia Harleson. Sie hat mir von der Spendenaktion *Murphey Grant* erzählt. Im Grunde ist das eine Unterstützung für gemeinnützige Organisationen wie unsere, die sich erweitern wollen. Jeder gespendete Dollar wird verdoppelt. Es ist ziemlich viel Papierkram und wir müssten mit diversen Unterlagen belegen, dass unser Programm die Voraussetzungen erfüllt. Außerdem ist ein vom Verwaltungsrat genehmigter Bebauungsplan erforderlich.«

»Wie hoch ist denn die maximale Summe für den *Murphey Grant*?«

»Fünfhunderttausend.« Er hob beschwichtigend die Hände, bevor ich meine Begeisterung zum Ausdruck bringen konnte. »Aber diesen Zuschuss darf man nur einmal alle fünf Jahre beantragen.«

Ich runzelte die Stirn. »Das bedeutet, wenn die Bewerbung durchgeht, aber man das finanzielle Ziel verfehlt, dann kann man ihn nächstes Jahr nicht noch einmal beantragen?«

»Genau.«

»Aber wo ist das Problem? Wenn bei der Aktion jeder gespendete Dollar verdoppelt wird, ist das doch in jedem Fall ein Gewinn.«

»Das Problem ist, dass der Verwaltungsrat meinen eingereichten Expansionsplan nur bewilligt, wenn wir die gesamte Summe vor dem ersten Spatenstich zusammenhaben.«

»Ah, der Zuschuss wird erst freigegeben, wenn ein bewilligter Bebauungsplan vorliegt, und der Verwaltungsrat bewilligt den Bebauungsplan erst, wenn das Geld da ist.« Ich wappnete mich. »Wie viel brauchen wir denn? Was ist die komplette Summe?«

»Eine Million Dollar«, sagte er, als wäre die Unmöglichkeit der Summe größer als die Möglichkeit.

»Silas«, platzte ich begeistert heraus, »das ist doch super! Wir müssen nur vierhunderttausend Dollar zusammenbekommen, für ein Projekt, das eine Million wert ist!«

»Dummerweise bräuchten wir alles vor dem ersten September. Die Gelder müssen am Morgen des einunddreißigsten Augusts nachgewiesen werden. Das ist der Stichtag für den *Murphey Grant*. Uns bleiben damit weniger als drei Monate. Und wir müssen insgesamt Fünfhunderttausend aufbringen, nicht Vierhunderttausend.«

»Nein. Zahlen sind vielleicht nicht meine Stärke, aber glaub mir, diese Matheaufgabe habe ich richtig gelöst. Wir brauchen nur vierhunderttausend Dollar, weil …« – ich strahlte ihn an – »weil ich gerade über meine Agentur ein Stipendium über einhunderttausend Dollar für *The Bridge* gesichert habe. Das ist ein Projekt, mit dem Mr Greggorio von Cobalt der Gesellschaft jedes Jahr etwas zurückgibt. Er hat bereits meinen Vorschlag gewählt und bestätigt. Und keine Sorge, das Stipendium hat nichts mit Ethan zu tun.«

»Molly, ich …«

Ich hatte Silas Whittaker noch nie sprachlos gesehen und ich musste zugeben, es hatte was.

»Ich weiß nicht, was ich sagen soll, außer … Danke.«

Nach außen hin winkte ich ab, aber innen drin wurde mir ganz warm. »Wir haben mehrere Wochen, um vierhundert Riesen aufzubringen. Das ist doch total machbar.«

Als er dieses Mal den Kopf schüttelte und lachte, lachte ich mit.

»Schluss mit Diskutieren, Schluss mit Beratungen«, sagte ich dann. »Mach die Bewerbung für den *Murphey Grant* fertig. Wir schaffen das.«

Denn was auch immer ich zu Silas' seitensprengendem Ziel beitragen konnte, ich wollte es tun. Nicht für mich. Es ging um Silas. Und Glo. Und Clara. Und all die jungen Leute, die schon zu viele Jahre ihres Lebens mit dem Versuch verbracht hatten, ihre Umstände hinter sich zu lassen.

An: Ethan@cobaltgroup.com
Von: Molly@mollysmakeupmatters.com

Ethan,

trotz des unschönen Vorfalls am Samstag in Malibu bin ich bereit, meinen vertraglichen Verpflichtungen mit der Cobalt Group nachzukommen, bis sie am Ende des Kalenderjahres auslaufen, es sei denn, es gibt berechtigte Gründe, den Vertrag vorher zu beenden – siehe Klausel 5.6 auf Seite 4 des Agenturvertrags.

Bis dahin bitte ich Dich, meine persönlichen und beruflichen Grenzen zu respektieren, was unsere weitere Kommunikation betrifft. Ich bin über meine Assistentin Val erreichbar von Mo–Fr zwischen 9 und 16 Uhr. Zu Deiner Kenntnisnahme: Ich habe mir rechtlichen Beistand gesucht, was den im Raum stehenden Vertragsbruch wegen des abgebrochenen Fotoshootings mit *The Fit Glam Kit* betrifft. Laut Absatz 3.2 des Vertrags habe ich das Recht, jede Inhaltserstellung zu verweigern, die den Ruf meiner Marke oder Person schädigen könnte. Dort steht auch, dass alle Vertragsstrafen oder Schadensersatzansprüche an meine Agentur weitergeleitet werden.

Mit freundlichen Grüßen
Molly McKenzie

An: Sophia@rsenterprises.com
Von: Molly@mollysmakeupmatters.com

Sehr geehrte Mrs Richards,

zuerst möchte ich mich bei Ihnen bedanken, dass Sie einige meiner Videos geteilt und mich in Ihr wunderschönes Domizil in Malibu eingeladen haben. Sie haben mittlerweile sicher über Ihr Team oder meine Agentur von dem gescheiterten Fotoshooting vergangenen Samstag gehört. Und obwohl diese persönliche Kontaktaufnahme wahrscheinlich keine so gute Idee ist, habe ich gehofft, an Sie appellieren zu können – von Frau zu Frau.

Wissen Sie, ich liebe alles, was glitzert, sommerlich und fantasiereich ist. Fast alle Produkte Ihrer Kampagnenbox würde ich ohne jegliche Bedenken promoten. Nur den *Tubee* kann ich nicht guten Gewissens zeigen oder meinem Publikum empfehlen.

Das Ziel dieser E-Mail ist nicht, Sie noch weiter zu verärgern, als ich es ohnehin schon getan habe, aber ich möchte gern die Gelegenheit nutzen, Ihnen zu erklären, wieso ich das Fotoshooting verfrüht verlassen habe. Vor Kurzem habe ich begonnen, als Mentorin für eine Gruppe junger Frauen zu arbeiten, die in einem Übergangswohnheim für ehemalige Pflegekinder wohnen. Sie haben in Sachen Unterstützung und Vorbilder ein klares Defizit. Sie als beeinflussbar zu beschreiben, wäre noch untertrieben. Obwohl das Ziel des Programms ist, die Bewohnerinnen mit Lebensskills und Selbstbewusstsein auszustatten, um im echten Leben voranzukommen, bestehen ihre Vorbilder meist aus bearbeiteten Fotos von Stars und Influencerinnen, die damit verdienen, was auch ich in den vergangenen Jahren hauptberuflich gemacht habe. Und obwohl ich dankbar für meine Fanbase und Reichweite bin, wird mir immer bewusster, welches Publikum ich tatsächlich erreiche.

Ich habe keine Zweifel daran, dass der *Tubee* den Verkaufserfolg von *The Fit Glam Kit* enorm steigern wird, aber ich kann leider nicht guten Gewissens mit meinem Namen für etwas stehen, was ich diesen sechs jungen Frauen, für die ich verantwortlich bin, nicht empfehlen würde. Es tut mir sehr leid um die Zeit, die Gelder und die Energie, die Ihre Firma durch meine Entscheidung verloren hat. Ich wünsche Ihnen und Ihrem Unternehmen alles Gute. Vielen Dank für Ihr Verständnis.

Mit freundlichen Grüßen
Molly McKenzie

# Kapitel 18

## Molly

Trotz der Grenzen, die ich Ethan klargemacht hatte, rechnete ich mit seinem nächsten Anruf. Oder zumindest einer Serie von Nachrichten. Aber seit meiner E-Mail war überhaupt nichts geschehen, dabei war es fast schon Montagmittag. Hatte er sie gelesen? Hatte er sich geärgert? War es ihm egal? Ich klickte zum zwanzigsten Mal, seit ich aufgewacht war und meinen hohen Pferdeschwanz gerichtet hatte, auf den Posteingang. Egal, in welchem emotionalen Tauziehen ich mich gerade befand, heute war ein Arbeitstag.

Val hatte das *Fresh-Summer-Faces*-Tutorial für später in dieser Woche eingeplant, was bedeutete, dass ich meinen Teil erledigen und den Vergleich der neuen getönten Tagescremes und der besten BB Creams filmen und bis heute Abend hochladen musste. Den morgigen Tag hatte ich mir reserviert, um ungefähr ein Dutzend bürotaugliche Outfits für die nächste Stunde »Dress for Success« bei *The Bridge* auszusuchen – und für ein Brainstorming mit Silas über die geplante Spendenaktion. So ein wichtiges Event bis August auf die Beine zu stellen und zugleich Vollzeit zu arbeiten, würde hart werden. Aber zum Glück war ich nicht auf mich allein gestellt. Es gab zwanzig körperlich gesunde Bewohnerinnen und Bewohner, die ich um Hilfe bitten konnte, plus meine Geheimwaffe Val, die fähigste Frau, die ich kannte, wenn es um Deals und frische Ideen für wenig Budget ging.

Ich drückte an der Kamerafernbedienung auf *Aufnahme*. Ich hob die erste Foundation vor das rot blinkende Licht. Zum Glück hatte das Spezialpeeling, das ich zusammengemischt hatte, alle

Spuren meines Selbstbräuners beseitigt, sodass ich wieder vorzeigbar war. Während ich für meine Zuschauerschaft die verschiedenen Vor- und Nachteile jedes Produkts abwägte, schweiften meine Gedanken immer wieder ab.

*Welche Frau hat über ein Jahr etwas mit einem Typen und fühlt überhaupt nichts, wenn es vorbei ist?* Diese Frage würde ich definitiv nicht googeln. Das Letzte, was ich jetzt brauchte, waren Wellen von Sympathiebekundungen für ein gebrochenes Herz auf meinen Social-Media-Kanälen. Oder, noch schlimmer, Ermunterungen zu Akten der Rebellion. Wann würde die Welt endlich merken, dass ein übereilter Haarschnitt für nichts eine Lösung war?

Nach einem guten ersten Take reckte ich das Kinn vor und lächelte, bevor ich mich mit dem Versprechen verabschiedete, mich bald wieder mit mehr Make-up Matters zu melden. Und genau das würde ich auch tun. Denn ich brauchte keinen Manager wie Ethan, um erfolgreich zu sein. Und ich brauchte schon gar keinen Freund wie ihn, um glücklich zu sein. Ich hatte gelernt, meinen Lebensunterhalt zu bestreiten – so mickrig er auch gewesen war, bevor Ethan auf seinem glitzernden Unternehmenspferd angeritten gekommen war und mich in die Welt der teuren Kampagnen entführt hatte.

Alles, was ich jetzt tun musste, war, mein Blatt genau so zu spielen, wie er befürchtete. Ich würde die kommenden Vertragsmonate auf die gleiche Weise bewältigen wie bisher jede Herausforderung in meinem Leben: indem ich durchpowerte.

Ethan gehörte vielleicht ein Stück von meiner Marke, aber nicht mein Gesicht oder meine Persönlichkeit. *Ich* gehörte ihm nicht.

Kaum hatte ich die Kamera an den Laptop angeschlossen, um das Rohmaterial für Val hochzuladen, da sah ich eine Benachrichtigung auf meinem Handy. *Neue E-Mail von Ethan Carrington.*

Mein Magen verkrampfte sich beim Gedanken daran, seine

Antwort zu lesen. Wie ich auf den zweiten Blick begriff, war es gar keine Message an mich, sondern eine Gruppennachricht – eine Rundmail an das ganze Büro.

Das Blut in meinen Händen, Armen und dem ganzen Oberkörper sank von einem Augenblick auf den anderen auf eine Temperatur, die im Hochsommer eigentlich unmöglich war. Ich zoomte die Nachricht größer, als würden die Worte eher einen Sinn ergeben, wenn sie in einer größeren Schriftart dargestellt wurden.

Taten sie nicht.

**Betreff:** Bekanntmachung: Neue Assistentin und Redaktionsmanagerin für Molly's Make-up Matters!

Herzlichen Glückwunsch an Rosalyn Bronswick und ihr Team für diese verdiente Beförderung! Rosalyn hat jahrelange Erfahrung und nur die wärmsten Empfehlungen ihrer ehemaligen Klient*innen. Wie ihr alle wisst, akquiriert Cobalt nur das beste und seriöseste Personal, das die Marketingbranche heute zu bieten hat. Im Namen von Cobalt: Herzlich willkommen an Bord, Rosalyn!

Ethan

Meine Hände zitterten, als ich versuchte, vom Postfach in die Kontakte zu wechseln. Wie konnte er es wagen, mir – nein, *Val*! – das anzutun? Ich scrollte bis zu Ethans Namen und nahm mir vor, ihn bei Gelegenheit unter einem richtig üblen Namen zu speichern.

»Dies ist die Mailbox von Ethan Carrington, Vice President der Cobalt Group. Bitte hinterlassen Sie eine Nachricht nach dem Piepton.«

»Ethan, du wirst mir jetzt sofort erklären, was genau das da bitte werden ...« Ich biss die Zähne aufeinander, bis mir der Kiefer schmerzte. Gerade hatte ich die erste unserer Regeln verletzt, die ich für unseren neuen rein geschäftlichen Status festgelegt hatte. Trotz seines kindischen Verhaltens war ich Profi. Und musste mich auch so verhalten. Für Val. Und für mich selbst genauso. Ich würde mich nicht auf seine Spielchen einlassen.

Ich atmete zischend aus und räusperte mich. »Hallo, hier ist Molly McKenzie. Ich habe gerade eine Nachricht zu einem Mitarbeiterinnenwechsel bekommen, der mein Redaktionsteam betrifft. Wie ich bereits zum Ausdruck gebracht habe, brauche ich keine neue persönliche Assistentin, weil meine derzeitige sowohl eine tadellose Arbeitsmoral als auch sehr kreative Fähigkeiten besitzt. Ich wäre dir also sehr dankbar, wenn du Ms Bronswick einer anderen Influencerin zuweisen würdest, damit die von ihren Qualifikationen profitieren kann. Danke.«

Ich legte auf und wollte nichts lieber, als irgendetwas zu zerschmeißen, das in tausend Stücke zerspringen konnte, weil ich wusste, einfach *wusste*, dass es keine Vertragsabweichung geben konnte, die dieses Problem aus der Welt schaffen würde. Nein, *das hier* konnte nur ein echter Herzenswandel schaffen. Und da ich langsam das Gefühl bekam, dass Ethan dieses lebenswichtige Organ komplett fehlte, schien mir dieser Ausgang mehr als unwahrscheinlich.

Ich atmete tief aus und schloss die Augen. Damals hatte ich Cobalt in unseren Verhandlungen dazu gebracht, Val als Mitarbeiterin einzustellen. Es schien das Sinnvollste zu sein. Sie hatten schließlich das große Geld und ich wollte, dass Vals Gehalt sowohl dem Wachstum meines Kanals als auch der wettbewerbsreichen Branche insgesamt entsprach. Es war das perfekte Szenario gewesen: Val arbeitete ausschließlich für mich, bekam ihr monatliches Gehalt aber von Cobalt.

Was sollte ich ihr sagen? Entlassen zu werden, war ihre größte Angst und ich ... ich hatte es zugelassen!

*Himmel. Was für ein Mensch setzt aus Rache eine alleinerziehende Mutter auf die Straße?*

Wenn ich schon nichts kaputt werfen konnte, musste ich mich

wenigstens bewegen. Außerhalb dieses Zimmers, in dem sich Kamera- und Lichtequipment im doppelten Wert meines Autos befand.

Ich ließ das Tutorial Tutorial sein, schob mein Handy in die Gesäßtasche meiner Jeans, riss nur Sekunden später die Haustür auf und eilte die Stufen zur Straße hinunter. Dabei marschierte ich in einem Tempo, das als Sprint durchgegangen wäre, hätte ich nicht Sandalen mit Absatz getragen. Ich brauchte eine Lösung, ein Angebot für Val, bevor ich sie anrief. Irgendetwas Positives und Konkretes. Etwas, was diesem Vorfall den ...

Das Brummen in meiner Tasche brach meinen Gedankengang vorzeitig ab.

*Val.*

Ihr Name ließ einen heißen Blitz durch meine Brust fahren. *Hilf mir, Gott, hilf ihr!* Ein Gebet, so direkt und verzweifelt, dass ich erschrak.

Ich ging noch beim Ausatmen ran und schaltete in den Problemlösungsmodus. »Val? Okay, hör zu. Ich habe gerade die Mail gelesen. Es ist furchtbar, ja, aber wir finden eine Lösung. Es gibt keinen Grund, in Panik zu verfallen. Ich habe mir bereits ein paar Optionen überlegt, wir müssen sie nur gemeinsam durchgehen.«

Abgesehen von einem Schniefen war es am anderen Ende still.

»Val?«

»Er hat mir bereits meine zwei Optionen genannt.«

»Wer?«

»Ethan.«

Er hatte ihr zwei Optionen genannt? Wann? »Und die wären?«

»Entweder ich nehme zwei Monatsgehälter Abfindung und scheide aus der Firma ... oder eine Beförderung mit zwanzig Prozent mehr Gehalt, vollen Arbeitgeberleistungen und monatlichen Bonuszahlungen.«

»Warte mal, Augenblick.« Ich blieb stehen. »Er meinte, er würde dir mehr bezahlen, wenn du was genau tust?«

»Wenn ich zu einer anderen Marke wechsle«, antwortete sie.

Fast fünf Sekunden stand ich wie angewurzelt mitten auf dem Bürgersteig, während das Wattebällchen von Nachbarshund mich hinter dem Zaun anhechelte.

»Also, daraus wird nichts«, sagte ich schließlich in einem Anfall von Hysterie. »Das ist ... das ist einfach nur lächerlich! Er glaubt doch nicht etwa, dass du darauf eingehst? Wir sind ein Team! *Molly's Make-up Matters* gibt es nicht ohne dich.«

Wieder war Val so still, dass ich kurz glaubte, die Verbindung wäre abgebrochen.

»Ich habe angenommen. Sein Angebot, ich habe es angenommen.«

Obwohl meine Ohren die Worte gehört hatten, weigerte sich mein Verstand, ihre Bedeutung zu verarbeiten, als hätte jemand gerade ein *Defekt*-Schild an meine Stirn geklebt. Ein fassungsloser Laut war meine einzige Reaktion.

»Ich habe einen Sohn, Molly. Ich muss vor allem an ihn denken. Ich kann mich nicht auf die Firma meiner Eltern verlassen, wenn sie gerade so die Ladenmiete bezahlen können und ...«

»Du ... du hast sein Angebot angenommen? Ohne zuerst mit mir zu reden?«

»Um genau zu sein«, erwiderte sie mit einer Bestimmtheit, die ich überhaupt nicht von ihr kannte, »habe ich sein Angebot angenommen, nachdem *du* nicht *mit mir* geredet hast.«

»Was? Nein. Das stimmt nicht. Ich habe dir doch erzählt, dass das Shooting nicht wie geplant verlaufen ist und wir uns gestritten haben ...«

»Das war mehr als nur ein Streit. Ihr habt euch getrennt, Molly. Eine Trennung, die nicht nur deine, sondern auch meine Karriere aufs Spiel setzt, und du hast es nicht für nötig gehalten, mir das zu sagen.«

»Nein, ich wollte dir ja sagen, dass wir uns getrennt haben ...«

»Und wann? Vor der Mail oder danach?«

»Das ist nicht fair! Ich musste mich zuerst mit meinem ...« – was genau war Silas eigentlich? – »... mit meinem Rechtsbeistand treffen, weil ich Angst hatte, ich könnte wegen Vertragsbruchs verklagt werden, und dann musste ich klären, wie es mit der Zusammenarbeit von Ethan und mir weitergeht. Ich wollte nicht, dass du dich unnötig sorgst, falls er ... vernünftig reagiert.«

Aber Ethan reagierte nie vernünftig auf Menschen, die er im Unrecht sah. Er war skrupellos. Allein, wenn man bedachte, was er mit Felicity abgezogen hatte …

»Du hast mir nicht zugehört«, behauptete Val.

»Was? Wann?«

»Ich habe dir gesagt, was er vorhat. Dass er ein neues Team für deine Marke aufbaut. Und du hast mir nicht zugehört. Du meintest, das würde nie passieren und du würdest es auch niemals zulassen.«

Ich stampfte mit dem Fuß auf. Der Hund auf der anderen Seite des Zauns verzog sich. »Und ich werde es auch jetzt nicht zulassen! Er kann das nicht machen – du bist *meine* Assistentin, Val, nicht die von Ethan.«

Die Stille zwischen uns war dieses Mal anders, aufgeladen mit einer fast greifbaren Spannung.

»Ich bin deine ... *Assistentin*?« Sie klang, als wäre sie den Tränen nah, und Panik breitete sich in mir aus.

»Meine Assistentin und meine Freundin. Du weißt, wie ich das meine.« Das *musste* sie einfach wissen. »Wir sind Partnerinnen, du und ich, und solange ich die *Make-up Matters* habe, wirst du einen Job bei mir haben. Ich werde dich wieder einstellen und dein Gehalt bezahlen. Und die Zusatzleistungen auch. Was immer du brauchst, sag es, und ich sehe zu, dass es umgesetzt wird.« Solange ich konnte, und selbst wenn ich dafür einen Kredit aufnehmen müsste.

»Partnerinnen verbergen keine entscheidenden Informationen voreinander.«

»Ich wollte dich nur beschützen!«

»Ich brauche keinen Schutz von dir! Ich brauche ...« Vals Seufzer klang wie schon so viele davor. »Ich will, dass du ehrlich zu mir bist. So gehen *Freundinnen* miteinander um; sie sagen einander die Wahrheit.« Sie schwieg einen Moment lang, bevor sie hinzufügte: »Ich muss darüber nachdenken, was für Tucker und mich das Beste ist.«

»Und du glaubst, ein Job bei Ethan könnte das Beste sein? Er manipuliert dich, Val. Der einzige Grund, wieso er dir dieses Angebot macht, ist, um sich an mir zu rächen. Er will mir wehtun, und wenn du auf sein Angebot eingehst, wird er dir am Ende auch schaden.«

»Ich bin nicht dumm«, sagte sie so leise und kühl, dass ich sie wegen einer Gruppe Skater, die die Straße überquerten, kaum hörte. »Ich weiß, welches Risiko ich eingehe.«

Ich hielt mich am Zaun hinter mir fest. Die Erkenntnis, was sie damit eigentlich gesagt hatte, traf mich tief: Ich war in ihren Augen das größere Risiko.

»Bitte ... wir finden einen Weg! Bitte, tu das nicht.« *Entscheide dich nicht für ihn und gegen mich.* Aber noch bei diesem Gedanken wusste ich, dass ich nicht mit ihm mithalten konnte. Egal, was ich ihr anbot, Ethan würde immer einen noch größeren und strahlenderen Trumpf aus der Tasche ziehen. Größere Vergütungsangebote, größere Karriereoptionen, größere Stabilität für eine alleinerziehende Mutter und ihr Kind.

Ein dumpfes Schluchzen war am anderen Ende der Leitung zu hören und ich schöpfte ein klein wenig Hoffnung. Vielleicht war unsere Freundschaft mehr wert als all diese Dinge, mehr als Geld oder ein sicherer Job oder ...

»Ich möchte dir sehr für die vergangenen drei Jahre danken, Molly«, sagte sie. »Du hast mir eine Chance gegeben, als Tuck und ich sie am dringendsten brauchten, und ... das werde ich dir nie vergessen. Ich werde für die Zeit, die wir zusammenarbeiten durften, immer dankbar sein.«

Die Vergangenheitsform war zu viel für mich. Ich ging an den Rand des Bürgersteigs und meine Knie gaben unter mir nach, während mein Herz tausend Kilometer am Stück galoppierte.

*Nein! Stopp! Bitte nicht!* waren die einzigen Dinge, die in meinem Kopf kreisten.

»Außerdem werde ich alles tun, was ich kann, damit die Übergabe gut über die Bühne geht«, sagte sie und räusperte sich. Ich konnte mir lebhaft vorstellen, wie sie die Brille abnahm und sich mit dem Ärmel über die Augen rieb. »Ich kann die letzten Videos noch bearbeiten und ich ... ich werde Rosalyn deinen Terminplan für die Sommerpostings schicken, damit nichts untergeht, nachdem ich weg bin.«

*Nachdem ich weg bin.*

Ich brachte kein Wort heraus. Eine reibungslose Übergabe interessierte mich nicht. Dass Rosalyn den Terminplan für die Sommerpostings bekam, interessierte mich nicht. Ich wollte nicht, dass diese Frau mich anrief, mir schrieb oder mich zu beraten versuchte. Ich wollte Val.

Ich sperrte den Schmerz auf dieselbe Art weg, wie ich es getan hatte, als meine Eltern die Staaten verlassen hatten, nachdem Mimi gestorben war und Miles sich einem Dienst verschrieben hatte, in dem wenig Platz für eine Schwester war, die über Fashion und Make-up und Social-Media-Kampagnen sprach, und sagte nur: »Alles klar. Hört sich gut an. Danke.«

Ethan weinte ich keine einzige Träne nach, aber Val zu verlieren, war, obwohl ich sie nicht ein einziges Mal persönlich getroffen hatte, um ein Vielfaches schlimmer. Ich hatte vor drei Jahren eine Assistentin eingestellt. Was ich bekommen hatte, war die beste Freundin, die ich je hatte.

In der ein oder anderen Hinsicht war Val sogar meine einzige Freundin. Und jetzt hatte ich sie an meinen Ex-Freund verloren.

# Kapitel 19

## Molly

Nach Vals Anruf war ich an meinem *Fresh-Summer-Faces*-Tutorial kläglich gescheitert und hatte mich dann, statt es fertigzustellen, eine ganze Weile durch Videos, Posts und Stories geklickt auf der Suche nach irgendetwas, was mich aufheitern könnte. Am Ende war ich einfach ins Auto gestiegen und losgefahren. Und irgendwie hier gelandet, auf dem Parkplatz von *The Bridge*, mit einer Riesenportion heißer, fettiger Pommes, an deren Bestellvorgang ich mich nicht einmal mehr genau erinnern konnte. Aber die Beweisstücke steckten in der Schachtel in meinen Händen. Ich mochte eingewilligt haben, den Sommer über auf Wein zu verzichten, aber von frittierten Kartoffelstreifen mit Salz obendrauf war immerhin nicht die Rede gewesen.

Während die Sonne hinter dem alten Anwesen unterging und es in Marmeladen- und Sorbettöne tauchte, zählte ich die Silhouetten, die ich von meiner Position aus hinter den Fenstern sehen konnte. Einschließlich meinem standen elf Autos auf dem Parkplatz, vor allem ältere Modelle, die nicht mehr in ganz so gutem Zustand waren und vermutlich einigen der jungen Erwachsenen gehörten. Glo hatte zwar gesagt, dass die meisten die öffentlichen Verkehrsmittel nutzten, aber manche teilten sich ein Auto oder bildeten Fahrgemeinschaften. Mein neuer roter Tesla mit den Flügeltüren, die sich wie bei einem Raumschiff öffneten, war hier ungefähr so unauffällig wie ein Topf voll glänzender Goldmünzen auf einem Schrottplatz.

Ich schob mir die nächste Pommes in den Mund und dachte an den Barscheck, den ich dem Autoverkäufer über den Tisch geschoben hatte. Er hatte sich Mühe gegeben, sich nichts anmerken zu lassen, als Ethan meinte, ich wolle das Auto nicht finanzieren. Damals hatte ich einen echten Gipfelstürmermoment gehabt. Mit dem Autokauf hatten wir die Fünfhunderttausend-Follower-Marke gefeiert und die nächsten acht Kooperationsangebote von Firmen, die von mir als Influencerin einfach nicht genug bekommen konnten.

Und doch war ich heute Abend hier: dieselbe erfolgreiche Frau in ihrem auffälligen, jede Minute an Wert verlierenden Auto, mit rund siebenhundertfünfzigtausend Abonnenten, aber ohne auch nur eine Person, die sie anrufen könnte.

Ich sah Vals Gesicht vor mir und griff nach meinem Depri-Drink – *Dr Pepper* mit etwas Eis – und trank, bis die Kohlensäure mehr in meinem Hals kribbelte als die Tränen. Denn ich weigerte mich, wegen etwas zu weinen, das Ethan mir angetan hatte. Seine Antwort auf meine Mailboxnachricht war eine knappe Mail gewesen:

Ms McKenzie,

laut Seite 3, Paragraph 5 Ihres Vertrags liegt die Entscheidung über Einstellung, Beförderung oder Kündigung aller Mitarbeitenden, die *Molly's Make-up Matters* betreuen, bei der Cobalt Group. Wir hoffen, dass Ihnen Rosalyn Bronswick als Ersatz zusagt und freuen uns auf die Projekte, die sie mit Ihnen zum Abschluss bringen wird.

Ethan Carrington

Ich ließ den Blick noch einmal über den Parkplatz schweifen, aber Silas' Wagen war definitiv nicht hier. Und vielleicht war das die Enttäuschung, die das Fass zum Überlaufen brachte. Denn ich konnte mir nicht länger etwas vormachen: Ich war seinetwegen hergekommen. Ich brauchte etwas von seiner Ruhe, seiner außergewöhnlichen Selbstbeherrschung und allem, was auch immer er sonst noch besaß, mit dem es mir leichter fiel, in seiner Gegenwart die Umstände zu ertragen.

Wo und wie verbrachte er wohl den Abend? Wieder im Haus seiner Eltern? Mit Arbeit? Bei einem Date?

Der letzte Gedanke versetzte mir einen kleinen Stich. Ich schnaubte und stellte die Pommesschachtel auf dem Beifahrersitz ab. Mit gekräuselter Nase stellte ich mir vor, was für eine Frau Silas an einem Montagabend zum Essen ausführen würde. Denn natürlich würde er diesen Zeitpunkt für eine Verabredung wählen: Es war der praktischste Termin von allen – kein Gedränge, mit etwas Glück günstigere Preise und, falls es nicht so gut lief, eine gute Ausrede für einen nicht ganz so späten Abschied, weil am Dienstagmorgen die Arbeit wartete.

Die Frau war garantiert so selbstsicher wie er. Elegant, mit Prinzipien und auch in irgendeinem Job, bei dem man für soziale Gerechtigkeit kämpfte. Vielleicht war sie Sozialarbeiterin, Menschenrechtsanwältin oder so etwas. Ihr Vorname war bestimmt Catherine, Caroline, Camille oder etwas ähnlich Kultiviertes. Und mit Sicherheit war sie die emotionale Stabilität in Person.

Definitiv nicht so eine Frau, die auf einem dunklen Parkplatz allein in ihrem Auto saß und genau das in sich hineinstopfte, was in einer *Das-läuft-schief-in-den-USA*-Doku gezeigt werden würde.

Frustriert angelte ich mir gleich drei Pommes auf einmal von ihrem Platz auf dem Beifahrersitz.

Eine Frau wie Catherine würde jemanden wie Silas attraktiv finden, weil sie darauf stand, wenn jemand die Weisheit mit Löffeln gefressen hatte und an so ziemlich alles im Leben rational heranging. Aber ich hatte diese übertrieben ehrlichen Typen noch nie gemocht. Stattdessen hatte ich wohl einen Hang zu solchen, die die Assistentin ihrer Freundin mit einem betrügerischen Angebot fortlockten.

Auf dem Bildschirm meines Tesla tauchte eine Textnachricht auf:

> **Der Herzog von Fir Crest Manor**
> 34 Minuten auf privatem Gelände zu parken, ist eigentlich Herumlungern. Ein Sicherheitsverstoß der Stufe 2.

Ich blickte mich nach allen Seiten um. *Was zum ... woher weiß er, dass ich hier bin? Wo ist er?*

> **Der Herzog von Fir Crest Manor**
> Andererseits bist du das Spannendste, was unsere Securitykameras seit Monaten gezeigt haben. Glo macht gleich Popcorn.

Flatternde Nervosität erfasste mich.

> **Der Herzog von Fir Crest Manor**
> Deine wachsende Zuschauerschaft kann ein Winken kaum erwarten.

Und weil ich mein Leben darauf aufgebaut hatte, mein Publikum zufriedenzustellen, tat ich genau das: Ich winkte. Und dann grüßte ich auch noch mit der Lichthupe.

> **Der Herzog von Fir Crest Manor**
> Kommst du auch irgendwann rein?

> **Molly**
> ...

Ich setzte mindestens fünf Mal zu einer Antwort an und löschte sie immer wieder, während ich fieberhaft nach einer Erklärung dafür suchte, wieso ich 34 Minuten lang in meinem Auto gesessen hatte. Irgendetwas, was mich nicht total als Versagerin dastehen ließ. Doch selbst meine kreativsten Ausreden schienen mir nicht gut genug. Denn egal, wie ich es auch uminterpretieren oder schönreden wollte, die Wahrheit ließ sich langsam nicht mehr verstecken: Auch wenn ich ein ziemlich beliebter Mensch war, war ich zugleich auch sehr einsam.

Zum zweiten Mal an diesem Tag verschleierten Tränen mir die Sicht. Ich startete den »effizientesten Motor der Welt«. Dann parkte ich rückwärts aus und die Reifen rollten knirschend über den Schotter, als ich eine Stimme hörte.

»Molly! *Warte!*«

Ich reckte den Hals und sah Silas, der über den Kopfsteinpflasterweg in meine Richtung gerannt kam.

Ich trat auf die Bremse und kämpfte den Impuls nieder, im Sitz zu versinken. Es war zu spät, um jetzt noch abzuhauen. Dieses Mal gab es keine Handtasche, die groß genug war, um dahinter zu verschwinden.

Er klopfte ans Fenster und nach einem kurzen Zögern ließ ich es herunterfahren.

»Wohin willst du?«

Es war vielleicht die logischste aller Fragen in diesem Augenblick – und die Antwort war immer dieselbe, auf welchen Lebensbereich ich sie auch bezog: »Ich habe keine Ahnung.«

Obwohl ich stur aufs Lenkrad starrte, spürte ich seinen Blick auf mir und fühlte mich seltsam entblößt.

»Ich dachte, du würdest reinkommen, wenn du aufgegessen hast.«

»Nein«, sagte ich und hoffte, dass mir nicht anzusehen war, dass ich gerade geweint hatte. »Ich …« *… hatte keine Pläne und wollte heute Abend nicht allein sein.* »Ich dachte nicht, dass du hier bist.«

»Du bist hergekommen, weil du gedacht hast, dass ich nicht hier bin?« Er klang verwirrt.

»Nein, das ist nicht, was ich ... Ach, vergiss es.« Ich schüttelte den Kopf und wischte mir möglichst unauffällig eine vorwitzige Träne von den Wimpern. »Meinst du, wir können ... einfach so tun, als hättest du mich nicht über die Überwachungskamera gesehen, und ich verschwinde? Das wäre wohl das Beste.«

»Leider war es noch nie meine Stärke, so zu tun als ob«, sagte Silas und lehnte sich mit einem Ellbogen ins Fenster. »Aber ich habe noch eine Alternative für dich.«

Mein Blick schoss für eine Sekunde zu ihm und ein kleiner Stromschlag zuckte durch mein Nervensystem.

»Du könntest reinkommen, gerade ist *D&D.*«

*Dessert und Diskussion*, erinnerte ich mich.

»Diego hat Hafercookies gebacken.« Silas dachte kurz nach. »Wren ist auch dabei und sie würde sich bestimmt freuen, dich zu sehen. Sie hatte einen harten Tag.«

Jetzt hatte er meine volle Aufmerksamkeit. »Wieso? Was ist passiert?«

»Das sollte sie dir lieber selbst sagen. Das heißt, wenn du bereit bist, noch ein bisschen zu bleiben.«

Ich wusste genau, was er bezweckte. Wren war vermutlich das einzige Argument, mit dem er mich ins Haus locken konnte, jetzt wo ich wusste, dass wer weiß wie viele Menschen meine einsame Fressattacke beobachtet hatten. Und doch konnte ich nicht Nein sagen. Wenn etwas mit Wren nicht stimmte, wollte ich wissen, was.

»Glaub nicht, dass ich nicht weiß, was hier läuft.«

Er zuckte die Achseln und ich seufzte.

»Also schön, ich parke wieder ein.«

Silas beugte sich ein Stück vor und legte mir eine Hand auf die Schulter. »Toll. Danke.«

Auf dem Weg ins Kaminzimmer am Ende des Ostflurs sprachen wir kein Wort. Zu viele durcheinandergewürfelte Gedanken flogen in meinem Kopf herum. Silas Seitenblicken zufolge machte er sich aber längst seine eigenen zu meiner Stimmung.

Ein paar Schritte vor unserem Ziel hielt mich Silas kurz am

Arm zurück. »Einen Rat noch: Mit Kaffee rutschen die Kekse besser.«

»Diegos Kekse?«

»Ja. Sagen wir so: Er ist nicht der begabteste Bäcker im Haus. Aber er war dran und Glo lässt nie eine Gelegenheit aus, jemandem etwas in der Küche beizubringen. *D&D* ist ihr Baby.«

»Gehört das auch für alle zum Pflichtprogramm?«

»Nein.« Er lächelte. »Eigentlich sind nur die Kurse am Dienstagabend Pflicht, obwohl wir großen Wert auf die Mentoring-Zeit am Freitag legen. Aber *D&D* ist für viele das Highlight der Woche, also kommen die meisten.«

Ich nickte, obwohl ich nicht wirklich verstand, wie er das meinte. »Okay.«

»Molly«, sagte er und berührte an der Tür noch einmal flüchtig meinen Arm. »Ich freue mich, dass du heute Abend hier bist.«

Glücklicherweise wartete Glo gleich hinter der Tür und zog mich in eine unerwartete Umarmung, dank der ich verbergen konnte, wie sehr mich Silas' Worte ins Herz getroffen hatten.

Glo klopfte mir auf den Rücken. »Bin ich froh, dass Sie doch reingekommen sind, Kitten Heels. Wir haben noch nicht angefangen. Oh, und setzen Sie sich ruhig irgendwohin. Hier gibt es keine feste Sitzordnung.«

»Danke«, sagte ich und drehte mich um. Beim Anblick von glücklichen Gesichtern in Vierer- und Fünfergrüppchen überrollte mich eine Welle der Unsicherheit.

Silas hatte mich auf dem offiziellen Rundgang nur kurz einen Blick in den Raum werfen lassen. Das hier war eindeutig mein neuer Lieblingsort auf Fir Crest Manor.

Das Zimmer war um eine winzige Plattform herum gestaltet, die sich neben einer ausrangierten Eckbar befand. Die jungen Leute drehten sich auf Stühlen, lachten und schütteten Kakao aus Trinktütchen in Tassen. Bestimmt bestand Glo darauf, weil alles dann etwas feierlicher wirkte.

Ich sah zum noch nicht angezündeten Kamin. Links davon saß

ein Teil der jungen Frauen aus meiner Mentoring-Gruppe auf Kissen. Neben ihnen ragte ein Einbauschrank mit Brettspielen und Puzzles auf. Ein paar winkten mir und ich lächelte ihnen zu. Nur Sasha, die ihren Eyeliner so dick auftrug wie Edding, konnte mich offensichtlich nicht besonders leiden – jedenfalls war der Blick, den sie mir zuwarf, eindeutig abschätzig. Ich hatte Sasha noch nie mit jemand anderem reden sehen als mit Monica. Die beiden waren unzertrennlich. Ich nahm mir vor, Clara bei Gelegenheit nach ihr zu fragen.

Es herrschte Café-Atmosphäre. Gemütliche Sessel, breite Sofas, Zweisitzer und Tische in allen Größen füllten das Kaminzimmer. Von Letzteren waren zwei ungleiche runde in der Raummitte zusammengeschoben worden und dienten als Untergrund für ein Kniffelspiel. Devon notierte den Spielstand.

Silas zog sich einen Stuhl heran und wollte offenbar mitspielen. Er sah mich kurz an und deutete nach hinten.

Ich folgte seiner Bewegung mit dem Blick. Wrens unverkennbarer doppelter holländischer Zopf fiel über die Lehne des Ohrensessels, in dem sie saß. Sie war allein und betrachtete scheinbar ein Foto auf dem Handy.

Ohne Plan und ohne Erfahrung als Trösterin bahnte ich mir einen Weg zu ihr. So leise wie möglich setzte ich mich auf die Armlehne des Sofas neben ihrem Sessel und warf einen Blick auf das Bild, das sie da anstarrte.

»Hey, Wren. Wie geht's dir?«

Vor Schreck ließ sie das Handy in den Schoß fallen – ein ziemlich deutliches Signal dafür, dass ich gleich auf Anhieb durch die Empathieprüfung gefallen war.

»Ich wusste nicht, dass Sie heute auch hier sind.«

Damit waren wir schon zwei. »Ja, das war so eine Art Last-Minute-Entscheidung.«

Sie nickte. »Verstehe.«

Ich trommelte mit dem Finger auf meine Hüfte, als versuchte ich, *SOS* zu morsen. »Warst du heute in der Uni?«

Ich hatte von Clara erfahren, dass Wren gerade einen Platz im zweijährigen Studiengang zur Arzthelferin bekommen hatte, den sie an ihr Grundstudium anschließen konnte.

»Ja.«

»Und ... wie war's?«

»Ganz gut.«

Und jetzt verstand ich, wieso meine Eltern es hassten, wenn Miles und ich ihnen mit *ganz gut* antworteten. Es war eine Sackgasse. Kein Gesprächspfad führte von dort weiter.

Ich musste mir einen eigenen Weg bahnen. »Wer war denn das gerade auf dem Bild? Ich bin mir ziemlich sicher, dass ich da eine ganz ähnliche Haarfarbe wie deine gesehen habe.«

Hinter ihren kristallblauen Augen ging eine Debatte vor sich, die ich nur zu gut kannte: vertrauen oder nicht?

»Mein Bruder. Er ist zehn.« Zögerlich drehte sie das Handy um und reichte es mir, als wäre es ihr wertvollster Schatz.

»Also, das ist ja mal ein ausgesprochen hübsches Kerlchen.« Der Kleine war ein Rotschopf mit Sommersprossen und einem Grinsen im Gesicht, das einem sofort das Herz erwärmte. »So ausgeprägte Grübchen habe ich noch nie gesehen. Wie heißt er denn?«

»Nathaniel. Also Nate«, sagte sie. »Er ist süß, aber er kann auch ziemlich verrückt sein.«

»Was du nicht sagst. Ich habe auch so einen – also einen verrückten Bruder, meine ich.«

Ihr schiefes Lächeln löste in mir sofort mehrere Fragen über den hübschen Jungen aus. Auf einmal wünschte ich mir, das kleine Parkplatzgespräch mit Silas noch einmal wiederholen und in der Sache mit Wren genauer nachfragen zu können. Ein paar mehr Informationen wären jetzt sehr nützlich gewesen.

»Triffst du ihn häufig?«

»Zweimal im Monat je für eine Stunde. Aber ich darf ihn auch häufiger sehen, wenn ich rechtzeitig nach dem letzten Kurs an der Bushaltestelle bin.« Sie schaute betreten auf das Foto. »Eigentlich bin ich es gewohnt, mindestens einmal pro Woche Zeit mit ihm zu verbringen, aber das wird jetzt nicht mehr gehen.«

»Wieso?«

»Nates Pflegefamilie zieht auf eine Farm außerhalb der Stadt. Dahin fährt kein Bus.«

*Nates Pflegefamilie*. Diese drei Worte taten weh. Wrens kleiner Bruder hatte eine Pflegefamilie, während Wren, kaum erwachsen, mit dreiundzwanzig anderen jungen Erwachsenen hier bei *The Bridge* wohnte. Sie tat mir unendlich leid.

»Kniffel!«, rief eine schrille Stimme beim Spieltisch, aber ich löste den Blick nicht von Wren. »Wie lange lebt er denn schon bei ihnen?«

Ihre Züge verdunkelten sich. »Seit unsere Mom letztes Jahr gestorben ist.«

»Oh ... Das tut mir sehr leid.«

Sie schniefte, aber es kamen keine Tränen. »Die sind ganz nett, die Coles. Sie haben drei Söhne.«

»Gut«, sagte ich abwesend. »Das ist doch gut.«

»Er freut sich, weil sie sich kleine Ziegen anschaffen, und er darf einer davon einen Namen geben.«

»Na, wer würde sich da nicht freuen?«, scherzte ich zaghaft. »Ich sollte mich mit den Coles anfreunden, damit ich die Ziege deines Bruders dann auch kennenlernen kann.«

Wren lächelte kurz, wandte dann aber mit einem Seufzen das Gesicht ab. »Es ist nur ... ich wollte mich selbst um ihn kümmern. Ich habe meiner Mom geschworen, dass nichts und niemand uns auseinanderbringt, und ich habe alles getan, um mich daran zu halten, aber ...«

Aber sie war gerade einmal neunzehn, ohne eigenes Einkommen und keinesfalls in der Lage, noch jemand anderen zu ernähren.

»Ich bin mir sicher, dass er weiß, wie sehr du ihn liebst.« Obwohl ich sie mit dieser Aussage trösten und stützen wollte, fühlten die Worte sich schwach an. Geradezu lächerlich in Anbetracht so einer Situation.

Wren wischte sich die Nase am Ärmel ab. »Ich vermisse ihn einfach.«

»Können die Coles Nate nicht ab und zu herbringen?«

Sie schüttelte den Kopf. »Sie meinten, sie würden sich irgendwas überlegen, weil ich ja kein Auto habe, aber sie arbeiten beide Vollzeit und müssen sich ja auch noch um ihre Jungs kümmern.« Sie fuhr sich übers Gesicht und schmierte sich dabei Mascara auf die Wange.

»Dann fahre ich dich eben«, sagte ich.

Sie blinzelte mich aus schmalen Augen an.

»Ich kann dich doch einmal die Woche dorthin bringen. Ich hole dich von der Schule ab und fahre dich zur Farm. Schick mir einfach einen Screenshot von deinem Stundenplan und wir suchen den besten Tag raus, ja?«

In ihren Augen lag Zweifel. »Mentorinnen machen so was normalerweise nicht.«

»Ich schon«, sagte ich. Notfalls war ich auch bereit, deswegen mit Silas in den Ring zu steigen. Aber ich vermutete, dass ich ihn gar nicht auf die Matte schicken musste, jedenfalls nicht wegen dieser Sache.

»Ehrlich? Ist das Ihr Ernst?« Wrens Stimme war belegt.

Ich stupste sie an und lächelte. »Aber natürlich. Ich wüsste nicht, was ich ohne meinen Bruder machen würde.«

»Danke«, sagte Wren und sah mich an, als könnte ich das Angebot jeden Augenblick zurückziehen. Aber das hatte ich nicht vor.

»Cookies, frisch aus dem Ofen!«, rief Glo, die mit einem Tablett hereinkam, Diego im Schlepptau. »Wer macht den Anfang?«

»Den Anfang wobei?«, fragte ich Wren, die sich unter den Augen entlangwischte.

»Von den Höhepunkten und Tiefpunkten des Tages zu erzählen. Die ersten Cookies bekommen immer die, die zuerst erzählen. Das lohnt sich, weil sie dann noch warm sind.«

Gerade, als ich noch eine Nachfrage zu ihrem Bruder stellen wollte, gingen Devon und Monica schon nach vorn und die Aufmerksamkeit im Raum richtete sich auf sie.

# Kapitel 20

## Silas

Auch wenn ich nicht hatte hören können, was Molly und Wren besprochen hatten, hatte ihre Körpersprache mir schon das Wichtigste verraten: Ihr Austausch war positiv gewesen. Aus Erfahrung wusste ich, dass jemandem zu helfen eine todsichere Methode war, um eine aus dem Lot geratene Perspektive wieder geradezurücken. Im Hinblick auf Mollys Stimmung auf dem Parkplatz vor kaum einer Viertelstunde hatte sie das wohl dringend nötig gehabt.

Mollys Gesichtsausdruck war derselbe, den sie am vergangenen Abend im Restaurant gehabt hatte, als sie entschieden hatte, für den *Murphey Grant* Geld zu sammeln. Und wie gestern fragte ich mich auch jetzt, was sie dieses Opfer kosten würde. Wie es sie verändern und herausfordern würde. Ob es gegen den Schmerz helfen könnte, den sie so sehr zu verstecken versuchte.

Devon und Monica waren auf die kleine Bühne gestiegen und ich zwang mich, mich auf sie zu konzentrieren.

Als Devon zuerst vortrat, zog ich eine Augenbraue hoch und nickte in Richtung der jungen Frau hinter ihm. Devon verstand den Hinweis, trat einen Schritt zurück und bedeutete ihr vorzugehen.

Obwohl ich normalerweise an diesen Abenden nicht das Wort ergriff, beschloss ich, dass es um unserer neusten ehrenamtlichen Mitarbeiterin willen von Vorteil war, eine kleine Vorwarnung zu äußern. Von meinem Platz aus lächelte ich die jungen Frauen und Männer an, die ich seit fast einem Jahr betreute, beriet, coachte und im Alltag begleitete. »Guten Abend zusammen! Wie ihr alle wisst, gilt es, eine von drei Fragen zu beantworten, je nachdem, was ihr heute oder in der vergangenen Woche erlebt habt.« Ich wandte mich an das Grüppchen am Kamin. »Amy, liest du uns die Fragen bitte einmal laut vor?«

»Klar.« Amy stand auf und zeigte auf die eingerahmten Fragen auf dem Kaminsims, die Glo vor zwei Jahren, als *D&D* von ihr ins Leben gerufen worden war, dort platziert hatte. »Frage Nummer eins: Was war dein Highlight des Tages oder der Woche? Wann hast du dich Gott und dir selbst am nächsten gefühlt? Zweitens: Wann war dein Tiefpunkt? Wann warst du angespannt, hast dich schuldig gefühlt oder einfach am weitesten von dir selbst entfernt? Drittens: Wofür bist du heute am dankbarsten?«

»Sasha«, sagte ich. »Wärst du so nett und würdest uns an die drei Gesprächsregeln erinnern?«

Sasha, die schnell ihren offensichtlichen Ärger mit dem Schild der Gleichgültigkeit kaschierte, den sie so oft trug, stand auf. Mir war nicht entgangen, dass sie die Augen verdreht hatte, als Monica nach vorn gegangen war. Obwohl die beiden eigentlich unzertrennlich waren, hatte Glo mir von einem Streit erzählt, der noch nicht aus der Welt geschafft worden war. Sie zählte an den Fingern ab: »Unterbrich niemanden, wenn er spricht. Halte dich an *Ich*-Aussagen. Und sei ein gutes Vorbild für andere, indem du ihnen zuhörst, wenn sie an der Reihe sind.«

»Danke, Sasha.« Ich wartete extra, bis sie mir zugenickt hatte. »Wie sonst auch ist das Ziel dieses Abends, einen Schritt in Richtung Authentizität und Verletzlichkeit zu gehen. Wenn wir bereit sind, vor anderen unser wahres Ich zu zeigen …« Ich brach ab und die anderen vervollständigten einstimmig: »… helfen wir ihnen, selbst auch authentisch zu sein.«

Wie fremd würde Molly diese Art von Übung vorkommen? Mir wurde immer bewusster, dass nicht nur unsere jungen Leute sie brauchten, sondern Molly auch sie.

Ich bedeutete Monica, dass sie jetzt das Wort hatte.

»Also, ich möchte heute die erste Frage beantworten – die

nach meinem Highlight.« Monica trat beim Erzählen von einem Bein aufs andere. »Heute Morgen konnte ich einer meiner Kommilitoninnen einen Muffin kaufen. Sie stand an der Kasse und hat gemerkt, dass sie ihr Portemonnaie im Auto vergessen hatte. Sie wurde ganz nervös und holte ihre ganzen Bücher raus, um im Rucksack nach Kleingeld zu suchen. Ich hatte nur einen Zehndollarschein dabei, aber ich wusste, ich konnte ihr helfen. Also bin ich zum Kassierer gegangen und habe ihm den Schein gegeben. Einfach so.« Sie ließ den Blick durch den Raum wandern. »Das hat mich an die vielen Situationen erinnert, wo jemand für mich eingesprungen ist, aber auch an die, wo niemand da war und ich eigentlich nur klauen konnte, was ich brauchte.« Sie zuckte die Achseln. »Aber ich glaube, Gott war heute stolz auf mich. Wie Glo immer sagt: Geben ist besser als nehmen und so ... Das stimmt jedenfalls. Obwohl ich selbst wenig Geld hatte, war es schöner, für Becca zu bezahlen, als mir selbst den Double White Mokka und ein Stück Bananenkuchen zu kaufen.« Monica lächelte Glo an und die warf ihr einen Handkuss zu. »Das war's. Danke.«

Gott war nicht der Einzige, der stolz auf sie war. Monica hatte eine starke Persönlichkeit und viel Einfluss. Sie war eine geborene Anführerin. Und doch hatten wir erst seit Kurzem miterleben können, dass sie diese großartige Veranlagung auch für andere einsetzte und nicht nur für sich und Sasha. Ich lächelte sie an wie der hocherfreute Vater, den sie nie gehabt hatte und doch so sehr verdiente. »Das ist toll, Monica! Gut gemacht.«

Glo ging auf sie zu, umarmte sie kurz und bot ihr dann einen warmen Cookie an. Der Rest applaudierte. Dann trat Devon vor. Die Bühne war vermutlich sein Lieblingsort.

Ein kurzer Blick auf Molly verriet mir, dass sie unsere Tradition schön zu finden schien. *Gut.*

Ich machte mich für Devons kleine Rede bereit und hoffte, dass er sich auf ein Thema konzentrieren würde. Er erinnerte mich sehr an Jake, als er neunzehn war.

»Ich nehme Frage *Numero tres*. Heute bin ich am dankbarsten hierfür.« Er griff in die Tasche und zog ein neues iPhone heraus.

»Devon«, warnte ich ihn.

»Nein, nein, im Ernst. Lasst mich ausreden. Das ist kein Gag. Lange Zeit konnte ich mir nur einen Prepaid-Tarif leisten, aber mein Guthaben war immer schon vorm Ende des Monats aufgebraucht. Und heute habe ich meinen ersten richtigen Vertrag abgeschlossen – also, so richtig mit Geld und so.« Die Runde lachte und Devon lachte mit. »Weil ich jetzt tatsächlich genug dafür habe. Heute Nachmittag habe ich dann mit meinem alten Pflegepapa gesprochen und ihm meine Nummer gegeben. Und ... er meinte, er sei stolz auf mich. Und dass er gehofft hat, dass ich mich bei ihm melde und ihm sage, wie es mir so geht. Also, ich bin dankbar, ein Handy zu haben, aber noch dankbarer, dass ich jemanden habe, den ich anrufen kann.«

Ich stand auf, ging zu Devon und klopfte ihm auf den Rücken. Dann umarmte ich ihn kurz, während die anderen applaudierten. Der Junge hatte sich stark entwickelt seit seinen ersten Wochen hier. Es hatte Zeiten gegeben, da war ich mir nicht sicher gewesen, ob er uns je hinter seine Fassade würde blicken lassen. Aber Gott hatte wieder einmal bewiesen, dass sein Timing stimmte.

Ich warf Molly wieder einen Blick zu; dieses Mal sah sie mich ebenfalls an, aber ich konnte nicht erahnen, was sie dachte.

Amy, Alex und Jasmine meldeten sich als Nächste, erzählten von ihren Höhen und Tiefen und erinnerten mich ein weiteres Mal daran, wieso sich diese Arbeit lohnte. All die Opfer, die langen Arbeitstage, die Verwaltungsratssitzungen, das niedrige Gehalt und die ausstehende Bewilligung eines Zuschusses, der uns alles abverlangen würde, und noch mehr.

Und trotzdem würde ich alles sofort wieder genauso machen.

Als die Meldungen stockten, wollte ich gerade den Abend mit einem Gebet beschließen, als ich kupferrotes Haar aufblitzen sah. Es gab wenig Dinge, die mich sprachlos machten, aber zu sehen, wie Wren nach vorn ging, war so etwas. Sie hatte noch nie bei dieser Gemeinschaftsaktion mitgemacht.

»Äh ...« Ihre Lippen bebten und ich rechnete damit, dass sie dem Druck nicht standhalten, sondern einen Rückzieher machen würde. Aber Glo stellte das Kekstablett ab und positionierte sich neben ihr. Wir hatten eine Hausregel, dass wir einander nicht aus verletzlichen Augenblicken retteten, aber eine erwünschte Form der Unterstützung war es, sich einfach neben die betreffende Person zu setzen oder zu stellen.

Schnell sah ich Wren an und versuchte sie mit Blicken zu ermutigen.

»Ich möchte Nummer zwei und Nummer drei beantworten.«

Ich war mir sicher, dass einige die Luft anhielten, weil sie so gespannt waren, was Wren jetzt sagen würde – genau wie ich selbst.

»Ich war fast den ganzen Tag schlecht drauf wegen einer Veränderung, für die ich nichts kann. Es sah so aus, als würde ich meinen Bruder wegen Problemen mit der Fahrerei nicht mehr wöchentlich, sondern nur noch zwei Mal im Monat sehen. Ich konnte mir das gar nicht vorstellen. Er ist doch ...« Sie presste die Lippen zusammen und rang die Hände. »Er ist der einzige Grund, wieso ich weitermache, wenn ich manchmal nicht mehr will. Das war mein Tiefpunkt.« Ihr Blick schnellte von mir zu Molly. »Aber heute Abend bin ich dankbar für meine Mentorin Molly. Sie hat mir angeboten, mich einmal in der Woche zu Nate zu fahren. Ich weiß nicht, ob ich sagen kann, wie sich das anfühlt, nahe bei Gott zu sein, aber bestimmt so ähnlich wie das hier.«

Als Wren wieder auf ihren Platz ging, standen alle auf und applaudierten, aber nicht nur für Wren, sondern auch für Molly, der die Tränen über die Wangen liefen.

Ich gab Glo ein Zeichen. Sie verstand sofort und ging nach vorn, um an meiner Stelle den Abend zu beenden. Denn in etwa zehn Sekunden würde ich woanders gebraucht werden. Wenn ich eins in meinen Jahren in der sozialen Arbeit erkennen gelernt hatte, dann eine bevorstehende Flucht.

Und Molly war drauf und dran wegzurennen.

## Molly

Trotz des immensen Drucks auf meinem Brustkorb hatte ich mir ein Lächeln abgerungen, als Wren zu ihrem Platz zurückkam und sich noch einmal für mein Angebot bedankte. Sie hatte mich umarmt. Es hatte ihr wahrscheinlich viel mehr abverlangt als mir, und doch hatte sie mir damit alle Luft zum Atmen geraubt.

In dem Augenblick, als Monica fröhlich auf Wren zukam, entschuldigte ich mich und stürzte hinten aus dem Raum. Zum ersten Mal in meinem Leben hoffte ich, keine Aufmerksamkeit zu bekommen – die heulende Mentorin, die keine Ahnung hatte, worum es in ihrem Leben überhaupt noch ging.

Ich hatte den dunklen Parkplatz zur Hälfte überquert, als ich meinen Namen hörte. Kurz überlegte ich, ob ich Silas davonlaufen konnte. Ob ich zum Auto sprinten und die Von-Null-auf-hundert-in-zwei-Komma-sechs-Sekunden-Funktion nutzen konnte, die Tesla-Fans so bejubelten. Aber was dann?

Wohin wollte ich überhaupt? Instagram hatte kein Ziel, das ich anfahren konnte.

»Molly«, sagte er noch einmal, die Stimme näher und ruhiger als beim ersten Mal. Als ob er die Panik, die aus jedem meiner schweren Atemzüge strömte, nicht bemerkte. »Du musst nicht gehen.«

Seine Worte waren so unerwartet, dass ich tatsächlich mitten auf der Schottereinfahrt stehen blieb und mich umdrehte. »Aber ich sollte gehen. Und du solltest das auch wollen.«

Er zuckte nicht mit der Wimper. »Wieso?«

*Weil ich hier nicht atmen kann.* »Weil du recht hattest. Ich passe nicht in euer Programm. Ich ... ich bin nicht die Richtige als Mentorin.«

Seine dunklen Augen wurden zu Schlitzen. »Und wer wäre die Richtige?«

Mich fröstelte. »Jemand, der selbstlos ist und fürsorglich und der nicht die ganze Zeit nur auf seinen eigenen Vorteil aus ist. Jemand wie du und Glo und Clara.« Und sogar Miles. Meine Augen wurden feucht.

Er kam noch einen Schritt näher. »Wenn du dir so sicher bist, dass du nicht hierhergehörst, wieso bist du dann gekommen?«

»Weil ich nicht wusste, wohin ich sonst soll.« Ich sah in Richtung der Bäume und wünschte, ich könnte mich dort verstecken. »Und ja, ich weiß, wie armselig das klingt. Aber es stimmt.«

»Das ist überhaupt nicht armselig. Für mich klingt es echt.«

»*Echt*«, wiederholte ich und lachte selbstironisch. »Weißt du, die Leute reden immer davon, wie wichtig es ist, *echt* zu sein, und wie die Welt besser sein könnte, wenn wir nur authentischer miteinander umgehen würden. Aber niemand will das wirklich, Silas. Glaub mir. Wenn doch, dann gäbe es keine millionenschweren Konzerne, die nur das Ziel haben, dass wir uns verbessern – körperlich, mental, emotional, sogar geistlich. Deswegen habe ich überhaupt einen Job.«

Ich zeigte auf den roten Tesla hinter mir. »Deswegen habe ich dieses Auto, diese Tasche und diese Schuhe.« Ich ließ meinen Knöchel rotieren, um die neusten Slipper von *Coach* zu präsentieren. »Niemand möchte Bilder von leeren Eispackungen und Wäschehaufen sehen. Die Leute wollen makellose Wohnzimmer mit fluffigen Kissen, weißen holzvertäfelten Wänden und riesigen Vasen mit Wildblumen. Sie wollen Kompaktpuder, mit dem man aussieht wie die Kardashians. Sie wollen ein Gesicht ohne Pickel und Klamotten ohne die Flecken vom Cheeseburger letzte Nacht. Weil ihre Hoffnung darin lebt. Wenn sie nur noch ein bisschen mehr arbeiten, ein bisschen länger, ein bisschen schneller ... irgendwann bekommen dann auch sie all diese schönen Dinge.

Dann ergibt das Leben vielleicht endlich einen Sinn. Dann können sie endlich etwas bewirken.« Ich wischte mir unwillig eine Träne vom Kinn. »Die Realität ist nicht genug. Das war sie noch nie.«

In der Fernsehversion dieser Unterhaltung hätte die Kamera jetzt immer näher auf Silas' Gesicht gezoomt, und direkt nachdem seine grüblerischste Mikromimik meinen Irrtum deutlich gemacht hatte, wäre es in eine Werbepause übergegangen.

Aber Silas entsprach wie immer nicht meinen Erwartungen.

»Du hast recht. Unsere aktuelle Realität ist nicht genug, aber sie sollte es auch nie sein. Die Gefahr, die ich sehe, besteht nicht darin, das zu promoten, was einem Spaß macht, sondern daran zu glauben, dass etwas so Vergängliches einem mehr geben kann. Frieden. Annahme. Erfüllung. Denn wenn das stimmen würde, wärst du heute Abend nicht hier. Du hättest nicht vor diesem Gebäude geparkt, auf der Suche nach etwas, was man nicht kaufen und verkaufen kann.« Er trat noch einen Schritt auf mich zu. »Und du hättest dich nicht angeboten, eine neunzehnjährige Waise einmal pro Woche quer durch die Stadt zu fahren, nur um ihr eine Freude zu machen.«

Ich schloss die Augen. Mein Bedürfnis zu weinen war so drängend wie seit meiner Kindheit nicht mehr. Silas hatte mehr verdient als meine Halbwahrheiten und Beschönigungen. Er hatte mehr verdient, als ich bieten konnte. Und obwohl ich wusste, dass er mich in dem Augenblick vom Programm ausschließen würde, in dem ich ihm die Wahrheit beichtete, würde ich mich an meinen Teil der Abmachung halten. Ich würde all die Spenden besorgen, die er für das Haus brauchte, und ich würde sogar einen Chauffeur buchen, der Wren einmal pro Woche zu ihrem Bruder auf die Farm fuhr. Aber ich konnte keine Sekunde länger für mich behalten, wer ich wirklich war.

»Ich möchte Frage Nummer zwei beantworten«, sagte ich. »Meine Antwort hat mit Anspannung und Reue zu tun und damit, nicht ehrlich gewesen zu sein.«

Silas erwiderte nichts; er wartete nur.

»Vor diesem Augenblick dachte ich, mein Tiefpunkt heute wäre gewesen, dass ich meine Assistentin verloren habe. Ich tat mir selbst leid, weil meine beste Freundin – meine einzige echte Freundin – gerade mal eben von meinem Ex-Freund abgeworben wurde.«

»Das tut mir leid zu hören.«

»Siehst du? Genau so sollst du über mich denken – ich *will* dir leidtun«, sagte ich mit feuchten Augen. »Denn dann kann ich vielleicht eine Catherine sein – die Art Frau, die deine Achtung verdient, weil sie über ihre eigenen Probleme hinauswächst und denen die Hand reicht, die Gerechtigkeit und Unterstützung brauchen ...« Ich schüttelte den Kopf. »Aber so bin ich nicht. Und egal, wie verzweifelt ich versuche, mehr zu sein als nur ein hübsches Gesicht ... die Wahrheit ist, dass die Person, der ich als Erstes helfen wollte, als ich hierherkam, ich war, und nur ich allein.«

Die Verwirrung in seinem Gesicht ließ etwas in meinem Brustkorb reißen. Das bisschen Vertrauen, das ich Silas abgerungen hatte, würde gleich einen schnellen, kurzen Tod sterben.

»Kannst du mir erklären, was genau du meinst?«

»Ich habe mich nicht als Mentorin beworben, weil ich für die Gesellschaft oder die unterprivilegierte Jugend brenne. Ich wollte das so unbedingt, weil ...« Mir drehte sich der Magen um und ich dachte kurz, dass ich mich tatsächlich übergeben würde. Genau hier, auf dem Parkplatz mit Silas. Ich zwang die Worte aus meinem Mund: »Ich habe mich als Ehrenamtliche beworben, weil ich in die nähere Auswahl für eine Makeover-Show mit benachteiligten Teenagern und jungen Erwachsenen gekommen bin. Und man hat mir gesagt, dass ...« Nein, ich konnte Ethan nicht die Schuld dafür in die Schuhe schieben. Ich war eine erwachsene Frau, die für ihre Entscheidungen geradestehen musste. Für ihre eigene Verlogenheit. »Ich habe deine Kontaktdaten unter Vorspiegelung falscher Tatsachen von meinem Bruder erhalten. Und dann habe ich mich bei dir gemeldet und für den Job als Sommermentorin beworben, einzig und allein aus dem Grund, um Erfahrungen mit den jungen Menschen hier zu sammeln, damit ich damit meine Karriere antreiben kann.« Die Übelkeit brachte auch noch das letzte Stückchen Wahrheit heraus: »Und um meine Followerschaft zu vergrößern.«

»Und wie?«, fragte er leise und gepresst.

»Indem ich meine Marke mit einem humanitären Anliegen verknüpfe. Mit deinem Programm.«

»Und, hast du?«

»Nein.« Ich schüttelte heftig den Kopf. »Ich schwöre dir, ich habe nichts davon getan. Ich habe nicht ein Posting verfasst. Nur ein paar Notizen auf meinem Rechner. Ein paar Ideen und Bilder, die ich erst mit deinem Einverständnis hochladen wollte, wenn du ...«

»Wenn ich was?«

Das Ausatmen tat weh. »Wenn du mir vertraust.«

Die Stille, die folgte, war die reinste Qual. Doch ich würde nicht fliehen. Ich hatte diesen Platz in der ersten Reihe verdient. Diesen erstklassigen Blick auf die Enttäuschung, deren Ursache ich allein war. Ich hatte den vielleicht ehrenwertesten Mann reingelegt, dem ich je begegnet war, nur zu meinem persönlichen Vorteil.

»Es tut mir so leid, Silas. Ich weiß, dass nichts, was ich sage, etwas ändern wird, aber wenn du mir erlaubst, mein Wort Wren gegenüber zu halten, dann organisiere ich einen Chauffeur, der sie einmal pro Woche zu Nate fährt – einen seriösen natürlich. Und ich kann Clara und dir alles schicken, was ich bisher wegen der Spendenaktion zusammengetragen habe. Also, wenn du meine Hilfe überhaupt noch willst. Aber ich kann auch verstehen, wenn nicht.«

Wieder vergingen einige Schweigesekunden, bevor er schließlich den Mund öffnete. »Ist das alles?«

Ich ließ den Blick über den Parkplatz schweifen. War das seine Art, mir zu sagen, dass das Gespräch beendet war? Indem er einfach in mein mitleiderregendes Gesicht starrte? Oder war das der

Einstieg zu meiner Kündigung, die er damit festhämmern wollte, einen Sargnagel nach dem anderen?

»Aber das waren alle Lügen?«, fragte er.

»Ja«, flüsterte ich. »Das heißt, nein. Da ist noch etwas.«

Er zog die Augenbrauen hoch und legte den Kopf schief.

»Ich ...« Ich biss auf die Innenseite meiner Wange. »Ich spreche überhaupt nicht Italienisch. Also sprechen wie im Gespräch. Es sei denn, das Gespräch hat die Form einer Oper.«

Das kurze Zucken seiner Lippen hatte ich mir wohl eingebildet, denn es war schneller verschwunden, als ich blinzeln konnte.

»Dachte ich mir.«

»Ach ... wirklich?«

»Ja, ich dachte mir schon, dass du etwas zu verbergen hast, als du zum Bewerbungsgespräch in meinem Büro saßt. Mehrere Dinge, wie sich gerade herausstellt.«

Jetzt war ich verwirrt. »Augenblick. Du wusstest, dass ich etwas zu verbergen habe, und hast mich trotzdem als Mentorin akzeptiert? Wieso?«

»Weil ich davon überzeugt war, dass du diesen Ort und uns alle hier brauchst, vielleicht sogar noch mehr als wir dich. Was wir heute im Kaminzimmer gemacht haben, die Höhepunkte und Tiefpunkte, die zur Sprache kamen … Das ist nur ein winziger Einblick in die Herausforderungen, denen sich diese Menschen in ihrem kurzen Leben schon stellen mussten.« Er sah gen Himmel. »Als ich in diesem Bereich angefangen habe und den jungen Leuten zu helfen versuchte, sich in einem Leben zurechtzufinden, auf das sie nicht vorbereitet wurden, da wollte ich eigentlich nicht jeden kleinen Fortschritt loben. Ich wollte sehen, wie sie die Ziellinie überquerten. Ich wusste ja, wie viel Wegstrecke sie vor sich hatten, und der Fortschritt im Hier und Jetzt schien mir vor diesem Hintergrund wenig beachtenswert. Ich wollte sie retten – ihre Ausgaben übernehmen, ihre Schulden mitunterzeichnen, die Schwierigkeiten aus dem Weg räumen, mit denen sie tagtäglich konfrontiert wurden. Ich wollte die verlässliche Autoritätsperson sein, die ihnen im Leben bisher gefehlt hatte.« Er sah mich an. »Aber oft besteht der beste Rettungsplan, den man für jemanden schmieden kann, aus der Unterstützung bei jedem Schritt, den die Person nach vorn macht.«

Bei seinen Worten brach etwas in mir auf, das sich seit langer Zeit angestaut hatte. »Willst du damit sagen, du würdest ...« Ich biss mir auf die Unterlippe. »Du würdest mich doch noch im Programm lassen?«

»Ich treffe diese Entscheidung nicht auf der Grundlage dessen, wo du angefangen hast, sondern, wo du jetzt bist. Schluss mit den Lügen, Molly. Schluss mit dem Versuch, die Regeln zu verbiegen. Wenn es eine Frage gibt, dann wird zuerst gefragt, dann gehandelt. Das ist der einzige Weg, wie ich die Sicherheit aller bei *The Bridge* garantieren kann, und dazu gehörst du auch.«

Mit dieser Begnadigung hätte ich nicht in einer Milliarde Jahren gerechnet. »Ich verspreche es«, krächzte ich. »Ich wollte niemals jemandem hier wehtun.«

Er sah mich prüfend an. »Ich glaube dir.«

Und dann überschritt Silas die Grenze zwischen Direktor und Ehrenamtlichem und nahm mich auf eine Weise in den Arm, die selbst das einsamste Herz erreicht hätte. Als ich meinen Kopf an seine Brust legte und seinen starken Herzschlag spürte, wurde mir bewusst, dass ich überhaupt keine Catherine sein wollte. Denn so sehr ich mir seine Anerkennung und seinen Respekt wünschte ... waren das nicht die einzigen Dinge, nach denen ich mich sehnte. Es fiel mir so leicht, diesen Mann mehr als zu mögen, doch ich verdiente es so wenig, ihn in meinem Leben zu haben.

# Kapitel 21

## Silas

Glo stellte ihre Cola Zero auf den Couchtisch und ließ sich aufs Sofa sinken. Sie legte ihren Kopf an die lederne Kopfstütze und atmete tief aus – ein klarer Hinweis darauf, dass sie keine Eile hatte, unser dienstägliches Mittagstreffen hinter sich zu bringen. Eigenartigerweise hatte ich es genauso wenig eilig. Ich hatte mich an den neuen Ort für unsere Besprechung gewöhnt, den sie »das Lobbywohnzimmer« getauft hatte, und außerdem hatte ich innerlich noch mindestens sieben Tabs offen. Sechs davon hatten mit der Frau zu tun, die für dieses gemütliche Ambiente verantwortlich war. Derselben Frau, die ich ungefähr hundert Meter von hier an mich gedrückt hatte.

Ich rieb über die Sofalehne und dachte daran, wie dieses großzügige, anonyme Geschenk geliefert worden war. Das hier war das bequemste Möbelstück auf ganz Fir Crest Manor. Aber das war noch längst nicht alles. In diesem einst kahlen Raum gab es jetzt auch einen eleganten Teppich, den dunkel gebeizten Couchtisch, zwei dazu passende Beistelltischchen und vier Loungesessel. Und zwei Regale voller Bücher. Auf dem Zettel zur Lieferung hatte nur gestanden: *In einem alten Herrenhaus dürfen ein paar gute Krimis und Liebesromane nicht fehlen.*

*Wie geht es ihr wohl heute?* Diese Frage hatte ich mir schon ein Dutzend Mal gestellt und an Mollys tränenreiche Beichte gedacht, an ihre mutigen Worte und daran, wie ihre Haare mein Kinn gestreift hatten, als ich sie umarmt hatte.

»Ich spüre da seltsame Vibes«, sagte Glo und holte mich damit zurück in die Gegenwart. »Im Lavender Cottage.« Sie öffnete die

Augen und hob den Kopf. Ich kannte Glo schon ewig. Sie hatte ihren Mann verloren, einen Sohn und fast ein Jahrzehnt an den Whiskey, und *The Bridge* bedeutete ihr viel. Mit ihrer Arbeit hier lebte sie die Hoffnung, die sie in ihrer dunkelsten Zeit gern selbst gefunden hätte. Wenn also *Vibes* auch nicht zu meinem aktiven Wortschatz gehörte, wusste ich doch, dass ihre Aussage sehr ernst zu nehmen war. Glos Antennen waren feiner, als meine es je sein würden.

»Was denn für Vibes?«

Sie beugte sich vor und stützte sich auf ihre Knie. Dabei fiel ihr langer grauer Zopf über ihre Schulter nach vorn. »Irgendwas stimmt nicht mit Sasha.« Sie seufzte. »Ich kann nur nicht genau sagen, was es ist.«

»Ist der Streit mit Monica eskaliert?«

»Nein. Sie reden überhaupt nicht mehr miteinander. Jedenfalls nicht, wenn Wren in der Nähe ist.«

»Also Eifersucht.«

Glo nickte. »Ich habe Sasha schon ein paarmal zur Seite genommen und mit ihr über ihre Gefühle gesprochen, um ein besseres Bild davon zu bekommen, was da wirklich los ist, aber ...«

»Sie ist wie eine Festung.« Ich hatte mir wirklich Sorgen wegen Wrens Isoliertheit gemacht, als sie zu uns kam, aber Sashas Version von sozialem Rückzug war ein ganz anderes Kaliber. Es war ein Verstecken vor aller Augen, eine Überlebensstrategie, die wenig zur Heilung ihrer seelischen Wunden beitrug. Das Leben hatte sie die Spielchen gelehrt, wie sie bekam, was sie wollte, ohne sich selbst in den Prozess einbringen zu müssen. Auch wenn wir bei unserem Aufnahmegespräch die Warnsignale wahrgenommen hatten, hatten wir gehofft, dass ihre Mauern im Lauf der Zeit zu bröckeln beginnen würden, wenn sie anfing, uns zu vertrauen. Stattdessen gab Sasha auch weiterhin nur die Antworten, die wir hören wollten, ohne es wirklich so zu meinen.

»Und niemand hier kommt an sie ran. Clara ist es noch am besten gelungen, zu ihr durchzudringen, aber im Moment weiß sie auch nicht mehr weiter. Mein Gefühl sagt mir, dass sie was mit jemandem hat. Jemandem von hier.«

Ich seufzte. »Es gab keinen nächtlichen Alarm von den Kameras, wenn da also etwas läuft, dann nicht auf dem Campus. Wen hast du im Verdacht?«

Glo zuckte die Achseln. »Schwer zu sagen. Vielleicht Jessie. Oder Alex.«

»Alex wäre nicht so dumm. Für ihn steht zu viel auf dem Spiel, er riskiert keinen Rauswurf.«

Glo schmunzelte. »Wäre nicht das erste Mal, dass eine attraktive Frau einem zielorientierten Mann den Kopf verdreht.«

Ich verzog keine Miene. Ihre leicht gehobene Augenbraue war eine Andeutung, über die ich nicht mit ihr zu diskutieren bereit war.

»Am besten höre ich mich auch mal um. Außerdem bitte ich sie zu mir und schicke sie noch diese Woche zur Therapeutin. Vielleicht kann Hannah sich auch ein paarmal mit ihr zusammensetzen, jetzt, wo sie von Clara nichts mehr wissen will.« Ich holte mein Handy heraus, um mir das in meinen Kalender einzutragen.

»Hannah ist schwanger. Sie braucht ihre Ruhe und keinen Panzerknackerauftrag.« Glo spitzte die Lippen und nahm ihre Cola vom Tisch. »Ich frage mich ... ob Molly vielleicht einen Zugang finden könnte.«

»Nein.« Ich schüttelte den Kopf. Molly war noch viel zu neu bei uns und komplett unerfahren, was Traumata betraf.

»Wieso nicht? Sie ist clever, selbstbewusst, stilvoll und hat ihre ganz eigene Art, Probleme ...«

»Ich weiß – aber Sasha braucht professionelle Hilfe.«

»Die hat sie bereits erhalten. Jede Menge davon. Vielleicht braucht sie einmal jemanden zum Reden, der ein bisschen anders an die Sache rangeht, einfach eine Abwechslung.«

Ich bemerkte die ersten Anzeichen von Kopfschmerzen. »Sasha würde Molly fertigmachen.«

»Vielleicht. Vielleicht aber auch nicht.« Glo nahm einen großen Schluck. »Wieso lassen wir es nicht auf einen Versuch ankommen? Sasha ist doch sowieso schon in ihrer Gruppe und Clara und ich können Molly unterstützen. Denk doch nur daran, wie sehr sie Wren aus ihrem Schneckenhaus geholt hat.«

Das stimmte. Aber Wren war ein völlig anderer Fall. Sie war verletzt, aber offen. Sasha war von einer Mauer umgeben und defensiv, teilte aber aus, wenn sie aufgebracht war, und wich nicht zurück, wenn sie sich bedroht fühlte.

»Überleg doch mal. Molly ist ... Sie hat so einen weichen Kern.«

Wieder dachte ich an den gestrigen Abend. Glo lag richtig. Molly war stark, aber auch weich.

Über uns ertönte das *Dong* der Tür, die sich nach Eingabe des richtigen Codes öffnete. Unser Gespräch erstarb, als wir unsere Aufmerksamkeit genau der Frau widmeten, über die wir gerade gesprochen hatten. Molly war fünf Stunden zu früh und war ein ganz und gar ungewohnter Anblick – keine knalligen Farben, Muster oder Drucke. Keine ausgefallenen Schuhe auf Ministelzen oder Korkrampen. Irgendetwas an dieser Version von ihr versetzte meinen Bauch in Aufruhr.

Ich stand auf, als sie in ihrem pastellenen Shirt und heller Bluejeans auf uns zukam. Es schien fast, als wäre sie davon überzeugt, weniger auffällige Kleidung könnte das, was sie einzigartig und zu Molly machte, ausblenden.

»Entschuldigung«, sagte sie. »Ich wollte nicht stören; ich bin nur schon hier, um die große Wiese auszumessen, für die Spendenaktion. Ich dachte, ich frage kurz um Erlaubnis, bevor ich da draußen herumlaufe.« Sie drückte ein pinkfarbenes Notizbuch wie einen Schild vor ihre Brust.

Glo drückte sich vom Sofa hoch und ging geradewegs auf sie zu. »Ist doch kein Problem. Silas und ich sind gerade fertig geworden.«

Natürlich waren wir alles andere als das, aber ich war dankbar, dass Glo wie immer ein untrügliches Gespür für die Situation hatte. »Ja, danke, Glo. Ich lasse mir das alles durch den Kopf gehen«, sagte ich.

Glo umarmte Molly und löste sich dann von ihr, um misstrauisch ihre Füße zu betrachten. »Ich dachte, Sie tragen keine flachen Schuhe? Diese Sneaker sehen aber ziemlich flach aus, Kitten Heels. Als Nächstes wollen Sie sich noch meine Birkenstocks ausleihen, was?«

Mollys Lachen war dünn. »Könnte passieren.«

Glo drückte ihr kurz die Schulter und zog erneut vielsagend die Braue in meine Richtung hoch, als wollte sie sagen: *Krieg das wieder hin, Silas!*, bevor sie in den Schuhen davonklapperte, die Molly ihr geschenkt hatte.

»Wie geht ...?«

»Ist alles ...?«, setzte Molly im selben Moment an.

Ich ließ ihr mit einem Wink den Vortritt.

Sie starrte zu Boden. »Euer Meeting war nicht wirklich vorbei, oder?«

»Es war vorbei genug.«

Zögernd hob sie den Blick. »Ist alles in Ordnung? Ich meine, es sah nach einer ziemlich ernsten Unterhaltung aus.«

Um sie zu beruhigen, dass nicht sie es war, die uns Kopfzerbrechen bereitete, verriet ich ihr die Wahrheit: »Wir machen uns Sorgen wegen Sasha.«

»Wieso denn?«

»Aus verschiedenen Gründen, aber im Augenblick befürchten wir vor allem, dass sie eine unangemessene Beziehung zu einem der männlichen Bewohner hier hat. Es gibt noch keine konkreten Hinweise, wer es sein könnte, nur einen Verdacht.«

Molly nickte. »Und wenn ihr Hinweise findet, was passiert dann? Bittet ihr sie beide zum Gespräch und konfrontiert sie damit?«

Der Optimismus in ihrer Stimme brachte mich zum Lächeln. »Hast du dir schon mal ein kleines Kind mit Schokoladenfingern geschnappt und es gefragt, ob es irgendetwas über den fehlenden Weihnachtsmann weiß?«

»Du glaubst nicht, dass sie es zugeben würden?«

»Das hat noch nie jemand gemacht.« Ich wägte meine Worte ab. »Sie wissen, wie ernst die Konsequenzen bei Regelverstößen sein können.«

Molly bekam große Augen. »Wenn sie erwischt werden, müssen sie gehen?«

»Es hängt von den Umständen ab, aber ja, manchmal haben wir keine andere Wahl, als sie auszuschließen. Jeder und jede hat hier eine Verpflichtungserklärung unterschrieben. Allen ist klar, was wir erwarten.«

»Kann ich irgendwie helfen?«

Glos Worte hallten in meinem Kopf wider. *Wieso lassen wir es nicht auf einen Versuch ankommen?*

»Wie du sicher bemerkt hast, kann Sasha ... eine ziemliche Herausforderung sein. Aber sie hat in der Vergangenheit so einiges mitgemacht und viel Ablehnung erlebt. Sie wurde in der Ukraine geboren und als kleines Mädchen von einem amerikanischen Paar aus Oregon adoptiert, aber zwei Jahre nach der Vermittlung wurde die Adoption wieder aufgelöst, aufgrund von bestimmten Verhaltensweisen, auf die sich die Familie auf lange Sicht unzureichend vorbereitet fühlte.« Ich räusperte mich. Ein Bruch wie dieser hinterließ bei allen Beteiligten Spuren, aber für das Kind war er verheerend. »Sasha wurde nie wieder adoptiert, sondern wuchs in wechselnden Pflegefamilien an der Ostküste auf. Die traumatischen Erfahrungen manifestieren sich bei ihr deutlicher als bei anderen Bewohnerinnen und Bewohnern. Aber wir versuchen nach Kräften, eine Verbindung zu ihr aufzubauen und ihr zu zeigen, wie wertvoll echte, vertrauensvolle Beziehungen sein können.«

»Ist das traurig.« Mollys Augen waren voller Mitgefühl. »Das hätte ich bei ihr nie gedacht.«

»Wie viele mit solchen Hintergründen ist sie Expertin darin geworden, ihren Schmerz zu verstecken.« Ich zögerte. »Falls sich irgendwo eine Gelegenheit ergibt, kannst du gern einmal mit ihr reden.«

»Natürlich. Ich gebe mein Bestes.«

Ich wusste, dass das stimmte. »Danke.«

Das Funkeln in ihren Augen wurde schwächer und passte sich ihrer ausgesprochen schüchternen Körpersprache an, die sie heute an den Tag legte.

»Molly …« Ich wusste nicht, wie man so ein Gespräch begann. »Du und ich ... da steht nichts zwischen uns im Raum. Es gibt keinen Grund, dass du hier auf Zehenspitzen herumschleichst, als wäre gestern Abend ...«

»Ich komme mir so dumm vor!« Als sie mich ansah, kostete es mich enorme Willenskraft, sie nicht wieder in den Arm zu nehmen. »Ich habe keine Ahnung, wie ich mich nach alldem in deiner Gegenwart verhalten soll, was ich sagen soll oder wann ich ...«

Ich hatte Mühe, meine Emotionen im Zaum zu halten. »Ich möchte und erwarte nicht, dass du irgendjemand anderes bist als du selbst!«

»Aber weißt du überhaupt wirklich, wer ich bin? Denn ich glaube, ich weiß es nicht einmal selbst. Was, wenn ich durch und durch nur Heuchlerin bin und meine Hoffnung, den Bewohnerinnen hier auch nur irgendetwas Wertvolles mitzugeben, nichts weiter ist als ein schlechter Witz?«

Ich schüttelte den Kopf. Zwar war ich nicht blind für ihre Schwächen und Fehler, aber die Anzahl der positiven Adjektive, mit denen ich Molly McKenzie beschreiben würde, verdoppelte sich mit jedem Mal, wenn ich in ihrer Nähe war.

»Du bist selbstbewusst und engagiert, geistreich und herzlich. Mit deinen Mentees gehst du wirklich einfühlsam um und nimmst ihre Bedürfnisse wahr. All das sind sehr wertvolle Qualitäten, wenn man sich unter Menschen begibt, die tief verletzt worden sind.« Ich wartete, bis sie mich anschaute. »Du bist all das, was du vor unserem Gespräch gestern warst, abzüglich der Last, die auf deinen Schultern lag. Wenn also irgendetwas heuchlerisch war, dann die Art, wie du eben hier hereingeschlichen bist.«

Nach einem kurzen Moment des Schweigens hoben sich ihre Mundwinkel. »Vielleicht wollte ich einfach nur nicht das Missfallen eines Herzogs auf mich ziehen.« Ein tiefer Seufzer entfuhr ihr. Dabei klappte das Notizbuch in ihrer Hand gerade weit genug auf, dass ich die Ecke eines glitzernden Wortes ausmachen konnte. Ich griff danach und zog es ihr aus den Händen, um den schimmernden Satz in voller Länge lesen zu können: *Glitzern ist mein Lieblingssport.*

Ich musste laut lachen. Wenn es ein Lebensmotto gab, das sie perfekt beschrieb, dann war es dieses. Molly glitzerte überall, wohin sie ging, sogar dann, wenn sie verzweifelt versuchte, es zu verstecken.

Sie versuchte, mir das Notizbuch wieder wegzunehmen, aber ich hielt es außerhalb ihrer Reichweite in die Höhe. »Wofür genau ist dieses Notizbuch?«

»Wie ich bereits sagte«, erwiderte sie mit fünfundzwanzig Prozent mehr Feuer in der Stimme, »wollte ich die Wiese und den Gartenbereich vermessen. Und mir irgendeine Ecke suchen, wo ich ein paar Pläne skizzieren kann. Es fällt mir viel leichter, mir alles vorzustellen, wenn ich hier vor Ort bin.« Beiläufig berührte sie ihre Haare. Die Frisur hatte ich in einem ihrer Tutorials gesehen: ein verwobenes Kunstwerk fallender Locken, das beinahe von mehr Metall zusammengehalten wurde als meine Küchenschränke.

»Das Haus hat über eintausendeinhundert Quadratmeter. Da werden wir wohl etwas Besseres zum Arbeiten für dich finden als eine Ecke.« Obwohl es ein Dutzend Möglichkeiten gab, wusste ich sofort, was ich ihr anbieten würde: »Direkt gegenüber von meinem Büro gibt es noch ein leeres Zimmer. Es gehört dir, solange du es brauchst.«

»Danke schön«, sagte sie mit einem Lächeln, das sich ihrem gewohnten Strahlen schon wieder annäherte. »Könnte sein, dass ich dich wegen ein paar Details später um Rat fragen muss. Zum Essen. Ich hätte da schon ein paar Ideen bezüglich Deko und Ablauf.«

»Gern. Aber du solltest wissen, dass unser Budget für das Event sehr begrenzt ist.« Das Thema ließ meine Kopfschmerzen wieder stärker hämmern.

Sie winkte ab. »Und *du* solltest wissen, dass es mein erklärtes Ziel ist, dass *The Bridge* keinen Cent für dieses Event zahlen muss. Ich muss nur zuerst die größeren Details durchdenken, aber ich bin mir ziemlich sicher, dass ich eine Strategie ausarbeiten kann, die die Kosten deckt. Euer Sparschwein muss also nicht geschlachtet werden.«

Diese Frau war unfassbar.

»Okay«, hörte ich mich sagen. »Gib mir einfach Bescheid, wie ich helfen kann.«

»Mach ich.«

Während Molly über das Gelände spazierte und ihr Notizbuch mit Skizzen und Stichpunkten füllte, brachte ich ein paar Büromöbel für sie von unten in das leere Büro. Ich schob gerade den Tisch ans Fenster, da sah ich sie. Sie war nicht allein. Monica und Wren hatten sich zu ihr gesellt, machten riesige Meterschritte und lachten dabei so ausgelassen, dass ich es bis hier oben hören konnte. Ich beobachtete Molly weiter und spürte ein unmissverständliches Ziehen im Brustkorb, über das ich lieber nicht genauer nachdenken wollte.

Vielleicht hatte Glo recht. Vielleicht war Mollys weicher Kern genau das, was Sasha brauchte. Was wir alle brauchten.

Das schrille Klingeln meines Handys ließ den ruhigen Moment zerplatzen.

»Silas Whittaker, hallo?«

»Silas, *mi hermano*.«

Ein altbekanntes Frösteln packte mich. »Carlos.«

»Du hörst dich gut an, Bruder. Bist du gesund?«

Ich drehte mich vom Fenster weg und versuchte mich an die

unzähligen Stunden therapeutischen Rollenspiels damals nach dem Vorfall zu erinnern. »Ich hatte dich gebeten, mich nicht anzurufen.« Obwohl ein Strafgefangener sicher wenig auf Grenzen gab.

»Der Richter hat mich zwei Monate früher rausgelassen – wegen guter Führung. Ich habe es dir geschrieben, aber ich war mir nicht sicher, ob du ...«

»Was willst du, Carlos?«

Das Schweigen am anderen Ende ließ mich für das manipulative Netz wappnen, das er gleich spinnen würde. Die Lügen meines Bruders waren oft subtil und schwer zu enttarnen.

»Ich bin nicht dein Feind.«

»Die Narbe auf meinem Arm würde da wohl widersprechen«, sagte ich.

»Das war ein Fehler. Ich bin jetzt ein anderer Mensch. Ich bin clean – seit über zwei Jahren. Alles ist anders. Ich habe es dir alles in meinem ...«

»Ein Fehler, das ist ein Moment der Fehleinschätzung, nicht ein *ganzes Leben* voller falscher Entscheidungen.« Meinen Worten mangelte es an Wärme, nicht aber an Ernsthaftigkeit. Obwohl ich viel dafür gebetet hatte, dass mein Bruder sich änderte und dass er zu Gott fand, war ich nicht mehr länger davon überzeugt, derjenige zu sein, der ihn dorthin führen sollte. Nicht, nachdem er mich für seinen nächsten Schuss am Boden einer Betontreppe zum Sterben zurückgelassen hatte.

»Ich wollte dich fragen, ob wir uns treffen können. Zu deinen Bedingungen. Wenn ich Peter mitbringen soll – kein Problem. Er ist der Pastor, von dem ich dir erzählt habe. Der, der mich jede Woche im Gefängnis besucht hat. Er hilft mir. Er hat mir eine Bibel und einen Job in einem Lebensmittelmarkt in Bellingham besorgt. Da wohne ich jetzt auch. Er meinte, ich könnte einen Tag freibekommen, um dich zu sehen.«

Obwohl ich versuchte, mich vor jedem seiner Worte zu schützen, tobte der Kampf in mir immer stärker. Wenn der Mann zusehen konnte, wie sein eigener Bruder zusammengeschlagen und eine Treppe hinuntergeworfen wurde, hatte er sicher auch keine Skrupel, die Bibel als Vorwand zu benutzen. »Wir werden uns nicht treffen.«

»Ich sage die Wahrheit. Ruf meinen Pastor an. *Bitte*. Er heißt Peter Rosario. Er arbeitet in der Applegate Community Church in Bellingham und wird dir alles bestätigen, was ich gesagt habe. Ich will nichts weiter als nur ein wenig deiner Zeit. Eine Stunde oder so. Nur, um zu reden. Um aufzuholen, was wir versäumt haben. Mehr nicht.«

*Mehr nicht?* Er glaubte ja wohl selbst nicht, dass wir alles, was wir versäumt hatten, in einer Stunde aufholen konnten. Wir hatten ein ganzes Leben versäumt. Und ich war nicht der Grund dafür. Sondern er.

Ich hatte Mühe, mich zusammenzureißen und mir die Schuldkarte, die Carlos so gerne ausspielte, nicht aufdrücken zu lassen. Meine Schläfen pochten und mein Blick wurde so verschwommen, dass ich mich an dem Bürostuhl festhalten musste, den ich gerade für Molly herbeigeschafft hatte. Ich massierte meine Schläfe mit den Fingerknöcheln.

»Ich werde ihn nicht anrufen.« Es war schwer genug, für Carlos zu beten, geschweige denn den Überblick zu behalten, in welchen Schlamassel mich seine Lügen führen konnten. Ich war schon einmal in diese Sackgasse gelaufen und hatte verloren.

»Silas, ich bin nicht mehr der Junkie von damals. Die Dinge haben sich geändert. *Ich* habe mich geändert.« Sein flehentlicher Tonfall ließ das Dröhnen in meinem Kopf noch stärker werden. »Du bist alles, was ich an Familie noch habe.«

Dieser Satz verfehlte seine Wirkung bei mir nie, egal, wie oft ich ihn laut gesagt, aufgeschrieben oder sonst irgendeine Taktik angewandt hatte, die mein Therapeut mir empfohlen hatte – lange, nachdem meine Gehirnerschütterung und die gebrochenen Knochen wieder geheilt waren.

Ich kniff die Augen zu und zwang mich dazu, mir alles wieder zu vergegenwärtigen: das Lügenkonstrukt, mit dem er mich zum letzten Mal herbeigelockt hatte, in ein Drogenhaus voller Junkies, Geld und Zuständen, bei denen einem nur übel wurde.

Ich war so arrogant gewesen zu glauben, dass ich ihn retten konnte. Zu glauben, dass ich ihn aus den Fängen befreien konnte, in die er sich wieder einmal freiwillig begeben hatte. Die Staatsanwaltschaft hatte gemeint, ich solle froh sein, denn Auseinandersetzungen mit einem aufgebrachten Suchtabhängigen würden oft tödlich enden. Ganz zu schweigen von solchen mit sechs davon. Und obwohl es nicht mein Bruder selbst gewesen war, der zugeschlagen, mir mein Portemonnaie entrissen oder mich die Treppe hinuntergeschubst hatte, hatte er auch keine Anstalten gemacht, sie aufzuhalten.

Er war zu high gewesen, um überhaupt etwas zu tun, genau wie bei seiner Verurteilung, als die Paranoia in seinen Augen zu der Panik passte, die aus seinen Äußerungen sprach: Anschuldigungen und Erklärungsversuche, die so infam waren, dass der Richter ihn zum Schweigen verdonnert hatte.

Ich hatte meinen ganzen Karriereweg und meine Zukunft für meinen Bruder geändert. Aber noch nicht einmal *The Bridge* konnte ersetzen, was er mir in jener Nacht genommen hatte.

»Wir sind keine Familie mehr, Carlos. Bitte ruf nicht wieder an.«

Ich ließ das Handy in den Schoß fallen und schnitt Carlos' Stimme mit einem Fingertippen ab. Dabei wusste ich mit Gewissheit, dass ich sie nicht zum letzten Mal gehört hatte. Denn selbst falls er meinen Wunsch respektieren sollte, war sie für alle Ewigkeit in meinem Gehirn gespeichert.

Ich stützte die Ellbogen auf den Schreibtisch, vergrub das Gesicht in den Händen und atmete aus …

»Silas?«

*Molly.* Ich zuckte zusammen und versuchte aufzustehen, sank aber sofort wieder auf den Stuhl, weil die Mischung aus Licht, Geräusch und Bewegung meine Sinne überforderte.

»Du liebe Güte.« Sie eilte zu mir. »Geht es dir gut?« Ich spürte ihre Hand auf meinem Rücken. »Migräne, oder? Okulär?«

Woher sie das wusste, war mir ein ...

»Mimi hatte das oft – meine Oma. Hast du irgendwo ein Medikament?«

»Oberste Schublade in meinem Schreibtisch. Rechte Seite. Ist verschlossen.« Zögerlich griff ich in meine Tasche und reichte ihr den Schlüssel. »Der kleine silberne.«

»Okay. Bin gleich zurück.«

Ich konnte ihre flinken Schritte im Flur hören und dann kam sie auch schon zurück, mit den Tabletten und einer Wasserflasche, die ich auf meinem Schreibtisch stehen gelassen hatte.

»Hier.« Molly legte mir eine Tablette in die Hand, schraubte die Flasche auf und gab sie mir.

»Danke«, sagte ich, nachdem ich geschluckt hatte.

Ich hörte, wie sie hinter mir herumkramte – in ihrer Tasche? Kurz darauf war sie wieder bei mir.

»Okay, das hört sich vielleicht komisch an, aber da ich gerade keine Wärmekompresse habe, nehme ich das Nächstbeste. Und ich schwöre darauf, wirklich. Du musst nur einatmen.«

»Einatmen?«

»Vertrau mir. Ich habe das letzte Schuljahr über bei Mimi gewohnt und das hier hat ihr am meisten geholfen. Dreimal tief und langsam einatmen, bitte.«

Der intensive Geruch von Lavendel füllte meine Nase, als ich ihrer Aufforderung folgte.

»Und das andere, was ihr half, war ...« Aber ihre Worte verklangen, bevor sie den Satz beendete.

Ich hasste es, dass ich vor Schmerz die Augen nicht öffnen konnte, aber bis der Druck verschwand, war ich praktisch blind. Die Sehbeeinträchtigung hielt normalerweise höchstens eine halbe Stunde an, aber gerade war jede Sekunde der Blindheit mir zu viel. Ich wollte in Mollys Gesicht lesen, etwas, worin ich immer besser wurde.

»Was denn?«, hakte ich nach. »Was hat ihr geholfen?«

»Es ist nur, ich müsste dich berühren. Am Nacken. Ist das in Ordnung?«

Ein heißes Prickeln wanderte meine Wirbelsäule hinauf. »Ja, natürlich.«

Zunächst vorsichtig drückte sie mit den Fingern auf meinen Nacken und zog eine Linie in Richtung Schädel. Der Druck in meinem Kopf wurde fast augenblicklich schwächer.

»Siehst du dunkle Punkte, wenn es anfängt? Oder verschwimmt einfach alles?«, fragte sie.

»Beides.«

Molly legte die Hände unter meinen Ohren an beide Kopfseiten und drückte mit den Daumen in meine verspannten Muskeln. Es half wirklich.

»Wer ist Carlos? Du musst mir das natürlich nicht sagen, ich war bloß gerade auf der Suche nach dir und habe das Ende eures Gesprächs gehört.«

Allein sein Name ließ die Verspannung in meinem Nacken wieder zunehmen. »Mein älterer Bruder.« Ich bemühte mich, die Worte klar und fest herauszubringen. »Der einzige Blutsverwandte, den ich noch habe.« Obwohl wir dieselbe Mutter hatten, gab es seit dem Tag, an dem uns das Jugendamt getrennt hatte, fast keine Gemeinsamkeiten mehr.

»Oh.«

»Er wurde gerade aus dem Gefängnis entlassen. Zum zweiten Mal.«

»Silas, das tut mir so leid. Ich hatte ja keine Ahnung.«

»Ist schon gut.« Ich schluckte, als sie meinen Kopf nach links neigte und mit dem Daumen die Sehnen unterm Ohr bearbeitete. »Wie du sicher herausgehört hast, sind wir uns nicht gerade nah.«

»Trotzdem. Das macht es vielleicht sogar noch schwerer«, sagte sie. »Ich habe kein gutes Verhältnis mehr zu meinen Eltern. Ich weiß, dass das kein Vergleich zu dem ist, was du mit deinem

Bruder durchmachst, aber manchmal glaube ich, die angespannte Situation lässt mich noch häufiger an sie denken, nicht seltener. Sie schweben immer über mir. In meinen Gedanken. In meinen Erinnerungen.«

Das war das erste Mal, dass sie von ihrer Familie sprach, abgesehen von Miles und ihrer Großmutter.

»Wo leben deine Eltern?«

»Wo haben sie noch nicht gelebt?« Ihr Ausatmen mündete in ein müdes Lachen. »Sie arbeiten für eine Missionsorganisation, die sie überall in den USA und auch in Übersee einsetzt. Sie gründen neue Gemeinden in verarmten Gegenden. In letzter Zeit bleiben sie nicht länger als ein Jahr an einem Ort.«

Interessant. »War das auch schon so, als ihr noch klein wart? Sind du und dein Bruder mit ihnen von Gemeindegründung zu Gemeindegründung gezogen?«

»Ja, obwohl die einzelnen Aufenthalte damals länger gedauert haben. Wir haben in zehn Jahren in sechs Bundesstaaten gelebt, im Alter von sieben bis siebzehn. Aber wir waren immer für ein paar Wochen jeden Sommer hier.«

»Bei eurer Großmutter. Mimi, richtig?«

»Ja. Miles und ich wohnten dann bei ihr, als unsere Eltern auf die Philippinen weiterzogen. Ich wollte unbedingt hierbleiben und Miles wollte bei mir sein, also blieb er auch.« Ihr Seufzen war so tief, dass ich die Schwere darin sogar in ihrer Berührung spüren konnte. »Trotzdem ist es seltsam. Wenn ich daran zurückdenke, wie wir zu Hause von unserer Mutter unterrichtet wurden und zu zweit auf dem Rücksitz unseres kleinen Autos durch die Gegend reisten, sind die Erinnerungen an meine Kindheit, oder zumindest an diesen Teil davon, zum größten Teil positiv.« Wieder ließ sie ein mattes Lachen hören. »Die zehnjährige Molly hätte niemals gedacht, dass sie als Erwachsene ohne die Unterstützung ihrer Eltern dastehen würde.«

»Wieso unterstützen sie dich denn nicht?« Obwohl ich berufsbedingt Hunderte von Geschichten von Eltern kannte, die ihre

Kinder im Stich gelassen hatten, schien mir die Vorstellung, dass Mollys Eltern sich von ihr abgewandt hatten, absurd.

»Es ist schwer, hinter jemandem zu stehen, wenn man sich nicht die Zeit nimmt, denjenigen zu verstehen. Und meine Eltern haben schon lange damit aufgehört, es zu versuchen.« Eine einfache Erklärung, die sicher tiefere Wurzeln hatte. »Manchmal würde ich gern genau den Augenblick bestimmen, ab dem wir auseinandergedriftet sind. Ich würde gern zurückblicken und an diesen einen großen Familienstreit am Feiertagsesstisch denken, wo sich alle übers Süßkartoffelsoufflé hinweg anschreien ... Aber so war es bei uns nicht. Es war eher eine langsame Erosion. Je mehr ich mich mit den Dingen beschäftigte, die ich liebe und mit denen sie nichts anfangen können, desto größer wurde die Distanz zwischen uns. Miles ist ungefähr das Einzige, was uns noch verbindet, und selbst das ist schwierig.«

»Weil er Pastor ist?«

»Exakt.« Die Endgültigkeit, die dabei mitschwang, war ernüchternd. »Die Wahrheit ist, ich weiß nicht, wie ich in ihre Welt passen soll, und sie wissen nicht, wie sie zu meiner gehören. Das ist einer der Gründe, wieso ich so gern bei Mimi gewohnt habe. Sie meinte immer: ›Gott hat für einzigartige Menschen einzigartige Geschenke parat.‹ Sie hat mir erklärt, dass es in Ordnung ist, wenn meine Geschenke nicht in dieselbe Schachtel passen wie die für meine Familie. Aber als Kind war das für mich sehr schwer zu verstehen. Ist es eigentlich heute noch.« Sie schwieg für einen Augenblick. »Ich schätze, das ist etwas, wonach wir alle im Leben suchen, egal wie alt wir sind: diesen besonderen Ort, an den wir passen.«

»Ja, das mag sein.«

Ihre Finger hielten kurz inne. »Wurdest du von den Whittakers adoptiert?«

»Genau. Kurz nach meinem zehnten Geburtstag.«

»Und hattest du gleich das Gefühl, in die Familie hineinzupassen?«

»Nein, aber damals wollte ich auch nirgends hineinpassen.« Vor allem nicht in eine Familie, die nicht so aussah wie ich und nicht so redete. Die meine Mutter und meinen großen Bruder nicht kannte. »Aber ich steckte voller Fragen und Wut, die ich verarbeiten musste, nachdem meine Mutter an einer Überdosis gestorben war. Ich war das erste Notpflegekind der Whittakers und ich machte es ihnen alles andere als leicht. Aber nach und nach wurden sie zu allem, was ich hatte, und ich bin dankbar, ihr Sohn sein zu dürfen. Ihr Bruder.«

»Und Carlos? Wurde er auch adoptiert?«

»Nein«, sagte ich und schaffte es nicht, meine Schuldgefühle und die Trauer darüber zu verbergen. »Aber ich kann mir vorstellen, dass so viele Dinge anders gelaufen wären, wenn sie ihm diese Chance gegeben hätten.« Oder wenigstens einen Ort, an dem er sich auf dem Weg vom Jungen zum Mann hätte sicher fühlen können.

Mollys Finger wurden langsamer und blieben schließlich in meinem Genick liegen. »Wie sind die Schmerzen? Besser?«

»Deutlich besser. Sehr lieb von dir!«

»Gut. Schön, dass ich helfen konnte.« Ich spürte die Distanz zu ihr, sobald sie sich von mir löste.

»Molly.« Langsam und zögerlich öffnete ich die Augen und fasste sie am Handgelenk. Ihr zarter Puls trommelte gegen meine Finger. »Du passt hierher. Zu *The Bridge*. Ich hoffe, das siehst du inzwischen genauso deutlich wie ich.«

Sie presste die Lippen zusammen, schluckte und nickte. »Danke.«

# Kapitel 22

## Molly

Gäbe es einen Rekord für den sparsamsten Kontakt mit einer neuen persönlichen Assistentin, hätte ich ihn um Längen gebrochen. Hätte ich Rosalyn nicht mit eigenen Augen gesehen, wäre ich davon überzeugt gewesen, sie wäre eine KI. Die Zusammenarbeit war unglaublich unpersönlich.

In den vergangenen zweieinhalb Wochen hatte die Frau mir zwei Mal pro Tag gemailt. In der ersten Nachricht teilte sie mir immer die Titel und Veröffentlichungszeitpunkte der Beiträge mit, die Val schon vor Wochen für mich geschnitten hatte – als könnte ich sie in der Warteschlange nicht selbst sehen –, in der zweiten, wie gut sich die Beiträge in den ersten vierundzwanzig Stunden geschlagen hatten – als würde ich das nicht von allein im Auge behalten. Aber das waren noch nicht ihre nervigsten Vergehen, denn Rosalyns Lieblingskommunikation schien die automatische Gruppennachricht zu sein, die jeden Morgen um Punkt sieben eintraf: ein Motivationsspruch, aber nicht etwa für jeden Tag der Woche einen neuen – nein, es war immer derselbe, tagein, tagaus. Und je häufiger ich ihn las, desto unmotivierter wurde ich:

*Hart Arbeiten ist nicht dasselbe wie harte Arbeit.*
*Rosalyn Brunswick*

Was für ein Mensch schickte ein tägliches *Antimotivationszitat* als Gruppennachricht herum, das er selbst verfasst hatte? Val jedenfalls nicht. So sah es aus.

Ich saß an meinem Rechner und wünschte, ich könnte den neusten Hinweis von Rosalyn – eine unnötige Erinnerung daran, bitte für noch bessere Reichweite und Sichtbarkeit bei den aktuellsten Beiträgen innerhalb von einer Stunde auf Kommentare zu reagieren – an Val schicken, weil sie der einzige Mensch in meinem Leben war, der wirklich verstehen konnte, womit ich es hier zu tun hatte. Doch jedes Mal, wenn ich zu Vals Namen hinunterscrollte, verkrampfte sich mein Magen. Weil ich unseren Nachrichtenverlauf nicht sehen wollte – diesen brutal höflichen Austausch während ihrer letzten Tage und Stunden als meine Assistentin, nackte Tatsachen ohne die vertrauten persönlichen Worte und Emojis.

Wer war ich eigentlich jetzt für Val? Die Ex-Chefin? Eine ehemalige Freundin? Beides?

Ich wusste nicht, welche Regeln jetzt für uns galten. Was waren die Grenzen einer solch seltsamen Beziehung? Ich wusste es nicht. Genauso wenig wie ich wusste, wie ich mit dem Gefühl von Traurigkeit und Reue umgehen sollte, das mich erfüllte, sobald ich an sie dachte. Wieso hatte ich Val nicht in Alaska besucht, solange ich die Gelegenheit dazu gehabt hatte? Ich kannte doch ihre Angst vorm Fliegen, ihre Situation mit Tucker und ihren Eltern, und hatte doch nie einen Flug gebucht. Ich hätte sie überraschen sollen. An ihrem Geburtstag hätte ich mit Ballons und einem Kuchen vor ihrer Tür stehen können. Ich hätte als Dankeschön für ihre unzähligen Überstunden und ihre Leidenschaft für meine Marke ein Mädelswochenende in einem Wellnesshotel auf einem schneebedeckten Berggipfel planen sollen. Ich hätte eine meiner vielen Dienstreisen verschieben können, um etwas zu tun, was dieser einen Person, die mir sehr wichtig war, wirklich etwas bedeutete.

Aber ich hatte nichts von alldem getan.

Das Einzige, womit ich auf diese Erkenntnis reagieren konnte, war, meine Gefühle in mich hineinzustopfen, indem ich die Reste der potenziellen Hochzeitstorten verputzte. Dank Claras großzügiger Spende an die *Nächtlich-emotionale Fressattackenstiftung* für Molly McKenzie würde ich für mindestens eine Stunde auf einem Zuckerhoch schwimmen. Mit Glück sogar länger.

Als Clara mich vor zwei Tagen gefragt hatte, ob ich sie zu *Bake Me A Cake* begleiten würde, um die Kostproben abzuholen, hatte ich erst gedacht, sie bräuchte nur eine Mitfahrgelegenheit, weil Jake auf einer Baustelle am anderen Ende der Stadt war, aber dann hatten wir den ganzen Tag miteinander verbracht. Nach dem Verkosten hatte sie mich um meine Meinung zu einem Outfit gebeten, das sie nach dem Hochzeitsempfang anziehen wollte, was wiederum zu einer kleinen Shoppingtour und anschließendem Spaziergang am Riverwalk mit Eiskaffee geführt hatte. Der Tag war unerwartet schön und lustig gewesen, aber wie so oft in den vergangenen Wochen hatte ich andauernd an Val denken müssen. Unzählige Male hatte ich mit meinem Handy irgendetwas fotografiert, was sie witzig oder für ein Posting geeignet halten würde. Aber dann war mir jedes Mal aufs Neue klar geworden, dass wir all das von jetzt an nicht mehr miteinander teilen würden.

Ich stopfte das letzte bisschen Limonentorte in den Mund und wischte auf dem Handy zu Spotify. Es war nicht das erste Mal, dass ich die Playlist mit dem Titel *Friendship Breakups Are the Worst* aufrief.

Eine E-Mail-Benachrichtigung tauchte am oberen Rand des Displays auf. *Hoffentlich nicht Rosalyn!* Nach 23 Uhr konnte niemand mehr mit einer professionellen Antwort von mir rechnen.

Aber die Nachricht kam nicht von meiner neuen Assistentin. Die Absenderin war Sophia Richards.

Ich verschluckte mich an dem zu großen Bissen Torte, als wäre sie höchstpersönlich in mein Wohnzimmer spaziert. Schnell klickte ich auf die E-Mail.

Liebe Molly,

es tut mir leid, dass ich erst jetzt reagiere, wo schon einige Wochen vergangen sind. Wir waren auf Barbados und haben den Start einer neuen Produktlinie gefeiert, bevor mein Mann sich in Hollywood wieder bis über beide Ohren mit Arbeit zuschaufelt.

Um auf das Ergebnis des Fotoshootings zu sprechen zu kommen: Ja, ich war enttäuscht von Ihrer Entscheidung zu gehen. Dennoch erleben wir alle Situationen, in denen unsere persönlichen Überzeugungen Vorrang vor unseren Verpflichtungen haben. In diesem Fall gratuliere ich Ihnen, sich an Ihre gehalten und geprüft zu haben, welche Konsequenzen Ihre Entscheidungen auf Ihre beeindruckende Followerschaft haben. Als ehemaliges Pflegekind würde ich gern mehr über die Organisation hören, bei der Sie als Mentorin arbeiten. Ich wurde vor meinem zwölften Geburtstag adoptiert – nicht ohne Schwierigkeiten und harte Umstände.

Aufgrund von Feedback aus der Branche werden wir den Tubee neu auflegen: als Neckholder-Tanktop mit mehr Stoff und weniger durchsichtiger Partie im Bauchbereich. Es würde mich freuen, wenn Sie ihn für ein weiteres Endorsement in Betracht ziehen würden.

Wir bleiben in Kontakt,
Sophia Richards

Mit großen Augen las ich die Mail drei Mal hintereinander durch. Und dann stand ich auf und lief im Zimmer auf und ab. Sophia Richards gratulierte mir? Sie gratulierte mir, weil ich ihr Fotoshooting abgebrochen hatte?

Ich sah auf die Uhr. Zehn nach elf.

Miles würde sicher schon schlafen. Außerdem müsste ich ihn erst eine halbe Stunde lang darüber ins Bild setzen, was an jenem Tag auf Sophia Richards' Anwesen passiert war, und bis ich es zu meiner Pointe geschafft hatte, würden alle Endorphine schon verflogen sein. Zumindest redete ich mir das ein, als ich nach meinem Handy griff und eine schnelle Nachricht verfasste.

**Molly**
Falls du schläfst, hoffe ich sehr, dass dein Handy aus ist und du ausgeruht aufwachen kannst. In diesem Fall: Guten Morgen, Silas! Aber falls du es auf Notfallbenachrichtigungen eingestellt hast und meine Nachricht siehst, sei beruhigt – das ist keiner. Also, kein Notfall. Es sei denn, Mails von Promis mit sehr interessanten Informationen zählen dazu? Dann ist es einer.

**Der Herzog von Fir Crest Manor**
Nein. Ja. Nein.

Ich verdrehte die Augen und lachte.

Einen Augenblick später rief er mich an.

»Hey«, sagte ich. »Du hast wirklich noch nicht geschlafen?«

»Nein«, sagte er und klang amüsiert. »Gelesen.«

Silas war wirklich niemand, der Worte verschwendete.

»Okay ... also, ich habe gerade eine ziemlich verrückte Mail bekommen.«

»Und weiter?«

»Von Sophia Richards. Du weißt schon, die Tubee-Frau.«

»Ist das wirklich ihr offizieller Titel? Man würde doch denken, dass eine Frau mit ihren finanziellen Mitteln sich ein kreativeres Marketing-Team leisten könnte.«

»*Silas.* Sophia schreibt, dass jeder manchmal für seine Überzeugungen eintreten muss … Moment, ich zitiere ... ›In diesem Fall gratuliere ich Ihnen, sich an Ihre gehalten und geprüft zu haben, welche Konsequenzen Ihre Entscheidungen auf Ihre beeindruckende Followerschaft haben.‹«

»Woher kannte sie denn deine Gründe, den *Tubee* nicht anzuziehen?«

Ich zog die Nase kraus. Jeder, der auch nur ansatzweise geschäftstüchtig war, hätte mir empfohlen, nach so einer Katastrophe bloß nicht mit ihr in Kontakt zu treten, und doch ... »Ich habe ihr gemailt.«

»Du hast ihr gemailt.« Aus irgendeinem Grund klang er weniger schockiert, als ich erwartet hatte. »Und ich vermute mal, die Cobalt Group weiß nichts davon?«

»Wenn du darauf hinauswillst, ob ich mir vorher eine Erlaubnis eingeholt habe … hab ich nicht. Aber ich habe deutlich gemacht, dass ich ihr als Molly schreibe, nicht als *Molly's Make-up Matters*. Das ist ein Unterschied.«

Er stöhnte und ich hörte, wie er sein Buch zuklappte und seine Matratze unter seinem Gewicht knarrte. »Ich weiß nicht, ob ihre Rechtsabteilung das auch so sehen würde.«

»Das Gute ist, dass mich nur interessiert, was *meine* Rechtsabteilung – Silas Whittaker ohne Co. – denkt.«

Er lachte leise, genau wie ich gehofft hatte. »Ich bin mir sicher, dass ihr Hochleistungsteam etwas mehr auf dem Kasten hat als ein Typ, der vor fünf Jahren die Anwaltsprüfung bestanden und dann nie in diesem Feld gearbeitet hat.«

»Ja, aber ich bezweifle, dass auch nur ein Mitglied dieses Teams so vertrauenswürdig ist wie du.« Das Kompliment ging mir leicht über die Lippen.

»Danke«, sagte er.

»Das meine ich wirklich so.«

Wahrscheinlich ging unser Gespräch jetzt aufs Ende zu. Genau, wie es auch sollte, schließlich war es fast Mitternacht und

Silas ging im Morgengrauen joggen, so viel wusste ich. Es wäre nicht nett, ihn noch länger aufzuhalten.

»Also dann«, setzte ich an, »danke, dass ich dich während deiner Lesestunde stören durfte ...«

»Glo meinte, du hättest sie gebeten, dich am Wochenende auf eine Shoppingtour zu begleiten«, kam es von Silas. »Irgendetwas von wegen Mietmobiliar für das Event?«

Ich lächelte. Es hieß nicht mehr Spendenaktion, sondern nur noch *das Event*. Silas hatte schon viel von meinen Vorstellungen für gut befunden, aber es gab auch noch einiges zu besprechen. Ich hatte ihm nicht absichtlich Details vorenthalten, aber er war auch nicht der Typ, der sich freiwillig unter eine Informationsdusche stellte. Es sei denn, er konnte jede Einzelheit aus allen Blickwinkeln betrachten. Das war unser aktueller Status, der *Gehen-wir-doch-jedes-Element-der-Partyvorbereitung-einzeln-durch*-Status, denn alles auf einmal war viel zu viel für einen Mann, der eigentlich nur wissen wollte, ob wir nicht das von mir mit Sorgfalt erstellte mehrgängige Menü mit einer einfachen Taco-Bar ersetzen könnten. Worauf ich sehr höflich und voller Mitgefühl *»Keine Chance«* geantwortet hatte. Vierhunderttausend Dollar ließen sich nicht mit einer Taco-Massenspeisung erzielen, egal, wie perfekt die Guacamole war.

»Ja, ich wollte gern eine zweite Meinung zu ein paar Sachen und Clara und Jake hatten schon Pläne für das Wochenende«, beantwortete ich seine Frage. »Aber Glo kann leider auch nicht. Sie verbringt Zeit mit ihrer Nichte und ihrem Neffen. Ich gönn's ihr – sie hat eine Pause verdient.«

»Dann komme ich mit.«

Einen Augenblick dachte ich, mich verhört zu haben. »Du kommst mit ... zur Vermietungsagentur?«

»Es sei denn, du hättest gern jemand anderen dabei.«

Obwohl ich mir nicht vorstellen konnte, dass Silas einen ganzen Tag lang Gedecke aussuchen und ausarbeiten wollte, welches der drei Oberthemen für das Event am besten ankommen würde, konnte ich mir auf einmal nicht mehr vorstellen, ohne ihn loszuziehen. »Wenn dir ein ganzer Tag Partyshopping keine Angst einjagt, dann nehme ich dich gern mit.«

»Ich bin mit drei älteren Schwestern aufgewachsen, Molly. Das ist nicht die erste Shoppingtour meines Lebens.«

»Okay, dann haben wir ein Date.« Das Wort war mir einfach so rausgerutscht. Ich wollte es schon zurücknehmen oder zumindest abschwächen, indem ich mich weiter erklärte, doch Silas schien es nicht im Geringsten zu stören.

»Ich könnte fahren, wenn es sinnvoller ist, nur ein Auto zu nehmen?«

»Klar, wieso nicht«, sagte ich. »Einer der Läden ist dort, wo ich herkomme. Wie wäre es, wenn du uns durch die Stadt kutschierst und ich dich dafür zum Essen einlade?«

»Hmm«, machte er, als würde er mein Angebot sorgfältig überdenken.

»Was?«, fragte ich mit einem Lachen. »Glaub mir, du wirst an diesem Tag eine Engelsgeduld aufbringen müssen und danach eine Stärkung brauchen.«

»Kann ich mein Essensticket eventuell gegen eine andere Belohnung eintauschen?«

»Woran dachtest du denn?«

»An eine Spritztour mit dem Tesla.«

Ich lachte erneut und stand vom Sofa auf, um die Lichter in meinem Haus auszuknipsen, angefangen vom Studio über die Küche zum Flur. »Ich hätte es wissen müssen. Kein Mann kann dieser Verlockung widerstehen.«

»Ich tue so, als fände ich diesen Kommentar nicht sexistisch, wenn das bedeutet, dass ich bald am Steuer sitze.«

»Abgemacht. Der Wagen gehört am Samstag dir.«

»Dann füg ruhig noch ein paar Läden und Besorgungen zu deiner Liste hinzu.«

Ich stellte mir sein Grinsen und die Lachfältchen um seine Augen vor. Beides hatte ich in den letzten Wochen viel häufiger gesehen. Oder vielleicht war es mir nur häufiger aufgefallen. Daneben war es sein entspannter Umgang mit den jungen Leuten bei *The Bridge*, für den ich ihn immer mehr bewunderte. Selbst wenn er größere Probleme mit einschneidenderen Konsequenzen ansprechen musste, waren seine Tadel immer eine Mischung aus Autorität und Nachsicht. Niemals Bloßstellung. Niemals Wut.

»Musst du nicht früh raus, wenn du vor der Arbeit laufen gehen willst?«, fragte ich und drehte den Wasserhahn über meiner Zahnbürste auf, bevor ich Zahnpasta auf die Borsten drückte.

»Es sieht inzwischen mehr nach einem Lauf am Abend aus.«

»Tut mir leid«, nuschelte ich um den Zahnbürstenkopf herum. »Aber hey, so ein Routinenwechsel kann doch auch gut sein, oder? Stichwort Muskelgedächtnis und so?«

»Putzt du dir gerade die Zähne?«, fragte er, als wäre das das Verrückteste auf der Welt.

»Ja? Putzt du dir nicht die Zähne, bevor du schlafen gehst?«

»Natürlich, aber ich habe es noch nie als soziale Aktivität gesehen, die ich während eines Anrufs durchführe.«

»Dann solltest du das mal probieren. Man spart eine Menge Zeit.«

»Genauso viel wie mit einem Half Twist Bun?«

Ich verschluckte mich fast an der minzigen Brühe. Schnell spülte ich den Mund aus, klopfte die Zahnbürste nach dem Sauberwaschen am Beckenrand aus und tupfte mir die Lippen mit einem Handtuch ab. »Silas Whittaker – woher kennst du meinen Trick mit dem Half Twist Bun? Und versuch dich gar nicht erst damit herauszureden, dass eins meiner Mädels dir das gesagt hat.«

Gespannt wartete ich auf das Ende seiner plötzlichen Stummheit.

»Ich habe dein Video über zeitsparende Beauty-Hacks gesehen«, gab er schließlich zu. »Vorher wusste ich nicht mal, dass damit praktische Tricks gemeint sind.«

»Oh«, machte ich überrascht. Silas hatte online nach mir gesucht? Und dann traf mich ein weiterer Gedanke. Dieses Video war Teil zwei einer dreiteiligen Serie. »Augenblick ... wie viele?«

»Wie bitte?«

»Wie viele meiner Videos hast du dir angeschaut?«

»Ich sehe nicht, wieso das relevant wäre.«

Ich lachte. »Du hättest wirklich Anwalt werden sollen.«

Sein Lachen feuerte mich nur noch mehr an. »Mehr als fünf?«

»Ich mache da nicht mit.«

»Zehn?«

»Molly.«

Die aufwallende Hitze, die mir im Nacken emporstieg, erreichte meine Wangen. Hatte Silas sich wirklich so ausgiebig mit meinen Social-Media-Accounts beschäftigt? Er war von Anfang an so eisern gewesen, so negativ eingestellt gegenüber allem Posten und Promoten. Andererseits war er gar nicht so knallhart, wie er bei unserem ersten Treffen gewirkt hatte. Er hatte tatsächlich eingewilligt, um der Spenden willen einen Livestream während des Events zu veranstalten, solange dieser seine Sicherheitsregeln nicht verletzte.

»Silas Whittaker ... hast du etwa *alle* angeguckt?« Ich wagte die Anschuldigung nur zu flüstern.

»Ich würde nicht sagen *alle*, nein.« Er räusperte sich. »Aber schon ein paar. Bist du ... mir böse?«

»Böse?« War das sein Ernst? »Natürlich nicht. Diese Videos sind mein Job. Mein richtiger Job. Wieso sollte ich sauer sein, weil du sie angeguckt hast? Wenn überhaupt, dann bin ich schockiert, weil du so tief gesunken bist und deine persönlichen Überzeugungen wegen meines lächerlichen Karrierewegs verrätst.«

»Ich habe nie gesagt, dass deine Karriere lächerlich ist. Ich finde es sogar ziemlich unterhaltsam, was du tust. Ich wollte eigentlich nur ein Video gucken, aber dann war es schon vorbei und ehe ich michs versah, war ich mitten in *Mollys Do's und Don'ts der Fashionwelt* gefangen.«

Ich zog die Tagesdecke vom Bett und schlüpfte unter die

kühlen Laken. Der Gedanke, dass Silas sich nicht nur meine Haarklemmen-Technik, sondern noch so viel mehr angeschaut hatte, machte mich etwas schwindlig. »Ich bin mir sicher, das waren alles höchst relevante Informationen für dich.«

»Du hast Talent«, sagte er. »Man merkt sofort, was Mimi in dir gesehen hat. Was sie gesagt hat … das mit den einzigartigen Geschenken für einzigartige Menschen … sie hatte vollkommen recht.«

»Danke, das bedeutet mir sehr viel.«

»Ich weiß.«

Ich hörte, wie er ein Gähnen unterdrückte.

»So, es wird Zeit. Ich habe dich schon viel zu lange wach gehalten. Schlaf gut, Silas.«

»Du auch. Gute Nacht.«

Ich steckte mein Handy ans Ladegerät auf dem Nachttisch und konnte nicht anders, als zu grinsen. Wie auch immer ich das geschafft hatte, Silas war zum Cyberstalker verkommen. Was war nur aus der Welt geworden?

# Kapitel 23

## Molly

**Wren**
Könnten wir auf dem Weg zu den Coles nach der Mentoring-Gruppe noch einen Zwischenstopp einlegen? Ich brauche noch ein Geburtstagsgeschenk für Nate. Oh, und Silas hat zu der Übernachtung mit *Star Wars* heute Ja gesagt. Danke! ☺

**Molly**
Oh, super! ☺☺☺ Klar, können wir machen. Wenn's ums Shoppen geht, bin ich immer dabei.

**Wren**
Danke! ☺

Obwohl ich gerade über Rosalyns unerwünschtes Update zu meinem Posting-Terminplan verärgert war – ich hätte »nicht genügend Inhalte, um meine vertraglichen Vereinbarungen mit einigen Sponsoren zu erfüllen«; wahrscheinlich steckte Ethan dahinter –, musste ich über Wrens Nachricht lächeln.

Ich spähte von meinem provisorischen Büro auf Fir Crest Manor aus über den Flur durch die offene Tür eines gewissen Programmdirektors. Die Coles hatten Wren eingeladen, nach Nates großer *Star-Wars*-Party doch bei ihnen zu übernachten, und ich hatte mich bei Silas für sie eingesetzt und versprochen, dass ich sie hinbringen und wieder abholen würde. Er hatte Bedenken geäußert, dass eine solche Ausnahme wie eine Sonderbehandlung aussehen und zu Feindseligkeiten unter den jungen Frauen führen könnte, aber ich sah das anders. Seit Wren sich im Kaminzimmer bei D&D geöffnet hatte, hatte bei ihr eine Verwandlung eingesetzt: Zwischen ihr und Monica wuchs eine vorsichtige Freundschaft; sie nahm häufiger an Aktivitäten teil und zeigte ein größeres Mitteilungsbedürfnis während der Mentoring-Zeit.

Sowohl Silas als auch ich hatten die Coles persönlich kennengelernt und schätzten sie und ihren Familienalltag als sicher ein. Außerdem würde es Wren guttun, mehr Zeit mit ihrem Bruder verbringen zu können. Dagegen konnte nicht einmal Silas etwas sagen. Sie hatte ein Handy, um uns zu kontaktieren, sollte irgendetwas schiefgehen, und ich war gern bereit, die Rufbereitschaft zu übernehmen.

Ich erhaschte einen Blick auf Silas, als er mit Jake aus dem Büro kam und den Flur entlanglief.

Zufrieden schloss ich mein E-Mail-Programm und öffnete die To-do-Liste für das Event.

»Wie ich höre, machst du mit deinen Spendensammelambitionen hier Träume wahr.« Ich ließ vor Schreck fast das Handy fallen.

Jake lächelte und kam in mein Büro geschlendert. Mein Blick schnellte zur Tür, um zu sehen, ob Silas auch kehrtgemacht hatte und seinem Bruder gefolgt war. Eine leichte Enttäuschung machte sich in mir breit, als er nicht auftauchte.

»Hey, Jake. Wie geht's?« Mittlerweile waren auch wir beim Du. Ich stand auf und umarmte ihn kurz. Er und Clara schienen immer irgendetwas auf dem Gelände zu tun zu haben. Manchmal fragte ich mich, wie sie das alles schafften – ihre Jobs, ihre Beziehung und ihren unermüdlichen Einsatz für *The Bridge* und die Menschen dort. Andererseits hatte auch meine Work-Life-Balance sich dramatisch verändert, seit ich die Planung des Events übernommen hatte. Ich hatte gut fünfzig Mails an meine derzeitigen Sponsoren geschrieben und sie über die Galaveranstaltung für einen guten Zweck informiert, zu der man nur mit Einladung kommen durfte und die steuerlich absetzbar war.

Bisher waren wir mit der Summe aus dem *Dream-Big*-Stipendium, die mir Mr Greggorio versprochen hatte, und allen anderen Spendenzusagen bei etwas über zweihundertachtzigtausend Dollar – ein hübsches kleines Geheimnis, das ich Silas bei unserem Date morgen verraten wollte. Oder besser gesagt: bei unserer Shoppingtour mit anschließendem Essen.

Jake sah sich in meinem gemütlichen Büro um und berührte die Wand. »Was sind das für Teile?« Er fuhr über eine der riesigen Wandfolien mit Sommerblumen, mit denen ich gerade diese Woche das Zimmer verschönert hatte. »Sind das Aufkleber? Oder sind die permanent?«

*Männer.* »Das sind Folien. Und wie ich Silas bereits versichert habe, sind sie wiederablösbar. Sie fallen sofort von der Wand, wenn mir als Ehrenamtlicher gekündigt wird.«

»Gekündigt?« Er lachte. »Wohl kaum.«

»Ich weiß nicht, ich glaube, Silas hat einen dicken Vermerk bei meinem Namen gemacht nach dem Fiasko mit dem essbaren Glitter letzte Woche. Wir brauchen wohl alle noch etwas Übung mit den Desserts, bevor wir uns an das Event wagen.«

Wieder lachte er. »Nein, lass nur, du bist wirklich gut. So viel hat Silas seit ... seit Jahren nicht mehr gelächelt.«

Mir wurde ganz warm. Ich wollte nicht davon ausgehen, dass diese Beobachtung direkt mit meinem Auftauchen bei *The Bridge* zu tun hatte, aber ...

»Und ja, falls das nicht deutlich genug rüberkam, der Grund dafür bist du. Du allein. Clara und ich sind uns da ganz sicher.«

Das Kompliment berührte etwas in mir. Ich wollte nichts mehr, als dass es wahr war.

»Ach ja«, sagte Jake und riss mich mit einem Fingerschnippen aus meinen glücklichen Gedanken, »ich soll dir von Clara ausrichten, dass sie im Pavillon ist. Sie will mit dir kurz über die Zahlen zum Event reden, falls du vor der Mentoring-Zeit einen Moment hast.«

»Geht klar, danke.« Ich klappte den Laptop zu und ließ das Handy in meine Tasche gleiten. »Was wäre ich ohne ihren Finanzverstand?«

»Was wäre ich ohne Clara überhaupt?«

Die ergriffene, ernsthafte Art, wie er das sagte, brachte mein Herz zum Schmelzen.

Auf der Treppe, die nach draußen zum Pavillon führte, fragte ich mich, ob ich jemals eine solche Verbindung mit einem anderen Menschen erleben würde.

Ich hoffte es.

Clara kam gleich quer durch den Pavillon auf mich zu, als ich von der Wiese in seinen Schatten trat.

»Ich habe Jake gebeten, dich nur zu stören, wenn du nicht allzu beschäftigt aussiehst. Du musst ja gerade mit zwei großen Jobs gleichzeitig jonglieren.«

Es gab inzwischen weniger Jonglieren und mehr Bälle auf dem Boden, aber das Event war einfach dringender als meine Kanäle. Ein paar Postings weniger zu veröffentlichen, war nicht das Ende der Welt, auch wenn Rosalyn – oder Ethan – das so sahen.

»Alles okay. Ich wollte sowieso heute mit dir reden. Es ist gut, wenn du auf dem Laufenden bist. Das senkt die Gefahr, dass ich mich zu weit von unserem Budget entferne.«

Clara hatte mir von Anfang an die Zahlenfragen unserer Spendenaktion abgenommen. Und es gab jede Menge davon.

»Schön, dann bring mich gern auf den neusten Stand.« Obwohl die Aussage positiver Natur war, meinte ich, einen leicht unbehaglichen Unterton herauszuhören.

»Hast du die letzte Zusammenfassung ausgedruckt?« Ich legte

meine Tasche auf den Tisch. »Ich kann immer leichter mit Zahlen umgehen, wenn sie nicht auf einem Bildschirm stehen.«

»Ja, habe ich.« Wieder dieses Zögern. »Hier ist sie ... mit dem aktualisierten Ticketpreis.« Sie reichte mir eine Tabelle mit farblichen Hervorhebungen.

»Wieso? Ist es teurer, als wir besprochen hatten?«

»Deutlich teurer.« Sie rang die Hände vor ihrem zierlichen Körper.

»Na, wir wollen nicht gleich den Teufel an die Wand malen. Wir kriegen das schon hin.« Das war eine der Lieblingsphrasen meines Bruders und meines Vaters und dass ich sie verwendete, hätte sie sicher zum Lächeln gebracht. Vielleicht ... vielleicht würden sie sogar an der Veranstaltung teilnehmen, wenn ich sie einlud? Schließlich war es für einen guten Zweck.

Ich versuchte, mich auf die verschwimmenden Zahlen vor meinen Augen zu konzentrieren und nicht auf die wachsende Liste an Freikarten. »Okay, was sehe ich hier? Was kommt denn am Ende raus?«

Clara sah jetzt aus, als wäre ihr übel. »Um das zusammenzubekommen, was wir brauchen, und außerdem noch die Festkosten und die Gebühren für das Entertainment aufzubringen ...«

»Clara, es ist in Ordnung. Sag es einfach.«

Sie tippte auf eine Tabellenzelle am Ende der Seite. »Wir müssen zweitausend Dollar pro Ticket verlangen.«

»Oh.« Ich legte erleichtert eine Hand auf die Brust. »Ich dachte schon, du sagst sechstausend oder so. Aber das ist doch absolut machbar.«

»Molly, zwei Riesen pro Ticket, das ist ...« Clara schüttelte den Kopf. »Das kann sich hier niemand leisten. Unsere monatlichen Unterstützer sind kleine Kirchengemeinden, Buchläden und Restaurants.«

»Genau. Und deswegen habe ich unsere Einladungen nicht auf die lokale Wirtschaft beschränkt.« Ich biss mir auf die Lippe und überlegte. »Kannst du ein Geheimnis für dich behalten?«

Sie nickte, wenn auch zögerlich.

»Ich habe von zwanzig Sponsoren bereits eine Spendenzusage. Mit diesen Geldern und dem Stipendium von meiner Agentur sind uns schon fast dreihunderttausend sicher. Und die live gestreamte Auktion auf meinen Kanälen wird den Rest garantiert aufbringen. Also sind die Ticketpreise letzten Endes überhaupt nicht relevant.«

Clara stand der Mund offen wie einem Fisch, der dringend wieder in den See wollte. »Molly ... im Ernst?«

Ich nickte begeistert. »Ja! Im Ernst! Ich wollte eigentlich warten, bis wir das Konto eingerichtet und die Überweisungsbestätigungen haben, aber ja. Es könnte alles gar nicht viel besser laufen.«

»Ich ... Ich bin sprachlos. Das ist *so viel* Geld. Ich kann nicht glauben, dass du das in so kurzer Zeit geschafft hast – und quasi im Alleingang. Silas wird begeistert sein, nein, schockiert! Er träumt schon so lange davon, mehr Menschen von der Warteliste helfen zu können.«

Vielleicht zum ersten Mal, seit ich aus meinen ersten wenig ertragreichen Schritten auf Social Media eine Beautymarke geschaffen hatte, sah ich das große Ganze: eine Verbindung zwischen den Followern, den Sponsoren, dem Teilen, Liken, Kommentieren und Verlinken. Was, wenn ich all das hierfür aufgebaut hatte? Für diesen Augenblick? Um meine Jahre des Netzwerkens und die unzähligen Tests von Beautyprodukten zu nutzen, um bedürftigen Menschen zu helfen.

Die aufkeimende Hoffnung setzte mein Herz in Brand.

»Du glaubst wirklich nicht, dass die Sponsoren persönlich teilnehmen?«

Claras Frage holte mich aus meiner Innenschau zurück.

»Sie sind alle eingeladen, aber für Leute in ihrer Position ist es einfacher, nur einen Scheck zu schreiben.« Meine eigenen leicht dahingesagten Worte versetzten mir einen Stich. Wie oft hatte ich genau das getan, wenn Miles mir von irgendeiner Notsituation in seiner Gemeinde oder in Übersee erzählt hatte: ihm einfach Geld geschickt, ohne darüber nachzudenken, wie ich vielleicht sonst helfen konnte?

»Klingt irgendwie logisch«, sagte Clara mit einer Betonung, die mir sagte, dass die Sache für sie kein bisschen logisch klang. Denn Clara konnte sich nicht vorstellen, sich nicht hier einzubringen, egal, was in der Welt sonst vor sich ging. Sie fand die Zeit dafür. Nein, sie *nahm* sich die Zeit. Für diese jungen Erwachsenen. »Wenigstens werden so mehr Plätze für Leute aus der Umgebung frei, die sich sonst keine Tickets leisten könnten.«

Ich räusperte mich. »Genau. Du kannst gern noch welche auf die Freikartenliste setzen.«

Auf einmal musste ich an Val denken. Ihr hätte es Spaß gemacht, an einem Event wie diesem zu arbeiten – den Terminplan aufzustellen, die Website zu gestalten und die ganze Vorarbeit auf Social Media zu machen. Val hatte wirklich ein großes Talent dafür, aber ... aber ich hatte kein Recht, sie um Hilfe zu bitten. Mehr und mehr wurde mir bewusst, wie sehr unsere Beziehung auf meinen Bedürfnissen und meinen Terminen aufgebaut gewesen war. Vielleicht würden die Dinge zwischen uns sich wieder bessern, wenn ich ihr Zeit ließ, sich um ihre eigenen zu kümmern.

Claras Uhr piepte – der Wecker für unsere Mentoring-Sitzung – und wir sahen beide über die Wiese zur offenen Tür des Frauenwohnheims, wo gerade unsere sechs Mentees mit ihren Tagebüchern in die Sonne heraustraten.

»Da sind sie ja schon!« Ich freute mich richtig auf die gemeinsame Zeit. Obwohl das erst unsere fünfte Freitagssitzung war, war meine Verbindung zu den Mädchen auf eine Weise gewachsen, die ich nicht für möglich gehalten hätte. Zuerst waren sie von mir als Influencerin fasziniert gewesen und natürlich redeten sie gern über Beautytrends und die neuste Mode. Aber unsere letzten Treffen hatten rein gar nichts mit meiner Social-Media-Präsenz zu tun gehabt. Letzten Dienstagabend hatten wir Keksteig mit dem essbaren Glitter verfeinert, den Silas überhaupt nicht leiden konnte. Dabei hatten wir über alles Mögliche gesprochen – wer welche Aufgaben im Haus am wenigsten mochte, wer wen schon vor *The Bridge* gekannt hatte und was sie nach ihrem Auszug erreichen wollten. Ich hatte jede Sekunde genossen. Und gemessen daran, wie lange alle nach der Pflichtsitzung noch bei mir in der Küche geblieben waren, war es ihnen nicht anders gegangen.

Monicas ansteckendes Lachen hallte über die Wiese. Sie knuffte Wren gegen die Schulter. Der Anblick der beiden ließ bei mir die Sehnsucht nach so einer Freundschaft wachsen. Einer ganz bestimmten Freundschaft. Passenderweise ging es in unserer Nachmittagsdiskussion um genau dieses Thema.

Die jungen Frauen setzten sich an den Picknicktisch. Eine perfekte leichte Brise wehte durch den Pavillon und machte die Hitze des Tages gut aushaltbar.

Im Laufe der Wochen hatte Clara mir nach und nach mehr Verantwortung für unsere Treffen übertragen, auch wenn ich mich noch immer vor dem Abschlussgebet drückte. Ich hatte in der Kindheit schon oft laut gebetet, keine Frage. Hunderte Male. Und Dutzende Male seitdem, meistens, bevor große Entscheidungen anstanden. Obwohl ich mich nicht an das letzte Mal erinnern konnte, dass ich es getan hatte.

»Guten Tag, die Damen«, sagte Clara. »Ich habe eine besondere Ankündigung zu machen, auf die ich schon die ganze Woche warte: Ihr alle seid herzlich zu meiner Hochzeit im September eingeladen!«

Amy und Monica quiekten vor Freude, die anderen Mädchen reagierten auf ihre reserviertere Art. Alle bis auf Sasha, die Wren die ganze Zeit anstarrte. Ich wusste nicht, was da los war, aber wenn nicht einmal das Thema Hochzeit sie ablenkte, musste es wirklich etwas Ernstes sein.

»Und ihr könnt euch bei Molly dafür bedanken«, fuhr Clara fort. »Sie hat die Sondergenehmigung und auch eine Transportmöglichkeit besorgt.«

Wieder eins dieser Dinge, die ich mit Silas ausgefochten hatte.

»Oooh, echt?«, kam es von Monica. »Danke, Molly! Helfen Sie uns, Klamotten auszusuchen?«

»Natürlich! Vielleicht können wir auch Frisuren ausprobieren. Zum Beispiel bei unserem Glam-Makeover, wenn wir unsere Pyjamaparty machen.« Ich warf Clara einen Blick zu. »Die beste Mentorin der Welt heiratet ja nicht alle Tage.«

Clara legte den Kopf schief. Die dunklen kinnlangen Haare fielen ihr über die Wange und sie formte mit den Lippen ein leises *Danke* in meine Richtung. Ich wusste, wie viel es ihr bedeutete, die Mädchen dabeizuhaben. Einige davon betreute sie seit Jahren.

Clara nickte mir zu, den Anfang zu machen. Ich verschränkte die Hände und holte tief Luft. Dann wählte ich die Einstiegsfrage aus unserem Handbuch, die mir schon seit Tagen im Kopf umherschwirrte: »Welche Qualitäten sollte eine gute Freundin haben?«

Die Antworten waren Freundlichkeit, Mitgefühl, Echtheit, Vertrauen und Ehrlichkeit. Als die Wortmeldungen ins Stocken gerieten, meldete sich Sasha. Ihr Blick wanderte von Wren zu Monica. »Loyalität, hätte ich gern gesagt, aber manchen Leuten fällt das ja unglaublich schwer.«

Monica verdrehte die Augen und kurz fragte ich mich, wie weit der Streit zwischen den beiden noch gehen würde. Glücklicherweise war Clara bereits aufgestanden und hatte sich neben Sasha gesetzt. Sie flüsterte ihr etwas ins Ohr und einen Augenblick später gingen die beiden vom Tisch weg, um sich unter vier Augen zu unterhalten. Wahrscheinlich renkte sich das wieder ein. Ich hatte schon einige von Claras Interventionen miterlebt. Sie konnte Drama reduzieren wie keine Zweite.

»Fällt jemandem eine Beispielsituation ein, wo euch eine Freundin geholfen oder getröstet hat?«, machte ich weiter.

Die Frage hing ein paar Sekunden in der Luft, bevor Amy sich meldete. Sie hatte einen sehr natürlichen Look und eine Vorliebe für Klamotten im Western-Style. Nie sah man sie ohne irgendein Karomuster und ihre guten, alten Cowboystiefel.

»Ich habe mir in der achten Klasse ein Bein gebrochen. In meiner Schule gab es ein Mädchen, mit dem ich bis dahin kaum etwas zu tun gehabt hatte. Die ganze Zeit, als ich mit Krücken laufen musste, hat sie mir die Bücher in den Unterricht getragen und am Ende haben wir fast das ganze Jahr noch jeden Tag zusammen Mittag gegessen.«

»Das ist ein tolles Beispiel! Danke dir. Noch jemand? Vielleicht ein Ereignis von früher wie bei Amy oder auch etwas aus der jüngeren Vergangenheit?«

Wren warf Monica einen kurzen Blick zu. »Letzte Woche hat eine Freundin meine Aufgaben im Haus übernommen, damit ich länger mit Nate telefonieren konnte. Er hat unsere Mom vermisst und brauchte jemandem zum Reden.«

»Wow, das ist ja supernett!« Ich zwinkerte Monica zu, die zurücklächelte und sich dann selbst einklinkte.

»Also, *ich* habe eine Freundin« – sie stupste Wren an –, »die mir mit einer Riesenhausaufgabe in Englisch geholfen hat. Ich habe das Buch, das wir da gerade lesen, überhaupt nicht kapiert. Sie ist extra länger aufgeblieben und hat mir die ganze Symbolik erklärt. Ich habe eine richtig gute Note gekriegt. Und nur deswegen habe ich den Kurs bestanden. Gott sei Dank. Englisch, auf Nimmerwiedersehen!«

Jasmine und Wren lachten. Monica machte ein kleines Tänzchen an ihrem Platz.

Ich freute mich mit, aber schon beim nächsten Atemzug mischte sich Wehmut darunter. Wieder dachte ich an Val. Gut, wir hatten uns nie persönlich getroffen, aber unsere Freundschaft war echt. Von meiner Seite aus definitiv und von ihrer auch – es musste einfach so sein. Bestimmt war ihr Job als meine Assistentin nicht der einzige Grund, wieso sie jeden meiner Anrufe immer so beschwingt entgegengenommen hatte. Oder wieso sie sich nach mir erkundigt hatte, wenn ich allein zu einem Fotoshooting gefahren war. Oder wieso sie Stunden damit verbracht hatte, für meine nächste Videoserie zu recherchieren, wenn es genug durchschnittliche Ideen gegeben hatte, die auch funktioniert hätten. Sie hatte wieder und wieder mehr als nötig für mich investiert, und was hatte ich für sie getan?

»Okay ... und wie lautet der Bibelvers für diese Woche?«

»Was?« Ich sah blinzelnd in Jasmines erwartungsvolles Gesicht. Val verblasste vor meinem inneren Auge. »Oh, ja. Natürlich. Es gibt sogar zwei.«

Gerade als ich das Leitheft in die Hand genommen und mich auf den Andachtsvers für die Woche konzentrieren wollte, kam Clara mit Sasha zurück an den Tisch und setzte sich neben sie.

»Ein guter Freund steht immer zu dir. Sprüche 17, Vers 7«, las ich.

»Glo liebt diesen Vers«, sagte Wren. »Sie hat sogar ein Bild damit gekauft und es bei uns im Wohnheim in den Eingangsbereich gehängt.«

Der Gedanke an diese extrem Glo-typische Geste ließ mir warm ums Herz werden.

»Der zweite Vers steht in Johannes 15, in den Versen 12 und 13. Liest du uns die Stelle bitte vor, Sasha?« Ich ging ein gewisses Risiko ein, sie zu fragen, weil ihre Körpersprache noch immer weit entfernt von zugänglich war, aber sie klappte ihre Bibel auf und las den Text.

»Und so lautet mein Gebot: Liebt einander, wie ich euch geliebt habe. Niemand liebt mehr als einer, der sein Leben für die Freunde hingibt.«

Und obwohl ich diesen Vers schon Dutzende Male gelesen, in Predigten gehört und in Schönschrift auf Instagram gesehen hatte, traf er mich in diesem Augenblick ganz neu ins Herz. Was für ein Befehl!

Ich überflog die nächsten Fragen, die sich an eine viel frommere Leiterin richteten, als ich es war, und klappte das Buch zu.

»Haltet ihr das überhaupt für möglich?«, fragte ich stattdessen. »Einen Menschen so zu lieben?«

Alle Augen richteten sich von mir weg und auf die Tischplatte.

»Ich frage nicht, weil ich eine Antwort darauf hätte. Habe ich nicht. Nicht mal ansatzweise. Ich frage, weil ich das gerade selbst lerne. Wie man eine echte Freundin ist, die die Bedürfnisse des anderen über die eigenen setzt. Selbst wenn es schwerfällt.«

Jasmine sah auf. »Ich kapiere das auch nicht wirklich. Die Liebe, die ich bisher erlebt habe, sieht jedenfalls ganz anders aus. Sowohl die zwischen meinen Eltern – also, als ich noch bei ihnen gelebt habe – als auch die zu meinen Freunden oder meinen Ex-Freunden. Meistens geht es in die Brüche, weil einer von beiden egoistisch ist. Oder beide.«

Ich nickte. »Das kenne ich auch.«

»Ich auch«, sagte Amy.

»Und ich«, murmelte Monica.

»Was tun wir also dagegen? Wie können wir eine andere Art von Freundin sein? Eine, die selbstlos liebt?«

Wieder folgte meiner Frage erst mal Schweigen. Schließlich antwortete Clara – wahrscheinlich sowieso die Einzige von uns, die zu diesem Thema etwas zu sagen hatte: »Ich glaube, wir müssen zuerst einmal verstehen, dass uns jemand bereits auf diese Weise liebt – nämlich Gott. Dann können wir uns gegenseitig auch so lieben.«

Ihre Worte hinterließen Spuren auf meiner Seele.

Als wir unser gemeinsames Abschlussgebet sprachen, war meine Stimme schwach, aber das, was ich sagte, überraschenderweise nicht. Ich war mir nicht sicher, was da in meinem Herzen geschah, aber irgendetwas war darin im Gange. Etwas, was ich seit vielen, vielen Jahren zum ersten Mal bereit war zuzulassen.

# Kapitel 24

## Molly

Nachdem ich in Silas' Straße geparkt hatte, schob ich die Sonnenbrille nach oben und band meine Haare zu einem Pferdeschwanz zusammen. Meine weißen Matrosenhosen und die luftige gelbe Bluse hätten nicht besser zu diesem Sommertag passen können. Die wenigen Schäfchenwolken am Himmel machten den Sonnenschein und die gut fünfundzwanzig Grad perfekt.

Silas wohnte in einem Haus in kühlem Dunkelgrau mit weißen Zierleisten, gelegen in der rechten Seite eines großzügigen Wendehammers.

Als ich in meinen weißen Absatzsandalen, deren Bändchen sich in schmalen Bögen um meine Knöchel wanden, die Stufen zur Veranda erklomm, öffnete er mir bereits die Tür. Seine feuchten Haare und der frische Duft, der ihn umgab, ließen in meinem Magen ein kleines Feuerwerk explodieren. Was mich aber am meisten überraschte, war die Tatsache, dass auch er sich für ein gelbes Hemd entschieden hatte. Die Farbe war zwar nur halb so leuchtend wie meine Bluse und konnte eventuell sogar beige genannt werden, aber *Hallo!* – wenn irgendeine Farbe einen Bizeps so betonte wie diese ... dann könnte man sie mir auch als violett verkaufen.

»Wenn ich gewusst hätte, dass du im Partnerlook gehen willst, dann hätte ich vorher angerufen, damit wir unsere Schuhe abstimmen«, sagte ich.

Er sah auf meine Schuhe und schmunzelte. »Eins kann ich dir sagen: Ich habe garantiert nichts mit Bändchen im Schrank.«

Ich lächelte, während mein Blick an Silas vorbei ins Innere des Hauses wanderte.

»Möchtest du reinkommen?« Seine Stimme klang leicht amüsiert.

»Nein, nein, lass nur.«

»Was Mollyisch ist für *›Ja bitte, aber nur wenn ich auch in deine Schränke gucken darf.‹*«

»Erstens«, lachte ich und hob den Zeigefinger, »kennst du mich nicht gut genug, um fließend Mollyisch zu beherrschen. Und zweitens wollte ich mich nur ganz kurz umsehen. Und vielleicht auch gucken, wie du deine Gewürze und Konserven sortiert hast.«

Mit einer ausladenden, herzöglichen Geste zog er die Tür weit auf und ich trat mit angehaltenem Atem über die Schwelle. Hatte mich der Mann, der meine Bewerbung für ein Ehrenamt abgelehnt hatte, gerade in sein Haus eingeladen? Mein Leben war aktuell so voller Ironie.

Vor mir gleich hinter dem kleinen Flur lag ein sauberes, aufgeräumtes Wohnzimmer. Silas' Laufschuhe standen neben der Eingangstür. Ich konnte mir gut vorstellen, wie er im ersten Morgengrauen hineinschlüpfte. Genauso wie ich ihn in der Küche stehen sehen konnte: beim Füllen eines Wasserglases oder beim Kochen nach einem langen Arbeitstag.

Sein beobachtender Blick folgte mir auf dem Weg durch das Haus, aber sein Lächeln signalisierte mir, dass ich seine Gastfreundschaft noch nicht überstrapaziert hatte. Auf dem Weg durchs Wohnzimmer dachte ich an unsere nächtlichen Telefonate in der vergangenen Woche. Jetzt, wo ich seine Raumaufteilung sah, konnte ich mir vorstellen, wie er dabei hier umhergegangen war.

Meine Aufmerksamkeit heftete sich auf ein lackiertes Dartbrett aus Holz am Ende des Flurs. »So ein Dartbrett habe ich noch nie gesehen.«

»Es war ein Geschenk. Von meinem Vater. Er hat es selbst gemacht.«

»Es ist wirklich hübsch.«

»Ja. Wir teilen dieses Hobby seit Jahren.«

Langsam drehte ich mich zu ihm um und merkte, wie wenig ich eigentlich über sein Leben wusste. Obwohl er mir hier und da Details über seine Adoption, seine Geschwister und Familie erzählt hatte, dazu den veränderten Karriereweg Mitte zwanzig, gab es noch so viel, was ich noch nicht über ihn erfahren hatte. Und ich wollte es erfahren, alles über ihn.

Silas lächelte mich an und ich musste schlucken. Schnell machte ich eine ausladende Bewegung mit der Hand. »Dann ist es also offiziell. Du hast die schönste Junggesellenbude, die ich je gesehen habe.« Die Belustigung in seiner Miene machte mir klar, wie das für ihn gerade geklungen haben musste. »Nicht dass ich schon lauter Junggesellenbuden gesehen hätte. Habe ich nicht! Nur ein paar. Und eine davon war die von meinem Bruder.«

»Molly«, sagte er. »Ich weiß, wie du das gemeint hast.«

»Oh.«

»Okay. Möchtest du noch irgendwas sehen, jetzt, wo wir hier sind?«

»Nein, vielen Dank. Ah, doch, warte!« Ich hob einen Finger. »Es gibt immer noch zu klären, wie du deine Gewürze sortierst.«

»Ist das ein Test, den ich bestehen muss, um dein Auto fahren zu dürfen?«

Ich lachte. »Jetzt ja.«

»Sie sind alphabetisch sortiert.«

Aus einem unerklärlichen Grund machte mich seine Antwort froh.

»Die Antwort ist akzeptiert. Los geht's.« Ich warf ihm die Schlüssel zu und er starrte sie an, als hätte ich ihm gerade die Urkunde zu einer privaten Insel überreicht. Langsam zogen sich seine Mundwinkel nach oben.

Silas sagte nicht viel, als er die Fahrertür öffnete und die auffordernden Ansagen des sprechenden Computers ertönten, der sich Auto nannte. Er schnallte sich an und warf mir einen Blick zu, den ich nicht deuten konnte. Die Stimme ratterte die aktuellen

Werte herunter – Kilometerstand, Ladestand, Straßenzustand, Wetterlage und die aktuelle Uhrzeit.

»Was ist?«, fragte ich. »Woran denkst du?«

»Dass ich hier gleich einen nagelneuen Tesla fahre, und Jake ist nicht dabei.«

»Es ist bloß ein Auto«, sagte ich nonchalant.

Silas lachte und drückte auf einen Knopf, um die Spiegel einzustellen. »Genau, und du bist bloß eine Frau.«

Obwohl ich nicht genau wusste, wie er das meinte, verriet mir die Art, wie er Gas gab, dass sich dahinter wahrscheinlich ein Kompliment verbarg.

Silas fuhr durch seine Nachbarschaft, drückte nahezu auf jeden Knopf und testete mehrfach die Bremsen.

»Macht es dir was aus, wenn ich eine landschaftlich schönere Strecke durch Spokane nehme?«

»Natürlich nicht.«

Schweigend fuhren wir an Tannen vorbei, an Laterne um Laterne, durch Wohngebiete, an Farmen vorüber und schließlich durch die Industriegebiete der Stadt.

Irgendwie fühlte es sich überhaupt nicht seltsam an, Silas den Fahrersitz zu überlassen, sondern genau richtig. Als könnte ich entspannt die Augen schließen und mich an die Kopfstütze lehnen, während er mich grinsend durch die Gegend fuhr wie ein junger Kerl, der gerade den Führerschein bestanden hatte.

»Diese Beschleunigung ist wirklich geschmeidig. Unglaublich.«

»Ja«, antwortete ich etwas stumpfsinnig. »Die ist super.«

»Ich schätze, du interessierst dich nicht so für die Spielereien an Autos?«

»Überhaupt nicht. Ich habe es jedenfalls nicht deshalb gekauft.« Nein, ich hatte es als Statussymbol ausgesucht, als leuchtenden Beweis für meinen Erfolg. Ich hatte es gekauft, weil Ethan auf eine Werbeanzeige in einer Zeitschrift gedeutet hatte, in der gestanden hatte: *Das Auto des Jahres für unter hundert Riesen, um das Sie ALLE beneiden werden!* Allein die Erinnerung daran ließ die Scham in mir hochwallen. Was könnte eine Organisation wie *The Bridge* mit so viel Geld anfangen? Natürlich kannte ich die Antwort. Sie war der Grund, wieso ich so hart an der Spendenaktion arbeitete, damit Silas' Vision zur Realität werden konnte. Damit mehr junge Leute wie Wren an einem sicheren Ort wohnen und eine hoffnungsvolle Zukunft vor sich haben konnten allen entmutigenden Statistiken zum Trotz.

»Wieso hast du es dann gekauft?«, fragte Silas.

Die Geschichte klang zu seltsam, um sie zu erzählen, als wäre sie mit einem anderen Leben verknüpft als meinem. Und doch erzählte ich ausgerechnet Silas manchmal Dinge, die ich sonst nur meinem Bruder anvertraute – und manchmal nicht mal ihm.

»Ich hatte gerade einen großen Meilenstein erreicht. Fünfhunderttausend Follower. Also habe ich mir, um zu feiern, ein Auto gekauft.« Das *mit Ethan* ließ ich weg. »Um ehrlich zu sein, habe ich länger darüber nachgedacht, was ich zum Autokauf anziehen soll, als über den Kauf an sich.« Die kleine Beichte schmeckte sauer. Ich wartete, dass Silas die Verschwendung verurteilte, die schlechte finanzielle Entscheidung, und anmerkte, dass ich das Geld in hundert andere Sachen hätte investieren können. Doch er fuhr einfach mit nachdenklicher Miene weiter.

Als wir in die Nähe des Einkaufszentrums kamen, wechselte ich das Thema: »Hast du schon was von Wren gehört?«

»Nein, du?«

»Noch nicht. Sie war so glücklich, als ich sie gestern bei den Coles abgesetzt habe. Sie scheinen wirklich eine tolle Familie zu sein.«

»Sind sie«, sagte Silas und fuhr ins Parkhaus. »Ich kenne sie schon lange. Sie gehen in dieselbe Gemeinde wie meine Eltern.«

»Ach, echt?«

Er nickte, was ich als willkommene Einladung betrachtete, um ihn etwas zu fragen, was mich schon beschäftigte, seit ich Wrens Geschichte zum ersten Mal gehört hatte: »Wieso haben sie Wren eigentlich nicht auch aufgenommen? Sie ist zwar neunzehn, aber sie hat so eine freundliche Art und liebt ihren Bruder über alles. Wieso kann sie nicht einfach dort wohnen? Es würde alles so viel einfacher machen.«

Silas wählte einen Parkplatz und manövrierte den Tesla hinein. Das Auto referierte die neue Statistik. Er schaltete es stumm und wischte zum Motordiagramm.

»Silas?«

Er wandte sich mir zu und ich konnte fast die Neuronen sehen, die in seinem Gehirn aufblitzten. »Sie haben drei kleine Söhne. Einen älteren Teenager aufzunehmen, bedeutet mehr Verantwortung und auch mehr Belastung als ein weiterer Junge, der vom Alter her zu ihren eigenen Kindern passt.«

»Aber Wren ist keine Belastung. Sie ist wunderbar. Und sie braucht eine Familie und Eltern, die sie unterstützen und lieben. Mit neunzehn sollte man meiner Meinung nach noch gar nicht als Erwachsene gelten. Ich habe in ihrem Alter lauter dumme Fehler gemacht und dabei bin ich mit beiden Elternteilen und einem Bruder aufgewachsen.« Ich legte beide Hände wie ein kleines Gefäß aneinander »Sie ist wie eine zarte Blüte und ich würde sie am liebsten vor den Stürmen des Lebens beschützen.«

Diesmal war das in Silas' Gesicht nicht das gewohnt amüsierte Lächeln, das immer da auftauchte, wo zwischen uns Welten zu liegen schienen. Es war ein Ausdruck des Mitgefühls, der mir sagte: *Ich verstehe dich. Ich weiß, was du fühlst.*

»Und genau deswegen gibt es *The Bridge*«, sagte er leise. »Weil Alter nicht das Bedürfnis ersetzt, von jemandem an die Hand genommen zu werden, dem nicht egal ist, wo du gerade bist oder wo du hingehst. Deswegen sollte die Erweiterung dieses Projekts unserer Stadt viel wichtiger sein, unserem Bundesstaat, dem ganzen Land. Wir lassen jedes Mal jemanden im Stich, wenn wir ihn oder sie aufgrund mangelnder Finanzierung ablehnen müssen.«

Seine Worte verwurzelten sich tief in mir, unter einer Erdschicht, die ich bisher immer für zu flach gehalten hatte, um dort etwas anzupflanzen. »Ich wünschte, ich könnte noch mehr helfen.«

Ein Zucken in seiner Wange lenkte meinen Blick auf seine Lippen. »Du tust mehr, als du glaubst.«

»Aber es fühlt sich nach viel zu wenig an.«

»Das wird es immer.«

»Und was, wenn ich das nicht akzeptieren will?«

Er grinste zaghaft. »Dann wollen wir hoffen, dass das Event und der *Murphey Grant* uns mehr ermöglichen werden, als wir uns vorstellen können.«

# Kapitel 25

## Molly

Um vierzehn Uhr hatten wir drei Partyausstatter hinter uns. Den ersten für die Wäsche: Tischdecken, Servietten und Stuhlhussen. Alles einfache Entscheidungen dank der Stoffproben und des Lagerbestands an unserem Eventdatum Ende August. Silas hatte neben mir gestanden, ohne sich zu beschweren, hatte geduldig genickt, während ich die Mitarbeiterin ausgefragt, Stoffe auf ihren Schimmer verglichen und anhand meiner Notizen und der Stoffmuster mögliche Kombinationen zusammengestellt hatte. Bei den nächsten beiden Anbietern war es eher durchwachsen gelaufen. Aufgrund der großen Nachfrage durch all die Sommerhochzeiten war die Auswahl an Gedecken sehr ausgedünnt und keins passte zu meinen Vorstellungen.

Silas machte ein paar Anrufe vom Parkplatz aus, während ich den Filialleiter bei *Bridal Bliss* anflehte, seine Geschirr-Nachbestellung zu beschleunigen, damit ich rechtzeitig das Porzellan bekam, das ich wollte. Aber ohne ein Wunder schien es nicht machbar zu sein. Und am Ende waren wir hier gelandet: bei irgendeinem Mietservice in einem heruntergekommenen Einkaufszentrum, gelegen in einer Stadt, von der ich noch nie gehört hatte.

Die übergewichtige Frau Mitte sechzig im lavendelfarbenen Maxikleid schlug die Hände zusammen, als wir in ihren winzigen Laden traten. Zugegeben, Silas hatte mich schon gewarnt, dass es keine erstklassige Adresse sein würde, aber bei ihnen waren unsere Teller für den allseits beliebten neunundzwanzigsten August verfügbar.

Die Frau begrüßte Silas mit Namen.

»Ach, und Sie müssen die zukünftige Braut sein! Sie strahlen ja so! Ich sehe immer sofort, wenn jemand verliebt ist, und Sie hat Amors Pfeil mit voller Wucht getroffen.« Sie lachte und reichte mir schnell die Hand. »Ich bin Bea und hier so was wie die fleißige Hummel im Haus.« Ihr fester Griff riss mich fast von den Füßen.

»Freut mich. Ich bin Molly, aber wir ...«

»Oh, Molly, Ihr Verlobter ist wirklich ein Schatz! Das ist wirklich süß von ihm, extra herumzutelefonieren und nach dem Geschirr zu suchen, das Sie sich wünschen.« Sie grinste Silas an und zeigte alle Zähne. »Es ist so selten geworden, dass ich mit jemand anderem als der Braut und ihren Rausschmeißern zu tun bekomme.« Sie zwinkerte uns verschwörerisch zu. »So nenne ich die Eventplanungsleute mittlerweile. Eine Braut, die sich wie Brautzilla verhält, ist noch gar nichts gegen die.«

Mit einer Hand fest auf meiner Schulter reichte Silas Bea die andere zur Begrüßung. Zu meiner Verwirrung waren seine ersten Worte keine Korrektur des Verlobungsmissverständnisses. »Freut mich, Sie persönlich kennenzulernen, Bea. Danke, dass Sie die Teller für uns reserviert haben.«

»Sie werden es nicht glauben, ich hatte zwei Anrufe wegen genau dieses Geschirrs, seit wir aufgelegt haben. Scheinbar ist die ganze Welt verrückt nach Rosé und Rotgold. Wir sind nur ein kleiner Laden, aber unser Ruf wächst mit jeder Hochzeitssaison.« Bea hatte etwas von einer Dauerwerbesendung: dieser leicht schräg gelegte Kopf, dieses konstante Lächeln, ...

»Nochmals vielen Dank«, sagte Silas. »Können wir sie sehen, damit wir uns sicher sind, dass Molly genau diese Teller möchte, bevor wir den Vertrag unterschreiben?«

»Aber gern. Ich habe alles schon für Sie aufgebaut, noch mit ein paar Alternativen dazu.« Bea summte vor uns her in den hinteren Teil des Ladens, wo ein paar Beispieltische mit weißen Tischdecken standen. Und dort, direkt auf dem Tisch in der Mitte, stand meine Vision zum Anfassen. Alles, was ich mir gewünscht hatte, von den Gläsern bis hin zum Besteck.

»Absolut perfekt«, sagte ich und streichelte den rotgoldenen Rand, verzaubert von seinem Glanz. »Wirklich. Wunderschön.«

»Wenn ich mir den Gesichtsausdruck Ihres Verlobten so ansehe, dann denkt er dasselbe über Sie.« Beas volltönendes Lachen ließ die Weingläser vibrieren, die ich gerade näher unter die Lupe nahm.

Ich sah auf. Silas' Blick ruhte nicht auf dem Tischgedeck vor uns, sondern auf mir. Dies war vielleicht der unwirklichste Moment, den ich bisher erlebt hatte. Dabei hatte ich einmal unter einem durchsichtigen Regenschirm gestanden, während eintausend Kirschblüten von zwei Stockwerken über mir auf mich herabregneten – alles für ein Traumfoto. Doch dieser Augenblick in diesem Brautmodengeschäft war noch weiter weg von der Realität.

Es gab keine geplante Hochzeit, keine Verlobten und keinen verliebten Mann, der seine Zukünftige anhimmelte.

Ich starrte auf das hübsche Porzellan. Wie oft hatte ich mir ein tolles Bild ausgemalt, in der Hoffnung auf ein Glücksgefühl, das dann doch nie kam? Hatte ich nicht genau deswegen den Tesla gekauft?

Bea drückte Silas' Arm. »Lassen Sie sich ruhig Zeit. Ich bin an der Kasse, wenn Sie mich brauchen.«

»Danke«, hörte ich mich sagen. »Wir sind gleich da.«

Ich versuchte, meine Anspannung wegzuatmen.

»Ist es das, was du willst?«, stellte Silas die Frage, die in der Luft hing, während ich die Unterseite eines Tellers und die winzigen Zeichen darauf inspizierte, als würde das irgendeinen Einfluss auf die Entscheidung haben. Aber es war nun mal leichter, die Worte *Nicht spülmaschinengeeignet* zu entziffern, als über die Wahrheit nachzudenken, die mir mit jedem Schlag meines Herzens durch die Adern rauschte.

Ich stellte den Teller hin und betrachtete die klassischen Gedecke zur Rechten und zur Linken. Beide hatten ihren Charme. Sie waren elegant und passend zum Anlass. Dazu nur halb so teuer und weit weniger gefragt.

Ich ging zum Nebentisch und nahm mir das Gedeck zur Rechten vor – cremefarbenes Geschirr mit einem einzelnen Schnörkel in der Mitte des Salattellers. Eine viel praktischere, weniger pompöse Option. Ich dachte an die hervorgehobene Summe in Claras Tabelle. Egal, wie viele Sponsoren ich uns sicherte und wie viel Geld man uns versprach, die Summe, die ich nicht in den bombastischen Details versenkte, kam direkt dem Haus zugute. Den zukünftigen Bewohnern und Bewohnerinnen. Silas' Zielen, die am Ende eins zu eins umgesetzt werden konnten, sobald wir den *Murphey Grant* sicher hatten.

Und das wollte ich auf einmal noch mehr als alles andere.

Ich lächelte Silas an. »Um ehrlich zu sein, möchte ich lieber diese hier.«

Silas starrte mich ungläubig an. »Die hier? Bist du dir sicher?«

Ich nickte und war etwas aufgekratzt bei dem Gedanken, Clara mitteilen zu können, dass ich unser Budget für das Mietgeschirr nicht ausgereizt hatte. »Ja, ganz sicher. Vielen Dank, dass du dich um die anderen bemüht hast und dass ich sie mir live anschauen konnte. Das hat mir sehr geholfen, mir über einige Dinge klar zu werden.«

Silas' verwirrtem Gesichtsausdruck zufolge hatte er keine Ahnung, was gerade passiert war. Gut, ich war mir ja nicht einmal selbst sicher.

»Okay«, nickte er. »Dann gebe ich Bea Bescheid.«

»Danke.«

Sobald er wieder nach vorn gegangen war, strich ich zum letzten Mal über die Teller unserer Fantasiehochzeit. »Irgendwann komme ich wieder«, flüsterte ich ihnen zu, bevor ich mich zu Silas und Bea begab.

Nach der ganzen Geschirr-Odyssee war es nur fair, Silas die Entscheidung über das Restaurant zu überlassen, auch wenn ich fünf Minuten lang mit ihm darüber diskutieren musste, bevor er schließlich einlenkte und sein Handy zückte, weil wir beide die Gegend nicht kannten. Als er versuchte, mich wenigstens wählen zu lassen, nach was mir war, lehnte ich mich einfach auf dem Beifahrersitz zurück und schloss im letzten Sonnenlicht des Tages die Augen. »Deine Entscheidung.«

Und er traf eine Entscheidung – für den untypischsten Ort, den ich mir hätte vorstellen können.

»Eine Bar?«, fragte ich, als Silas einparkte.

»Und Grill. Eine Bar mit Grill«, wiederholte er, als würde es das weniger barmäßig machen.

»Du weißt schon, was in diesen Etablissements passiert, oder?«, raunte ich ihm verschwörerisch zu. »Ich habe gehört, hier werden *verbotene Getränke* ausgeschenkt. Machen Sie sich keine Gedanken, dass ich da drin meinen Ehrenamtlichenvertrag mit *The Bridge* brechen könnte, Mr Whittaker?«

»Nicht, solange Sie von Shots und vom Tanzen auf den Tischen Abstand nehmen, Ms McKenzie«, kam es trocken von ihm zurück.

Ich verdrehte die Augen, musste aber beim Gedanken an das furchtbarste Bewerbungsgespräch in der Geschichte grinsen. »Ich verspreche, sehr artig zu sein.«

»Gut. Wir sind nämlich aus einem bestimmten Grund hier.«

Der Eingang der Bar war der Stereotyp der Kleinstadtkneipentüren.

»Und der wäre?«, fragte ich neugierig. »Der klebrige Fußboden? Der extrem niedrige Nährwert der Speisen?«

»Weder noch. Wir sind wegen der Darts hier.«

»Oh, tatsächlich?« Mit einem Kribbeln im Bauch stieg ich aus. »Diesem Plan stimme ich zu einhundert Prozent zu. Seit ich heute Morgen das Dartbrett in deinem Haus gesehen habe, hab ich gehofft, dich mal spielen zu sehen.« Ich steckte mir die Clutch unter den Arm und Silas kam ums Auto herum und bot mir seinen Ellbogen an, als wäre das für uns das Natürlichste von der Welt.

»Und nur, damit du es weißt: Ich bin ein heimlicher Nacho-Fan. Also bitte keine Kommentare, wenn ich mir Extra-Käse bestelle.«

Er schmunzelte. »Ist notiert.«

Die Bar machte ihren Vorbildern in Hollywoodfilmen alle Ehre. Das Licht war dämmrig, die Luft stickig, die Geräuschkulisse laut. Aber es war trotzdem genau der richtige Ort für einen Samstagabend mit Silas.

Er trank seinen dritten Eistee und ich mein zweites Sprudelwasser mit einem Schuss Limette. Aber trotz meines nüchternen Kopfs und den besten Absichten war das Dartspielen nicht so einfach, wie es bei Silas aussah.

»Also schön. Das wird langsam lächerlich hier. Was ist dein Trick?« Ich stemmte die Hände in die Hüfte und starrte ihn gespielt finster an. »Wieso triffst du immer ins Schwarze und ich nie?«

»Mein Trick sind zwanzig Jahre Übung.«

Ich schnaubte und angelte in der vorderen Tasche meines Portemonnaies nach einem Haarband. Jetzt wurde es ernst. Ich band meine Mähne nach hinten, damit mir die Strähnen nicht mehr ins Gesicht fielen. »So richtig hilfreich war das als Ratschlag jetzt nicht.«

Silas zog seinen letzten Pfeil aus der Scheibenmitte und ruinierte damit unser aktuelles Spiel, was sowieso ein Witz war. »Soll ich dir ein bisschen helfen?«

»Das Angebot hätte ich schon vor einer halben Stunde dankend angenommen.«

Silas lachte und ich stimmte mit ein.

Er war anders heute. Weniger Autoritätsfigur, mehr dartwerfender, Käsenachos essender Alltagsmann. Ich mochte beide, aber Letzterer war gerade dabei, mir völlig den Kopf zu verdrehen.

»Was? Was soll mir dieser Blick sagen?« Silas studierte mein Gesicht und grinste leicht.

Ich zuckte die Achseln. »Nichts. Ich hab nur nachgedacht.« Ich wollte mir einen Pfeil greifen, aber Silas zog seine Hand weg.

»Und worüber?«

»Darüber, dass ich erwartet hatte, wir würden den ganzen Abend über *The Bridge*, das Event und die Spannungen zwischen Monica und Sasha reden. So wie Eltern, die abends ausgehen und die ganze Zeit über ihre Kinder sprechen, obwohl sie sich vorgenommen hatten, es nicht zu tun.«

Er lachte ungläubig. »*Das* war es, was dir gerade im Kopf rumging?«

Ich schnappte ihm einen Dartpfeil weg. »Und dass ich ausgezeichnete Reflexe habe.«

»Eher einen ziemlich ablenkenden Mund.«

Ich starrte ihn an und war mir sicher, dass er das nicht so gemeint hatte, wie es klang, aber ... sein schiefes Lächeln bewies mir das Gegenteil.

»Erstens«, sagte Silas und stellte seinen Eistee auf den Tisch, »wirfst du unterirdisch schlecht.«

»Was? Ich werfe sogar ganz gut!«

»Möchtest du Hilfe oder willst du weiter deine Pfeile vom Boden aufheben?«

*Touché*. Ich presste die Lippen aufeinander, als er meinen rechten Arm in den richtigen Winkel brachte und mir den Pfeil anders als auf meine *unterirdische* Art zwischen die Finger steckte.

»So, und dieses Mal machst du einen Schritt vorwärts und bringst dein ganzes Gewicht auf den rechten Fuß, bevor du mit dem Arm ausholst. Halt dein Handgelenk immer gerade. Und lass es nicht einfach fallen, nachdem du losgelassen hast. Das Ganze sollte sich flüssig und ausbalanciert anfühlen. Okay, du bist dran. Versuch es.«

Ich nickte und bemühte mich, all seine Hinweise zu beachten, bevor ich den Pfeil fliegen ließ.

Er blieb im Außenring stecken.

»Oh, wow! Er steckt! Siehst du, er steckt!« Als wären wir die einzigen Kneipengäste, ruderte ich wild mit den Armen und ließ die Schultern im Takt des Chart-Songs aus den Lautsprechern kreisen. Dank meiner glatten Sandalsohlen konnte ich einen spontanen Moonwalk aufs Parkett legen, während Silas mich auf eine Weise anlächelte, für die ich am liebsten noch einen Flickflack drangehängt hätte. Dabei wusste ich nicht mal, wie das ging.

»Du würdest am liebsten mitmachen, oder? Ein bisschen Moonwalk ist gut für die Seele.«

»Mag sein, aber wenn du so tanzt, nachdem du zwanzig Punkte gemacht hast, möchte ich definitiv deine Bull's-Eye-Reaktion sehen.«

»Heißt das, der Unterricht ist noch nicht vorbei?«

»Von mir aus nicht, es sei denn, du musst noch woandershin.«

Ich griff nach meinem Drink und warf Silas einen herausfordernden Blick zu. »Du glaubst doch nicht, dass ich aufgebe, bevor ich ins Schwarze getroffen habe, oder?«

»Du bist mir ähnlicher, als ich dachte.«

»Ach ja, wieso?«, fragte ich und merkte, wie meine Wangen heiß wurden.

»Als ich ganz am Anfang gelernt habe, wie das Spiel funktioniert, war ich wild entschlossen, das Geheimnis eines perfekten Wurfs zu entschlüsseln.«

»Und, hast du?« Ich lehnte mich gegen den Stehtisch und nahm einen großen Schluck.

»Jep. Habe ich dir ja schon gesagt.«

Ich seufzte. »Hoffentlich nicht die Sache mit den zwanzig Jahren Übung?«

»Leider doch.«

Ich stöhnte, aber Silas lachte nur.

»Und weißt du was? Die ganze Übung am Dartbrett hatte am Ende etwas Gutes. Ein schneller Sieg hätte mir nicht das beigebracht, was ich am dringendsten lernen musste.«

Ich beobachtete ihn, während er einen weiteren Pfeil zielsicher in der Mitte versenkte. »Und das wäre?«

Seine schönen braunen Augen ließen mich nicht los. »Selbstbeherrschung. Geduld. Durchhaltevermögen.«

»Klingt, als wärest du drauf und dran, mir eine Predigt über die Gaben des Geistes zu halten. Zum letzten Punkt haben du und ich ja eine kleine Vorgeschichte …«

Silas lachte auf und zog eine Augenbraue hoch. »Mein Vater hat mir tatsächlich einen Vortrag in der Richtung gehalten, als ich bei ihnen einzog. Aber ich wollte seine Hilfe und seinen Rat nicht; ich brauchte nur die Stille seiner Werkstatt – einen Ort weit weg vom Lärm im Haus und in meinem Kopf.« Silas hielt einen neuen Pfeil in seiner offenen Hand. Mein Blick wanderte zu der dicken wulstigen Narbe auf seinem rechten Unterarm. »Ich hasste die Treffen mit meinem Sozialarbeiter, gerade in den ersten Wochen und Monaten. Ich war so wütend, dass ich mich weigerte, auch nur ein einziges Wort zu sagen. Da kam mein Dad auf eine Idee: Meine Mitarbeit wurde mit mehr Zeit in seiner Werkstatt belohnt, wo ich an die Dartscheibe durfte. Er kam natürlich immer mit. Aber es genügte ihm, dabei zu sein und ein Auge auf mich zu haben. Er arbeitete an seinem aktuellen Projekt auf der Werkbank und wir sprachen nur, wenn ich den Anfang machte.«

»Deswegen ist deine Dartscheibe so etwas besonderes für dich ... Sie ist ein Symbol für die Beziehung zwischen dir und deinem Vater.«

»Ja.« Silas betrachtete weiter seine Hand. »Unsere wichtigsten Gespräche führen wir noch immer beim Dart.«

»Das finde ich toll.«

»Du bist dran.«

Mir stockte kurz der Atem, als er mir den nächsten Pfeil mit einer Zärtlichkeit in die Hand legte, die weder zu diesem Ort noch zu unserem Spiel passte. Ich drehte mich hastig der Dartscheibe zu, während ich Silas' Anweisungen im Geiste mehrfach durchging.

»Zerdenk es nicht, Molly.« Sein Atem wärmte mein linkes Ohr. »Es gibt noch viele Pfeile und dann eine ganz neue Chance bei der nächsten Runde.«

Die nächste Runde. Vor *The Bridge* hatte ich nicht an die zweite Chance geglaubt und mit Sicherheit auch noch keine bekommen. Ich war zu gefangen gewesen in meinen Zielen und meinem Überflieger-Perfektionismus, um ein Scheitern überhaupt zuzulassen. Bei mir war alles schwarz oder weiß, heiß oder kalt, Sprint oder Starre. Alles dazwischen war unbequem, unkontrollierbar und ungewiss. Und doch war ich hier, in jeder Hinsicht nicht mehr in meinem Element: als Freiwillige in einem Wohnprojekt, Mentorin von jungen Frauen in Bezug auf Themen, bei denen ich selbst noch Nachhilfe gebrauchen könnte, und beim Dartspielen mit einem Mann, den ich am meisten dafür bewunderte, wie er in Menschen investierte, die ihm das nie zurückgeben konnten.

Ich ließ den Pfeil fliegen und er traf den schmalen Triple-Ring in der Mitte. Es war nicht das Bull's Eye, aber auch nicht der Fußboden. Es war ein Fortschritt. Und vielleicht zum ersten Mal in meinem Leben war ich damit fürs Erste zufrieden.

Ich strahlte Silas an. »Besser, oder?«

»Ja«, erwiderte er. »Sogar schon viel besser. Gleich noch mal?«

Ich schüttelte den Kopf. »Ich würde mich lieber kurz hinsetzen und mich mit Nachos belohnen. Was meinst du?«

»Hört sich nach einem guten Plan an.«

Am Tisch setzte Silas sich mir gegenüber; dabei stießen unsere Knie zusammen, was einen kleinen Schauer über meinen Körper laufen ließ. Ich schob das Tablett mit den Nachos in seine Richtung und stellte ihm einen kleinen Teller hin.

»Das ist das Leibgericht von meinem Bruder. Er ist ein absoluter Nacho-Kenner. Wenn das hier seine wären, würde er sie mit scharfem Pfeffer bestreuen, aber ich persönlich kann das jetzt nicht so empfehlen.«

»Ihr steht euch nah. Du und Miles.« Eine Aussage, keine Frage. *Natürlich, wir sind Zwillinge! Da muss das ja auch so sein*, war mein erster Gedanke. Meine tatsächliche Antwort lag jedoch näher an der Wahrheit: »So nah, wie ich es zulasse.«

»Was willst du damit sagen?« Silas zog sich einen Chip mit Käse vom Nacho-Turm.

»Hm, wie soll ich es erklären? Es ist, als gäbe es da diesen riesigen Ozean gleich hinter dem Schwimmerbereich, wo wir auf der Stelle paddeln, aber schon seit Jahren versucht er mich davon zu überzeugen, weiter hinauszuschwimmen und mit ihm im tiefen Wasser ein Risiko einzugehen, damit ich es lieben lerne wie er. Manchmal glaube ich, ich habe seine Einladungen so oft abgelehnt, dass er gar nicht mehr weiß, wie er mich fragen soll.« Ich hatte diesen Gedanken noch nie ausformuliert und war mir nicht einmal sicher, ob meine Metapher überhaupt Sinn ergab. Nachdenklich schob ich einen kleinen Krümel auf meiner Serviette hin und her.

»Und was ist der Ozean?«

»Der Glaube. Jedenfalls die Art, die er hat.«

Silas nickte. »Und welche ist das?«

»Die, die von mir verlangt, meine Schwimmweste auszuziehen. Aber ich bin mir nicht sicher, ob ich dazu schon bereit bin.« Oder jemals sein würde.

Silas versuchte mir nicht einzureden, dass ich es war. Und genauso wenig, dass ich es nicht war. Er hörte einfach nur zu, was, wie sich herausstellte, genau das war, was ich brauchte.

Wagemutig streckte ich den Arm aus und strich mit der Handfläche über die Narbe an Silas' Unterarm. »Darf ich fragen, wie das passiert ist?«

»Carlos.« Er klang nicht bitter, nur sehr resigniert. »Als er zum ersten Mal aus dem Knast freikam, boten ihm meine Eltern an, ihn aufzunehmen, mir zuliebe. Sie hatten eine kleine Wohnung mit separatem Eingang im Kellergeschoss. Die Abmachung war, dass er clean und nüchtern blieb, zu seinen Treffen ging und sich Arbeit suchte. Aber das klappte nur zwei Wochen lang. Dann rief meine Mom abends an und sagte, Carlos sei nicht von der Arbeit nach Hause gekommen, und es fehlten auch einige Dinge aus der

Garage. Sein Bewährungshelfer stellte meinen Eltern Fragen, die sie nicht beantworten konnten. Fast drei Tage lang konnte niemand Carlos finden, bis es mir schließlich gelang.«

»Und wo war er?«

»In einem alten, verlassenen Apartmentkomplex in der Stadt, high bis zum Gehtnichtmehr. Ich hatte nicht viel weiter gedacht als bis dahin, ihn zu finden, und vor allem hatte ich nicht mit den sechs Männern gerechnet, die im Haus Geld zählten und Tütchen mit Drogen fertig machten.« Silas nahm sein Glas und drehte es hin und her. »Ich war zum falschen Zeitpunkt am falschen Ort und hatte keine Chance. Sie sind auf mich losgegangen und haben mich zusammengeschlagen. Es ist ein Wunder, dass sie nicht auf mich geschossen haben. Nach ein paar Schlägen auf den Kopf warfen sie mich eine Betontreppe nach draußen hinunter.« Silas machte eine Pause. Ich bekam kaum Luft. »Und Carlos hat die ganze Zeit zugesehen.« Er betrachtete seinen Arm und ballte die Hand zur Faust. »Keiner weiß, wie lange ich dort bewusstlos gelegen habe und wieso ich nicht verblutet bin. Die Polizei fand mich, nachdem ein Jogger sie gerufen hatte. Im Krankenhaus hat der Chirurg meinen rechten Arm quasi aufgegeben. Ich hatte sechzehn Knochenbrüche. Es brauchte vier Operationen, aber ich habe gut fünfundachtzig Prozent der Funktionsfähigkeit wieder.«

»Oh, Silas ...«

»Wie sich herausstellte, war ich geradewegs in einen richtigen Drogenring spaziert. Als die DEA sie geschnappt hatte, sagte ich gegen sie aus, auch gegen meinen Bruder. Carlos musste nur eine dreijährige Strafe absitzen, weil er gegen die anderen aussagte und nur als Komplize verurteilt wurde.«

Es war so viel schlimmer, als ich angenommen hatte. »Hast du deine Migräneattacken seit damals?«

»Ja. Die Ärzte führen sie auf die Gehirnerschütterung zurück.«

Ich berührte noch einmal seine Narbe und versuchte mir vorzustellen, was er hatte durchleiden müssen. »Und jetzt ist Carlos wieder auf Bewährung frei?«

»Er ist in Bellingham, sagt er zumindest.«

»Seid ihr in Kontakt geblieben, während er im Gefängnis saß?«

»Nein. Er hat ein paar Briefe an mich zu meinen Eltern geschickt, aber ich habe meiner Mutter gesagt, dass sie sie wegwerfen soll. Ich konnte nicht ...« Er schüttelte den Kopf. »Ich konnte das einfach nicht noch mal. Und egal, was er dieses Mal behauptet – ich halte es nicht aus, noch einmal vergeblich zu hoffen.«

»Aus welchem Grund hat er dich denn angerufen?«

»Er will sich mit mir treffen. Er behauptet, irgendein Pastor, den er im Gefängnis kennengelernt hat, habe ihm geholfen, und er sei jetzt ein anderer Mensch.«

Ich lächelte hoffnungsvoll. Auch Miles hatte in den vergangenen Jahren mit Häftlingen gearbeitet. Wenn dieser Pastor nur annähernd so war wie mein Bruder, dann ...

Silas schüttelte wieder den Kopf und sah mich verzweifelt an. »Ich kann ihn nicht wieder in mein Leben lassen, Molly! Ich leite eine Initiative, die Menschen helfen will, aber mein Bruder ist kein siebzehnjähriger Schulabbrecher mehr. Er ist ein siebenunddreißigjähriger Straftäter, der in seinem Leben und in jeder seiner Beziehungen zu anderen massiven Schaden angerichtet hat.«

Mir fehlten die Worte. Dem Schmerz, der aus seinen Augen sprach, konnte kein tröstender Spruch etwas anhaben. Aber jetzt verstand ich es: Silas hatte alles aufgegeben, um diesen jungen Menschen zu helfen, weil er in jedem einzelnen von ihnen seinen Bruder sah.

Er streichelte mit dem Daumen meine Fingerknöchel und ich hätte gern gehört, was er dachte. Zwar behielt er es für sich, aber er ließ mich nicht los. Nicht am Tisch, während wir noch gut zwei Stunden miteinander redeten. Nicht auf dem Weg über den Parkplatz zu meinem Auto. Nicht während der Fahrt zu seinem Haus, von wo aus ich dann selbst nach Hause fahren würde. Er hielt meine Hand einfach fest und ich tat dasselbe mit seiner.

Erst als wir unser Ziel erreichten, löste ich meine Finger aus seinen. Ich wollte ihn nicht manipulieren. Wenn Silas meine

Hand als gute Freundin halten wollte, die ihm etwas bedeutete – der er etwas sehr Persönliches und Schmerzhaftes anvertraut hatte –, dann sollte ich damit einverstanden sein. Ich würde dafür sorgen, dass ich damit einverstanden war. Doch wenn da noch mehr war, auch nur ansatzweise mehr, dann musste mein Herz das wissen. Ich musste es wissen.

»Heute war einer der schönsten Tage, die ich seit Langem erlebt habe. Danke, Silas. Für den Ausflug, dafür, dass du mir gezeigt hast, wie man Dart spielt, dass du mir von deiner Familie erzählt hast und für deine Geduld bei meiner Unentschlossenheit mit dem Geschirr. Du warst ein richtiger Gentleman.«

Der Blick seiner dunklen Augen ruhte auf meinem Gesicht. »Ich hätte dich für das richtige Geschirr tausend Kilometer weit gefahren. Ich bin froh, dass du eins gefunden hast, mit dem du glücklich bist.«

Mir wurde warm. »Ehrlich gesagt war es gar nicht in erster Linie das Geschirr, mit dem ich glücklich bin. Es war mein Begleiter. Irgendwie hilft er mir jedes Mal, die Dinge klarer zu sehen, wenn ich Zeit mit ihm verbringe.«

»Ehrlich gesagt hilfst du ihm genauso dabei.« Sein Blick huschte zu meinen Lippen und mir wurde schlagartig noch viel wärmer. »Das hier wird die Dinge verkomplizieren, Molly.«

»Ich habe keine Angst vor kompliziert.«

Er lächelte und legte mir eine Hand an die Wange. »Ich auch nicht.«

Und dann trafen sich unsere Lippen. Seine Hand lag hinten an meinem Kopf und alle Fantasien, die ich je über einen ersten Kuss gehabt hatte, wurden binnen Sekunden in den Schatten gestellt, denn dieser Mann küsste so, wie er Auto fuhr. Wie er einen Dartpfeil warf. Wie er die Anwaltsprüfung bestanden hatte, während er unter vollem Einsatz mit den vergessenen Kindern der Gesellschaft arbeitete.

Wie ein Perfektionist, der etwas zu beweisen hatte.

# Kapitel 26

## Silas

Ich kam früh genug auf Fir Crest Manor an, um noch auf dem Wanderweg einen knappen Kilometer vom Haus entfernt laufen zu gehen. So konnte ich den Kopf freibekommen und beten.

Mich auf die eine Sache konzentrieren, die ich tun konnte, statt auf die Dinge, die sowieso nicht in meiner Macht lagen – den nächsten Schritt gehen und danach wieder den nächsten.

Meine Füße hämmerten über den staubigen Weg. Die Morgensonne brach durch die dichten Äste der Tannen, die den Weg säumten, und brannte mir im Nacken. Gleich würde ich das Dach des Männerwohnheims sehen und bald darauf den hinteren Teil des Grundstücks, wo dank Molly am Ende des Sommers die große Gala stattfinden würde.

Mein Schritttempo beschleunigte sich beim Gedanken an sie – daran, wie sie mich gestern angesehen hatte, als ich ihr von Carlos erzählte. Wie sie sanft meine Narbe gestreichelt hatte. Wie sie ihre Wange an meine Hand gedrückt und mir gesagt hatte, dass ich sie glücklich gemacht hatte.

Und wie ich sie geküsst hatte.

Ich bereute es nicht im Geringsten. Noch nicht einmal der Teil von mir, der sich fragte, wie wir am Arbeitsplatz damit umgehen sollten, unter demselben Dach, getrennt durch den Flur, wenn ich doch nur eins wollte: in ihrer Nähe sein. Mich in Molly zu verlieben, war wahnsinnig schnell gegangen. Es hatte mich komplett umgehauen. So etwas hatte ich noch nie erlebt.

Als ich um die Wildrosenbüsche bog, die den Weg zur Straße säumten, entdeckte ich einen vertrauten blauen SUV. Meine Mutter hatte mir am Morgen geschrieben, dass sie Besorgungen in der Gegend zu machen hatte und bei uns vorbeischauen würde. Ich holte mir noch mein Handtuch und die Wasserflasche, bevor ich zu ihrem Auto hinüberlief.

Sie stieg in ihren typischen Radklamotten aus – Synthetik-Tank-Top, Trainingshosen und Tennisschuhe. »Hallo, Schätzchen. Perfektes Timing.« Sie lächelte mich an.

Ich wischte mir schnell Stirn und Gesicht ab, als sie die Arme nach mir ausstreckte. »Ich bin ganz schön verschwitzt, Mom.«

»Und du meinst, dass mir ein bisschen Schweiß etwas ausmacht? Nachdem ich euch alle großgezogen habe? Vor allem Jake?«

Ich lachte. »Stimmt, er riecht immer noch nach Sportsocken und Chlor.«

Sie drückte mich an sich. Ich gab ihr einen Kuss auf den Kopf, und als sie sich aus der Umarmung löste, legte sie mir die Hände an die Wangen. Wir waren fast auf Augenhöhe. Jakes Größe und Sportlichkeit ging auf Moms Gene zurück, nicht auf die unseres Vaters. Obwohl Jake ihr einziges eigenes Kind war, das jüngste von fünf, davon vier adoptiert, hatte unser Vater am meisten auf mich abgefärbt. Daniel Whittaker war ein wissbegieriger Mann, den man kaum je ohne ein Buch in der Hand antraf und der seine Hobbys sehr ernst nahm, allem voran das Dartspielen.

Mom musterte mich eindringlich. »Jake hatte recht. Du siehst gut aus. Glücklich.« Sie tätschelte mir das Gesicht und ihre dunklen kurzen Locken tanzten. Sie war Anfang sechzig, wirkte aber deutlich jünger. Morgens fuhr sie mit Freundinnen Rad und war so gesund wie die meisten jungen Leute Anfang zwanzig, die Teil unseres Programms waren. »Willst du mit reinkommen? Glo holt dir sicher was vom Frühstück, während ich kurz dusche. Dauert nicht lang.«

»Ich würde schrecklich gern, aber ich muss gleich für Emily babysitten.«

Dass Mom bei *The Bridge* vorbeischaute, kam hin und wieder

vor, aber dass sie dann ablehnte, kurz noch zu Glo zu gehen, war selten. Die beiden waren seit Ewigkeiten befreundet.

Ihr Blick ging suchend über den Parkplatz. »Es sei denn ... es sei denn, deine hinreißende neue Freundin ist da?«

Ich blinzelte und glaubte, mich verhört zu haben. »Meine ... was?«

Ihr Lachen war zur Hälfte nervöse Energie und sich einmischende Mutter. »Ich habe sie gegoogelt, Silas. Das haben wir alle. Als du gestern Abend unser Familienabendessen verpasst hast, da ...« Sie zuckte die Achseln. »Clara und Jake haben so von ihr geschwärmt und davon, was sie für *The Bridge* tut, und du weißt doch, wie deine Schwestern sind. Sie wollten ein Bild von ihr sehen, und dann führte eins zum andern. Am Ende haben wir uns alle um Dads Laptop gedrängt, bis Emily vorschlug, dass wir doch mit diesem besonderen Kabel von deinem Vater ihren Kanal auf den Fernseher übertragen können. Also haben wir kurzerhand den Film gestrichen und stattdessen *Molly's Make-up Matters* geguckt.«

Es war gerade einmal zwölf Stunden her, seit sich die Dinge zwischen Molly und mir verändert hatten, und meine ganze Familie hatte sie bereits beim Abendessen im Internet gestalkt? Obwohl ich kaum etwas gegen den Suchtfaktor ihrer Videos sagen konnte, fühlte sich die Vorstellung, dass die ganze Whittaker-Familie sie guckte, auf diversen Ebenen falsch an.

»Sie ist ein richtiger Schatz, Silas! Das sehen wir alle so.«

»Sie ist mehr als das.« Die Worte kamen aus meinem Mund, bevor ich sie filtern konnte. »Mehr als das, was man in den Videos sieht.«

»Oh, natürlich. Da bin ich mir sicher.« Sie legte mir eine Hand auf den Arm. »Es tut mir leid, wenn wir da eine Grenze überschritten haben. Wir waren einfach so gefangen von ihrer Ausstrahlung.«

»Schon klar, aber Mollys Ausstrahlung ist nur ein kleiner Teil davon, was sie ausmacht.«

Die Augen meiner Mutter wurden feucht. »Oh, Silas ... Ich habe mich gefragt, ob Jake vielleicht übertrieben hat, aber es stimmt. Sie bedeutet dir wirklich etwas.«

»Ja, das tut sie.«

»Dann kann ich es kaum erwarten, sie kennenzulernen! Ich habe deinem Vater schon immer gesagt: Die Frau, die dir den Kopf verdreht und es schafft, dass du ihr hinterherguckst, wo du dich doch immer so auf die Ziele vor dir konzentrierst ... nun, sie muss wirklich etwas Besonderes sein.«

Eine Feststellung, die ich nicht entkräften wollte – oder konnte. Ja, Molly hatte mir den Kopf verdreht. Aber viel wichtiger war mein Herz, das sie im Lauf dieses Sommers erobert hatte. Und trotzdem war meine Mutter wohl nicht den ganzen Weg hier rausgefahren, nur um eventuell einen Blick auf meine *hinreißende neue Freundin* zu erhaschen.

»Du bist aber nicht wegen Molly hergekommen, oder?«

Die Begeisterung meiner Mutter wich innerhalb von Sekunden einer Anspannung, die mich genauso kalt erwischte wie ihre Antwort: »Du hast recht, es gibt noch einen Grund.«

»Was dann? Geht es um Dad? Er meinte, sein Termin beim Kardiologen sei reine Routine.«

»Es geht nicht um deinen Vater. Es, also ... es geht um etwas, was ich dir persönlich zeigen wollte. Geben wollte.«

Sie holte einen Brief aus ihrem SUV. Ich erkannte die Handschrift sofort. In dem Augenblick, als sie ihn mir in die Hand legte, brach in mir ein Krieg aus.

»Was ist das?«

»Carlos hat deinem Vater und mir geschrieben. Der Brief kam vor drei Tagen und wir haben viel darüber nachgedacht, was wir damit machen sollen.« Sie berührte meine Hand. »Es ist an der Zeit, dass du selbst eine Entscheidung triffst. Nicht nur zu diesem Brief, sondern auch zu denen von davor.«

Mein Inneres fiel in Schockstarre. »Von davor?«, echote ich.

Sie wandte sich wieder dem Auto zu und holte einen Schuhkarton hervor. »Diese Schachtel ist voller Briefe, die dein Bruder dir aus dem Gefängnis geschrieben hat. Sie sind regelmäßig gekommen, mindestens ein Brief pro Monat. Die ganzen drei Jahre lang. Ich weiß, dass wir alles wegwerfen sollten, was er dir schickt, aber ... ich konnte es nicht, Silas. Wir waren alle so wütend damals, als er verurteilt wurde, aber ich konnte sie nicht einfach in die Tonne schmeißen. Ihr habt schon so viel gemeinsame Geschichte verpasst.« In ihren Augen standen Tränen. »Vielleicht kommt der Moment, wo du sie brauchst. Ich sage nicht, dass du sie heute lesen sollst oder nächste Woche. Aber du wirst wissen, wann der Zeitpunkt gekommen ist. Und für dann, wenn er kommt, habe ich nur eine Bitte: Fang mit diesem an.« Sie tippte auf den Brief in meiner Hand, während bittere Erinnerungen meine Gedanken fluteten, mit denen ich mich lieber nicht genauer beschäftigen wollte.

Ich betrachtete den Karton. »Hast du sie gelesen?«

»Die nicht, nein.«

Ich nickte und stand zu sehr neben mir, um eine der vielen Fragen, die in mir tobten, über die Lippen zu bringen.

»Ich habe dich sehr lieb, Silas. Du hast eine Reise hinter dir, die nur wenige Menschen machen müssen oder auch nur verstehen können, und doch hast du mich als deine Mutter so stolz gemacht. Sehr, sehr stolz.« Sie drückte mir die Schachtel in die Hand. »Das hier ist nur ein weiterer Schritt. Eines Tages.«

*Eines Tages*. Zwei Worte, die sie ihren Kindern über die Jahre schon oft mitgegeben hatte. Eine Hoffnung ohne konkreten Termin und ohne Druck. Zwei Worte, die ich als Junge oft gebraucht hatte. Und jetzt brauchte ich sie als erwachsener Mann.

Obwohl ich den Schuhkarton im verschlossenen Schrank in meinem Büro verstaut hatte, war seine Existenz nicht so leicht auszublenden. Seit ich mich an den Schreibtisch begeben hatte, dachte ich mindestens einmal pro Stunde daran, ob und wann ich die Briefe lesen würde. Oder ob und wann ich sie lesen sollte. Am Mittag verließ ich meine vier Arbeitswände. Ich brauchte eine Pause von dem Monolog in meinem Kopf. Mollys Abwesenheit auf der anderen Seite vom Flur hatte ich noch nie so akut gespürt wie jetzt. Sie hatte sicher einen guten Grund, wieso sie später kam als sonst, aber ich hoffte, dass es nicht mehr lange dauerte, und mit diesem Gedanken setzte ein anderer, neuer Monolog in meinem Kopf ein. Einer, der mit dem Kuss begonnen hatte, der gestern Abend in meiner Auffahrt stattgefunden hatte.

Als hätte sie mit einer Art Superkraft genau den Moment abgepasst, als ich daran dachte, ging eine Nachricht von ihr auf meinem Handy ein.

**Molly McKenzie**
Hi 👋

**Silas**
Wie geht es dir?

**Molly McKenzie**
Ich grinse.

**Silas**
Soweit ich weiß, ist das eine Tätigkeit und kein Gemütszustand.

**Molly McKenzie**
Dann bin ich eben eine Frau der Tat.

**Silas**
Hast du vor, uns heute irgendwann mit deiner Präsenz zu beehren?

**Molly McKenzie**
Kommt darauf an.

**Silas**
Worauf?

**Molly McKenzie**
Ob du dich für gestern Abend entschuldigen willst.

Ich las die Nachricht drei Mal und versuchte zu verstehen, was sie mir damit sagen wollte.

**Silas**
Gibt es etwas, wofür ich mich entschuldigen sollte?

**Molly McKenzie**
☺ Nein. Nicht im Geringsten.

Jetzt musste ich lächeln.

**Silas**
Wo bist du gerade?

**Molly McKenzie**
Auf dem Parkplatz. Bin gerade angekommen. Ich wollte mich irgendwie wappnen für das, was heute passieren könnte. Für den Fall, dass du gemerkt hast, dass letzte Nacht ein furchtbarer Fehler war, verstehst du? Ich würde das verstehen, also wenn du deine Meinung geändert hättest. Ich könnte das nachvollziehen. Ich wollte nur schon eine Richtung wissen, bevor ich dir persönlich gegenübertrete.

Ich antwortete nicht mehr, weil meine Füße mich bereits den Flur entlangtrugen, die Treppe hinunter, raus aus dem Empfangsbereich auf den Pflasterweg, wo Molly stand, auf ihr Handy starrte und auf eine Antwort wartete.

Ich würde ihr eine geben.

Sie sah überrascht aus, als ich auf sie zuhielt und dann einen knappen Meter vor ihr stehen blieb. Mir waren die vielen Augenpaare bewusst, die uns aus allen möglichen Ecken des Geländes beobachten konnten, und deshalb beachtete ich die Regeln, die ich selbst für angemessenes Verhalten aufgestellt hatte. Obwohl ich mir für diesen Augenblick wünschte, ein paar Ausnahmen machen zu können.

»Da du offensichtlich Zweifel daran hast, wo ich stehe, werde ich Klartext reden«, sagte ich. »Du bedeutest mir viel. Sehr viel, um ehrlich zu sein.«

Sie blinzelte. »Geht mir genauso. Also mit dir.«

Meine Finger zuckten, als ihr der Wind eine lange Strähne über ihre rosafarbenen Lippen blies. Sie strich sie sich hinters Ohr und ließ den Blick dabei nicht von mir.

»Gestern Abend tut mir nicht leid«, beteuerte ich. »Keine einzige Sekunde. Und wenn wir nicht gerade am Schnittpunkt von drei Sicherheitskameras stehen würden, würde ich dir zeigen, wie sehr es mir nicht leidtut.«

»Das würdest du tun?«

Ich grinste. »In der Tat.«

Molly sah zum Haus. »Und wie machen wir das jetzt konkret? Dieses Wir-bedeuten-einander-viel-Ding, während wir beide in einer Küssen-verboten-Einrichtung arbeiten?«

»Darüber denke ich schon nach, seit du gestern Abend aus meiner Einfahrt gefahren bist.«

Sie lachte. »Ich vermute mal, es gibt nicht viele Schlupflöcher aus der Vereinbarung mit Berührungsverbot, die ich unterschrieben habe?«

»Glaub mir, Molly, wenn es sie gäbe, dann würde ich hier nicht einen Meter von dir entfernt stehen.«

Ihr Lächeln machte der Sonne Konkurrenz. »Gut zu wissen.«

# Kapitel 27

## Molly

Am darauffolgenden Freitag hatte ich das Gefühl, im Laufe einer einzigen Woche einen ganzen Monat verlebt zu haben. Im Haus war extrem viel los gewesen. Clara hatte sich die Woche freigenommen und Überstunden in der Bank gemacht, damit sie genug Tage für die Hochzeitsreise Ende September übrig hatte. Ich hatte ihr natürlich gesagt, ich könnte die Gruppe problemlos auch allein leiten, inklusive Abschlussgebet und so. Was nicht ganz stimmte.

»Bist du das, Kitten Heels?«, fragte Glo, die mit dem Rücken zu mir stand, als ich in die Hauptküche von Fir Crest Manor kam. Es gab einige Räume in dem großen Haus, die längst noch nicht ihr Potenzial ausnutzten, aber die Küche gehörte nicht dazu. Sie war hell, offen, freundlich und so, wie ich mir den Traum eines jeden Kochs vorstellte. Ich konnte gut verstehen, wieso Glo hier so gern und viel Zeit damit verbrachte, den jungen Leuten Kochen und Backen beizubringen. Heute allerdings ließ sie freundlicherweise mich von ihren Fähigkeiten profitieren.

»Schließ lieber ab, damit die Überraschung nicht ruiniert wird! Obwohl Devons Zusammenstoß mit der Parkuhr gerade wohl Silas' volle Aufmerksamkeit fordert …«

Ich drehte den Schlüssel im Schloss. »Ich weiß, der arme Devon. Er ist total geknickt. Ich habe ihn gesehen, als er von der Uni zurückkam.« Und Silas hatte ich auch gesehen – mit diesem Blick väterlichen Mitgefühls, als er den erschütterten jungen Mann nach oben in sein Büro geführt hatte. Ich hatte Devon zuerst fast nicht erkannt. Jede Spur seines üblichen Humors war wie weggewischt gewesen, was bei einem jungen Mann, der stets einen frechen Spruch auf den Lippen hatte, nun wirklich kein gutes Zeichen war.

»Der arme Silas«, berichtigte mich Glo. »Er ist derjenige, der die Sache mit dem College klären muss, ganz zu schweigen von der Strafe, die im Raum steht, wenn jemand eine Parkuhr umnietet. Ich hoffe, dass der Junge ein Dankgebet nach oben schickt, weil er mit seinem Scooter nur einen Metallpfahl und keinen Menschen gerammt hat.«

Ich wollte gerade etwas erwidern – wie oft hatte ich selbst schnell mal aufs Handy geguckt, anstatt auf die Straße zu achten –, aber da stachen mir all die Zutaten ins Auge, die auf der Anrichte verteilt waren, und lenkten mich ab.

»Wow, Glo. Ich wusste gar nicht, wie kompliziert das Rezept ist. Ich hoffe, du hast dir nicht übermäßig Umstände gemacht!«

»Ach was. Es gibt ein paar Leute auf dieser Welt, für die würde ich fast alles tun und Silas steht weit oben auf dieser Liste. Er ist wie ein Sohn für mich.« Bewunderung stand ihr ins Gesicht geschrieben, aber in ihrer Aussage schwang auch eine tiefe Trauer mit. Silas hatte erwähnt, dass sie vor vielen Jahren einen Sohn verloren hatte, und obwohl ich keine Details kannte, wusste ich, dass ihre Vergangenheit alles andere als einfach gewesen war. Irgendwie hatte sie sich hier ein neues Leben aufgebaut, mit Menschen, die sie genauso gern hatten wie sie umgekehrt sie. »Außerdem wird es höchste Zeit, dass ich jemandem beibringe, wie man Silas' Lieblingsgericht macht«, fuhr sie fort. »Seine Mutter Judy ist die liebenswerteste Person auf der Welt, aber eine Köchin ist sie nicht.« Sie lachte und schüttelte den Kopf. »Und sie wäre die Erste, die das zugibt. Wenigstens hast *du* in der Küche etwas drauf.«

Ich betrachtete die verschiedenen Zutaten, von denen einige mir so gar nichts sagten, und hatte so meine Zweifel an ihrer Feststellung. Ich kochte gern und probierte immer wieder Neues aus, aber mein Gefühl sagte mir, dass ich mich mit so einem Gericht ein wenig übernommen hatte. Vor allem vor dem Hintergrund, dass heute Abend erst mein zweites Date mit Silas anstand.

»Keine Sorge«, beruhigte mich Glo, als hätte sie meine Gedanken gelesen. Vielleicht hatte sie das tatsächlich. Silas jedenfalls war davon überzeugt, dass sie eine Art siebten Sinn für Menschen hatte. »Ich bringe dir bei, wie man richtig gute mexikanische Tamales macht. Ich stamme vielleicht von den Nez Percé ab, aber du wirst weit und breit niemanden finden, der so guten Masa macht wie ich.«

Glos Lachen steckte mich an. Ich wusch mir schnell die Hände und machte mich bereit für ihre professionelle Anleitung. Silas hatte mir erzählt, dass er während seiner Kindheit und Jugendzeit nur selten Tamales gegessen hatte, aber als er im Sommer nach dem Schulabschluss mit seinem Vater Mexiko bereist hatte, hatte er gar nicht genug von den gedämpften, gefüllten Pflanzenblättern bekommen können. Seine Beschreibung dieser Reise hatte alle meine Sinne angeregt. Ich wollte riechen und schmecken, was er gekostet hatte, als er zum ersten Mal Mexiko-Stadt besucht hatte – das scharfe Hühnchen und den handgemachten, in seidige Maisblätter gewickelten Masa-Teig. Dieser Gedanke hatte eine Sehnsucht in mir geweckt und die Sehnsucht wiederum eine Idee. Zum Glück war Glo mehr als bereit gewesen, mir bei der Umsetzung zu helfen.

Sie zeigte mir nicht nur, wie man die Blätter richtig vorbereitete und einweichte, sondern verriet mir auch den Trick für den Teig: »Keine Angst vor Schmalz! Das ist Regel Nummer eins. Junge Leute haben Angst vor Schmalz, aber es gibt einfach keinen guten Ersatz dafür.«

»Okay. Verstanden.« Ich hörte zu, rührte und gab Löffel für Löffel Hühnerbrühe in die Mehlmischung.

Glo beobachtete jede meiner Bewegungen. Dann kam der Schwimmtest. Laut Glo war Masa-Teig erst fertig, wenn eine Kugel davon in einem Wasserglas oben schwamm. Wenn sie nach unten sank, musste man noch länger rühren und immer weiter Brühe hinzufügen, bis der Teig den Test bestand.

»Gut. Der Masa soll von der Konsistenz wie cremige Erdnussbutter werden. Er muss leicht klebrig sein, damit er sich auf der Maisschale verteilen lässt, aber auch glatt. In ungefähr einer Minute fangen wir an, die Schalen mit Masa zu bestreichen und dann kommt das Hühnchen. Kompliment übrigens, ich habe schon probiert.«

»Danke. Ich habe mich genau an dein Rezept gehalten.« Ich hatte es im Schmortopf über Nacht gekocht und die grünen Chilischoten erst nach der Halbzeit dazugegeben. Heute Morgen hatte ich alles gleich in den Kühlschrank getan und vorher schon mal gekostet. Es schmeckte himmlisch.

»Und dann müssen wir das Ganze nur noch ausbreiten und falten!«

Glos Begeisterung ließ mich lächeln. Sie war definitiv in ihrem Element, genau wie bei ihrer Arbeit mit den jungen Erwachsenen, mit denen sie unglaublich gut umgehen konnte. Sie war streng, aber auch nachsichtig. Ich fragte mich, was sie über Sasha dachte. Vielleicht hatte sie einen Tipp, wie man die junge Frau dazu bringen konnte, sich zu öffnen. Heute war die Mentoring-Zeit ein echter Krampf gewesen. Bei Wren und Monica sah ich große Fortschritte, aber Sasha könnte nicht verschlossener sein. Und es wurde immer schwieriger, ihre abfälligen Blicke und ihr Augenrollen zu ignorieren.

»Du darfst es nicht persönlich nehmen«, hatte Clara gesagt, nachdem Sasha meinen Versuch, sie ins Gespräch einzubinden, einmal mehr beleidigt abgeblockt hatte. Aber die Sache war, Sasha *meinte* es persönlich, wenn sie die Arme verschränkte und auf die Fragen aus dem Studienheft geradezu roboterartig antwortete. Sie schien mir eine Botschaft schicken zu wollen. Und es war kein Daumen hoch, sondern eher eine mit einem anderen Finger. Sasha konnte einem mit den Augen die Meinung geigen, während ihr Mund genau das von sich gab, was man hören wollte.

Glo schaltete meinen Mixer aus. »Ich habe cremige Erdnussbutter gesagt, nicht Mus.«

»Oh, Entschuldigung.« Ich klopfte den Mixer am Schüsselrand ab und nahm den Holzlöffel vom Tisch. »Geht es trotzdem noch?«

»Ich denke schon«, sagte Glo, rollte einen Ball und testete ihn im Wasserbad. Er schwamm. »Wo bist du nur mit deinen Gedanken, Kitten Heels?«

Ich seufzte. »Tut mir leid. Es lief heute nicht so gut mit meiner Gruppe.«

»Du musst dich nicht entschuldigen. Was wären zwei Frauen in der Küche, wenn sie die Zeit nicht nutzen würden, um über ihre Probleme zu reden? Oder über die von jemand anderem.« Glo legte die weichen Maishülsen aus und verteilte auf jeder einen Löffel Masa. Dann legte sie Frischhaltefolie darauf und drückte den Teig auf das glänzende Maisblatt. Sie bedeutete mir mit den Händen, dasselbe zu tun. »Also? Ich höre.«

Ich machte ihre Bewegungen nach und versuchte, genau den richtigen Druck auf jede Tamale auszuüben. »Es ist nur, dass Sasha ...«

Glo warf mir einen Seitenblick zu.

»Sie scheint mich nicht zu mögen.« Das hatte sich jetzt irgendwie sehr nach Grundschule angehört. *Frau Lehrerin, Sasha guckt mich immer so böse an. Schluchz!*

Glo gluckste. »Sasha mag die meisten Menschen nicht.«

»Das kann ja sein, aber ...«

»Aber du wirst für gewöhnlich von allen Leuten gemocht.«

Ihre Worte lösten ein Gefühl der Scham aus. Leider hatte sie ins Schwarze getroffen.

»Das ist doch nichts Schlechtes, Molly. Die meisten jungen Frauen hier haben dich in kürzester Zeit ins Herz geschlossen. Das läuft nicht immer so. Nehmen wir Wren. Sie hatte sich komplett in ihrem Schneckenhaus verkrochen und du hast es geschafft, sie herauszulocken. Das haben weder Clara noch ich hingekriegt.«

*Was mache ich dann falsch bei Sasha?* Sie war ein Rätsel, auf dessen Lösung ich einfach nicht kam.

»Und was schlägst du vor, wie ich bei Sasha vorgehen soll?«

Glo ließ ihren Löffel sinken und sah mich einen langen Augenblick an. »Indem du es weiter versuchst. Mehr können wir nicht machen.«

Ich hatte mit etwas Tiefgründigerem gerechnet – einer Mut machenden Lebensweisheit vielleicht. Stattdessen schien Glo auf derselben Wellenlänge zu funken wie Silas und mit seinen zwanzig Jahren Übung beim Dart. Diese Steter-Tropfen-höhlt-den-Stein-Mentalität lag mir so gar nicht. Mir war bewusst, dass *üben* etwas Wichtiges war, aber bei Sasha machte ich im Gegensatz zum Dart überhaupt keine Fortschritte. Im Gegenteil: Je mehr Mühe ich mir gab, desto schlimmer wurde es.

»Meine Antwort scheint dir nicht zu gefallen.«

Ich schüttelte den Kopf und setzte ein fröhliches Lächeln auf. Glo schmunzelte nur und stupste mich an.

»Mit diesem hübschen Grinsen kannst du mich nicht hinters Licht führen. Ich weiß, es ist nicht der glamouröseste Rat, aber meiner Erfahrung nach bedeutet es bei diesen jungen Leuten viel, nach einem harten Tag oder einer schwierigen Sitzung überhaupt aufzutauchen – deutlich mehr als Worte. Und trotzdem kannst du alles richtig machen und dringst am Ende vielleicht doch nicht zu ihnen durch. Wie jemand auf uns reagiert, haben wir nicht in der Hand.« Sie lächelte wissend. »Das Einzige, was wir in der Hand haben, sind unsere innere Einstellung und unser Herz.«

Ich nahm mir das Geschnetzelte und fügte zu jedem der Häufchen einen kleinen Löffel davon hinzu. Glo machte sich in der Zwischenzeit daran, die Blätter zu rollen und zu falten.

»Dann versage ich wohl als Mentorin, denn heute hat mein Herz genervt die Augen verdreht, als Sasha bei zwei Fragen denselben einstudierten Bibelvers von sich gegeben hat, bevor irgendjemand anderes antworten konnte.«

Glo legte beide Handflächen auf den Tisch und lachte aus vollem Hals, bevor sie sagte: »Molly, an manchen Tagen verdreht mein Herz auch genervt die Augen, und dabei arbeite ich schon länger mit diesen jungen Leuten, als du auf der Welt bist. Mach einfach weiter. Das ist der einzige Unterschied zwischen einer guten und einer nicht so guten Mentorin. Sasha wird sich dir entweder öffnen oder nicht. Die Entscheidung liegt bei ihr.«

Während sie die Tamales trichterförmig rollte und mir zeigte, wie man die Ecken umschlug und sie anschließend in einem Topf stapelte, in dem ich sie zu Hause dünsten würde, dachte ich über ihre Worte nach. Über die viele Zeit, die sie hier und anderswo investiert hatte. »Okay«, seufzte ich. »Ich mache einfach weiter.« *Mit Augenrollen und so.*

»Gut. Denn wenn du glaubst, dass die Ängste eines Teenagers schwer erträglich sind, dann hast du es noch nicht mit einem enttäuschten Silas zu tun bekommen. Und ich kann dir mit Sicherheit sagen, dass es ein ziemliches Chaos geben würde, wenn du jetzt kündigst.«

Dieses Mal wurde ich aus einem ganz anderen Grund rot. Dem Grund, aus dem ich die Minuten zählte, bis Silas in genau zwei Stunden vor meinem Haus stehen würde.

Es war eine lange Woche gewesen, und sich an einem Freitagnachmittag mit den Auswirkungen von Sachbeschädigung auf einem Collegecampus auseinandersetzen zu müssen, war wohl kaum der beste Einstieg ins Wochenende. Dennoch wirkte Silas überhaupt nicht gestresst.

»Für dich«, sagte er und überreichte mir ein Blumenbouquet, das das Cover von *Martha Stewart Living* hätte zieren können. »Danke, dass du mich zum Essen einlädst.«

Ich ließ den Strauß aus Wildblumen sinken und lächelte ihn an. »Danke, dass du mich beehrst. Komm rein. Möchtest du was trinken? Wasser? Tee? Mineralwasser?«

»Noch nicht, danke.« Silas betrat mit dieser Selbstverständlichkeit das Haus, die ich an ihm bewunderte, ganz ungerührt und gelassen. Es war weder so groß noch so beeindruckend wie Fir Crest Manor, aber auch nicht der Traum eines Minimalisten wie Silas' Zuhause. Mein komplett sanierter Bungalow im Craftsman-Stil von 1955, inmitten einer ruhigen Nachbarschaft mit großen Grundstücken und alten Tannen, war irgendetwas dazwischen. Die letzte Renovierung hatte seinen Vintagecharme erhalten; es war wunderschön eingerichtet, mit Nischen voller Kissen und hübschen Lampen. Die Kunstwerke an den Wänden hatte ich sorgfältig ausgewählt und angeordnet.

Ich liebte mein Haus.

In die Gestaltung der Räume war viel Geld geflossen. Ich hatte Handwerker und Designer und sogar manchmal Miles gebucht und bezahlt – mit frischen Apfelbeignets aus unserer Lieblingsbäckerei –, um einen Plan nach dem anderen anzugehen. Doch so gemütlich es auf den mit den perfekten Filtern versehenen Fotos auch aussah – die richtige Gesellschaft, um es zu genießen, hatte ich nicht herbeiplanen können.

Und ich hatte definitiv nicht geplant, was ich gerade fühlte, jetzt, wo Silas sich bewundernd hier umsah.

»Dein Haus sieht noch mehr nach Molly aus, als ich es für möglich gehalten habe. Es ist wirklich schön.«

»Soll ich dir schnell alles zeigen? Wir haben noch ungefähr ...« – ich warf einen Blick auf den Timer für die Tamales – »zweiundzwanzig Minuten, bis das Essen fertig ist. Obwohl ich noch die Pico de Gallo und die Guacamole machen muss.«

»Ich helfe dir gern. Was auch immer es gibt, es riecht köstlich.«

*Gut!* Das bedeutete, dass er noch nicht ahnte, was Glo und ich am Nachmittag in der Küche ausgeheckt hatten.

Ich füllte eine Vase mit Wasser und platzierte sie auf dem Landhaus-Esstisch. Dann stellte ich die Blumen von Silas hinein. Vielleicht würde ich sie in den nächsten Tagen von Zimmer zu Zimmer mitnehmen, um noch mehr davon zu haben. Aus einem unkontrollierbaren Übermut, wie ich ihn seit meiner Jugendzeit nicht mehr erlebt hatte, schob ich meine Hand in seine. Ziemlich ungewohnt, wenn man bedachte, dass wir uns seit einer Woche an das Berührungsverbot hielten. Aber in diesem Haus galt es nicht.

»Darf ich dir etwas Ungeheuerliches erzählen?«, fragte ich.

»Etwas Ungeheuerliches«, wiederholte er frech. »Von dir? Immer.«

»Einmal musste ich für eine Gesichtspflegekampagne eine extrem strenge Diät einhalten. Sie dauerte nur eine Woche, aber die Liste der Dinge, die ich *nicht* essen durfte, war ungefähr zwanzig Mal so lang wie die derer, die erlaubt waren.

»Das ist ja wirklich ungeheuerlich.«

Ich schüttelte den Kopf. »Nein, das Ungeheuerliche kommt erst noch. Eigentlich war ich sogar ziemlich zufrieden mit dem, was da auf dem Essensplan stand – bis ich die ewig lange Liste mit den verbotenen Lebensmitteln schwarz auf weiß sah. Ich wurde bald verrückt. Auf einmal träumte ich heimlich von Essen, das ich noch nie sonderlich gemocht hatte, wie zum Beispiel von Trockenfrüchten oder Knäckebrot. Ich meine, wer träumt heimlich von Knäckebrot?«

Silas lachte. »Ich bin mir nicht einmal sicher, ob ich weiß, wie Knäckebrot schmeckt. Ist das der ungeheuerliche Teil?«

Ich seufzte gespielt entnervt, während Silas' Grinsen breiter wurde. »Nein, Silas, dieser Teil kommt erst noch. Lass mich doch erzählen! Jedenfalls, als ich an Tag acht *endlich* wieder essen konnte, was ich wollte, war ich so enttäuscht. Es schmeckte nicht mal halb so gut wie in meiner Vorstellung.« Ich blickte auf unsere miteinander verschränkten Hände. »Die ganze Woche, immer wenn du an meinem Büro vorbeigelaufen bist oder einen Raum betreten hast, in dem ich war, konnte ich nur daran denken, wie sehr ich deine Hand nehmen wollte. Nur dass du es weißt: Ich wollte noch nie in meinem Leben eine Hand mehr halten als in den letzten Tagen. Aber ich hatte auch ein kleines bisschen Angst, es könnte wie bei dem Knäckebrot und den Trockenfrüchten enden. Dass es nicht mit meiner Fantasie mithalten könnte.« Ich machte eine kleine Kunstpause. »Aber es ist noch schöner. Und das, Silas, ist der ungeheuerliche Teil.«

Mit seinem amüsierten Grinsen, in dem noch etwas anderes lag, zog mich Silas an sich, bis unsere Nasen nur noch Zentimeter voneinander entfernt waren. »Schön zu wissen, dass ich nicht der Einzige bin, der die Stunden bis heute Abend gezählt hat.« Sein minziger Kuss war leicht und vielversprechend. Ich speicherte den Augenblick fest in meiner Erinnerung. Etwas zum Festhalten, wenn wir uns wieder nicht mehr berühren durften.

»Vielleicht zeigst du mir jetzt doch lieber das Haus«, meinte Silas leise lachend.

Zögerlich nickte ich und führte ihn auf wackligen Beinen aus dem Esszimmer. »Wenn Sie mir bitte folgen wollen, Herzog.«

Obwohl ich kein Eckchen meines Hauses mit seinen knapp zweihundertfünfzig Quadratmetern Wohnfläche ausließ, zeigte Silas das größte Interesse an meinem Studio. Er durchmaß es mit Schritten, betrachtete meine Kameraausrüstung und die Einbauregale voller Produkte – bereits rezensierte und solche, die ich noch zu bewerben hatte. Die ganzen vernachlässigten Pakete musste ich unbedingt noch diese Woche durchgehen. Der Tisch war voll damit und der Anblick erschien mir fast symbolisch für den aktuellen Zustand von *Molly's Make-up Matters.*

»Hier wirkst du also deine Influencerinnen-Magie«, sagte Silas, als gerade die Sonne durch die Wolken brach und ihre Strahlen durch die großen Fenster des Wintergartens schickte. Wenn ich filmte, verhängte ich die Fenster komplett, um ungewollte Schatten auszusperren – ein weiterer Hinweis darauf, wie sehr ich meinem Sommerplan hinterherhinkte. Auch Rosalyn wies mich regelmäßig darauf hin. *Sie erfüllen im Augenblick nicht die Mindestmenge an neuem Content auf* Molly's Make-up Matters. *Mr Carrington hat einen Ghostwriter engagiert, der zweimal täglich etwas in Ihrem Namen posten wird. Laut Vertrag sind Sie darüber hinaus dazu verpflichtet, pro Woche ein Video zu veröffentlichen und zweimal live zu gehen. Wenn diese Bedingungen nicht erfüllt werden ...*

»Ja«, sagte ich und zwängte mich mit einer langsamen Drehung um mich selbst aus der Gedankenspirale. »Genau hier.«

Vielleicht hörte Silas die Enttäuschung in meiner Stimme, vielleicht interessierte ihn auch der staubige Bildschirm, auf den er starrte, überhaupt nicht, jedenfalls wandte er sich mir wieder zu. »Alles in Ordnung?«

»Ja.« Eine Lüge. Ein Betrüger gab sich für mich aus, weil ich es nicht schaffte, die von mir gegründete Marke am Laufen zu halten. Eine Marke, die meinen echten Namen trug. »Ich bin nur in letzter Zeit nicht mehr so oft hier wie sonst.«

Anstatt seine Sorgenfältchen zu glätten, vertiefte meine Antwort sie nur noch. »Molly, wenn ich dich mit deinen Aufgaben bei uns über Gebühr in Anspruch genommen habe, kannst du jederzeit reduzieren, das weißt du …«

»Du hast mich nicht überfordert. Ich genieße es – dort zu sein. Bei dir und den Bewohnern, bei Glo und Clara.«

*Ich genieße es nicht nur, es bedeutet mir viel mehr*, war das, was ich zwar nicht laut sagte, aber was sicher in meinem Gesicht zu lesen war. Diese Wahrheit wurde mir in der letzten Zeit immer öfter bewusst. Wenn ich unter der Dusche sang; wenn ich mit Glo spontane Kaffeepausen im Garten machte; wenn ich mit meinen Mentees in der Lobby herumhing, bis ihre Abendbrotpflichten riefen. Ich kam auf eine Art müde nach Hause wie seit Langem nicht mehr. Von echten Begegnungen mit Menschen und nicht nur von der konstanten Anstrengung durch Stunde um Stunde vor verschiedenen Bildschirmen. Und irgendwie war die Abwesenheit von Val in meinem Leben auf Fir Crest Manor etwas einfacher zu ertragen, als wenn ich allein im Studio saß. »Ich muss einfach wieder reinfinden. Solche Phasen gibt es immer wieder mal.«

Nur eigentlich nicht bei mir. Nicht, seit ich in meiner Vorratskammer mit dem Filmen angefangen hatte. Der Hunger nach mehr Fans, mehr Erfolg, nach mehr Bekanntheit und tollen Kooperationsanfragen war mir stets Motivation genug gewesen. Und all das reizte mich nun längst nicht mehr so sehr.

Silas schien mir genauso wenig zu glauben wie ich mir selbst, aber glücklicherweise griff er nur wieder nach meiner Hand und fragte, ob er mir beim Pico de Gallo helfen könne.

Mit meinen Karrierezielen sah es zurzeit nicht gut aus, aber wenigstens erlebten meine persönlichen Ziele einen Höhenflug, angefangen damit, Zwiebeln neben einem verführerischen, Salsa machenden Silas zu schneiden und unsere Guacamole-Technik zu vergleichen. Er gewann haushoch. Der Mann wusste einfach, wie man eine Zitrone auspresst.

Unter großem Protest verließ Silas auf meinen Wunsch die Küche und setzte sich an den Tisch, wo ich ihm die Überraschungs-Tamales auf einer Platte servieren wollte. Mein Magen summte vor nervöser Vorfreude, als ich sie arrangierte. »Bereit? Augen zu, bitte.«

Sein Lachen war aus dem Esszimmer zu hören, aber als ich mit der Porzellanplatte aus der Küche kam, hatte er sie tatsächlich geschlossen. Ich stellte alles vor ihn hin, Glos sauber gefaltete Tamales neben meinen etwas unsauberen Exemplaren. Es duftete wirklich atemberaubend.

»Okay, also, bevor du die Augen öffnest, muss ich dir noch sagen, dass das hier ein Gemeinschaftsprojekt war. Ich hoffe, es ist gelungen. Also, du kannst ... nein, warte! Augenblick noch.« Ich rannte zurück zum Kühlschrank und suchte nach der einen Sache, die noch auf dem Tisch fehlte.

»Molly, ich halte es nicht mehr aus!«

»Eine Sekunde!« Ich ließ den Kronkorken der gläsernen Coke ploppen und stellte sie neben seinen Teller. »Geschafft. Du kannst die Augen aufmachen.«

Silas tat es und einen Augenblick lang wusste ich nicht, ob er froh oder irrtiert war. Er blinzelte den Berg dampfender Tamales vor ihm an. »Du hast ... du hast mir Tamales gemacht?«

»Mit Glos Hilfe. Sie hat es mir beigebracht. Wir haben uns in die Küche verzogen, als du dich um Devon und die Parkuhr gekümmert hast. Ich konnte nicht vergessen, wie du von diesem

Restaurant in Mexico City geschwärmt hast, in dem du und dein Vater waren. Natürlich kann ich nicht daran herankommen, aber ich wollte einfach etwas Besonderes für dich machen.«

»Du hast mehr als das geschafft, glaub mir. Danke, Molly. Das ist ... es ist ...« In seinen schönen braunen Augen funkelte es. »Das ist einfach ungeheuerlich.«

Und auf einmal gab es auf dieser Welt kein schöneres Kompliment mehr.

# Kapitel 28

## Molly

Drei Wochen waren seit unserer Verabredung an der Dartscheibe vergangen. Ich hatte noch nie in meinem Leben häufiger gelächelt als mit Silas. Dass ich sehr viel Zeit in meinem provisorischen Büro gegenüber von seinem verbrachte, spielte da eine nicht ganz unbedeutende Rolle.

Doch heute ging es nicht um Büroarbeit – es ging um Make-over, Wellness und ums Filmgucken mit meinen Ladys. Nachdem ich einen Koffer voll Haarpflege- und Make-up-Produkten im Lavender Cottage abgeliefert hatte, zusammen mit all den Outfits, die ich ausgewählt hatte, suchte ich jetzt im westlichen Garten nach Wildblumen. Zusätzlich zu dem Tablett mit den kleinen Geschenken wollte ich etwas Frisches und Buntes für das perfekte Ambiente.

Aber stattdessen entdeckte ich etwas ganz anderes.

Die Tür des Gartenschuppens, die normalerweise mit einem Vorhängeschloss gesichert war, war nur angelehnt.

Ich sah mich um, ob ich irgendeinen Hausmeister übersehen hatte, als ich meinen riesigen Koffer über den Rasen gerollt hatte. Aber leider gab es gar keinen Hausmeister, weil nicht die nötigen Mittel vorhanden waren, um einen einzustellen. Ich wusste das, schließlich musste ich für das Event extra Leute kommen lassen.

Vorsichtig trat ich näher und schob die Tür auf.

»Hallo?« Wieso ich das rief, wusste ich nicht genau. Es war ja nicht so, als würde ich davon ausgehen, dass dort jemand wohnte und mich zum Tee einladen würde.

Aber wie sich herausstellte ... kam doch manchmal jemand hierher. Sogar zwei Jemands.

Ich starrte mit offenem Mund auf die Kissen, die Decken und – *du liebe Güte!* – eine offene Schachtel Kondome.

Auf einmal wurde mir schwindelig. Nach so vielen Jahren als Fan von Nancy Drew war das Gefühl, auf einen Tatort gestoßen zu sein, ziemlich ernüchternd. Wenn ich die Chance gehabt hätte, die Uhr zurückzudrehen und fünfhundert Schritte dorthin zurückzugehen, wo meine größte Sorge gewesen war, Blumendeko zu organisieren, würde ich es, ohne zu zögern, tun. Denn wer auch immer dieses Deckenversteck eingerichtet hatte, hatte nicht nur die Regeln gebrochen, sondern auch seinen Platz im Programm gefährdet.

Ich holte mein Handy heraus und rief Silas an. Er würde wissen, was zu tun war.

Er ging nicht ran. Stattdessen schrieb er mir eine Nachricht.

**Der Herzog von Fir Crest Manor**
Bin noch mit Diego und Alex in der Werkstatt. Alles ok?

Oh, richtig. Heute war die Prüfung für ihr Zertifizierungsprogramm.

Ich machte ein Foto von dem Liebesnest und schickte es ihm.

**Molly**
Habe ich gerade entdeckt. Im Gartenschuppen.

Wieso verging Zeit nie langsamer als in den Momenten, in denen man auf eine wichtige Nachricht wartete? Ich knipste die Taschenlampe meines Handys an und suchte in der Dunkelheit des Schuppens nach weiteren Indizien. Mir rutschte das Herz immer weiter in die Hose, während ich mich mit aufeinandergepressten Lippen umsah.

**Der Herzog von Fir Crest Manor**
Okay. Ich kümmere mich darum, wenn ich zurück bin. Es gibt ein Verfahren, das wir beachten müssen.

**Molly**
Soll ich Glo suchen? Ich kann ganz diskret sein.

**Der Herzog von Fir Crest Manor**
Nein, ich rede mit ihr, wenn ich zurück bin.

**Molly**
Und was mache ich so lange?

Vielleicht konnten wir das Makeover verschieben und uns hinsetzen und darüber reden, was Lügen und Geheimnisse anrichten konnten. Vielleicht ...

**Der Herzog von Fir Crest Manor**
Nichts.

**Molly**
Moment ... du meinst, ich soll überhaupt nichts unternehmen?

**Der Herzog von Fir Crest Manor**
Ich kann nicht mehr schreiben. Jetzt gerade ist Diego dran. Wir sprechen heute Abend. Lass einfach alles so, wie es ist.

Ich las seine Antwort mehrfach, und obwohl ich es nicht wollte, ärgerte ich mich darüber. Er und Glo waren nicht die Einzigen, denen solche Vorkommnisse im Haus an die Nieren gingen. Oder das Schicksal dieser jungen Menschen. Ich war quasi selbst zu einer vorübergehenden Bewohnerin geworden in den letzten Monaten. Schließlich war ich fast die ganze Zeit hier und hatte jeden Tag mit den Bewohnerinnen und Bewohnern zu tun. Ich hatte endlich angefangen zu glauben, dass ich mich Silas gegenüber nicht mehr beweisen musste.

*Falsch gedacht.*

Der Gedanke tat weh.

Ich drehte mich zum Ausgang des Schuppens. Da fiel mein Blick auf einen verschlossenen Behälter in einer dunklen Ecke. Ich schluckte die aufsteigende Galle hinunter, denn in diesem Ding da wartete mit Sicherheit die Antwort, die ich am meisten fürchtete. Mit Kraft zog ich den Deckel ab und starrte in ein Sammelsurium verschiedener Gegenstände. Laptops, iPads, Kabel, Kopfhörer. Ich schob den Inhalt hin und her und schnappte nach Luft, als mich die Erkenntnis traf.

Eine glitzernde Kette mit goldenem Herzanhänger war das Erste, was meinen Verdacht bestätigte. Gefolgt von einem Paar flacher roter Markenschuhe. Und den Saphir-Ohrsteckern, die Wren seit Kurzem vermisst gemeldet hatte. Am Kühlschrank im Lavender Cottage, wo die meisten dieser Gegenstände aufgelistet waren. Vor ein paar Tagen hätte ich beinahe meine Gucci-Sonnenbrille hinzugefügt, hatte mir dann aber gesagt, dass ich sie einfach irgendwo im Haus verlegt haben musste. Aber offensichtlich hatte sie ein Mitbewohner oder eine Mitbewohnerin für mich »verlegt« – oder gar ein Pärchen.

Wahrscheinlich sollte das Diebesgut verkauft werden. Ein Vergehen, über das noch nicht einmal der nachsichtigste Programmdirektor der Welt hinwegsehen konnte. Mit zitternden Fingern schob ich mir meine Sonnenbrille ins Haar, schloss den Deckel und einen Moment später die Schuppentür hinter mir. Dabei betete ich, dass mein Verdacht, wer hinter dem Ganzen steckte, sich nicht bewahrheiten würde.

Während ich auf die Mädels und Glo wartete, die noch im Haupthaus waren, beschäftigte ich meine Hände – mit reparieren, putzen, verschönern, anrichten – obwohl meine Gedanken ganz woanders waren. Wie sollte ich mich auch auf die Glamour-Night konzentrieren, jetzt, wo es noch ein weiteres Indiz gab? Von den zwölf jungen Frauen, die im Cottage wohnten, standen zehn Namen am Kühlschrank, jeder mit mindestens einem verlegten oder verlorenen Gegenstand. Nur zwei fehlten – Monica und Sasha.

In Mathe war ich nie besonders gut gewesen, aber für mich gab es hier nur zwei mögliche Lösungen: Entweder Monica war die beste Schauspielerin, der ich je begegnet war, oder Sashas Verhalten in letzter Zeit hatte direkt mit einem Vorrat gestohlenen Eigentums und unangemessenen Liebesabenteuern im Gartenschuppen zu tun.

Als die Mädchen voller Energie kichernd und schwatzend durch die Tür des Cottages kamen, zwang ich die Achterbahn in meinem Kopf zum Anhalten. Ich hatte nur eine einzige Chance, meine Theorie zu prüfen, und wenn ich richtiglag, dann war vielleicht endlich der Augenblick gekommen, in dem Sasha mich an sich heranlassen würde. Schließlich hatte sie noch nie mehr eine Verbündete gebraucht als heute Abend.

»Wow! Ist das alles für uns?«, rief Jasmine. Sie und Amy machten große Augen, als sie ins Wohnzimmer kamen und den Esstisch sahen, den ich hereingezogen und wie eine Make-up-Station in der Kosmetikabteilung bestückt hatte.

»So viel haben Sie extra für uns mitgebracht? Ich werd verrückt! Seht euch diese süßen rosa Waschlappen und die Haarklammern an!«

Sofort suchten alle ihre glitzernden Namensschilder, mit denen ich die kleinen Stationen markiert hatte. Es gab für jede einen Spiegel, ein Hautpflege-Set und Haar- und Make-up-Produkte.

Ein Chor aus Dankeschöns erklang im Raum und ich versuchte, so viel Begeisterung aufzubringen wie die Mädels.

»Ich hoffe, ihr habt heute Abend jede Menge Spaß! Tobt euch aus. Ich helfe gern, wenn jemand Tipps braucht. Fangt am besten mit der Hautpflege an. Haltet euch einfach an die Anleitung, die ich auf die Karten gedruckt habe.«

Ich hatte mich seit Wochen auf ihre Reaktionen gefreut, doch jetzt war meine Freude wie in Watte gepackt. Mein Blick fiel auf Sashas leere Station und mir drehte sich aufs Neue der Magen um. Wer oder was war es wert, all das hier aufzugeben? Ein Typ? Das konnte nicht alles sein.

»Ich mache Vorher-Nachher-Fotos«, verkündete Amy. »Mein Handy hat nicht die beste Kamera, aber die Bilder sehen hinterher bestimmt lustig aus. Vielleicht können wir ja eine Collage für das Schwarze Brett machen!«

»Tolle Idee«, sagte ich und stellte mich in die offene Tür, um nach Sasha Ausschau zu halten. Aber stattdessen kam mir eine riesige Popcornmaschine auf dem Kopfsteinpflasterweg entgegen.

»Bei drei«, instruierte Clara Monica und Wren von irgendwo hinter dem rot-weißen Koloss. »Eins, zwei drei!«

Mit einem synchronen Ächzen brachten sie die Maschine über die Schwelle und in die Küche. Mir blieb nichts anderes übrig, als aus der Hintertür auf den Rasen auszuweichen. Obwohl es bereits dämmerte, entdeckte ich die Silhouette in der Nähe sofort. Der dramatisch-launische Himmel in Grau-, Blau- und Fuchsiatönen war die perfekte Kulisse für Sashas Auftritt.

»Sasha, hallo«, sagte ich und trat mit pochendem Herzen auf sie zu. »Ich habe dich schon überall gesucht. Wie war dein Tag?«

Sie trat gelangweilt von einem Bein aufs andere, eine Reaktion, die ausreichte, um mir zu zeigen, dass sie mich gehört und gesehen hatte und absolut nichts mit mir zu tun haben wollte.

»*Nimm es nicht persönlich, Molly*«, hörte ich Claras fröhliche Stimme in meinem Kopf.

»Ja, ich weiß schon. Manchmal ist es gut, kurz für sich zu sein, vor allem, wenn man den ganzen Tag von Menschen umgeben ist. Ich habe heute auch einen Spaziergang allein gemacht. Nicht zu weit weg, nur ein bisschen drüben im Garten. Ich finde es total schön dort. Vor allem mag ich die wilden Rosen. Egal, wie oft ich auf diesem Weg langspaziere, ich entdecke immer etwas Neues. Irgendeinen Busch, irgendeine Pflanze oder ein winziges Vogelnest, das mir vorher noch nie aufgefallen ist.«

Sie rollte mit den Augen.

Ich hoffte sehr, dass ich ruhiger wirkte, als ich war. »Gerade heute habe ich wieder etwas Neues entdeckt. Etwas, das ich wohl nie gefunden hätte, wenn die Tür vom Gartenschuppen nicht leicht offen gestanden hätte.« Wie beiläufig ließ ich die gestohlene Sonnenbrille auf meine Nase gleiten und die dunklen Gläser dämpften das bernsteinfarbene Leuchten der untergehenden Sonne ab. Sasha erstarrte: Ich sah Panik in ihren Augen aufblitzen.

Da fiel mir ein, wie Silas reagiert hatte, als ich mit ihm über das Zugeben von Schuld gesprochen hatte. Als wäre allein die Vorstellung lächerlich, dass eine der Bewohnerinnen etwas zugeben würde, bevor sie auf frischer Tat ertappt wurde. Und vielleicht hatte er recht.

Andererseits musste es nicht so sein.

»Sie können überhaupt nichts beweisen«, sagte sie eisig.

»Das stimmt. Das kann ich nicht, und, um ehrlich zu sein, will ich es auch gar nicht. Weil ich hoffe, dass du mich dir helfen lässt.«

»Ich will Ihre Hilfe nicht.«

Genau diese Antwort hatte ich erwartet. »Ich glaube aber, dass du sie brauchst.«

Sasha drehte sich mir frontal zu. »Ach ja? Wenn ich brav und nett bin und Ihnen alle meine Geheimnisse verrate, dann sagen Sie Ihrem Lover nichts von meinen Verfehlungen?«

Damit hatte ich nicht gerechnet. Kein bisschen. Glo und Clara wussten das mit Silas und mir – natürlich hatten wir sie eingeweiht –, aber auf dem Gelände waren wir so vorsichtig gewesen. Wir berührten uns nicht, flirteten nicht miteinander und redeten definitiv nicht mit den jungen Leuten über unsere persönliche Beziehung.

Sashas Lachen war kaum mehr als ein Krächzen. »Geheimnisse überleben hier nicht lange. Wie Sie sehen.«

Ich zwang mich, tiefer zu graben. Seit ich hier im Haus tätig war, hatte Sasha noch nie so viel am Stück mit mir gesprochen. »Ich kann mir vorstellen, dass es einem zu schaffen macht, so ein schweres Geheimnis mit sich herumzutragen. Dass man an den Punkt kommt, wo man sich sagt, jetzt ist es eh zu spät, um es noch zuzugeben. Als gäbe es keine Hoffnung mehr, selbst wenn man sich ändern will.«

Dieses Mal fiel ihr keine Antwort ein.

Ich nahm die Sonnenbrille ab und klappte die Bügel ein. »Aber es gibt immer Hoffnung. Wir alle machen Fehler. Wir alle kommen hin und wieder vom Weg ab. Aber niemand muss dort bleiben. Auch *du* musst nicht dort bleiben.« Ich holte Luft und schickte ein Stoßgebet nach oben, damit mein nächster Satz zu ihr durchdrang. »Ich kann dir nicht versprechen, dass es keine Konsequenzen geben wird, aber ich weiß mit Sicherheit, dass sie milder ausfallen werden, wenn du bereit bist, reinen Tisch zu machen.«

Ihr Kiefer mahlte, ein Signal für den Kampf, der in ihr toben musste.

»Wenn ich Wren wäre, müsste ich nur mit meinen hübschen Wimpern klimpern und alle Sünden wären vergeben. Wetten?«

Klare Sache – ein Ablenkungsmanöver. »Wir sprechen aber nicht über Wren. Sondern über dich.«

»Aber vielleicht *sollten* wir über Wren sprechen.« Sie funkelte mich finster an. »Sie ist nämlich schuld.«

Obwohl ich innerlich sofort in eine Abwehrhaltung ging, gab ich mir alle Mühe, das meiner Stimme nicht anmerken zu lassen. »Und wieso?«

Sasha schüttelte den Kopf. Sie dachte wohl darüber nach, wie viel sie mir verraten konnte. »Vergessen Sie's. Das versteht jemand wie Sie sowieso nicht.«

»Jemand wie ich?«

Sie schnaubte. »Ja. Wie Sie. Hübsch. Reich. Kriegt alles, was sie will, wenn sie nur den Lippenstift passend zur Designerhandtasche aussucht. Ihr Leben ist ein verfluchtes Märchen! Nur ein echt erbärmliches.«

Es fiel mir immer schwerer, meiner inneren Clara das Steuer zu überlassen. Ich atmete tief durch. »Mein Leben ist ganz bestimmt kein Märchen ...«

»Und wenn schon ... Machen Sie doch einfach, was Sie wollen. Ist mir egal.« Sasha wandte sich ab, aber ich hielt sie am Ellbogen fest.

»Das glaube ich dir keine Sekunde. Ich glaube, es ist dir alles andere als egal. Und ich glaube, du bist so wütend, *weil* es dir alles andere als egal ist.«

Sie riss ihren Arm weg, als hätte ich sie verbrannt. »Sie wissen überhaupt nichts über mich!«

»Dann erzähl mir etwas von dir.« Das Feuer in meinem Bauch passte zu ihrer heftigen Reaktion. »Erzähl mir, was jemand wie ich über jemanden wie dich nicht verstehen kann.«

»Wie wäre es denn damit, wie sich das anfühlt, wenn man seine einzige Freundin verliert?«, spuckte sie mir zornig entgegen. »Fangen wir doch damit an!«

Sofort tauchte Vals Gesicht vor meinem inneren Auge auf. Leider wusste ich, wie sich das anfühlte. Ziemlich gut sogar. Ich brauchte einen Augenblick, um mich wieder zu fassen.

»Ich verstehe das besser, als du glaubst. Es ist furchtbar. Ein Schmerz, den ich niemandem wünsche. Es tut mir wirklich sehr leid.«

Sie schniefte und sah weg.

Angesichts ihres Schweigens wagte ich einen weiteren Vorstoß: »Sprichst du von Monica?«

»Sie ist eine Verräterin.«

»Was ist denn passiert?« Wenn ich das herausfand, konnte ich vielleicht auch nachvollziehen, wie Sasha auf die schiefe Bahn geraten war.

»Wir hatten einen Plan. Und sie hat ihn ruiniert.« Ihr Blick wurde stechend. »Das Leben ist scheiße.«

Das verwirrte mich mehr, als dass es Licht ins Dunkel gebracht hätte. Doch ich spürte, wie Sasha ihre Mauern wieder hochzog.

Vorsichtig berührte ich sie an der Schulter. »Ich will dir helfen, aber du musst das zulassen. Du solltest offen mit Silas reden. Ich kann gern zu deiner Unterstützung dabei sein.«

Die Tür zum Hintereingang ging auf. »Ah, da seid ihr! Alles in Ordnung bei euch?«

Während ich mich zu Glo umdrehte, spürte ich Sashas Blick auf mir brennen. Als würde sie mich herausfordern.

»Ja, alles in Ordnung«, sagte ich.

»Schön. Silas wartet vorne auf dich, Molly. Oh, und Clara hat euch Popcorn gemacht. Die anderen haben gerade mit *Selbst ist die Braut* angefangen. Sie haben die Schlammmasken auf. Sieht aus wie eine Halloweenparty da drin.«

»Toll. Danke fürs Bescheidgeben«, sagte ich, als hätten diese finster dreinschauende Neunzehnjährige und ich nicht das geringste Problem. »Wir sind gleich da.«

Glo verschwand und ich machte mich innerlich für das Gespräch mit Silas bereit. Dabei fragte ich mich, ob die Regeln vorsahen, dass Sasha noch heute Abend das Gelände verlassen musste, oder ...

»Können Sie wenigstens bis morgen warten?« Der anklagende Ton und ihre Körpersprache waren beide entmutigend, aber ich tat ihre Bitte nicht sofort ab.

»Wieso?«

»Weil ich weiß, dass ich hier weg bin, sobald ich es ihm sage. Ich kenne die Regeln. Das tun wir alle. Aber ich möchte noch eine Nacht. Nur eine. Ich sage ihm alles morgen früh, versprochen.

Versprechen Sie mir, dass Sie ihm und den anderen bis dahin nichts verraten?«

Das war eine harte Abmachung – eine, bei der ich mir nicht sicher war, ob ich darauf eingehen sollte. Aber hatte Silas nicht selbst gesagt, dass sich Traumata nicht an Regeln hielten? Hatte Sasha es in ihrem Leben nicht schon schwer genug gehabt?

»Okay«, sagte ich. »Wir warten bis morgen früh.«

Es kam kein Dankeschön, als sie sich an mir vorbei ins Haus schob, doch ihre einsame Entschlossenheit ließ mein Herz schmerzen. Auf einmal wünschte ich, sie würde im Hinblick auf die Konsequenzen falschliegen. Denn obwohl ich gut nachvollziehen konnte, wie es war, seine beste Freundin zu verlieren, war das wohl kaum die einzige Sorge, die Sasha gerade zusetzte.

Unterwegs durch die hereinbrechende Dunkelheit zwischen Lavender Cottage und dem Wohnheim der Jungs versuchte ich, meine innere Unruhe wegen meiner Abmachung mit Sasha in den Griff zu bekommen. Doch in dem Augenblick, als ich Silas sah, verblasste mein Versprechen ihr gegenüber. Er sah erschöpft aus, nein, abgekämpft. Sogar im schwindenden Licht konnte ich die Ringe unter seinen Augen ausmachen.

»Was ist passiert?«

»Diego ist durch die Prüfung gefallen.«

»Oh nein, nicht schon wieder.« Der junge Mann mit der sensiblen Ader tat mir leid. Das war sein zweiter Versuch an der Berufsschule. »Und was bedeutet das für ihn?«

Silas hatte mir gestern schon gesagt, dass diese Prüfung entscheidenden Einfluss auf Diegos Platz bei *The Bridge* hatte. Wenn jemand nicht entweder einen Job fand, ein Praktikum oder irgendeine Form von Ausbildung machte, verfiel die Berechtigung für einen Platz im Programm. Die Warteliste war viel zu lang und das staatliche Stipendium, das Diego bekam, hatte bereits die

Kosten für seine bisherigen Bemühungen samt der Wiederholungsrunde abgedeckt.

»Ich weiß es nicht.« Silas rieb sich das Gesicht, eine Geste, die mir noch mehr Sorgen machte als seine Worte. »Ich bin die ganze Zeit am Telefon und versuche, etwas für ihn zu finden, aber es sieht nicht gut aus. Und er weiß das. Im schlimmsten Fall hat er noch zwei Wochen hier. Maximal.«

»Oh nein.«

»Ja, er ist ziemlich geknickt. Und dass Alex seine Prüfung beim ersten Versuch mit Bravour bestanden hat, ist keine große Hilfe.«

Ich seufzte. »Den Abend hast du dir ganz anders vorgestellt.« Ich mir meinen auch.

Er atmete geräuschvoll aus. »Devon versucht immer noch, eine Pokerrunde zusammenzukriegen, aber ich glaube nicht, dass ich ihm den Gefallen tue, mich dazuzugesellen. Die Stimmung im Haus ist schrecklich. Wir könnten alle einen freien Abend gebrauchen. Der Tag hatte es in sich.«

»Kann ich irgendwas tun? Wir haben noch lauter Mini-Cupcakes übrig. Ich hatte viel zu viele bestellt.«

»Was du nicht sagst.« Silas schmunzelte. »Das hört sich gut an. Jerry hat Snacks gekauft, aber sie sind schon fast alle.«

»Okay, ich schicke euch ein paar Mädels mit Tabletts rüber.«

Ein kurzes Schweigen entstand und er streckte die Hand nach mir aus. Auf halbem Weg zog er sie dann jedoch zurück und schob sie tief in die Hosentasche. Obwohl wir mitten auf einer dunklen Wiese standen, gab es Dutzende hell erleuchtete Fenster um uns. Wie immer hielten wir bewusst Abstand. Und trotzdem war schon durchgesickert, dass wir mehr waren als nur Kollegen.

»Ich muss mich bei dir entschuldigen, Molly. Wegen vorhin. Dass ich so kurz angebunden war, hatte wirklich nichts mit dir zu tun. Die Sache mit Diego hat mich gestresst. Tut mir leid, dass ich das nicht besser getrennt habe.«

Obwohl ich bereit war, ihm zu verzeihen, hatte ich meine Enttäuschung noch nicht ganz verwunden. »Ich wollte nur helfen.«

»Das weiß ich. Aber über Textnachrichten ist das gar nicht so einfach.«

Und dabei kannte er erst die halbe Wahrheit.

»Jerry hat jetzt das Vorhängeschloss am Schuppen ausgetauscht«, fuhr Silas fort. »Da kommt heute Nacht niemand rein. Leider hat er festgestellt, dass die Sicherheitskamera, die den westlichen Garten aufnimmt, seit über einem Monat ausgeschaltet ist. Ich schätze, dass unsere Delinquenten das wussten.« Er seufzte. »Wahrscheinlich dachten sie, so schnell würde sie niemand erwischen.«

Ich wollte ihm gerade von der Abmachung erzählen, das Ganze morgen früh in Ruhe zu klären, als Jasmine über den Rasen nach Hilfe bei ihrem Augen-Make-up rief.

Ich sah Silas an. Angesichts seiner Erschöpfung entschied ich mich um. Er würde vor morgen früh sowieso keine offiziellen Nachforschungen anstellen, was bedeutete, dass ich Sashas Wunsch entsprechen und ihm zugleich seine dringend nötige Nachtruhe zugestehen konnte.

»Wir sollten wieder zurück zu unseren Leuten.« Ich deutete auf das Cottage hinter mir und ging langsam rückwärts. »Wir sehen uns morgen früh beim Pancake-Frühstück.«

»Das hoffe ich sehr. Gute Nacht, Molly. Schlaf gut.«

»Du auch.«

Als ich fast am Haus war, warf ich noch einen Blick über die Schulter. Silas sah mir nach und winkte. Ich winkte zurück.

Es war kaum zu glauben, welchen Effekt eine kurze Begegnung mit ihm auf meine Psyche hatte. Innerhalb weniger Augenblicke hatte er es geschafft, das Gleichgewicht in mir wiederherzustellen. Das mulmige Gefühl, das ich eben noch gehabt hatte, war verpufft. Zumindest, bis ich die Tür erreichte und das Knallen eines umgeworfenen Stuhls, gefolgt von einem gekreischten Fluchwort hörte, die die Filmmusik der romantischen Komödie übertönten.

Ich riss die Tür auf und stürmte hinein. Völlig verblüfft sah ich Wren, wie sie mit ihrem zarten Körper Monica vor einer wutschnaubenden Sasha schützte. Eine Make-up-Palette und ein zerbrochener Spiegel lagen zwischen den beiden Ex-Besten-Freundinnen auf dem Boden.

»Das hättest du lieber nicht tun sollen«, zischte Sasha durch die Zähne.

Monica reckte das Kinn, offensichtlich wenig eingeschüchtert. »Ja, es gibt eine ganze Menge, was ich lieber nicht hätte tun sollen. Du solltest das wissen, denn du warst fast immer dabei.«

»Okay, das reicht«, sagte Glo und kam um die Popcornmaschine herum auf das Trio zu. »Ihr macht jetzt hier sauber und kommt dann auf die Veranda. Es gibt keinen Grund, hier allen den Abend zu vermiesen, weil ihr drei euch nicht im Griff habt!«

»Was soll das bringen?«, fauchte Sasha zurück. »Bald ist es sowieso egal.«

Glo wirkte von ihrer Weigerung ziemlich überrumpelt. »Was das bringt, Sasha, ist, dass du nicht wegen mangelnden Respekts einen Haufen Strafarbeiten bekommst! Daher schlage ich vor, dass du dich jetzt ohne weitere Diskussion bewegst. Und dasselbe gilt auch für euch anderen beiden!«

Aber Sasha rührte sich nicht von der Stelle. Sie blinzelte noch nicht einmal.

»Sasha«, mahnte ich leise. »Komm, wir räumen hier auf und dann reden wir draußen darüber.«

Sie wandte sich mir zu. »Es ist egal«, sagte sie mit belegter Stimme. »Haben Sie das kapiert? Es ist egal, was ich sage, was ich für eine Geschichte erzähle, am Ende heißt es ›Die gegen mich‹.«

»Und wer hat es dazu kommen lassen?«, platzte Monica heraus. »*Du!* Du bist diejenige, die es nicht hinkriegt, mehr als eine gute Freundin zu haben!«

Sasha wirbelte herum und starrte die beiden jungen Frauen giftig an. »Ich würde lieber im Knast verrotten wie deine Mutter, als mit einer Verräterin wie der da befreundet zu sein.«

»Halt! Stopp!«, schrie Wren, als Monica sie beiseiteschob und sich auf Sasha stürzte. Zwei weitere Make-up-Paletten sowie eine Schüssel Popcorn gingen zu Boden.

Glo warf sich mit ihrem vollen Gewicht auf Monica und verdrehte ihr den Arm auf den Rücken wie eine Polizistin. Ich trat zu Wren, um sie davon abzuhalten, sich auch noch einzumischen. Clara kam durch die Hintertür herein und eilte zu Glo, als sie die Situation erfasste. Mit vereinten Kräften gelang es ihnen, die völlig hysterische Monica von der im Vergleich geradezu stoischen Sasha herunterzuziehen.

»Ich hole Silas«, sagte Clara und stürzte in Richtung Tür.

»Nein, nicht!«, rief ich ihr nach. »Wir schaffen das auch allein.«

Sie fuhr herum. »Aber Silas hat ...«

»... gerade eigene Probleme im Männerwohnheim. Lass ihn. Wir schaffen das.«

Sie zögerte und sah fragend zu Glo.

»Ich schreibe ihm gleich«, versprach ich. »Aber jetzt braucht Sasha erst mal etwas Eis für ihre Wange. Wir halten uns an dasselbe Konfliktverfahren, das Silas anwenden würde.«

Glo zögert, doch dann nickte sie. »Schreib Silas, Molly. Sag ihm, dass es einen Vorfall gab, wir die Sache aber im Griff haben.« Sie zeigte auf Monica. »Und du setzt dich in mein Zimmer und wartest auf mich.«

»Okay.« Die Reue in ihrer Stimme weckte mein Mitgefühl.

Wren war sehr blass und ich hätte sie am liebsten in die Arme genommen. Aber es war jetzt an mir, das hier zu regeln.

»Jasmine? Würdest du bitte aufpassen, dass hier auch wirklich aufgeräumt wird? Ich denke, der Abend ist vorbei.«

»Ja«, sagte die und warf Wren einen Blick zu.

»Ich helfe auch mit«, bot Amy an und Liberty sowie zwei der anderen schlossen sich an.

»Molly. Clara.« Glo winkte uns zu sich in die Küche. »Ihr beide gesellt euch zu Monica. Sasha bleibt hier im Cottage bei mir und den anderen.«

»Okay, alles klar«, bestätigte Clara.

Ich war mir bei diesem Plan weit weniger sicher. »Vielleicht sollte ich lieber hierbleiben ...«

Glo schüttelte den Kopf. »Im Haupthaus gibt es ein Mehrbettzimmer – Erdgeschoss, ganz rechts. Ihr findet Bettwäsche im Schrank neben dem Kinoraum. Clara weiß, wo. Würdet ihr bitte mit Monica dort übernachten?«

Wir nickten beide.

»Ich lasse Sasha nicht aus den Augen.«

Ich nickte erneut und schaute zu Wren, die sich gerade eine Träne aus dem Augenwinkel wischte. Wie weit diese Fehde zwischen den Mädels ging, wusste ich nicht, aber mein Gefühl sagte mir, dass ich nur die Spitze des Eisbergs gesehen hatte. Was da auch vor sich ging, es hatte nicht nur mit dem Gartenschuppen zu tun.

Glo legte mir eine Hand auf den Arm. »Ich spreche mit Wren, sobald Sasha im Bett ist. Du kannst morgen früh übernehmen. Aber jetzt brauche ich deine Hilfe mit Monica. Versuch herauszufinden, was wirklich vorgefallen ist.«

»Okay. Mache ich.«

**Molly**
Noch mehr Drama zwischen Sasha und Monica. Wir haben die beiden nach einem kleinen Streit im Wohnzimmer getrennt. Glo ist bei Sasha im Cottage und Clara und ich werden zusammen mit Monica im Haupthaus schlafen. Alles in Ordnung, wir haben uns an das Protokoll gehalten. Mach dir keine Sorgen. Gute Nacht.

Der Morgen konnte nicht schnell genug kommen.

# Kapitel 29

## Molly

Irgendetwas kreischte in meinem Kopf, nein, *heulte*. Ein gellender Ton, der hoch- und runterging und nicht enden wollte. Er tönte weiter und weiter und weiter und ...

»Molly! Molly! Wach auf!«

Ich schlug die Augen auf. Es war dunkel. War es schon Morgen? Wo war die Sonne? Ich blinzelte mehrmals und versuchte, mich zu erinnern, wieso ich in einem kalten Zimmer auf der harten Matratze eines unteren Stockbetts lag, als Monicas Gesicht vor mir auftauchte.

»Hey«, sagte ich etwas erschöpft. »Wie spät ist es?«

»Wren ist verletzt«, erwiderte Monica, rieb sich die Arme und zitterte so sehr, dass ihr die Zähne klapperten.

Ihre Worte sorgten dafür, dass mein Gehirn sofort in Gang kam. »Was? Wo?«

»Clara ist vor ungefähr zehn Minuten rausgerannt und ich bin ihr gefolgt. Die Polizei ist da, und Silas ...«

Jetzt sah ich die Tränen auf Monicas Wangen.

Ich wartete nicht auf den Rest. In Socken, Shorts und meinem gerippten Tank-Top stürzte ich aus dem Raum und den langen Flur entlang. Ich schlitterte um die Ecken. Der Heulton hatte noch immer nicht aufgehört, als ich übers Parkett in die Lobby rutschte.

Nichts auf der Welt hätte mich auf das vorbereiten können, was ich dort sah. Wren krümmte sich auf einer Trage, hatte die Hände an den Kopf gepresst und schluchzte herzzerreißend. Ihre Haare, ihre wunderschönen irischen Haare, die sie zu Ehren ihrer

Mutter hatte lang wachsen lassen, waren über den Ohren gekappt worden. Aus einem Schnitt in ihrer Wange quoll Blut.

»*Wren!*« Ich rannte auf sie zu. Doch bevor ich die Trage erreichte, umfingen mich zwei Arme, hielten mich an der Taille fest und zogen mich zurück. Ich kämpfte dagegen an, wollte unbedingt zu ihr. Wollte ihre Hand nehmen und ihr beistehen.

»Nein, Molly«, sagte eine tiefe Stimme. »Du bleibst hier. Clara fährt mit Wren mit.«

»Was? Nein.« Das war falsch. *Ich* sollte bei ihr sein.

Aber es war Clara, die ihr über den Rücken strich, Clara, die ihr tröstende Worte ins Ohr flüsterte und ihr über die nun kurzen Haare streichelte, während die Sanitäter ein weißes Laken über ihren Schlafanzug zogen, auf den bereits Blut getropft war. Wren weinte hemmungslos weiter.

Was war passiert?

Ich versuchte wieder freizukommen und flehte Silas an, mich bitte endlich loszulassen. Doch sein Griff war so fest wie seine Stimme. »Molly, hör mir zu. Bitte beruhige dich. Du musst uns jetzt helfen zu verstehen, was im Cottage vorgefallen ist. Die Polizei will deine Aussage aufnehmen. Glo hat gesagt, dass sie gesehen hat, wie du gestern Abend draußen mit Sasha gesprochen hast.«

»Sasha?« Mein Kopf spulte im Schnelldurchlauf die Ereignisse zurück. Der Kampf. Die Abmachung. Die Entdeckung.

»Sie haben eine offizielle Untersuchung eingeleitet.«

Meine Muskeln erschlafften und der letzte Rest Atem entwich aus meiner Lunge. Erst jetzt nahm ich die zwei Polizisten wahr, die schon bereitstanden und die Lobby im Auge behielten.

Unter Aufbietung all meiner Willenskraft zwang ich mich zu einem Nicken.

Zögernd ließ Silas mich los. »Alles in Ordnung?«

Wieder nickte ich, obwohl sich mein Körper anfühlte, als sei er von meinem Kopf getrennt. Ein Teil meines Herzens wurde gerade auf einer Trage weggefahren.

»Sind Sie Molly McKenzie?«, fragte der größere der beiden Polizisten.

»Ja.«

Silas legte mir seine graue Sweatjacke um die Schultern. Mechanisch schob ich die Hände durch die Ärmel und schloss den Reißverschluss bis zum Kinn. Der dicke Bund reichte bis auf meine Oberschenkel und bedeckte meine Schlafshorts.

»Kommen Sie bitte mit? Wir möchten Ihnen einige Fragen zu gestern Abend stellen.«

Erst jetzt kam richtig bei mir an, was Silas eben gesagt hatte. *Sie haben eine Untersuchung eingeleitet.*

Mit weichen Knien folgte ich den Polizisten durch den kalten Flur. Über die Schulter schaute ich zurück zu Silas und hoffte auf Stärke oder Trost in seinem Blick. Aber seine Augen folgten nicht mir. Sie blickten hinaus, dem Krankenwagen hinterher, der jetzt vom Gelände fuhr.

Ich warf die Schlüssel auf die Theke in meiner Küche und zuckte zusammen, als das Metall auf die Granitfläche knallte.

Mein Haus fühlte sich stiller an als sonst. Und auch leerer. Ich hatte im vergangenen Monat fast nur die Nächte hier verbracht und daher fast vergessen, wie es bei Tageslicht aussah.

Im Studio war es so kühl, dass ich Gänsehaut an den Beinen bekam, dort, wo Silas' Hoodie nicht hinreichte. Der schwache Duft von seinem Aftershave bei jedem Atemzug schmerzte mich. Ob dieses Kleidungsstück wohl alles war, was mir von dem Mann bleiben würde, von dem ich zu glauben begonnen hatte, dass er der Richtige war? Im Moment war ich nicht in der Lage, die Situation – und was sie für unsere Beziehung bedeuten könnte – zu verarbeiten.

Ich setzte mich an den Schreibtisch, wo ich seit Wochen nicht mehr gesessen hatte, und fuhr meinen Laptop hoch, um mich darüber bei *Molly's Make-up Matters* einzuloggen. Ich brauchte diese Flucht in eine alte Routine. Hauptsache, ich musste nicht an *The Bridge* denken.

Doch meine Gedanken an Wren ließen sich nicht so einfach aussperren. Nach meiner Aussage war Sasha verhaftet und in Handschellen abgeführt worden. Es fühlte sich jetzt so erbärmlich an, dass ich die Dinge hatte regeln wollen. Wie hatte ich mir einbilden können, dem gewachsen zu sein?

Mir wurden über siebenhundert neue Interaktionen angezeigt: neue Follower, neue Likes, neue Kommentare – genug, um sich stundenlang darin zu verlieren. Ich scrollte Dutzende Kommentare von Leuten durch, die wissen wollten, wieso ich kaum noch Selfies postete und wann ich wieder einen Livestream machen würde.

Auch die Hater hatten sich wie gewohnt nicht zurückgehalten: *Fette Kuh – überhaupt nicht hübsch – nur ein weiteres Blondchen, das Aufmerksamkeit sucht.* An einer Stelle blieb mein Blick länger hängen: *Die ist doch nur wegen ihrer Märchenprinzessinenhaare so erfolgreich.*

Die Bemerkung war eine Falltür, die mich direkt zu Sashas Worten zurückfallen ließ: »*Ihr Leben ist ein verfluchtes Märchen! Nur ein echt erbärmliches.*«

Vielleicht hatte sie damit gar nicht so falschgelegen. Vielleicht hatte sie genau das gesehen, was sie sehen sollte – was ich der ganzen Welt zeigen wollte: eine Lüge, so meisterhaft ausgeklügelt, so glaubhaft, dass noch nicht einmal ein Ghostwriter sie ins Wanken brachte.

Ich kniff die Augen zu und sah Wrens Hände vor mir, die ihren Kopf umklammerten. Ihre Haare waren etwas gewesen, was sie ausgemacht hatte.

*Ich habe ihr das angetan.* Ein Selbstvorwurf, den ich mir immer wieder und wieder machte, seit ich das Haus verlassen hatte. Ich hatte nicht nur darin versagt, sie zu beschützen, nein, ich hatte sie überhaupt erst in diese Lage gebracht. Weil ich die Regeln um ihretwillen gebeugt hatte. Weil ich sie dazu ermutigt hatte, ihre Freundschaft zu Monica zu vertiefen. Weil es mir wichtiger war, gemocht zu werden, als das Richtige zu tun. Ich war diejenige, die sie zum Ziel gemacht hatte.

Wie betäubt klickte ich mich in meinen Posteingang und überflog die Absender der neuen Mails ohne das geringste Interesse, auch nur eine einzige davon zu lesen. Die meisten waren von Rosalyn, aber drei Nachrichten waren kürzlich auch von Ethan gekommen, alle mit dem Ausrufezeichen für *Priorität hoch* markiert und mit Betreffzeilen wie: *Wo bleiben deine Live-Videos? – Wo warst du? – Videocall um 9 Uhr am Montag, Teilnahme PFLICHT.*

Frustriert stöhnte ich auf, schob den Stuhl zurück und schlug den Laptop zu.

*Das ist doch lächerlich!*

Alles, was ich gerade wollte, war, für Wren da zu sein. Aber ich durfte nicht. Weil Wren Clara brauchte. Nein, weil sie Clara *verdient* hatte. Die ausgeglichene, fürsorgliche, wohlüberlegte, mitfühlende und selbstlose Clara. Das Gegenteil von mir.

Ich ging in die Küche und füllte unter dem Wasserhahn ein Glas bis zum Rand, nur um es dann in den Abfluss zu kippen.

Als Nächstes zwang ich meine Füße, mich ins Bad zu bringen, an den Schminktisch mit dem speziellen Kosmetiklicht für alle Live-Videos, die ich genau hier aufgezeichnet hatte.

Ich starrte im Spiegel in ein Gesicht, das ich nicht mehr als meins erkannte. Es waren dieselben blauen Augen, auf deren Lider ich unzählige Male Eyeshadow und Liquid Eyeliner aufgetragen und an denen ich Kunstwimpern befestigt hatte. Ich starrte in meine eigenen dunklen Pupillen, als könnte ich bis dahinter in meine Seele blicken.

*Wer bist du?*

Ich war weder das einstudierte Lächeln und das perfekt geschminkte Gesicht von vor zwei Monaten, noch war ich die selbstlose Vorbildfigur, die ich vergebens zu werden versucht hatte. Ich war eine Frau, die sich im Dazwischen verloren hatte – eine

Person zwischen zwei Versionen ihrer selbst, die sie nicht mehr akzeptieren konnte. Denn keine von beiden war vollständig.

Wenn ich es so betrachtete, hatte ich meine Identität freiwillig weggegeben – Klick für Klick, Like für Like, Sponsor für Sponsor und Livestream für Livestream. Für Dinge, die nichts Beständiges an sich hatten.

Ich zog Silas' Sweatjacke aus und hängte sie an einen der Handtuchhaken hinter der Tür. Dann löste ich mein Haarband, sodass die Haare mir offen über Hals und Schultern auf den Rücken fielen. Damit hatte damals alles angefangen – mit einer einfachen Hochsteckfrisur; ein Funke, der einen Brand entfacht hatte.

Langsam und bewusst zog ich die zweite Schublade meines Schminktischs auf und griff nach meiner Schere. Es war nicht die Haarschere, die im Cottage geblieben war, nachdem ich Amys Pony geschnitten hatte. Die, die Sasha an sich genommen hatte. Das Ding war von der Washington State Police beschlagnahmt worden.

Diese Schere hier benutzte ich meistens zum Öffnen von Verpackungen. Sie war stumpf und komplett ungeeignet für mein Vorhaben. Was sie perfekt dafür machte.

Der erste Schnitt löste ein Machtgefühl aus, dessen Summen mir durch die Arme bis in die Finger drang. Ich durchtrennte eine weitere dicke Locke ohne spürbaren Widerstand. Dann sah ich zu, wie sie zu Boden fiel und zu meinen Füßen liegen blieb.

Ich arbeitete mich mit der Schere unter meinem Kinn und um meinen Hals entlang, bis nur noch eine einzige Strähne über der rechten Schulter übrig war. Zum letzten Mal hob ich die Schere und ließ sie zuschnappen.

Eine neue, unbekannte Freiheit durchströmte mich, als die letzte blonde Locke spiralförmig auf dem Boden landete.

Ich wusste vielleicht nicht, wer ich war ... aber zumindest begann ich zu verstehen, wer ich nicht war.

# Kapitel 30

## Silas

Ich wusste nicht, in welchem Zustand ich Molly vorfinden würde. Meine Sorgen um sie hatten sich verzehnfacht, während ich in den letzten sieben Stunden von Meetings und Verwaltungsratsmitgliedern aufgehalten worden war, mich um Alex' Beichte, dass er sich seit einem Monat heimlich mit Sasha im Gartenschuppen getroffen hatte, und um die notwendigen Entlassungsformalitäten gekümmert hatte. Mollys Flehen, bei Wren bleiben zu dürfen, hatte mich verfolgt.

Was mir jedoch am meisten Bauchschmerzen bereitete, war ihr Abgang nach der Befragung durch die Polizei.

Hatte sie wirklich geglaubt, sie könne sich einfach so aus dem Staub machen? Dass ihre Abwesenheit unbemerkt bleiben würde? Dass ich sie, wenn sie ihr Telefon auf »stumm« stellte, vergessen und einfach zur Tagesordnung übergehen würde?

Nie im Leben.

Molly gehörte mittlerweile genauso zu *The Bridge* wie ich. Sie war dort unersetzlich.

Ich klopfte an ihre Haustür. Ungeduld rauschte durch meine Adern. Ich musste sie sehen. Sie berühren. Ihr sagen, dass sie keine Schuld an der Sache trug, egal, was sie sich einredete.

Doch als sie aufmachte, waren alle Gedanken von einem Moment auf den anderen wie gelöscht.

Ihre Haut war rosig, ihre Haare steckten in einem Handtuchturban und sie trug die Jacke, die ich ihr heute Morgen gegeben hatte. Der Anblick war atemberaubend.

Ihr Gesicht hatte sich aufgehellt. »Silas.«

»Du warst weg.« Nachdem ich eine halbe Stunde gefahren war und alle Zeit der Welt gehabt hatte, um nachzudenken, zu beten und mir die nächsten Schritte zu überlegen, war das alles, was ich herausbrachte.

Mein Gefühl sagte mir, dass auch Molly sich ein paar Schritte überlegt hatte. Irgendetwas war anders an ihr. Ich konnte nur noch nicht genau sagen, was.

»Ich hielt es für das Beste«, sagte sie. »Nach allem, was passiert ist.«

»Für wen?«

Sie schluckte, wandte den Kopf ab und sah überall hin, nur nicht zu mir.

»Für wen?«, wiederholte ich und trat näher. »Denn ich versuche seit meinem letzten Meeting, dich anzurufen. Glo meinte, du hättest dich überhaupt nicht verabschiedet und niemandem gesagt, wohin du gehst. Wir haben uns alle Sorgen gemacht.«

Sie antwortete nicht und starrte nur in den Vorgarten hinter mir.

»Molly.« Die Angst, die mich den größten Teil des Tages begleitet hatte, wurde angesichts ihrer gleichgültigen Miene zu Verletztheit. »Rede mit mir.«

»Geht es ihr gut?«, fragte sie. »Ist Wren ... okay?«

»Ja, sie ist wieder zu Hause. Sie hat nach dir gefragt.«

Es war das leichte Beben ihrer Lippen, das mir den Rest gab. Ich war höflich und professionell und geduldiger als geduldig gewesen, während die Polizei jeden Winkel von Fir Crest Manor durchsucht und Fragen gestellt hatte, die ich ihnen um des Programms willen nicht übel genommen hatte. Aber hier und jetzt mit Molly ... hatte ich genug von dem Theater. Ich wartete nicht auf ihr Angebot reinzukommen. Die Jacke, die sie trug, war mir Einladung genug.

Ich legte meine Hände an ihre warmen Wangen. »Was mit Wren passiert ist, war nicht dein Fehler. Das weißt du, oder?«

Ihr Blick begegnete meinem nur zögerlich. »Hat die Polizei dir nichts gesagt?«

»Sie haben mir sehr viel gesagt.«

»Ich meine von meiner Abmachung mit Sasha.« Der Schmerz in ihren Augen ging mir durch und durch. »Ich dachte, ich könnte ihr helfen, Silas. Ich dachte, wenn sie dir heute früh alles beichtet, müssten die Konsequenzen vielleicht nicht so hart sein. Dass wir vielleicht einen Weg finden, sie im Programm bleiben zu lassen.« Sie schüttelte den Kopf. »Stattdessen hat meine Nachlässigkeit Wren zur Zielscheibe gemacht.«

»Hör mir zu. Weder du noch Glo oder Clara wart gestern nachlässig. Ihr habt genau das getan, was ich unter den Umständen auch getan hätte. Das sage ich heute schon mindestens zum sechsten Mal und ich werde es so oft wiederholen wie nötig. So sehr ich mir wünschen würde, dass wir alle Variablen kontrollieren können – es ist einfach unmöglich.« Ich wartete, bis sie mich wieder ansah. »Deine Aufgabe heute Nacht war es, Monica zu beschützen. Und das hast du getan.«

»Auf Wrens Kosten.« Sie kniff die Augen zu und Tränen quollen hervor. »Ich hätte dir von dem ganzen Diebesgut und dem Versprechen erzählen sollen, das ich Sasha gegeben habe.«

»Ja, das hättest du.« Ich hatte damit zu kämpfen gehabt. Länger, als ich zuzugeben bereit war. Dass Molly mir wichtige Informationen vorenthielt, die das Haus und die Bewohner betrafen, war wie ein Schlag in die Magengrube gewesen. Doch zehn Stunden früher etwas von Sashas Fehltritten gewusst zu haben, hätte den Ausgang der Sache nicht verändert, denn ich hätte sie niemals ohne eine Ausstiegsperspektive und einen entsprechenden Plan weggeschickt. »Aber Sashas Entscheidungen liegen noch immer bei ihr.«

»Wie lange wird das Haus noch untersucht werden?«

»Die Untersuchung ist doch nur eine Formalie. Sie kann beängstigend erscheinen, aber jedes Mal, wenn es einen tätlichen Angriff oder eine andere Straftat gibt, müssen sie eine Begehung machen und einen Bericht schreiben. Auf lange Sicht dient das nur unserer aller Sicherheit. Ich schätze, dass sie den Fall ziemlich schnell abschließen.«

»Und ... und was ist mit Sasha?«

Ich ließ die Hände auf Mollys Schultern sinken und überlegte, wie viel ich jetzt und wie viel ich später sagen sollte, wenn sie sich beruhigt hatte. Andererseits neigte ich nach all den Befragungen und Beichten von heute mehr denn je dazu, wann immer es ging, die volle Wahrheit zu sagen.

»Silas?«

»Die Geschichte geht noch viel weiter, als du oder ich geahnt haben. Nachdem du weg warst, hat auch Monica sowohl vor der Polizei als auch vor Glo und mir eine Aussage gemacht.« Ich sah sie vor mir, völlig fertig und untröstlich vor Schuldgefühlen. »Sie hat zugegeben, dass sie und Sasha seit fast drei Monaten gestohlen haben. Aus Autos auf unbewachten Parkplätzen, aus dem Pausenraum im College, aus dem Lavender Cottage. Sie hatten ein richtiges System – eine stand Schmiere, während die andere klaute. Sie wollten sich nach Abschluss des Programms eine eigene Bleibe suchen. Offensichtlich sollte das Geld in die Kaution für eine Wohnung fließen.«

Molly stand der Mund offen.

»Ich weiß. Das war für uns alle eine Überraschung. Erst haben sie das Diebesgut wohl in Sashas Kofferraum gesammelt, aber dann fing Monica an, sich mehr ins Programm einzubringen, bei D&D und in der Kleingruppe. Als sie sich mit Wren anfreundete, stellte Sasha ihr ein Ultimatum.«

Molly schloss die Augen. »Sich zwischen ihr und Wren zu entscheiden?«

»Ja, darauf lief es hinaus. Aber während Monica mehr und mehr zu der Erkenntnis kam, dass sie mit der ganzen Sache herausrücken mussten, überzeugte Sasha sie, dass sie in dem Fall beide vom Campus geworfen werden würden.«

»Und was ist mit ... den Kondomen?«

»Alex.« Ich schüttelte den Kopf, genauso enttäuscht wie frustriert. »Als Sasha Monica nicht mehr vertrauen konnte, machte sie sich an Alex heran und tauschte Sex gegen alles, was er der

Sammlung an Diebesgut noch hinzufügen konnte. Er hat zugegeben, den Draht der Sicherheitskamera im westlichen Garten durchgeschnitten zu haben.« Ich holte Luft. »Alex wird verlegt in ein reines Männerprojekt namens *Mercy House*, wo er in den nächsten Wochen ziemlich intensiv betreut werden wird. Monica bleibt bei *The Bridge*. Sie hat sich zu einigen Maßnahmen bereiterklärt und kooperiert auch mit der Polizei.« Ich wischte Molly eine Träne von der Wange. »Und was Sasha betrifft: Es gibt zwei ältere Schwestern in Coeur D'Alene in Idaho, die junge Frauen mit Geschichten wie ihrer aufnehmen. Ich habe den Kontakt durch deinen Bruder bekommen, sie gehören zu seiner Gemeinde. Auf dem Weg hierher haben sie mich zurückgerufen und gesagt, dass sie Sasha aufnehmen können, sobald sie aus der Untersuchungshaft entlassen wird.«

»Du hast Miles angerufen?«, fragte Molly. »Er ist gerade bei irgendeiner Konferenz.«

»Trotzdem hat er sich genauso viele Sorgen um dich gemacht wie ich, als ich ihm erzählt habe, was passiert ist.«

Wenn das überhaupt möglich war, wurde ihre Miene noch verzweifelter. »Und genau das ist es doch, Silas! Du solltest dich bei alldem nicht auch noch um eine deiner Mitstreiterinnen sorgen müssen. Ich bin für dich und meine Mentees in den vergangenen Monaten offensichtlich mehr Ablenkung als eine Hilfe gewesen.«

Die Schärfe in ihrer Stimme verblüffte mich. Ich hatte Molly bereits verletzlich erlebt, reumütig und zaghaft, aber noch nie so.

»Glaubst du wirklich, dass ich dich für eine *Ablenkung* halte?« Mir drehte sich der Magen um. Und dann begriff ich. »Ist das der Grund, wieso du, ohne etwas zu sagen, verschwunden bist?«

Neue Tränen brachen sich Bahn. »Als du mich heute von Wren ferngehalten hast, fühlte sich das an wie eine Strafe für alles, was ich letzte Nacht falsch gemacht habe. Ich dachte, du hättest verstanden, dass ich für diesen Teil der Arbeit nicht gemacht bin – für all das Schwierige im Zwischenmenschlichen, was sie mit sich bringt. Ich bin nicht gut darin, Silas. Ich bin nicht gut darin, andere Menschen zu lieben. Das weiß ich schon lange und wollte es doch nie akzeptieren. Ich stehe nicht so fest im Glauben wie Miles oder meine Eltern. Ich bin nicht so gutmütig wie Clara, und wie du heute gesehen hast, bin ich nicht so vernünftig wie Glo. Ich wollte glauben, dass ich noch etwas anderes bieten kann, dem Haus, dem Team und dir ... Aber ich kann es nicht. Ich habe das Chaos nur noch schlimmer gemacht.«

»Du bist also gegangen, weil du Angst hattest, ich würde dich für ungeeignet halten, eine junge Frau zu trösten, die dich so offensichtlich bewundert?«

Ihr Schweigen dröhnte mir entgegen.

»Eins kann ich dir versprechen: Meine Entscheidung, dich zurückzuhalten, hatte nur mit Effizienz und Erfahrung zu tun, nichts weiter. Clara war schon öfter mit im Krankenhaus und kennt die Regeln und Formalitäten. Sie hat schon viele Versicherungsformulare ausgefüllt und die dazugehörigen Berichte eingereicht. Sie behält in jeder Krise einen klaren Kopf und das heute Morgen war genau das: eine Krise. Du solltest dich nicht bestraft fühlen, ich brauchte dich einfach im Haus. Ich brauchte dich.« Meine Hände rutschten zu ihren Armen hinunter und ich drückte leicht zu. »Das ist etwas, was wir zusammen bewältigen müssen. Ich denke nicht immer an die persönlichen und emotionalen Auswirkungen der Entscheidungen, die ich im Haus treffe, aber deswegen habe ich die Mitarbeitenden, die ich habe. Du bist keine Ablenkung, Molly. Du bist unser Kapital.«

Ohne zu zögern, schlang Molly die Arme um meine Hüfte und drückte ihr Gesicht an meine Brust. Ich legte mein Kinn auf ihrem Handtuchturban ab. Es brauchte einen langen Atemzug, bis meine Lunge wieder voll Luft war. »Hast du heute schon etwas gegessen?«

Ein winziges Kopfschütteln.

»Ich auch nicht und ich glaube, ich brauche jetzt dringend etwas im Magen, bevor ich dich wieder zurück zu *The Bridge* schleppe.«

Molly löste sich von mir. »Ich mache uns etwas. Obwohl ich gar nicht genau weiß, was ich dahabe. Ich war schon länger nicht mehr einkaufen.«

»Wir könnten uns doch unterwegs etwas holen?«

»Nein, ich möchte lieber kochen.«

»Dann helfe ich dir.«

Als sie zur Küche laufen wollte, verrutschte das Handtuch. Mollys Hand schnellte nach oben und sie blieb wie angewurzelt stehen. Ein kurzes Büschel Haare lugte unter dem Tuch hervor. Ich trat von hinten zu ihr, während ihre Hand noch immer den schiefen Turm aus Frottee stabilisierte, und berührte vorsichtig die einzelne Locke in ihrem Nacken.

»Silas, es ist ...« Ihre Stimme bebte.

Ich zog sanft an ihrem Arm. Mehrere Sekunden lang blieb ihr Griff ums Handtuch fest, doch schließlich atmete sie aus und löste ihre Hand so weit, dass ich ihr das Handtuch vom Kopf ziehen konnte. Als ich sah, was sich darunter verborgen hatte, fiel es mir aus der Hand.

Langsam drehte Molly sich um, die Augen groß und voller Unsicherheit. »Sag etwas. *Bitte.*«

Aber meine Gefühle steckten mir quer in der Kehle, sodass ich kein einziges Wort herausbrachte. Ihre Haare, die ganze wunderschöne, kreativ gestylte Pracht, war weggestutzt worden. Nicht nur ein paar Zentimeter, sondern bis zum Kinn.

Genau wie Wrens Haare.

Ich fuhr mit gespreizten Fingern durch Mollys zerzauste neue Kurzhaarfrisur. Dann hob ich ihr Kinn mit einem Finger an und sah ihr auf eine Art in die Augen, die keine Zweifel daran ließ, was ich in diesem Augenblick für sie empfand. Was ich generell für sie empfand.

Als ich meine Lippen auf ihre drückte, hielt Molly sich an der Theke hinter ihr fest, so stürmisch war mein Kuss. Ich versuchte, alles hineinzulegen, was ich ihr mit Worten nicht vermitteln konnte: wie wichtig sie war – und wie wichtig sie *mir* war.

Molly küsste mich zurück, doch nach einigen viel zu kurzen Momenten legte sie mir sanft die Hände an die Brust. Ich brachte etwas Abstand zwischen unsere Gesichter, doch nur so viel, dass ich immer noch ihren Atem auf meinem Mund spüren konnte. Mein Zeigefinger spielte mit einer der kurzen Locken.

»Sag nie wieder, dass du nicht gut darin bist, Menschen zu lieben.« Ich gab ihr noch einen vielsagenden Kuss. »Denn ich finde, du bist sogar unverschämt gut darin.«

# Kapitel 31

## Molly

Obwohl erst zwölf Stunden vergangen waren, seit ich *The Bridge* verlassen hatte, kam es mir vor, als läge ein ganzes Leben zwischen »damals« und jetzt. Nicht nur in den Momenten mit Silas in der Küche war etwas Bedeutsames geschehen, sondern etwas noch Bedeutsameres in meinem Herzen, in dem Augenblick, als die erste Haarlocke hinuntergesegelt war.

Während ich Silas nach Fir Crest Manor hinterherfuhr, vorbei an Tannen und Häusern und schließlich auf den dunklen Parkplatz, sprach ich mit dem Gott, an den ich als junges Mädchen noch geglaubt hatte – bevor sich unsere Wege als Familie getrennt hatten und ich das Gefühl bekam, mit mir müsse etwas falsch sein, weil es mich nicht in den kirchlichen Dienst zog. Ich redete mir alles ungefiltert von der Seele, und als ich den Wagen vor dem Haus zum Stehen kommen ließ, das auf mehreren Ebenen zu einem Zuhause geworden war, erfüllte mich ein seltsamer Friede.

Ich hatte mich bei mir noch schnell fertig gemacht und war in Caprileggins und flache Schuhe geschlüpft. Dazu trug ich noch immer Silas' Sweatjacke. Ich hatte ihn bereits gewarnt, dass er sie nie wiederbekommen würde. Mein gewohnter Anspruch an mich selbst, perfekt gestylt auszusehen ... fehlte. Und ich war mir nicht sicher, ob er je zurückkommen würde. Um ehrlich zu sein, war ich mir im Augenblick mit fast nichts sicher.

Silas lief auf dem Kopfsteinpflaster zum Cottage neben mir, so nah, dass ich mich davon abhalten musste, einen Arm um seine

Taille zu legen und mich an ihn zu schmiegen. Stattdessen legte er mir die Hand in den Rücken und führte mich zur Tür.

»Bereit?«, fragte er.

Ich nickte und spürte, wie meine Nervosität wuchs. Ich *war* bereit, aber ich wusste auch, dass Wren nur ein paar Zimmer entfernt war und ich keine Ahnung hatte, wie es ihr gerade ging. Was, wenn sie sauer auf mich war? Was, wenn sie mir die Schuld an allem gab? Was, wenn sie Fragen stellte, die ich nicht beantworten konnte? Was, wenn ich nicht diejenige war, die sie als Mentorin brauchte?

Ich zog die Kapuze tiefer.

»Willst du die den ganzen Sommer aufbehalten?«

»Nein.« Ich seufzte. »Ich will nur nicht unsensibel sein. Ich ... ich weiß einfach nicht, was Wren jetzt braucht.«

»Dich«, sagte er. »Sie braucht dich, Molly. Eine Freundin. Eine Vertraute. Eine zuverlässige Autoritätsfigur, die da ist und keine Angst vor komplizierten Gefühlen und Schwierigkeiten hat. Deswegen bist du heute Abend hier – um da zu sein und sie zu unterstützen, wenn sie das möchte.«

»Okay.« Ich saugte meine Unterlippe ein und versuchte, mich von dem Kribbeln in meiner Nase abzulenken.

Silas schenkte mir das schiefe Grinsen, in das ich mich schon vor einer ganzen Weile verliebt hatte. »Die Besuchszeit ist schon um, also habe ich im Cottage eigentlich nichts zu suchen.«

Obwohl er der Direktor des ganzen Programms war, hielt auch er sich natürlich daran: kein Männerbesuch im Cottage nach neunzehn Uhr.

»Wenn ich bei den Jungs war, gehe ich ins Büro. Kommst du zu mir, wenn du fertig bist?«

»Ja, natürlich. Bis später.« Etwas zittrig griff ich nach dem Türknauf.

Silas berührte mich an der Schulter. »Molly. Du schaffst das.«

Kurz schloss ich die Augen und atmete ein letztes Mal aus, bevor ich das Cottage betrat, in dem erst gestern Abend noch eine ausgelassene Stimmung geherrscht hatte, während Sandra Bullock und Ryan Reynolds auf der Leinwand einen Schlagabtausch nach dem anderen ausfochten und es nach Süßigkeiten und Trockenshampoo roch. Aber jetzt war alles still. Mehrere der jungen Frauen saßen auf dem wie ein großes L geformten Sofa und begrüßten mich traurig und doch respektvoll.

Als ich im Flur auf die zweite Tür zusteuerte, räusperte sich Amy hinter mir. »Sie ist nicht da drin.«

Kurz erfasste mich Panik. Das Bild von Wren auf der Krankentrage schoss mir durch den Kopf. Ich schüttelte schnell den Kopf, um die Gedankenspirale zu unterbrechen. »Aber Silas hat gesagt, dass sie hier ist. Dass er sie gesehen und mit ihr gesprochen hat, dass ...«

»Oh, nein, sie *ist* hier!«, ruderte Amy schnell zurück. »Sie ist nur nicht mehr in dem Zimmer.« Ein schüchternes Lächeln umspielte ihre Lippen. »Sorry. Sie haben heute Vormittag die Betten getauscht. Monica fand es nicht richtig, dass Wren in dem Bett schlafen muss, in dem, Sie wissen schon ... Und Glo hat es erlaubt.«

Erleichterung und so etwas wie Stolz durchströmten mich. Monica stand Wren auf genau die richtige Weise bei. »Danke fürs Bescheidgeben.«

Amy nickte und kehrte ins Wohnzimmer zurück. Ich klopfte leise an der letzten Tür im Flur – Monicas altem Zimmer.

»Hallo?«, fragte ich zaghaft und machte mich auf das gefasst, was immer mich erwarten würde. Tränen? Wut? Ein apathischer Schockzustand mit leerem Blick?

Doch als ich die Tür öffnete, lachte dieselbe Neunzehnjährige, die heute Morgen noch schluchzend auf der Trage gelegen hatte, über etwas, was Monica gerade gesagt hatte.

Beide schauten auf.

»Molly?«

Und einfach so ließ Wren zugleich etwas in mir zusammenfallen und baute es wieder auf. Wenige Sekunden später hatte ich die Arme um sie geschlungen. »Wie geht es dir?«

»Bin ich froh, dass Sie hier sind«, sagte sie.

Ich zog sie noch näher an mich und legte die Hand an ihren Hinterkopf. Es würde einige Zeit dauern, mich an das Fehlen ihrer typischen Flechtzöpfe zu gewöhnen.

Ich setzte mich auf die Bettkante und drückte Monica die Hand. »Danke, dass du Wren so eine gute Freundin bist.«

Sie lächelte. »Ich freue mich einfach, dass es ihr wieder gut geht.«

»Ich mich auch«, sagte ich und wandte mich wieder Wren zu.

Der fast acht Zentimeter lange Schnitt an ihrer Wange war mit Steri-Strips geschlossen worden. Mein Blick wanderte höher zu ihren Haaren. Sasha hatte völlig schief geschnitten. Der Großteil war ungefähr in Kinnlänge abgetrennt worden, aber es gab auch noch kürzere Strähnen. Ob man sie durchstufen konnte? Oder in einen A-Line-Bob verwandeln? Ich war keine Expertin für Kurzhaarfrisuren, aber das würde sich wohl sehr bald ändern.

Monica stand auf und deutete mit dem Daumen zur Tür. »Ich geh mal zu den anderen und esse was, ja? Clara ist mit Jake losgefahren und holt etwas Leckeres aus der Stadt.«

»Oh, natürlich. Und würdest du bitte Clara schreiben, dass ich hier bin?« Die Arme brauchte sicher eine Pause. Wenigstens war Jake bei ihr.

Sobald Monica das Zimmer verlassen hatte, legte ich meine Hand auf Wrens. Sie starrte auf die zerknitterte Decke auf ihrem Schoß.

»Wren, es tut mir so leid, dass ...«

Sie schüttelte den Kopf. »Bitte, darf ich zuerst? Ich muss Ihnen wirklich etwas sagen.«

Ich schluckte. »Natürlich.«

»Ich wusste davon. Von Monicas und Sashas Geheimnis. Und von den Lügen und dem Klauen.«

Es dauerte einen Augenblick, bis die Information zu mir durchkam. »Okay, aber dir ist klar, dass das nicht rechtfertigt, was dir passiert ist, oder?«

Sie nickte. »Ja, ich weiß. Aber trotzdem ... ich bin nicht unschuldig. Ich hätte es Ihnen sagen sollen. Ich hätte Ihnen anvertrauen sollen, was hier wirklich vor sich geht und wie schlimm es zwischen uns dreien geworden ist.«

Wenn sie doch nur wüsste, wie sehr ich das nachempfinden konnte!

»Ich schätze, wir alle haben manchmal Angst, die Wahrheit zu sagen«, meinte ich. »Selbst oder gerade dann, wenn es darum geht, wie es eigentlich in uns aussieht.«

Sie schwieg kurz. »Kann ich Ihnen etwas verraten, was ich noch niemandem gesagt habe?«

Ich wappnete mich. »Natürlich.«

»Mein Bruder wird adoptiert. Von den Coles. Sie haben es mir vor drei Tagen erzählt und ich habe seitdem versucht, meine Gefühle zu sortieren.«

Der bittersüße Stich in meinem Herzen galt sowohl Wren wie auch dem kleinen Nate. »Oh, Wren ... das muss einiges in dir ausgelöst haben.«

»Ja, aber die Coles sind so nett zu mir. Sie wollten sogar meinen Segen für die Adoption und ich soll ein Teil ihres Lebens bleiben.«

Ich schluckte den Kloß im Hals hinunter. »Und wie fühlt sich das an?«

Sie überlegte und fuhr sich mit der Hand durch die kurzen Haare. »Zuerst wollte ich es nicht, aber ich glaube, es ist das Beste für Nate. Sie lieben ihn und er liebt sie auch. Aber es ist trotzdem schwer.«

»Natürlich ist es das. Du darfst ruhig zu deinen Gefühlen stehen.« Ich drückte ihr die Hand. »Darf ich dir jetzt auch etwas verraten?«

Sie nickte.

»Es tut mir leid. Es tut mir leid, dass ich nicht direkter nachgefragt habe, wie es hier im Haus läuft. Und dass ich dich gestern Abend nicht so beschützt habe, wie ich gewollt hätte.« Vorsichtig berührte ich eine ihrer Strähnen am Ohr.

»Es ist nicht Ihre Schuld. Außerdem … die Haare werden wieder wachsen. Und dieser Schnitt heilt auch.« Sie sagte das, als würde sie Worte nachplappern, die sie zwar glauben wollte, aber denen sie noch nicht vertraute.

Uns selbst neu zu definieren, war nie einfach. Genausowenig, wie der Identität in uns den Vorrang vor dem Bild im Spiegel zu geben.

»Du hast recht. Das alles kommt wieder. Aber das bedeutet nicht, dass dir der Verlust nicht zu schaffen machen darf. Einen Teil von sich zu verlieren, ist hart. Es braucht Zeit, das zu verkraften. Und das macht dich nicht egoistisch, oberflächlich oder falsch. Es macht dich zum Menschen. Es macht dich echt.« Etwas in mir ließ mir keine Ruhe. »Ich muss auch ein paar Dinge für mich klären.«

Wren runzelte neugierig die Stirn. »Ach ja?«

»Ja, und ich glaube, das wird ebenfalls noch eine Weile dauern. Vielleicht können wir uns ja gegenseitig unterstützen?«

Sie lächelte. »Das bedeutet, Sie bleiben noch länger hier?«

»Absolut. Ich brauche diesen Ort und ich brauche dich und die anderen. Ich hoffe, du weißt das. Ihr alle habt mir in den vergangenen Monaten so viel beigebracht.« Ich lachte leise. »Wahrscheinlich mehr, als ich euch je beibringen könnte.«

Wren blinzelte mich an. »Meine Mom ... sie war nicht wie Sie. Überhaupt nicht mutig oder selbstbewusst.« Wieder spielte sie mit der Decke. »Ich liebe sie und vermisse sie jeden Tag, aber es gab vieles, was sie meinem Bruder und mir nicht mitgeben konnte. Aber ich möchte stärker sein. Für Nate und für mich. Ich weiß, dass ich theoretisch viel weiß und kann, aber was nützt mir das, wenn ich nie ein Risiko eingehe? Wenn ich nie den Mund aufmache und mich zu den Dingen äußere, die wirklich wichtig sind? So, wie Sie das tun.«

Wie falsch sie doch lag. In Wahrheit war ich kein bisschen mutig oder selbstbewusst. Und die einzigen Risiken, die ich bisher eingegangen war, waren kalkuliert gewesen und nur zu meinem eigenen Nutzen. Ich hatte in einer Fantasiewelt gelebt abseits von Authentizität und Realität, auch wenn ich meiner Marke diese Eigenschaften zuschrieb. Doch *Molly's Make-up Matters* hatte den Erfolg sicher nicht der Tiefe meiner Verletzlichkeit zu verdanken.

»Ich bin nicht immer Risiken eingegangen, wenn es angebracht war«, bekannte ich. »Aber ich bin bereit, das zu ändern.«

Wren sah mich irrtiert an, als hätte sie die Verbindung nicht verstanden, die ich im Kopf gezogen hatte. Da streifte ich mir die Kapuze herunter.

Wren schlug die Hand vor den Mund. »Molly … was …?«

»Lass uns gemeinsam lernen, wie man mutig ist, ja?«

# Kapitel 32

## Molly

Das Licht aus Silas' Büro ergoss sich durch die offen stehende Tür in den stillen Flur und war wie ein Leuchtfeuer, das mir den Weg wies. Wie ein Zufluchtsort für alle, die Antworten auf unausgesprochene Fragen suchten. Was heute Abend zu mir passte wie ein Paar exklusive Absatzschuhe aus Italien.

Seit ich Wren eine gute Nacht gewünscht hatte, herrschte in meinem Kopf ein Wirrwarr aus halb garen Gedanken. Und ich brauchte dringend einen Ort, wo ich sie verarbeiten konnte, der sich noch sicherer anfühlte als mein eigenes Haus.

Bevor ich eintrat, blieb ich im Türrahmen stehen und beobachtete ihn. Auch wenn ich Silas nicht zum ersten Mal im Lesesessel sah, hatte ich ihn noch nie so genau betrachtet, wie er dasaß, den Kopf gebeugt und in die Hand gestützt, als wäre das Papier in seiner Hand das einzig Wichtige auf der Welt. Mein Blick fiel auf eine überquellende Schuhschachtel neben ihm. Waren das Briefe?

Ich überlegte. Sollte ich ihn lieber in Ruhe lassen? Da blickte Silas auf. Obwohl er kein Wort sagte, stand in seinen Augen eine so herzzerreißende Ergriffenheit, dass ich nicht anders konnte, als zu ihm zu gehen.

»Was ist los?« Ich hockte mich zwischen ihn und den Tisch, wo ein kleiner Stapel der Briefe lag.

»Die sind von meinem Bruder.« Die Leselampe hinter ihm erhellte das Blatt in seiner Hand und ich konnte die schmale Handschrift und den Namen unten auf der Seite erkennen.

*Carlos.*

»Sind das Briefe aus der Haft?«, fragte ich und überlegte, ob es besser war, behutsam vorzugehen oder mit der Tür ins Haus zu fallen. Ich wusste nicht wirklich viel über Carlos, aber was ich wusste, war komplex. Auch wenn es für Silas ein klarer Fall zu sein schien. Meiner Erfahrung nach funktionierten Familienangelegenheiten selten so. Egal, wie sehr ich versuchte, meine Eltern in Schubladen zu stecken, sie passten nie hinein. Genausowenig, wie ich in ihre passte.

»Ja.« Silas rieb sich am Kopf. »Zweiundvierzig Stück, um genau zu sein. Meine Mom hat sie aufgehoben, sie sind alle für mich. Ich wusste bisher nicht, ob ich sie jemals lesen würde, aber ... hier.« Er nahm zwei Briefe vorn aus dem Schuhkarton und reichte sie mir. »Fang mit dem obersten an.«

»Silas, bist du dir sicher, dass ich wirklich ...?«

»Ja.«

Ich starrte auf die Briefe. Der oberste war an Daniel und Judy Whittaker adressiert. »Der hier ging an deine Eltern.«

Silas nickte einmal, als wäre das das Maximum einer Erklärung, zu dem er sich durchringen konnte. Extra vorsichtig holte ich das dünne Blatt Papier aus dem Umschlag und las, was Carlos Rodriguez mit schwarzer Tinte geschrieben hatte. Schon nach der ersten Zeile war der Zweck des Briefes klar. Das hier war eine Entschuldigung in der Hoffnung auf Wiedergutmachung. Aber es war auch noch viel mehr als das – die Geschichte eines Mannes, zusammengepuzzelt durch Erkenntnisse und Hintergrundgeschichte. Sie erzählte von einem Jugendlichen, der von Drogen abhängig wurde, durch deren Verkauf er seiner Mutter und ihren häufig wechselnden Partnern half. Von Härteprüfungen und Schmerz. Von Mühsal und Bitterkeit. Und auf vielerlei Ebenen war das hier auch eine Beichte, denn während Silas eine zweite Chance auf eine glückliche Kindheit in einer intakten Familie bekommen hatte, die wusste, wie man ein Kind liebte und beschützte, hatte Carlos seine Jugendjahre damit verbracht, seinen eigenen Weg zu gehen. Nach seinem eigenen Zuhause zu suchen.

Mit zitternden Fingern tauschte ich den ersten Brief gegen den zweiten. Er ließ meine Augen gleich beim ersten Wort brennen. *Bruder*. Der Brief selbst war viel kürzer als der an die Whittakers, nur ein paar Zeilen lang. Die Worte umklammerten mein Herz und ließen mich nicht mehr los:

*Bruder,*
*das ist mein letzter Brief an dich von hier drin. Nächste Woche bin ich ein freier Mann. Aber ich weiß, dass wahre Freiheit nicht die Sonne auf meinem Gesicht oder Geld in der Tasche ist. Wahre Freiheit kommt nur von Gott und der Vergebung meiner Sünden.*
*Ich habe viele Menschen verletzt. Aber dich am meisten. Drei Jahre lang habe ich mich nun mit meiner Reue und meinen schlechten Entscheidungen auseinandergesetzt. Ich weiß, dass ich nichts tun kann, um deine Vergebung zu verdienen. Aber ich hoffe, dass du mir trotzdem vergibst.*
*Du warst von uns beiden immer der bessere Mann und der bessere Bruder.*
*Es tut mir leid.*
*Carlos*

Ich beendete den Brief mit angehaltenem Atem. Dann ließ ich ihn sinken und sah Silas an. »Wow. Das ist ...« Doch ich konnte gar nicht wirklich sagen, was es war, und es stand mir auch nicht zu. »Was denkst du?«

Silas atmete langsam aus. »Ich denke, es war ein sehr langer Tag.«

»Das ist wohl wahr.«

»Hast du was dagegen, wenn wir heute Abend die No-Touching-Regel aussetzen?«

Ohne eine Sekunde zu zögern, griff ich nach seiner Hand. Wir verschränkten die Finger und sagten einige Augenblicke lang nichts.

»Wirst du sie alle lesen?«, fragte ich dann.

Er nickte. »Ja, und ich rufe wohl auch den Pastor an, der ihn betreut hat. Was hältst du davon?«

Dass er mich in so einer persönlichen Angelegenheit um meine Meinung fragte, berührte mich. »Ich finde, das hört sich nach einem guten nächsten Schritt an.«

Silas rieb sich übers Gesicht. »Ich kann nicht immer klar sehen, was Carlos betrifft.«

»Ich weiß«, sagte ich und drückte ihm die Hand. »Aber es hört sich an, als hätte er eine Menge nachgedacht und würde sich echte Veränderung wünschen.«

Silas stützte die Ellbogen auf die Knie und den Kopf in eine Hand, ließ mich aber nicht los. »Wie kann ich eine ganze Einrichtung mit der Überzeugung führen, dass sich mit genügend Anleitung und liebevoller Begleitung der Verlauf eines Lebens ändern kann ... und es zugleich nicht schaffen, daran zu glauben, dass das auch für meinen Bruder gilt?«

»Aber du glaubst daran, Silas. Ich weiß, dass du das tust, denn du hast auch bei mir daran geglaubt.«

»Das war etwas anderes.«

»Nein.« Ich schüttelte den Kopf. »War es nicht. Ich habe so lange versucht, mir einzureden, ich hätte eben meinen eigenen Lebensweg gefunden – noch dazu einen schöneren, glücklicheren und funkelnderen als die anderen in meiner Familie.« Ich senkte den Blick und seufzte. »Aber in Wahrheit war ich genauso verloren wie dein Bruder und du hast mich nicht abgewiesen. Genau wie Carlos brauchte ich Menschen, die bereit waren, mir die Wahrheit zu spiegeln, die bereit waren, vor meiner Tür aufzutauchen und mich dahin zurückzuziehen, wo ich hingehöre.« Ich starrte auf unsere immer noch miteinander verschränkten Hände. »Bevor ich zu *The Bridge* kam, war ich davon überzeugt, dass ich durch meinen Job ein tolles soziales Umfeld hatte. Das klingt für dich vielleicht verrückt, aber es war einfach schon so lange her, dass ich ...« Ich schluckte. »Dass ich zugelassen hatte, eine wirkliche Beziehung mit jemandem einzugehen – nur als ich, Molly.«

Silas berührte mich an der Wange und strich sanft bis zu meinem Kinn und den kurzen Haaren, die sich noch immer fremd anfühlten. »Es gibt kein ›nur als du‹.«

»Meinst du, ich muss jetzt meine Accounts schließen?«

Seine Gesichtszüge entgleisten. »Was???«

»*Molly's Make-up Matters.* Ich denke schon den ganzen Tag darüber nach. Länger, wenn ich ehrlich bin.« Die Momente in der Sauna von Sophia Richards' Haus standen mir wieder vor Augen und ich musste schmunzeln. »Seit dem Vorfall mit dem *Tubee.*«

Silas betrachtete mich und sagte lange nichts. Obwohl er meine Videos vielleicht guthieß, hatte er seine Bedenken wegen der Gefahren von Social Media von Anfang an klargemacht. Und ich konnte ihm das nicht mehr so sehr verübeln wie früher.

»Wieso hast du gefragt, ob du deine Kanäle schließen *musst*?«, hakte Silas nach.

»Weil ...« Ich zuckte die Achseln, wie es auch die unsichere jugendliche Molly getan hätte. »Ich habe das Gefühl, heute war irgendwie der Beginn der nächsten Runde für mich. Ein Neuanfang. Ich möchte anders sein, Silas. Ich möchte beweisen, dass ich anders sein kann.«

»Wem denn?«

»Hm ...« Ich sollte mir gar nichts mehr beweisen müssen, richtig? Wollte er das damit sagen? Denn genau dieses Bedürfnis konnte einen so ichbezogen und einsam machen. »Gott vielleicht?«

Er zog eine Augenbraue hoch. »Hast du das Gefühl, Gott möchte, dass du deine Plattform aufgibst? Deinen Einfluss?«

»Ich weiß es nicht ...« Meine Stimme gab einem unbehaglichen Schweigen Raum.

»Und wenn du das tust, dann wird er was? Dich mehr lieben? Dir mehr vergeben? Dich mehr annehmen?«

Ich merkte, wie Silas versuchte, meinen Blick zu erhaschen, doch ich wich ihm aus. Er hatte so recht.

»Wenn das dein Ziel ist, wirst du es nie erreichen. Es gibt kein Opfer, das so viel wert ist wie all das, was Gott uns schenkt.«

»Jetzt klingst du wie mein Bruder.«

»Dann ist er noch klüger, als ich dachte.«

Ich boxte ihn gegen den Arm. »Aber ganz im Ernst, wäre es nicht das Mutigste, was ich tun könnte? Mein Leben noch einmal ganz neu anzufangen? Mit irgendeinem höheren Ziel ohne finanzielle Hintergedanken? Wie zum Beispiel ...« Ich dachte kurz nach. »... eine Bibelübersetzung in einem kleinen Dorf irgendwo in Übersee?«

Silas lachte. »Bibelübersetzung? Ist das eine deiner heimlichen Leidenschaften?«

Ich machte einen Schmollmund und schüttelte den Kopf. »Nein. Aber es wäre so ein richtiges Catherine-Projekt.« Ich starrte zum Deckenventilator hinauf.

»Wer ist Catherine? Die, von der du am Anfang des Sommers auf dem Parkplatz gesprochen hast?«

»Ja. Genau die.« Ich seufzte. »Catherine ist die Freundin, die ich dir angedichtet habe – eine für Gerechtigkeit kämpfende Lobbyistin, die sich für die Schwachen und Benachteiligten einsetzt. Aber ich bin mir sicher, dass sie als Nebenjob noch Bibeln in kommunistische Länder schmuggelt.«

»Du bist ohne Frage die seltsamste Frau, die ich je kennengelernt habe«, sagte Silas nach einem kurzen Schweigen.

»Das glaub ich dir sofort. Alles, was ich sagen will, ist, dass ich neue Langzeitziele brauche. Ich meine, ich werde keine drastischen Änderungen vornehmen, bis das mit dem Stipendiumsgeld da ist und wir das Event durchgezogen haben, aber danach ... ich weiß nicht. Wieso sollten Gott Augencremes und Haarspray interessieren? Wieso interessiert das überhaupt irgendjemanden?«

Diesmal blieb Silas so lange still, bis ich ihn ansah. »Es interessiert ihn, weil er sich für *dich* interessiert. Molly, dass du dich für Make-up und Fashion begeistern kannst, ist kein Zufall. Man ehrt Gott nicht mit seinem Leben, indem man seine Persönlichkeit umkrempelt und alles abwirft, was einen einzigartig macht. Man ehrt ihn, indem man genau diese Gaben einsetzt.« Er strich mir die widerspenstigen Haare hinters Ohr. »Was, wenn Gott durch deine Reichweite im Netz wirken will? Bei den Menschen, die dir dort folgen?«

Konnte Gott wirklich die ganze Zeit ein Teil von *Molly's Make-up Matters* gewesen sein?

»Aber wie?«

Silas sah mich vielsagend an.

Ich schüttelte den Kopf. »Vergiss es. Niemals würde ich *so* vor die Kamera gehen.«

»Wieso nicht?«

»Die hier ...« Ich packte die Enden meiner gestutzten Mähne. »Niemand würde mich wiedererkennen. Außerdem, was würde ich sagen?«

»Die Wahrheit. Du würdest die Wahrheit sagen.«

»Silas.« Ich schloss die Augen und sah Wrens Gesicht vor mir, wie sie von dem Mut sprach, den ich ihrer Meinung nach besaß. Die Art Mut, mit der man sich ohne die hübsche Rüstung, hinter der ich mich sonst versteckte, in einen Livestream wagen würde. »Es fühlt sich so viel riskanter an, einfach ... ich zu sein. Vor allem vor der Kamera, vor Tausenden von Leuten.«

»Das glaube ich dir.« Ich spürte die Wärme seiner Fingerspitzen auf meiner Wange. »Aber ich glaube auch, du wirst überrascht sein, wie deine Fans auf einen aufrichtigen Beitrag von einer Frau reagieren werden, die sie bewundern. Ich bin ja selbst nicht mehr unparteiisch, was diese Molly McKenzie betrifft.«

Ich ließ zu, dass die Idee Wurzeln schlug, und drückte seine Hand an meine Wange. »Dann musst du aber auch was wagen.«

Silas sah mich verwirrt an.

»Ich mache einen Livestream, wenn du den Pastor deines Bruders anrufst.«

Unser Blickduell dauerte ganze zehn Sekunden.

»Unter einer Bedingung«, sagte er dann.

»Ich höre.«

»Du machst den Livestream von hier.«

»Von Fir Crest Manor aus?« Ich brachte die Worte kaum heraus.

»Ja. Ich mache sogar freiwillig den Kameramann.«

Ich legte den Kopf schief und konnte die Ironie fast schmecken. »Aber verstößt das nicht gegen jede Social-Media-Regel, die ihr habt?«

»Manche Regeln müssen eben überarbeitet werden.« Er stand auf, reichte mir die Hand und zog mich hoch. »Und ich will einfach dabei sein.«

Sofort warf ich die Arme um ihn und barg mein Gesicht an seiner Brust. Ich hatte falschgelegen. Nicht sein Büro war mein so dringend benötigter Zufluchtsort. Es war Silas selbst.

Nachdem ich mich kurz gesammelt und ein Stoßgebet nach oben geschickt hatte, in dem ich Gott um Kraft und Weisheit bat, durchkämmte ich ein letztes Mal meine kurzen Haare mit den Fingern, holte tief Luft und nickte Silas zu. Er nickte zurück und startete die Live-Aufnahme mit meinem Handy, als hätte er das schon tausendmal gemacht. Ich hingegen hatte das Gefühl, zum ersten Mal vor der Kamera zu stehen. Auf eine gewisse Art stimmte das sogar.

Ein absoluter Rollentausch.

»Hallo, Leute. Willkommen zurück bei *Molly's Make-up Matters.*« Ich lächelte und rang die Hände im Schoß, während ich mir vorstellte, wie winzige Textblasen mit den ersten Reaktionen über das Display wanderten. »Ich weiß, es ist schon eine Weile her, dass ich live war, aber ...« Ich spürte Silas beruhigenden Blick auf mir. »Aber ich wollte heute einfach mal wieder Hallo sagen.« Was nicht so richtig stimmte. »Um ehrlich zu sein, will ich schon etwas mehr sagen als nur Hallo. Wer oft vor der Kamera steht, der gewöhnt sich an, jedes Wort sorgfältig zu wählen, damit alles so gut klingt wie nur möglich ... doch ich habe gemerkt, dass manches einfach so gesagt werden muss, wie es kommt. Und so ein Video wird es heute Abend. Eine rohe, ungefilterte, ungeschnittene Version von mir. Einfach Molly.« Ich lachte kurz und betrachtete meine Hände, um mich zu sammeln. »Seit drei Jahren mache ich Videos und lade sie hoch. Das hier ist das erste Mal, dass ich es ohne Plan, ohne Skript und ohne Produktvorstellung tue.« Ich holte Luft. »Ich bin mir nicht sicher, für wen genau dieses Video ist, aber egal, ob ihr mir seit einem oder allen weit über zweihundert Videos folgt, ich will, dass ihr eins wisst: Die Molly, die ihr daher kennt, ist längst nicht so authentisch, wie sie vorgegeben hat.« Nachdenklich knetete ich meine Finger. »Oder wie sie selbst glauben wollte. Obwohl ich die Fashion- und Make-up-Welt liebe, seit ich ein junges Mädchen war, und obwohl es mein größtes Ziel war, eine positive und ehrliche Stimme in dieser Branche zu werden, fehlt seit einiger Zeit etwas. Mehreres, um ehrlich zu sein.« Ich zeigte auf mich selbst. »In den letzten Monaten habe ich mit ziemlich herausragenden Menschen in einer Übergangseinrichtung gearbeitet, wo junge Erwachsene für ihr weiteres Leben vorbereitet werden. Ich habe dort eine Menge harter Lektionen gelernt. Das hat dazu geführt, dass das, was ich mir selbst über meinen Wert und mein Leben erzählt hatte, völlig umgeschrieben werden musste. Ich habe erkannt, dass ich mich von der echten Welt isoliert hatte.« Mein Herz schlug mir bis zum Hals. »Was ihr heute Abend sehen und hören sollt, ist: Egal wie sehr ihr euer Äußeres mit den Produkten, die ich empfehle, verbessert, keins davon hat die Macht, auch euer Inneres zu verschönern. Und noch etwas ist mir bewusst geworden: Wenn ich mich nur auf mich konzentriere, verpasse ich die Gelegenheiten, ein Segen für andere zu sein: zu helfen, zu beschützen, eine gute Freundin zu sein.« Ich legte mir eine Hand auf die Brust und sah kurz zu Silas. »Mein Herzensmakeover ist noch in vollem Gange.« Ich lächelte. »Am Ende zählt nämlich nur, wie es um unser Herz bestellt ist.

Ich wünsche euch, dass auch ihr so eine gute, Augen öffnende Erfahrung machen könnt. Bis zum nächsten Mal! Gute Nacht.«

Silas stoppte den Livestream und legte mein Handy auf den Tisch. Seine Augen glänzten verdächtig. »Ein Herzensmakeover.«

»Ja«, erwiderte ich. »Anders konnte ich es nicht beschreiben.«

»Es war perfekt.«

Obwohl wir anderthalb Meter voneinander entfernt saßen, fühlten sich seine Worte wie eine Umarmung an.

»Danke, danke für alles, was du getan hast. Ich bin ...« Meine Kehle wurde wieder eng. »Ich habe so jemanden wie dich nicht verdient.«

»Genau dasselbe habe ich gerade über dich gedacht.«

Egal, was dieser Livestream bringen würde, ich würde keine Zweifel zulassen. Stattdessen würde ich mit dem Gedanken einschlafen, dass ich einen guten, neuen Weg betreten hatte. Und morgen würde ich weitere Schritte machen. Angefangen mit einem längst überfälligen Anruf bei einer Freundin, die ich wieder in meinem Leben brauchte.

# Kapitel 33

## Molly

Am Morgen weckte mich nicht das übliche Crescendo aus Geigen und Klavier, das ich als Weckton eingestellt hatte, sondern eine Melodie, die ich schon viel zu lange nicht mehr gehört hatte. Ich schoss hoch und tastete nach meinem Handy.

*Val.*

Ich wischte auf dem Display nach rechts, um den Videoanruf anzunehmen.

»Val!«, platzte ich heraus, verschlafen und ephorisch zugleich. »Hey – wie geht's dir?«

Ich wusste gar nicht, wo ich anfangen sollte. Es war, als würden mir die vergangenen acht Wochen auf der Zunge liegen. Was gut war, denn alles, was ich wollte, war, sie so lange wie möglich in der Leitung zu halten.

»Tut mir leid, wenn ich dich geweckt habe«, sagte sie.

»Nein, nein. Alles gut. Kein Problem. Ich bin jetzt total wach.« Ich rieb mir die Augen.

Val saß am Küchentisch, wie so oft während unserer Besprechungen. »Molly.« Sie gab ein Geräusch von sich, das wie ein Lachen klang, und tupfte sich mit dem Ärmel ihres lilafarbenen *Alaskan-Frontier*-Pullovers Tränen von den Wangen. »Ich habe es gerade angeschaut. Dein Video. Das war ... ich weiß gar nicht, wie ich es sagen soll. Ich musste dich einfach anrufen.«

Jetzt verschwamm auch vor meinen Augen alles. »Ich habe dich so vermisst.«

»Ich dich auch.« Sie spähte in die Kamera, ihre Augen strahlten. »Deine Haare! Du hast sie echt abgeschnitten.«

Meine neue Frisur war das Unwichtigste von allem, was in der Zwischenzeit passiert war. Ich zupfte an einer frechen Strähne, die mich an der Wange kitzelte. »Ja, das habe ich.«

»Was du da gesagt hast über dein Herzensmakeover und über Echtheit ... das war wirklich schön. Ich bin überhaupt nicht überrascht, was du da ausgelöst hast. Und mach dir keinen Kopf wegen der Hater ... Dass es die immer geben muss, ist ja nichts Neues.«

»Warte mal, wovon redest du? Ich war nicht mehr online, seit wir den Livestream gespeichert haben.«

Val sah schockiert aus. »Molly, er wurde bereits über zehntausend Mal geteilt! Sogar Felicity hat ihn auf ihrer Seite gepostet. Es ist echt inspirierend. Mich hat es inspiriert.«

Felicity? Ich hatte ihr nach der Sache in Malibu eine kurze Entschuldigungsnachricht geschickt und gehofft, dass sie zwischen den Zeilen lesen konnte, was ich nicht sagen durfte, weil ich noch immer vertraglich an ihren ehemaligen Manager und Freund gebunden war.

Ich öffnete den Mund, aber es kam nichts. Der Gedanke, dass ein solches Video viral ging, war schlichtweg unglaublich.

»Ich bin stolz auf dich«, fuhr Val fort. »Das wollte ich dir nur sagen. Ich weiß nicht mal, was sich bei dir alles geändert hat, aber man merkt sofort, dass es nicht nur die Haare sind. Es geht tiefer. Ich hätte dich schon viel früher anrufen sollen. Ich wollte es so oft, aber ... dann habe ich es doch nicht gemacht.«

»Nein.« Ich schüttelte den Kopf. »Ich bin diejenige, die hätte anrufen sollen. Du hattest jedes Recht, dich so zu entscheiden. Es war das Beste für dich und Tuck. Das verstehe ich jetzt.« Angesichts ihrer Miene rutschte mir sofort das Herz in die Hose. »Was? Wieso guckst du so?«

Sie versuchte zu lächeln, aber es gelang ihr nicht wirklich. »Nichts. Es ist einfach so schön, dich zu sehen.«

»Val, bitte. Raus mit der Sprache. Ist alles okay bei euch?«

»Ja, Tucker geht es gut.« Doch ich sah genau, dass sie mit sich kämpfte. Val wollte einem nie zur Last fallen; das war ihr

Schwachpunkt. »Ich bin mir nur nicht sicher, ob es die richtige Entscheidung war.«

»Die Beförderung bei Cobalt anzunehmen?« Ich rutschte an die Bettkante vor. »Wieso?«

Sie nickte einmal. »Glaub mir, das ist nicht der Grund, wieso ich anrufe. Ich wollte dir nicht meine Probleme vorheulen, ich ...«

»Val, wir sind Freundinnen. Wir teilen Leichtes *und* Schweres miteinander. Mir ist beides gleich wichtig, ehrlich.«

»Irgendetwas läuft da«, sagte sie. »Bei Cobalt. Man hat mich in den letzten Tagen aus mehreren Meetings ausgeladen.«

Ich runzelte die Stirn. »Was für Meetings?«

»Das versuche ich gerade herauszufinden. Ich bin mir nicht sicher, aber ich glaube, es hat mit *Molly's Make-up Matters* zu tun. Ethan vertraut mir nicht. Er hat mir den Zugang zu allem gekappt, was mit dir oder deinem Team zu tun hat.« Sie atmete tief aus, ein Hinweis darauf, dass da noch mehr war, und zwar etwas Unschönes, der Furche zwischen ihren Brauen nach zu urteilen. »Und ich habe Gerüchte gehört.«

»Welcher Art?«

»Dass Ethan sich um andere Talente bemüht. Andere Fashion-Influencerinnen. Courtney, eine aus seinem Büroteam, hat mir erzählt, dass er erst vor ein paar Tagen ein aufstrebendes Sternchen zum Lunch ausgeführt hat.«

Pech für Ethan, dass wir noch bis Dezember vertraglich aneinandergebunden waren.

»Es ist unwichtig, wen er da umgarnt«, sagte ich. »Cobalt kann nicht zwei Gesichter für dieselbe Beautysparte verpflichten. Das ist ein Interessenkonflikt. Mein Rechtsberater hat alle Paragrafen bereits gründlich geprüft. Keiner von uns kann ohne heftige Vertragsstrafen kündigen, bis der Vertrag ausläuft oder verlängert wird.«

Ihre Augen wurden groß. »Du hast einen Rechtsberater?«

»Das ist ein Kapitel für sich – dazu kommen wir noch, okay? Bezahlt dir Ethan denn, was er versprochen hat? Ist dein Job noch sicher?«, fragte ich.

»Ja, aber ...«

»Gut. Nur das zählt. Dass du versorgt bist, bis du etwas Besseres findest.« Was hoffentlich wieder etwas mit mir zu tun haben würde.

Vals sorgenvoller Blick wich einem Lächeln. »Ich trinke jetzt erst mal meinen Kaffee und du erzählst mir, was ich alles verpasst habe.«

»Nur, wenn du dich anschließend revanchierst.«

»Abgemacht«, sagte sie und goss einen Schuss Vanillemilch in eine dampfende Tasse. »Aber Molly?«

»Ja?« Ich war auf dem Weg in die Küche. Kaffee war eine richtig gute Idee. Was auch immer in meinem Posteingang, meinen Privatnachrichten und Kommentaren wartete, konnte auch weiterwarten. An diesem Morgen ging es um meine beste Freundin.

»Versprich mir bitte eins: Wir reden nie wieder nicht miteinander«, sagte Val. »Das war echt brutal.«

»Du wirst diese Worte womöglich noch bereuen, wenn du die längste Nachholsitzung der Geschichte überstanden hast.«

Sie schüttelte den Kopf. »Glaub mir, Zeit mit dir bereue ich niemals.«

»Same here.«

# Kapitel 34

## Silas

Einundzwanzig Jahre lang war ich der ältere Bruder in der Familie Whittaker gewesen. Es war eine Rolle, die mir vom ersten Tag an auf den Leib geschneidert gewesen war, als ich mit allem, was ich besaß, zum ersten Mal durch ihre Haustür spaziert war. Den damals vierjährigen Jake mit seinem Faible für Tonka Trucks und Apfelschiffchen hatte ich sofort ins Herz geschlossen und ich trug meinen Titel als sechs Jahre älterer großer Bruder mit Stolz.

Umgekehrt war diese Rollenverteilung auch für Jake so unumstößlich wie die Unterschrift unserer Eltern auf meinen Adoptionspapieren.

Und doch war ich einst der jüngere, schwächere, bedürftigere von zwei Brüdern gewesen. Mein Herz erinnerte sich immer daran, dass es da jemanden gegeben hatte, zu dem ich mehr aufgeschaut hatte als zu irgendjemand sonst.

**Molly McKenzie**
Bist du da? Wie läuft es?

Ich fuhr auf den Parkplatz des Lagerhauses und entdeckte den rostigen blauen Lkw, den Pastor Peter mir beschrieben hatte.

**Silas**
Bin gerade angekommen

**Molly McKenzie**
👏😃😀🙏😘

**Silas**
Soll das ein ganzer Satz sein, den ich entschlüsseln muss?

**Molly McKenzie**
Ja! Die Auflösung: Super! Ich freu mich so für dich! Und bin auch ein bisschen nervös. Ich bete für dich. Küsschen!

Das warme Gefühl, das von allem ausgelöst wurde, was mit Molly zu tun hatte, breitete sich in mir aus.

**Silas**
Danke.

Obwohl ich auch ohne Weiteres *Ich liebe dich* hätte schreiben können. Um ehrlich zu sein, wurde es immer schwerer, ihr das nicht zu schreiben. Oder es zu sagen, wenn sie in meiner Nähe war. Aber ich wollte ihr keinen Druck machen. Und lieber nicht davon ausgehen, dass sie dasselbe für mich empfand.

**Molly McKenzie**
Ruf mich später an. ❤

**Silas**
Mache ich. ❤

Es hatte fast eine Minute gedauert, das Herzchen-Emoji zu finden. Ich hatte es noch nie zuvor benutzt.

Ohne Molly wäre ich jetzt nicht hier. Sie hatte mir den nötigen Schubs gegeben, um den Pastor meines Bruders anzurufen. Um die ganze Schuhschachtel mit Briefen durchzulesen, die meine Mutter aufgehoben hatte. Um Carlos zum ersten Mal von Angesicht zu Angesicht gegenüberzutreten, seit ich gesehen hatte, wie er in Handschellen abgeführt wurde.

Das Leben meines Bruders war ein Kreislauf aus Sucht, Haft und Bewährung. Ein Teufelskreis, den er in seinen zweiundvierzig Briefen wie in einer Autobiografie ungeschönt geschildert hatte. Peter hatte mir am Telefon alles bestätigt: die Besuche bei Carlos seit zwei Jahren, das Resozialisierungszentrum, in dem er jetzt wohnte, den Job, den er seit drei Monaten ohne jeden Vorfall ausübte.

Mein Puls raste, als ich ausstieg und loslief. Alle Sinne waren auf Empfang. Eine dunkle Erinnerung an einen Parkplatz, der diesem nicht unähnlich war, schalt mich einen Dummkopf, während ich an Lieferwagen vorbeilief, die vor dem offenen Warenlager aufgereiht standen. Der Ort war fast menschenleer, bis auf einen Fahrer, der mir kurz zunickte, bevor er in seinen Sattelschlepper stieg und davonfuhr.

Da entdeckte ich ihn. *Mi hermano.* Nur sah er ganz anders aus, als ich ihn in Erinnerung hatte. Dieser Carlos trug keinen Buzz Cut wie damals bei der Verlesung seiner Anklage. Seine staatliche Gefängniskleidung war gegen eine blaue Weste mit den Worten *Wie kann ich Ihnen helfen?* auf dem Rücken getauscht worden. Aber es war die Melodie, die er vor sich hin pfiff, die die Sache am surrealsten machte – das Lied spielte Devon oft an den D&D-Abenden. Der Text sprach von einem, der Wunder tat und die Macht hatte, Leben zu verändern und Verlorene nach Hause zu bringen.

*»Ich war genauso verloren wie dein Bruder und du hast mich nicht abgewiesen.«* Mollys Worte kreisten in meinem Kopf, während Carlos zum Refrain kam und mir die Kehle genauso eng wurde wie meine Brust. Weil ich Carlos abgewiesen hatte. Mit jedem Brief, den ich nicht geöffnet hatte. Mit jedem R-Gespräch, das ich nicht angenommen hatte. Ich hatte ihm die Vergebung und Hoffnung vorenthalten, die man mir ohne Bedingung gewährt hatte. Dieselbe Vergebung und Hoffnung, für die ich bei je-

dem jungen Menschen bei *The Bridge* kämpfte – dem Programm, das die schlechten Entscheidungen meines Bruders gewissermaßen ins Leben gerufen hatten, ohne dass er davon wusste.

»Carlos!«, rief ich und ging zögerlich auf ihn zu.

Beim Klang seines Namens war er erstarrt, die Lippen noch immer in stiller Pfeifposition. In dem Augenblick, als er mich erkannte, kam wieder Bewegung in ihn. Über sein Gesicht huschten Emotionen, die ich noch nie an ihm gesehen hatte – nicht Wut, Zorn oder Ablehnung, sondern Freude, Frieden, und vielleicht sogar ... Liebe.

Ich sah seine wachen, nüchternen Augen und der Kloß in meinem Hals wurde noch dicker.

»Bruder.« Ein Wort, das so viel mehr aussagte als ein Name oder eine Blutgruppe.

Sein kräftiger, tätowierter Hals erzählte eine Geschichte, die ich erst kürzlich auf liniertem Papier gelesen hatte. So vieles an seinem Leben war mir vollkommen fremd. Und doch waren meine Gedanken, als er mich in eine feste Umarmung zog, weit weg von allem, was uns trennte.

Er klopfte mir mit der Hand auf den Rücken. »Ich wusste, dass du kommst. Das habe ich Peter immer wieder gesagt. Du brauchtest einfach Zeit.«

*Um mir eine Chance zu geben*, lag ihm sicher auf der Zunge. Worte, von denen er nicht wissen konnte, ob sie mich, der nie auf seine Kontaktversuche reagiert hatte, erreichen würden.

»Schön, dich zu sehen«, sagte ich und löste mich von ihm. »Du siehst gut aus.«

Dass er seit unserem letzten Treffen zugenommen hatte, war ein weiterer Beweis, dass sein aktueller Lebensstil sich mit dem deckte, was Peter mir beteuert hatte.

»Peter gibt uns einen Fitnessplan. Es ist Teil des Programms.«

Seinem beeindruckenden Bizeps nach schien das äußerst gut zu laufen. »Und wie ist es so? Das Programm?«

Sein Blick blieb fest auf mich gerichtet, als könnte ich mich in

Luft auflösen, wenn er kurz wegsah. »Seit achthundertvierundvierzig Tagen führe ich ein neues Leben. Ein besseres.«

Obwohl ich davon gelesen hatte, wie er im ersten Jahr der Haft auf dem Gefängnishof zwei Tüten Doritos gegen ein Tütchen Kokain getauscht hatte, machte die Zahl mich unerwartet froh. »Darauf kannst du stolz sein.«

»Danke«, sagte er. »Ich hatte immer gehofft, dass auch du eines Tages stolz auf mich sein kannst.«

Seine Worte drückten mein Herz zusammen. »Ich *bin* stolz auf dich.« Ich bekam kaum Luft. »Ich habe deine Briefe nicht gelesen, Carlos. Nicht einen davon. Bis vor zwei Tagen, als ich sie alle auf einmal geöffnet habe.«

Als hätte er damit gerechnet, nickte er langsam. »Deine Mutter hat mir gesagt, ich solle dir weiter schreiben. Und nie aufhören, auch wenn ich keine Antwort von dir bekomme. Sie meinte, manchmal ist es wichtiger, unsere Geschichte aufzuschreiben, als dass sie jemand liest. Da hatte sie recht.«

»Meine Mutter hat dir geschrieben? Wie lange?«

Carlos schien nicht einmal zu blinzeln. »Seit meinem ersten Brief an dich nach der Verhandlung. Sie hat mir jedes Mal geantwortet. Das ... wusstest du nicht?«

»Nein.« Ich schüttelte den Kopf und ließ die Erkenntnis sacken. Drei Jahre lang hatte meine Mutter an ihn geschrieben, während er wegen Körperverletzung gegen ihren Sohn saß. »Aber das ist toll.« Sie hatte getan, wozu ich nicht in der Lage gewesen war. Was ich nicht gewollt hatte.

»Sie hat mir Hoffnung gegeben, als ich selbst keine mehr hatte«, sagte Carlos.

Ich musste schwer schlucken. »Darin ist sie gut.«

Er nickte und schluckte ebenfalls. »Ich will dir zeigen, dass ich der bin, der ich zu sein behaupte. Dass ich mich geändert habe. Dass meine Briefe allesamt ehrlich sind.«

»Das möchte ich auch.« Mehr denn je. »Tut mir leid, dass es so lange gedauert hat.«

»Nein. Nein, Silas.« Er hielt meine Schultern fest. Tränen benetzten sein Gesicht und er schüttelte heftig den Kopf. »Dein Name steht ganz oben auf meiner Wiedergutmachungsliste. Ich bin derjenige, der alles kaputt gemacht hat. Nicht du.« Er blickte auf die Narbe an meinem Unterarm und zuckte zusammen. Schmerz und Hoffnung, beides stand ihm ins Gesicht geschrieben. »Ich habe dir nie einen Grund gegeben, mir zu vertrauen.«

»Jetzt schon.« Damit war der letzte Schutzpanzer gefallen. Ich war nicht hier, um der Retter für meinen Bruder zu sein, den ich wiederum gern in ihm gehabt hätte. Ich war hier, weil *der* Retter in uns beiden gewirkt hatte.

»Ich hoffe, du kannst mir irgendwann verzeihen, was ich dir und deiner Familie angetan habe.«

»Das habe ich bereits, Carlos. Ich habe dir vergeben.«

Es war ein erster Schritt, der sich eher wie ein ganzer Marathon anfühlte, und doch war es der richtige Anfang. Vom Schlechtesten auszugehen, das lag nun hinter uns, und mit genügend Zeit, Therapie, Grenzen und Vertrauen ... konnten wir eine neue Beziehung als Brüder aufbauen.

Carlos zog mich in eine weitere Umarmung und dieses Mal war ich nicht der Erste, der losließ. Denn all die verlorene Zeit – die Jahre des Traumas, der Abhängigkeit, der Wut, Vernachlässigung und des Schweigens – war endlich vorbei.

Mein großer Bruder war nach Hause gekommen und ich würde ihn nicht wieder aussperren.

# Kapitel 35

## Molly

Wenn ich für den Rest meines Lebens einen einzigen Monat in Dauerschleife wieder und wieder erleben müsste, wäre meine Wahl auf die vergangenen vier Wochen gefallen. Sie waren durch und durch wundervoll gewesen: angefangen bei Hunderten positiver Nachrichten von meinen Followern über die Adoptionsverhandlung bezüglich Wrens kleinem Bruder, bei der ich dabei gewesen war, dem Wiedersehen zweier entfremdeter Brüder und ihrer folgenden Treffen bis hin zu den letzten Vorbereitungen für die große Party bei *The Bridge*. Das Sahnehäubchen war die Tatsache, dass ich Val davon überzeugt hatte, sich eine Woche freizunehmen und mit ihrem Sohn das Event am kommenden Wochenende zu besuchen.

Ich kam tatsächlich nicht mehr aus dem Glücksgrinsen heraus.

Im Moment waren ganz besonders Silas' Schultern dafür verantwortlich. Wer hätte gedacht, wie aufregend es sein konnte zuzusehen, wie ein Mann im Sonnenschein mit einer Heckenschere Apfelbäume beschnitt?

»Erde an Molly«, sagte Miles und winkte mit der Hand vor meinem Gesicht, während er sich aus dem Fenster seines Chevy lehnte. »Vielleicht könntest du das Gaffen so lange unterbrechen, bis du mir gesagt hast, wohin diese Ladung Kies soll.«

Ich ignorierte seinen Kommentar und ließ den Blick über das Gelände schweifen. Dann zeigte ich auf einen Bereich, der nicht zu weit von Silas entfernt war.

Manchmal hatte ich das Gefühl, dass Miles mehr Einfluss hatte als ein Promi, wenn es darum ging, Gefallen einzufordern oder

Unterstützer zu gewinnen. Worum auch immer er bat – und manchmal musste er nicht mal das tun –, die Leute gaben ihm freiwillig, was er brauchte. So war es auch mit dem Kies gelaufen, den er für Fir Crest Manor irgendwo kostenlos aufgetrieben hatte.

»Die Tische werden ganz in der Nähe der Bühne stehen, die dort hinten aufgebaut wird, also wäre es super, wenn wir den Kies um die Bäume und die gepflasterten Wege verteilen.«

»Und mit *wir* meinst du *mich*, vermute ich mal?« Miles lächelte verschmitzt.

Ich strahlte meinen Bruder an und klopfte ihm auf die Schulter. »Du warst schon immer ein Blitzmerker.«

Er verdrehte die Augen und warf einen dreckigen Arbeitshandschuh aus dem Fenster nach mir. Ich wich gerade noch rechtzeitig aus.

»Mit deinen kurzen Haaren kommandierst du die Leute scheinbar noch viel lieber herum.«

»Hey, du hast keinen Grund, dich zu beschweren! Ich habe dich mit warmen Apfelbeignets aus *Deb's Bakery* bezahlt.«

Miles spähte über das Lenkrad zu Silas, der gerade Diego mit seiner von Zweigen und Unkraut überladenen Schubkarre zu Hilfe eilte.

»Ich werde das Gefühl nicht los, dass für Silas mehr drin ist als nur heiße Apfelbeignets.« Er beäugte mich von der Seite. »Wenn ich darüber nachdenke, habe ich ihn noch nie so gern Anweisungen entgegennehmen sehen wie von dir.«

Ich hob den Arbeitshandschuh auf und schlug damit nach dem Arm meines Bruders. »Vielleicht hat er einfach mein unvergleichliches Talent erkannt, was das Organisieren von Events betrifft.«

Miles gab ein ungläubiges Geräusch von sich und durchbohrte mich weiter mit seinem Blick. »Gibt es da etwas, was ich wissen sollte?«

»Zum Beispiel?« Ich konnte nicht anders. Meinem Bruder war

nichts unangenehmer, als über Liebesangelegenheiten zu sprechen.

»Komm schon, Molly.« Er räusperte sich. »Das sieht doch jeder, dass er auf dich steht. Irgendetwas läuft da zwischen euch beiden.« Miles zog eine Augenbraue hoch.

»Du hast recht. Da läuft etwas zwischen uns beiden.«

Er lehnte den Kopf gegen die Kopfstütze und war bereits im Problemlösemodus. Allzeit bereit, um die schlechten und impulsiven Entscheidungen seiner Schwester auszubügeln. Doch dieses Mal gab es zur Abwechslung mal kein Chaos, das beseitigt werden musste.

»Aber es ist nicht …« Wie sollte ich es formulieren? Silas war ganz anders als alle Männer, mit denen ich etwas gehabt hatte. Allen voran Ethan. »Ich meine, es ist gut. Silas ist … also, Silas ist der erste Mann, den ich Mom und Dad vorstellen möchte.«

Miles drehte langsam den Kopf. »Ist das dein Ernst?«

»Reverend.« Ich lächelte verschlagen, während ich zusah, wie Silas nun auf Glo zueilte, um ihr ein Tablett mit frischen Sandwiches abzunehmen. »Du musst dir wirklich keine Sorgen machen. Versprochen.«

Miles' Blick wanderte von mir zu Silas, der inzwischen winkte und auf die Sandwiches sowie eine Schüssel mit Chips und eine Kanne Wasser zeigte. Ich nickte und hielt einen Finger hoch, um ihm zu signalisieren, dass wir in einer Minute dazustoßen würden.

»Siehst du eine Zukunft mit ihm? Willst du das wirklich?«

»Ja, ich will.« Ich hatte mir nie groß vorgestellt, wie ich wohl als Ehefrau sein würde. Aber ich konnte mir absolut nicht mehr vorstellen, jemand anderen zu heiraten als Silas.

»Dann ist es echt ein Jammer, dass Mom und Dad ihre Reisepläne nicht ändern konnten. Sie würden ihn bestimmt gern kennenlernen.«

»Ja, ist schon gut«, sagte ich und meinte es auch so. »Ich wusste, dass die Chancen schlecht stehen.«

»Es hat Mom viel bedeutet, dass du sie zum Event eingeladen hast. Sie hat es mir gegenüber mindestens fünf Mal erwähnt.«

Der Anruf bei meiner Mutter war kurz und etwas hölzern gewesen, aber es war der richtige Schritt auf sie zu gewesen. Auf meine Familie. Wir waren unterschiedlich, ja, aber diese Unterschiede mussten uns nicht voneinander wegtreiben.

»Ich glaube, sie sind irgendwann im November wieder im Land«, sagte ich. »Da werde ich mich bei ihnen einladen und Silas mitbringen. Vielleicht kommen sie ja auch einmal hierher zu Besuch.«

Miles lächelte. »Gute Idee.«

»Molly, kommt ihr?«, rief Wren. Monica und sie saßen vor einem gewaltigen Stapel gedruckter Programme unter dem Dach des Pavillons. Ich zeigte ihnen »Daumen hoch«. Wie hübsch Wrens Haare mit einer goldenen Haarspange über dem rechten Ohr doch aussahen! Als ich meine Haarstylistin gebucht hatte, um allen Bewohnerinnen des Lavender Cottages einen Haarschnitt anzubieten, hatte sie am Ende ihre ganze Arbeitszeit gespendet, zusätzlich auch noch Glo eine neue freche Frisur verpasst und mich gebeten, sie in Zukunft ruhig noch einmal anzusprechen.

»Na komm, die nächste Kiesladung kann warten«, sagte ich zu meinem Bruder. »Deine Fans hier verlieren allmählich die Geduld – sie wollen, dass du mit ihnen isst.«

»Ach ja?« Miles schaltete in die Parkposition und lächelte. »Wie gut, dass ich einem kostenlosen Sandwich nie widerstehen kann. Oder einem Gespräch mit meinem zukünftigen Schwager.«

ꕥ

Nach einer entspannten Mittagspause mit Glo, Silas und den Bewohnerinnen und Bewohnern umarmte ich meinen Bruder zum Abschied und ging schnell ins Haus, um mein Handy zu holen, das ich dort zum Aufladen angesteckt hatte.

Als ich es vom Schreibtisch hochnahm, entdeckte ich drei Pushnachrichten auf dem Sperrbildschirm, alle von Val.

Mein Herzschlag beschleunigte sich.

**Val**
Bist du da? Bitte, ruf mich schnell an!

Molly? Es ist wichtig. Es geht um Cobalt.

Ich hatte keine andere Wahl. Ich wollte es dir nicht so mitteilen, aber ich habe gerade gekündigt. Meld dich, sobald du kannst.

»Molly?«

Ich zuckte zusammen und ließ fast das Handy fallen.

Glos Gesichtsausdruck trug leider auch nicht im Geringsten dazu bei, mich zu beruhigen. »Da will jemand zu dir. Ein ziemlich gut aussehender Typ. Ich habe ihm gesagt, dass ich ihn nur mit deiner Erlaubnis aufs Gelände lasse.«

»Wer ist es?«, fragte ich, obwohl ich die Antwort kannte.

»Er hat sich als Ethan Carrington vorgestellt.«

Meine Finger begannen zu zittern. Ich starrte Glo an und zwang mich zu nicken.

»Kennst du ihn?«, fragte sie und ihr Stirnrunzeln vertiefte sich noch. »Er klang so, als wärt ihr alte Freunde.«

»Ich kenne ihn, ja.« Und ich konnte mir sehr gut vorstellen, wie er geklungen hatte. Dieser Mann konnte einem jede Story verkaufen. Das machte ihn zu einem Hai der Marketingbranche. Früher hatte ich ihn dafür bewundert. »Er ist mein Manager.«

»Oh, wirklich? Wow. Ja, das kommt hin. In seinem maßgeschneiderten grauen Anzug sieht er tatsächlich nach New York aus.«

Ich kannte den Anzug. Sein grauer *Solaro by Kiton* mit Fischgrätmuster. Ich war dabei gewesen, als er ihn gekauft hatte. Es bestand kein Zweifel daran, dass er ihn nicht ohne Grund heute trug. Aber welcher Grund war das? Derselbe, der hinter Vals Nachrichten steckte? Mir schwante Böses.

»Hat er gesagt, was er will?«

»Hm. Nicht wirklich. Er meinte nur, er würde dich gern sehen, solange er in der Stadt ist.«

»Danke, Glo«, sagte ich und versuchte, mir nicht anmerken zu lassen, dass eine Begegnung mit Ethan so ziemlich das Letzte war, was ich gerade brauchen konnte. »Ich gehe zu ihm.«

Wie ein Roboter lief ich durch die Flure, die Treppe hinunter und durch die Lobby. Der Anblick seiner Silhouette auf der anderen Seite der Milchglastür ließ meinen ganzen Mut schwinden. Mir graute vor dem, was jetzt kam. Davor, wie es sich anfühlen würde, ihn zum ersten Mal nach unserem Streit auf der Villeneinfahrt in Malibu und der Trennung wiederzusehen. Ich schickte ein stilles Gebet nach oben, legte die Hand auf den Türknauf und riss sie auf, bevor ich der Versuchung nachgeben konnte, den Feueralarm zu drücken und diese Begegnung zu vereiteln.

Das leichte Pochen in meinen Ohren wurde zu einem lauten Tosen, als ich ihn vor mir sah. Keiner von uns sagte etwas, jeder musterte den anderen. Es war mir alles vertraut – das attraktive Gesicht, der athletische Körperbau, das selbstsichere Auftreten. Nur hatte sich der Charmefaktor, der mich so sehr zu ihm hingezogen hatte, für mich in Luft aufgelöst.

»Ethan«, sagte ich, als müsse ich mich noch tiefer in der Realität verwurzeln, dass er tatsächlich vor mir stand. Auf Fir Crest Manor.

Ich trat auf die Veranda und zog die Tür hinter mir zu. In diesen heiligen Teil meines Lebens wollte ich ihn nicht einlassen. »Ich habe dich nicht hier erwartet.«

»Molly«, sagte er und starrte mich an, als wäre mein Name Erklärung genug. »Du siehst …«

Aber ich wartete nicht, bis er den Satz beendet hatte. Es bedeutete mir nichts mehr, wie er fand, dass ich aussah. »Tut mir leid«, sagte ich sanfter und freundlicher, als ich gewollt hatte, »das hier ist Privatgelände. Es sind keine unangemeldeten Besucher erlaubt, jedenfalls nicht ohne die Genehmigung von …«

»Ich bin gerade fast zweitausend Kilometer geflogen, um dich zu sehen. Hast du nicht wenigstens zehn Minuten für mich?« Er sah mich an und musterte dabei alles andere als verstohlen mein kaum geschminktes Gesicht und meine jetzt kurzen Haare. Für einen kurzen Augenblick fragte ich mich, ob Ethan womöglich gar nicht geschäftlich hier war, sondern aus einem viel persönlicheren Grund – um abzuschließen?

Ich kämpfte den Impuls nieder, nervös die Haare hinter die Ohren zu streichen. Er sollte sich keine Sekunde lang einbilden, ich würde meine Entscheidung, neu anzufangen, bereuen. Neue Wege zu gehen. Ich selbst zu sein, ohne seine Erwartungen und seine Kontrolle.

»Das hier habe ich nie gewollt«, fuhr er fort. »Ich hätte nie gedacht, dass du mir um jeden Preis aus dem Weg gehst. Das ist definitiv nicht die Molly, die ich unter Vertrag genommen und an die ich geglaubt habe.«

»Das stimmt«, sagte ich. »Ich bin nicht dieselbe Molly, die du unter Vertrag genommen hast. Und ich hege keinerlei Absicht, sie je wieder zu werden. Diese Frau war nicht real.«

Ethans Stirn legte sich in Falten. »Für mich war sie ziemlich real.«

»Natürlich. Du warst ja auch derjenige, der sie erfunden hat.« Ich versuchte, meinen wachsenden Ärger im Zaum zu halten. »Was willst du hier, Ethan?«

Er streckte die Hand nach mir aus. Ich ergriff sie nicht. »Du hast es in die letzte Runde geschafft, Darling.« Er ließ sein glänzendstes Hollywoodlächeln aufblitzen. »Bei *Project New You*. Ich habe einen Anruf von Al Richards und seinem Team bekommen. Er fand dein Video super. Und auch wenn du beruflich in letzter Zeit ein paar kleine Probleme hattest, sind er und seine Frau vollauf begeistert von dir. Sie wollen dich nächste Woche persönlich kennenlernen. Deine einfühlsame Einstellung ist genau das, was sie bei einer Moderatorin suchen, hat er gesagt.« Er tätschelte die Ledertasche, die er sich umgehängt hatte. Ich habe sogar schon den ersten Vertragsentwurf mitgebracht, damit wir zusammen drüberschauen können. Ich dachte, wir gehen was trinken und sprechen alles gemeinsam durch, damit du dich mit allem wohlfühlst, bevor ich denen grünes Licht gebe, damit sie deine Reise organisieren können.«

Mein Mund klappte auf und zu wie bei einem Fisch.

»Ich weiß, ich weiß«, sagte Ethan schmunzelnd. »Ich war auch total überrascht ...«

»Ich verstehe nicht. Ich dachte, nach allem, was vorgefallen ist, hättest du mein Bewerbungsvideo gar nicht abgeschickt. Wie kann ich dann Finalistin sein?«

Die Frage schien ihm unangenehm zu sein. »Al hat eins deiner letzten Videos gesehen. Das war, was dich von deinen Mitbewerberinnen abgesetzt hat. Er meinte, es sei genau das, wonach er suche.«

Diesen Sommer habe ich bislang nur ein einziges Video veröffentlicht. »Du meinst meinen Livestream?«

»Ja.« Ethan räusperte sich. »Scheint ganz so, als ob es genau das Richtige war, dich für ein Ehrenamt in so einer Bedürftigenanstalt zu begeistern. Es hat dir vielleicht die Chance deines Lebens gebracht.« Ethan betrachtete das Gebäude hinter mir, als wüsste er mehr über *The Bridge* als dessen Namen. »Molly, Al gibt dir die Möglichkeit, alles zu verwirklichen, was du immer wolltest.« Sein Lächeln sah dieses Mal sogar echt aus. »Alle unsere Träume werden bald wahr!«

Nur wurden *meine* Träume bereits jetzt schon wahr und seltsamerweise hatten sie nichts damit zu tun, eine Show zu moderieren. Nicht jetzt, wo ich die Möglichkeit hatte, Teil von einem Programm zu sein, das Leben veränderte und echte Hoffnung bot, Unterstützung und Beziehung.

»Es tut mir leid, Ethan, aber ich muss ablehnen. Ich werde hier gebraucht.« Ich machte einen Schritt zurück, woraufhin er zwei Schritte vortrat.

»Ich weiß, dass du in letzter Zeit anders drauf bist. Das begreife ich, wirklich. Du brauchtest eine Pause. Aber dieses ganze Erleuchtungsgedöns ist in Wirklichkeit nur Berühmtheitsmüdigkeit. Das passiert, wenn man zu lange im Rampenlicht steht und versäumt, auch einmal einen Schritt zurückzutreten und sich um sich selbst zu kümmern. Ich weiß jetzt, dass ich dir mehr Aufmerksamkeit hätte schenken müssen, aber ich verspreche dir, dieses Mal wird alles anders sein. Besser. Was auch immer du brauchst, ich sorge dafür, dass du es bekommst.«

Ich fühlte mich in die Enge gedrängt. »Ich kann nicht.«

»Natürlich kannst du«, sagte er sanft. »Ich helfe dir bei jedem Schritt. Und mach dir keinen Kopf wegen deiner Haare. Da findet sich eine Lösung – Extensions vielleicht. Außerdem habe ich eine extrem renommierte Promitherapeutin angefragt. Sie wird dir helfen, alles zu verarbeiten, womit du noch zu kämpfen hast.«

»Nein. Halt. Du hörst mir nicht zu, Ethan. Ich will das gar nicht! Mein Leben ist hier. Das ist der einzige Ort, an dem ich sein möchte.«

»Du kannst auch Val zurückhaben.« Er zog sein Handy heraus und hielt es hoch, als wäre es ein Beweisstück. »Ich rufe sie jetzt und hier an und verdopple ihr Gehalt. Ich sage ihr, dass sie wieder mit dir zusammenarbeitet. Wenn du bereit bist, all das hier hinter dir zu lassen und deine Prioritäten zu ordnen. Komm mit nach Seattle. Heute noch. Wir reden über alles und nächste Woche fliegen wir nach Los Angeles. Du bist so viel mehr als das hier. Alle bei Cobalt wissen das. Deswegen habe ich dir so viel durchgehen lassen. Die verpassten Postings für ein paar unserer größten Sponsoren, die fehlenden Livestreams, deine ... suboptimalen Entscheidungen.« Sein Blick blieb an meinen Haaren hängen. »Aber dein Potenzial ist nach wie vor so groß wie das von niemand anderem. Deine rekordverdächtige Reichweite letzten Frühling, die Zahlen deiner letzten Sponsorenkampagne und der neuste Livestream – du bist bei fast neunhunderttausend Followern. Wir können das verdreifachen, wenn du die Show machst. Dein Jahreseinkommen wird zehn Mal so hoch sein wie letztes Jahr. *Zehn Mal*, Molly! Du brauchst nur einen Neuanfang und ein bisschen Zeit für dich, um den Kopf klar zu bekommen und wieder in den Ring zu steigen.« Er tippte auf seinem Handy herum und zeigte mir dann, dass er Vals Kontakt aufgerufen hatte. »Komm schon. Lass dir von ein bisschen Fame Fatigue nicht die ganze Karriere versauen. Oder Vals Glück.«

Lebhafte Erinnerungen fluteten meine Gedanken, von den Höhepunkten, die er erwähnt hatte, von den unerwartet hohen Einnahmen, den VIP-Partys und den Planungen für noch größere und mutigere Schritte, um die Beste meiner Branche zu werden ...

Ich blinzelte und sah auf sein Handy. Da fielen mir Vals Nachrichten wieder ein.

»Val arbeitet nicht mehr für dich. Sie hat gekündigt.«

Ich kannte das Warum hinter ihrer Entscheidung nicht, aber um in ihrer Situation einen sicheren Job aufzugeben, musste Val einen überaus guten Grund gehabt haben. Und die Wahrscheinlichkeit war hoch, dass ich gerade vor ihm stand.

Ethan hatte das Handy sinken lassen, gewann die Fassung jedoch schnell zurück. »Wir wissen beide, dass sie, ohne zu zögern, wiederkommen würde, wenn sie wüsste, dass sie wieder mit dir zusammenarbeiten kann.«

»Molly? Alles in Ordnung?« Silas' Stimme drang vom Weg, der ums Gebäude herumführte, her zu uns und sorgte in meinem Inneren zu gleichen Teilen für Erleichterung und Angst. In wenigen Sekunden würden meine beiden Welten aufeinanderprallen.

Silas trat mit der gewohnten Autorität auf die Veranda. Ganz und gar untypisch für ihn waren dagegen die Flecken auf seiner Jeans und der Erdstreifen auf seiner Wange. Er zog seine Arbeitshandschuhe voller Rasenschnitt aus und gab Ethan die Hand. »Hallo, Silas Whittaker. Und Sie sind?«

Ethan sah von Silas zu mir und zog eine Augenbraue hoch, als würde er erwarten, dass ich den Mann, der es wagte, sich einzumischen, wegschickte. Aber darauf konnte er lange warten.

»Das hier ist eine Privatangelegenheit«, sagte Ethan kühl.

Aber Silas ließ sich davon nicht beeindrucken. »Soll ich lieber bleiben, Molly?«

»Ja, bitte.« Ich trat näher zu ihm. »Silas, das ist Ethan Carrington. Mein Manager.« *Und mein Ex-Freund, den du eigentlich niemals kennenlernen solltest.*

Ethan tat, als hätte ich nichts gesagt. »Du bist cleverer als das hier, Molly. Denk an deine Zukunft. Du hast eine Ausnahmekarriere vor dir. Bist du wirklich bereit, das wegzuwerfen?«

Wofür – oder für wen – ich meine Karriere seiner Meinung nach wegwarf, war glasklar.

»Ich habe meine Entscheidung getroffen.«

Silas' Gegenwart gab mir Kraft.

Ethan bekam langsam rote Flecken am Hals. »Das ist ein Fehler. Wahrscheinlich der größte Fehler deines Lebens.«

»Ich denke, Sie sollten jetzt gehen, Mr Carrington«, sagte Silas.

»Nein. Noch nicht jedenfalls.« Ethan griff in seine Ledertasche und Silas schob sich sofort vor mich.

»Ganz ruhig.« Ethan hob die Hände. »Ich will bloß Papiere an meine ehemalige Klientin übergeben.« Er hielt mir einen beigefarbenen Umschlag hin. »Die hier hat die Rechtsabteilung aufgesetzt für den Fall, dass wir uns nicht einig werden.«

Angst kroch mir den Rücken hoch, als ich ihn entgegennahm und mehrere bedruckte Seiten herauszog. Das Dokument trug die Überschrift *Unterlassungserklärung.*

»Was ist das?«

»Eine Unterlassungserklärung«, sagte Ethan, als könnte ich nicht lesen.

»Aber wieso? Wofür?« Ich überflog die Absätze zu *Molly's Make-up Matters* und scheiterte am Fachjargon.

»Es ist eine sofortige Anordnung, jegliche Nutzung meiner Marke zu unterlassen.«

*Seiner* Marke?

»Diese Forderung ist nicht realisierbar«, sagte Silas, der über meine Schulter mitgelesen hatte.

Ethans abschätziges Schmunzeln verriet deutlich, dass er davon überzeugt war, Silas könnte es nicht mit ihm aufnehmen.

»Eine Unterlassungsanordnung für geistiges Eigentum – das ist unmöglich. Als Agentur haben Sie keinerlei Befugnis oder Zuständigkeit in Bezug auf den Namen von Mollys Social-Media-Präsenz.«

Ich musste über Ethans offensichtliche Überraschung lächeln, während Silas die Papiere weiter durchblätterte. »Oh, das habe ich vergessen zu erwähnen – Silas ist zufälligerweise auch mein Rechtsbeistand.«

»Verstehe.« Ethan klang beunruhigend siegessicher. »Dann wird er auf Seite fünf sehen, dass *Molly's Make-up Matters* eine registrierte Marke der Cobalt Group ist. Und die zugehörige Followerschaft sowie alle Accounts, Videos, Fotokampagnen und gesponserten Postings, die unter diesem Namen publiziert wurden, sind es auch. Das alles gehört uns.«

»Niemals. Das ist ... das ist absurd. Lächerlich«, sagte ich und sah kopfschüttelnd Silas an, der in den Erklärungstext vertieft war. »Das kann nicht stimmen. Ich hatte bereits eine wachsende Plattform, bevor ich bei euch unter Vertrag gekommen bin.«

»Das ist wahr, aber sie firmierte nicht unter dem Namen *Molly's Make-up Matters* und war auch nicht ausschließlich auf Fashion und Beauty ausgerichtet. Du hast alles Mögliche veröffentlicht damals. Ich habe die aus dir gemacht, die du bist – oder jedenfalls die, die du *warst*.«

Ich dachte an lange Gespräche in teuren Drehsesseln zurück, an Essen in VIP-Lounges mit Mr Greggorio und Ethan, an Brainstormings zu neuen und verbesserten Marketingstrategien auf der Grundlage nachweisbarer Trends. An den Tag, an dem aus *Made-Up with Molly* schließlich *Molly's Make-up Matters* wurde.

»Dann fechte ich das an. Ich gehe vor Gericht. Es sind *mein* Name und *mein* Gesicht. Ich gehöre dir nicht.«

»Du wärst überrascht, wenn du wüsstest, was mir alles gehört«, sagte Ethan. »Aber ich kann dir versichern, vor Gericht zu ziehen, wäre reine Zeit- und Geldverschwendung. Du hast in den vergangenen Monaten mehrfach Vertragsbruch begangen. Nicht zuletzt, indem du deine Sponsoren direkt kontaktiert und sie um Unterstützung für ein privates Projekt gebeten hast.« Er zeigte auf Silas. »Das finden Sie auf Seite acht. Dort ist eine vollständige Aufzählung, wie Molly mehrere Bestimmungen und Verpflichtungen missachtet hat.« Ethan wandte sich wieder an mich. »Du wirst hundertprozentig verlieren. Vor allem weil das Projekt, das meine Sponsoren finanzieren sollen, eine Einrichtung ist, gegen die gerade eine Untersuchung wegen Körperverletzung läuft.«

»*Was?* Nein. Das stimmt nicht! Woher weißt du überhaupt davon?«

»Molly«, sagte Silas leise.

»Aber er hat unrecht – mit allem.« Ich deutete auf Ethan. »Du hast alles verdreht. Silas, sag es ihm!«

Aber Silas ließ nur die Papiere sinken und nahm mich am Ellbogen, als gäbe es nichts mehr zu diskutieren. Als wäre es vorbei und meine Niederlage mit diesem Schreiben besiegelt.

Ethan klappte seine Ledertasche zu. »Du solltest außerdem wissen, dass in dem Augenblick, wenn ich vom Grundstück fahre, dein Zugriff auf alle Accounts, die mit der Marke *Molly's Make-up Matters* verknüpft sind, gesperrt ist. Du kannst vergangene Inhalte nicht mehr bearbeiten und auch nichts Neues einstellen. Unsere Sponsoren werden morgen früh per E-Mail über das Ende unserer Zusammenarbeit informiert und jede Form von Kontaktaufnahme zu diesem Thema zieht rechtliche Schritte nach sich.« Er ging die Stufen der Veranda hinunter und schloss seinen Mietwagen auf. »Das versteht sich eigentlich von selbst, aber da du nicht mehr Klientin der Cobalt Group bist, erlischt natürlich auch die Berechtigung für das *Dream-Big*-Stipendium.«

»*Nein!*« Ich riss mich los und rannte ihm hinterher. »Das kannst du nicht machen! Diese jungen Menschen brauchen das Geld, Ethan. Bitte bestrafe nicht auch noch sie!«

Nur Sekunden später hatte Silas die Arme um mich gelegt und sagte etwas, doch ich stand zu sehr neben mir, um es zu hören. War zu verloren in einer Welt, von der ich dachte, ich könne sie ohne Konsequenzen verlassen.

Wie sehr ich mich geirrt hatte.

Ethan warf uns beiden einen verächtlichen Blick zu, als er die Tür des silbern glänzenden Mercedes öffnete. »Ich hoffe, das war es wert, Molly.«

# Kapitel 36

## Silas

Kaum war Ethan Carrington mit quietschenden Reifen vom Grundstück gefahren, riss sich Molly von mir los und rannte ins Haus. Einen Augenblick lang überlegte ich, was ich tun sollte: ihr nachlaufen oder ihrem Ex-Freund? Seine Arroganz hatte mich innerlich zur Weißglut gebracht, und wenn nicht zwei Dutzend unserer Bewohnerinnen und Bewohner in der Nähe gewesen wären, hätte Ethan nicht das letzte Wort gehabt.

Dafür hätte ich gesorgt.

Ich ballte die Fäuste und öffnete sie wieder, atmete bewusst aus – doch gegen den wachsenden Druck in meiner Brust half es nicht. Nicht nur, weil ich diesen überheblichen Egoisten am liebsten als Dartscheibe benutzen wollte, sondern auch, weil ich der Frau, die ich liebte, bei dieser Sache nicht helfen konnte. Die Rechtsabteilung hatte an alles gedacht. Dieses Mal gab es keine Schlupflöcher. Ethan hatte Mollys ganze Karriere mit einem gezielten Schuss erledigt.

Eine kurze Liste von möglichen Orten, wohin Molly sich geflüchtet haben könnte, ratterte mir durch den Kopf. Ich riss die Tür auf und brauchte gar nicht erst mit meiner Suche anzufangen: Molly lief ein paar Meter entfernt in der Lobby auf und ab. Ihre Schritte hallten von den Wänden wider und sie fuhr sich im Umhertigern durch die kurzen Haare.

»Sprich mit mir, Molly«, sagte ich viel ruhiger, als ich in Wirklichkeit war. »Kann ich irgendetwas für dich tun?«

Sie sah mich an, ohne mich zu sehen. Ihr stand eine Verzweiflung ins Gesicht geschrieben, die mir durch und durch ging. »Ich bin erledigt, Silas. Was er getan hat, das ist ... es ist ...« Sie blieb stehen. »Er hat alles kaputt gemacht.«

Ich stellte mich ihr in den Weg. »So fühlt sich das im Augenblick an, aber wir finden eine Lösung. Zusammen. Ich mache ein paar Anrufe und klopfe die Gültigkeit dieser Unterlassungserklärung ab und dann lese ich mich in den Berufungsprozess ein und finde heraus, wie wir es schaffen, deine Accounts wieder zu öffnen ...«

Sie schüttelte den Kopf. »Das ist sinnlos. Ein Prozess würde Wochen dauern, vor allem, wenn Dritte involviert sind. Genau deswegen hat er diesen Weg gewählt. Wir *haben* keine Wochen bis zu unserem Event, sondern nur noch Tage.« Sie klang schrecklich resigniert. »Das Angebot persönlich zu überbringen, war sein letzter Test. Und als ich nicht darauf eingegangen bin, wusste er genau, wie er zurückschlagen konnte.«

»Was genau hat er dir angeboten?« Die Frage stellte ich mir schon, seit Glo mir gesagt hatte, dass ein fremder Mann nach Molly gefragt hatte.

Molly hatte mir den Rücken zugewandt und atmete aus. »Es ging um *Project New You.*« Sie drehte sich um. »Mein Livestream hat die Aufmerksamkeit des Produzenten erregt. Wie es scheint, hat er genau jemanden wie mich gesucht ... als Moderatorin.«

Alles in mir erstarrte. Ich hatte das Gefühl, als hätte sich eine Schlinge um meinen Hals gelegt. Sekundenlang konnte ich nichts sagen, kein einziges Wort. Die Vorstellung, dass Molly mich verlassen könnte, traf mich wie aus heiterem Himmel. Zugleich war die Vorstellung, dass sie ihre Karriere, ihre Träume, ihre Zukunft aufgab, noch schwerer zu ertragen.

»Molly.« Ich sah ihr in die Augen. »Bei einer Entscheidung von diesem Ausmaß muss es um dich gehen, um das, was du von der Zukunft erwartest, nicht um das, was sonst irgendjemand will.« Meine Worte rebellierten gegen mich, bockten gegen meinen Brustkorb wie ein gefangenes Tier, dabei waren sie wahr. Schmerzhaft, aber wahr.

»Ethan hätte mir nichts anbieten können, was mich ins Schwanken gebracht hätte. Meine Entscheidung steht schon seit Wochen.« Tränen tropften ihr vom Kinn und hinterließen Flecken auf ihrem rosafarbenen Tanktop. »Von dem Augenblick, als du mir in jener Nacht nach D&D auf den Parkplatz gefolgt bist, wusste ich, dass ich hierhergehöre. Zum ersten Mal in meinem Leben als Erwachsene will ich mich für etwas engagieren, was wirklich zählt – etwas Größeres, als ich mir für mich selbst und meine Zukunft hätte ausmalen können. Also nein, in der Entscheidung geht es nicht nur um mich. Es geht um dieses Programm, um die jungen Menschen hier ... um *dich*.« Sie senkte den Kopf. »Nur habe ich jetzt nichts mehr anzubieten im Tausch gegen alles, was du für mich getan hast. Keine Plattform, auf der wir die Auktion des Events streamen können und wo ich zum Spenden aufrufen kann, keine Marke, die uns helfen kann, mehr Menschen zu erreichen.« Sie wischte sich über die Wangen. »Wenn Ethans Mail ihre Runde gemacht hat, werden alle Spendenzusagen zurückgezogen werden und ich kann nichts dagegen tun. Genau wie bei dem Stipendium, das wir verloren haben. Wenn ich einen Monat hätte, um eine Lösung zu finden, würde mir vielleicht irgendetwas einfallen. Aber so?« Sie schniefte. »Wir haben nicht mal genügend Mittel, um die Mietkosten für das Event zu schultern, geschweige denn, um die Fünfhunderttausend aufzubringen, damit der *Murphey Grant* sie verdoppelt.«

»Darüber machst du dir also am meisten Sorgen? Das Event? Das Stipendium?« Natürlich stand beides auf einer langen Liste von Ausfällen, um die wir uns kurzfristig kümmern mussten, aber wohl kaum an erster Stelle. Für mich gehörte dieser Platz allein den Konsequenzen für Molly. Ihr Ruf war gerade von einem habgierigen Strippenzieher ruiniert worden.

»Natürlich mache ich mir darüber die meisten Sorgen.« Sie griff nach dem Umschlag in meiner Hand und warf ihn auf das Sofa, als würde er nicht für Hunderttausende Dollar und Jahre der Erfahrung und des Netzwerkens stehen. »Ich kann nicht ändern, wie ich meine Karriere begonnen habe oder mit wem ich beschlossen habe zusammenzuarbeiten, aber diese Entscheidungen werden mich nicht um den Schlaf bringen. Im Gegensatz zu der Tatsache, dass ich meine Versprechen dir und unseren Bewohnerinnen und Bewohnern gegenüber gebrochen habe. Ihr habt auf mich gezählt und ich ... ich habe euch enttäuscht.«

Ich nahm sie in den Arm. »Du hast uns nicht enttäuscht.« Meine Lippen berührten fast ihre Wange, als ich die Stirn in ihre Haare drückte. »Dieses alte Haus wäre ohne dich nicht dasselbe. Und mein Leben erst.«

Sie sah mich an. »Ich wünschte, ich hätte eine rettende Idee. Es tut mir sehr, sehr leid.«

»Es soll dir nicht leidtun. Du sollst nur eins begreifen ...« Ich hielt inne, aber dann spürte ich, dass ich keine Minute länger warten konnte, ihr die Wahrheit zu sagen, die mir seit Wochen ein Loch in die Brust brannte. »Ich liebe dich, Molly. Nicht wegen der Versprechen, die du halten wolltest, oder wegen der Dinge, die uns deine Reichweite hätte ermöglichen können, sondern *deinetwegen*. Weil du du bist.«

Sie starrte mich an und schüttelte den Kopf. »Silas, ich habe gerade deine Chance auf eine Million Dollar in den Sand gesetzt.«

»Ich liebe dich.« Es gab so viele Probleme, zu denen uns noch Lösungen fehlten, aber diese eine Antwort stand für mich felsenfest.

Ihr gequälter Gesichtsausdruck wandelte sich zu einer Miene, die ich nicht definieren konnte. »Aber Liebe sollte nicht gezwungen werden, in unseren Enttäuschungen und Verlusten zu leben.«

»Sie wird nicht gezwungen, dort zu leben – sie hat es sich ausgesucht.« Ich legte die Hände an ihr Gesicht. »Liebe hat keine Angst vor schwierigen Gegebenheiten. Das zeichnet sie aus. Das ist es, was sie zur Liebe macht.«

»Ich liebe dich auch, Silas. Ich werde dich niemals verdienen, aber ich liebe dich trotzdem. So, so sehr.« Unter Tränen schenkte sie mir ein so süßes Lächeln, dass ich gar keine andere Wahl hatte, als sie zu küssen, wenn auch nur kurz.

»Und genau deswegen tut es ja so weh«, flüsterte sie.

Ich nickte und zog sie an mich.

»Wie soll ich es ihnen sagen?«, fragte Molly, nachdem wir eine Weile schweigend dagestanden hatten. »Wie soll ich den anderen sagen, dass alles, wofür wir diesen Sommer so hart gearbeitet haben – das *Dream-Big*-Stipendium, das Event, der *Murphey Grant*, die Erweiterung – geplatzt ist?«

»Wir sagen es ihnen gemeinsam.« Ich streichelte ihr über den Hinterkopf, den Nacken, die verspannten Schultern. »Umstände ändern sich, Molly. Das weiß niemand besser als diese jungen Leute. Es ist ja nicht das letzte Mal, dass der *Murphey Grant* vergeben wird.«

»Für diesen Jahrgang schon.«

Es stimmte. Keiner von ihnen würde noch hier sein, wenn wir uns wieder bewerben konnten.

»Ich weiß.« Die Niederlage lastete schwer auf uns beiden. Ich umarmte Molly noch ein wenig fester. »Ich weiß.«

# Kapitel 37

## Molly

Ich war diesen Sommer oft im Kaminzimmer gewesen, hatte mir die wöchentlichen Highlights und Tiefpunkte angehört und von den Keksen gegessen, die Glos Hilfsbäckerinnen und -bäcker gemacht hatten. Das spontane Meeting gestern Abend war das erste gewesen, das niemand mit einem Lächeln verlassen hatte.

Silas hatte darauf bestanden, dass vor allem er allen dazu Rede und Antwort stehen würde, wieso das Event ins Wasser fallen musste. Wieso die harte Arbeit aller, die auf dem Gelände, in der Küche und beim Herstellen und Sammeln der Auktionsgegenstände geholfen hatten, umsonst gewesen war. Dass die Anbaupläne nun in unbestimmte Zukunft rückten.

Während Silas also geduldig und beschwichtigend das Problem erklärt hatte, hatte ich die eingerahmten Baupläne über dem Kamin betrachtet, die Pläne, die Jake dem Haus aus Hoffnung für die Vision seines Bruders geschenkt hatte. Eine Vision, die fast genauso herzzerreißend war wie die Tränen, die über Monicas Wangen geflossen waren; wie die Enttäuschung, die Devon zu verbergen versucht hatte, als er begriff, dass er keinen Auftritt mit seiner Gitarre haben würde.

Nach der Zusammenkunft war Wren mir nachgelaufen und hatte mich vorsichtig umarmt.

»Seien Sie nicht so traurig«, hatte sie leise gesagt. »Wir wissen alle, wie viel Sie für uns in die ganze Sache gesteckt haben.«

Ich wäre fast zusammengebrochen.

»Ihr habt alle mindestens genauso viel Herzblut hineinfließen lassen wie ich ... und das hätte es verdient, gesehen, geteilt und mit der Welt gefeiert zu werden. Ich hoffe, ihr wisst das. Ich hätte mir so gewünscht, dass es ein voller Erfolg wird.«

Jetzt, knapp vierundzwanzig Stunden später, schlenderte ich allein über die Wiese östlich vom Haupthaus, hörte den Kies unter meinen Sohlen knirschen, bewunderte die Schönheit der gelben Narzissen, die eine Bühne einrahmten, auf der ein geschichtsträchtiges Event für *The Bridge* hätte stattfinden sollen ... und hielt die Traurigkeit nicht mehr zurück. Es hätte so großartig werden können.

Silas hatte den halben Morgen mit dem Versuch verbracht, die *Murphey-Grant*-Verantwortlichen am Telefon davon zu überzeugen, das Fristende vom einunddreißigsten August weiter nach hinten zu verschieben. Auch ich hatte einige Anrufe gemacht. Hatte das Mietmobiliar storniert, das Geschirr, die Soundanlage, das Catering.

Auch Val war über die deprimierenden Neuigkeiten entsetzt gewesen und untröstlich, weil sie nichts hatte tun können, um Ethan aufzuhalten. Trotz ihrer strikten Weigerung erstattete ich ihr die Reisekosten für ihren geplanten Besuch des Events.

Ungläubig sah ich in den Himmel, den die untergehende Sonne in matte Pastelltöne tauchte. In meinem vorigen Leben hätte ich gleich an Ort und Stelle ein Selfie gemacht. Ich hätte mich über den Bildschirm meines Handys gebeugt, die Farben mit dem prägnantesten Filter versehen und den Moment mit irgendeinem inspirierenden Spruch versehen.

Und bis ich damit fertig gewesen wäre, hätte ich den Augenblick verpasst. Den leuchtenden Kreis, der immer tiefer sank, die Klarheit eines ungefilterten Horizonts, die fast mit Händen greifbare Tiefe eines Gefühls, das kein Hashtag der Welt fassen konnte.

Ein leichter Windstoß kitzelte mich im Nacken und ich drehte mich zum Haus um. Dabei spürte ich es wieder: das seltsame Bedürfnis aufzugeben. Loszulassen. Nicht nur die Träume, die ich einst für mein Leben gehabt hatte, sondern auch die für dieses Haus, für dieses Programm, für eine Spendenaktion, die angesichts meiner Position und Reichweite eine sichere Sache hätte sein müssen – aber meine Anstrengungen hatten nicht gereicht.

Nur selten konnte ich die Spannung zwischen meinen Plänen und Gottes Plänen gut aushalten, zwischen meinen Wünschen und seinen, meinem Weg und seinem. Stattdessen war ich eine Expertin darin geworden, mich mit allen Mitteln gegen Probleme zu stemmen, die eine Nummer zu groß für mich waren, und dann über Umwege zu fliehen, ohne jemals um Rat zu fragen.

»Ich höre dir jetzt zu, Gott.« *Jetzt, wo ich nicht mehr weiterweiß.* »Was willst du für dieses Programm? Und welche Rolle soll ich dabei spielen?« Ich schluckte und wünschte, ich könnte die Zeit zurückdrehen und ihn das schon vor Wochen fragen.

Vor Monaten.

Vor Jahren.

Eine ganz neue Demut überkam mich. Ich drehte mich um, betrachtete das gesamte Gelände und flehte Gott im Stillen an einzugreifen.

»Molly?«

Glos Stimme ließ mich zusammenzucken. Ich fuhr herum. »Entschuldige. Ich wollte dich nicht erschrecken, aber wir suchen dich seit fast einer Stunde. Wir haben dich erst auf den Sicherheitskameras entdeckt.«

»Bin ich wirklich schon so lange weg?« Das kam mir unmöglich vor, und doch hatte der Himmel jetzt einen dunklen Violetton und das Gras wirkte maulwurfsgrau.

»Ich weiß nicht, wie lange.« Sie lächelte und in ihren Augen funkelte es. »Aber ich weiß, dass deine Gegenwart im Kaminraum gewünscht wird. Dort sind ein paar sehr wichtige Leute versammelt.«

Die Unbeschwertheit in ihrer Stimme und ihre ausgestreckte Hand versprachen einen Frieden, nach dem ich mich sehnte, seit Ethan vor der Eingangstür gestanden hatte. Ich hakte mich bei ihr ein und konnte nicht anders, als noch einmal kurz zum Abendhimmel aufzusehen und Gott zu bitten, meine Sinne für das zu schärfen, was er nun geplant hatte.

Ich lief an Glos Seite durch den Flur in Richtung Kaminraum, Silas gleich hinter uns. Er hatte offensichtlich dieselbe Nachricht bekommen. Bei ihm war ein kleinlauter Diego, dessen fragende Miene wohl ungefähr meiner eigenen entsprach.

Silas kam näher und beugte sich zu mir herüber. »Weißt du irgendwas?«

»Überhaupt nichts. Hattest du Glück wegen des Stichtags?«

Er schüttelte den Kopf und bestätigte damit, was wir beide im Grunde schon gewusst hatten.

Silas drückte kurz meine Hand, bevor er unseren Begleitern den Vortritt in den Raum ließ. Dann blieben wir beide wie angewurzelt stehen.

Schulter an Schulter, direkt an der hinteren Wand, standen alle zweiundzwanzig Bewohnerinnen und Bewohner von *The Bridge* und hielten handgeschriebene Plakate hoch. Ich las sie eins nach dem anderen, von links nach rechts, und spürte, wie ihre Worte mit jedem Schlag meines pochenden Herzes direkt in meine Seele vordrangen.

Devon: *Pleite. Keine Familie.*

Monica: *Schule abgebrochen. Angst vor Obdachlosigkeit.*

Amy: *Unsicher. Kaputte Beziehungen. Kein Zuhause.*

Diego: *Abhängig. Kein Job. Auto als Schlafplatz.*

Wren: *Ängstlich und traurig. Keine Hoffnung. Keine Freunde.*

Wir waren näher an die Gruppe herangegangen und schritten die Reihe schweigend ab. Ich presste mir die Hand gegen die Brust, als könnte das die Gefühle lindern, die sie förmlich sprengen wollten.

Als wir das letzte Plakat gelesen hatten, gab Monica ein Zeichen und alle drehten ihre Schilder um. Ich schnappte nach Luft und trat ein paar Schritte zurück, um sie alle von dort aus zu lesen.

Wren: *Keine Angst mehr. An einem Community College eingeschrieben. Tiefe Freundschaften.*

Diego: *Seit zehn Monaten nüchtern. Mechanikerausbildung. Mitbewohner = Familie.*

Amy: *Kenne meinen Wert. Beziehung zu Gott. Dankbar für die Gemeinschaft.*

Monica: *Im zweiten Jahr der Ausbildung zur Arzthelferin. Eigenes Bankkonto. Sicherheit.*

Devon: *Teilzeitjob. Vollzeitfreunde.*

Silas räusperte sich und trat von einem Fuß auf den anderen.

Wren löste sich schüchtern lächelnd aus der Gruppe und sah mich an. »Wir verstehen, wieso das Event abgesagt werden musste. Aber ihr habt auch gesagt, dass unsere Arbeit es wert ist, von der Welt gesehen zu werden. Und dass unsere Stimmen es verdient haben, von denen gehört zu werden, die unser Projekt unterstützen könnten.« Sie blickte über die Schulter zur Gruppe. »Jeder von uns kennt Leute in unserem Alter, die nicht das Glück hatten, einen Platz in einem Programm zu finden, das ihnen hilft, einen Plan für die Zukunft zu machen. Wir glauben, dass wir daran etwas ändern können. Vielleicht bringt es nicht so viel wie die extravagante Spendenveranstaltung, aber wir alle haben eine Geschichte, wie unser Leben vor *The Bridge* war und wie es jetzt ist. Molly, wir wollen Sie fragen, ob Sie uns helfen, sie zu erzählen – nicht irgendwann, sondern jetzt.«

»Wow, also, das ist …« Ich sah in all die hoffnungsvollen Gesichter und musste halb lachen, halb schluchzen, als Devon flehend die Hände aneinanderlegte und dabei erwartungsvoll mit den Augenbrauen wackelte. Aber während ich nichts lieber wollte, als Ja zu sagen und jeder Geschichte einen eigenen Beitrag zu widmen … hatte ich leider keine Plattform mehr, um das zu tun.

Ich sah Silas an, der eindeutig seinen eigenen inneren Kampf ausfocht. Ohne Zweifel sah er seinen großen Bruder in jedem dieser Plakate. Den Carlos, der so viele seiner Abwege und Abhängigkeiten hätte vermeiden können, hätte man ihm die Gelegenheit gegeben, an einem Ort wie diesem über sich selbst hinauszuwachsen. Ein Zuhause, das ihn unterstützt hätte, wie *The Bridge* es für diese zweiundzwanzig jungen Menschen tat. Aber wir beide wussten, dass es so nicht funktionieren würde. Ich hatte fast drei Jahre gebraucht, um die Art von Sichtbarkeit zu schaffen, die sie innerhalb von Tagen erreichen wollten. Selbst ich, die sonst immer das halb volle Glas sah, brachte es nicht übers Herz, ihnen so falsche Hoffnungen zu machen. Nicht noch einmal.

Ich schluckte und hob das Kinn, um ihnen mit derselben Liebenswürdigkeit und demselben Respekt zu begegnen wie sie uns. Dieses Mal sollte nicht Silas der Überbringer der schlechten Nachrichten sein. Ich war diejenige, die sie enttäuscht hatte, nicht er.

»Was ihr hier zusammen geplant habt, da steckt wirklich Kraft drin. Es ist eine geniale Idee, auf die ihr stolz sein könnt. Aber ich fürchte, ich kann in dieser Hinsicht nichts für euch tun. Ich habe keinen Zugriff mehr auf meine Accounts und die Followerschaft, die eure Geschichten in die Welt tragen könnte. Und selbst wenn, wäre einfach nicht genug Zeit, um so viel Geld zusammenzubekommen, wie wir am Stichtag brauchen.«

»Ich habe fünfhundert Follower«, sagte Monica, ließ ihr Schild sinken und trat vor. »Und ich bin in ein paar Online-Lerngruppen. Ich kann sie alle bitten, unsere Postings zu teilen, und sie kennen wieder Leute, die sie teilen könnten. Das ist es echt wert.«

»Und ich habe fast eintausend bei Instagram«, sagte Amy. »Eine meiner Ziehschwestern hat sogar fast viertausend. Sie spielt in einer Pop-Band.«

»Stand heute«, meldete sich Devon und sah auf sein Handy, »habe ich zweihundertsechsunddreißig Fans auf TikTok. Und ich habe den Account erst angelegt, als ich das Handy letztens bekommen habe. Ich kann bestimmt noch mehr zusammenkriegen.«

»Siehst du?«, sagte Wren bittend. »Wir kriegen das hin, wenn wir alle zusammenarbeiten.«

Ich sah Silas an, der mit festem Blick seine Schützlinge betrachtete.

»Es tut mir sehr leid. Ich weiß, wie viel euch das bedeutet, aber mit diesen Zahlen kommen wir einfach nicht so weit, wie wir müssten.«

»Würdet ihr das auch einem jungen Menschen auf der Warteliste sagen?«, fragte Diego mit belegter Stimme. »Denn wenn Silas sich nach der vermasselten Mechanikerprüfung nicht für mich eingesetzt hätte, würde ich auch wieder auf dieser Liste stehen. Und ich würde irgendwo in einem Hauseingang schlafen. Wieso versuchen wir es nicht einfach? Wenn es *The Bridge* nicht gäbe, würde jeder von uns einfach die Statistik für Obdachlosigkeit vervollständigen, die für Abhängigkeit ... oder noch schlimmer.«

»Ich ...« Mir brach fast die Stimme weg und ich musste noch einmal neu ansetzen: »Ich würde so gern Ja sagen, Diego. Ich hätte auch gern, dass niemand auf der Warteliste abgelehnt werden muss, aber ich ...« Und dann gingen mir auf einmal die Worte aus. Weil ich es dieses Mal gehört hatte: das *Ich* in einem Satz, in dem es keine Daseinsberechtigung hatte. Denn meine Antwort legte nicht nur meinen Mangel an Ressourcen offen, sondern meinen Mangel an Gottvertrauen. Meinen Mangel an Kontrolle.

Diese jungen Menschen vor mir, die vom Leben auf eine Weise gebeutelt worden waren, die ich mir nicht einmal vorstellen konnte, waren allesamt bereit, einem Gott zu vertrauen, der das Unmögliche möglich machte. Und wieso auch nicht? Jeder und jede von ihnen erlebte es hier am eigenen Leib. Sie alle wussten, wo sie landen würden ohne dieses Haus. Ohne diese Hoffnung. Auf einmal war ihre Bitte so viel größer als ein seitensprengendes Ziel. Dabei ging es um Leben, die gerettet wurden. Um Licht in einem Dunkel, das ich immer nur aus der Sicherheit meiner Blase aus wahrgenommen hatte. Aber das war jetzt anders.

»Molly?« Silas' sanfte Stimme zog meinen Blick zu ihm. »Was meinst du? Kannst du ihnen helfen?«

Wie ironisch, dass derselbe Mann, der vor einer Weile beinahe ausgerastet wäre, weil ich einen Clip in seiner Lobby drehen wollte, mich nun bat, ein Video seiner Bewohnerinnen und Bewohner mit einer Online-Spendenkampagne zu verlinken! Der Augenblick fühlte sich bedeutsam an. Genau wie die Aufgabe, die vor uns lag.

Ich wusste nicht, wie es laufen würde und ob wir auch nur so viel sammeln würden, dass wir für eine der Hütten eine weitere Matratze kaufen konnten, aber ich wusste, wie meine Antwort zu lauten hatte. Weil ich endlich die Frage verstanden hatte. Es ging nicht darum, was ich geben konnte, bieten konnte oder aus eigener Kraft schaffen konnte.

Die echte Frage, die große Frage, war, was Gott mit der langen Warteliste bedürftiger junger Menschen vorhatte – eine Frage, die er niemals nur durch meine Anstrengungen beantworten wollte.

Eine neue Entschlossenheit keimte in mir auf, gepaart mit einem Freudenkribbeln. »Ich denke, ich bin nicht in der Position, um abzulehnen, zumal eure Follower meine um genau einhundert Prozent übersteigen.«

Gelächter hallte von den Wänden.

»Packen wir's an.«

# Kapitel 38

## Molly

Heute wäre der perfekte Tag für Concealer gegen Augenringe gewesen. Nur hatte ich keine Zeit für Make-up, für die Haare oder sonst irgendeinen Teil meiner üblichen Filmtag-Routine. Wir mussten innerhalb der nächsten neunzig Minuten die Aufnahme starten, wenn wir sie noch bearbeiten, hochladen und bewerben wollten. Die Nacht war kurz gewesen und alle warteten entweder auf mich, Glo oder Clara, damit wir mit ihnen durchgehen konnten, was ihnen die Zeit bei *The Bridge* gebracht hatte.

Während sie seit gestern Abend ihre Statements vorbereitet hatten, hatte ich mich mit Val an die Recherche gemacht. Bis in die frühen Morgenstunden hatte unser Videocall gedauert. Was hätte ich darum gegeben, sie heute in Person hier zu haben!

Nachdem wir alles gegeben und unsere besten Ressourcen ausgewertet hatten, war die Antwort, wie wir das Ganze durchziehen konnten, so klar wie noch nie: Wir brauchten ein Wunder, und zwar als Expresssendung.

»Molly?« Glo winkte mich in den Garten, wo sie und Diego auf der Bühne Stativ und Beleuchtung aufbauten. »Kannst du das mit dem Winkel noch einmal erklären? Und soll die Sonne von vorn oder von hinten kommen?«

Ich wollte ihr gerade antworten, da hörte ich meinen Namen irgendwo hinter mir und drehte mich um.

Amy kam auf mich zu und winkte mit ihren Notizen. »Monica und ich haben uns fast denselben Text ausgedacht. Ist das okay? Muss jetzt eine von uns alles umschreiben?«

»Wir finden bestimmt eine Lösung, wie wir einen eurer Texte mit ein paar Kniffen ...«

»Hey, Molly! Ich habe kein T-Shirt ohne Logo drauf. Können wir das nicht einfach im Video verpixeln?« Devon kam aus dem Männerwohnheim und präsentierte sein Sixpack, angesichts der Gruppe von sieben jungen Frauen in unserer Nähe bestimmt vorsätzlich.

Ich holte tief Luft.

In diesem Augenblick trat Silas vor mich, in der Hand einen To-go-Kaffeebecher mit meinem Namen darauf. Himmel, wie sehr ich diesen Mann liebte!

»Okay, alle mal herhören«, sagte er. »Neue Regel. Wer von euch eine Frage an Molly hat, richtet sie zuerst an mich. Wir haben einen sehr ehrgeizigen Zeitplan heute und jede Verzögerung kostet uns wertvolle Zeit. Kapiert?«

»Ja«, kam es einstimmig.

Silas reichte mir den Kaffee. »Ich dachte, den könntest du brauchen.«

Ich strahlte ihn an und raunte so leise, dass nur er es hören konnte: »Du wärst ein extrem attraktiver Türsteher.«

Er lächelte träge. »Stets zu Diensten.«

Devon, der nicht weit entfernt stand, ließ den Augenblick nicht unkommentiert verstreichen. »Äh ... wird hier gerade die Geschlechtertrennung aufgehoben?« Er schwenkte mahnend den Zeigefinger.

Ich schürzte die Lippen und merkte, wie ich rot wurde, während Silas sich ihm und den restlichen neugierigen Schaulustigen zuwandte. Um ehrlich zu sein, war ich genauso neugierig drauf, wie er mit dieser Frage umgehen würde, wie sie.

»Devon, glaub mir, heute habt ihr alle Wichtigeres zu tun. Zum Beispiel, ein T-Shirt anzuziehen.«

»War das ein Ja?«, hakte Devon nach und ließ seinen Blick zwischen mir und Silas hin- und herschnellen.

Monica und Wren grinsten sich auf nicht-ganz-so-geheimnisvolle Art an, während Glo sich sichtlich Mühe gab, nicht zu lachen dann aber doch losprustete.

Silas sah mich an, eine Braue fragend hochgezogen. Ich bedeutete ihm mit einem Nicken, dass ich seiner Einschätzung vertraute.

Er ging einen Schritt zurück, nahm meine freie Hand und wandte sich unserem Publikum zu. »Wie für viele von euch ist Molly auch für mich im Laufe dieses Sommers eine wichtige Person geworden. Ja, es stimmt – wir sind zusammen.«

Die Freude und Aufregung, die uns entgegenschlugen, fühlten sich an wie Federn, die mir über den Rücken kitzelten.

»Ich hoffe, dass ich euch das anvertrauen kann und ihr Molly bei ihrer Arbeit hier trotzdem weiterhin genauso respektvoll behandelt wie bisher.«

Irgendwo weiter hinten fing jemand an, etwas zu skandieren, und je weiter nach vorn es drang, desto lauter wurde es. »Küssen! Küssen! Küssen!«

Silas schüttelte den Kopf. Ich biss mir auf die Unterlippe. Ich rechnete mit einer Entschuldigung seinerseits, dass er die Büchse der Pandora geöffnet habe, doch stattdessen trat er auf mich zu, zog mich an sich und gab mir einen filmreifen Kuss, der alle Anwesenden fast hyperventilieren ließ. Inklusive mir.

»Jetzt, wo wir das geklärt haben«, sagte Silas und grinste, »können wir bitte endlich weitermachen?« Er zeigte auf den Witzbold. »Und Devon: T-Shirt. *Sofort.*«

Devon joggte mit einem Jubelschrei in Richtung Wohnheim davon.

Ich griff nach dem Fünf-Kilo-Aktenordner mit den Notizen, die ich gestern mit Val zusammengetragen hatte, da ließ mich die Stimme eines Jungen innehalten.

»Wow! Wohnt Harry Potter hier?«

Es war das erste Mal, dass ich dem sommersprossigen Kind, das auf uns zugelaufen kann, live begegnete. »Tucker?«

Er schenkte mir das breite Grinsen, das ich in den vergangenen drei Jahren schon so oft am Bildschirm zu sehen bekommen hatte. »Hi Molly!«

*Wenn Tucker hier ist, dann ...* Ich reckte den Hals. Mein Herz wollte mir fast aus der Brust springen, als ich sah, wie sie die Tür des Flughafentaxis zuschlug.

Ich warf den rosafarbenen Aktenordner in den nächstbesten Mulchberg und rannte auf Val zu.

Sie schwang sich die Handtasche über die Schulter und musste noch kurz die Balance finden, während sie schon die Arme für mich ausbreitete. Tausend Gefühle schlugen über mir zusammen. Val war hier. Hier! Zur selben Zeit am selben Ort wie ich. Und sie war ja *winzig* – eine Miniversion der Frau, mit der ich so lange nur über Handy, Tablet und Laptop gesprochen hatte. Ihr Scheitel befand sich knapp unter meinem Kinn.

Ich löste meine Knochenbrecherumarmung gerade lang genug, um loszuquieken. »Du bist hier! Du bist tatsächlich hier!«

Sie ließ ihr glockenhelles Lachen ertönen. »Tucker war so aufgeregt wegen seines ersten Flugs, da konnte ich nicht absagen. Und seine Mama hat sich viel zu sehr darauf gefreut, ihre beste Freundin endlich persönlich zu treffen.«

Ich umarmte sie noch einmal. Silas holte derweil ihr Gepäck aus dem Kofferraum und gab dem Fahrer Trinkgeld, noch bevor Val es überhaupt merkte.

»Wir hätten euch doch abholen können!«, sagte ich.

»Wir wollten dich aber überraschen.«

»Das ist euch wirklich gelungen. Und es ist die beste Überraschung meines Lebens!« Ich hakte mich bei ihr ein.

Miles würde sie endlich nicht mehr Video-Val nennen können.

Ihre grünen Augen funkelten. »Wir sind froh, dass wir euch helfen können. Du weißt doch selbst, wie wichtig die nächsten Tage sind. Also, gib uns etwas zu tun. Tucker kann auch mit anpacken.«

Ich lachte, weil tatsächlich mehr zu tun war, als ich aufzählen konnte.

Nachdem ich ihr Silas vorgestellt hatte, der noch mit ihren Taschen und Koffern kämpfte, führte ich sie aufs Gelände. Tucker war längst dabei, auf der Bühne Breakdance zu üben. Er war offensichtlich kein bisschen schüchtern.

Val verzog peinlich berührt das Gesicht.

»Er hat's drauf«, stellte Silas schmunzelnd fest.

»Tuck ist seit drei Uhr morgens wach«, meine sie. »Spätestens zur Abendessenszeit schläft er wie ein Toter.«

Wir liefen über die Wiese, als mir ein Gedanke kam. Ich blieb stehen. »Wir haben doch bis fast ein Uhr nachts telefoniert! Wie früh ging bitte dein Flug?«

Das erklärte, wieso sie etwas wacklig auf den Beinen war.

»Ist schon gut. Nichts, was Koffein und ein paar Dehnübungen nicht hinkriegen.« Sie zupfte an meinem Ärmel. »Du, Molly, ich glaube, ich habe sie gefunden. Gestern Abend noch. Die Strategie, die möglicherweise wirklich aufgehen kann.«

»Nachdem wir aufgelegt haben? Hast du überhaupt geschlafen?«

Sie winkte ab. »Wir müssten alle zusammenarbeiten und das Ganze parallel pushen und promoten, aber ich glaube, es wäre der beste Weg.«

Mich überrollte eine fast schwindlig machende Welle von Ehrfurcht. »Ich glaube, du bist eine Antwort auf unsere Gebete.« Wie Val in Sachen Glauben dachte, wusste ich nicht, aber ihre Ankunft war kein Zufall, so viel war sicher.

Unter einem Apfelbaum spielte der inzwischen mit einem Shirt bekleidete Devon Gitarre, Monica und Amy stritten sich darum, wer von ihnen die Textidee behalten durfte, und Diego und seine Freunde bastelten noch an der Kamera- und Lichttechnik herum. Ich machte eine ausladende Handbewegung. »Willkommen bei *The Bridge*, wo all deine Video- und Schnittträume wahr werden.«

Wie sich herausstellte, hatte Val bei zwei Dingen richtig gelegen: Tucker war nach seinem dritten Stück Pizza gegen sechs Uhr abends ziemlich schnell ins Land der Träume geglitten – und der kollektive Launch, den sie sich überlegt hatte, war unsere beste Option.

Val hatte nach ihrer Ankunft praktisch von der ersten Minute an am Laptop gesessen. Ihre Augen waren gerötet, ihre Finger bestimmt schon taub. Und doch, kurz nach Mitternacht, während Tucker in meinem Gästezimmer schlief, Silas an einer Exceltabelle arbeitete und ich den neuen Account mit dem Namen *The Heart of The Matter* eröffnete, klickte Val auf den grünen Button am unteren Bildschirmrand: *Finalisieren*.

»So«, sagte sie leise, zog die Kopfhörer ab und gähnte. »Willst du ihn sehen? Ich habe den Clip jetzt auf vier Minuten und siebenundvierzig Sekunden gekürzt. Und dann haben wir noch die fünf Teaser mit je fünfunddreißig Sekunden Länge. Zwei davon muss ich noch fertig machen.«

»Mach das doch morgen, Val«, sagte ich und dehnte den Hals nach links und rechts. »Du brauchst ein bisschen Ruhe vor dem großen Tag.«

Sie streckte sich auf meinem Esszimmerstuhl. Silas und ich stellten unsere Laptops beiseite und kamen an den Tisch, wo Val gearbeitet hatte. Ihre kastanienbraunen Haare mit den helleren Strähnen hatte sie in einem Dutt gebändigt. Der Anblick löste eine Mischung aus Nostalgie und Dankbarkeit in mir aus. Sie und Tucker hier zu haben, machte mein Haus, ja mein Leben kompletter und ich hatte nicht vor, die beiden so schnell wieder gehen zu lassen.

Ich nahm Silas' Hand, als wir uns hinter Val stellten. Ihr Mauszeiger hing über dem *Play*-Button, als zögere sie, weil dieses Video so wichtig für uns alle war. Das hier war unsere letzte Chance, den *Murphey Grant* für die jungen Leute zu gewinnen, die ihn so sehr verdienten.

Silas strich mir mit dem Daumen über die Fingerknöchel.

In dem Augenblick, als Val das Touchpad berührte und die ersten drei eindringlichen Klaviertöne erklangen, war ich unglaublich gerührt. Ich wusste nicht, in welcher Reihenfolge sie die Interviewauszüge gewählt beziehungweise für welche Geschichten sie sich für das Hauptvideo überhaupt entschieden hatte, aber ich vertraute ihrem kreativen Instinkt. Das hier war ihr Spezialgebiet, ihre Kunst, ihre Gabe. Und das zeigte sich in jeder Aufnahme und jeder perfekt eingefangenen Mimik. Jedes Wort entfaltete seine Wirkung auf den Zuschauer. Ich hatte zwar die Fragen gestellt und die jungen Frauen und Männer bei der Aufnahme angeleitet, aber Val hatte aus der Vielzahl von Takes etwas Tiefgründiges und Schlüssiges gebastelt. Wir hatten ihr eine hoffnungsvolle Idee in den Schoß gelegt und sie hatte ein visuelles Vermächtnis daraus gemacht.

Stille Tränen liefen mir über die Wangen, als ich zuhörte, wie Diego von seinem Kampf mit den Drogen erzählte und wie er monatelang ohne Plan in einem Auto geschlafen hatte. Ich sah Amy, die berichtete, wie sie aus ihrer letzten Wohngruppe geflohen und in einer ungesunden Beziehung mit einem Mann, der doppelt so alt war wie sie, gelandet war. Wren starrte in die Kamera, ohne zu blinzeln, und beschrieb den Tag, an dem ihr nach dem Tod ihrer Mutter der Bruder weggenommen worden war.

Silas zog mich näher an sich heran. Nach Wrens Beitrag verschwand ihr Gesicht und eine Panoramaaufnahme von Fir Crest Manor folgte. Die Musik wechselte von den fast gruseligen, einzelnen Klaviertönen zu einer warmen, sanften Sinfonie. Die Aufnahmen, die wir vom Haus, vom Gelände, von den lächelnden und lachenden Bewohnerinnen und Bewohnern, die draußen ihre Plakate hochhielten, gemacht hatten, waren gekonnt arrangiert worden.

Silas hatte einmal die offizielle Bestätigung, dass Fir Crest Manor an *The Bridge* ging, als ein Wunder beschrieben. Diese Wortwahl hatte ich wochenlang nicht vergessen. Denn Silas war niemand, der übertrieb. Er beschönigte die Wahrheit nicht. Was er sagte, war immer genau durchdacht.

Doch jetzt, wo alle Einzelteile ihren Platz gefunden hatten und Farben, Töne und Emotionen ein wunderbares Zusammenspiel ergaben, begriff ich es: Jedes Gesicht stand für ein verändertes Leben, transformiert durch eine Vision, die noch größer war, als Silas sich je hätte träumen lassen. *Wunder* war das einzige Wort, das beschreiben konnte, was in diesem alten Herrenhaus geschah.

Die aktuellen Statistiken dazu, was so viele junge Menschen ohne Programme wie *The Bridge* erwartete, wurden unten eingeblendet. In der letzten Einstellung blieb der Spendenlink stehen, noch lange, nachdem der letzte Cello-Ton verklungen war.

Immer noch an Silas geschmiegt schloss ich die Augen und schickte ein Gebet nach oben – die Bitte, dass dieses vier Minuten und siebenundvierzig Sekunden lange Video etwas bewegte. Damit noch mehr Verletzte, Verlorene und Verwundbare ein Zuhause finden konnten.

*Tu es noch einmal*, flehte ich zu Gott. *Schenk uns ein Wunder.*

# Kapitel 39

## Molly

Es ist unglaublich, was geschieht, wenn Menschen sich zusammentun, um für andere einzustehen.

Aufregung durchströmte meine Adern, während ich zusah, wie sich in einem völlig überfüllten Kaminraum Freiwillige jeden Alters und Hintergrunds startklar machten.

Die Ansage für unseren *Bridge The Gap Launch Day* war einfach gewesen: Jede und jeder, die oder der bereit war, eine Stunde Zeit zu investieren, um die Videos der Kampagne samt Spendenlink zu teilen, war herzlich willkommen.

Silas hatte natürlich einen Zeitplan erarbeitet, der sich auf Vals Recherche zu der ständigen Aktivität stützte, die wir im Laufe des Tages und Abends aufbauen und halten mussten. Obwohl *The Heart of the Matter* nagelneu war, hatten zu meiner Überraschung heute Morgen schon über zweitausend Follower gewartet, von denen die meisten zu meinen alten zählten. Ich konnte nur hoffen, dass ihre Loyalität stärker war als das letzte Haarspray, das ich ihnen vorgestellt hatte.

Einige unserer Mitstreiter hatten beschlossen, die Kampagne während ihres zugewiesenen Zeitfensters von zu Hause, der Mitfahrgemeinschaft oder der Lerngruppe aus zu bewerben, andere hatten sich hier zu uns gesellt. Es war eine großartige solidarische Aktion für eine Sache, die weit mehr wert war als ihr Spendenziel.

Kurz vor zwölf Uhr mittags kam Carlos mit seinem Betreuer Pastor Peter Rosario vorbei.

»Hi!«, sagte ich und streckte ihm die Hand entgegen, noch bevor Silas uns überhaupt richtig vorgestellt hatte. »Freut mich echt,

Sie endlich kennenzulernen! Danke, dass Sie beide gekommen sind. Das bedeutet uns sehr viel. Glo und ein paar der Bewohnerinnen und Bewohner haben Muffins und Cookies gebacken, es gibt Kaffee und Saft – also bitte, bedienen Sie sich.«

»Ich habe schon viel Gutes über Sie gehört, Molly.« Carlos, der wie eine kleinere Version von The Rock aussah, nur mit mehr Haaren und einem schmaleren Hals, hatte einen Akzent, der jedem Wort kleine Kräusel verlieh.

Wren und Devon winkten mich auf das Podest für den großen Moment und ich entschuldigte mich, um zu ihnen zu eilen. Val zeigte mir »Daumen hoch«, als ich das Mikrofon nahm und in die Runde schaute. Alle Tische waren besetzt. Freunde, Pflegefamilien, Vertreter aus Gemeinden, ehemalige Absolventinnen und Absolventen des Programms, Lehrkräfte und Nachbarn waren alle kurzfristig gekommen und das machte mich zutiefst dankbar.

Ich lächelte Silas zu, der mir mit einem Nicken zu verstehen gab, dass ich anfangen sollte. Sein Vertrauen machte mir Mut.

»Herzlich willkommen zu unserem *Bridge The Gap Launch Day*! Wir sind sehr froh, dass ihr alle an eine Sache glaubt, die uns nicht erst seit gestern viel bedeutet, sondern« – ich sah zu Silas, Carlos und Jake – diesem einzigartigen Trio aus biologischen und adoptierten Brüdern – »seit Jahren.«

Ich wies auf die Stuhlreihe an der Seite der Bühne, auf der die Bewohnerinnen und Bewohner saßen, und bat sie, einzeln aufzustehen und sich vorzustellen. Jeder und jede hatte bei den Vorbereitungen geholfen und trug zum Erfolg des Tags bei – ob bei den Erfrischungen, Technikfragen oder bei der musikalischen Untermalung des Posting-Marathons.

Gerade wollte ich wieder abtreten, als Amy auf die Leinwand über dem Kamin zeigte. »Ach so, ja. Dort kann man sehen, wie viel bereits gespendet wurde. Der Zähler, der auch unten auf der Spendenseite steht, wird laufend aktualisiert.«

Eine Frau hob die Hand. »Was ist denn das Spendenziel?«

Ich gab mir alle Mühe, mein Lächeln aufrechtzuerhalten. »Wir wollen fünfhunderttausend Dollar sammeln, um uns für einen Zuschuss für die Erweiterung zu qualifizieren.« Ich holte kurz Luft. »Bis morgen früh«, fügte ich dann hinzu.

Ich konnte das Gemurmel, das im Raum aufbrandete, nicht überhören, aber heute war kein Tag der Zweifel. Heute war es an der Zeit für ein Wunder.

»Vermutlich möchtet ihr gern mehr darüber wissen, wieso wir euch eingeladen haben und was genau ihr mit euren Freunden und Followern teilen sollt, damit wir so eine gewaltige Menge Geld sammeln können. Nun, ich könnte ziemlich überzeugend darlegen, was *The Bridge* für die aktuellen zweiundzwanzig jungen Erwachsenen in diesem Raum war und ist, aber das sollen sie euch lieber selbst erzählen.« Ich ging von der Bühne und nickte Val zu, die längst in den Startlöchern saß.

Das Licht wurde gedimmt und das Video lief an. Ich hielt den Atem an und beobachtete unser Team und die Bewohnerinnen und Bewohner, deren Reaktionen nicht weniger emotional ausfielen als meine.

Als das Video vorbei war, umarmten und beglückwünschten sich die Beteiligten mit Faustst0ß, während die Menschen im Raum aufstanden und applaudierten, als hätten sie eine Broadway-Produktion gesehen.

Stolz erfüllte mich, als Wren und Monica auf ein Zeichen hin die Bühne erklommen und sowohl WLAN-Schlüssel als auch die Schritt-für-Schritt-Anleitung zum Posten und Teilen bekannt gaben, wie wir es heute früh besprochen hatten. Mein Blick wanderte zur Leinwand über dem Kamin, wo ein roter Zug über der Spendensumme wartete. Sobald er sein Ziel erreicht hatte, würde er schwarz werden.

Auf einmal musste ich an das Spendenthermometer denken, das ich als Kind Hunderte Male gesehen hatte, wenn meine Eltern voller Leidenschaft von den Menschen in einigen der ärmsten Gegenden Amerikas berichteten. Sie hatten viele Herzen berührt und eine Sache unterstützt, an die sie glaubten: Gemeinden in wirtschaftlich schwachen Gebieten zu gründen, um die unterprivilegierten Gesellschaftsschichten zu erreichen.

Vielleicht war ich doch nicht so anders, wie ich immer geglaubt hatte.

»Hey, sorry, dass ich zu spät bin.«

Wie üblich hatte mein Bruder das perfekte Timing für seinen Auftritt. Ich schlang die Arme um ihn.

»Na, na.« Miles klopfte mir peinlich berührt auf den Rücken. »Wer wird denn hier weinen? Ich dachte, du würdest dich freuen, dass ihr dort oben schon zwanzig Riesen stehen habt. Das ist doch ein toller Anfang! Ich sollte dich für unsere Missionsteams buchen. Natürlich kann ich dich nur in Apfelbeignets bezahlen.«

»Ich freue mich ja! Es ist so schön, dass du da bist.«

»Das hätte ich mir nie entgehen lassen, das weißt du.«

Ja, das wusste ich.

Mir tippte jemand gegen die Hüfte. Tucker hielt mir sein iPad hin. »Guck mal. Das hat mir meine Schulleiterin in Alaska gerade geschickt. Ich habe ihr das Video von meiner Mom gezeigt.«

Und tatsächlich war da eine Nachricht von einer Mrs Schultz mit einer Spende über dreihundert Dollar.

»Super, Tucker! Gut gemacht!«

Miles runzelte die Stirn und nickte fragend in Richtung des Neunjährigen.

»Oh, Tuck. Das hier ist mein Bruder Miles. Wir sind Zwillinge.«

Tucker musterte Miles von Kopf bis Fuß, bevor er ihm die Hand schüttelte. »Magst du Baseball?«

»Nicht wirklich. Du?«

»Überhaupt nicht.«

Miles setzte eine konzentrierte Miene auf. »Magst du ... Basketball?«

»Auch nicht«, stellte Tucker fest.

»Wall Ball?«

»Hab ich noch nie gespielt.«

»Und wie ist es mit ... Rodeo?«

Tucker strahlte. »Woher weißt du das?«

Miles zuckte die Achseln und sah auf Tuckers Cowboyhut. »War geraten.«

Ich tätschelte Tuckers Hut und zeigte auf die Bühne, wo Monica gerade das Startsignal zum Teilen gab und Devon mit der Gitarre und zwei Freunden für passende Hintergrundmusik sorgte. »Es geht los, Tuck. Ich brauche jetzt deine Hilfe. Du guckst, ob es Fragen gibt, ja? Wie wir besprochen haben.«

Er tippte sich an seinen Hut. »Alles klar.«

Miles sah dem Jungen nach. »Wer ist das?«

»Tucker ist Vals Sohn.«

Er riss die Augen auf. »Du meinst ... *Video-Val*?«

Ich schlug spielerisch nach seinem Arm. »Ja, genau. Hör auf, sie so zu nennen! Sie ist ein echter Mensch – und unsere Rettung, seit sie hier ist. Insgeheim hoffe ich, dass sie vergisst, wieder abzureisen.«

Miles schaute sich suchend um und ich fasste an sein Kinn, um seinen Kopf in die richtige Richtung zu drehen. Meine beste Freundin saß am Val-typischsten Ort, den es gab: hinterm Mischpult in der Ecke, umgeben von Laptops.

Mein Bruder sagte nichts, während sein Blick auf ihm verweilte, und genau dieses Schweigen löste einen ganz neuen Gedanken bei mir aus. *Was, wenn ...?*

»Oh, ich habe noch was für dich«, sagte Miles und zog einen Zettel aus seiner Tasche. »Hier.«

Es war offensichtlich ein gefalteter Scheck.

»Miles, ist das etwa ...?«

»Er ist nicht von mir. Mach ihn auf.«

Der Inhalt entlockte mir einen Überraschungslaut und ließ mir wieder Tränen in die Augen steigen. Es war ein Scheck für *The Bridge*, von John und Karen McKenzie. Über zweitausendfünfhundert Dollar.

»Hör auf«, sagte Miles. »Sonst fängt das mit meiner Allergie wieder an.«

Ich starrte die Zahl an, die für meine Eltern ein Opfer jenseits aller Vorstellung gewesen sein musste. »Das können sie sich doch gar nicht leisten.«

»Sie glauben an das, was du hier tust – was ihr alle hier tut.«

Das würde ich ihnen nie vergessen. »Ich werde sie anrufen und mich bedanken.«

»Das freut sie bestimmt.« Miles lächelte. »So, wo soll ich aufbauen? Von irgendwo muss ich doch das Video auf die Accounts der Kirchengemeinde setzen.«

»Im Ernst?«

»Jep. Und hoffentlich wird es dann von vielen Mitgliedern geteilt.«

Während Miles sich ein Plätzchen suchte und der Anleitung folgte, die die Mädels auf das Whiteboard geschrieben hatten, ließ ich den Anblick der Menschen im Raum kurz auf mich wirken. Gesenkte Köpfe, tippende und wischende Finger und sehr viele glückliche Gesichter.

*Dann wollen wir mal*, dachte ich und holte mein eigenes Handy heraus. Nur noch vierhundertsiebenundsiebzigtausendzweihundert Dollar bis zum Ziel.

Fast zehn Stunden später erreichten wir allmählich die Fünfunddreißig-Prozent-Marke – ein Riesenschritt, und doch hatten wir noch bis zum Morgen viel vor uns. Wir hatten jede Tausendermarke bejubelt, die unsere kleine rote Lokomotive passierte, und gaben weiter unser Bestes, das Internet mit unseren Postings zu fluten. Erstaunlicherweise legte *The Heart of the Matter* ein exponenzielles Wachstum hin. Einhunderttausend Follower an einem Tag.

Als die Uhrzeiger Viertel vor elf hinter sich ließen, waren noch eine Handvoll Bewohner und Bewohnerinnen da, die wir zu Admins gemacht hatten. Sie lasen eifrig Hunderte von Kommentaren durch und beantworteten Fragen zum Einsatz der Mittel, zum Zuschuss und dem Zeitplan für unsere Erweiterung. Carlos und Peter waren mit einer Riesentüte voller Blaubeermuffins von Glo nach Hause gefahren, hatten uns aber Hilfe zugesichert, wann immer wir sie brauchten. Und mein Gefühl sagte mir, dass sie bald wieder hier auftauchen würden. Ich war mir sicher, dass Silas diese Hoffnung teilte. Nie hätte ich geglaubt, dass der Mann, der diese herzzerreißenden Briefe an seinen jüngeren Bruder geschrieben hatte, zu einem besonderen Gast an diesem besonderen Tag werden sollte.

»Hey, Val? Bei wie viel Aufrufen für das Video stehen wir? Über fünfzigtausend?«

Als sie nicht gleich antwortete, löste ich mich vom Laptopbildschirm und sah auf. Meine Freundin war nicht mehr in ihrer kleinen Ecke, sondern hockte auf dem Teppichboden, wo Tucker sich auf einem alten Sitzsack zum Schlafen zusammengerollt hatte. Wenn das Ganze nicht so unbequem ausgesehen hätte, hätte ich über diesen Anblick gelacht.

Ich ging zu Val hinüber, die ihm gerade über die Wange strich. »Hey«, sagte ich und berührte sie an der Schulter. »Es ist schon spät. Nimm doch einfach mein Auto und fahrt zu mir, ja?«

Val lächelte mich an. Sie sah genauso erschöpft aus wie ihr Sohn. »Dein Auto?« Sie schnaubte und strich sich die Haare aus dem Gesicht. »Den exklusivsten Wagen, den ich bisher gefahren habe, war ein Honda Baujahr Anfang 2000. Außerdem öffnet sich bald das internationale Fenster. Wir müssen wieder Druck machen.«

»Ich weiß und ich werde hier die Stellung halten, damit ihr euch ausruhen könnt. Sieh doch!« Ich deutete auf das Dutzend Bewohnerinnen und Bewohner in Schlafanzügen, die um der Sache willen die Nacht durchmachen wollten. »Ich habe großartige Hilfe hier. Der Sieg ist zum Greifen nah.«

»Ich mache auch Schluss«, schaltete sich Miles ein. »Wenn ihr wollt, kann ich euch gern bei Molly absetzen.«

Val lehnte höflich ab. Offenbar bedurfte es eines kleinen Schubses.

»Komm schon, es macht ihm wirklich nichts aus. Helfen ist das größte Hobby meines Bruders.« Etwas, was die beiden gemeinsam hatten. »Außerdem hat Tucker ein richtiges Bett verdient. Er hat uns den ganzen Tag so toll unterstützt.«

»Er hat vorhin sogar meine WLAN-Verbindung wieder hinbekommen«, ergänzte Miles. »Ein schlaues Kerlchen.«

»Das stimmt«, sagte Val und zog nachdenklich die Unterlippe ein.

»Wieso hilfst du uns nicht einfach von dort aus weiter? So kann Tuck vernünftig schlafen.« Und ich hoffte, dass auch Val es sich gemütlich machte. Ich hätte ihr die Behauptung, dass sie bloß vom langen Sitzen im Flieger verspannt war, abgekauft, hätte ich nicht gesehen, wie sie innerhalb der vergangenen vierundzwanzig Stunden immer wieder mit dem Gleichgewicht zu kämpfen gehabt hatte. Aber immer wenn ich es erwähnte, lenkte sie schnell ab. Ihr Hinken war offensichtlich ein Thema, über das sie nicht reden wollte – nicht mal mit mir.

Sie stützte sich auf die Sitzfläche eines Stuhls neben ihr und richtete sich unter großer Anstrengung ihrer Armmuskeln auf. Zum ersten Mal sah sie meinen Bruder richtig an. »Wenn es keine Umstände macht, nehmen wir das Angebot gern an. Vielen Dank.«

»Macht es nicht«, sagten Miles und ich gleichzeitig.

Er legte den Kopf schief und warf mir einen Blick zu, der wohl *Was ist denn mit dir los?* heißen sollte.

Während ich Val half, alles Nötige einzupacken, schnappte sich Silas die Tasche am Mischpult und Miles bückte sich, um den schlafenden Jungen hochzuheben.

Val hielt ihn am Arm fest. »Ich kann ihn ruhig wecken. Du musst nicht …«

Aber da lag der Kopf des Jungen schon an der Brust meines Bruders. »Hab ihn.«

Val sagte nichts mehr und folgte dem Duo nach draußen.

Silas brachte die Tasche mit Vals Equipment zum Pick-up meines Bruders, während Miles Tucker auf den Rücksitz bugsierte. Nach einer kurzen Abschiedsumarmung lehnte ich mich an die Beifahrerseite meines eigenen Wagens und atmete kurz durch. Jetzt, wo mich gerade niemand als Cheerleaderin brauchte, rechnete ich noch einmal durch. Mir rutschte das Herz in die Hose. Es fehlten noch zweihundertachtzigtausend Dollar. Selbst mit der internationalen Kampagne über Nacht war diese Summe gigantisch. Wir mussten mehr tun. Kreativ werden.

Ich trommelte mit den Fingern gegen die Autotür. Genau wie dieser Tesla konnten auch meine Gedanken in weniger als zwei Komma sechs Sekunden von null auf hundert beschleunigen.

Silas trat neben mich und suchte besorgt meinen Blick. »Dir ist schon klar, dass Koffein und Adrenalin kein Schlafersatz sind, ja?«

»Heute Nacht schon«, sagte ich so fröhlich wie möglich. »Wir haben noch viel vor uns.«

»Molly.« Er hielt inne und atmete aus. »Was auch immer heute Nacht passiert, du sollst wissen, dass du wirklich ...«

»Nein.« Ich schüttelte den Kopf und schnitt ihm das Wort ab. »Bitte sag es nicht. Es gibt keine Silbermedaille fürs Mitmachen. Wir wollen Gold, Silas! Wir wollen diesen *Murphey Grant* und die Zustimmung des Verwaltungsrats zu einem Millionenumbau, der jungen Leuten ein Zuhause bieten soll. Bitte gib jetzt nicht auf. Ich brauche dich.« Es war schwer genug, meine Ängste vor den jungen Leuten zu verbergen, aber ich wollte mich Silas gegenüber nicht auch noch verstellen.

Der Zweifel, der in seinen hübschen dunklen Augen stand, wandelte sich zu etwas viel Weicherem. Etwas, womit ich arbeiten konnte.

»Weißt du, wie spät es ist?«, fragte ich.

»Dreiundzwanzig Uhr fünfzehn«, sagte er wie aus der Pistole geschossen.

Ich drängte die nagende Angst vor der viel zu nahen Deadline am nächsten Morgen zurück. »Hört sich an wie der perfekte Zeitpunkt für ein Wunder.«

# Kapitel 40

## Silas

Irgendwann nach sechs Uhr morgens, als die ersten Sonnenstrahlen durch die Lücken in den Jalousien drangen, wachte ich auf. Fünfzehn schlafende Menschen lagen in den unmöglichsten Positionen auf Kissen und Decken verteilt. Alle von *The Bridge*, die sich freiwillig für den Übernachteinsatz im Kaminraum gemeldet hatten – zum Weiterposten, Kommentieren und Teilen – hatten die harten Metallstühle gegen Sofas, Sessel und sogar den Fußboden getauscht.

Obwohl ich nicht gut und vor allem nicht länger als ein paar Stunden geschlafen hatte, war mein Körper an diese Uhrzeit gewöhnt.

*»Hört sich an wie der perfekte Zeitpunkt für ein Wunder.«* Mollys Worte waren wie ein Schild gegen meine Zweifel gewesen, die im Laufe des Abends immer größer geworden waren.

Doch wir hatten das Ziel verfehlt. Der rote Zug war bei dreihundertzweiundzwanzigtausendneunhundertacht Dollar stehen geblieben. Eine unglaubliche Summe. Ein Berg im Vergleich zu dem Maulwurfshügel, mit dem wir angefangen hatten. Und doch war es nicht genug, um sich für den *Murphey Grant* zu qualifizieren und grünes Licht vom Verwaltungsrat zu bekommen.

Ich seufzte und musste mich kurz sammeln.

Wir würden die Spenden zurücklegen und alles tun, um den Gürtel enger zu schnallen ... aber ohne den Zuschuss rückte der Bauplan in ferne Zukunft.

Ich stand auf und stieg vorsichtig über Devon und Tyler. Kurz betrachtete ich das Sofa, auf dem Monica, Wren und Amy schliefen. Es war das Ledersofa, das Anfang Juni für die Lobby geliefert worden war, ohne Namen oder Rücksendeadresse, gespendet von derselben Frau, die uns immerhin zu zweiundsechzig Prozent unseres Spendenziels gebracht hatte. Sie selbst schlief unter einer bunten Decke, ein Polsterhocker diente ihr als Kissen.

Es war dumm von mir gewesen, Mollys Durchhaltevermögen infrage zu stellen. Sie hatte genug davon, um für eine Gruppe von Menschen zu kämpfen, die selten in der Lage war, für sich selbst einzutreten.

Leise ließ ich mich auf den Boden nieder und lehnte mich an den Sitzhocker neben sie, klappte ihren Laptop zu und legte ihn beiseite. Das Mindeste, was ich tun konnte, war, ihre Träume zu beschützen, solange sie schlief. Obwohl ich genau wusste, was sie sagen würde, wenn ich sie weckte: »*Wir haben doch noch eine Stunde, Silas! Du hättest mich wecken sollen!*«

Aber eine Stunde oder ein Tag oder sogar eine Woche spielten keine Rolle, wenn das Timing nicht stimmte. Und vielleicht war das von Anfang an der Haken gewesen – das Timing. Hatte ich zu viel Druck gemacht? War ich gesprungen, wo ich eigentlich nur einen nächsten Schritt hätte gehen sollen?

»Guten Morgen, Herzog.« Schläfrig blinzelte Molly ins Licht, das ihr ins Gesicht fiel. Es war ein wunderschöner Anblick, den ich für immer in meinem Gedächtnis speichern wollte. »Du bist wach?«

Mein Lachen war nur ein leises Poltern in der Brust. Ich strich ihr über die Haare und die Wange. »Du ja auch.«

Sie gähnte und rieb sich die Augen. Ihre Bewegungen waren langsam und standen in starkem Kontrast zu der Lichtgeschwindigkeit, mit der sie in den vergangenen Tagen gearbeitet hatte. Sie teilte meine Vision für dieses Haus und für die Menschen darin, als wäre es schon immer auch ihre gewesen. Als wäre es das, was ihr im Leben wirklich wichtig war.

»Wie spät ist es? Wo stehen wir?« Molly war auf einmal hellwach und wühlte in ihrer Tasche nach ihrem Handy.

»Molly.«

Mir drehte sich der Magen um, als sie es sah. Die Zeit. Die Summe. Die unmöglich zu überbrückende Lücke.

Ich strich ihr über den Oberarm. »Du hast Unglaubliches geleistet. Ich war noch nie stolzer auf irgendjemanden als auf dich und diese jungen Leute.«

Sie blinzelte, als versuche sie, etwas zu verstehen. »Warte.« Sie setzte sich auf und tippte wie wild auf dem Display herum. Dann eroberte ein Lächeln ihr Gesicht, das mir fast das Herz zerriss. »Da ist noch mehr.«

»Mehr was?«

»Geld. Wir haben siebenundachtzigtausend Dollar mehr, als unser kleiner Zug anzeigt.«

Ich sah auf die Leinwand.

»Wie das?«, fragte ich skeptisch. Es gab nur eine Spendenseite, die wir beworben hatten.

»Äh ... Privatspende«, sagte sie. Es klang mehr nach einer Frage. Irgendetwas stimmte nicht daran.

Bevor sie protestieren konnte, nahm ich ihr das Handy aus der Hand. Ihr *Äh* war ein Warnsignal gewesen.

Alle meine Vermutungen wurden von einem Foto ausgeblendet, auf dem ihr roter Tesla zu sehen war in einer Online-Auktion, durchkreuzt von einem VERKAUFT-Schriftzug.

Ich blinzelte Molly ungläubig an. »Du hast dein Auto verkauft.«

»Ja.« Sie hob das Kinn. »Das hättest du mir sowieso nicht ausreden können. Es war einfach das Richtige. Es ist weniger, als uns das Stipendium von Cobalt eingebracht hätte, aber es ist immerhin etwas. Etwas, was ich einfach tun musste. Und ich bereue es nicht. Keine Sekunde. Noch nicht einmal, wenn ...« Sie sah auf die Leinwand und ließ die Schultern hängen. »Noch nicht einmal, wenn wir trotzdem das Ziel verfehlen.«

Wir verfehlten es und trotzdem war da in diesem Augenblick kein Platz für Enttäuschung in mir.

Ich nahm Mollys Hand, verschränkte meine Finger mit ihren und streichelte ihr mit dem Daumen über die weiche Innenseite des Handgelenks. »Ich liebe dich«, sagte ich. »Sogar deine verrückte, impulsive Seite, die ich oft nicht begreife. Denn genau diese Seite hat mich herausgefordert. Mich verändert.« Ich atmete aus. »Ich weiß, dass die Zukunft viel Ungewisses für uns bereithält, in Bezug auf dieses Programm genau wie für deine Karriere.«

Ihr Blick wanderte zu unseren Händen.

»Aber ich möchte nicht, dass unsere Beziehung ein Teil dieser Ungewissheit ist, Molly.« Ich küsste sie auf den Handrücken. »Du sollst nicht daran zweifeln, was ich fühle.«

»Und was fühlst du?«, fragte sie leise.

»Ich kann mir ein Leben ohne dich nicht mehr vorstellen.«

Sie legte mir liebevoll die freie Hand in den Nacken. »Hat Silas Whittaker gerade das Wort *vorstellen* benutzt? Ich bin mir ziemlich sicher, dass er mir einmal gesagt hat, Vorstellungskraft sei nicht seine Stärke.«

»Das war der Silas vor Molly.«

»Ah, und was stellt sich der Silas nach Molly vor?«

Ich lächelte. »Ich stelle mir vor, als Partner neben dir zu stehen. Dich als Freund zu unterstützen und als Vertrauter zu ermutigen. Und ich stelle mir vor, dich so zu lieben, wie ein Mann seine Ehefrau liebt.« Ich gab ihr einen Kuss auf die Nasenspitze. »Und, wie wäre das?«

Sie atmete schnell. »Ich würde dir fünf von fünf Kussmündern geben, definitiv.«

Da küsste ich sie auf ihren eigenen Kussmund, mitten in diesem Raum, in dem so viel Hoffnung zu spüren war, trotz aller Herausforderungen und verpasster Chancen. Sie schlang die Arme um mich und lehnte ihren Kopf an meine Schulter. Zusammen sahen wir durchs Fenster zu, wie die Sonne aufging. Und auch wenn Molly nichts sagte, wusste ich, woran sie dachte.

»Ich habe wirklich geglaubt, dass wir es schaffen würden«, brach sie schließlich unser Schweigen. »Mir war klar, wie schwierig es werden würde, aber ...«

»Ich weiß.« Ich streckte die Beine aus. Erinnerungen an die Anfänge von *The Bridge* kamen in mir hoch. »Ich weiß noch, wie ich für die erste Generation junger Leute gebetet habe, die wir damals hier hatten. Ihre Bedürfnisse waren so viel größer als alles, was wir leisten konnten. Wir hatten damals fast keine Ressourcen.«

»Und wie habt ihr es geschafft?«

Ich lächelte. »Auf die einzig mögliche Weise: einen Tag nach dem anderen, im Vertrauen auf Gott, im Kleinen und im Großen. Dieser Ort hat schon immer ihm gehört. Hier lässt er wachsen und gedeihen. Auf seine Art und nach seinem Zeitplan. Das war keine leichte Lektion und ich musste sie immer wieder von Neuem lernen.«

»Aber manchmal lässt er tatsächlich Wunder geschehen«, sagte Molly.

»Ja, das will ich keineswegs abstreiten. Ich habe in meinem Leben schon viele Wunder erlebt.« Ich gab ihr einen Kuss auf den Kopf. »Du bist eins davon.«

Gerade als Molly sich einen weiteren Kuss von mir holen wollte, zerriss Wrens Freudenschrei die Stille. »Wir haben es geschafft! « Sie hüpfte wild auf und ab und weckte alle anderen.

Ein Augenpaar nach dem anderen richtete sich auf den roten Zug, der auf vierundsechzig Prozent stehen geblieben war ... und jetzt auf einmal über einhundert Prozent anzeigte.

Molly schlug sich die Hand vor den Mund. Die Spendenuhr zeigte noch neun Minuten.

»Was ...?«, fragte sie in den Raum hinein. »Aber ... wie kann das sein? Es fehlten doch noch über neunzigtausend Dollar!«

Eine verschlafen dreinblickende Monica tippte auf ihr Handy und hielt es hoch. »Sieht aus, als hätte vor sieben Minuten jemand einhunderttausend Dollar gespendet.«

Molly drehte sich zu mir um, mehr als überwältigt. »Silas ...« Ihre Mischung aus Schluchzen und Lachen ließ auch meine Augen feucht werden.

Ich hielt sie fest, sah in die Gesichter der verblüfften und nun überhaupt nicht mehr verschlafenen Bewohnerinnen und Bewohner und gab die einzige Antwort, die ich geben konnte: »Dann war es wohl doch der perfekte Zeitpunkt für ein Wunder.«

# Kapitel 41

## Molly

Eine Million Fragen schossen mir gleichzeitig durch den Kopf. Zusätzlich vibrierte mein Handy in meiner Gesäßtasche. Ich konnte keinen klaren Gedanken fassen, während der ganze Raum in Jubel explodierte. Jemand hatte uns kurz vor knapp einhunderttausend Dollar gespendet! Aber *wer*?

*A. S. R. Enterprises*, hatte Monica vorgelesen. Das musste ich erst mal googeln. Unzählige Push-Nachrichten stürmten auf mich ein, bevor ich den Browser starten konnte. Ein Name nach dem anderen verschwamm vor meinen Augen.

**Val**
Molly!!! Ich spring' im Dreieck!!!
Glückwunsch!!!
Voll krass! Hast du gesehen, dass Felicity Fashion Fix heute früh 5K gespendet hat?

**Clara**
Jake und ich heulen vor Glück! Danke für alles, was du für The Bridge getan hast! Wir lieben dich!

**Miles**
Dann stelle ich mich wohl schon mal beim Bäcker an ... 😉 Bin stolz auf dich.

**Val**
Tucker hat mich gerade gefragt, ob er Eis zum Frühstück kriegt, schließlich haben wir was zu feiern.

**Glo**
Ich wusste, du schaffst das, Kitten Heels!

Ich wechselte in mein Mails-Postfach. Mit pochendem Herzen ließ ich den Finger über der Antwort auf meine Frage schweben. Ich bedeutete Silas, mich an einen ruhigeren Ort zu begleiten.

Er folgte mir sofort. »Was ist los?«

In der Lobby hielt ich ihm sofort das Handy hin und zeigte ihm die E-Mail.

Von: A. S. R. Enterprises
An: Molly McKenzie
Betreff: Bridge-The-Gap-Kampagne

Liebe Molly,

herzlichen Glückwunsch zu einer erfolgreichen Spendenkampagne! Was für ein bewegendes und inspirierendes Video. Mein Mann Al und ich wollten schon länger etwas für junge Erwachsene mit diesem Hintergrund tun. Vor vier Jahren haben wir eine Firma mit dem Namen *Basics First* gegründet, die ihnen Rucksäcke mit verschiedenen Dingen, hauptsächlich Hygieneartikeln, zur Verfügung stellt. Aber um ehrlich zu sein, sind wir damit neben der eigenen Familie und unserer jeweiligen Karriere noch nicht so richtig vom Fleck gekommen.
Ihre Kampagne hat hier gestern Abend für einige Diskussionen gesorgt und wir möchten gern eine Brainstorming-Sitzung zu ei-

ner Idee vorschlagen, die sehr gut zu dem passen könnte, was Sie da tun. Hätten Sie eventuell heute ein paar Minuten für einen Videoanruf?

Liebe Grüße
Sophia (und Al) Richards

»Sophia Richards.« Ich hauchte ihren Namen, während Silas noch die Nachricht anstarrte. »Sophia Richards hat uns gerade hundert Riesen gespendet.«

Silas verschränkte die Hände im Nacken und atmete so laut aus, dass es in der leeren Lobby hallte. »Und wie es sich anhört, hat sie noch mehr vor.«

Ich biss mir auf die Unterlippe. »Was glaubst du, was für eine Idee das ist?«

»Molly«, lachte er. »Was auch immer ich glaubte, über die Geschäftswelt zu wissen, ist in dem Augenblick über Bord gegangen, als du zu uns gestoßen bist. Es könnte alles Mögliche sein.«

Ich öffnete einen Antwortentwurf und sah dabei die Uhrzeit. »Silas! Du musst die *Murphey-Grant*-Stiftung anrufen.«

»Ich habe schon einen Screenshot des Endergebnisses an meinen Kontakt bei der Stiftung geschickt und auch einen an den Verwaltungsrat.« Er lächelte schief. »Spiel, Satz und Sieg. Wir haben das Geld zusammen, die Erweiterung kommt.«

»Das ist ja wirklich ungeheuerlich, wenn du mich fragst«, witzelte ich.

Silas lachte. »Ja, wirklich ungeheuerlich.«

Welche Gemeindeversammlung Miles heute Vormittag auch auf dem Plan gehabt hatte, sie musste früher zu Ende gewesen sein, denn jetzt stand er mit Val, Tucker und mindestens vier Dutzend Apfelbeignets von *Deb's Bakery* in der Lobby von Fir Crest Manor.

»Die sind mega«, verkündete Tucker und sah aus, als hätte er schon mehr Zucker intus, als sein neunjähriger Körper vertragen konnte. »Ich durfte in Miles Auto essen. Mom erlaubt mir das nie.«

Val breitete die Arme aus. »Ich freue mich so für euch!«

»Ohne dich hätten wir es niemals geschafft, Val.«

Silas stellte sich an meine Seite. »Molly hat recht. Du hast eine große Rolle dabei gespielt. Wir sind wirklich sehr dankbar, dass du hier warst, um uns zu helfen.« Er legte mir eine Hand an den Rücken und ich bemerkte den Blick meines Bruders.

Ich nickte in Richtung des Schachtelstapels auf Miles' Armen. »Darf ich einen haben, bevor ihr sie in die Küche bringt?«

Er klappte die oberste Schachtel auf. Ich machte ein nachdenkliches Geräusch und sah Tucker an. »Ich habe eine Frage an dich, Tucker. Wie viele davon darf ich mir aussuchen, wenn ich heute gleich drei ganz besondere Gründe zum Feiern habe?«

»Drei natürlich.« Die Antwort kam wie aus der Pistole geschossen. »Hast du heute Geburtstag?«

»Nein«, erwiderten Miles und ich gleichzeitig.

»Und was sind dann die beiden anderen Gründe?«, wollte Val wissen.

Ich lächelte Silas an, der bereits amüsiert den Kopf schüttelte.

»Der erste«, sagte ich und wählte einen Beignet mit brüchigem Zuckerguss am Rand, »ist, dass Silas und ich gerade einen Videocall mit Sophia Richards und ihrem Mann hatten. Und wir haben über eine sehr spannende Idee gesprochen.«

»Sophia Richards«, wiederholte Val langsam. »Du meinst ... *die* Sophia Richards?«

»Genau.«

»Okay? Was für eine Idee? Will sie eine Kooperation mit *The Heart of The Matter*? Ich kann gar nicht glauben, wie schnell die Plattform wächst. Schon über dreihunderttausend Follower nach etwas mehr als sechsunddreißig Stunden!«

Ihre Begeisterung brachte mich zum Grinsen. »Das könnte

schon sein, aber es war nicht der Grund für das Gespräch.« Ich würde mir wirklich Zeit nehmen müssen, um darüber nachzudenken und zu beten, wie ich an die neue Plattform herangehen wollte, wie ich mir selbst treu bleiben und die Frau sein konnte, als die Gott mich sah.

»Wie sich herausgestellt hat, stecken Sophia Richards und ihr Mann hinter unserer Wunderspende. Ihre Großzügigkeit hat uns über die Ziellinie gebracht.«

»Ehrlich?«, fragte Val mit großen Augen.

Silas räusperte sich und zog eine Braue hoch. »So wie andere sehr großzügige Spenden, die im letzten Augenblick eingetroffen sind.«

Statt darauf einzugehen, nickte ich Val zu. »*Die* Sophia Richards und ihr Mann hatten schon vor einer ganzen Weile eine Geschäftsidee, die dem One-for-One-Modell folgt. Es läuft vom Marketing her im Grund wie bei *The Fit Glam Kit*, aber mit einem kleinen Zusatz: Für jede verkaufte Abo-Box spendet sie ein Grundbedarfsset an junge Menschen, die in Pflegeheimen oder -familien aufgewachsen sind. Also Handtücher, Bettzeug, Shampoo, Spülung, Hygieneartikel und so weiter. Und ...« – mir brach vor Rührung fast die Stimme weg – »... sie wollen, dass die Angestellten dieses Unternehmens genau diejenigen sind, denen diese One-for-One-Päckchen zugutekommen. Sie sollen jede Box zusammenstellen, packen, versandfertig machen und vielleicht sogar individuell gestalten. So wollen die Richards auf all die Hilfsbedürftigen in unserem Land aufmerksam machen. Und gleichzeitig bieten sie so den jungen Leuten Arbeitsplätze, bei denen sie sich berufsbegleitend weiterbilden können.« Der letzte Punkt war ein Vorschlag von Silas gewesen, der Al und Sophia sofort gefallen hatte. »Sie waren schon sehr weit, ihnen fehlte nur noch ...«

»Nicht, dass ich dein brillantes Storytelling unterbrechen will, Schwesterchen«, sagte Miles, »aber dieser Schachtelberg macht es ein bisschen schwierig, mich auf die ganzen Details zu konzentrieren. Würde mir bitte irgendjemand sagen, wo es zur Küche geht, damit ich die dort hinbringen kann?«

»Oh, perfektes Timing«, sagte eine bis über beide Ohren strahlende Glo, die gerade um die Ecke kam. »Ich kann Ihnen die abnehmen. Ich war gerade auf dem Weg in die Küche. Wie lieb von Ihnen, die zu spendieren!«

»Darf ich helfen?«, fragte Tucker seine Mom.

»Ich könnte ganz bestimmt einen starken Helfer brauchen«, meinte Glo.

Tucker spannte seine Armmuskeln an. »Ich bin stark. Siehst du?«

Miles gab zwei Schachteln an Glo und zwei an Tucker – nachdem er dessen winzigen Bizepshügel gedrückt und die Hand ausgeschüttelt hatte, als hätte er sich daran geschnitten.

Tucker lachte und folgte Glo auf dem Fuß.

Vals Blick ruhte einen Augenblick zu lang auf meinem Bruder. »Was war es, was ihnen fehlte?«, fragte sie dann.

Silas und ich sahen uns kurz an.

»Die Verbindung zu einem Programm wie *The Bridge*«, antwortete ich. »Und ein paar engagierte Teammitglieder, denen sie die Sache anvertrauen können.«

Silas nahm meine Hand. »Und da haben sie Molly gefragt, ob sie sich vorstellen kann, Marketingleiterin zu werden.«

Ich lächelte ihn an und konnte noch immer nicht fassen, wie gut Gott für uns sorgte.

»Echt? Könntest du das denn von extern leisten?«, wollte Miles wissen.

»Ja und nein.« Ich strahlte. »Ein Großteil des Marketings kann online gemacht werden, aber es wird auch einen Standort geben, an dem ich vor Ort sein kann.«

Ich konnte sehen, wie Miles die Punkte miteinander verband. »Du meinst also hier. Irgendwo in der Gegend.«

»Sie telefonieren gerade mit ihrem Makler.«

Ein Fertigungslager in Spokane war nämlich viel günstiger als eins im Orange County. Außerdem bedeutete das, dass die Bewohner von *The Bridge* als Erste von dem Unternehmen profitieren würden. Ein Plan, der nicht besser zu dem von Silas passen konnte, wie die Bewohner ihren Ausstieg aus *The Bridge* gestalten konnten.

»Das ist ja der Wahnsinn!« Miles umarmte mich.

»Aber«, sagte ich und löste mich von ihm, um Val die beste Pointe zu präsentieren, »ich habe ihnen gesagt, dass ich die Stelle nur akzeptiere, wenn ich mit einer gewissen Val Locklier zusammen anfangen kann.«

Kaum hatte sie verstanden, was ich da gerade gesagt hatte, schüttelte Val den Kopf. »Aber Molly, ich habe seit Monaten nicht mehr als deine Assistentin gearbeitet ...«

»Deswegen habe ich auch nicht gesagt, dass du meine Assistentin bist. Sondern meine Geschäftspartnerin.«

Ihr fiel die Kinnlade herunter. »Molly ... ich weiß gar nicht, was ich sagen soll.«

»Dass du darüber nachdenkst.« Ich trat vor sie und nahm ihre Hände. »Ich weiß, dass deine Familie in Alaska lebt, aber du könntest dir hier ein gutes Leben aufbauen, Val. Für dich und Tucker. Es gibt tolle Schulen im Umkreis und du könntest so lange bei mir wohnen, bis wir etwas Schönes für euch gefunden haben. Ich gehe fest davon aus, dass Sophia dir ein ordentliches Gehalt anbieten wird.«

»Ich könnte mich sicher mal umhören«, mischte sich Miles ein. »In der Gemeinde haben wir einige Makler.«

Obwohl Val völlig überfordert schien, entging mir nicht das aufgeregte Funkeln in ihren Augen. Vielleicht war für sie die Zeit für ein neues Abenteuer gekommen.

»War das jetzt der zweite der drei Gründe zum Feiern?«, fragte mein Bruder. »Das Doppel-Jobangebot?«

»Du warst schon immer gut in Mathe.« Ich lächelte ihn an und erntete ein Augenrollen. »Was sich als nützlich erweisen wird, schließlich werden wir auf dem Gebiet bald viel Hilfe brauchen.«

Vals und Miles' Blicke trafen sich, doch beide sahen gleich wieder weg.

Ich stupste Silas an. Diese Neuigkeit sollte er verkünden. »Wenn wir alle nötigen Genehmigungen rechtzeitig beisammenhaben, sieht es so aus, als würden wir im Frühling den ersten Spatenstich machen.«

Es folgte eine neue Runde Glückwünsche und Umarmungen und kurz darauf noch mehr, als einige der jungen Leute zu uns stießen. Und dieser unerwartete, spontane Augenblick war eine Milliarde Mal besser als das exklusive Galaevent, das ich monatelang geplant hatte.

Ich spürte eine Berührung an der Schulter und hörte dann eine vertraute Stimme in mein Ohr raunen: »Weißt du, was ich mir nie hätte träumen lassen?« Silas legte die Arme um mich. »Dass die toughe Frau, die da eines Tages mit ihrem ganzen Glitzer in mein Büro spaziert kam, diejenige sein würde, mit der ich alle meine seitensprengenden Ziele verwirklichen will.«

Ich drehte mich zu ihm um und dachte an das zurück, was ich ihm vor nicht allzu langer Zeit gesagt hatte. »Das ist gut, denn das Einzige, was mir noch mehr Spaß macht, als mir Ziele zu stecken, ist, sie zu übertreffen.«